全译本

陌生日本的一瞥

［日］小泉八云 著

王延庆 乐小燕 译

北方联合出版传媒（集团）股份有限公司

万卷出版公司

ⓒ 小泉八云 王延庆 乐小燕 2020

图书在版编目（CIP）数据

陌生日本的一瞥/（日）小泉八云著；王延庆，乐小燕
译 . —沈阳：万卷出版公司，2020.12
ISBN 978-7-5470-5518-2

Ⅰ.①陌… Ⅱ.①小… ②王… ③乐… Ⅲ.①游记 –
作品集 – 日本 – 近代 Ⅳ.①I313.64

中国版本图书馆 CIP 数据核字（2020）第 209102 号

出 品 人：王维良
出版发行：北方联合出版传媒（集团）股份有限公司
　　　　　万卷出版公司
　　　　　（地址：沈阳市和平区十一纬路25号　邮编：110003）
印 刷 者：辽宁新华印务有限公司
经 销 者：全国新华书店
幅面尺寸：160mm×230mm
字　　数：450千字
印　　张：27.875
出版时间：2020年12月第1版
印刷时间：2020年12月第1次印刷
责任编辑：张洋洋
装帧设计：徐春迎
责任校对：高　辉
ISBN 978-7-5470-5518-2
定　　价：68.00元

联系电话：024-23284442
传　　真：024-23284448

目　录

下　卷

序　言

　　一八七一年，米特福德先生在他那本迷人的故事集《旧日本物语》的绪言当中这样写道："近年来有关日本的书籍，要么是根据官方的记录编纂而成，要么是些过往游客的粗略印记。世人对于日本人的内心生活知之甚少。有关日本人的宗教、日本人的迷信、日本人的思维方式，以及日本人潜在的行为动力迄今为止还都是个谜。"

　　米特福德先生所说的日本人的内心生活，乃是"陌生日本的一瞥"，我有幸对此窥见一斑。或许读者会因为我所提供的信息量之匮乏而感觉到失望。对于一个生活在日本人中间不到四年时间的人来说，即使他努力适应当地的风俗习惯，却也不足以使一个外国人在这个神奇的世界里找到自己真正的落脚之地。没有什么人比起作者本人更能够感受到，这本书所涉及的内容是多么有限，还有多少课题仍有待探讨。

　　本书所涉及的日本宗教思想，尤其是源自民间的佛教意识，以及其间提到的迷信观念，极少受到新一代日本知识阶层的认同。除了对抽象思维，特别是对纯粹的哲学思想普遍冷漠之外，当今西方化的日本人几乎与颇有教养的巴黎人或者波士顿人站在了同一个智力层面。然而他们对于一切超自然的事物却表现出极大的轻蔑，对于当下重大宗教问题的态度更是完全漠视。他们在大学里得到的有关近代哲学思想的修养，很少促使他们尝试在社会学或者心理学方面进行任何有关学科领域的独立思考。对于他们来说，迷信仅仅是迷信，那种思潮与国民情感之间的关系丝毫引不起他们的兴趣。这不仅是由于他们作为日本人完全了解自己，更是由于他们所属的知识阶层至今毫无理由地、近乎自然地为其古老的信仰感到羞耻。在我们西方人当中，大多数自称不可知论者的人们或许还能够记得，当我们刚刚从远比佛教更加缺乏理性的信仰中解脱出来的时候，我们曾经带着怎样的一种感受，回顾起自己祖先那黯淡的神学理念。日本的知识阶层，在短短几十年的时间里就变成了不可知论者。这种精神上的迅速变革，即使不是形成当今日本上层社会佛教理念的根本原因，起码也是其中的重要原因之一。目前来看，这种理念显然不够宽容。他们对于与迷信思想截然不同的宗教即是如此，对于有别于正统宗教的迷信观念自然更是倍加苛求。

日本人生活当中的这一罕见魅力，在世界上其他国家当中没有，在西洋化的日本知识阶层当中亦不多见。与世界各国一样，在日本，也有这样一些平民，他们始终坚守着自己的古老习俗、独特的服饰、传统的宗教、家庭神龛以及祖先崇拜。那是一个让外国观察家永远不会厌倦的领域。如果他足够幸运，并且富有同情心，深入日本人的生活当中，他就会发现无穷的乐趣，进而为自己引以为自豪的西方文明找出一条全新的发展方向。随着时间的流逝，生活当中的每一天都会有令人意外的美好事物出现。毫无疑问，像其他生活群体一样，那其中也有阴暗。只是与西方人的生活相比，日本人生活的总体表现为光明。日本人的生活既有缺憾，也有拙劣；既有恶习，也有残酷。在更具包容性的西方人的眼睛里，深深地扎根于日本民众之间的迷信思潮，无论怎样受到东京等大城市的轻蔑，却仍不失其作为一种传统理念的宝贵价值。它集希望、恐怖、善恶以及灵界之谜为一体，口口相传，流芳百世。日本人的这一不屈不挠的迷信观念，给他们的生活平添了许多色彩。这种全新的体验，只有深入其间才能够获得充分的感受。那其中，诸如狐妖附体之类，也不乏一些迷信观念，看上去十分险恶。伴随着公众教育的普及，这些迷信正在迅速消失。更多迷信思想的空想之美，堪比古希腊神话，成为了当今伟大诗人取之不尽的灵感源泉。而其他一些迷信思想，则侧重鼓励善待弱者，保护动物，从而创造出更加喜人的道德理念。宠物更亲近于人类，许多野生动物在人类面前表现得异常平静。成群的海鸥像朵朵白云在归港的汽船上空盘旋，期待着人们手中的食物；鸽子在寺庙的屋檐下一边发出咯咯的叫声，一边啄食着朝圣者撒下的米粒。古代花园里驯服的鹳雀、神社中等待喂食的驯鹿、人影掠过时将头探出荷塘水面的鲤鱼，所有这些无数美好的景象，无一不出自被称为迷信的人们的幻想。虽说是迷信，却又以最简单的形式揭示了"万物浑然一体"的崇高真理。即使考虑到那些更不起眼的信仰，怪诞的迷信似乎也能够引起人们会心一笑，公允的观察家还会从中联想到史学家莱基的一段文字："许多迷信无疑是对希腊奴隶主义'神灵恐惧'理念的恰当回应，这种理念给人类带来了无法形容的痛苦。但是，也有更多迷信带有与此不同的倾向。迷信既能够引起我们的恐惧，也能够唤起我们的希望。它们经常被用来迎合并且满足人们内心深处的渴望。当理性只能提供可能性时，迷信则提供了某种确定性。它们为人类显示出充满想象的空间，它们有时甚至为道德真理赋予新的概念。它们满足人们创造的欲望，消除人们的恐惧，屡屡成为人们获取幸福的基本要素。当人们感到疲倦或者烦恼时，迷信又可以发挥出安抚人心的最大功效。相对于知识，人类更依赖于幻象。人类的想象力乃是建设性的，它比理性更有助于我们的幸福，而理性则更多地表现为批判性和破坏性。在危难时刻，野人坚信不疑地紧抱着胸前的神圣护符，以及为贫苦人家带来光明的圣像，比起任何伟大的哲学理论都更能够使人感觉到真实的安慰……不妨设想，当一种批判性的精神广泛普及时，那些令人愉快的信仰将悉数保存，而那些给人们带来痛苦的信仰都会自动消失，这种想法显然与现实背道而驰。"

西方文明正在试图破坏东方民族这一质朴、欢乐的信仰。对于西方人的这一顽固企图，现代日本的批判精神不是给予抵抗，而是间接地迎合了其势头，这不能不令人感到极大的遗憾。

本书上、下卷共二十七篇文章，其中四篇最初由不同报业的财团购买，此次重新出版经过了大幅改动，六篇曾经发表在《大西洋月刊》上（1891—1893年），其余构成书中大部分内容的文章为此次重新撰写。

拉夫卡迪奥·赫恩（小泉八云）

一八九四年五月　于日本 九州 熊本

上卷

第一章　我的东洋第一天

"你一定要尽快记录下到达日本之后的第一印象！"来到日本后不久，我遇到的一位热情的英国人巴兹尔·霍尔·张伯伦教授[①]这样对我说道。"第一印象会逐渐消失，印象一旦淡化，就很难重新恢复。在这个国度里，无论你今后遇到怎样动人的场面，也不可能像最初那样，使你感受到巨大的震撼。"为此，我正在努力把当初的零星记录整理成册。让我感到意外的是，那些记录与其说具有迷人的魅力，实在不过是一时的感受。其中有些已经开始从记忆当中消失，很难重新恢复。本来，我打算忠实地履行那位英国教授的教诲，却由于一时疏忽错过了良机。在到达日本后的最初几周内，我根本无法把自己关在房间里伏案写作。漫步在阳光灿烂的日本那迷人的小镇上，眼睛见到的、耳朵听到的、亲身感受的，所有这一切令我应接不暇。我不知道能否让早已失去的第一印象重新恢复，更不知道能否将它们如实地记录下来。到达日本后的第一印象，如同香水一般漂泊不定，让人难以捕捉。

既然如此，就让我从横滨的外国人聚居地出发，从乘坐人力车踏上日本国土的那一刻开始说起吧！我将尽力回忆，把内心的感受真实地记录下来。

---

① 巴兹尔·霍尔·张伯伦（Basil Hall Chamberlain）（1850—1935），英国早期的日本研究专家，曾在东京帝国大学文学部任名誉教师，著有《日本事物志》，还是将《古事记》完整地翻译成西方语言的第一人。

一

　　第一次乘坐人力车，奔跑在日本的大街小巷，那种体验让我既惊喜又欢畅。一路上，我拼命地挥动着双臂，依靠手势和表情与车夫沟通。这似乎让我产生了好奇，感到一种说不出的愉悦。那时我切实感受到，我的确已经置身于曾经只在书本上看到的、那个让我梦寐以求的远东国度之中。毫无疑问，我亲眼见到了迄今为止一无所知的世界。这一平淡无奇的事实，令我为之陶醉。那天，面对全新的景象，我的思维发生了翻天覆地的变化。清晨，从白雪皑皑的富士山顶吹来阵阵微风，空气当中夹杂着清香，大地一片春意盎然。在晨光的照耀下，透明的空气让人神清气爽。万里晴空飘浮着几朵白云，透过蓝天白云，大地一览无余。春风送暖，万物生辉，我一个人坐在人力车上，兴奋之情溢于言表。车夫脚踩一双草鞋，头戴一顶蘑菇斗笠，大步流星地奔跑在街道上。随着车轮的转动，眼前的景象不由得让我浮想联翩。

　　在我看来，这个国度宛如奇幻的精灵世界。这里的一切都是那样的小巧玲珑，使它平添了几分神秘的色彩。蓝色的屋顶、低矮的房檐、质朴的暖帘、狭小的店铺，以及那些身穿蓝色长衫、身材矮小的店员，无不对我发出甜美的微笑。不时地，也会有几个身材高大的外国人走过，加上偶尔映入眼帘的几行洋文招牌，打破了原本完美的梦幻世界，让人暂时回到现实空间。尽管如此，异国情调丝毫无损于滑稽小镇展示出的强大魅力。

　　放眼望去，天空中五颜六色的鲤鱼旗漫天飞舞，道路两旁蓝色的暖帘迎风飘扬。暖帘上假名和汉字的完美结合，像是一幅幅画卷渗透出几分神秘的色彩，在我的视野中产生出奇妙的幻觉。道路两旁的房屋高低错落，设计别具匠心，看上去古朴典雅，让人耳目一新。我独自坐在人力车上，沿小镇大约奔跑了一个时辰，朦胧地感受到了小镇的诸多魅力。这里的建筑多为木质结构，人字形屋顶上整齐地瓦着青瓦；错落有致的房屋表面几乎无一涂有外层涂装；一层的大门似乎永远敞扬开着。房屋的正面是一排细长的屋檐，屋檐倾斜着伸向路边，遮挡住烈日的光。房檐的顶端连接着二层拉窗，拉窗的内侧是一个小小的走廊。

道路两旁的店铺更是别具一格。沿着路边登上台阶，是一层铺有榻榻米的地面；店铺门口的招牌上，竖排书写着店铺的名称。招牌被擦得锃亮，在阳光的照射下闪闪发光。悬挂在店铺门口的暖帘多为深蓝色，偶尔也可以看到明快的浅蓝色、白色和红色（却看不到绿色和黄色）。与门前悬挂的暖帘一样，商店店员的制服上同样印刷着精美的文字，给人以别样的感觉。在我看来，那不过是一种装饰，其中的表意文字无疑赋予了它特殊的含义。店员制服的背后，通常以蓝地白字书写着几个大字（文字印刷在被称作"法披"的外衣背后），以表示该店员所属的店铺，远远地看上去一目了然，更让那薄薄的廉价制服显得格外醒目。

随着众多个奇迹被逐一发现，在上天的启示之下，一个大胆的想法从我的脑海中闪过。在我看来，诗情画意般美丽的小镇建筑，从门前立柱到内部设置，无一不被无数个黑、白、蓝、红的日语假名和汉字所装点。说到这里，或许马上会有人联想到，如果用英文字母替代这些魔术般的文字，那会是怎样一种情景？稍具一些审美观念的人都会知道，这种想法无异于痴人说梦。据说，对于那些希望在日语当中导入拉丁文字的所谓"日语罗马字协会"的功利主义集团，更多的人给予了坚决的抵制。

二

表意文字在日本人的头脑当中产生的印象，与枯燥无味的声音符号在西方人的头脑当中形成的感觉截然不同。对于日本人来说，文字宛如一幅栩栩如生的图画。毫无疑问，表意文字本身蕴含着无限的生机。它们与你对话，向你述说。在日本的小镇空间，到处充满了这种活生生的文字。它们有时微笑着向你呼唤，有时也会皱起眉头向你发难。

关于汉字与毫无鲜活感可言的西洋文字之间的不同，只有生活在这个远东国度里的人，才能够有所体会。即使是日本的假名和汉字，一旦成为印刷文字，与作为装饰的美术雕刻相比较，就也失去了其应有的魅力。毫无疑问，在利用这些文字进行创作时，原本不存在任何限制。人们互相切磋，力求达到完美的极致。从古至今，几代人的艺术家经过若干个世纪的不懈努力，最终将这一原始的象形文字发展到了美得令人窒息的境地。诚然，汉字是一笔一画的集合。在那每一个笔画当中，无不蕴含着典雅、均衡、细微的变化和难以言喻的奥秘。正因为如此，汉字被赋予了生命。书法家奋笔疾书的那一瞬间，乃是他们追逐理想的完美体现。无疑，书写技巧本身并不代表汉字的全部。那一横一竖的巧妙组合，使得汉字具有了神奇的魅力，甚至让日本人也为之倾倒。有关汉字的美好传说不胜枚举。品味日本的汉字，从她那美丽的字形、生动的形象以及神秘的历史当中，人们似乎看到了神的化身，而汉字的存在也为人神对话铺就了一条道路。

三

我所乘坐的人力车，车夫自报家门"茶"。他头戴一顶巨大的蘑菇斗笠，上身披着一件蓝色宽袖短上衣，下身穿着一条连接脚踝的深色紧腿裤，赤脚踏着一双轻便草鞋，一条棕榈绳将草鞋紧紧地系在脚下。毫无疑问，他是一位极富耐心、忍耐力极强，又极有诱惑力的典型的车夫。有据为证，我已经为此支付了超出法律规定的酬劳，尽管有人提醒我，但我宁愿以此表达对他的感谢。他双手紧握车辕，一路小跑健步如飞，拉车奔走数个小时，却丝毫也没有显示出疲劳。相反，我第一次乘坐人力车，目睹人取代马拉车，实在让我于心不忍。在我的眼睛里，这位车夫的内心充满了希望，满怀激情，并且极其善解人意。他不时地朝我微笑着，对我释放出的每一点善意均报以由衷的感谢。他这样做反倒令我无地自容，恻隐之心油然而生。我见他汗流浃背，不由得担心起他是否会患上感冒、充血、胸膜炎，甚至开始担心他心跳是否会加快，韧带会不会被撕裂。茶的外衣已然被汗水湿透。他不时地用一条浅蓝色毛巾擦拭着脸上的汗水。他在拉车时，便会把那条绘有竹枝和麻雀的毛巾系在左手腕上。

乘坐茶的人力车行走在小镇上，从熙熙攘攘过往人群的视线当中我可以看出，所有人都能够感觉到，我并没有把茶仅仅当成一名车夫，而是被他那神奇的魅力深深地吸引。或许，今天早晨那令人兴奋的美好印象，同样来自小镇上人们那诚挚的目光。所有人都向我投以好奇的眼神，却没有让我感觉到不愉快，也没有让我产生任何反感。他们当中的多数人，还向我报以甜蜜的微笑。置身于这个充满温情的小镇，沐浴着人们温暖好奇的视线，第一次来到这个国家的人，无不感到自己仿佛来到了一个童话世界。我这样形容，难免引起人们的误会，或许也会让人感到失望。但一个无可否认的事实是，所有到过这个国家的人，在谈论起第一印象时都会异口同声地说道，日本无疑就是一个童话的世界，生活在那里的每一个人都是小人国中的一员。置身于一个无法用语言表达的世界，"童话世界"成为了他们的共同选择。在这一切看上去都是那么细小的世界里，世间万物变得如此优雅——人们彬彬有礼，和睦相处，所有人脸上都带着微笑；一切都是那样的井然有序，看上去平静祥和；宇宙、大地、人间，仿佛感觉来到了世外桃源；又仿佛感觉来到了人间仙境。从小听着英国民间故事长大的人，或许会产生一种错觉，误以为这便是梦幻中见到的精灵世界。

四

走江湖的人，来到一个社会大变革的国家——尤其是猛地来到一个正在由封建社会向民主社会转变的国家，对于旧的美好事物的衰退和新一代丑陋事物的抬头，都会从内心里感到不悦。可是不久你就会发现，这两者将同时出现在你的面前。在这个充满异国风情的小镇上，新旧事物完美地交织在一起，它们相互交融，相得益彰。你可以看到竖立在道路两旁、通过汉字和假名将全世界的新闻迅速传递到每一个角落的电线杆；你可以看到悬挂在道路两旁茶坊门前、印有东洋经典章句的象牙风铃；你还可以看到制作出售菩萨像的店铺旁边，并排着出售美国制造高级缝纫机的时髦商店；还有那和草鞋作坊同处于一个屋檐下的摩登照相馆，所有这些看上去不会给人的视觉带来任何抵触。在这里，人们把西洋的技术革命镶嵌在东洋的镜框当中，使之成为一幅具有完美东方色彩的画卷。即使如此，作为一名异国的访客，在东洋的第一天最先映入眼帘的，仍然是日本那古老的一面。传统的日本给人的第一印象，依旧是她那细致入微的品行，和她对完美极致的追求。用宣纸包装的、表面绘有精美图案的木箸，用三色文字点缀的、紧裹在小纸包里的樱木牙签，人力车夫用来擦拭汗水的、绘有飞雀图案的浅蓝色方巾，所有这些无不体现出一个相同的理念。日本的纸钱和普通硬币，同样让人感觉美不胜收，甚至商店店员用来捆绑商品的彩色包装绳，看上去也成了难得一见的珍品。如此奇珍异宝，所到之地随处可见，令人目不暇接。

这里的一切都让你爱不释手，进而激发起你的购买欲望。否则，店员就会微笑着走到你的面前，拿出同类商品的不同类型供你选择。这时你会发现，摆在你面前的所有商品都是那样的诱人，以致令你失去理智。为了防止购物冲动，你只好忍痛割爱，远离店铺。店员不会强迫你买东西，只是你一旦着了迷，便很难控制住自己的欲望。俗话说，便宜吃死人。这里，似乎蕴藏着无尽的艺术宝藏等待你去挖掘。就算你乘坐一艘横渡太平洋的巨轮，也无法承载你所购买的一切。即使你不愿意承认，但在我看来你倾心想要得到的，或许并非只是陈列在店铺里的商品。你想要得到的是那个店铺，是那里的店员，是包括那里的店铺和那里的居民在内的全部街道。更有甚者，你想要得到的或许是整个小镇，是那里的港湾，是环绕在小镇四周的群山，是那高耸入云、白雪皑皑的富士山。实际上，如果你有足够的胃口，你必定想把包括树木山川、阳光大地，乃至所有的城市、村庄、庙宇，以及四千万国民在内的整个日本，一举全部收入自己的囊中。

说到这里，让我想起了一位颇讲究实惠的美国人曾经说过的一句话。他在听到日本着起大火时就会说："在日本火灾并不可怕，因为日本人的房子很简陋，值不了几个钱。"的确，一般老百姓居住的木制房屋，建造起来并不需要很多钱，如果遭遇灾害随时可以重建。但是，原有房屋的传统美德，却永远不可能得以再现。如此看来，从艺术的角度来说，任何自然灾害无疑都是悲剧。这一点，对于这个一切都依靠手工制作的国家来说更是如此。在这里，人们还没有达到利用机械制造出统一的廉价商品，以满足简单实用需求的地步（无疑，为了满足外国人的需要，为庸俗的市场生产低级趣味的产品则另当别论）。每一位工匠或手艺人制作出来的产品都各有不同，甚至他们自己的作品也各自相异。为此，每当遇到一次火灾，就会有一个世界上独一无二的匠心设计因此而消失。

幸运的是，在这个火灾频发的国度里，对于艺术灵感的冲动，以其顽强的生命力，在几代艺术家的努力下被顽强地保存了下来。面对一代名匠曾经的劳作一次又一次被化为灰烬，他们并没有屈服。在熊熊燃烧的烈火面前，他们勇敢地站了起来。那其中的匠心，即使代表它的作品已经消失，在经过一个世纪后，又会以不同的创作形式涅槃重生。现实当中，尽管形式发生了改变，人们依然能够轻松地在一些作品当中找到传统的创作理念。所谓艺术家，原本只是一些被灵感驱使的手艺人。他们之所以能够领悟出高超的艺术表现，并非在时光的搓挪中自我牺牲的结果。这种曾经的自我牺牲，已经潜移默化地渗透到他们的内心世界。在他们的笔下，之所以能够描绘出鸟儿飞翔，云雾弥漫，骄阳似火，百花争艳，完全是因为有了众多逝者的相伴。几代艺术家传承下来的表现手法，在这里形成了艺术的集大成，并以全新的面貌展示在世人面前。当初刻意做出的努力，在数个世纪之后已经变得习以为常，成为了艺术家条件反射下的直观艺术。正因为如此，原本不值分文的北斋和广重①的彩色版画，如今却成为了拥有更高价值的艺术珍品，其实际价值远远超过了价值连城的西方绘画作品。

五

眼前的小镇，就像北斋版画中所描绘的那样，南来北往的人群川流不息。一群身披蓑衣、头戴蘑菇斗笠、脚踏草鞋的农夫穿梭而过。风吹日晒使得他们的四肢变得黝黑。看上去性格坚韧的母亲，背上背着抿嘴的娃娃，脚上趿拉着一双木屐（高起的鞋跟，发出阵阵悦耳的声响）漫步在街头。身着宽大和服的商人，盘腿坐在店铺中央，嘴里叼着一根黄铜烟袋，身边堆满了各类奇形怪状的商品。

这时我猛然发现，眼前这些人的脚，看上去都是一样的精巧。无论是被晒得黝黑的农民的赤足，还是踏着一双精致木屐的儿童的漂亮小脚，抑或是穿着一双雪白足袋的姑娘们的玉足，看上去千篇一律都是那样的小巧玲珑。足袋，

---

① 葛饰北斋、歌川广重，日本江户时代（1603—1868）浮世绘版画作品的主要代表画家。

是一种拇指与其他四个脚趾分开的白色袜子。无论是赤脚，还是穿着木屐和足袋，日本人的脚都无一例外地洋溢着古朴的匀称美。倘若有一天，她被臭名昭著的西洋人的大脚大鞋所破坏，那无疑将会给日本带来毁灭性的灾难。日本人穿上木屐，走起路来发出踢——踏——、踢——踏——的声响，而且左右脚总会有细微的差别。小镇上随处可以听到那有节奏的行人的脚步声。特别在诸如火车站等铺着沥青的柏油马路上，情况就更是如此。有时在人多混杂的地方，人们似乎刻意统一了步调，于是木屐的踢踏声就越发显得滑稽。

六

"我要去寺庙！"

我不得不暂时回到洋式旅店。那倒并非是为了吃午餐，老实说为了节省时间，我宁愿舍弃一顿午饭。我无论怎样也无法让茶明白，我要去一座寺庙。最终，我总算让茶弄清楚了我的意图。旅店的主人教给了我一句神秘的日语："我要去寺庙！"

穿过庭院，走过一条表面奢华，却是徒有其表的西洋建筑林立的街道，没过多久，车夫拉车来到了一条运河的岸边。运河上漂浮着一条小船，船身为原木色，船头尖尖的，一副古怪的造型。跨过一座木桥，人力车再次进入一条道路狭窄、屋檐低矮，却是井然有序的小巷，不久我们便来到了另一座日本的小镇。小镇里随处可见形同方舟的民宅，通常是两层，二楼比一楼略为狭小。茶全速奔跑在小镇上。这里到处是陌生的小店，小店屋顶铺着蓝色的瓦片，瓦片倾斜着通向二楼房间的纸窗。每一家店铺的正面，毫无例外地都悬挂着深蓝、乳白或者深红色的布帘。在那张宽三十厘米的布帘上，蓝地白字、黑底红字，抑或是白地黑字，印染着一些精美的日文文字。遗憾的是，所有这些文字都像梦幻一般，飞快地从我的眼前滑过。人力车再次跨过运河，穿过一个狭窄的小镇，来到一座小山脚下。在一条宽阔的石阶前，茶猛地停下了脚步。他放下车辕，示意我下车，指着石阶大声地说道："寺庙！"

我下了车，沿着石阶攀登而上，不久便来到了一块空地上，眼前是一扇雄伟的大门。那是一座中国式建筑，屋顶略微反曲，屋角微微翘起，屋檐富有曲线，造型奇特的雕刻比比皆是。打开大门，楣窗上交错雕刻着两条巨龙，大门上同样刻有各种珍奇异兽。屋檐下方，两头怪兽般的狮子雕像横眉立目。无疑，这些巨石原木雕刻的狮子怪兽，无一不静静地各守着一方。只是在我的眼睛里，它们却像是乌云遮日，咆哮着从天而降。

我猛地转过身，透过一缕灿烂的阳光，向山下望去。远处碧海蓝天相连，浑然一色。眼前的小镇，蓝色屋顶的房屋鳞次栉比，小镇右边连接着一汪平静的海湾，两侧倚靠着一座青葱翠绿的丘陵。半圆形丘陵的远方是一片群山，将小镇笼罩在巨大的阴影下。连绵起伏的山峦，仿佛一道幻影，与太空遥相辉映。群山之中，一座白雪覆盖的高峰，薄雾里显得格外醒目，远远望去令心灵受到洗礼。如果不是远在太古时代就熟知了她的容貌，人们或许会以为那只是一朵白云。她美丽的身躯与蓝天白云融为一体，让人难以分辨。万年的积雪覆盖着她梦幻般的山顶，形成了一个巨大的幻影，高悬在大地与太空之间。那便是日本唯一的灵峰——富士山。

我站在阴森森的寺庙大门前，猛地感觉到一阵强烈的冲击。我不知道那是梦，还是心生疑虑，它让我不知所措。只见那石阶、那群龙聚首的大门、那俯瞰小镇的碧空、那幻影般美丽的富士山，还有倒映在灰色石级上的我的身影，一时间仿佛都消失得无影无踪。为什么会产生如此幻觉？究其原因，或许是眼前的这一切，那弯曲的屋顶、席卷而来的巨龙、中国式的怪兽狮子，所有这些并非我第一次所见，它们曾无数次地出现在我的睡梦当中，如今再次看到它们，让我一时间想起了童年梦中画卷的情景。片刻之间，所有幻觉再一次消失，我又重新回到了现实当中诗一般的境界。空气中神秘的透明感，远处神奇般的色彩，万里无云的浩瀚天空，加上大地上的明媚阳光——这一切，又都以一种全新的感受再次出现在我的眼前。

七

沿着石阶继续向前，便来到了同样雕有滴水兽嘴和群龙的第二道大门前。

穿过大门，两排别致的石灯笼像石碑一样排列在两侧。左右两边摆放着一对古怪的佛陀狮子，一雌一雄相向而立。狮子背后，是一座高大的木结构建筑。建筑屋顶呈人字形，成排的碧瓦连接着两侧的山墙。建筑的入口处横卧着三段原木台阶，正门两侧是两扇木制的纸拉窗，这便是寺庙。

我在入口处脱下鞋子。这时，从紧闭着的拉门一侧轻轻走出一位年轻男子，彬彬有礼地迎接我的到来。我脚踏着床垫般柔软的榻榻米，走进了寺庙。那是一间宽敞的正方形房间，空气当中弥漫着从未体验过的清香，那是日本线香的香气。猛地从阳光灿烂的户外走进寺庙，阳光透过纸窗照射进来，像是暗淡的月光，又像是幽静中一缕金色的彩霞。待两眼慢慢适应周围环境后，我看到一扇三面环绕内殿的纸拉门上，透过白色光影隐约映照着一只巨大的花环。走到近前仔细观察，原来是一束纸花。那是佛教的象征——色彩斑斓的莲花。莲花枝条向外翻卷着，叶子的正面呈金黄色，背面是明亮的绿色。正前方，幽暗之处是一座佛坛。那富丽堂皇、高高在上的佛坛正面，摆放着一座的佛龛。佛龛的左右并排点缀着青铜器及佛器。这里看不到本尊佛像，只在佛龛和佛坛背后的幽暗处，神秘地摆放着一些闪闪发光、形状怪异的金属饰品。我不知道，那幽静深处是否就是内殿。

这时，那位负责接待的年轻男子慢慢地走到了我的身边。令人惊讶的是，他用手指着摆放在佛坛上蜡烛台间那装饰华丽的金阁子，用一口流利的英语大声讲解道：

"这里摆放的，是供奉佛像的佛龛。"

"我想在菩萨面前摆上一些供品。"我试着提出了请求。

"不，您现在不必上供品。"那个男子面带微笑，认真地回答道。

在我的再三请求下，他取出了一件小小的供品，代我放在了佛坛上。随后，他又请我来到位于正殿一侧他的房间。那是一间宽敞明亮的厢房，房间里没有摆放家具，地上铺着漂亮的榻榻米。我们面对面坐在榻榻米上，开始交谈了起来。他告诉我，自己是寺庙里的学生，曾经在东京学过一些英语。他说起英语来带着一股浓重的本地腔调，用词表达却显得十分谨慎。最后，他向我问道：

"您是一位基督教徒吗？"

"不，我不是。"我如实地回答道。

"那么，您是一位佛教徒啦？"

"不，我也不是佛教徒。"

"既然不信奉佛教，您为什么还要在佛像面前上供呢？"

"我觉得，佛教的教诲很伟大，我非常崇敬佛教徒的信仰。"

"在英国和美国，也有很多佛教徒吗？"

"我不清楚，但至少有许多人对佛教的哲学表示出极大的兴趣。"

接着，他从壁龛里取出一本小书，递到了我的手中。那是一本奥尔科特撰写的《佛教教义问答》的英文书。

"为什么这座寺庙里没有佛像？"我问道。

"佛坛上的佛龛里供奉着一尊小佛像。"那位学生回答道，"可是，佛龛的门现在关闭着。在这座寺庙里保存着几尊大的佛像，但并非每天都开龛。只有在赶庙会的日子里才会开龛。其中，有些佛像一年当中只能见到一两次。"

这时，从我所在的位置望过去，只见寺庙的门敞开着，一些男女信徒登上台阶走进寺庙，随后便跪倒在佛坛前参拜起来。他们皈依佛门，虔诚祈祷，动作看上去十分典雅。与日本人相比，前来庙里拜访的西方人举止却显得有些笨拙，像是犯下了大过。我看到一些日本人双手合十，而另一些日本人则慢慢地击掌三声。他们低下头默默祈祷，然后抬起头转身离开。简短的祈祷却显得十分庄重，新奇，给我留下了深刻的印象。不时地，从摆放在入口处硕大的木制功德箱内，还会传出几声投掷铜币发出的哐当声。

我转过头，接着对学生问道："他们为什么要在祈祷前拍三下手？"

学生回答道："三下，代表三才，即天、地、人。"

"难道说，日本人在向神灵祈祷时，要像招呼用人一样拍手召唤吗？"

"不，不是那样。"他回答道，"拍手三下，意思是把人们从长长的夜梦中唤醒。"

"那么，那是一个什么样的夜晚，什么样的睡梦呢？"

他先是犹豫了一下，随后这样回答道："佛说，一切众生都只是在个这不幸的无常世间一味地做着各自的梦。"

"就是说，拍手意味着祈祷时灵魂可以从睡梦中觉醒过来吗？"

"是，是的。"

"你知道我所说的'灵魂'是什么意思吗？"

"我当然知道，佛教认为，灵魂无论过去还是未来都永远存在。"

"即使涅槃之后吗？"

"是的。"

正说着，只见一位上了年纪的住持带着两位年轻僧侣走了进来。学生立刻把我向大家做了介绍。三位和尚的头剃得锃亮，他们在我面前深深地鞠了一个躬，然后像活佛一样端坐了下来。抬头望去，三个人的脸上没有一丝笑容。面对不带微笑的日本人，我还是头一次。三个人仿佛雕塑一般，脸上没有任何表情。即使在学生向我翻译他们提出的问题，或是我向他们介绍自己是如何翻译了《东洋圣典丛书》中的经典，以及向他们解释比尔、布尔诺夫、费尔、戴维斯、克恩的大作时，他们也只是目不转睛地望着我，倾听着我的每一句话，脸上依旧毫无表情。通过学生的翻译听到我的意见以后，他们仍然一言不发。不久，伴随着一个荷叶形黄铜茶托，一只小茶杯放在了我的面前，主人端上了茶水。与此同时，主人还端上了一块印有象征古印度法轮卐字符的小点心。

当我提出要告辞时，在座的所有人一起站了起来。在进门的台阶处，学生询问起我的姓名和住所。"我们不会再在这个寺庙里相见，因为我即将离开这里，有机会我会到您的驻地拜访。"他随后说道。

"你叫什么名字？"我问道。

"我叫晃。"他回答道。

走到门口，我向对方鞠躬表示告别。对方也深深地对着我鞠了一躬，其中一人露出一头青黑色的毛发，其他三人则亮出了各自像水晶球一般锃亮的光头。我转身离开时，只有晃的脸上浮现出了笑容。

八

"寺庙？"我走下石阶回到人力车上，这时茶手里拎着巨大的白色斗笠向我打着招呼，似乎在问是否还要继续参观寺庙。的确，他说得不错，因为我还没有见到佛像。

"是的，寺庙，茶！"

于是，我的眼前再一次浮现出那奇特的景象，各色的店铺、低矮的屋檐、比比皆是的莫名其妙的文字。我全然不知茶要把我带到哪里去。我唯一知道的是，人力车再次走进了一条渐渐狭窄的街道，街道两旁依旧是那仿佛用树枝搭建的鸽子笼似的房屋，再就是我们还曾经跨过了几座桥梁。我正在前后思考着，不觉之间人力车停在了另一座小山的脚下。这里同样是一段通向山顶的石阶，前方是一扇巨大的山门，似乎象征着某种特殊的意义。它与以往见到的寺门不同，有着独特的形状，巍然屹立在我的面前。令人吃惊的是，它整体轮廓清晰，上面既没有雕龙刻凤，也没有文字绘画，却给人以特殊的美感，令人肃然起敬。经询问得知，这就是所谓的牌坊。

茶告诉我，这里是"神社"。它与寺庙不同，是所谓的神殿，是祭祀这个国家古代神明的地方。

我独自站立在神道的象征——神社前那座巨大的牌坊下。在此之前，我只是在绘画当中看到过牌坊。对于那些甚至从未在照片或者版画上见到过牌坊的人，我不知道应当如何描述它的形状。像门柱一样，两根直立着的巨大圆柱上方，水平地支撑着两根横梁。下面一根横梁略短，位于立柱顶端下方，横梁两端镶嵌在立柱中央。上面一根巨大的横梁，在立柱的顶端，左右两侧探出，这便是牌坊。建造牌坊的材料或是巨石，或是原木，也可以是金属，但构筑牌坊的匠心却始终如一。仅这些，仍不足以准确地表现出牌坊那宏伟壮观的外貌，以及它作为神社大门的庄严形象。第一次见到那座气势磅礴的牌坊，或许可以把它想象成耸立在空中，具有完美造型的一个巨大汉字。牌坊的每一根线条，无不生动地体现出表意文字所具有的高尚品德。它宛如书法家奋笔疾书的一个四笔大字。从它大胆的角度和曲线当中，人们完全可以感受到它沉甸甸的分量。

穿过牌坊，登上一条多达百级的石阶，石阶的尽头伫立着第二座牌坊。在第二座牌坊的第二根横梁上，系着一条神秘的"注连绳"。它以黄麻编织而成，直径大约五厘米，像蟒蛇一样中间粗两头细。按照传统，注连绳多以稻草编织而成。倘若牌坊本身以青铜制作，则亦有青铜制的注连绳。根据张伯伦教授翻译的《古代神道神话》记载，怪力大神"天手力男命"将太阳女神"天照大御神"从天岩屋拽出时，女神"太玉命"迅速绕到"天照大御神"的身后，将注连绳系在天岩屋的石门上，以堵住"天照大御神"的退路，注连绳的故事由此而来。注连绳最初的形式，是一根细绳，每隔一段距离垂下一把稻秸。原本稻草是连根拔起并搓成草绳，为此搓合部分必然露出草根。

牌坊的对面，小山顶上是一片空地，像是一座公园或是游乐场。右侧是一间庙宇，庙宇的大门紧闭着。据一些书籍记载，神社里面大都空无一人，以致让人感到失望，但我却觉得不虚此行。即使没有见到神主，我依然被眼前的美景所吸引。那是一片盛开着的樱花树，绚丽多姿的自然景色令人陶醉。一簇簇樱花悬挂在枝条上，粉红色的花瓣如云似霞，漫天飞舞让人眼花缭乱。樱花纷纷扬扬撒落在地上，仿佛给大地铺上了一条厚厚的绒毯，又好像是落下了一片洁白的雪花，散发出扑鼻的清香，看上去别有一番情趣。

美景的不远处，是一座花园簇拥着的祠堂。祠堂旁边有一个奇妙的人工岩洞，洞穴里聚集着神话般的奇鸟怪兽。岩洞四周以盆景山水庭院点缀，有郁郁葱葱的矮树，更有微缩景观的小桥流水及山川瀑布与之遥相呼应，附近的公园里一排秋千摇荡。小山顶的另一端是一个瞭望台，站在那里纵眼望去，美丽的小镇景色一览无遗。远处静静的海湾里，隐约可以看到几只渔船在水中漂荡。遥望大海，透过万道霞光伸向远方的海岬依稀可见。青山绿水、云雾缭绕，仿佛置身于画卷之中，实在是美不胜收。

为什么日本的树木如此美丽？在西方，梅花或者樱花即使盛开，却也难以形成景观。可在这里，那奇迹般的美景让人眼花缭乱。无论事先读过多少相关的描写，亲眼所见依旧令人惊叹不已。树上见不到一片绿叶，但见一簇簇粉白色的花朵，仿佛一片云雾竞相开放。在这个上帝创造的国度里，树木在人类的精心培育下被赋予了灵魂，像是备受宠爱的女人，显得格外娇艳，并对人类的关爱给予丰厚的回报。毋庸置疑，树木就像是漂亮的仆奴，她以自己天然的美貌，令这个国家的人为之心醉。"请不要伤害树木"，不时地，可以看到用英语书写的类似招牌。之所以如此，一定是那些野蛮的外国游客也曾到此一游。

九

"寺庙？"

"是的，茶，寺庙！"

不久，穿过一条纯粹日本风格的小街，小山脚下的人家开始变得稀疏。紧接着，越过一条峡谷，小镇变得越发遥远，最终消失在山谷背后。人力车行走在一条弯曲的山路上，道路右边倾斜竖立着一座绿树成荫的山包，左手边放眼望去是一片暗褐色的海滨，海水拍打着沙滩溅起白色的浪花。浪花远远地连成一条白线，消失在沙滩的尽头。海水退去，海滨上涌来了一群拾贝的人。再次放眼望去，人们弯腰拾贝的情景，活像一只只小小的叮叮虫，在阳光照射的沙滩上闪闪发亮。一些人提着满满的一筐收获，离开沙滩与我们并排行走在回家的路上。像英国的少女一样，姑娘们的脸上泛出淡淡的绯红。

人力车奔跑在大道上，车轮碾轧着道路发出阵阵声响，道路一旁的小山包变得越发挺拔。这时茶猛然停下了脚步，眼前出现了一排陡峭的石阶，石阶的尽头则是一座寺庙。

我下了车，一鼓作气爬上了石阶，途中只感觉腿部肌肉一阵剧烈的疼痛。我爬上山顶时，已然喘得上气不接下气。不大工夫，我发现自己站在了一对石狮子中间。其中一头狮子龇着牙咧着嘴，另一头狮子则紧闭着双唇。我的眼前，是一个被低矮的悬崖三面环绕着的院落，院落的正中央有一座寺庙。那寺庙看上去并不大，却显得十分古老。寺庙左侧高高的岩石顶上，一道细细的瀑布顺流而下。瀑水落在栅栏围绕的瀑潭里，发出清脆的声响。四下里寂寞无声，阵阵海风吹过，明媚的阳光下却感到寒气逼人。置身于庭院当中，四周一片荒凉，似乎数百年来不曾有人到此祈祷。

我在残缺的台阶前脱下鞋子，茶四处拍打招呼着寺庙的主人。大约过了一分钟时间，纸拉门的内侧，随着一阵沉闷的咳声，隐约听到有人走了过来。不久拉门被打开，一位身着白色装束上了年纪的僧侣出现在面前。他低下头深深地鞠了一躬，用一只手招呼着我们进了寺庙。只见那僧人满脸温和，面带微笑，显得格外热情。不久，那老僧再次咳嗽了起来。他咳得很厉害，以至让人担心下次是否还能见到。

我脚踏着全日本无处不见的舒适整洁的榻榻米，来到了正殿。绕过一口寺庙中必备的大钟，穿过一张涂漆的经卷案几，眼前并列着一排顶天立地的纸拉门。老僧依旧一边咳嗽着，一边推开了右侧的一扇拉门，用手示意让我进到内殿。内殿里光线幽暗，空气中飘浮着阵阵清香。一只巨大的青铜制长明灯，首先映入了我的眼帘。在长明灯粗大的支柱上，一条盘龙翩翩起舞。经过长明灯下时，我的肩膀无意中碰到了悬挂在天顶下方形似莲花的饰网，引起了一阵清脆的铃铛声响。昏暗之中，我莫名其妙地摸索着来到了佛坛下。这时，老僧逐一推开了拉门，一缕阳光照射进来，映照得黄铜佛具和佛具上的碑文闪闪发亮。只见佛坛上环绕着一组蜡烛台，我在上面寻找着本尊佛像，此时见到的却是一面高悬的明镜。那苍白光亮的金属镜面当中，映照出的竟然是自己的面孔。那滑稽的镜像背后，幻影之中竟是一片苍茫的大海，如烟如梦。

只有一面镜子吗？它象征着何物？是幻影？还是反映人类灵魂的宇宙？抑或是象征着佛教中"自省自悟"这一中国自古以来的教诲？也许，这个谜团终有一天会被解开。

我回到寺庙门口，坐下来穿好鞋正要离开，热情的住持再次走到我的身边，向我鞠了一躬，将一只小碗递到了我的面前。我原以为那是施舍用的钵，赶忙取出几枚硬币放了进去，没想到里面满满地盛了一碗热茶。见此情形，老僧很有礼貌地点了点头，并没有让我因误会而感到丝毫窘迫。他微微地笑了笑，一句话不说收起小碗，取出另一只空碗，从一个小茶壶里倒了一杯茶，示意请我用茶。

按照规矩，老僧对每一位来到寺庙参拜的客人都要敬上一杯茶。这座小寺庙看上去十分贫寒，我甚至怀疑庙里日常的必需品都开始变得匮乏。我迎风走下高台阶，准备回到大路上。我不时地回头向寺庙张望，看到老僧依旧站立在门前目送着我远去。与此同时，我的耳边再次传来他沉闷的咳嗽声。

这时，那个映照出自己面孔的镜像，又一次浮现在我的眼前。我不知道，我能否在自己以外的世界，即在自己内心所描绘的空想之外的世界中，找到自己所要寻找的一切。我开始对此产生怀疑。

<h1 style="text-align:center">十</h1>

"寺庙？"茶再一次问道。

"噢，不！天色已晚，该回饭店了。"

返回的路上经过一条狭窄的街道，拐过一个路口，在一座不知是神社还是寺庙的前面，茶停下了脚步。那小寺的大小不足一家日本店铺的面积，但其中的两尊雕像却是闻所未闻，让我感到十分惊讶。那两尊雕像形同怪兽，分别立于寺庙入口的两侧。它们像两只红鬼，上半身裸露，筋骨隆起，双脚像狮子的大爪。它们身披闪电，横眉怒目，被称为"哼哈二将"。它们是佛教中的护法守护神。有趣的是，在那两尊深红色的怪兽之间，站立着一位少女，正朝着我所在的方向张望。那位少女穿着一身银灰色的和服，系着一条紫色腰带，看上去楚楚动人，在黄昏的余晖下显得格外醒目。她气质非凡的脸庞，更是让人感到无限的魅力。此时此刻，她伫立在两只怪兽之间，与那凶神恶煞般的哼哈二将形成鲜明的对照，产生了意想不到的奇特效果。如此年轻美貌的女子，却对哼哈二将无比敬畏。见此情形，我不禁对自己厌恶那两只庞然大物而感到惭愧。在注视着彩蝶般婀娜多姿的少女的同时，我开始感到那哼哈二将，并非如自己想象的那般丑陋。但那位少女，对眼前的这个外国人曾经极度厌恶哼哈二将却是一无所知，始终用一种好奇的眼光望着我。

何谓哼哈二将？从艺术角度说，他们是从梵天和帝释天转变而来。据说，在融合万物却又变化多端的佛教那神秘的气息感召之下，因达罗神身披雷电，守护着曾经将自己贬黜的宗门，成为了佛教的守护神。也就是说，他们曾经一度被降为寺庙的门神。不仅如此，如果他们被放置在供奉着未能成佛的观音菩萨的庙堂里，自然也就变成了菩萨的仆人。

"饭店！茶，回饭店！"我再一次大声喊道。天色已晚，返回的道路依旧漫长。那是一个金色阳光洒满大地的黄昏。今天，我始终未能参拜到释迦佛像（日本人称之为释迦牟尼），也未能拜见到佛陀的尊容。明天，或许仍然要穿过木屋连绵的小巷，登上未曾到访过的小山，去寻找那令人神往的佛像。

日落西山，最后一缕阳光渐渐消失在远方。茶停下脚步，点亮了手里的提灯。于是，一排排高悬在街道两旁店铺门前的挂灯，也随之开始从我的眼前飞速驶过。那一个个并排悬挂着的挂灯，像一串串闪耀着的明珠，径直通向小巷的尽头。突然间，一阵深沉肃穆的钟声，穿过小镇的房檐屋顶，传到了我的耳边。那是野毛山上寺庙里的梵钟声。

这一天，时间好像过得特别快。我的两只眼睛始终暴露在阳光下，像是浏览着一幅巨大的魔法画卷，被那些铺天盖地的神秘汉字招牌散发出的魅力所迷惑。此时此刻，面对眼前那一只只烛光摇曳的灯笼，我终于感觉到了一丝疲倦。无疑，在那一盏盏灯笼的上面，同样写满了像是从魔法书中摘录下来的各色文字。最后，似乎被魔术师施与妖术，我终于迷迷糊糊地打起了瞌睡。

十一

"按摩，上下，五百文。"

夜幕之中，传来了女人的吆喝声。那声音透过敞开的楼窗，像是荡漾的笛声随风飘来，句句清晰，字字分明。能讲几句英文的房间女佣，向我解释了那吆喝声的含义。

"按摩，上下，五百文。"

在那委婉动听的吆喝声之间，还伴随着凄美的口笛声，最初是一声长音，接下来变换着调子发出两声短音。那是按摩的笛声。贫穷的盲人妇女走街串巷，为病人和劳累了一天的人们按摩以维持生计。这口笛声，是为了引起过往行人或人力车夫，对这个双目失明的女人的注意。听到她的吆喝声，那些病人或者疲劳的人们便可以将她召唤到自己的家中。

"按摩，上下，五百文。"

女人的吆喝声夹杂着口笛声显得悲凉，却又如此地扣人心弦。按照那个女人的说法，只要支付"五百文"的现金，便可以得到"由上到下"的全身按摩，用以去除身体中的疲劳和痛苦。五百文相当于五钱（"文"：日本的货币单位）。

一钱等于十厘，一厘等于十文。女人甜美的声音久久地缭绕在我的耳边，始终挥之不去。我甚至希望自己会感觉到不适，也好付上五百文钱，请她为我解除痛苦。

我躺在床上，开始进入梦乡。我梦见，小镇上比比皆是的汉字，正朝着同一个方向从我身边飞驰而过。无论是书写在广告牌上、推拉门上，还是印刷在脚穿草鞋的男人后背上的黑白表意文字，无不朝着同一个方向随风而去。它们似乎被赋予了灵魂，具有了某种意识。那众多的汉字生物，驱动着身体的某一部分，像一条巨大的竹节虫蠢蠢欲动。我坐在梦幻般的人力车上，行驶在狭窄却又充满生机的小巷之中。我听不到车轮的声音，却总是可以看到茶那顶巨大的蘑菇般的白色斗笠，在我的眼前上下跳动着，奔向无尽的远方。

第二章　弘法大师的书法

一

弘法大师是日本德高望重的高僧之一，是真言宗的开山鼻祖（真言宗也是我的朋友晃所属的宗派）。弘法大师最早教导日本人学会了书写平假名和日语五十音图。除此之外，弘法大师本人还是一位杰出的文笔大家和卓越的书法泰斗。

在《弘法大师一代记》一书中有如下记载：昔日，弘法大师还在中国留学时，皇宫中一个房间内悬挂着的匾额，上面的文字经年累月已经模糊不清，天皇遂传令弘法大师，重新改写匾额上的题字。弘法大师左右手各执一支毛笔，左右脚趾之间亦各夹一支毛笔，嘴里还叼着一支毛笔，他用这五支毛笔，随性地在墙壁的牌匾上写下了几个大字。只见他运笔如飞，行云流水，即使在中国也不曾见到过如此潇洒的笔致。紧接着，弘法大师再一次拿起一支毛笔，饱蘸浓墨退后几步，然后面对墙壁奋力一挥，飞溅到墙壁上的墨迹顿时变成了几个完美的文字。天皇见他能够同时使用五支毛笔写字，便赐予了他"五笔和尚"的称号。

还有一次，弘法大师住在京都附近的高雄山上，天皇想让弘法大师为一座历史悠久的金刚上寺书写一幅匾额，遂派使者向弘法大师发出谕旨。就在使者携带牌匾来到弘法大师住地附近时，正赶上一场大雨导致河水上涨，使者无法渡过。就在这时，弘法大师出现在了河对岸。他从朝廷使者口中得知了天皇的谕旨，便命使者将牌匾高高举起。使者按照弘法大师的吩咐举起了牌匾。弘法大师站在河对岸，挥毫泼墨，刹那之间使者高举的牌匾上便出现了几个大字。

二

那时，弘法大师经常独自一人静坐在河边，掩卷沉思。一天，弘法大师像往常一样来到河边，正当他若有所思时，一位少年站在了他的面前，好奇地望着他。只见那少年衣衫褴褛，却长得十分英俊。就在弘法大师惊讶之际，少年先声开口问道："您就是弘法大师，那位能够同时用五支毛笔写字的'五笔和尚'吗？"弘法大师回答："不错，本人正是'五笔和尚'。"少年继续说道："如果您果真是'五笔和尚'，那么就请您在天上写个字好吗？"于是，弘法大师站起身，不慌不忙地取出毛笔，面对天空提笔挥毫。霎时间，天空中赫然出现了几个漂亮的大字。见此情景，少年说道："请让我来试一试。"说着，少年模仿弘法大师的样子，也在天上写了几个字。随后，少年又对弘法大师说道："接下来，能不能请您在河上写个字？"于是，弘法大师在河面上书写了一首赞美流水的诗篇。只见那文字像一片片树叶相继浮现在水面，呈现出一幅美丽的景象，并且在水上停留了片刻。然而不久，那文字便随着一江河水东流而去。"让我也来试一试。"少年说着，在河面上用草书写下了一个大大的"龙"字。只见那个"龙"字许久地停留在水中，纹丝不动。这时，弘法大师发现少年写的"龙"字上边少了一个点儿，于是他问少年："为什么不加上那一点儿？""噢，我忘记了！"少年回答道，"就请您帮我补上吧！"弘法大师欣然从命，在"龙"字上加了一个点儿。顿时，"龙"字化成了一条巨龙，在水中翻滚了一阵，却要兴云作雨，飞腾升天。这时，但见空中乌云密布，电闪雷鸣，随着一阵龙卷风吹过，巨龙径直飞上了天空。

随后，弘法大师问那少年："你究竟是何许人也？"少年回答："我乃五台山上供奉的智慧之神文殊菩萨。"说罢，那少年摇身一变，仿佛神仙般四肢闪射出耀眼的灵光。只见文殊菩萨面带微笑，腾云驾雾，扶摇直上，消失在一片祥云之中。

三

一次，弘法大师自己在为京都御所的应天门挥毫书写匾额时，也忘记了在"应"字上点上一个点儿。时值天皇降临京都，于是便问弘法大师为何"应"字上少了一个点。弘法大师回答道："此乃本人疏忽，我立刻就补上那一点儿。"因匾额早已高高悬挂在应天门之上，天皇遂令侍从取来梯子。可是弘法大师并没有登上梯子，他只是站在门前，将手中的毛笔径直投向牌匾。投出的毛笔正好在牌匾上点了个点儿，随后又折返回弘法大师的手中。

弘法大师也曾经为京都御所光华门上的匾额挥毫。当时，在光华门附近居住着一位名叫纪百枝的人，他对弘法大师写下的"光华门"几个字大加嘲讽，指着其中的一个字说道："那个字看上去像个相扑手，却是外强中干。"就在那天黑夜，百枝做了个梦。他梦见一个相扑手出现在自己的床前，扑到自己的身上，用拳头猛击自己的头部。他痛苦地大叫着惊醒过来，看见那个相扑手飘向空中，变成了被自己嘲笑过的那个大字，回到了高悬在大门顶端的牌匾上。

那时，还有一位著名的书法家名叫小野道风①，他总是嘲笑弘法大师书写的匾额"秋鹤门"。有一次，道风指着匾额上的"秋"字责备说："那个'秋'字看上去像个'米'字。"就在那天深夜，道风梦见被自己嘲笑过的"秋"字变成了一个人，骑在自己身上拼命地撕打着，还在自己脸上跳来跳去，像是舂米的杵棒不停地敲打在自己的头上。那个人一面跳着还一面说道："喂，我可是弘法大师派来的！"道风猛地惊醒过来，发觉自己浑身上下伤痕累累，像是被什么人痛打了一顿。

弘法大师去世后过了很久，由他书写的"美福门"和"光华门"匾额饱经风霜，字迹已经变得模糊不清。于是，天皇令大纳言行成修复匾额。然而行成唯恐祸从天降，不敢立即履行天皇的谕旨。行成生怕因此触怒弘法大师，于是准备了一些供品，以求得大师的宽恕。一天夜里，行成梦见弘法大师来到他的

---

① 小野道风（894—966），日本平安中期的书法家。

床前，微笑着对他说道："你不必担心，按照天皇的旨意，尽快修复匾额才是。"如此这般，大纳言行成于宽弘四年一月完成了修复匾额之功业。事情的原委，记录在《本朝文萃》一书当中。

上述逸事，均为我的朋友晃所述。

第三章　地藏菩萨

一

我徘徊在神社与庙宇之间，又度过了一个整日。我目睹了许多奇闻趣事，却未能见到佛陀的本来面貌。

我曾经不止一次地登上漫长的石阶，穿过无数座镶有象头或者狮头怪兽的鬼瓦大门，赤脚踏入祥烟缭绕的清净佛室，抑或是进入布满人造金莲的极乐殿堂，直到眼前的昏暗消失，却始终未能见到一尊真正的佛像。所到之处，不外乎眼花缭乱的祭坛、若明若暗的神灵、奇形怪状的神器、谜团般的经文以及神秘莫测的垂悬物，所有这些都紧紧地围绕着一个四门紧闭的神龛。

让我感到印象深刻的，是普通民众对于信仰所表现出的喜悦。那其中看不到严厉、苛刻，抑或是自我压抑，甚至让人感觉不到丝毫的庄重。孩子们可以在阳光明媚的寺院里，乃至庙堂前的石阶上尽情玩耍；母亲可以随手把婴儿放在榻榻米上任其爬来爬去，而自己却在一旁祈祷。人们如此随意地对待自己的宗教，他们往巨大的功德箱里投入几枚硬币，在大殿前简短膜拜后便转过身嬉笑如常，甚至在大殿前抽起了烟斗。更有一些朝圣者根本不走进佛殿，他们只是站在门外简单地祈祷后，留下几个香钱。让人感到欣慰的是，他们对于自己创造的神佛似乎并不感到恐惧。

二

晃在我的房门外微笑着鞠了一躬。他脱下草屐，脚上穿着一双白足袋走了进来，再一次微笑着鞠了个躬，静静地坐在了为他准备的椅子上。晃是一位快乐的年轻人，他修整一新的脸庞，清爽的古铜色皮肤，一头垂至眉梢的黑发，加上一身宽大的长袍和一双雪白的足袋，看上去就像是个日本姑娘。

我拍手叫服务生上茶。那是旅店提供的饮品，晃称之为"中国茶"。我递给他一支雪茄，他婉言谢绝，却征得我的同意，抽起了自己的烟斗。他从腰里抽出一只烟盒，和一个用绳索连接在一起的烟袋，从烟盒里取出一个豌豆大小的黄铜烟斗，又从烟袋里捏了一撮切得像头发丝一样细的烟草，捻成一个小球塞进烟斗里，便开始抽了起来。他把一口烟吸入肺中，然后从鼻子里慢慢吐出，总共抽了三口，每次大约相隔半分钟。他抽完一袋烟，又把烟斗放回了烟盒里。

与此同时，我开始向晃发起了内心的牢骚。

"噢，今天您就能够见到佛像。"晃回答道，"我们一起去增德院，那里今天将举行佛生会，就是佛陀的生日会。不过佛像很小，只有一尺来高，您要是想看大佛，就得去镰仓，那里有一尊坐在莲花宝座上的大佛，足有五六丈高。"

我跟着晃，离开了旅店。"今天或许能够让您大开眼界。"晃说道。

三

寺庙里一片祥和的气氛。庙堂前的石阶上挤满了微笑着的母亲和一大群快乐的孩子。走进寺庙，只见妇女和孩子们围拢在玄关前的一张漆桌旁，桌子上放着一只盛满土常山茶的水罐，茶水中伫立着一尊小佛像，一只手指天，一只手指地。女人们按照习惯捐了香火钱，便用一只形状奇特的小木勺，舀起一勺茶水浇在佛像的身上，再舀起一勺茶水自己喝一口，给孩子们也各自抿一口，这便是所说的灌佛仪式。

靠近放着土常山茶水罐的漆桌旁边，另有一个较低的台子，上面摆着一口梵钟，形状好似一只大碗。一位僧人手里拿着一个裹着布垫的木槌走上前，敲了一下梵钟，却听不到声音。僧人大吃一惊，弯腰看了看，从里面拽出一个笑嘻嘻的孩子。孩子的母亲笑着跑过去，从僧人手中接过孩子。僧人、母亲和孩子满心欢喜地望着我们，我们也跟着一起大笑了起来。

晃走上前，对着寺庙的僧人说了几句话，不一会儿便拿着一只古怪的漆盒跑了回来。那漆盒约一尺来长，四边各约四寸左右，只在一头开了一个小孔，看不到任何类似盖子的地方。

晃说："喂，如果您愿意支上两文钱，就能够知道神佛是否为我们带来好运。"

我支付了两文钱，晃摇了摇漆盒，从里面掉出了一根细细的竹签，上面有汉字：

"吉！"晃大叫了起来，"好运！签号是五十一。"

晃又一次摇晃起漆盒，小孔里掉出另一根竹签。

"大吉！这次是大吉，签号是九十九。"

他再次摇晃起漆盒，从里面再次掉出一根神秘的竹签。

"凶！"晃笑了笑，"大祸降临，这回是六十四号。"

他把漆盒还给僧人，从僧人手中得到三张神秘的纸符，分别与竹签上的编号相对应。人们把这小小的竹签称为"神签"。

根据晃的翻译，第五十一号纸符上的文字大意如下：

"抽得此签者，宜顺应天意，膜拜观音，遂祛病消灾，失物复得，官司必胜，如求淑女，只需等待，定得芳心，且喜从天降。"

"大吉"签上的谶语大致相同。唯一不同的是，抽得此签者不必敬拜观音，而应跪拜财富之神大黑天、毘沙门和弁天。且幸运之人无须等待，只要一味地追求。但"凶"签上的谶语却是这样说的：

"抽得此签者，应顺天意，膜拜大慈大悲之观世音菩萨，患病不可除，失物不复得，官司则必败，若入爱情之河，定无法得其芳心，唯有勤勉虔诚，方可免除悲惨厄运，此人生不逢时。"

"可我们是幸运的！"晃断言道，"三次当中两次是'吉'，现在我们可以去拜见另一尊佛像了。"说着，他带着我穿过一条条弯曲的小巷，向城南走去。

四

眼前是一座小山，在一片茂密的雪杉和枫树之间，一条宽宽的石阶路直通山顶。我们爬上石阶，两头佛陀狮子——雄狮张着大嘴，雌狮则双唇紧闭——早已在那里等候。我们穿过两头狮子，进入一座宽阔的庭院，庭院尽头是一座雄伟的木结构建筑。

这里是一座寺庙，庙顶上铺着蓝色的青铜瓦片，四边是高高翘起的屋檐，屋檐上赫然矗立着鬼瓦和腾龙。偌大的寺庙建筑似乎饱经风雨，颜色早已变得模糊。寺庙的大门敞开着，从里面传出阵阵哀婉的旋律，像是在告诉人们，僧人正在做午间礼拜。他们在诵读翻译成汉文的梵经《妙法莲华经》。其中一人边诵经边打着节拍，他用一根裹着棉布的木槌，敲击着一个涂满大红色和金黄色，像是海豚头一样的古怪的东西，发出沉闷单调的声响，这便是"木鱼"。

寺庙的右边是一座小佛堂，四围香气弥漫。透过香烟，可以看见一只盛满烟灰的小香炉，里面直立着六炷香，冒出缕缕青烟。远处昏暗之中，可以看到一尊满身黑色、头戴冠冕的佛像。它额首低眉，双手合十，与平日所见日本人站在寺院门外拱手遥拜的样子毫无二致。这座木雕的佛像，无论做工还是色彩都显得十分粗糙，唯有那平静的面孔，令人感受到一种说不出的欣慰。

穿过寺庙的庭院，庙堂左侧参天古树之间另有一排石阶，倾斜着通向远处的小山。我们沿着石阶登上山顶，看到两头小狮子象征性地把守在门外。猛然间，我感觉到一阵寒气逼人，随后被眼前那阴森的景象吓得目瞪口呆。

在一片黑色的，甚至是漆黑的土地上，千年古树遮天蔽日，阳光透过枝叶的缝隙，在脚下留下星星点点的斑痕。一道轻柔而肃穆的光线，照射出一群奇异的灰色物体。它们表面布满青苔，像是一座座圆形的石碑，上面雕刻着汉字。在它们的左右乃至后方，竖立着一束束细长的木牌，密集得像是沼泽边上的蔺草，上面同样书写着奇妙的文字；又像是成百上千条木桩，刺破茫茫的大地。

我无须看到更多的细节，便知道自己正置身于一片坟墓之中。这里是一座古老的佛教墓地。

墓地里的木牌，日本人称之为"卒塔婆"。木牌上方左右两侧刻有五个凹痕，表示五轮塔。木牌两面书写着汉字，一面为死者的戒名并写有"成佛"字样，另一面为梵语的经文，甚至主持葬礼的僧侣也不曾记得其中的含义。墓碑竖起后，就要在碑石后面插上一根这样的木牌。在此之后的四十九天时间里，每隔七天便要再插上一根木牌。接下来到了百天祭日和周年祭日，还要各插上一根木牌。以后间隔时间逐渐拉长，百年之内每隔三年就要再插上一根木牌。

在每一群卒塔婆当中，都可以看到几块刚刚竖起的洁白的木牌，与其他因年事久远而表面变灰变黑的木牌一起，守护在墓碑旁边。还有一些更为古老的木牌，上面的文字已经很难辨认。有些木牌歪倒在潮湿的地面上，更多木牌则插在松软的土壤当中。每当风吹草动，便会有一些木牌被刮得东倒西歪，发出嘎嘎的声响。

同样形状古怪、显得颇为有趣的是那里的石碑。我早就听说过这种石碑，它的形状代表着佛教的五种元素。一个立方体上支撑着一个球体，球体上支撑着一座尖塔，上面放着一块四边形的方石盘；石盘的四边为月牙形，四角略微翘起；石盘中央置一顶端朝上的梨形物体，它们分别代表着土、水、火、风和空气。这五种物质构成人体，人死后又会还原成为这五种元素。只是这里缺少了第六种元素，即象征着"知识"的标记，不禁触发起人们无尽的遐想。从象征意义上说，这种疏忽似乎很难在西方人头脑当中引起共鸣。

在所有墓碑当中，更多的是略为低矮、顶端扁平的方形柱子，上面用黑色或者黄色字迹印有日文碑文，有些则直接雕刻在石头上。此外还有一些形状不一、高矮不同的直立石板，多数顶部为圆形，通常上面刻有浮雕。最后是一些形状各异的石头，即天然的石块，只在其中一个光滑的平面上刻有图案。这些不规则的石块同样具有特殊的含义。它们通常是沿五个不同的角度，从巨大的岩床中开采出来的。如何使其保持平稳，垂直竖立在基座上似乎是个谜。如此走马看花式的观察，无法发现其中的奥秘。

基座本身的结构同样形态各异。多数情况下，墓碑石的正面底座上开有三个孔，一个椭圆形的大孔和两边的两个小圆孔。两个小圆孔用来摆放线香，大孔则盛满了净水。我不知道这么做的原因，我的日本同伴告诉我："在死者面前洒上一注净水，是日本的古老习俗。"墓碑的两侧，各摆放着一个插花的竹筒。

墓碑上雕刻的，大多是静坐的佛陀像，抑或是现身说法的佛像。其中也有睡佛，像是睡梦中的日本小孩儿一样面容安详。这种形态意味着涅槃。在所有墓碑雕刻中，几乎都能够见到两支盛开的莲花，花茎交叉而立。

我看到一块墓碑上雕刻着一个英国人的名字，名字上方还刻着一个粗糙的十字架。很显然，佛教僧侣也曾如此宽宏大量，因为那毕竟是一座基督教徒的坟墓。

多数墓碑看上去已经残缺不全，表面布满了青苔。成百上千座灰色的墓石紧紧地排列在一起，笼罩在巨大的树荫下，彼此相隔只有二到五厘米的距离。头顶上方，无数只鸟儿叽叽喳喳的叫声，一时间让空气变得异常甜美。远处，石阶下隐约传来僧人们沉闷的诵经声，像是阵阵蜂鸣，显得那么忧伤。

晃一言不发，默默地带我走下台阶，来到一片更为阴森、更加古老的墓地。我看到，台阶尽头右手边散落着几座巨大的墓碑，样子十分宏伟，依旧布满了绿苔，灰色的碑石上深深地刻着几个大字。墓碑后面，分别矗立着数根大型卒塔婆，每根都有三四米高，像是寺庙屋檐上的椽梁，粗壮、有力。这些是寺院里僧人的坟墓。

五

走下阴暗的台阶，眼前出现六尊近三尺高的佛像，并排矗立在一块青石板上。第一尊佛像手持香盒，第二尊佛像手持莲花，第三尊佛像手持禅杖，第四尊佛像手捻念珠，第五尊佛像双手合十，第六尊佛像一只手高擎六环锡杖，一只手握着一串神秘的如意宝珠，像是在祝福成就所愿。这六尊佛像形态各异却表情如一，手中宝物亦代表着不同的含义。六尊佛像皆面带笑容，每尊佛像的脖子上都挂着一个白色的布袋，里面装满了小石子。佛像的脚下、膝前、双肩，甚至头顶光环上也都高高地堆满了小卵石。这些仿佛孩子般温柔的佛面，显得古老而神秘，莫名其妙地牵动着人心。

人们把它们称为"六地藏"。在日本的许多墓地里，都可以见到它们的身影。它们是日本民间信仰中最美好、最温顺的代表，具有先天的灵性，专为呵护孩子们的阴魂，保护他们不受恶魔的伤害，让他们在恐惧当中得到欣慰。"为什么要在佛像周围堆起小石子？"我问道。

仿佛地藏菩萨一样面带微笑的年轻佛教徒说道："所有孩子死后都要去赛河原，他们在那里和地藏菩萨一起玩耍。赛河原就在我们的脚下，就在这地底下。

"地藏菩萨身上穿的僧袍上带有两条长袖，孩子们玩耍时会拉起他的袖子。孩子们也会在地藏菩萨面前堆起小石子，自娱自乐。你见到的地藏菩萨身边的那些小石子，则是人们为死去的孩子堆放的，通常是失去孩子的母亲在向地藏菩萨祈祷时放在那里的。大人死了以后不会去赛河原。"

离开"六地藏"，年轻的佛教徒带着我穿过墓地，行走在一座座墓碑之间，向我展示着各种奇形怪状的佛陀雕像。

其中有些佛像古朴动人，有些佛像显得生动有趣，有些佛像则看上去十分精美。

几乎所有佛像都头顶光环，多数佛像呈跪姿而立，双手合十，仿佛古老基督教艺术当中的圣徒。它们手持莲花，像是在冥思苦想。有一尊佛像安坐在盘绕的巨蛇身上；另一尊佛像则头顶着仿佛罗马教皇三重桂冠的饰品。它长着六只手臂，一双手合十祈祷，其余则手持各种法物，举起臂膀，低头怒视，脚下还踏着一只被降伏的恶魔。还有一尊浮雕佛像，双手合十，同时从双肩背后伸出无数只手臂，手持各种法物，像是迸发出万丈光芒，显得无比神圣，仿佛在润泽众生，犹如日光普照大地。那便是圣洁的女神，大慈大悲的观音菩萨众多画像之一，通常被描绘成一位美丽的日本少女。为了拯救人类的灵魂，她宁愿舍去涅槃安乐。浮雕中所展示的，便是千手观音的崇高形象。紧靠在一旁，矗立着一块巨大的青石板。青石板上半部雕刻着一尊佛像，端坐在莲花宝座上，双眼低垂；下半部雕刻着三只奇怪的猴子，一只用手捂住眼睛，一只用手捂住耳朵，一只用手捂住嘴巴。"这意味着什么？"我不由得问道。我的朋友分别模仿着三只猴子的模样，莫名其妙地回答道："非礼勿视，非礼勿听，非礼勿言！"

经过再三解释，渐渐地我也能够辨认出一些佛像的名号。端坐在莲花宝座上手持宝剑，浑身燃烧着火焰的是不动明王，它手中的宝剑代表着智慧，燃烧的火焰象征着力量。有一种菩萨手里拿着一卷绳子坐地冥想，那便是佛陀，它用手中的绳子束缚七情六欲。另有一种佛陀，紧闭双眼，一只手托起脸颊，像是熟睡中的婴儿，看上去平静、安详，似乎已经进入涅槃境界，那便是卧佛。宛如美丽少女伫立在百合花上的，是日本的圣母观音菩萨。还有一尊坐佛，一只手拿着花瓶，另一只手高高擎起，像是一位威严的教师，那便是医治百姓疾苦的医生、灵魂的医师——药师如来。

我还看到了一些动物的雕像。《佛本生经》中的梅花鹿石像，优雅地站立在雪白的大理石还愿灯顶端。在一座墓碑上，一条概念中的神鱼，像是希腊艺术中的海豚，雕刻得活灵活现。它在石碑顶端张着大嘴，露出"锯齿"，在它的下方刻着死者的戒名。它那高高翘起的背鳍和摇摆着的尾鳍，凝聚着雕刻家的匠心。"那就好比是木鱼。"晃解释道。它就像僧侣诵经时，用裹着棉布的木槌敲打的、表面涂成红色或是金黄色的中空木鱼，也是佛教的一种象征物。最后，在一处僻静的地方，我还看到两只动物坐在地上，它们是一对神秘的物种，有着猎狗一般轻盈的身躯。"那是狐狸。"晃说道。如此看来，那的确是两只狐狸，我曾经听说过有关它们的神话。它们美若天仙，被赋予神灵的色彩。它们长着一对阴险、细长而又明亮的眼睛，经常被雕刻在青石板上，似乎总是在发出嗥叫。它们是稻谷之神，是稻荷神社的卫士。准确地说，它们不属于佛教，而是神道的象征。

这里的墓碑上，看不到类似西方墓碑石上的墓志铭，上面只有死者和亲属的姓名，以及雕刻在墓碑顶端的家徽。家徽通常为花纹图案。在卒塔婆表面，用梵文抄写着经文。

继续往前，偌大的墓地当中，我又一次看到了浮雕地藏。其中的一尊地藏佛像，雕刻得十分精美，从它旁边走过，让我不忍离去。那死去的孩子们的伴侣、雕刻在青石板上梦幻般的地藏佛像，仿佛一位英俊的少年，慈眉善目，莲眼低垂，面带佛教艺术特有的微笑，向众生传递着无限的温情和慈爱，任何基督教的塑像都无法与之比拟。实际上，地藏菩萨的形象被描绘得如此完美，以至人们在日常的言谈当中，总是用地藏比喻年轻美貌的人，称其为"菩萨相"。

六

最终，我们走出这座墓地，来到了一片小树林旁。

树林外一派阳光明媚，碧日蓝天飘浮着几朵白云，大地一片安详。热带的天空总是显得低沉，站在屋顶上沐浴着细细的春雨，似水的蓝天仿佛触手可及。这一带天空，似乎更加轻柔，更加朦胧，笼罩着大地。白云仿佛一条飘带，又像是一片幻影，引来众多幽灵，人们仿佛置身于仙境之中。

猛然间，我的眼前仿佛出现了一个孩子。那是一个小女孩儿，抬着头好奇地望我的脸。她那飘然的跫音，如落叶一般轻盈，像鸟鸣一样清脆。她身穿一件日本和服，但她的目光，一头蓬松的金发，却显示出异国风情。从她那双碧眼可以得知，或许她和我一样，亦是来自另一个种族的幽灵。无疑，这里是她玩耍的绝佳场所。这里的一切，对于这个幼小的幽灵来说或许并不那么奇妙，也并不那么陌生。相反，对她来说我才显得更加古怪。她显然已经忘记了自己的前生，忘记了自己父亲的世界。

一个贫穷却又美丽的混血儿，流落在这异国的港湾。孩子！你最好和这座墓地里的人在一起。对你来说，那未知的黑暗胜过这一片温暖的阳光。那里有仁慈的地藏菩萨，在他那宽大的衣袖下，你可以躲过一切恶魔，与他一同玩耍。你那被遗弃了的母亲，正在为你祈求施舍，强忍着心酸，微笑着默默地抚摸着你那俏丽的脸蛋儿，愿你能够早日找到一处安息的地方。

七

"喂，晃！我想知道更多有关地藏菩萨，以及赛河原孩子们亡灵的故事。""我已经讲了许多，没有再多可讲的了。"见我对这里的神佛如此感兴趣，晃笑着回答道，"如果你愿意，我可以带你去久保山，那里有一座寺庙，里面保存着一些画卷，描绘的是赛河原、地藏菩萨以及阎罗王审判小鬼的事情。"

于是，我们分别乘坐两辆人力车，来到了久保山的琳光寺。我们先是穿过一条不足两公里的狭窄的日本繁华小镇，随后又在小镇郊外行驶了大约一公里。道路两侧是一座座宅院，修剪过的树篱背后是一栋栋漂亮的民房，像是柳条编制的大笼子。我们下了车，沿着一条弯曲的小路，徒步登上一座绿色的山丘，穿过一片田野和农场，又在烈日下继续行走了很长一段时间，最后来到了一个几乎被寺庙和神社充斥的小村庄。

这个偏僻乡村的圣地隶属于真言宗，竹篱笆墙内矗立着三座建筑。进入寺庙，左侧一个开放式的佛堂最先进入我们的眼帘。那里是安放死者棺柩的地方，一副日本式棺架摆放在中间。正对着大门，祭坛上摆放着众多佛像。

在众多小佛像中间，一个满脸通红的魔鬼形象引起了我的注意。它瞪着一双黑洞般的大眼睛，咧着大嘴，像是在发出怒吼。它紧皱着眉头，赤红色的胡须一直垂到朱漆的胸前。它头戴一顶奇特的王冠，王冠被涂成黑色和金色，上面带有三枚神奇的叶片。左边叶片上画着月亮，右边叶片上画着太阳，中间叶片一片漆黑。在其下方的金边黑帽圈上，一个神秘的"王"字发出耀眼的光芒。帽圈下方左右两侧，倾斜着伸出两根镀金的笏板，佛像的一只手里同样握着一根更大的象征着王权的笏板。接下来晃解释道：

"那就是冥界的殿主、灵魂的判官、死者的大王、赫赫有名的阎魔王。在日本，面相可怕的人常常被形象地比喻为'长着一副阎王脸'。"

阎魔王的右边，是立在多瓣玫瑰莲花座上的白色地藏菩萨。

阎魔王的左边，是一个可怕的老妇人雕像。她名叫"夺衣婆"，专门守候在流经冥界入口处的三途河畔，剥掉死者的衣衫。她身穿一件青白长袍，头发和皮肤都是一水儿的煞白，满脸的皱纹，眯缝着一对狡猾的小眼睛，看上去十分阴险。雕像显得非常古老，颜色早已脱落，这更为她平添了几分麻风病的阴森。

那其中，还有海上女神弁天和观音菩萨的雕像。它们坐落在微型景观的山顶上，排列成奇特的造型，被点缀得五彩斑斓。为了避免有人不经意触碰到佛像，整个佛龛沿祭坛用铁丝网紧紧围住。弁天生有八只手臂，其中两只手合十祈祷，其余手臂高高举起，分别持有刀枪、法轮、弓箭、钥匙和一颗神秘的宝石。在她的宝座下方，沿着山坡站立着十位侍女，她们身穿长袍，衣袖垂落，拱手祈祷。在更远的下方，一条巨大的白蛇袒露着胸膛，从一个岩缝中伸出尾巴，从另一个岩穴里探出蛇头。山脚下，横卧着的一头黄牛表现出极大的忍耐。另有一尊千手观音，用她那无尽的慈悲，给人们送去丰厚的馈赠。

然而欣赏这里的祭坛却并非此行的目的。那些描绘天堂地狱的画卷，正在附近的禅宗寺内等待着我们的光临，我们不得不加快脚步。

一路上，我的向导告诉我：

"人死后，要为尸体剃头，刮脸，清洗全身，然后穿上巡礼的白色寿衣，还要在死者的脖子上挂上一个'三衣袋'，里面放进三厘钱，这钱要同尸体一起下葬。

"因为除了孩子以外，所有死者在渡过三途河时，都要付上三厘钱。亡魂来到河岸边，会发现'夺衣婆'早已在那里等候。她和她的丈夫'悬衣翁'就住在三途河畔，如果有谁不向她支付三厘钱，她就会把死者的衣服扒下来挂在树上。"

八

寺庙小巧而整洁，阳光透过敞开的纸拉窗，把庙堂照射得通明。晃像是和寺庙的僧人很熟悉，十分热情地打着招呼。我施舍了些钱财，晃转达了我们此访的目的。随后，我们被让进了一间宽敞明亮的耳房，由此可以俯瞰花园的美景。主人在榻榻米上铺好坐垫，端来一只烟盘，还摆上了一张半尺来高的小漆桌。就在一位僧人打开壁橱寻找画卷的同时，另一位僧人端来了茶水和一盘糕点。糕点用砂糖和米粉混合制作成美丽的造型，一块是盛开的菊花，一块是精美的莲花，其余则是些粉红色的菱形糕点，上面绘有飞鸟、仙鹤、鱼虫，甚至还有风景。晃夹起菊花糕点，执意要我尝一尝。我强忍住内心的懊悔，一瓣一瓣地拆开了美丽的花朵。

就在这时，一位僧侣取来了几幅画卷，分别打开挂在了墙上。我起身仔细观察着画面。

画面内容十分精美，表面色彩非常柔和，属于日本绘画鼎盛时期特有的色彩，是绘画当中的奇迹。整个画卷尺幅庞大，每一幅都有五尺来高三尺来宽，是一些绢本作品。

以下是有关每一幅画卷的说明。

第一幅画卷：

画卷的上半部，展示的是人世间的"娑婆世界"，即人们所说的世间尘世。墓地里栽种着绿树，盛开着鲜花，哀悼者跪倒在墓前，一切都笼罩在日本的蓝天白云之下。

画卷的下半部，则是幽冥世界，几个亡魂正穿越地壳直转而下。在这里，它们身着白衣飞快地掠过无尽的黑暗。再往下，暮色之中，亡魂们正蹚过幽灵般的三途河水。在它们的右旁，三途河的"夺衣婆"早已在那里等候。她面色惨白，像是梦魇中的巨人，正在从亡魂的身上扒下它们的衣服。在"夺衣婆"的身旁，一棵大树上沉甸甸地挂满了亡魂们的衣衫。

再往下看，一群恶魔正驱赶着四处逃散的亡魂。它们浑身是血，相貌十分丑陋，长着狮子般的大脚、半人半牛的面庞，像是古希腊神话中发狂的"人身牛头怪"。一只恶魔正在撕碎一个亡魂的身躯，另一只恶魔正在迫使亡魂们转世化身成为牛马或是猪狗。已经转世化身的亡魂，相继躲藏在阴暗的角落之中。

第二幅画卷：

那是只有在海洋深处才能够见到的、令人恐怖的幽暗。画面中央，黑檀色的王座上，坐着一个冷酷无情的凶神——死者的大王、亡灵的审判官阎魔王。在它的四周，一群手持器械的小鬼四处徘徊。左手边，王座下方显著的位置上竖立着一面神秘的魔镜，它可以照射到所有亡灵和人世间万事万物。眼下，魔镜中照射的是一片风景，有悬崖峭壁和海滨沙滩，海面上漂流着一只小船。沙滩上躺着一具尸体，像是被刀劈斧砍致死，而凶犯正在潜逃中。魔镜前，站立着一个战战兢兢的亡魂，被恶魔强行提起头盯着镜面里的凶犯，以确认那就是自己。王座的右手边，是一个高脚平台，像是寺庙里的祭坛，上面摆放着一堆奇妙的东西。那是一个刚刚被砍掉的双面头颅，直立在半截脖颈上。这双面头颅便是证人，充当"眼睛"的女人，注视着娑婆世界芸芸众生；充当"鼻子"的满脸胡须的男人，能够嗅到人间烟火，得知人类的一切所作所为。在它们附近的条案上，翻开摆放着一本厚厚的黄册，那便是记录人类行为的档案簿。在魔镜与证人之间，那个颤抖着的苍白亡魂正在等待审判。

再往下看，是那些早先受到审判的苦不堪言的亡灵。一只在娑婆世界说尽谎言的亡灵，被恶魔用烧红的铁钉将舌头拽出。另一些亡灵，则被成批扔进炽热的拖车内，拉去接受酷刑。车子是用铁条打造的，形状与日本街头的排子车相似。赤脚的车夫们，总是会"嘿呦，嘿呦"地喊着号子，拉着拖车到处奔跑。眼前的这群魔鬼车夫，赤身裸体，浑身是血，长着一副牛头狮脚，却和普通的车夫一样，依旧拉着炽热的拖车四处飞奔。

以上亡灵，均为成年死者。

第三幅画卷：

一只焚化亡魂的燃烧炉，在黑暗中喷射出熊熊烈火，魔鬼们用一根铁棒拨动着炉膛中的火焰。昏暗中，一个亡灵正倒栽葱坠入燃烧的烈焰之中。

这幅画面的下方，是一片广阔无垠的荒野。暗淡无光的山峦与峡谷之间，三途河蜿蜒流过。苍白的赛河原堤岸上，成群的孩子们的亡灵正在堆砌着石塔。那是些极其可爱的孩子们的亡魂，与现实中的日本孩子毫无两样。（日本画家如此准确地表现出孩子们的甜美，更是令人惊叹不已。）孩子们各自穿着一件短小的雪白衣衫。

画面前方，一个可怕的恶魔手举铁棒，将一个孩子堆起的石塔推倒在地，并将石子打散。可怜的小亡灵坐在废墟旁大声哭泣，两只漂亮的小手不停地擦拭着双眼，魔鬼则在一旁冷笑。其他孩子们也在流泪。可是，看！地藏菩萨来了！他背负着巨大的光环，像是一轮明月，看上去光彩夺目。他伸出一根坚实而神圣的锡杖，小亡灵们则抓住锡杖，攀附在上面，被地藏菩萨拉进他的保护圈内。其他幼小的孩子们则拽住地藏菩萨长长的衣袖，有些甚至攀附在地藏菩萨的胸前。

在赛河原场面的下方，是另一片冥界的竹海，其间一群白衣女人的身影依稀可见。女人们在哭泣，手指间流淌着鲜血。她们必须用自己伤痕累累的指尖，永世不休地采摘那锋利的竹叶。

可惜，只有这几幅画卷！原本还有一些，却是早已遗失。

不，原来那只是个误会。寺院的僧侣从一个隐蔽的地方，又发现了一幅更大的画卷，将其展开，与其他画卷一起挂在了墙上。那着实是一幅绝佳的美景。可是，它与这信仰和亡魂又有何关？画卷的前景，是一座碧绿的湖边庭园，宛如位于神奈川的花园，上面布满了精美的微型景观，其间有瀑布、洞窟、荷塘、曲桥，树上开满了雪白的花朵，平静的水面上亭台林立。远处天空中，轻柔的白云托起长长的飘带。白云之上，一座座童话般的宫殿遥相辉映，在云霭中时隐时现，飘然若仙，轻盈如梦。庭园里宾客云集，她们是美丽的日本少女，身披光环，星光闪耀。她们是一群来自黄泉的精灵。

如此说来，这里乃是天堂，西方极乐世界，那些神明便是菩萨。我走上前仔细观察，看到了更加奇妙的景象，也有了更新的发现。

那些慈悲的菩萨，正在经营着园艺。他们抚摸着莲花蓓蕾，用天赐的圣水滋润着花瓣，以助花儿早日盛开。花蕾的颜色格外鲜艳，绝非娑婆世界所有。有些蓓蕾已然开始绽放。在那明亮的花蕊当中，伴随着黎明的光辉，端坐着一个个裸体的小婴儿，每个人都背负着一个小小的光环。他们是一些小亡灵、新生的佛，喜降乐土。他们有些很小，也有些较大，却是眼见着正在成长。他们可爱的奶娘，正在用一种神仙的芳香，滋养着他们的心田。我看见其中一个，正欲离开莲花摇篮，在上界地藏的引导下，走向更高更远的辉煌。

在最上方的苍空，飘浮着一群天女，她们是佛教天国的天使，是长着一双凤凰翅膀的少女。其中一人，正在用象牙拨子拨动起琴弦，就像舞女弹奏起三弦琴。其他天女，则吹奏起由十七支管子组成的唐笛，这种乐器至今依然保留在大寺院的圣乐当中。

晃解释说，这天堂酷似人间。尽管有极乐世界的莲花，可那庭院仿佛寺庙中的花园，湛蓝色的宫殿屋脊，让我联想起西京的茶舍。

由此看来，任何一种信仰中的天堂，不过是记忆中幸福时光的重现，抑或是幸福时光的延伸。它唤醒人们昔日的梦幻，并使之成为永恒，难道不是这样吗？如果有人说，日本的这种记忆过于单纯，如果有人认为，在描绘天堂时，除了庭院、寺庙和茶舍，还需要更多有关物质生活的衬托，那么只能说他对日本的万里晴空、湖光山色、往日的辉煌，以及它所表现出的无限魅力一无所知。所有这些看似微不足道，却能够唤起无限的美感。它并非人的主观臆造，而是爱的力量创造出的奇迹。

九

"这里有一本关于地藏的偈文。"晃一边从壁柜中取出一本破旧的蓝皮册子，一边说道，"偈文，就像是西方的圣歌，抑或是赞美诗。这本书有两百多年的历史，书名叫作'赛河原口述传'。"接下来，晃打着节拍，朗读起赞美地藏菩萨的诗篇。那声音像是小亡灵们在窃窃私语，又像是赛河原上发出的呼叫。

> 这个伤心的故事不发生在尘世，
> 那是有关赛河原的故事，
> 发生在死亡途中的脚下。
> 这个传说不发生在尘世，却听起来让人心碎。
> 在赛河原，聚集着成千上万稚嫩的孩子，
> 他们是两岁、三岁的婴儿，
> 他们是四岁、五岁，更多不满十岁的孩子。
> 他们聚集在赛河原畔，
> 渴望听到父母的声音，
> 为远离父亲母亲而哭泣。
> "想见爸爸！想见妈妈！"
> 那哭声不同于尘世间的孩子，
> 听起来是那样的悲惨，
> 仿佛椎心刺骨的撕痛。
> 他们的故事同样令人感到悲伤。
> 他们在河畔聚集起小石子，
> 搭建起祈祷的石塔。

第一座石塔祈祷父亲安康，

第二座石塔祈祷母亲幸福，

第三座石塔祝福兄弟姐妹和一切所爱的亲人。

白天，他们就这样凄凉地度过。

当太阳从地平线上消失，

地狱里的魔鬼就会出现，

对着他们声嘶力竭地大声喊道：

"你们在这里干什么？

看！你们的父母还活在婆婆世界，

却从不虔诚祈祷，慷慨布施。

他们从早到晚只顾为你们哀悼。

啊，多么可怜！多么无情！

你们所受痛苦的根源，

正是父母哀悼、悲哀的结果。"

魔鬼们继续说道："不要责怪我们！"

他们推倒了堆起的石塔，

用铁棒把石子打散。

可是，看！地藏菩萨出现了。

他静静地走来，安慰着哭泣的孩子们。

"不要害怕！亲爱的孩子们，不要害怕！

可怜的小亡灵，你们的生命如此短暂，

如此过早地就被迫踏上了漫长的黄泉之路，

那通向死亡的漫长旅途。

相信我吧！我就是你们在冥界的父母，

所有孩子们在死亡境内的父亲。"

地藏菩萨用他那闪光的长衫遮挡住孩子们。

他如此仁慈，对孩子们充满怜悯。

他把坚实的锡杖伸向那些不会走路的婴儿。

他拍着孩子们的头，抚摸着他们，将他们抱在温暖的怀抱中。

他如此仁慈，对孩子们充满怜悯。

南无阿弥陀佛！

第四章　江之岛朝圣之旅

一

镰仓。

在一片丛林覆盖的低矮山丘之间，散落着一座小村庄。一条小河从村中流过，两岸立着古老的民宅。木板墙和纸窗格的上方，支撑着陡峭的茅草屋顶，屋顶上长满了青草。在一排排形如田埂的屋脊上，更是长满了茂密的马莲，开放出鲜艳的紫花。温暖的空气中弥漫着日本特有的气息。清酒的味道、紫菜酱汤的味道、当地产大萝卜的气味，加上笼罩在其中的强烈沉香，不时地从附近的寺庙中扑鼻而过。

为了今天的朝圣巡礼，晃共租用了两辆人力车。蔚蓝色的天空，万里无云，大地沐浴在灿烂的阳光下。当我们行驶在一条小溪旁，看到一排排屋顶长满杂草的农舍，一种说不出的悲凉油然而生，沉重地压在我的心头。这座颓废的小镇，曾经是大将军源赖朝的国都、幕府时代的重镇。那时，为了征收贡赋来到这里的忽必烈使者们，由于极度施暴而遭到斩首。时至今日，昔日繁华都市中香火旺盛的众多寺庙，免于十五六世纪的大火而幸存下来的建筑已是寥寥无几。那些至今尚存的庙宇，无疑受益于被建在了地势较高的地方，抑或是因为宽阔的庭院将它们与大火隔开。那些寺庙当中的古老神佛，如今依旧深居在一片沉寂当中，早已破烂不堪，没有人前来朝拜，更无人上香布施。附近是一片荒芜的稻田，蟾蜍的鸣叫声取代了往日城市海潮般的喧嚣。

二

我和晃跨过一座小桥，穿过一条护城河，来到了古镇名刹圆觉寺的门前。大门顶端是一排中式的屋梁，表面全然没有任何雕刻。我们走进大门，踏上一段宽阔的石阶，走过一条茂密的丛林大道，来到了寺院的山门前。这座山门造型十分独特。它是一座巨大的双层建筑，四边屋檐高高翘起，两侧山墙威严耸立，看上去十分壮观。山门已有四百多年的历史，饱经沧桑却看不出任何败落的痕迹。粗壮的原木支柱与山梁巧妙地融合在一起，支撑着复杂的上层结构。山门宽阔的屋檐下筑满了鸟巢，不时地传来鸟儿的叽喳声，宛如一汪清泉湍流而下。整个山门规模庞大，气势宏伟，稳如磐石，显示出寺院特有的威严。它没有雕龙刻凤，没有滴水嘴怪兽，却从屋檐下探出纵横交错的七梁八柱，显示出独特的魅力和如痴的梦幻，引起西方看客无穷的遐想。走进寺庙，我依旧环顾四周寻找着狮头、象面、龙首。令人大为惊叹的是，映入眼帘的仍然只是四根突起的方梁，这让我始料未及。事实上，这座建筑的威严根本无需狮子、大象、蟠龙的雕像刻意强化。

进入山门，展现在眼前的是一排千年古木。穿过一条森林密布的小路，登上一段宽阔的石阶，便来到了寺庙的正殿，只见门口端放着两座美丽的石灯笼。正殿建筑并不大，却与山门一样气势辉煌。正殿上方高悬着一块匾额，上面用汉字书写着几个大字："大光明宝殿"。正殿入口处设有木栏杆，游人一律禁止入内。我透过木栏，借助一缕光线向殿内张望。我先是看到了正殿内大理石的地面，随后便是一条长廊，两排高耸的立柱支撑着暗淡的廊顶。长廊尽头，释迦牟尼雕像端坐在一张直径约十二米长的巨大莲花宝座上。隐约之中，只见佛像面色黧黑，身披金丝长袍；它的右边立着一尊白色的神秘雕像，手持一只香炉；它的左边同样立着一尊白色雕像，仿佛在拱手祈祷。两尊雕像的身高均超乎寻常。由于殿内光线幽暗，我无法辨认它们的真实身份——或是佛陀弟子，或是神仙，抑或是哪路圣人？

大殿的正后方，是一片镌刻着年轮的松杉翠柏，其间簇生着青色的毛竹，仿佛一根根刚劲挺拔的桅杆，绿色的枝叶与高大的树梢交织在一起，呈现出一派美丽的热带风情。穿过这片竹木林，爬上一段宽阔的青石板坡道，另一座孤寂的小庙出现在眼前。登上石阶，一行人来到了小庙的山门前。面前的这座山门，与先前那座山门相比规模虽小，却是十分奇特，上面刻满了形态各异的蛟龙。看那雕刻技法，堪称空前绝后。只见它们各个羽翼生辉，扭动着身躯，势如翻江倒海。左侧门扇上一条青龙双唇紧闭，右侧门扇上一条青龙龇牙咧嘴，大有毁天灭地之势。这一左一右两条巨龙，仿佛侍奉佛陀的两头睡狮，一雌一雄各守一方。脚下是激流翻滚的旋涡，头顶是波涛汹涌的巨浪，那大胆的浮雕设计，更使得整个壁面如日中天。随着时间的推移，其间的灰色木框也变得如磐石一般坚硬。

小庙当中似乎并无值得称赞的佛像，只有一颗佛舍利，却是远渡重洋来自遥远的印度。由于守护人暂时离开，因而无缘拜见。

三

"我们一起去看一口大钟。"晃说道。

我们沿着一条小路，穿过两侧长满青苔的六米多高的围墙，向左来到了一排荒芜的石阶前。石阶间长满了杂草，长期的践踏使得石阶极度磨损，几乎成为一片废墟，踩上去摇摇欲坠，甚至有些危险。最终我们还是安全地到达顶峰，来到了一座祠堂前。一位年迈的僧侣，微笑着迎接我们的到来。那位僧侣恭敬地向我深鞠了一躬，我们也赶忙还了礼。在正式参拜祠堂前，一行人首先领略了右手旁的一口著名的大吊钟。

大钟悬挂在一座屋檐翘起的中国式亭子当中，看上去足有八米多高，直径约四米半，钟口厚度足有二十厘米。与开口渐宽的西方吊钟不同，这口大钟上下几乎一般粗细，平滑的金属表面上镌刻着经文。用来撞击大钟的，是悬挂在屋梁上的一根粗大的钟杆，像是古代打仗时使用的攻城槌。钟杆上系着一根棕榈绳，拽动绳索，瞄准浇铸在大钟正面的莲花猛击，大钟就会发出美妙的声响。眼前的这根钟杆，已是千锤百炼饱经风霜，木质坚硬的四角形平面杆棒，像是活版排字工手中的木槌，杵头已经被敲打成凸起的圆盘状。

一位僧人示意我敲打大钟。我先用手指轻轻地拍打了一下钟沿，吊钟发出沉闷的声音。我用尽全力摆动起钟杵，霎时间一声雷鸣般的响声，好似巨大的管风琴发出的浑厚低音，迅速地向着四面八方传开，在远处群山中回荡。紧接着，阵阵美妙的回声开始在耳边缭绕，像是在相互追逐，又像是渐渐地远去。我只敲击了一下大钟，却引来了惊天动地的巨响，那声音足足延续了十分钟之久！

据说，这口大钟已经有六百五十年的历史。

在钟亭附近的一间小祠堂里，僧人向我们展示了几幅珍奇的绘画，描绘的是大钟铸造六百周年庆典时的情景。这是一口神钟，人们相信那其中孕育着神灵。如果没有这口大钟，这间小祠堂便不会引起人们更多的兴趣。祠堂里还保留着一些卷轴，描绘的是德川家康及其家臣的画像。在将祠堂内殿和甬道隔开的门扇两侧，立着真人大小、身着甲胄的日本武士雕像。内殿的祭坛上，彩色木雕的微型景观之间，聚集着弁天女神的十五位童子。祠堂的正前方，端放着祭神用的驱邪幡和一面镜子，它们是神道的象征。这座祠堂在日本"废佛毁释"的大变革当中，一举改宗为国家神道。

在日本，几乎所有著名的寺庙均出售记载该寺庙的起源及变迁的小册子。在圆觉寺的入口处，我也看到了这种小册子，其中一幅描绘着神奇的大吊钟。在晃的帮助下，我了解到了下列民间传说。

四

文明十二年，这口大钟曾经不敲自鸣。听到这件怪事后对其付之一笑的人，结果遭到了厄运；相信了这个故事的人，从此兴旺发达，万事亨通。

那时，在玉绳村有一个名叫小野君的人死于病患，落入地狱，来到阎魔王的面前接受审判。冥府判官阎魔王面对小野君说道："你如此过急，来得尚早！娑婆世界给予你的阳寿未尽，我命你立刻回去！"对此，小野君回答道："如此漆黑一片，我如何能够重返阳间？"于是，阎魔王对小野君说道："由此向南，于南阎浮提界可以听到圆觉寺的钟声，随着声音便得以找到归途，重回娑婆世界。"小野君按照指点向南行走，耳边果然传来圆觉寺的钟声。他穿过昏暗的冥府，最终得以重生，回到了娑婆世界。

也就是在那时，日本各地出现了一位身材巨大的佛教僧人。没有人记得见过他，也没人知道他的名字。这位僧人四处巡游，所到之处劝说人们去圆觉寺的大钟前祈祷。后来人们发现，这位云游四方的行脚僧人便是那口神钟，他借助超人的力量化成了一个僧人。从此以后，众多百姓纷纷来到大钟前祈祷，他们无一不如愿以偿。

五

我们再次回到了那座中国式的山门前。"这里还有一些值得欣赏的东西。"我的向导说道。他引导我们穿过另一条丛林密布的小道，来到一座丘陵前。这座丘陵，大约三十米高，满是松软的石块，中间镂空形成几间洞室，里面摆放着一些石像。洞室仿佛一座座坟冢，石像似乎一座座墓碑。洞室分上下两层，上层三间，下层两间，上下层之间用岩石自然凿出一条狭窄的阶梯。洞室当中，沿着潮湿的洞壁，并排摆放着一些灰色的石板，形如佛教寺庙中的墓穴，石板上清晰地浮雕着佛陀像。所有佛陀均背负着耀眼的光环，它们表情真挚，有些像是西方中世纪的雕刻作品，有些则已是屡见不鲜。在久保山墓地，我曾见到过伸展着无数只手臂，跪坐在地上的女人的雕像；也曾见到过头戴冠冕，单手支颐，双膝并拢，浑然入梦的、象征着永久安息的凄凉雕像；还见到过形如圣母的雕像，她们手持莲花，脚踏一条盘曲的蟒蛇。可是在这座洞室里，我却无法看清全部雕像。其中一间洞室的岩顶已经坍塌，一束阳光透过废墟，照射在岩层下方的雕像上，让人无法靠近。

这些洞室并非墓穴，那些石像也并非我想象的墓碑。她们是大慈大悲的女神雕像，洞室便是礼拜堂，雕像则是圆觉寺的百尊观音菩萨。沿石阶上层洞室的壁龛里，竖立着一块花岗岩石碑，上面用汉字书写着一排大字："南无大慈大悲观世音菩萨、诸愿皆遂"。

六

穿过两道分别悬挂着"天下禅林"和"巨福山"牌匾的山门，便来到了建长寺。这里使人产生一种错觉，仿佛又一次回到了圆觉寺内。因为这第三道山门，连同眼前的佛殿，与之前所见圆觉寺的建筑完全相同，皆出自同一位建筑师之手。进入那高大且庄重、华丽的山门，便来到了雄伟的佛殿前，这里端放着一只青铜制水盘。那精美的金属水盘，整体呈莲花状，中间设有喷水口，清澈的泉水溢满整个盘池。

大殿内部，地面上铺着黑白相间的正方形石板，参拜者可以穿鞋而入。从外观看，它与圆觉寺一样朴素而庄重，可进入殿内，却显得异常肃穆、凄凉。其间看不到头顶火焰的佛陀那漆黑的面孔，取而代之的是背负光环、吐着三条火舌的巨幅地藏菩萨雕像端坐在殿堂中央。那地藏菩萨，坐在一张褪了色的金饰莲花台上，僧袍的一角垂落在高高耸立的宝座一旁。在他的身后，是一排渐高的金漆台阶，上面整齐地排列着数百尊巴掌大小的金黄色雕像，那便是千尊地藏菩萨佛像。从本尊佛像头顶的天花板上垂落下一幅暗淡的天帐，天帐四周的饰坠透过陈年的蛛网尘埃闪烁着微光。想必那天花板也曾有过辉煌，它由众多块藻井组合而成，藻井表面为金地并绘有彩色飞鸟图案。支撑大殿屋顶的八根梁柱，曾经亦是描金彩绘，如今却只能从木纹的蛀虫表面或底座上略见一斑。门户上方的楣窗浮雕，尽管已经褪色，却依然可见品箫弄笛、歌舞升平的非凡景象。

侧廊右手边有一座小庙堂，被一扇厚重的木门隔开。负责接待的僧人拉开木门，请我们入内参观。堂内黄铜支架上摆放着一面大鼓，四周足有五米多长，令人为之惊叹。大鼓一旁悬挂着一口大钟，钟面上镌刻着经文。得知看客被禁止击鼓，不禁让我略感失望。除此之外，庙堂内还悬挂着一盏结满了蛛网的纸灯笼，上面印有卐字符图案，那是佛教神圣的象征。

七

晃告诉我，在《地藏经古趣意》一书当中，记载着有关建长寺地藏菩萨的传说。

从前，在镰仓居住着一位浪人的妻子，名叫曾我贞义。她依靠养蚕抽丝为生，并不时地来到建长寺烧香拜佛。一个寒冷的冬日，她来到寺院，见地藏菩萨冻得可怜，便决定制作一块头巾为菩萨取暖，那便是乡下人冬天戴在头上的兜帽。贞义回到家，缝制好头巾，将其系在地藏菩萨的头上，然后面对地藏菩萨说道："我并不富裕，无力为您制作一套冬衣以温暖您的贵体。我是个穷人家的妇女，或许这块头巾并不足以让您的神明笑纳。"

治承五年十二月，贞义五十岁时不幸突然去世。然而三天过后，她的尸体却始终温暖不僵，为此家人无法将其入殓。到了第三天的半夜，贞义竟然死而复活。

贞义回忆说，死后当天，自己来到了冥府判官阎魔王的审判大厅。阎魔王看了她一眼，便勃然大怒地呵斥道："你这个女人罪恶多端！你背弃佛祖的教诲，在娑婆世界肆意用滚烫的开水杀害蚕蛹涂炭生灵，现如今你应当坠入镬汤地狱，被油锅煎煮直到赎清你的罪孽！"说话间，只见一群恶鬼蜂拥而上，将她拖到一口化铁炉前，投入盛满铁水的炉中。无奈，她只好放声大叫起来。就在那时，猛然间地藏菩萨也跟着跳进了铁水当中。翻滚的铁水立刻平静得像一汪清油，炉火也不再燃烧。紧接着，地藏菩萨将她从炉中抱起，把她带到了阎魔王的面前，当着阎魔王的面恳求道："这个女人曾经施善于我，看在我的分上，请饶恕了她吧！"于是，她便得到宽恕，得以重新回到这娑婆世界。

说到这里，我开口问晃："这么说，按照佛祖的教诲，任何人穿戴丝绸都是不符合佛教本意的啦？"

"的确如此！按照佛教的法典，僧人被严格禁止穿戴丝绸制品。"晃说着，脸上却一反往日的平和，露出了一丝讥讽的微笑。果不其然，晃接着补充道："可是，几乎所有和尚都穿着丝绸编织的袈裟。"

八

晃还给我讲述了这样一个故事。

据《镰仓志》第七卷中记载，古时位于镰仓的延命寺内，供奉着一尊有名的地藏菩萨，被称为裸体地藏。那的确是一尊裸体的地藏菩萨，只是后人为它披上了一件僧袍。原本赤身裸体立在棋盘中央，如今朝圣者只要付上一两个硬币，寺庙的僧人便会将像的僧袍脱掉，人们可以看到，那尊雕像脸部虽是地藏菩萨的面孔，下面却是一副女人的身躯。

说起这尊站在棋盘上的裸体地藏，还有这样一段来历。一次，著名的平时赖公当着众多宾客的面与妻子下棋。数局之后，两个人约定，接下来输棋的人要赤身裸体地站在棋盘上。结果妻子输了棋，于是她向地藏菩萨祈祷，请求免于露身之耻。地藏菩萨答应了她的请求，自己站在棋盘上，脱光了衣服，瞬间将自己变成了女人之身。

九

我们二人乘坐人力车沿着一条坡路继续前行，此时道路变得越发狭窄，天色也开始变得昏暗。"噢，请等一等！"我的那位佛教徒向导对着两位车夫轻声说道。于是，两辆人力车平稳地停在了长满青苔的石板路上。一缕阳光穿过路旁树丛茂密的枝叶，照射在青石板上。"这里有一座寺庙，供奉着阎魔王，俗称阎魔堂。寺庙的名字叫作圆应寺，是一座禅宗寺庙，已有七百多年的历史，里面供奉着一尊著名的佛像。"晃解释道。

我们登上石阶，只见狭小的庭院当中坐落着寺庙大殿。石阶尽头的右侧，一块花岗岩的古老石碑上，深深地刻着三个大字："阎魔堂"。

这座寺庙，正殿的外观和内部与先前所见的寺庙并无两样。与镰仓的释迦牟尼及地藏菩萨的寺庙一样，这里大殿的地面上铺着平缓的石板，无须换拖鞋便可直接入内。大殿内一片昏暗，满是灰尘，看上去老朽不堪，不时地散发出阵阵刺鼻的霉味。柱子上的彩绘早已脱落，显露出原始的本色。正殿左右两侧的高墙前，分别立着五尊和四尊总共九尊佛像，各个面目狰狞。每尊佛像的头顶上，都戴着一个喇叭形带有装饰的奇特冠盖。由于年代久远，佛像已经变得灰白，样子酷似在久保山见到的阎魔王。于是，我问道："这些都是阎魔王吗？""不，它们只是阎魔王的侍从，所谓的冥界十王。"向导回答道。"可为什么只有九尊？"我接着问道。"九尊佛像加上阎魔王，正好十尊，您还没有见到阎魔王啊。"向导答道。

阎魔王又在何处？大殿深处的角落里设有一排木台阶，直通一座高台，高台上有一座佛坛。佛坛上不见佛像，只摆放着一些金银铜器和漆器佛具。佛坛背后垂挂着一幅两米见方的帷幕，帷幕原本是深红色，如今已变得难以辨认，或许是用来遮挡后面的壁龛。一位守庙人走了过来，邀请我们登上高台。我脱下鞋，登上了铺有榻榻米的高台，紧随着守庙人绕到佛坛背后，在帷幕前停下了脚步。这时，守庙人手持竹竿撩起帷幕，示意我向里张望。霎时间，黑暗之中一头怪兽正对着我怒目而视。我大吃一惊，不由得倒退了几步。让我始料未及的是，那竟是一张偌大的鬼脸。

这张面目狰狞的脸庞，表面呈暗红色，仿佛熔化的铁水瞬时凝固成一团黑炭，令人胆战心惊。毫无疑问，这种恐惧部分缘于守庙人冷不防撩起帷幕那戏剧性的举止。然而震惊过后，却让我意外地获得了一股巨大的能量，开始寻找起艺术家创作灵感的奥秘。其中的绝妙之处，既不在于雕像那虎一般紧皱的眉头，也不在于它咧开的血盆大嘴，更不在于它愤怒的表情和苍白的颜色。它的神秘之处，就在于那双噩梦般锐利的目光。

十

这座古老的寺庙，有着一段古怪的传奇。

传说距今七百年前，一位制作佛像的著名工匠不幸丧命，他的名字叫运庆苏生。运庆苏生之意，来源于庆幸"离开冥界，死而复生"。话说运庆死后，来到了判官阎魔王的面前。阎魔王面对运庆说道："你生前不曾为我制作过一尊雕像。既然你已经见到了我，我要求你立即回到娑婆世界，为我制作一尊雕像。"于是，运庆清醒过来，发现自己重新回到了人间。他的生前好友见他死而复生大为震惊，从此人们便称他为"运庆苏生"。自从重新回到人间，运庆始终不忘阎魔王的容貌，并且开始雕刻起阎魔王的形象。结果，便有了这尊让所有人无不为之魂飞胆丧的阎魔王雕像。运庆同时雕刻出阎魔王的侍从、冥界十王的雕像，它们和阎魔王一起，端坐在庙堂的正中央。

我希望得到一幅阎魔王的画像，并将这一愿望转达给了守庙人。我的愿望可以得到满足，但在此之前先要领略一下魔鬼的尊容。我们跟随守庙人离开寺庙，走下一段布满青苔的石阶，穿过一条街道，来到了一座乡间小屋。我们席地而坐，守庙人则转而进入里间。不大工夫，守庙人再次出现在面前，并从纸拉门后拖出来一只鬼。只见那恶魔身高三尺有余，赤身裸体，浑身血色，面目极端丑陋。它长着一个斗牛犬的脑袋，一双厚颜无耻的眼睛，一对狮子般的爪子，挥舞着一根大棒，摆出一副凶神恶煞的架势。守庙人将这个怪物转来转去，以便让我从头到脚看个透彻。屋门外，一群天真无邪的年轻人聚集在庭院，同样在欣赏着我这个异乡人和那只魔鬼。

接下来，守庙人取出一幅粗糙的阎魔王印刷版画，上面书写着几行佛教经文。待我付了些现钱，守庙人便准备在上面为我盖上寺庙的印章。印章用柔软的皮革层层包裹着，保存在一只精致的漆盒里。守庙人打开漆盒，解开包裹，取出了印章。但见那长方形的印章，为朱红色抛光石料所制，上面篆刻着几个凹陷的阴文。守庙人先在印章表面蘸上一些红色印泥，随后在这张恐怖画面的角落里盖上了红印，以此证明这笔奇异的交易永久成立。

十一

我走进寺庙院内，却不见大佛。这里的佛堂早已不复存在。穿过一片草地，沿着一条青石板路前行，大佛始终被一道密林遮挡住视线。前方转过一道弯，大佛的身影猛然出现在眼前，令人惊诧不已。或许你曾经无数次地拜见过大佛的画像，当你第一次目睹大佛真容时，你仍会感到巨大的震撼。或许你觉得自己就在大佛身边，可实际上你们之间仍然相隔百米。为了一览大佛的全貌，我不由得向后倒退了二三十米，没承想却乐坏了车夫。他以为我心生畏惧，唯恐大佛站起身来，于是打着手势催我向前。

可是即使大佛站起身，也不会令你感到恐惧。它那温顺的表情、梦幻般的容貌、湖水般平静的内心无不充满了美好，给人以无穷的魅力。相反，越是接近大佛，这种感觉就越发强烈。仰望大佛高贵的面容，沐浴着大佛半睁半闭的目光，仿佛从那青铜眼睑中流露出孩子般温柔的神情，俯瞰着世间万物。眼前的这座大佛，宛如东方幽灵之沉稳、宁静的化身，仿佛只有大和民族，才能够创造出如此宏伟的形象。大佛之美，大佛之高尚，大佛之深邃，无一不代表着这个民族的古老文明。尽管他也曾受到过印度佛教的启迪，比如头饰及各种象征性标志的设计，但其艺术本身却表现出大和民族独树一帜的辉煌。

大佛如此光彩夺目，以至让人暂时忘记了同样妙不可言的两枝青铜莲花。它足有四米多高，插在佛像前一尊三足圆鼎的两旁，鼎上摆放着香炉。

佛像安坐的大莲花宝座右侧有一入口，由此通向佛身内部。里面摆设着一个小型祭坛，上面供奉着观音菩萨，另有一尊祐天上人的雕像，和一块用汉字刻印着"南无阿弥陀佛"的石碑。

朝圣者沿梯子可以爬到佛像内齐肩高的位置，那里有两个小窗口，透过窗口，寺院内景色一览无余。据讲解的僧人介绍，这尊佛像已有六百三十年历史。为了重新建造一座寺庙，以使露天大佛不受风雨的侵蚀，僧人恳求我施舍些钱财。

这尊大佛，原本有着自己的庙宇，因遭受地震及海啸，冲垮了殿堂四周的墙壁及屋顶，只剩下这尊阿弥陀如来大佛像，依然结跏趺坐在莲花宝座之上。

十二

我们再一次来到了远近闻名的镰仓观音寺前。观音菩萨为拯救人类灵魂，放弃了自身的永久安宁，拒绝涅槃，与人类共同经受着千百万年的苦难，她是大慈大悲的女神。

我们登上三段石阶，来到了正殿。门口的一位年轻女子起身和我们打过招呼，转身回到殿内传唤接待的僧人。不一会儿，一位身着白衣举止优雅的老人出现在面前，示意我们进入殿堂。

　　正殿规模之宏伟，与以往见到过的殿堂相比毫不逊色。经过六百年风雨寒霜，殿内早已变得古色沧桑。大殿顶端垂挂着各种祭祀供品、文字条幅以及众多鲜艳的灯笼。入口处的正前方，端坐着一尊酷似真人的佛像。那佛像满脸皱纹，一双奇怪的小眼睛紧盯着来客。佛像面部原本涂着肉色油彩，身上穿着淡青色衣裳。经过岁月的摧残，风尘剥蚀，如今表面已经变得一片苍白。惨淡的色彩与老朽的雕像竟然如此协调，感觉那就像是一尊活生生的托钵僧人。其形象与摆放在著名的浅草寺前、被无数朝圣者摸得锃亮的宾头卢尊者像如出一辙。入口处左右两侧分别立着哼哈二将，那高高隆起的肌肉，一副凶神恶煞的嘴脸，朱红色的躯体上散落着朝圣者投来的白色纸屑。祭坛上方，是一尊小巧玲珑却显得十分耀眼的观音菩萨像，背负着光环，释放出火焰一般金色的光芒。

　　诚然，这座寺庙并非以这尊小巧的观音像而闻名。另有一尊观音菩萨的巨像，有条件地供朝圣者瞻仰。方才的白衣老僧，将一份用地道的英语书写的请愿书递到了我的面前。请愿书的内容，是请求朝圣者布施钱财，以维持寺庙和僧侣的生活。对于信仰不同宗教的信徒，则劝其牢记"但凡倡导积德行善的信仰，均受到所有人的尊重"。我捐献出自己微薄的财物，请求瞻仰观音菩萨的真容。

　　于是，老僧拎着提灯在前方带路，从佛坛左侧低矮的入口，进入了寺庙内部一间昏暗高大的净室。我寸步不落地紧跟在老僧的身后。四下里除了提灯的光亮之外一片漆黑。不久，老人在一个闪烁着微光的物体前方停下了脚步。待两眼适应了周围的环境，一个物体的轮廓渐渐地呈现在眼前。那闪烁着微光的东西，分明是一只金色的大脚，脚背上还垂挂着一条波浪起伏的金色裙带。紧接着又出现了另一只大脚，这无疑是一尊站立着的佛像。我意识到，我们正处在一间狭窄而高大的密室里。在一片漆黑的秘境中，几根绳索从头顶上方垂下，一直垂到照射大脚的提灯光亮附近。老僧再次点亮了两盏提灯，分别悬挂在了相距一米左右的绳索钩上，随后将两盏提灯向上徐徐拉起。随着提灯摇摇晃晃地上升，金色长袍的更多部分开始显现，然后是一副巨大的膝盖，接下来是两只紧缠在雕刻衣衫下弯屈着的大腿。提灯继续摇摆着上升。黑暗之中，那金色的影子越发显得高大，我们的期待也随之膨胀。四周一派寂静，只有头顶上滚动的滑车像蝙蝠在尖叫，发出咔咔的声响。提灯升到金色腰带的上方，出现了胸部的轮廓。紧接着是一只发光的手臂，它略微抬起，似乎在表示祝福，另一只手持莲花的金手也随之映入眼帘。最终，一个清丽的少女面孔，雍容温婉的金色观音菩萨的容貌展现在面前。

此时此刻，面对从黑暗之中走出的这一光辉的女性形象——这一被遗忘了的古代技术创造出的崇高艺术，我的内心与其说是惊讶，更多的是感慨；由此引发的情感，与其说是赞叹，更多的是敬畏。高悬的提灯仅在观音菩萨的面前停留了片刻，伴随着一阵咔咔的声响，继续攀升。这时，观音菩萨那神秘的宝冠开始出现在眼前。那是一个神奇的象征，是由数张面孔组成的一个巨大的金字塔。她们是观音菩萨自身尊容的缩小版，是一群清纯少女迷人的脸庞。

此乃观音寺中十一面观音像。

十三

民间对这尊佛像的信仰十分浓厚，以下是有关她的一些传说。

元正天皇执政时期，在大和国住着一位僧人，名叫得度上人。此人前世曾经是法辉菩萨，为了拯救世间俗人的灵魂，涅槃重生回到了娑婆世界。其时，得度上人深夜行走在大和国的山谷之间，眼见一道灵光闪烁，便走上前待要看个究竟。那灵光发自一棵倒在地上的巨大樟树，树干散发出诱人的清香，四射的灵光仿佛明亮的月光。见此神奇瑞兆，上人感到这必定是棵神木，如果用此木雕刻成观音像，必定大显神灵。于是，得度上人诵经念佛，诚心祈祷，祈求神灵。说话之间，一对老夫妇突然来到了上人的面前。他们面对上人说道："我们得知，你这贫僧打算借助天力，用这根木材雕刻观音像。你应为此继续祈祷，我们答应为你雕刻神像。"

于是，得度上人遵照老人的嘱托，每日坚持祈祷。那对老夫妇轻而易举地将巨大的树干平分成两半，开始在各自的一半上雕刻佛像。两位老人连续劳作三天，到了第三天，两尊美丽的观音菩萨雕像竖立在上人的面前。上人望着观音像，对两位老人说道："请说出您二位的尊名大姓，我要为你们祈祷。"于是，老夫回答道："我是春日明神。"老妇回答道："我是天照皇大神。"此话说完，两位大神摇身一变，随即腾空而起，顿时消失得无影无踪。

天皇听说了这件事情，派遣使者来到大和，供奉祭品，营造寺庙。高僧行基菩萨也赶来为观音像举行供奉开光法会，并为奉天皇意旨修建的寺庙举行加持仪式。他将一尊雕像请进寺庙，令其"常守于此，拯救众生"；将另一尊雕像投入海中，令其"任意而行，拯救生灵"。

最终，这尊雕像漂流到了镰仓。一个夜晚，佛像漂流到附近海岸，闪烁着万道光芒，仿佛灿烂的阳光，照亮了整个海面。镰仓的渔民被这道灵光惊醒，乘船来到海上，发现了漂浮着的雕像，将其拖到了岸上。天皇下诏书，在镰仓海光山为雕像修建寺庙，取名新长谷寺。

十四

我们离开观音寺，行走在大街上，沿路见不到一户人家。我们一路前行，道路两侧翠绿的山丘陡然峭立，头顶上的树荫也愈加浓密。眼前时隐时现的青苔石阶、雕刻山门，抑或是鸟居牌坊，似乎预示着寺庙的存在，但我们却无暇顾及。这一带随处可见荒废的庙宇，仿佛在静静地诉说着故都昔日的辉煌。附近寺院里缭绕的青烟，伴随着阵阵幽香扑面而来。不时地，一块块散落在地上的断石残垣被我们路过，其中大都带有雕刻的痕迹——那里是一片古老的墓地，随处可见被遗弃了的坟冢，亦有梦中的阿弥陀佛，微笑的观音菩萨。它们大都年代已久，磨损褪色，栉风沐雨难以辨认。我停下脚步，凝视着一组凄凉的群雕。那是守护幼童鬼魂的六地藏，同样破损不堪，表面布满青苔。其中五尊地藏菩萨被小卵石埋到了肩膀，见证着几代人祈祷的虔诚。地藏像的脖子上均系着数条褪了色的围嘴儿，代表着对死去的孩子们的眷恋。六尊地藏菩萨当中有一尊已经支离破碎，横躺在坍塌了的碎石当中，或许是被过往的车轮撞倒碾碎。

十五

　　一行人沿路下山，行走在峡谷之间，两边是悬崖峭壁，前方道路异常曲折。转过一座山梁，眼前豁然开朗，不觉我们即将走出大山走向海边。仰望太空，万里无云，湛蓝色的海水与蔚蓝色的天空交织在一起，令人心旷神怡。

　　前方猛地一个急转弯，道路沿山峦之间迂回伸展，脚下出现一片黄褐色的沙滩。海风中夹杂着潮水的清香拂面而过，我不由得深深地吸了一口气。只见远处一座小岛，距陆地大约四百米，岛上郁郁葱葱一片森林覆盖——那便是江之岛，一座神圣的岛屿，岛上供奉着一位美丽的海洋女神。岛上有一座小镇，灰色屋脊散落在陡峭的山坡上。此时正值潮落时分，预计今日便可徒步到达岛上。潮水退去后，将留下一条宽阔的沙滩，仿佛筑起一道堤坝，一直通往对面的小村庄。

　　来到江之岛对岸的片濑小村，我们不得不暂时放弃人力车，步行穿过沙滩。连接小村与海岛之间的沙滩过于松软，人力车无法通过。在这之前，已经有几辆人力车停靠在狭窄的路边，一同等待着香客的到来。据说，今天前来朝拜弁天女神祠堂的异国人士只有我一个。

　　在两位车夫的带领下，我们迅速地踏上了那片潮湿而坚实的沙滩。

　　随着江之岛渐渐临近，小镇上的建筑物，透过薄雾开始清晰地显现出来。高高翘起的屋檐、奇特的淡蓝色屋脊、楼阁上凉爽的露台、高耸的建筑山墙，伴随着印有奇妙文字的旗帜——展现在眼前。我们徒步穿过海涂，不久便来到了龙神之城、大海之都的门户。眼前是一座漂亮的青铜制鸟居牌坊，上面悬挂着一条同样是青铜制的注连绳和一块黄铜匾额，上面赫然刻着几个大字："江岛弁天宫"。粗大的立柱脚下，雕刻着翻滚的海龟石像。这座鸟居牌坊，从陆地望去正对着弁天宫，乃是小岛的大门。但从片濑方向算起，这里是第三道鸟居牌坊，只是我们一路沿着岸边走来，错过了其他两道牌坊。

　　我们来到了江之岛。眼前是一条坡道，中间铺着宽阔的石阶，两边插满了五颜六色的旗帜和藏青色的暖帘，上面印着白色的奇妙文字，在海风的吹拂下迎风招展。道路两侧，客栈及小店鳞次栉比，我不时地驻足向店内张望。在日本，只要来到小店的柜台前，必然勾起你强烈的购买欲望。为此，我只好不停地买、买、买。

江之岛不愧为"贝壳之都"。在每一幅印有文字图案的暖帘背后，店主们都以极其低廉的价格出售着精美的贝壳制品。清洁明亮的玻璃柜台上，闪闪发光的商品橱柜里，无不因珍珠贝壳的光彩而呈现出乳白色，以其精湛的工艺吸引着众多游客。一串串贝壳制作的花鸟虫鱼，闪耀着彩虹般的色彩。亦有珍珠母制作的小猫、小狗和小狐狸，更有姑娘们用的贝壳梳子，老人们用的贝雕烟嘴，精细得让人爱不释手。一只贝壳制作的小乌龟，个头只有一枚硬币大小，只要轻轻一碰，它的脖子、四肢、尾巴就会一齐舞动起来，简直是活灵活现。至于那些贝壳制作的鹳、鸟、甲虫、蝴蝶、螃蟹和小虾，更是形态各异、栩栩如生，甚至可以以假乱真。一群用贝壳制作的小蜜蜂，以钢丝固定在同样是贝壳制作的花瓣上，只要轻轻触摸它们的翅膀，就会发出嗡嗡的叫声。其间还摆放着女孩子们喜欢的贝壳首饰、各式发簪、胸针和项链。小店里同时出售江之岛风景照片。

十六

在这条神奇街道的另一端，陡峭的石阶上同样竖立着一座木制的鸟居牌坊。石阶脚下是一盏石灯笼、一口小井和一个水钵，朝圣者在进入大殿之前要在这里洗手漱口。水钵旁挂着一些鲜艳的蓝毛巾，上面赫然写着两个白色的汉字，我向晃询问起其中的含义——

"这两个字念作'奉献'，意思是奉纳自己的钱财，就是通常所说的施舍。人们来到这里，要将毛巾奉献给弁天女神。除了毛巾之外，也有人奉献字画、花瓶、纸灯、铜灯或者石灯。人们在向神明祈祷时，通常会许诺奉献一些祭品，更有人会许诺为寺院建造鸟居牌坊，其规模的大小取决于捐赠人财富的多寡。如果是位富豪，捐献的青铜牌坊之雄伟，堪比江之岛的玄关。"

"那么，日本人会对神明遵守诺言吗？"

听我这样一问，晃的脸上露出一丝甜蜜的微笑，随后回答道："曾经有一个人，许诺如果自己的愿望得到满足，会用青铜建造一座鸟居牌坊。结果他如愿以偿，却只用三根细小的钢针搭起了一个玩具牌坊。"

十七

登上石阶，我们来到一座高台，在此可以俯瞰整个小镇。巨大的鸟居牌坊两侧，各立着一只石狮和一盏石灯笼，均已破损不堪，表面长满了青苔。高台的背后是一座神圣的山峰，山上丛林覆盖。高台左侧是一汪浅浅的池水，上面漂浮着几根杂草，四周立着一圈破旧的石雕栏杆。远处池塘对岸，灌木丛中一块形状怪异的青石赫然挺立，上面刻着几个大字。那是一块神石，形如一只巨大的蟾蜍，故称蛙石。沿高台四周散落着一些石碑，其中一块据说是一位朝圣过弁天宫上百次的香客所赠。高台右侧亦有一组台阶通向另一座高台，一位老翁坐在高台下，用竹坯编制着鸟笼。那老人自愿做我们的向导。

我们跟随老人，登上了另一座高台。那里有一座江之岛小学，附近也有一块奇形怪状的巨石，当地人称之为"幸运石"。自古以来，人们相信用手摸一摸巨石会给自己带来财富。为此，石头表面已经被无数香客的手摩擦得锃光瓦亮。

我们继续向上攀登，眼前出现了更多布满青苔的石狮和石灯笼。在另一座高台的正中央，立着一座小庙，那是第一座供奉弁天女神的祠堂。祠堂前种植着几棵低矮的棕榈树，祠堂内除了些神道标志之外，并无任何引人注目的摆设。小庙的近旁也有一口井，供奉着毛巾，此外还有一座来自中国的石祠。据说这座石祠已经有六百多年的历史，在被江之岛神道祀官继承之前，里面也曾供奉着著名的佛像，如今已然是空空如也。石祠背后的石板，被从悬崖上方坠落下来的岩石砸得粉碎；石祠上的碑文也已被浮渣侵蚀，晃隐约读到"大日本国江岛之灵石……"，其余部分已经无法认辨。晃告诉我，这附近的一座寺庙里供奉着一尊佛像，每年只供朝圣者朝拜一次，时间是在七月十五日。

离开寺庙，一行人沿着左边的小路，行走在断崖绝壁之巅，俯瞰着远方的大海。崖顶上坐落着几间别致的茶馆，无一不面朝大海。海风轻拂，透过榻榻米茶室和开放的廊台，大海仿佛镶在镜框之中唾手可得。淡淡的海平线上漂浮着雪白的风帆，朦胧之中伊豆大岛的轮廓依稀可见，仿佛幽灵一般，又像是一座缥缈的峻峰。不久，眼前再次出现一座鸟居牌坊和一排石阶。石阶通向高台，高台被一棵巨大的常绿树笼罩，在地面上投下一片昏暗。高台靠海的一侧，同样环绕着一组长满青苔的石栏杆。高台右侧，依旧是一段石阶、一座鸟居牌坊和一座高台，伴随着一对满是青苔的石狮和石灯笼，竖立起一座记有江之岛从佛教转为神道的历史变迁的石碑。石碑的一端，另一座高地的中央，坐落着第二座弁天祠堂。

　　然而这座祠堂里却看不到弁天女神，女神被神道的一双大手遮住了面孔。和第一座祠堂一样，这第二座祠堂依旧空空如也。祠堂左侧的小庙里展示着一件奇特的文物。那是封建时代的一套盔甲，其中包括一副金属铠甲、一张生铁铸造的魔鬼面具、一个带有金龙纹饰的头盔、一副巨人高擎的青锋剑和一张长五尺直径一寸的弓箭。弓箭的箭头呈月牙形，两只弯角之间的距离近九寸，月牙内侧边缘锋利如刀，能够轻易地削掉人头。晃声称，如此笨重的弓箭，只需一只手拉开弓便可以将箭射出，我对此将信将疑。其中还有一幅佛教大圣人日莲的手迹，蓝地金字，行云流水。另有一件保存在佛龛漆器中的金龙，据称出自伟大的高僧、书法家、艺术奇才弘法大师之手。

　　走过一条林荫小路，便来到第三座弁天祠堂。穿过鸟居牌坊，只见一块刻着猴头浮雕的石碑立在眼前。有关这座石碑的真实含义，甚至导游也无法做出准确的解释。接下来是另一座木制的鸟居牌坊。据说，这里原本竖立着一座金属牌坊，不料夜间被盗，于是重新修建了一座木牌坊顶替。那盗贼也实在是高明，鸟居牌坊至少重达一吨。随后又是一排石灯笼。石灯笼的尽头，远处高山之巅是一座宽敞的寺院，寺院的正中央坐落着第三座、也是最主要的弁天祠堂。祠堂四周围墙林立，外人无法靠近，一派浮华空虚，庸人自扰的景象！

　　围墙外侧，正对着祠堂石阶的地方有一座拜殿。拜殿不足数平方米宽阔，其间设一功德箱，头顶上悬挂着一只铃铛，朝圣者可在此祈祷并撒上一些香钱。围墙内，在一个不大的平台上，四根原木柱子支撑着一座中式的屋顶，后墙被一道齐胸高的格栅封闭。从围墙外的拜殿向弁天宫望去，并没有看到弁天女神像的身影。

我不住地向里张望，发觉天花板乃是藻井式，中间一块藻井中绘有一幅奇特的图案—— 一只缩小了的乌龟，正俯瞰着我们的一举一动。我不觉感到奇怪，这时耳边传来晃和向导的笑声，接下来是一声高呼："那便是弁天女神！"

但见一条美丽的锦缎蛇，缠绕在门窗的格子上，不时地探出头向我们张望。它看上去并不让人感到害怕，似乎也没有理由感到害怕，因为它的同类被认为是弁天女神的使者和信徒。有时，这位伟大的女神自己也会变成一条蛇。或许，眼前的这条蛇正是女神的化身。

寺院附近，坚实的基座上端放着一块奇石。它形似乌龟，身上带有乌龟壳一样的条纹。它貌似神圣，被人称为"乌龟石"。我却心中暗自疑惑，这里除了石头和蛇，或许很难再有新的发现。

十八

接下来我们要去拜访龙洞。据晃说，那里之所以被称为龙洞，并非因为弁天龙神曾经居住在此，而是因为洞窟的形状酷似一条龙。这一段下坡路，是在青石断崖上开凿出的石阶，直通岛的另一端。陡峭的山崖、崎岖的小路、湿漉漉的青石板，更有海水在脚下翻腾；海水拍打着岩礁，卷起阵阵巨浪，浪花中隐约可见一座石灯笼；站在悬崖绝壁之上，所有这一切仿佛一幅鸟瞰图展现在眼前。在一座岩石的表面，我看到了一些圆孔。从前那里曾经是一座茶馆，茶棚的立柱就深深地插在圆孔之中。我小心翼翼地走下石阶。日本人脚上穿着草鞋，很少打滑，而我则在导游的搀扶下，一步一滑地迤逦前行。在我看来，祸根就是那些朝圣者们脚下的草鞋，否则石阶也不会被磨得如此光滑，而他们到此只是为了欣赏石头和蛇。

我们沿着峭壁，最终踏上了一条高悬在岩礁与深潭之上的木板栈道。沿栈道绕过一块突起的岩石，便进入了神圣的洞窟。一行人继续前行，附近光线开始变得昏暗。黑暗之中，翻滚的浪涛不断地涌进洞内，形成巨大的回声，震耳欲聋。回头望去，洞口处像是被猛地炸开了一道裂痕，隐约现出一片蓝天。

我们走进一座没有天神的寺庙，付了香资，随后各自点亮了一盏提灯，便开始了一系列的坑道探险。洞穴内一片漆黑，开始时三盏提灯根本无济于事。不久，我发现了青石板上的浮雕石像。我曾在寺庙的墓地里见到过类似的情景。石像按照一定间隔，整齐地排列在洞窟的石壁前。我的向导将手里的提灯靠近石像，分别念出它们的名字：大黑天、不动明王、观音菩萨……有些佛龛内并无佛像，只在前面摆放着一只功德箱。即使祭神外出不在，佛龛前依旧标注着它们的神号，如大神宫、八幡神、稻荷大神……石像全部为黑色，抑或是黄色灯光使它们显得发黑，表面像是涂了一层白霜，看上去闪闪发亮。我感觉，自己仿佛来到了一座埋葬诸神的地下陵墓。看似永无止境的长廊，总算走到了尽头，那里是一座祠堂。天花板上岩石低垂，想要接近佛龛只得跪地爬行。佛龛里空空如也，这里是龙的尾巴。

我们没有立即重返光明，而是沿着一条黑道进入了横洞，这里是龙的侧翼，里面依旧是数不清的黑头佛像、空空如也的佛龛、满脸硝石的佛面石像，以及屈身俯首方能近前的功德箱。这里没有弁天神像，无论是木头的，还是石头的。

重见光明，让我感到一丝欣慰。这时，我的向导冷不防脱掉衣服，一个猛子钻进了岩石间巨浪翻滚的旋涡之中。五分钟过后，他再一次出现在我的眼前，将一只蠕动着的海螺和一只巨虾摆在了我的脚下。他穿好衣物，我们重新登上了高山。

十九

或许读者会说："先生此去，难道仅仅是为了欣赏牌坊、贝壳、小花蛇和碑石吗？"

是的，的确如此。但我知道，自己已经被这里的一切所吸引。江之岛总有一种难以形容的魅力，使人感到恐惧，令人难以忘怀。

江之岛的魅力并非限于它奇特的景致，更是无数感叹和思想的碰撞与融合。森林和大海散发出的泥土气息，充满生机自由飞翔的海鸟，神秘的古老石像默默地哀诉，踏上千年圣土油然而生的虔诚意念，一代代业已消逝的朝圣者艰难的足迹，由此引发出的人类的责任，以及对于信仰难以禁锢的同情，如此这番不胜枚举。

更有一些无法抹去的记忆，让我至今难忘。那是第一次透过雾霭，遥望被大海环绕的"真珠城"时的情景。我们越过天鹅绒般松软的棕色沙滩，伴随着海风来到美丽的江之岛。眼前高大的青铜制鸟居牌坊威严耸立；陡峭的街道错落有致，山墙林立变幻无穷；半空中高悬的露台一角投下清晰的倒影；妙不可言的各色暖帘迎风招展；老铺门前斗大汉字的幌子随风飘扬；店铺里耀眼的珍珠贝壳更是吸引着南来北往的过客，令人心生遐想。

还有那众神之国温暖的阳光……西方人从未经历过的白昼世界……在大海与太阳之间耸立的高山……站在高山之巅方能领略到的东方大地……仿佛幽灵般神圣的蓝天……与阳光一样圣洁的白云……与其说是白云，那更像是梦幻，仿佛融化在蓝色涅槃世界的菩萨的幽灵。

加之弁天菩萨神奇的传说，她是美丽之神、爱的化身、辩才天女，她还是当之无愧的海洋女神。自古以来，大海就是卓越的演说家，是永恒的诗人，是神秘赞歌的歌手。大海以其波涛的韵律撼动着世界，她奇妙的歌声无人可以比拟。

二十

返回时，我们选择了不同的道路。

很长一段时间，我们行走在一条曲折的峡谷之间，远处山峦起伏，丛林密布。狭窄的小路两旁是一块块绿色的稻田，凉爽的空气中充满了潮气，人力车不得不在凹凸不平的小路上一路奔跑。耳边不时地传来青蛙的叫声，像是有人呱嗒呱嗒地敲起了竹板。

我们沿右侧森林茂盛的小山脚下前行。这时，我的日本同伴示意车夫停下，他自己走下车，用手指了指山顶上密林中一间小寺的蓝色屋顶。"如此烈日炎炎，值得爬上去看吗？"我问道。"当然值得！"他回答道，"那里是鬼子母寺庙，供奉着鬼子母神。"

我们登上一段宽阔的石阶，爬上山顶，一对石狮在此守候。我们随后走进寺院，来到了寺庙前。一位老妇人从隔壁房间里走了出来，后面还跟着一个孩子。老妇人为我们打开庙门，我们脱下鞋子，走进了庙堂。从外表看，这座寺庙古老而陈旧，可内部却意外地干净整洁。六月的阳光，透过推拉窗射进屋内，照亮了色彩斑斓的黄铜器皿，以及五颜六色的佛教神器，其中就有佛像、灯笼、绘画、鎏金文字和书画卷轴。寺庙内共设有三座佛坛。

在中间的一座佛坛上，阿弥陀如来佛像面如师尊，端坐在神秘的金莲花上。右边的佛坛上，摆放着一座带有五个金台阶的佛龛，身穿女神或大名服装的男女雕像整齐地排列在其中。它们或端坐或直立，它们是三十番神，或曰三十卫士。佛坛的正下方，是一尊勇士智斗妖魔的雕像。左边佛坛上，则供奉着鬼子母神。

有关鬼子母神的故事，是一个可怕的传说。因为前生犯下罪孽，她转世成为了一个吞噬亲生孩子的恶魔。在佛陀的教化之下，她得到拯救，成为了圣人，从此专心守护婴儿。日本的妈妈们总是会为自己的孩子向鬼子母神祈祷；刚成为人妻的妇女们，则请求鬼子母神保佑生下一个英俊的男孩儿。

鬼子母神是一位漂亮的女神，只是她的眼神看上去异常恐怖。她右手捧着一束莲花，左手抱着一个赤身裸体的孩子，将孩子裹在长袍里，贴在半遮半掩的胸前。佛坛下方，立着一尊倚靠在锡杖旁的地藏菩萨。但是这里的佛坛和佛像并非庙堂里最吸引人的地方。真正令人印象深刻的，则是那些用来祭祀的供品。人们在佛坛前竖起两根竹竿，上面拉上一条绳索，绳索上挂满了成百上千件五颜六色的婴儿衣裳。其中多数用粗布制作，前来上香的也都是些穷苦善良的乡下妇女。她们之所以来到这里，是因为她们的祈祷应验了，以此对鬼子母神表示感谢。

看到那些小衣裳，不由得让我想到，其中每一件似乎都在讲述着人间的欢乐与悲伤。母亲用她那微薄的力量和真切的情怀，精心缝制着每一件衣裳，那一针一线似乎都寄托着母亲的慈爱。母亲以此温暖的心灵，表达出心中的信仰，倾诉着内心的激情。那一片淳朴的情意，又像是夏日里阵阵微风，从我的身边轻轻吹过。

瞬时间，外面的世界变得更加绚丽多姿，阳光越发明媚。在我看来，似乎是在永恒的碧空之中，又增添了一道迷人的风景。

二十一

穿过山谷，我们来到了一条大道。这里一路平坦，道路两旁古树成荫，我似乎感觉自己行走在英国的田间小道，或是在肯特郡，抑或是在萨里郡。可是这种幻觉，又不时地被那些异国风情打破。高大的鸟居牌坊、道路两旁通向山顶神社的石阶、写着汉字的标牌、路边不知名的小寺……

猛然间在道路的一侧，我发现了一些陌生的浮雕石像。在一间竹棚里，并排着一列青石板，上面雕刻着石像。我原以为那是一些墓碑，决定下车去看个究竟。那是些古老的浮雕石像，轮廓已经模糊，青石板脚下长满了青苔，一半面孔已经无法辨认。但我仍然可以认出那不是墓碑，而是某个神明的六种不同形体。我的向导告诉我，那是青面金刚，它是道路之神。浮雕石像破损严重，上半部已经开始剥落，原本的特征已经磨损殆尽。在几块石板的下方，三只猴子的浮雕像却清晰可见，它们是主人的使者。在一尊石像的前面，摆放着一位虔诚的信徒留下的一小块木牌，上面画着一只黑公鸡和一只白母鸡。木牌似乎已经放置很久，表面已经发黑，画面也已经遭风蚀或者被鸟粪损毁。与地藏菩萨不同，这些佛像的脚下没有堆积起小石子，浮雕石像的表面也已经斑驳，像是早已被世代的崇拜者遗忘。这是一个失宠了的破落神灵。

我的向导告诉我："供奉着青面金刚的神社，就在附近的藤泽村。"于是，我决定前去一拜。

二十二

青面金刚神社就坐落在村子的中央，在一座面朝大道的寺院内。那是一座古老的木制建筑，表面没有涂漆，遭风雨剥蚀部分已经荒废，看上去一片昏暗。我们等待了很长时间，守寺人才赶来为我们打开了神社的大门。大门并非推拉式，而是两扇合页门，合页转动时发出一阵懒洋洋的低吟。大堂内无须脱鞋，地上没有铺榻榻米，上面落满灰尘，每走一步都会发出吱吱的声响。神社内部一片狼藉，破损不堪。神龛上没有神像，只有一些神社的标志物。破旧的纸灯笼因蒙上一层灰尘而失去了往日的辉煌，上面的文字也已经模糊不清。我看到一个圆圆的金属镜框，却不见了镜面。镜面去了哪里？据守寺人说："目前神社里没有神官，担心镜面晚间被盗，故将它保存了起来。"我向守寺人询问有关青面金刚像的情况，得到的答复是，该神像每六十一年开龛一次，这次无法见到。不过，寺院内还有青面金刚其他一些雕像。

我随守寺人去看雕像。它们整齐地排成一列，与路边见到的浮雕极其相似，而且保存得十分完好。其中一尊与先前看到的截然不同，从它那高耸的僧冠发型判断，明显是仿照印度教神像雕塑而成。这尊神像有三只眼睛，其中一只位于额头正中，且并非水平睁开，而是垂直而立。它有六条手臂，一只手托着一只猴子，一只手抓住一条蛇，其他几只手则高擎起各类法物——一只法轮、一把剑、一串念珠、一块笏板。数条蛇分别缠绕在它的手腕及脚腕处，脚下还踏着一只天邪鬼的脑袋——或曰伤心鬼。底座上方雕刻着三只猴子，神像三重冠的正面也镶有一只猴头。

我还看到了一些朝圣者供奉的石碑，上面只刻着青面金刚的大名。在附近的一座木制祠堂里，供奉着当地的土地神——坚牢地神。它制作粗糙，灰头土脸，一副原始人的模样，一只手举着一支长矛，另一只手端着一个容器，其中的物品已很难辨认。

二十三

或许在外人的眼里——例如那些偏执的基督教徒，具有三头六臂的神佛，不过是一些奇特的怪物。但是一个能够在所有宗教信仰当中感受到圣洁的人，一旦了解了神佛的真实意义，他就会发现，那些神佛其实是在用一种神奇的力量，颂扬着更高境界的精神与道德之美。这种力量，是那些对东方人和东方思想一无所知的人永远也无法感受得到的。对我来说，千手观音菩萨，以及用她的名字命名的"圆光""威德""能静",乃至乘坐玫瑰莲瓣在月光下静观水中明月的白色"水月",她们无一不代表着理想化的人类之爱,同样都值得称赞。在释迦牟尼三面佛像的身上,我同样感受到了真理的强大力量,并深感敬畏。它以众多个太阳把天、地、人三界照亮。

试图记住所有神佛的名字和特征无疑是徒劳的。它们似乎总是在不断地自我复制,并以此嘲弄探求者。大慈大悲的观音菩萨化身竟达百种,六地藏成为了千地藏。它们出入无间,变幻无穷,让人始料不及。这一东方信仰中的幻象,好似流水无常,令人难以捉摸。涉入其中,仿佛落入茫茫大海,印度、中国以及远东的神话无一不被它所吸收、同化。试图究其渊源的西洋人,像是陷入了水神故事的传说之中,最终却发现自己的面前不过是一片汪洋大海,每当浪潮起落,都会出现一张奇特、艳丽、可怕的面孔。那是一片古老的、无边无际的海洋,海水总是在不停地交替融合,像是变化多端、无限认知的魔幻,不断地重塑着永恒的宇宙万物。

二十四

我想知道是否可以买到一幅青面金刚的画像。在日本,许多寺庙都以低廉的价格,向朝圣者出售一种用薄纸印刷的祭祀佛像。然而这座神社的守寺人却遗憾地告诉我,这里并不出售青面金刚的画像。但他又对我说,自己有一幅画着青面金刚大神的古老挂轴,如果我想看,他可以回去取来。我请求他帮忙,于是他便匆匆离开了寺庙。

我一边等待守寺人取来挂轴,一边带着几分惆怅与欢喜,继续观察着那些奇异的古老石像。我隐约感觉,原本这里的一切与我的经历相隔甚远。依靠古文书学家和考古学家的帮助,我开始学习并且钟爱上了这一古老的东方信仰。几年之后,我突然发现这一信仰已经成为自己人生的一个部分。尽管年代久远,我却能够感受到,那些古老的神话依然活在我的身边。像是浪漫的梦幻,仿佛穿越两千年历史,重新回到了那个远比当今更加美好的世界。之所以如此,是因为即使那些古怪的道路之神、土地之神破损不堪,长满青苔,鲜有人拜,却依然存在于世。至少在那一时刻，我已经完全沉浸在这一古老的世界。或许也就在那一时期，在新哲学思潮的影响下，原始信仰正在变得陈腐，并且逐渐趋于崩溃。而我作为一名异教徒，却开始钟爱上了这一纯朴的、处于民族幼年时期的古老神灵。

那些不修边幅、天真无邪、丑陋无比的神灵们，同样需要人类的呵护。古老的神灵在佛教艺术的衬托之下展示出女性之美，并且获得永生。她们是观音菩萨和弁天女神。她们不依赖于人类的关爱。即使所有堂塔伽蓝都像青面金刚神社一样变得无声无息，无人问津，她们依然可以博得大众的敬畏。只是那些善良、古朴、老朽、怪异的神灵也曾倾听过无数天真的祈祷，为众多痛苦带来安宁，让许多心灵感到欣慰。尽管社会的"进化哲学"无可辩驳，"进步法则"无法抗拒，我仍然希望那些恩泽众生的神灵能够与世长存。

守寺人带着一幅挂轴赶了回来。挂轴很小，沾满了灰尘，像是有千年的历史，表面布满黄斑。我打开挂轴，却大失所望。那是一幅极其普通的神像，仅用几根线条勾勒起画像的轮廓。我正待仔细观察，却发现身边早已聚集起一大群百姓。其中有背着娃娃的母亲，也有学校的学生和拉车的车夫。那一张张看似善良的面孔，因平日的耕作而变得黝黑。所有人都为我这个异国人士对他们的神灵如此钟爱而表现出惊讶。尽管他们对我的压力微不足道，宛如一股温泉从身边流过，却仍然让我感到了几分困惑。我将古老挂轴交还给守寺人，布施了些钱财，便告别了青面金刚及其善良的仆人。

在我离开时，所有目光一齐在偷偷地为我送行。我顿时感到一阵说不出的懊悔。我为如此匆忙地离开了那座空空荡荡、尘土飞扬的老朽寺庙而感到自责；为抛弃那座没有镜面的神坛、褪了色的灯笼、荒芜的寺院和破损的石像而感到不安；更为早早地告别了那位善良的守寺人而感到心中惭愧。守寺人手里拿着那幅发黄的挂轴，久久地凝望着我离去的背影。远处火车的汽笛声似乎在提醒我，我只剩下赶火车的时间了。我知道，西方文明已经用它那钢铁般的车轮征服了这里的原始安宁。可怜的青面金刚，这里已不再是你的久留之地！往日的古老神灵，正沿着西方文明撒满灰烬的道路而逐渐消亡！

第五章　盂兰盆集市

一

时间刚过午后五时。我敞开房门，阵阵晚风吹进我的小书斋，吹散了书桌上的纸笔。炎热的阳光开始出现淡淡的琥珀色阴影，预示着午间的酷暑开始告一段落。湛蓝色的天空一碧如洗，万里无云。通常，即使在最干燥的季节，天空中也总是会游弋着几缕浮絮，可今天却是没有一丝云彩。

猛然间，门外闪过一个人影，那是年轻的学僧晃站在了我的书斋前。他脱下草履，露出了白皙的脚面，脸上带着地藏菩萨般和蔼的微笑，正准备走进我的房间。

"喂，下午好！晃。"

晃一边像菩萨一样打着盘腿坐在榻榻米上，一边说道："今晚正赶上盂兰盆集市，您不想去看看吗？"

"噢，晃，只要是这个国家的事情我都乐见。不过，请先告诉我，什么是盂兰盆集市？"

"明天就是盂兰盆节，是祭祀死者的节日。所谓盂兰盆集市，就是专门出售盂兰盆节祭祀品的市场。明天所有寺庙和檀家的佛龛上都要装饰一新。"晃回答道。

"原来如此！我很想去看一看盂兰盆集市。除此之外，我还想看一看普通人家的佛龛是什么样子。"

"既然如此，那就去我家吧！"晃说道，"我家离这里不远，就在老翁町上，过了石川町，靠近永田町附近。那里有一间家庭佛堂，路上我还可以为您讲解有关盂兰盆祭祀活动的规矩。"

于是，我第一次有幸学习到相关的知识并记录如下。

二

从七月十三日到十五日是"盂兰盆节"，或曰"鬼节"，西方人称之为"灯会"，那是祭祀死者的节日。有些地方一年当中要过两次这种节日。因为那些遵从太阴历的人们认为，盂兰盆节应当在晚些时候的旧历七月十三、十四和十五日举行。

十三日一大早，人们在佛坛或者佛堂内，铺上特意为节日编织的清新的稻草席。所谓佛堂，那是隶属于同一座寺院的檀家朝夕供奉的地方。人们用彩纸和莲花，以及各种神圣的植物枝叶，将佛龛和祭坛装点一番。如果找不到鲜花，人们就用彩纸制作成纸莲花，并拿来一些芥草和胡枝条点缀。人们在祭坛前摆上一张涂漆的小餐桌，上面摆满各种供品。如果是家庭的小佛龛，供品则包在新鲜的荷叶里，供放在稻草席上。

供品当中有类似面条的素面、煮熟的白米饭、类似汤圆的米粉团子，还有茄子以及时令水果，如香瓜、西瓜、梅子和桃子等。有时还会摆上一些甜饼和美味的糕点。多数供品都要加工煮熟，偶尔也会摆上一些未加工的生鲜食品。无疑，其中并不包含鱼肉和酒类。在迎接祖先亡灵回家时，人们还要端上一盆清水，并不时地用胡枝条将清水洒在佛坛或佛龛中。每隔一个时辰，还要为亡灵献上一杯茶水。所有供品都必须整齐地盛在小盘、小碗和小茶杯当中。像是接待活人一样，供品一旁还要摆上一双筷子。如此这般，人们要连续三天款待死者的亡灵。

日落时分，家家门前都点起松明火把，为故人照亮回家的路。有时，在盂兰盆节的第一个夜晚，人们还要在村庄附近的河边湖畔点起火堆，迎接死者亡灵的归来。火堆恰好是一百〇八堆，这个数字在佛教哲理上具有几分神秘的色彩。盂兰盆节其间，每晚家家户户都要挂起漂亮的纸灯笼，被称为"盆灯笼"，以祭祀死者的亡灵。这种盆灯笼具有特殊的形状和颜色，上面描绘着山水花卉，并且装饰着特殊的纸制飘带。

这天晚上，新近失去亲人的人家还要来到墓地，献上供品，祈祷冥福，并且在墓碑上洒上清水，清扫碑石，焚香祭拜。此外，还要在死者墓前放上一只竹筒，内插鲜花，挂起灯笼。这时的灯笼为白色，上面没有任何图案。

到了十五日的黄昏，待日落之后，寺庙里就要举行"施饿鬼"的仪式。届时，僧侣们要为那些在被称作"饿鬼道"的净罪界上的亡灵施舍食物。与此同时，僧侣们对那些在阳间没有亲人凭吊的"无缘佛"也要施舍食物。这时施舍的食物，与日本神道中的神馔一样，数量非常之少。

三

晃告诉我，据《佛说盂兰盆经》记载，施饿鬼的起源如下。

佛陀的弟子之一大目犍连，功德圆满，被赋予超然法力，通称"六大神通"。依据这一神通的力量，他得以见到处于饿鬼道中的慈母亡灵。所谓饿鬼道，是指为了赎还前世所犯下的罪孽，亡灵们在此忍饥挨饿的地方。目犍连看到自己的母亲备受折磨，心如刀绞，便盛了一碗美食送到母亲的面前。可是，每当母亲将美食端到嘴边待要进食时，食物却冒出火花，燃烧成为灰烬。为此，目犍连向佛陀求法，欲拯救痛苦中的母亲。于是，佛陀对目犍连说道："可于七月十五日那天以食物供奉天下众僧之亡灵。"目犍连依照佛陀嘱托，供奉众僧，遂看到母亲脱离饿鬼道，欢天喜地地跳起了舞蹈。这也是盂兰盆舞会的起源。每逢盂兰盆节的第三天夜晚，日本各地的百姓们便跳起舞蹈，以祭祀死者的亡灵。

盂兰盆节的第三个夜晚，也就是最后一个夜晚，人们将迎来一个凄美的"告别仪式"。它堪比施饿鬼仪式动人，堪比盂兰盆舞会奇妙。阳间的人们为了取悦死者已经不遗余力，竭尽所能。冥界的主宰者分配给亡灵拜访婆婆的时间已过，即将把它们重新召回阴间。

人们送别亡灵的一切准备已经就绪。家家户户都用稻草编好了一条小船，上面装满了各式美食和一盏小灯笼，并且在一张诗笺上写下美好的祈祷与祝福。小船长不过两尺，死者并不需要多大的空间。这些单薄的小船被放逐到水渠、湖泊、河流和大海之中，船头有灯笼引路，船尾则燃起一炷清香。如遇皓月当空，小船可以行驶得很远。这支幽灵般的舰队，沿着漫长的水道，闪烁着点点星光，最终驶入大海。远处海平面上闪耀着一道道灵光，海风也因此而充满了芳香。

噢！遗憾的是，现如今大的港口均已禁止放逐这种祈福亡灵的"精灵船"。

四

老翁町的街道总是那样的狭窄。伸开双臂，几乎就能够触摸到街道两旁店铺门前五颜六色的暖帘。鸽子笼般的房屋，看上去好似一个个大玩具。晃住的房间比那还要狭小，隔壁既没有店铺，也没有二层小楼。房门和窗户紧闭着。晃打开木制的雨窗门，推开里面的纸拉门，整个家便展示在眼前。这间小小的房屋，用白木桩支撑住四个角，三面是描绘着花鸟的纸隔断，看上去就像是一只大鸟笼子。只有铺在地上高出地面的崭新的蔺草榻榻米，释放出香草气息，显得格外清新。我脱下鞋子，走进了房间。房间里干净、整齐，显得十分漂亮。

"女人外出不在家。"晃说着，一面将火盆挪至房间中央，一面在旁边放了一个坐垫，请我坐下。

"那是什么东西？"我用手指着用一根绳索吊挂在墙上的一块薄板问道。那是一块从树干中间劈开的木板，四周还连着树皮，表面整齐地排列着两行奇怪的符号。

"那是日历，"晃回答道，"右面一栏是大月份的名称，左面一栏是小月份的名称。噢，这里还有一个家庭佛龛。"

在日本家庭的客厅里，有一个不可缺少的部分，那便是壁龛。晃家的壁龛上摆放着一个绘有飞鸟图案的壁橱，壁橱上方竖立着一座小佛龛。那描金涂漆的佛龛，像是一座寺庙，正面对开着两扇小门。尽管看上去十分老旧，一只合页已然松动，表面漆皮开始脱落，涂金也褪了颜色，却仍然不失为一件优雅的物品。晃带着几分怜悯，微笑着打开佛龛的小门。我赶忙向里张望，寻找着其中的佛像。里面没有佛像，只有一块小木牌，上面贴着一张白纸，纸上用日文假名书写着死去的女婴的名字。佛龛两侧，分别摆放着一只花瓶，里面插着几株干枯的鲜花，一幅观音菩萨的小画像和一只满是烟灰的香炉。

"明天老婆会把它装饰一番，准备祭祀死去的小婴灵。"晃接着说道。

房间一侧，佛龛上方的天花板下，悬挂着一只粉白色的假面具，幽默诙谐，看上去十分可爱。她一张圆圆的脸庞，满脸笑容，额头上还点着两个神秘的小红点儿。那是"阿多福"的滑稽面孔。障子窗外一阵微风吹来，她便开始不停地打着旋转。每当她那半睁半闭的黑眼珠望着我时，都会引起我忍不住一阵大笑。除此之外，天花板下还高高地悬挂着一个神道的驱邪幡、一顶神乐舞蹈中常见的冠冕、神明手中所持的纸制如意珠宝、一个日本的小洋娃娃、一个随风转动的小风车，还有其他一些从未见到过的物品。它们大多是在节日庙会上买来的东西，具有某种特殊的象征意义——这些都是死去孩子的玩具。

"晚上好！"身后传来一个温柔的声音，一位家庭主妇站在了我的后边。她微笑着，看到一个陌生人对自己的佛龛饶有兴趣，似乎感到十分欣慰。那是一位贫苦家庭的中年妇女，虽不十分漂亮，却显得非常亲切。我们也向她打过招呼。我在靠近火盆前的一张坐垫上坐定，晃对着她低声说了些什么，于是她取来一只铁壶，将其挂在火盆上烧起了开水。不久，便会有一杯热茶端上。

晃也拿过一张坐垫，坐在了火盆的另一侧。这时我开口问道：

"佛龛的牌位上写的是什么名字？"

"那不是死者的真名，"晃回答道，"真名写在牌位的背面。孩子死了，僧人会为他另取一个戒名，男孩儿死后成为了'良智童男'，女孩儿死后成为了'妙容童女'。"

我们正聊着时，女主人走到了佛龛前。她打开佛龛门，整理了一下牌位，点亮油灯，便合掌稽首开始祈祷。她看上去已经习惯了我行我素，完全不会因为我的存在而感到难为情。似乎在她看来，自己觉得正确的事情便不必顾忌他人。她以一种勇敢、真挚的神情祈祷着，而那种神情只属于这个世界上的穷人。在她那质朴的灵魂当中，无论对他人还是对神明，从来就没有什么隐秘可言。

正如拉斯金①所说："他们是我们当中最为圣洁的一分子。"我并不知道她在心里默默地念叨着什么。我只是偶尔听到她呼吸时，双唇之间轻轻地发出温柔的嗫嗫声。在这个友善的民族当中，那是一种最谦恭的、满足欲望的象征。

我仔细地观察着那位母亲祈祷时的举止，隐约感觉到一种神秘的传统意识正在自己的生命当中觉醒。它含混不清，难以描述，仿佛是对遥远祖先的追忆，又像是被遗忘了的两千年的历史复活。那种感觉，与自己对这个远古世界模糊的认知奇妙地融合在了一处。在那里，死去的祖先同时也是家庭中至爱的神佛，犹如古罗马的家庭守护神"拉雷斯"投下的一缕光环，同样散发出神奇的甜美芳香。

女主人简短地祈祷之后，便重新回到了火盆前。她与晃一边说笑着一边往茶壶里放入了一些茶叶，沏好一壶茶水放在了我们的面前。她双膝跪地，温文儒雅，宛如一幅美丽的图画。六百年来，日本妇女始终如一地坚守着这一传统的待客方式。事实上，日本妇女日常生活的大部分时间，都用在了学习端茶待客的传统礼仪上。在日本的浮世绘当中，日本女子直到做了鬼魂，仍然在用茶水招待着客人。在所有日本幽灵绘画的作品当中，最令人悲哀的，莫过于一个女人的幽灵跪倒在地上，恭恭敬敬地为杀害了自己却又因此而悔恨的男人端上一杯茶。

"噢，该去看一看盂兰盆集市了！"晃站起身说道，"老婆一个人也要去买些节日用品，看，天快要黑了，我们走吧！"

我们离开晃的那所小房间时，天已经大黑。夜幕上空布满了闪烁的繁星，阵阵微风不时从身边吹过。沿着长长的街道两旁，店铺门前的暖帘迎风招展，我和晃一同漫步在明朗的夜空下。盂兰盆集市的地点，设在元町郊外一条狭窄的街道上，那里的山脚下是一座大庙，名曰"增德院"，离这里相隔数个街区。

---

① 约翰·拉斯金（John Ruskin）（1819—1900），英国作家、艺术家、艺术评论家，同时还是哲学家、教师和业余地质学家。

五

元町那条狭窄的街道，宛如一条灯火辉煌的长龙。街道两旁布满了各种商铺和大排档，摊位前的提灯、松明、洋灯把整个街道照耀得一片通明。熙熙攘攘的人群从街道中间穿流而过，咯嗒咯嗒的木屐声、小贩们的叫卖声、人们的欢笑声汇集在一起，潮水般回响在小镇的夜空。狭窄的街道上，没有人拥挤，没有人谩骂，所有人都彼此谦恭有礼。无论是老人小孩儿，均可以尽情地欣赏这里的一切。眼前的光景，令人眼花缭乱。

"莲花，莲花！"这里出售莲花和荷叶。莲花用来供奉在墓碑或者佛坛前，荷叶则用于包裹为死者亡灵祭祀的食物。荷叶被打成捆，放在一个小台子上；绽放的莲花和含苞待放的花朵则被混杂着放在一起，绑成一束花团直立在一个竹架子上。

"麻秆儿，麻秆儿！"麻秆儿，即大麻的秸秆。人们将其去皮后晒干，露出白色枝条，折断细头以作鬼魂的筷子，其余部分用作点燃"迎魂火"的干柴。通常情况下，人们以松枝作鬼魂的筷子，但因这一带松树稀少且价格昂贵，故此穷苦人家多以麻秆儿代替。

"盆碗儿，买盆碗儿啦！"这里出售的盆碗儿，是用来给鬼魂盛饭的餐具。它用黏土烧制而成，表面不涂釉彩，呈红色且形状扁平。这是一种原始的陶器，现如今只为死去的鬼魂烧制，其历史好比古老的佛教源远流长。

"喂，谁买盆灯笼？"这是死鬼回归婆婆时，为它们点亮脚下道路的灯笼。其形状五花八门，有悬挂在大寺庙里的六角形，也有五角星形，更有闪闪发亮的椭圆形。通常，灯面上绘有精美的荷花，装饰着彩带，或是用白纸剪成的纸花。此外，还有一种酷似圆月的白灯笼，专为活人夜间提着去上坟时使用。

"祭坛供品！"这里是专门出售祭坛装饰品的小摊位。"稻草垫儿，稻草垫儿！"这里有专为佛龛准备的大小不同的稻草垫儿，还有专供鬼魂使役的草牛草马，所有物品价格都极其便宜。此外还有装饰佛坛用的芥草，以及施饿鬼时用来往佛坛上洒水的胡枝条。

"饰品，饰品！"其中有像珠子一样，用红白棉线穿在一起的珍珠串儿，也有装饰佛坛用的各色彩纸。至于线香，更是从一把两文钱的便宜货，到一捆一块钱的高级品一应俱全。长长的古铜色脆条，如铅笔芯一样纤细，分别用金色或者彩色纸带卷成捆。从中抽出一根，在一端点上明火，将另一端插入盛满松软香灰的容器里，它就会不停地燃烧直至消耗殆尽，并且在空气中留下沁人心脾的清香。

"蟋蟀！萤火虫！哄孩子的小玩意儿，便宜啦！"啊，那是什么？一间间像是用小木条搭起的凉亭，上面盖着红白相间的棋盘纸，里面像拉风箱似的喘着大气，发出刺耳的尖叫声。"噢，那是昆虫，"晃笑着说道，"和盂兰盆节毫无关系。"那果然是只小虫子，被装在笼子里。每一个小竹笼里装着一只蟋蟀，几十只绿色的蟋蟀叫起来如金鼓齐鸣，汇聚成惊天动地的巨大声响。"蟋蟀吃茄子和西瓜皮，"晃继续说道，"大人给小孩子买来当玩具。"更有一些漂亮的笼子，里面装满了萤火虫。笼子上蒙着棕色的蚊帐布，布面用粗犷的线条勾勒出色彩鲜艳的条纹。一只蟋蟀带笼子卖两文钱，一只笼子里装十五只萤火虫卖五文钱。

当街一角，矮木台后坐着一位身穿蓝色和服的少年，正在出售一种类似火柴盒大小的小木盒。小木盒上用红色纸带系着一个小木盖。成摞的小木盒堆放在木台上，旁边摆着一排浅碟子，碟子里盛满了清水，水中浮现出花鸟鱼虫、轻舟白帆以及男女人形等各种造型。一只木盒仅售两文钱。打开木盒，发现里面装着几根像火柴棍儿一样的小白木条，两头是粉红色的，裹在一张棉纸当中。取出一根放进水里，小木条遇水膨胀，立刻变成一朵荷花。再放进一根，立刻变成一条小鱼。第三根变成一条小船，第四根变成一只猫头鹰，第五根变成一株长满枝叶的山茶树……那东西制作得如此精细，放在水里稍不留神就会全盘崩溃。原来那是用海藻制作的。

"纸花，卖纸花喽！"这是卖花姑娘的叫卖声。那些奇妙的纸菊花和纸荷花，无论是花蕾花朵，还是枝条绿叶都制作得十分精巧，仅凭肉眼无法辨别出真假。难怪纸花比鲜花卖得还要贵。

六

在喧声如潮、人流如海、万盏灯火、流光溢彩之上，在光彩夺目的街道尽头，雄伟的真言宗寺庙庄严地耸立在小山之巅，在星空的映衬下显得格外神圣。高高翘起的屋檐上方，悬挂着无数盏纸灯笼，将寺庙映照得灯火通明。我随着人群的涌动，不由自主地朝着寺庙方向走去。寺庙前宽阔的入口处，黑压压的朝圣人群上方，照射着一排排黄色的光柱。没等我走到把守在石阶上方的石狮子前，便听到从寺庙里传来了一阵鸣锣声。每敲响一次铜锣，就预示着有一次布施和一次祷告。毫无疑问，大量的现金正如同瀑布一般涌进那个巨大的功德箱内。因为，今晚正值灵魂的医师——药师如来佛的缘日。我终于来到了石阶前，尽管身后人流涌动，还是在一个卖灯笼的摊位前停下了脚步。这里有我此前从未见过的最美丽的灯笼。每一盏灯笼都是一朵巨大的纸莲花，每一个细节都制作得十分精美，仿佛刚刚采摘来的鲜花一般。花瓣底部呈深红色，沿着花瓣向上颜色逐渐变白。花萼完美无缺，模仿得惟妙惟肖。花萼下面悬挂着一圈漂亮的纸穗儿，纸穗儿的颜色与花色相同，靠花萼下方为绿色，中间是白色，末端是深红色。花瓣中间插着一盏黏土烧制的小油灯。点亮灯芯，整个花朵立刻变得清澈透明，宛如一朵红白相间的火莲花。灯笼上方有一个细长的涂金木钩，用来悬挂。如此莲花灯笼，售价仅为四文钱！即使在这个物价低得惊人的国度，人们又如何能够以四文钱制作出如此完美的灯笼？

晃欲向我讲述有关明晚将要举行的一百〇八堆"迎魂火"点火仪式的事情，它与佛教当中的一百〇八个烦恼似乎有着某种联系。可是，此时正值朝圣者一齐拥向药师如来佛的神殿，他们脚下的木屐和木拖鞋发出的嘈杂声，让我无法听清楚晃的讲话。穷汉子们脚下穿的轻便草鞋和草履，走起路来不声不响。妇女和姑娘们则在自己娇嫩的脚下发出的呱嗒声中，小心翼翼地保持着身体的平衡。大多数女人的脚上都穿着一双洁白的足袋，白得像一朵雪白的莲花。多数母亲则是一双白色小脚和一身蓝色和服，背上背着一个安静的娃娃，耐着性子面带微笑，向着佛陀所在的山顶默默地攀登。

我夹杂在喧闹、温顺的众人中间登上石阶，穿越过五光十色的纸灯笼，漫步在绽放的莲花搭起的篱笆墙下，思绪却回到了那个可怜的女人房间里破旧的神龛当中。眼前仿佛挂满了婴儿的玩具，甚至还有那个满脸笑容、转个不停的"阿多福"。我许久地凝视着前方，面前浮现出众多和"阿多福"一样眯缝着小眼睛的女娃面孔。她们看着那些玩具，用她们幼小的心灵感受着玩具的魅力，而我却只能隐约地从中领略到祖先遗留下来的微弱灵光。我还看见一个孺子，同样在这涌动的人群当中，同样在这温情、明亮的夜晚，无数次地趴在母亲的身后，用一双纤细的小手紧紧搂住母亲的脖子，偷窥着这个偌大的世界。

　　或许，今晚那位母亲也在这熙熙攘攘的人群当中，她也会再次感受到那双小手轻轻地触摸。只是，她再也不会像从前那样回眸一笑。

第六章　盂兰盆舞会

一

翻过崇山峻岭，我们来到了古代神灵的国度，神话中的出云国。那是一次历时四天的长途旅行，强健的车夫们拉着我，从太平洋一侧来到了日本海。这次旅行，我们选择了一条行程最长，沿途鲜有人迹的路线。

漫长的旅行，多数时间行走在山川峡谷之间。翻过一座座山梁，跨过一道道河流，前方的道路异常遥远。溪谷两侧，星罗棋布的稻田连绵不断，犹如层层云梯，又像是滚滚绿浪，从山脚一直盘绕到半山腰间。两岸群山，巨大的杉树林和松树林遮天蔽日。放眼望去，山峦起伏，云雾缭绕，青山与蓝天浑然一体，绿树和阳光交相辉映。彩云不时地飘过，在山顶上投下一片巨大的阴影。微风和煦，空气中夹杂着一股暖流。遥望远方，雾霭朦胧，天空中像是蒙上了一层淡淡的薄雾，宛如一道晶莹剔透的白色幻影，日复一日地在日本广阔的蓝天上空飘荡。那是一片祥云，乘着东风为大地带来吉祥。

沿山路向上，两旁的稻田渐渐消失，取而代之的是一片片大麦田、蓝草地、黑麦田和棉花地，将道路两旁点缀得一派生机盎然。不久，一行人沿着大道走进了一片大森林，只见道路两侧一棵棵高大的杉树拔地而起。这里并非热带地区，如此遮天蔽日郁郁葱葱的树林，在我看来实属罕见。粗大的树干呈圆柱形苍劲挺拔，有些树皮像是已经剥落。从正面看，茂密的丛林中，仿佛无数根苍白的擎天柱巍然耸立。抬头仰望，昏暗之中繁茂的树冠交织在一起铺天盖地，苍白的树隙之间不时地透过一缕残光，密林深处一片暗无天日。那光景，让我不由得联想起多雷^①的名画《冷杉林》。

这一带已经没有了大的集镇，只有山脚下零星散落着的几间茅草屋。与错落不齐的茅草屋顶形成鲜明的对照，部落里的寺庙却是青砖绿瓦，显得格外醒目。偶尔也可以看到几间神社，巨大汉字一样的石刻牌坊屹立在门前。这里看似依旧是佛教的天下，每座山顶上都坐落着一间寺庙。道路两旁每隔一段距离，像是里程碑，摆放着一尊佛陀或者菩萨雕像。附近的寺庙建造得十分气派。相比之下，周围的民宅倒像是寺庙的杂货间，显得尤其渺小。如此贫寒的小山村，如何能够维持这昂贵的佛堂？在我这个行路的游客看来，确实有些不可思议。这一带随处可见佛教的标志，佛教信条甚至被雕刻在岩石上。即使在不起眼儿的角落里，也可以见到石雕佛像在向你微笑，甚至大自然也对佛陀表示出无上敬仰。

随着一行人向西前行进入深山老林，渐渐地寺庙开始变得稀少。偶尔见到几间庙宇也都非常狭小，显得有些清贫。道路两旁，地藏菩萨的石像开始变得稀疏。相反，象征神道的神社却是有增无减，殿堂的规模也开始逐渐扩大。在进入部落之前，抑或在奇妙的石狮与狐仙守卫的神社入口处，随处可见高大的牌坊耸立，且高度亦在不断增加。穿越一片绿色的杉树林和松树林，在通向古老神殿那长满青苔的古道前，同样矗立着一座气势非凡的石刻牌坊。

一行人来到一个小山村。在通向一座神社的牌坊内侧，坐落着一间看似不凡的小祠堂，引起我极大的兴趣。好奇心驱使着我一定要上前看个究竟。在那间紧闭着房门的小祠堂前，竖立着一排类似短棍的竹节棒。晃拨开竹节棒，小心翼翼地打开一扇小门，示意我向里张望。祠堂正面摆放着一副假面具。那是天狗的面具，长着一个巨大的鼻子，一张不可言喻的奇特面孔，看上去令人毛骨悚然。我后悔不该贸然行动，轻易往祠堂里张望。

那些竹节棒乃是信徒奉献的供品。人们相信，在祠堂里奉献一根竹节棒，天狗就会为自己除掉一个敌人。形如妖怪的天狗，经常会出现在日本的绘画或

---

① 古斯塔夫·多雷（法语 Gustave Doré）（1832—1883），19世纪法国著名版画家、雕刻家和插图作家。

雕刻当中。我有所不知，天狗原本也是一路神仙，只是它的地位相对较低，却使得一身剑术，替天行道。

随着一路前行，周围开始出现变化。晃开始抱怨无法理解当地人的方言。我们来到了一个地方口音颇为浓重的地区。与东部日本农村相比，这里的建筑形式亦有所不同。人们在高高的茅草屋顶上，离屋脊高约三十厘米处平行支撑起一根竹竿，在竹竿上面绑上稻草，以此作为建筑装饰。农民的皮肤看上去一致的黝黑，已经找不到诸如京城女子那极具魅力的粉红色脸蛋儿。农民们头上戴着的斗笠，这一带称为"庵笠"，顶端尖尖的像是路旁小庵的茅草屋顶，看上去十分有趣。

气温渐暖，我的一身装束开始令我感到闷热。穿过一座小山村，沿街道一旁我看见一群健美的男人。他们大都赤身裸体，孩子们光着身子，成年人则在腰里系了一条细细的白布带。他们皮肤被晒得黝黑，躺在榻榻米上沐浴着阳光，微风中静静地睡着午觉。房屋四周的纸推拉门大敞扬开着。男人们一身轻松，矫健的体格看不到隆起的肌肉，线条十分清晰。房屋外面，家家户户门前都铺着一张草席，上面晾晒着蓼蓝。

山里人见到来了一个外国人，都对我投以好奇的目光。我所到之处，总会有一些老人走过来，用手摸摸我的西装。他们恭敬地低下头鞠着躬，脸上浮现出殷勤的微笑，按捺不住内心的好奇，通过翻译对我提出各种奇怪的问题。我从未遇见过如此心地善良的人们。从他们脸上的笑容，我看到了他们纯洁的心灵。他们从不对我发怒，也从不对我做出不友善的举动。

随着旅途不断深入，我越发感受到这个国家自然风光的魅力。那是这个火山国家所具有的奇特美景。如果失去了这些美景——没有了遮天蔽日的杉树林和松树林，没有了梦幻般云雾缭绕的蓝天白云，没有了春日里温暖和煦的阳光，便会让我产生一种错觉，误以为自己置身于西印度群岛，抑或是拂晓攀登在多米尼克或马丁尼克小岛那崎岖的小路上。老实说，我也曾经漫步在阳光明媚的地平线彼岸，徒步寻找棕榈树或木棉树的阴影。可是现在，在这峡谷的两旁，大森林的边缘，半山坡的脚下，我看到的并非绿色藤蔓，而是像农舍前的花园一样，被蜿蜒曲折的田埂分割成无数小片的绿色稻田。

二

沿着连绵起伏的群山，一行人行继续行走在田间小道上。靠近悬崖边，一座祠堂映入我的眼帘。我立即停下脚步，前去看个究竟。那祠堂两面靠着岩壁，倾斜的屋顶上铺着一块青石板。祠堂内部，正面摆放着一匹雕刻粗糙的马头观音，脸上露出一丝微笑。马头观音前供奉着一束野花，土瓷的香炉周围散落着一些稻米。说到马头观音，人们或许想象那是尊马头佛身的观音菩萨。其实，那不过是观音菩萨的头上戴了一顶雕刻着马头的宝冠。有关马头观音的象征意义，竖立在佛像一旁巨大的卒塔婆木石碑柱上记载得十分清楚。该碑文中刻有这样一段文字"马头观世音菩萨　牛马菩提繁荣"。所谓马头观音，就是守护百姓牛马牲畜的观音，用来祈祷不会说话只为奉献的家畜无病无灾，保佑它们死后亦可成佛。在卒塔婆一旁，竖立着一圈一米二见方的围栏，围栏里插满了上百根松木牌，松木牌上记录着每一位施主的姓名，人数超过万人之多。然而布施总额不超过十日元，计算起来每位施主捐款不足一厘——约十分之一钱，如此足以看出百姓生活之贫寒。

在这偏僻的深山老林里，能够看到祠堂让我感到十分欣慰。为牛马牲畜虔诚祈祷，这一善举足以显示施主内心的慈悲。

我坐在人力车上，迅速滑过一座斜坡。这时，车夫猛地转动了一下车身，吓得我出了一身冷汗。前方不远处脚下，是一个纵深数百米的悬崖峭壁，原来车夫是为了躲避一条横穿小路的无害草蛇。那草蛇对此一无所知，却悠闲自得地爬到路边，扬起镰刀脖目送着我们远去。

三

不久，我看见稻田里出现了一些奇怪的东西。那东西如同插上白色翎毛的矢箭，倒立在结满谷穗的稻田中央。那是用来祈祷的"神箭"。我顺手抽出一根，拿在手中仔细观察。箭杆用细竹坯制作，从一端三分之一处劈开一道缝隙，中间夹着一张厚厚的白纸，上面写着几行文字。这是神道的护符，符纸上方沿缝隙用绳子系住，远远望去仿佛一根又细又长、插着翎毛的矢箭。我手里的第一张符纸，上面写着"汤浅神社祈求全村老少安全"的字样。另一张符纸上面写着"美保神社祈祷修行者诸愿成就"的字样。继续前行，所到之处，葱郁的稻穗周围，无不插满了这种雪白的矢箭，数量也在不断增加。极目远眺，散落在稻田里的矢箭，仿佛绿色原野上盛开着的一朵朵白色小花，光芒四射。

不时地，在一块块稻田的四周，还可以看到一些奇怪的围栏。人们在一根小竹竿上拉起一条长绳，上面垂吊着长长的稻草穗儿，每隔一段距离，便在绳子上悬挂起一枚被称为"御币"的驱魔纸幡。这便是神道中神圣的象征——注连绳。被注连绳围起的清净圣域，病虫害无法进入，青苗不会因烈日暴晒而干枯。在白色矢箭闪闪发亮的地方，蝗虫得不到繁殖，饥饿的小鸟也不会飞来作怪。

看起来，此番寻找佛陀像完全是徒劳无益。在这里，看不到一间像样的寺庙。无疑，既见不到释迦牟尼，也看不到阿弥陀佛和大日如来，甚至菩萨也已经远走高飞。观音菩萨及其弟子们更是消失得无影无踪。或许，这里还可以见到掌管道路的青面金刚"庚申"？即使如此，它也改名换姓，成为了神道的一名大神。在这里，它的名字叫作"猿田彦命"。之所以能够得知庚申依旧在此，是因为人们看到了他的使者"三猴石像"。

勿见猴，双手遮眼，勿见邪恶。
勿听猴，双手遮耳，勿听邪恶。
勿言猴，双手遮口，勿言邪恶。

即使在这种奇妙的神道气氛笼罩之下，有一尊菩萨像却奇迹般地保留了下来。只见路旁相隔一段距离，地藏菩萨依旧静静地守候在那里。然而就是这些乐于与死去的孩子们结伴的地藏菩萨，看上去也与以往有所不同。这六道地藏菩萨，并没有站立，而是盘腿坐在荷花之上。这里不像在东部日本经常见到的那样，地藏菩萨前面并没有堆积起小石头。

四

翻过高山之巅的羊肠小道，前方陡然进入了一条坡道。随着高度下降，眼前的景象再一次被尖尖的茅草屋顶和长满绿苔的屋檐取代。一行人来到了一个古老的、广重版画般美丽的小部落。部落的景色与周围的景致融合得极其完美，这里便是伯耆国的"上市"。

人力车停在了一处古老宁静的小旅店前，年迈的旅店主人赶忙出来迎接。霎时间，平静的小旅店门前聚集起了一大群村民。他们大都是些妇女和小孩，围拢在人力车周围，争相目睹我这个奇怪的外国人。他们好奇地望着我，用手摸着我身上的西装，脸上露出腼腆的笑容。我看了一眼年迈的旅店主人，当即决定当晚就住在这里。我的车夫已然显得非常疲劳，无法继续往前赶夜路。

这间小巧的旅店，外表看上去久经风雨，显得有些老旧，里面却非常舒适。洁净的台阶和台座上没有一丝灰尘，仿佛镜面照射着女佣的赤脚。明亮的房间里像是刚刚更换了榻榻米，空气中飘浮着阵阵清新的芳香。壁龛的立柱以上等黑木制作，上面雕刻着精美的花草图案。壁龛中悬挂着一幅轴画，画的是七福神之一布袋和尚的肖像。一个烟雨蒙蒙的黄昏，主人公独自泛舟江上，沿着云雾缭绕的江面顺流而下，一派田园牧歌般的景色。这个偏僻的村落远离艺术中心，小小的旅店里却到处洋溢着日本人视觉的美感。涂有古老金漆彩绘图样的糕点器皿、刻着黄色小虾的透明陶器酒杯、翻卷着荷叶形状的青铜茶托、印着巨龙祥云模样的铁壶，以及铸有佛陀狮头把手的铜火盆，这一切无不令人叹为观止，浮想联翩。现实当中，如果今天有人在日本看到平淡无奇的陶器或金属制品，那无非是受到了外国的影响，否则绝不会令你败兴而归。我所在的位置，乃是日本的古老部落，这里展示的一切，均不被任何西方人染指。

透过心形图案的圆窗，庭园的美景一览无遗。庭园里一座小巧的池塘，上面架着一座玩具似的小桥，几株盆景似的矮树环绕，宛如瓷瓶上描绘的风景一般优雅。无疑，园子里随处可见奇石异草，并且摆放着几座寺庙里常见的、造型优雅的石灯笼。庭园深处更是可见一盏盏盆灯，昏暗之中发出耀眼的光芒。

人们将这盆灯悬挂在自家的屋檐下，以寄托对死去的亲人的哀思，为他们的亡灵回家引路。在这个古老的部落里，人们依旧沿袭着一种传统的历法。根据这一历法，今夜乃是盂兰盆会的第一天。

与此前到过的小山村一样，这里的村民依然对我表示出极大的兴趣。他们的友善超出我的预料，让我无法用语言表达。那种热情，若在其他国家根本无法想象。即使在日本，也只有在偏远的部落才能够享受得到。他们朴素的礼节绝非故作姿态，他们善意的表达毫不矫揉造作，一切都发自他们的内心世界。置身于村民中间不足两个时辰，我已然不知如何感谢他们的盛情款待。这时，我的脑子里突然萌发出一个邪念。我甚至希望那些可敬的村民们对我做出一些非礼的举动，犯下一些错误让我震惊，或者对我表现出异常的薄情。这样一来，即使和他们分别，也不会让我感到更多的遗憾。否则，像这样悄然离去，只会让我徒增几分忧伤。

旅店的老主人带我来到浴室，像对待小孩子一样，再三提出要为我搓背。女主人为一行人准备好了精美的晚餐，包括米饭、鸡蛋、蔬菜和甜点。即使如此，女主人却仍然惴惴不安，唯恐不能使我满意。我一时贪婪，不觉竟然吃光了两人份的饭菜。为此女主人一再道歉，埋怨自己准备得不周。

"今天是十三号，是盂兰盆法会的第一天，这一天禁止吃鱼。这个月的十三、十四、十五日，所有人都不允许吃鱼。十六日一大早，渔夫们就会出海打鱼，那天如果父母都健在，便可以吃鱼。但如果父母一方已经过世，十六日也不可以吃鱼。"

就在善良的女主人解释的同时，外面远远地传来了一阵奇妙的声音。根据热带地区舞会的经验，我判断那是一阵伴随着舞蹈的打拍子声。只是这里的拍子显得有些柔和，间隔的时间也略长。紧接着，在一段停顿之后，便是一阵类似寺庙里隆隆的击鼓声。

"喂，我们一起去看看。"晃大声说道，"那是盂兰盆舞会，是一种相当古老的舞蹈，在大城市里很难见到，这一带至今还保留着这一古老的传统。"

于是，我和大家一样穿着浴衣，匆忙离开了旅店。所谓浴衣，是旅店房间为男士客人提供的一种宽袖轻便的夏装，在日本任何一家旅馆都可以见到。外面气温很高，即使这样一身轻装，我还是出了一身大汗。那是一个神圣的夜晚，夜空显得比欧洲宁静、清澈、浩瀚。皎白的月光照射在翘起的屋檐及棱角分明的人形屋顶，在地面上投下一片阴森的光影。月光下，身穿浴衣的日本人，个个脸上带着喜悦。旅店主人的小孙子，手提一盏红灯笼走在前面，踢踢踏踏的木屐声响彻整个街道上空。像我们一样，许多日本人也走出家门，前去观看盂兰盆舞会。

　　沿着大道，穿过两座房屋中间的一条小路，我们来到了一片洒满月光的空地上。这里是盂兰盆舞会的会场，此时正赶上舞会休息。环顾四周，这原本是一座古寺庙的院落，寺庙大殿就立在一旁。那低矮细长的屋顶，在星空的映衬下依稀可见。大殿里一片漆黑，似乎并没有住持守护，早已不再显得那么神圣。据当地人说，这里现在是一所学校，僧侣们早就从寺庙中搬出，吊钟已经被拆除，佛像和菩萨像也不见了踪影。院子里只剩下一尊断了手臂的石雕地藏，在月光下紧闭着双眼，神态自若地暗自微笑。

　　人们在院落中央搭起一座高台，上面架起了一面大鼓。高台周围摆放着从校舍里搬出来的长椅，村民们正坐在长椅上休息。人们叽叽喳喳地低声谈论着什么，像是在等待着一个神圣时刻的到来。人群中不时传出婴儿的哭啼声，以及少女们的欢笑声。广场一侧暗绿色灌木丛的背后，一束柔和的白光闪闪发亮，无数根高大的灰色物体在月光下拖着长长的阴影。那白光（只悬挂在墓地当中）是死者的白色提灯，而灰色物体便是墓石。

　　这时，只见一位少女猛然间从座椅上站起身，挥动着鼓槌敲响了大鼓。鼓声预示着盂兰盆舞会即将开始。

五

　　霎时间，从旧寺庙的大殿背后列队走出一群舞者，月光下整齐地站立在众人的面前。她们是一些年轻的妇女和姑娘，身着华丽的和服。一名高个女子站在队列的前头，其他人则按照个子高矮紧随其后，最后是一群十岁到十二岁不等的少女压轴。舞女们那类似飞鸟的轻盈体态，不由得让我联想起旧瓷瓶上描绘的古代人物幻梦般的形象。女人们身穿统一的日本和服，双膝以下绑着裹腿，长长的衣袖垂在两臂下方，一条宽宽的布带紧绑在腰间，仿佛出水芙蓉，美若天仙。倘若没有了那长袖和布带，或许让人觉得，那原本是模仿希腊绘画，或者埃特鲁斯坎绘画①的作品。这时，击鼓声再次响起，以此为号，舞女们开始翩翩起舞。顿时，广场上一派歌舞升平，仿佛把人们带进了一个梦幻的世界——所有人都为之赞叹。

舞女们排成一队，一齐迈出右脚，脚跟略微抬起，草屐沿着地面向前滑出。与此同时，双手缓缓向右举起，微笑着在空中挥舞起双臂，微微低头像是在向你表达敬意。随后以同样的手势，边鞠躬边将伸出去的右脚向后撤回，随后一齐迈出左脚，同时向左旋转半周，重复着之前的动作。接下来，所有人同时向前滑出两步，轻轻地拍一下手掌，再次重复起最初的动作，右手和右脚，左手和左脚交替着向前滑行。所有人脚下都穿着一双草屐。舞女们步伐一致，同时挥舞着双臂，扭动着略微前倾的身躯。令人惊讶的是，月光下的庭院当中，舞女们的行列竟然形成了一个硕大的圆圈，把沉默不语的观众围在了中间。

只见无数只雪白的手臂，像是在编织着咒语，一边上下舞动着掌心，一边在圆圈内外徐徐掀起层层波浪。与此同时，上下挥舞着的长袖，仿佛妖精的翅膀在空中凌乱飞舞。脚下，伴随着优雅的乐曲，舞女们迈着轻盈的步伐翩翩而至。眼前的情形，仿佛一条闪闪发光的流水，人们像是被施与了催眠术，无不沉浸在幻梦之中。

那种像服用了安眠药物一样诱人的感觉，由于周围死一般的寂静而变得越发强烈。所有人都保持着沉默，甚至围观的群众也变得鸦雀无声，只有舞女们鼓着的掌心发出有规律的节奏。在拍节与拍节之间暂时停顿的间隙，甚至可以听到树丛里夏虫的啾啾声，以及草屐扬起沙粒的唰唰声。那是怎样的一种感受？我开始陷入沉思，脑子里一片空虚。那种感觉，像是患上了梦游症，仿佛梦见自己独自漫步在夜空之中。

伴随着这种感觉，我的脑子里猛地闪过一个念头——我似乎感觉，自己又

---

① 埃特鲁斯坎人是意大利埃特鲁里亚地区的古代民族，公元前八至公元前三世纪创造了辉煌的装饰壁画和雕刻作品，被称为埃特鲁斯坎绘画艺术，对后来的罗马美术产生了深刻影响。

回到了上古时代，回到了东洋文字出现之前的年代。在我的眼前，浮现出神话时代人类文明的曙光，而这奇妙的盂兰盆舞会，恰好正是那漫长岁月中早已被人们遗忘了的、过去时代的绝好象征。我的眼前，仿佛出现了更多超现实的景象。舞女们那恬静的微笑，那一弯腰一投足，都像是对周围模糊的观众表达着敬意。我似乎觉得，只要轻轻地发出一声呼唤，眼前的一切都将瞬间消失，而那原本零落的寺院、荒废的庙宇，以及残缺不全的、像舞女们一样发出神秘微笑的地藏石像，都将再一次重新回到我的面前。

一轮明月高悬在夜空。月光下，我伫立在舞女们的舞圈中，感觉像是受到魔法的洗礼。无疑，那的确是一种魔法，我已然深陷其中。我早已被那幽灵般的舞姿，富有节奏的舞步，尤其被那轻盈飘逸的长袖所迷惑。那幻影般轻轻挥舞着的长袖，仿佛热带地区巨大的蝙蝠漫天飞舞。在我看来，即使那是一场梦，也从未表现得如此惟妙惟肖。在我的身后，是一片古老的墓地和一些奇妙的盆灯笼，它们无不在向我发出召唤。相信此时此刻，我恰好位于幽灵出没的地方。像是被鬼魂附体，一种不可言喻的内心的恐惧开始萦绕在我的心头。噢，不！那恬静、贤淑，像是翻滚着浪花的身影，不可能是白色提灯下鬼魂伸开的臂膀。就在这时，一名少女一展清脆的歌喉，像小鸟一样唱起了悦耳的歌谣。紧接着，五十多名舞女开始一齐放声高歌。

　　跳起来！跳起来！舞女们一齐跳起来！
　　穿着浴衣盛装，一齐跳起来！

随后，又是一阵夏虫的啾啾声，草屐扬起沙粒的唰唰声，以及舞女们轻轻的拍手声。像是天空中淡淡的浮云，伴随着催眠的乐曲，舞女们亦步亦趋，继续静静地曼舞在庭园之中。那奇妙的舞姿，像一座座环抱在四周的小山，仿佛大自然的神奇造化，承载着无数个美好的古老传说。

庭园外，在白色提灯照耀着的灰色墓石下，长眠于此达世纪之久的人们，以及他们的父辈，他们父辈的父辈，甚至历经千年、坟墓早已风化、且无人知晓的人们，此时此刻也都聚集在一起，和我们共同观看着这一人间美景。年轻舞女们踏起的尘埃，便是他们跃动着的生命。很久以前，月光下他们也曾满面春风，伴随着飞扬的舞步和优雅的舞姿，像我们一样吟咏起动人的诗篇。

突然，一位男子深沉的歌声，划破了宁静的夜空。两个身材高大的男士，来到舞女们中间，开始引领起舞蹈队伍。他们是山里的百姓，两个体格健壮的年轻人。他们近乎赤身裸体，站在舞蹈的行列中，比舞女们高出了一头。他们将和服缠在腰间，夜空下露出一双黝黑的臂膀。除此之外，他们只在头上戴了一顶斗笠，脚上穿了一双特地为节日准备的白色足袋。这一带很少见到肌肉如此发达的男人。他们微笑着，甚至还没长出胡须，是两个十足的少年，看上去十分英俊。他们像是一对同胞兄弟，无论体格还是举止，甚至嗓音都极为相似。他们齐声唱起了同一首山歌。

　　　　高山也好，田野也好，孩子总要生下。
　　　　孩子是无价之宝。

寂寞之中，童子鬼魂的守护神地藏菩萨听到如此山歌，不由得脸上露出了微笑。

唱歌的人，心灵无限接近自然，内心像妻子崇拜鬼子母神一样纯洁，目光中饱含着怜悯。紧接着，在经过一段时间的沉淀之后，舞女们以其甜美柔润的嗓音这样回答道：

　　　　拒绝女儿与心爱的男儿结合的父母，
　　　　那不是好父母，他们是女儿的仇人。

像这样，山歌一首接着一首，舞会的圈子变得越来越大。眼看着时间在无情地流逝，月光消失在迷茫的夜空当中。

突然，一阵沉闷的轰鸣声响彻了整个庭园。那是寺庙里报时的钟声，它告诉人们，时间已经是午夜十二点钟。伴随着钟声响起，人们像是从魔法中得到了解脱，猛地从睡梦中惊醒。霎时间歌声消失，舞圈消散，园子里只剩下一片欢笑声，和绵绵的低声细语。还有那与花儿同名的少女名字的召唤声，以及"下次再见"之类的祝福声回荡在耳边。随着一阵踢踏踢踏的木屐声，舞女们和游客们纷纷踏上不舍的归途。

我在众人的簇拥下，像是在睡梦中被人急促地摇醒，感觉不知所措，心中好不愉快。山里的姑娘拖着踢踏作响的木屐，夹杂着一阵铜铃般的欢笑声，迅速地围拢到我的身边，探出头争相要看一眼我这个外国人的面孔。就在那之前，这里还是一派宫廷乐舞，流光幻影，歌舞升平。转眼之间，我却被一群农家姑娘包围，品头论足，一时间不能不让我感到说不出的怨恨。

六

山里的姑娘纯朴的歌声，令我心潮澎湃。那究竟是怎样的一种体验？我独自躺在床上，开始陷入沉思。我无法回忆起盂兰盆舞曲那优美的旋律、奇妙的停顿和断断续续的节拍，就像无法回想起鸟儿泉水般叽叽喳喳的鸣啭。可是，盂兰盆舞蹈那难以言喻的诱惑，却一直萦绕在我的心头，始终无法驱散。

对于西方音乐，我们可以通过语言描绘出她的情感。她就像世世代代口耳相传延续至今的母语，在我们的心中产生巨大的共鸣。可是，对于那些与西方音乐截然不同，甚至处于原始阶段的诗歌，我们又如何理解它真实的含义？在我看来，那种诗歌所代表的旋律，根本无法用西方音乐的语言得以重现。

试问何谓情感？人的情感又从何而来？我对此一无所知。我觉得这个问题由来已久，甚至比我的生命还要古老。所谓人的情感，绝不仅来自某个特定的时间和地点。它是在宇宙的巨大光环之下，对世间万物悲欢离合的共鸣。那山歌，授之于大地，是自然界古老和声的完美体现。那山歌，或源于原野，与夏虫的啾鸣、大地的呼啸血脉相连。在我看来，根植于古老山歌的秘密，或许也就在于此。

第七章　众神之国的都城

一

松江的一天，像是剧烈跳动的脉搏，从睡梦的耳边回响起阵阵轰鸣开始。那是温和的、沉闷的、像是一声重击发出的震荡。那声音仿佛心脏在剧烈地跳动，从它的频率和深度判断，与其说是用耳朵听到的，准确地说更像是通过枕头感觉到的。老实说，那是舂米时粗大的杵棒发出的沉闷声响。说起杵棒，它就像是一根巨大的木槌，把柄长达四米半之多，中间设置一个支点。一个近乎裸体的舂米男子，用力踩踏把柄的一端，让杵棒高高举起。随后男子抬起脚，杵棒依靠自身的重力落入石臼当中。杵棒按照一定的频率敲打石臼时发出的沉闷声音，在日本人的生活当中极易引起伤感。在我看来，那声音无疑代表了这个国家跳动的脉搏。

紧接着，禅宗洞光寺里那座巨大梵钟的轰鸣声，开始回荡在整个小镇的上空。那之后，从位于我家不远的材木町的一间地藏庙里，同样传来了悲凉的击鼓声，预示着佛教徒们开始早间诵经。紧随其后姗姗来迟的，是小镇上早市的叫卖声。"大萝卜喽，苤蓝啦，苤蓝！"其中，有些蔬菜我还是第一次见到。除此之外，还可以听到女人那略带悲情的、叫卖炭火引柴的声音，"引柴呀，引柴！"

二

一大清早，被这小镇上喧闹的人流声惊醒，我随手推开了房间的纸窗。河岸边的院子里，青翠的枝条开始吐出嫩绿的新芽。透过晨光，眼下那条宽阔的大桥川平静的水面，像是一面镜子映射着两岸的景色，发出耀眼的光芒。前方远处，大桥川河水向右急转而下，流入云遮雾罩的山脚下那宽阔的宍道湖中。河对岸，一排排蓝色尖顶的民宅，像是一只只被盖子盖住的木箱，依然门窗紧闭。尽管已是东方破晓，太阳仍旧躲在群山背后。

我不由得被眼前的景象所吸引。晨曦之中，一抹淡淡的光线弥漫在烟霞之间，远远地伸向湖心，在湖面上形成一缕青烟。那优美的景色，仿佛日本古老画卷中的一页，如果不是亲眼所见，甚至无法相信画卷中的风景真实存在。远处山脚下，亦是一片云雾缭绕。云雾宛如一条条飘浮在空中的轻纱，层层叠叠笼罩着连绵起伏的群山。这一景象，日语形象地称为"云雾架"。它把湖水与蓝天紧紧相连，使得湖面看上去愈加空阔，远远望去与其说是湖泊，不如说更像是梦幻中的大海。云雾之中，隆起的山峰像是一座座小岛，山峦之间的棱线则是一条条堤坝，蜿蜒通向远方。伴随着薄雾缓缓移动，这一景象亦在不断地改变着自己的形象。人在其中，仿佛置身于混沌世界。不久，一轮红日冉冉升起，金色的阳光夹杂着乳白色的光环照射在湖面上，树梢上像是点起了灯光，大地顿时被照得一片通明。河对岸高大的木屋表面，透过缤纷的朝霞，看上去一片金光灿烂。

沿着日出的方向，大桥川河水上游，木制桥墩林立的背后，一艘船艄高高翘起的大船正待起锚。我从未见到过如此神奇的大船。它在万道霞光的沐浴下显得越发挺拔，堪称东洋的海上奇观。它迎着朝阳像一片祥云，在碧蓝的天空衬托下释放出金色的光芒。那神奇的大船正准备扬帆启航，驶向远方。

三

不久，从连接我家庭院的河岸附近，传来了击掌的声音。啪、啪、啪、啪，总共拍了四下。由于院子四周的矮树墙遮挡了视线，我一时没有看清是什么人在击掌。就在这时，从大桥川河对岸码头的石阶上，走下来一群男男女女，每个人都在腰间系着一条蓝色的小毛巾。只见他们洗了洗脸，净了净手，又漱了漱口。那是神道当中祈祷前例行的净身仪式。接下来，他们面朝太阳，叩击四下掌心以示膜拜。长长的白色大桥上方，同样传来了击掌的声音。与此同时，从船艄翘起的大船方向，也传来了优美空灵的击掌声。在那艘神奇的大船上，渔夫们光脚赤身站立在船头，面对东升的旭日垂首祈祷。四下里击掌的声音越发密集。最终，各路声音汇聚在一起，形成了一个连续不断的巨大声浪。那是小镇的百姓们，面对太阳女神，即天照大御神在行朝拜之礼。"上帝，太阳女神，我们已经在此盼望多时，是您给这个世界带来了无限光明，我们沐浴着您的光辉，对您表示由衷的感谢！"没有人讲话，所有人都在内心默默地祈祷着。在一些人朝着太阳叩击掌心的同时，多数人则面对西方虔诚祈祷，因为那里坐落着日本最古老的杵筑大社。更有一些人嘴里念着八方众神的名字，面对东西南北不同方向垂首而立。还有一些人在拜揖完太阳女神之后，转而朝向医治眼部疾患的药师如来、一畑禅寺的方向。药师如来是佛的化身，通常在拜揖药师如来佛时，不同于神道仪式拍手击掌，而是遵从佛教仪式，双手合十上下搓动掌心。我所在的这个小镇，是日本最古老的地区之一，那里的人们在信奉佛教的同时也崇拜神道。为此，他们总是会在嘴里念着"祛除灾祸、净化污秽、忌神"，同时又按照神道的方式祈祷。

人们向古代众神祈祷，向至今依然镇守在风云四起的出云国的诸神祈祷。在佛教传入日本之前，它们一直支配着这片丰苇原的土地。人们还要向天地混沌之神、远古镇海之神，以及开天辟地的神明一族祈祷——它们有着一长串奇妙的名字，即宇比地迩之神（最初的泥土神）和须比智迩之神（最初的沙土女神）。除此之外，人们也向那之后出现的力量与健美之神祈祷，向创造群山海岛的创世之神祈祷，向与其有着同一血统，被称作"天津日嗣"的皇家宗祖祈祷，甚至向仙居在"国之边陲，路之尽头"的三千众神，乃至位居高耸入云的"高天原国"的众多神明祈祷。一句话，人们要把祈祷奉献给"整个日本国土中的八百万众神"。

四

"啾！啾啾！"

终于，我家的夜莺苏醒了过来，开始送去清晨的祝福。请问，你是否知道夜莺是一种什么样的鸟？它是传播佛教精神的圣鸟。自古以来，夜莺就被认为是传授佛法的鸟。它对人们讲授佛教中宝贵的经典。

"啾！啾啾！"

这种鸟的鸣叫声，日语发音听起来很像是在念《法华经》。那是梵语《妙法莲华经》的缩写，是日莲宗的圣典。我家这只小小的佛教徒，就这样简单地传播着信仰。夜莺那委婉动听的鸣叫声，无数次地重复着圣典的教诲。

"啾！啾啾！"

就是这样一声清脆的鸣叫，把经文诵咏得有声有色。夜莺一展妖艳的歌喉，漫不经心地托起神奇的音阶，诵咏着神圣的经文，令人心醉神迷。自古以来就有这样的传说："受持、读诵、解说、抄写《法华经》的人，当得八百眼功德，下至阿鼻地狱上至有顶天，能见到三界内外所有山林河海。当得千二百耳功德，能听到三界内外的神、妖、鬼，以及人间正道以外的所有音声。"

"啾！啾啾！"

仅此一句经文，经典当中却有如下记载："若能闻《法华经》一句随喜者，所得功德无量。其功德超过施与四十万阿僧祇劫世界六趣众生一切乐具者。"

"啾！啾啾！"

夜莺唱完一节之后，在转入下一段仿佛赞歌一样高亢的鸣啼之前会暂时停息，似乎在向对方表示出敬意。先是一段刺耳的欢叫，随后停息五秒钟左右，接下来夜莺便以悠远清晰的声音，满怀深情地诵咏起尊贵的圣典。紧接着又是一阵停息，之后又是一段充满激情的欢叫。夜莺形体小巧，却能够从它那纤细的喉咙里，像朵朵浪花不断地发出强劲有力的哨音，不觉使人感到惊讶。鸟类当中夜莺属于较小的一种，但它的歌声却可以穿过一条横亘的大河传到彼岸。清晨孩子们上学经过此地，总是会在远隔百米之遥的桥头上，驻足倾听夜莺的欢叫。体色灰褐，羽毛并不绚丽的这种小鸟，总是喜欢在夜间鸣唱。我的这只爱鸟，被关在一只巨大的桧柏木笼子当中。笼子里一片漆黑，只开了一个金属丝编制的纸窗，爱鸟关在里面极少露面。

夜莺很娇气，饲养起来颇费精力。饲料要用手工捣碎，费时费力，并用天平称好分量，每天在固定的时间定时喂养。为了不至于使小鸟夭折，必须为之付出极大的耐心和关照。那小鸟显得非常珍贵，正所谓"重金难觅的无价之宝"。老实说，我根本无力购买这种贵重的宠物。出云地区一位知事的千金，在我短暂的卧病在床期间，为了不使我这个外国教师感到无聊，送给了我这份精美的礼物。

五

击掌声已然消失，人们开始了一天的劳作。桥顶上渐渐传来木屐嘈杂的回声。大桥上木屐声伴随着喧闹声传到我的耳边，引起我极大的兴趣。那声音仿佛一场盛大的舞会，像是奏响了一曲热情奔放的乐曲。人们看上去像是在用足尖走路。晨光的桥面上，无数双脚匆匆闪过，给人以无比震撼的视觉体验。所有人的脚都是那样小巧匀称，如同古希腊瓷瓶上描绘的人物小脚，看上去步履轻盈。人们无不向着脚尖所指的方向，迈出相同的步伐。或许那也是因为脚上穿着木屐，不得已而为之。通常，人们的脚跟不踩在木屐上，而是悬浮在木屐与地面之间。木屐底部呈楔子形，踏上去时身子向前倾斜，如果掌握不好站在上面都十分困难。尽管如此，日本的小孩子们却双脚踏着至少七厘米高的木屐，全速奔跑在大街上。拇指和其他脚趾之间用一根木屐带相连，孩子们穿在脚上既不会跌倒，也不会使木屐脱落。更让我感到好奇的，是那些穿着木屐的大人们的身影。那些被称作"漆木屐"或者"高齿屐"的木屐，木齿高达十二厘米，就像是涂了一层油漆的板凳模型，大人们穿着它却是如履平地，走起路来从容自如。

这时，一群赶去上学的孩子们的身影出现在眼前。他们身穿一件带着斑点花纹的和服，宽大的袖口伴随着奔跑起来的身子左右摇摆，那样子就像是一只只翩翩飞舞的蝴蝶。远处海面上，大船开始扬起黄、白色的风帆。夜间停靠在码头歇息的小汽船上，高大的烟囱里再一次吐出浓浓的白烟。

对岸，停泊在港口的一艘来往于湖面上的定期班轮，敞开粗大的蒸汽口，猛地发出一声愤怒的吼叫，震耳欲聋。听到那汽笛声，所有人都禁不住笑出了声。刚刚下水的这艘竞争企业的新式汽轮，让其他小汽船望而生畏。那汽笛声显得不可一世，仿佛面对周围一切发出野蛮的挑战，让人感到震撼。听到那汽轮的声音，松江的百姓们当即送其绰号"狼丸"。"丸"在日语当中表示"轮船"。

六

远处，一个奇妙的物体，顺着河面慢慢地漂浮过来。或许，没有人能够想象得出那究竟是什么东西。

在日本的下层社会，人们崇拜的不仅是神灵和佛陀。某些场合，根据需要人们同样会取悦恶神。每当人们绝处逢生或者化险为夷时，就会怀着无比感激的心情，拜倒在那些恶神的面前，恳请它们息怒停瞋（这就像在西印度群岛，飓风夺走了两万两千人的性命后，一切归于平静后人们仍须向上帝祈祷一样，是一种极端不合情理的习俗）。诸如此类现象，在日本还有主管瘟疫的"瘟神"，主管风邪的"风神"，和主管天花的"疱疮神"，人们遇到此类祸患，必然要祭拜这些恶神。

待天花痊愈之后，人们便拿出酒肉祭祀疱疮神。这与被狐狸精附体的人为了驱除妖魔，手持供品拜祭"稻荷大仙"如出一辙。具体的做法是，在装稻米用的米俵草苫上，放上一两个素烧的土瓷碗，碗里盛满稻荷大仙或疱疮大神爱吃的红豆米饭。再拿一根小竹坯，挑上一张纸幡，插在草苫或者红豆米饭上。通常人们祭祀时使用的纸幡是白色，而此时用的纸幡必须是红色。供品用完之后，可以将其悬挂在远离病人家门的树上，或者放入河水中任其顺流漂下，谓之"送神"。

七

眼前那座铁桥墩的白色大桥，看上去十分现代化。事实上，去年春天刚刚为它举行了盛大的开通仪式。按照当地的古老习俗，大桥开通时，需要选出当地的一名幸运儿率先通过大桥。为此，松江市四处寻找合适的人选，最终确定出两位高龄长者。两位老人婚龄均已超过半个世纪，且夫妻双方都健在，都有不少于十二位子孙，其子孙们无一例外全都到场。这两位幸运的老人，带着各自的妻子，率领他们成年的儿子、孙子、未成年的重孙子，在烟花爆竹的轰鸣声中，伴随着一片喝彩走过了大桥。

原本这座古桥，质朴典雅，宛如一幅美丽的画卷。被无数座桥墩托起的桥面，呈拱形横跨在水面上，那形状好似一条无害的长脚蜈蚣。三百年来，它静静地矗立在湍急的河面上，留下了许多不为人知的美丽传说。

庆长年间，出云的大名、武将堀尾吉晴，决定在这条河的河口附近架起一座桥梁，不承想施工进展得十分艰难。据说是因为河床松软，无法支撑起桥墩。为此人们向河中投入了数百万方石子，却丝毫不见成效。白天施工投入的石子，到了夜晚不是被河水冲走，就是被大水淹没。即使如此，人们最终还是在河上架起了一座桥梁。正当他们为此兴奋不已时，桥墩却开始下沉，在一次洪水当中更是把大桥冲走了一半。从此，便开始了无尽无休的冲垮，修复，再冲垮，再修复的漫长过程。为了震慑肆虐的洪水，降伏洪魔，村民们决定在河中立起一根人柱。人们在水流湍急的中央桥墩底下埋了一个活人。从那以后，三百年间大桥安如磐石。

那个充当人柱的男子，名字叫源助，家住杂贺町。按照当地的规矩，第一个穿着没有裤裆的裤裤跨越大桥的人，要被埋在桥墩下。恰好源助被发现时，就穿着一条没有裤裆的裤裤待要过桥，于是他就被拿来充当了人柱。那以后的三百年间，大桥的中央桥墩便取人柱的名字，被称为"源助墩"。据说在漆黑的夜晚，那根桥墩附近总会冒出鬼火，而且是在深夜两点到三点之间，也就是幽灵出没的时间。据我所知，无论在外国还是在日本，鬼火通常都是蓝色的，可这里的鬼火却是红色的。

八

有人说，源助这个名字原本并非人名，而是当时的年号。这一年号用当地的方言说起来，便成了人的名字。人们深信，"人柱"的传说真实存在。为此，每当开始架设新的大桥，成千上万的乡下人便对来到小镇心有余悸。因为架设新的大桥必然需要人柱，传闻这个人柱要从仍然保留着旧式发髻的乡下人当中挑选。听到这一传闻，成百上千的老人剪掉了他们的旧发髻。于是又有人传言，说警察要在大桥开通的当天，从过桥的人群当中秘密逮捕第一千个人，以此充当源助的替身。据说在此之前，每年前来小镇参拜稻荷神社的百姓不计其数，把个小镇挤得水泄不通。然而今年参拜的人数却寥寥无几，致使当地的商业收入折损高达数千日元之多。

九

晨雾消失，湖面上一公里远的地方，清晰地浮现出一座美丽的小岛。矮矮的、细长的小岛上，巨大的松树林环抱着一座神社。与西方的松树不同，日本的松树长满树疖，树干上枝叶繁茂，弯弯曲曲的像是古橡树拔地而起，遮天蔽日。借助望远镜，神社前的牌坊清晰可见。牌坊前并排立着两座石狮子，其中一座头上磕掉了一块。无疑，那是几经狂风巨浪冲刷的结果。在这个小岛上，祭祀着美貌与雄辩的女神——弁天女神。为此，这座小岛被称作"弁天岛"。古时，这座小岛还有一个广为人知的名字，叫作"嫁娘岛"。传说一天夜晚，梦幻中一个小岛从湖底静静地浮出水面，托起了一具溺水身亡的女尸。那位不幸的女施主，生前长得一副美貌，待人十分虔诚。见此情景，村里的人以为那是上天的旨意，于是开始在岛上祭祀起弁天女神。他们修建祠堂，种植苗圃，还在祠堂前竖立起一座牌坊，用形状各异的顽石在祠堂四周垒起了高墙，将溺水而死的女尸骸埋葬在了岛上。

极目远眺，蔚蓝色的天空一碧万顷，空气中处处洋溢着浓浓的春意。我决定立即出发，沿着这古老而神秘的街道，一路探个究竟。

十

我看到，每家每户的推拉门或是玄关正上方，都贴着一张长方形的白纸符，上面写着几个汉字，每间房屋的屋檐下，还都悬挂着一根象征神道的、带着长长稻穗的注连绳。那张白色纸符立刻引起了我的兴趣，我边走边开始收集起纸符。这一带的纸符，大都来自松江地区的神社和寺庙。只要是佛教，通过纸符大致可以判断出那家主人隶属于哪个教派。自古以来，松江地区就是神道占据优势，同时兼顾信仰佛教。日莲宗的纸符，即使不懂得汉字的人，也可以通过上面独特的汉字字形，辨认出它出自日莲宗之门。那又细又长的笔画，像是军队的齿形旗跃然纸上。纸符上的文字，是著名的《南无妙法莲华经》的经文。古时，这篇经文也曾印刷在抵御西班牙传教士进入日本，并遭到耶稣会敌视的加藤清正公的旗帜上。只要是日莲宗的朝圣者，便可以敲开任何一户带有日莲宗纸符标志的家门，祈求施舍食物或者钱财。

然而从纸符的数量看，最多的仍然是神道。几乎每户家庭门前张贴的纸符上，竖排汉字的下方都绘制着两只小狐狸，一只白一只黑，彼此相对而坐，显得格外醒目。通常，狐狸嘴里衔着一把象征神道的钥匙。但是在这些纸符上，狐狸嘴里衔着的却是一捆稻穗。这些纸符均出自松江城内城堡山上的稻荷大明神社，那是防备火灾的护身纸符。根据已知信息，松江城内用于防火防灾的纸符，稻荷大明神社恐怕是绝无仅有。即使微弱的火花，遇上强劲的飓风，足以把一座庞大的城市一夜之间化为灰烬。到目前为止，松江城内并未发生过重大火灾，也没有听说过哪里不慎失火。

据说这个防火防灾的护身纸符，只有在松江市内才能够显灵。有关那位稻荷大明神，更有如下一段神奇的故事。

传说家康的孙子直政，作为地方领主第一次来到松江时，一位英俊少年来到了直政的面前并呈上奏章，提出了以下请求："为了保护您不受忧患的困扰，我受朝廷委派，从令尊大人所在的越前国来到此地，却是无地安身，眼下暂避普门禅寺院内。如果大人能够为我在城中建造一处寓所，我可以保护城中百姓的房屋建筑，以及您在江户城的宅邸免遭火灾。我本人时隐时现，人称稻荷真左卫门。"说完，那位英俊的少年忽然消失在空中。于是，直政为那位少年兴建了一座神社。至今，那座神社仍然坐落在松江城内，周围立着千尊狐狸的石头雕像。

十一

我拐过弯儿，走进一条狭窄的小巷，那里充满了浓郁的古老气息。低矮的二层建筑，仿佛从地下冒出的一座座小土包，只是街道的名称与其不符，被称作"新材木町"。也许一百五十年前，这里的建筑还是一派崭新的容貌，而今却只能让考古学家感到欣喜若狂。材料本身已经变得暗淡无光，茅草屋顶像是铺了一张干枯的皮毛，长满了柔软的绿苔，形成一道道斑痕，挂满了屋顶四周。

尽管如此，放眼展望整个小镇，却宛如一幅山水画卷，与近距离看到的腐烂屋顶相比，不禁让人感到震惊。街道两旁并排耸立着高高的竹竿，竹竿之间拉起一张张黑色的大网，好似蜘蛛的巢穴遮天蔽日。这不禁让我联想起日本神话当中的魔鬼蜘蛛，却不知那只是一张张丝织的渔网，这一带是个小渔村。我朝着大桥的方向继续前行。

十二

我漫步在天地之间，眼前出现一片神奇的景象。

沿大桥以东的地平线上，巍巍群山连绵起伏，座座山峰威严耸立。放眼望去，辽阔的大地一片云海茫茫，皑皑的山顶仿佛神秘的幻影在半空中飘荡。山脚下像是蒙上了一层灰色的轻纱，山顶上像是盛开着一朵洁白的雪莲，伴随着常年的积雪——这便是"大山"的雄伟身姿。

到了冬季，一夜之间整个山区就会被白雪覆盖。曾经有诗人把它描述为，像是一把打开一半的雪白的折扇倒挂在空中。也有人因那灵峰酷似富士山顶，把它誉为雪域高山的金字塔——出云的富士。事实上，大山并不在出云，它是位于伯耆的一座山峰，只是在伯耆无法看到这一壮丽的景象。大山，是出云这片古老土地上的一大奇观，只有在晴空万里时才能够一览其全貌。围绕大山的美好传说不胜枚举，据说天狗就居住在它神秘的灵峰顶上。

十三

跨过大桥，在一个停泊着小汽艇的码头岸边，坐落着一间小巧的地藏庙，那里保存着一些青铜铸制的金属钩，它们被用来打捞溺水者。每当有人落水，人们就会借用它打捞，只要有尸体被发现，就会有新的金属钩被进献到寺庙当中。

由此往南一公里的地方，沿天神町那宽阔的大街，是一座供奉学问与书法的神社——天神神社。这一带是富商集中的地区，道路两旁悬挂着藏青色的暖帘，上面用奇特的白色文字书写着商铺的名称。湖面上微风吹来，暖帘像水波一样随风飘荡。沿着宽阔的大街放眼望去，两侧高大的电线杆远远地消失在尽头。

走过天神神社，小镇再一次被河水一分为二。一座天神桥横跨在新土手川的河岸两端。天神桥的对岸，另有一片开阔区域，沿着湖畔一直伸向远山脚下。被大桥川和新土手川两条河水夹在中间的这一带地区，可谓是繁华街道，散落着一些祠堂庙宇。其中的河心岛地区，几乎集中了包括剧场和相扑馆在内的所有娱乐场所。

与天神町并排着的，是庙宇林立的寺町。其中一条宽阔大街的东侧，更是排列着众多的寺庙。沿着四周红砖绿瓦的高墙，每隔一段距离便可以看到一座宏伟的寺庙大门。透过长长的院墙放眼望去，寺院内青灰色的屋脊，在蓝天的衬托下呈弧线型高高翘起。在寺町的小镇上，日莲宗、真言宗、禅宗、天台宗，甚至包括在出云少有人气的真宗，各路宗派多元共存，和谐相处。真宗在出云之所以得不到普及，是因为其作为一个宗派，严格禁止信徒信奉神道。每一座寺院的背后都有一小块墓地。墓地的旁边是另一座寺庙，寺庙的另一侧又是一座寺庙。像这样，佛教建筑鳞次栉比，中间夹杂着一些狭小的楼阁庭院，古老的寺庙和密密麻麻的小巷交织在一起，整个街道成了一个巨大的迷宫。

像往常一样，我整日奔波在寺庙之间，收获良多。我见到了端坐在金色莲花宝座上、头顶金色光环的古老佛像，买到了珍贵的护身纸符，察看了墓地里的菩萨雕像。我还见到了大慈大悲的观音菩萨像，瞻仰了地藏菩萨那温存的笑容，可谓是不虚此行。

寺庙那宽阔的庭园，对于观察平民的生活是一个绝好的场所。若干个世纪以来，那里从来都是孩子们的乐园。历经数十载，天真的孩子们在那里度过着幸福的时光。只要天气晴朗，奶妈和姐姐们一大早便会背着年幼的弟弟妹妹来到寺院。孩子们聚集在一起，开始做起一些奇怪而有趣的游戏，如"捉鬼""踩鬼影"或是"捉迷藏"。

漫长的夏日时光，到了傍晚，寺院又成了绝佳的相扑场所，爱好相扑的人们在此齐聚一堂。寺院里到处都是赛场。年轻力壮的劳动者和身材魁梧的工匠们，结束了一天的工作，便来到寺院里一比高低。这里曾经不止一次地诞生著名的大力士。一旦证明自己在本地区相扑选手当中无敌，便可以继续挑战其他地区的霸主。如果能够同时取胜，便有希望成为真正的大力士。

寺院里也会举办盂兰盆舞会和各种公开讲演。遇上庙会，还会出售一些有趣的玩具，其中多数带有宗教色彩。寺院内古木参天，池塘里鱼儿嬉戏，鱼儿看到有人走过来，便张着大嘴祈求饵食。水面上漂浮着神圣的莲花，这里顺便介绍一些日本学生有关莲花的描述。

"莲花出淤泥而不染，永葆高洁。"

"人们将那种面对诱惑不为所动的精神，比喻为莲花。"

"莲花总是会被雕刻或者描绘在寺庙的佛具上。与此同时，莲花还会出现在与佛像有关的几乎所有画面上。"

"在西方极乐世界，接受佛陀祝福的人想必也是端坐在金色的莲花台上。"

古老的小镇上空，不时传来阵阵喇叭声。那是一队威风凛凛的少年，身着貌似法国步兵的军服，从远处寺院持枪列队走了过来。排成四列纵队的少年们，行进途中整齐划一。他们脚上打着裹腿，步调一致，形同一人。当他们转过路口出现在人们的视线当中时，枪上的刺刀在阳光的映射下，无不指向同一个方向。他们是一群师范学校的学生，正在进行日常的军事操练。他们所接受的课程包括，显微镜下的细胞组织研究、细胞成长过程的神经组织分离、光谱分析及色彩视觉的发展，以及丙三醇液体内的细菌栽培。尽管他们接受了现代科学的知识，却丝毫没有忘记传统的谦逊和礼仪，也没有失去对仅仅接受过封建思想教育的父母的敬重。

十四

正前方走过来一群朝圣者。他们身披黄色蓑衣，头戴一顶巨大的蘑菇斗笠。斗笠边沿呈弧形向下弯曲，遮挡住大半个脸颊。所有人都拄着一根拐杖，将衣服下摆高高卷起，用一条带子系在腰间以方便行走，小腿上则扎着一根奇特的白色棉裹腿。历经数个世纪，这些旅行者的形象不曾发生过任何改变。他们从眼前走过，仿佛数百年前早已褪了色的日本古老画卷中描绘的那样，像是一群流浪儿紧紧拉住父亲的大手，漂泊在漫长的旅途当中。

朝圣者不时地驻足在商店前，窥视着店铺里琳琅满目的商品，显得异常兴奋，却无钱购买。

我本人，由于已习惯了各种惊奇，对于这个国家不寻常的景象早已习以为常，以至如果一天当中没有遇见奇闻，就会隐约感觉缺了点什么。相反，那种平淡无奇的日子又是如此稀少，除非天气恶劣无法走出家门。即使身无分文，也能够得到精神上的快乐。可以说，这也是自古以来日本人及时行乐的最好方法。这个民族，任何时代都在努力探求着新奇。取悦于心，似乎自婴儿呱呱坠地，睁开好奇的双眼开始，就已经成为了日本人毕生的目标。从他们的表情当中，可以看到他们对新生事物的期待。所有人的脸上都洋溢着对神奇的憧憬。如果神奇不出现，他们便不惜一切地踏上寻求的旅途。日本人似乎很善于健步行走，他们云游四方从不知疲倦。在我看来，这与其说是为了朝拜四方众神佛，不如说是一段探胜猎奇的旅行。走遍日本的三山五岳、天南海北，祠堂寺庙比比皆是，所到之处就像是一座美术馆，各种引人入胜的珍奇异宝无所不在。

身为贫苦的农户，颗粒无收，却舍得花上一个月时间四处朝山拜佛。在稻田无须打点的季节，数十万贫苦百姓更是遍行在日本各地。这种现象之所以成为可能，得益于有史以来，人们甘愿对朝圣者施舍财物的习俗，以及分散在各地仅为朝圣者提供歇息的、被称为"木赁宿"的一种特殊场所。所谓"木赁宿"，是指只需支付少量的薪柴钱，客人便可以带米自炊的小客栈。

绝大多数朝圣者试图穿越的旅途，绝非一个月时间就能够实现。其中就包括三十三所观音菩萨庙巡礼，和八十八所弘法大师寺院朝圣旅行。这些地方巡礼一周需要数年时间。至于说日莲宗的千所寺巡礼，就更是旷日持久的长途跋涉。与此相比，那些只需数年的朝圣之旅简直就是小巫见大巫。完成"千所寺"一个循环的巡礼足足需要二三十年时间。一个人从年轻时开始，待巡礼完第一千所寺庙时，年轻的容颜已风光不再。即便如此，仍有一些松江的男女信徒，最终完成了这一艰难的朝圣旅行。他们走遍日本全国各地，不仅依靠施舍，还从事一些简单的行商活动。

那些朝圣者，肩上扛着一个象征祠堂的小木箱，里面装着一些预先备好的衣物和食品。他们手持一面小铜锣，一路不停地敲打着，嘴里念着《南无妙法莲华经》，走街串巷四处巡礼。他们怀揣一个小本子，所到之处总要请求寺院的老僧为其盖上一方红印。待朝圣结束时，小本子上已经盖满一千个红印，并以此作为自己的传家宝物。

十五

从今天起，我也要巡游四方。眼前的这座小镇，四周是一片湖泊，高山的另一端，自从远古时代便是一片神圣的土地。

首先是杵筑大社。那里是古代诸神"筑宫柱于深深的岩底，悬千梁于高高的太空"建造起来的圣中之圣。那里的宫司是继承了天照大御神血统的神官。其次是一畑大仙，他是为盲人带来福音的药师如来。供奉一畑药师的祠堂，屹立在六百四十层石阶的高台顶上。在供奉十一面观音的清水寺，佛坛前依旧闪亮着千年不灭的"御明灯"。此外，还有圣蛇盘踞三宝之上的佐太神社。在位于大庭的小镇上，有祭祀着开天辟地、创造众神与人类始祖的伊耶那岐命和伊邪那美命的神宫。最后，是情牵一线的八重垣神社。除此以外还有加贺、加贺浦以及加贺潜户，这些都是我梦寐以求的地方。

其中，我最想去的地方要算是加贺浦，为此我打算首先去那里。很少有人能够经海路到达加贺浦。据说那一带海面上无风三尺浪，一般船只禁止从海上靠近。如果一定要去加贺，或者等到风平浪静，或者选择陆路。然而日本海沿岸鲜有平静的日子，陆路地势险要更是难以穿行。即使如此，我还是希望看一看加贺浦。因为那里海边巨大的石窟上，竖立着一尊著名的地藏菩萨石像。据说每到夜晚，孩子们的鬼魂便爬上高高的石窟，用小石子在地藏菩萨面前堆起一座小山。第二天一早，在柔软的沙滩上，可以看到孩子们光脚经过时留下的痕迹。另据传说，石窟中有一块岩石，像母亲的乳房渗透出白色的乳汁，哺育着孩子们的鬼魂。到此朝拜的朝圣者，要随身携带一双孩子们穿的草鞋，并将它放在石窟前，祈祷孩子们的鬼魂在攀登岩石时不会弄伤小脚。为了不使石子堆砌的小山倒塌，朝圣者必须谨慎前行。如果石子倒塌，会让孩子们痛哭不已。

十六

松江市地势如同桌面一样平坦，两面被月牙形的低矮山丘环绕。美丽的山顶上常年被绿树覆盖，四周散落着祠堂庙宇。市区内居住着一万多户人家，大约三万五千人。主要街道共有三十三条，除此之外大街小巷纵横交错。站在任何一条街道的尽头，透过远方的丘陵、湖泊和东面的稻田，远远地能够望见一座高大的山峰。山峰的顶端，根据距离的远近呈现出绿、蓝、灰等不同的颜色。乘车、乘船或者徒步，均可以到达市内任何一处地方。整个城市被两条大河分割成不同区域，市内大小河流星罗棋布。河面上架起一座座造型奇特的拱桥，看上去像是拉满的弓箭。建筑样式（除师范学校、中学、县厅以及新建的邮电局等西洋建筑之外）与其他古老的日本街道并无两样。寺庙、旅馆、商店和普通住宅，与西部日本的其他城市也大致相同。据在世的数千名老人对封建时期的回忆，松江城曾经是封建诸侯居住的城邑。历史上，松江城曾经按照人们的身份等级严格划分。封建的等级制度，同时也反映在了不同区域的建筑形式上。根据城内房屋建筑的外观，市区可以分为三个部分。首先是商人和商店主聚集的地区，它位于城市中心，房屋均为双层建筑。其次是寺庙地区，它几乎占据了城市的东南大部。最后是武士居住的地区，其间并排着武士家族的宅邸，有宽敞的庭院，众多间房屋。古代封建时期，只要幕府一声令下，立刻就会从那些风雅的武士宅邸里召集起五千名"双刀"武士，并携带家臣走向战场，其人数绝不少于一万三千人。当时，松江城内的建筑约三分之一为武士宅邸。松江曾经是日本古代建立起来的最早的军事中心。位于城市两端，沿湖畔呈月牙形同样排列着众多武士宅院。诚然，如同主要寺庙远离寺院地区一样，其他地区也散落着一些传统的武士住宅。无疑，武士宅院最为集中的地方，当数城堡四周。

松江城堡至今依然屹立在城堡山上。这座数个世纪前建造起来的城堡，其庄重典雅的风貌不减当年。它一身铁灰的颜色，头顶蓝天，植根大地，表面冷酷的外观，形状怪异的结构，宛如一座巨大的佛塔。二层、三层、四层，随着层数的增加，仿佛终将要被其自身的力量所摧毁。城堡顶端两侧，像是武士的头盔，分别镶着两只巨大的青铜制虎鲸，跃跃欲试，像是要冲出水面飞向蓝天。如同两只触角一般突起的人字形屋顶，兽头瓦点缀的屋檐，古朴神韵的青砖绿瓦，集天下奇观为一身，从上下左右任何一个角度望过去，都像是瞪着一双龙眼的巨龙。站在天守阁黑色的鬼瓦屋檐下向东南展望，有如一只翱翔在蓝天中的雄鹰，整座松江城一览无遗。从北面向下俯瞰，九十米开外城堡内道路尽收眼底，走在城堡中的行人看上去宛如一只苍蝇。

十七

在这座阴森可怕的城堡当中，有着一段古老的传说。

正如悲哀的塞尔维亚民谣《斯卡德拉的基石》当中描述的那样，按照原始的野蛮习俗，据说在建设松江城堡的初期，曾经在城堡的下方活埋了一位少女，以祭祀那些被遗忘了的众神。人们没有记录下那位少女的名字，只是传说她美如天仙，而且能歌善舞。

自从松江城堡建成之后，当地政府便颁布了一条法令，禁止女孩子在城堡内唱歌跳舞。因为只要有女孩子翩翩起舞，整个城堡山就会地动山摇，那巨大的城堡也将摇摇欲坠。

十八

至今，在松江城里不时地还可以听到一些滑稽的歌谣。那是老一代松江人耳熟能详的"松江七大怪"。旧时松江市曾经被分割为七个区域，每个区域都有着一些奇闻逸事。现如今，松江市只保留五个区，每个区都有各自氏族的神社。生活在同一个地区，祀奉同一位氏神的人被称为"氏子"，神社便是该地区的守护神——氏神居住的地方，氏子必须敬奉自己的氏神（每一个村镇至少有一位氏神）。

在松江众多的神社和寺庙当中，无不流传着各自的神奇传说和一些神话故事。拥有三十三条街道的小镇上，更有着自己独特的奇谈怪事。这里仅介绍其中的两则故事，它们真实地体现出日本民间传说的一个侧面。

在松江东北部的普门院附近，有一座叫作"小豆淘桥"的拱桥。传说从前每到夜晚，就会有一个女人的幽灵坐在桥下淘洗小豆，小豆淘桥因此得名。在日本，有一种漂亮的鸢尾科紫色小花叫作"杜若"，有一首歌唱这种小花的歌谣叫作《杜若歌》。可是，在小豆淘桥附近却不可以唱起这首《杜若歌》。至于其中的原因，似乎早已被人们所遗忘。传说徘徊在桥下的幽灵听了这首歌会大发雷霆，甚至会给唱歌的人招来巨大的灾难。有一天，一位胆大包天的武士从桥上走过，他一路放声高唱着《杜若歌》。见并没有什么鬼魂出没，武士便满不在乎地嬉笑着回到了家中。武士回到家，看见一位不曾相识的淑女站在家门口。那女子冲着自己鞠了一躬，递上一个女人传递书信时使用的漆盒。武士也对着女子恭恭敬敬地鞠了一个躬。只听那女子说道："我是传递书信的信使，这是您夫人送给您的礼物。"说完，那个女人便消失得无影无踪。武士打开漆盒，看见里面放着一只鲜血淋淋的小孩儿头颅。武士赶忙进了家门，见客厅的地上横躺着自己儿子的尸体，头已经不见了踪影。

关于中原町大雄寺的墓地，流传着这样一个故事：

中原町上有一个糖果店，专门出售麦芽糖。那是一种用麦芽制作的琥珀色的糖稀，用来代替乳汁，给那些得不到母乳的婴儿食用。每到夜晚，就会有一位身穿白色青衫的苍白女子来到店里，买上一厘钱的麦芽糖后便匆匆离去。那女子骨瘦如柴，面色十分憔悴。见此情形，糖果店的主人十分担忧，几次尝试和那女人搭讪，可那女人却从不回应。终于有一天夜晚，店主人放心不下，便跟在女人的身后走出了糖果店。只见那个女人来到了一座墓地，糖果店主人顿时感到惊慌失措，立即转身跑回了家。

第二天夜晚，那个女人又来到了糖果店。这一次她却没有买麦芽糖，只是朝着店主人招了招手，示意让他跟着自己走。于是糖果店主人带着几个熟人，跟在那个女人后面来到了墓地。只见那女人走到一座坟墓前，瞬间消失得无影无踪。就在这时，突然从坟墓里传出婴儿的哭啼声。店主人和其他几位熟人立即挖开坟墓，看到了每晚来到糖果店买麦芽糖的女人的尸体，旁边还坐着一个活着的婴儿。看到提灯的亮光，婴儿的脸上露出了微笑。婴儿的身旁，放着一只盛着麦芽糖的小碗。因为女人死后立即被下葬，婴儿竟然出生在了坟墓里。无奈，母亲的幽灵只好每天弄来麦芽糖，喂养刚刚出生的婴儿。

正所谓，母爱的力量大于死神。

十九

　　我过了天神桥，穿过一条人口密集的崎岖小巷，经过几间破落武士的宅院，来到了城市的西南端。我准备坐在面向湖心的荞麦面馆里，眺望远处初夏的晚霞。从那里的荞麦面馆欣赏渐渐沉落的夕阳，成为了我在松江的乐趣之一。

　　在日本看落日，与热带地区有所不同。日本的日照如梦如幻，显得十分平静，没有那么强烈的色彩。在这个东方国度，自然界不会给人以强烈的刺激。无论面对大海还是蓝天，展现在眼前的与其说是色彩，不如说是自然的完美调和，让人感到清新。只要看看这个民族出色的印染技术，就会发现有关色彩乃至颜色的搭配，在大和民族高度提炼的情趣当中有多么的优雅。那其中并不存在对五彩缤纷的狂热追求。似乎这个国家恬静的自然本身，便天然地带着一种细腻和温柔。

　　蔚蓝色的天空下，远处群山起伏，层峦叠嶂，眼前静静的湖面上，闪烁着灿烂的星光。右手侧湖泊的东端，是松江的古老城区。那里一排排青灰色的瓦房依水而立，密集的民宅紧紧地围绕在水边，湖水拍打着屋檐下的立柱。借助一只望远镜，我家的门窗及灰色的屋顶清晰可见。它背后，苍松翠柏的城堡山巍然屹立，万绿丛中阴森的天守阁显得格外醒目。眼见着夕阳开始落入湖中，湖面上顿时泛起一阵薄雾，天空仿佛蒙上了一层神秘的面纱。

　　蔚蓝色的群山顶峰，飘浮着几朵绛紫色的浮云。浮云夹杂着蒸汽，宛如缕缕青烟腾空升起。不久紫色变成了微红色和金黄色，随后又变成了可怕的绿色，最终融化在蓝天之中。远处湖水最深的地方，呈现出一片近乎神秘的紫罗兰色。一个被松林翠影覆盖着的小岛，像是漂浮在波光粼粼的水面上，湖水掀起的阵阵波浪，在浅滩与湖心之间形成了一道明显的分界线。岸边附近的水面呈古铜色，不时地泛起微微的红光。

　　所有这些微妙的色调，每隔五分钟就会出现一次变化。就像柔软的闪光丝绸，在色调和暗影之间交替地改变着自己的容貌。

二十

每当仲夏的夜晚，特别是到了节日的晚上，总是会有许多人聚集在城市的一角，静静地围拢在一排排露台前。我走上前，看到露台上不过摆放着一些花瓶，里面插着一些小花，抑或是从树木上剪下来的一些含苞待放的枝叶。那是日本人举办的小型花展。准确地说，那是在免费向人们展示插花艺人的作品。日本人不像野蛮的西方人那样，胡乱摘下一堆花瓣，拼凑起毫无意义的色块。他们之所以不那样做，是因为他们对大自然怀有特殊的情感。他们知道为了展现花儿本来的魅力，应当如何配置和处理花朵与枝叶的关系。为此，他们试图根据自然的需要，挑选每一根枝叶和每一束花朵。从西方国家来到日本，第一次看到日本的插花，你根本无法理解其中的奥妙。与日本那些普通的劳动者相比，西方人总是显得如此野蛮。只要你持续对日本的那种简单的插花艺术表现出极大的兴趣，你就会逐渐感悟出其中的含义，并且最终为她的魅力所折服。西方人或许有着一种先天的优越感。但是在那几根简单的枝叶组成的花卉的自然美面前，你会感到以往在西方看到的花展是那样的丑陋，并自愧弗如。在日本，花展的背景总是一扇白色或者浅蓝色的屏风，借助灯光或者灯笼的衬托，使得花卉看上去别有一番情趣。植物的光影投射在屏风之上，可以产生绝佳的效果。在屏风上投入插花枝叶的轮廓，其设计之美超出西方装潢美术家们的想象。

二十一

松江地区自古以来就有"出云之国"的美称。现如今又逢云雾缭绕的季节，随着日暮降临，朦胧之中湖面和陆地上弥漫起阵阵烟霭，仿佛幽灵覆盖着大地，让远方景物变得越发模糊。返回途中，我将身子倚靠在天神桥的栏杆上，最后一次向东方眺望。远处的群山已经是一片朦胧，眼前只有一汪静静的湖水，与昏暗的天空浑然一体，远远地消失在死一般的大海之中。这时，只见我身边的一位女子，将手中一些白色的小纸片飘飘然撒向水中。那女子一边抛撒着白纸片，嘴里还一边低声细语地念叨着什么。她是在为死去的孩子祈祷冥福。在她撒向水中的白纸片上，描绘着地藏菩萨的肖像，还记述着一些简短的经文。按照习俗，母亲失去了孩子，就要买一方地藏菩萨的印章，并将其刻印在一百张小纸片上。据说，有时还要填写上"奉献给某某菩萨"的字样。小纸片上不可以写自己孩子的俗名，而要写上戒名。所谓戒名，那是僧人为死者取的名字，家中死者灵堂前的牌位上也要刻上戒名。母亲在规定的日期（通常是孩子被安葬后的第四十九日），要来到水边，将小纸片一张一张地抛入水中。一边抛撒，主人还要在嘴里不住地念着"南无地藏大菩萨"。

在我看来，那个黄昏之夜，在我一旁默默祈祷的虔诚女子，一定来自贫困家庭。否则，她会乘上一条小船驶向湖心，并且在那里祈祷爱子的冥福。（现如今，那也只能在天黑之后。因为不知道什么原因，警察开始取缔这一美好的悼念仪式。在此之前，警察也曾禁止在公共水域投放用来悼念死者的、用稻草编结的"精灵船"。）

为什么要将小纸片撒向水中？一位大慈大悲的天台宗老僧告诉了我其中的秘密。据说，这一仪式原本是用来慰藉溺水的亡灵。今天，善良的人们相信，地球上所有河流湖泊无不通向阴间，流入地藏菩萨所在的冥河。

二十二

回到家中，我再一次敞开家里的小纸窗，遥望着窗外的星空。远处的桥顶上，人们手中的提灯像一只只萤火虫，拖着长长的尾巴从桥上缓缓通过。阴森森的湖面上，无数盏灯影灵光闪烁。河对岸，万家灯火透过宽敞的纸拉窗散发出温暖的黄光，在明亮的窗纸上留下淑女俏丽的倩影。我不由得在心里祈祷着，希望玻璃这种东西在日本永世不得普及。否则，这一美好的夜景就再也无法重现。

我屏住呼吸倾听着小镇的脉搏。黑暗之中，远处传来洞光寺里梵钟那隆隆的轰鸣声，其间夹杂着几分带有醉意的人们的欢闹声，以及夜间小商贩朗朗的叫卖声。

"乌冬面啦，荞麦面！"这是热腾腾的面馆老板在大声招揽着最后一批食客。

"占卜问卦，行人不归，算命婚姻，失而复得，看面相，看风水，测凶吉！"这是走街串巷的算命先生在叫喊。

"麦芽——糖喽！"这是孩子们喜欢的麦芽糖稀老板那抑扬顿挫的叫卖声。

"好甜！好甜！"这是吆喝糯米酒的高亢声音。

"河原之国，葫芦仙山，测试姻缘！"这同样是占卜先生兜售纸签占卜姻缘的叫喊声。在一张彩纸上涂上隐形图案，将其靠近火源或者洋灯，隐形墨迹便显现出文字图像。其中内容多与恋人相关，有些内容或许自己也未必想要知道。幸运的人读了它，相信自己会更加幸运；不幸的人读了它，会对自己失去希望；嫉妒心强的人读了它，会越发燃烧起妒忌的火焰。

夜幕之中，小镇到处回响起类似牛蛙啼叫的声音。那是舞女或者艺人们击打小鼓的咚咚声。南来北往的人群无数只木屐拍打在桥面上，喧嚣声宛如瀑布直泻而下。远处东方，夜空中重新泛起一缕亮光。山背后，一轮巨大的明月透过白色的云雾，将铁青色的光线洒满了大地，令人毛骨悚然。这时，耳边传来了众人击掌的声音，那是路人在叩拜月亮大仙。他们站在长长的桥顶上，恭候着雪白的月亮公主的到来。

至此，我也要熄灯睡觉。睡梦之中，我看见一群孩子，在一个布满青苔的破庙里，做着鬼影的游戏。

第八章　杵筑——日本最古老的神殿

日本一向有众神之国的美誉。其中最为神圣的地方，当数出云国。传说创造国土，缔造诸神，被誉为人类始祖的伊邪那岐命和伊邪那美命，从神话中的高天原第一次降临大地，便来到了出云国。据说伊邪那美命死后，尸体被埋葬在出云国的边陲，而伊邪那岐命为了寻找妻子，从出云国一直追赶到黄泉国，却最终未能将妻子带回。《古事记》中记载，伊邪那岐命冥府寻妻，途中屡遭挫折，夙愿未果。描写地狱的古代神话不计其数，却从未听说过如此离奇的故事。甚至亚述神话当中伊什塔尔独闯冥界的传说①，在这个故事面前也显得稍逊一筹。

出云国乃是众神之国，是民族神道之摇篮，那里的人们至今仍祭祀着伊邪那岐命和伊邪那美命。在此出云国的众神之都杵筑城里，至今仍然保存着古代信仰的旧址——日本最古老的神社。

自从阅读《古事记》，得知出云神话，我一直期待能够有机会访问杵筑。据说此前到访的西方人寥寥无几，且无一人获准升殿参拜，这更加剧了我早日到访的渴望。一些外国人甚至被杵筑的神社拒之门外。与之相比，我可谓是三生有幸。我的一位好友西田千太郎，与杵筑的宫司交往甚深，此人事先为我写了一封引见信。我相信，即使无法升殿参拜——就算是日本人，也只有少数人能够得此殊荣——但我至少有幸，能够见到杵筑的宫司千家尊纪氏，并与之交谈。千家氏，是继承了太阳女神——天照大御神高贵血统的名家。

---

① 亚述神话故事中，女神伊什塔尔"独闯冥界经历七重考验，战胜自己的姐姐（邪恶的冥界女王），并且带回了丈夫，将富饶和活力重新赐给人间"。

一

金秋九月的一个午后，我离开松江，径直前往杵筑。我乘坐的那只蒸汽船，从发动机到后甲板，无一不小得像是来到了小人国。人在船舱内只能跪地而坐，后甲板的帆布篷下无法挺身直立。整个蒸汽船像个巨大的玩具模型，却处处干净整洁，并以惊人的速度平稳地行驶在水面上。半身裸体的英俊少年，忙着用茶点招待客人，并为吸烟的乘客端上炭火。只需付上四分之三美分的小费，便可得到热情周到的服务。

我离开狭窄的甲板，爬到船舱顶端，欲欣赏外面的风景。船舱外，两岸风光宜人。蒸汽船行驶在清澈的湖面上，岸边秀丽的山峰倒映在水中，远处水面不时泛起阵阵淡蓝色的雾霭，一派日本独特的迷人景象。湖水边瓷器般洁白的地平线上，云遮雾罩的高山海岬依稀可见，巧妙地遮掩住它本来的面貌；偶尔又像一幅清晰的图画，显露出大自然鲜明的轮廓。船舷两侧，更是苍松翠柏，郁郁葱葱，四周起伏的群山把宍道湖水紧紧地围绕在中间。眼前西北方向，雄伟的八云山高耸入云；背后东南方向，美丽的松江城渐渐地从视野中消失。远处蔚蓝色的天空中，只见"大山"的雄姿巍然屹立。那座巨大的死火山，梦幻般的顶峰上常年积雪，不时释放出蓝色的寒光。在那之上，苍茫的穹宇，像是一张拉开的弓箭，直指浩瀚的太空。

在青山云雾的重重环绕下，在此心驰神往的梦境之中，沐浴着灿烂的阳光，我似乎感觉神就在自己的身边。那是神道展示出的无穷魅力。我不由得想起了《古事记》中无数个神奇的故事，似乎发动机的声音也伴随着神韵，呼唤着众神灵的名字，发出虔诚的祈祷。

事代主命之神！大国主命之神！

二

蒸汽船一路前行，右舷前方的高山已然清晰可见。随着连绵的山峰逐渐逼近，山上茂密的森林开始揭开神秘的面纱。远处丛林覆盖的山顶上，面向湛蓝色的天空，一座巨大的寺庙赫然出现在眼前。这里是一畑山，那座寺庙名曰一畑寺，其间供奉着灵魂的救世主、药师如来的佛像。这里的药师如来，尤以为盲人带来光明而被世人尊崇。人们相信，来到这座巨大的寺庙，只要虔诚祈祷，眼疾定能得到治愈。为此，成千上万的眼病患者不远万里，跋山涉水登上寺庙前那六百四十级石阶，从全国各地来到这寒风凛冽的山顶，以求重见光明。站在一畑寺，使人眼前豁然明亮。朝圣者来到这里，首先用寺庙里的御灵泉水清洗双目，然后跪倒在庙堂前，心中暗念一畑药师的真言"On-koro-koro-sendai-matoki-sowaka"。与众多佛教经文一样，这一真言的含义早已不被人所知。那原本是梵语，后来被翻译成中文，并且传到了日本。只有钻研佛教的僧侣，才能理解其中的本意。尽管如此，这一真言却在日本广泛传播，在佛教信徒当中流传甚广。

我再次回到船舱，坐在帆布篷下，取出一根香烟，与同行的晃一起闲聊了起来。

"喂，晃！你知道，佛教中总共有多少位佛陀？已知的佛陀又有几位？"

"佛的数量多得不计其数，"晃回答道。"按理说佛是独一无二的，但它会以各种形式出现在我们的身边。在我们当中，就存在着各种各样未来的佛。无论每个人的悟性有多深，我们的存在都是平等的。遗憾的是，凡夫俗子对此似乎并不了解，为此他们只能求助于偶像。"

"那么，神道中的神又是怎么一回事呢？"

"我对神道并不十分了解。《古事记》中记载，高天原有八百万众神降临。这其中有三千一百三十二柱天神，分别被供奉在全国的两千八百六十一所神社当中。在日本，每年的十月被称为'神无月'。每到那时，分散在各地的众神便离开自己的神社，齐聚在出云国的杵筑。为此在出云，'神无月'又被称为'神在月'，略有一些汉学知识的人，则把它称为'神有祭'。人们相信，每到那时，蛇就会从海中爬到陆地上，盘踞在众神摆放三宝的桌子前，宣告八百万众神的到来。这个时候，蛇就成为了被龙神派到神宫的使者，那里供奉着缔造众神、降生人类的伊邪那岐命和伊邪那美命的牌位。"

"噢，晃！八百万众神，我甚至无法一一记住他们的名字。你能否列举几位鲜为人知的神，说说他们所在的位置，以及他们不同凡响的事迹？"

"您这样说，让我感到很为难。"晃回答道，"建议您去向专家请教，但我可以告诉您一些有关一般人需要敬而远之的神。比如说穷神、饿神、贪神，还有碍事神等。这些神看上去都长着一副饿鬼的模样，像是阴天下雨一样，一身晦气。"

"我说晃，有关碍事神，我可是并不陌生啊，给我讲讲其他神吧！"

"可除了穷神，其他的神我也知之甚少。"晃回答着，随后说道，"人们都说，有两个神总是形影不离，它们就是福神和穷神。福神长得一身白净，穷神长得一身漆黑。"

"如此说来，"我打断晃的话，"那不正是因为穷神是福神的影子吗？我曾经到过世界许多地方，每到一处，总是会看到只要有福神，就会有穷神如影随形。"

我这样说着，晃并未立即表示赞同，他接着说道：

"要知道，一个人一旦被穷神缠身，就很难解脱。从前，在京都附近的近江国海津村住着一个和尚，常年被穷神困扰。他曾无数次地试图摆脱，却始终未能如愿。一天，他故意当着众人的面，大声宣布他要去京都，并试图以此蒙蔽穷神。可是，他并没有去京都，而是去了越前的敦贺。他来到敦贺的一家旅馆，这时一个饿鬼模样又黑又瘦的小男孩儿走到他的面前，张口对他说道：'我已经在此等候多时。'那个小男孩儿便是穷神。

"传说另有一个和尚，已经被穷神缠身六十余载。万般无奈之下，他决定远走高飞，逃到遥远的他乡。就在他即将逃走的那天晚上，和尚做了一个奇怪的梦。他梦见一个骨瘦如柴赤身裸体的小男孩儿，手里编织着朝圣者或车夫脚上穿的草鞋。见小男孩儿编了如此之多的草鞋，和尚惊诧地问道：'你编这么多草鞋，做何用途？'听和尚这么一问，少年大声回答道：'我编草鞋，是为了和你一起长途旅行啊，我是一个穷神！'"

"难道说，就没有办法，把穷神从身边赶走吗？"听我这么一说，晃接着回答道：

"不！据《地藏经古粹》一书记载，一位居住在尾张国、人称圆净坊的老僧，就曾经利用咒语赶走了穷神。那年的除夕，圆净坊带领弟子和真言宗的僧人，手持桃木枝，口念咒语。他们挥舞着桃木枝，模仿从寺庙驱赶人群的动作。他们掩闭好寺院大门，又念起另一段咒语。就在那天晚上，圆净坊梦见自己在一座破庙里，遇见了一个僵尸般的僧侣，痛哭流涕地对自己这样说道：'我跟随您多年，如今您却要把我抛弃，不知究竟是为了哪般——'那之后，直到临死前，圆净坊一直过着富裕幸福的美好生活。"

三

大约一个半小时的时间，蒸汽船左右两侧的群山渐近渐远，交替演绎出不同的绮丽景色。苍郁的山峰，时而一片碧绿，时而又远远地被抛在船后，最终消失在淡蓝色的云雾之中。只有蒸汽船前方那连绵的群山，看上去一动不动，仿佛梦幻般始终耸立在眼前。猛然间，小小蒸汽船掉转船头，径直向陆地驶去。那是一片与海平面近乎齐平的陆地，前方的景象瞬间映入了我的眼帘。蒸汽船冒着黑烟，穿过一条田间狭窄的河道，最终停靠在了岸边的码头上。这里是一座美丽的小村庄，看上去别有一番情趣。小村庄的名字叫"庄原村"，从这里去杵筑，需要换乘人力车。

为了赶在天黑之前到达杵筑，我们没有时间在这里做更多的停留。我乘着人力车，匆忙穿过一条宽广的大道，走马观花地浏览着庄原村的街景，顿时被那迷人的景色所吸引。内心里，我多么希望能够有一天的时间，驻足仔细观看。人力车经过一座小镇，奔驰在一片辽阔的田野上。这里的道路，实则只是一条堤坝，两辆人力车勉强对头错过。堤坝两旁，是一望无际的大平原。远处连绵的群山，遮挡住白色的地平线。人力车所到之处，周围一片安宁。像是在梦幻之中，四周一派恬静的田园风光。明媚和煦的阳光洒满大地，不觉之中人力车开始进入久木，目标直指上直江。左侧前方，是一片连绵起伏的山峦。那是出西山，紧挨着的是苍翠欲滴的大黑山。这里的每一座山峰，都以众神的名字冠名。右侧较远处，橘红色的北山，夕阳中托起一道长长的背影。背影延伸至半空中，逐渐失去了光泽，像是一个幽灵瞬间消失在无尽的远方。

如此这般，宛如一幅静止的画卷，所到之处美不胜收。放眼望去，一条条田埂像是插上白色羽毛的福箭，在稻田之间径直穿过。稻田里，愉快的青蛙演奏起奇妙的大合唱，在水面上留下一串串珍珠般的泡泡。左手边，翠绿的山峰绵延不断；右手边，橘红色的山峦伴随着夕阳的余晖，渐渐融汇在大气层中。一路上，偶尔经过的小山村，以及立在路旁别有情趣的石碑石像，时而打破这宁静的世界。那是地藏菩萨的石像，抑或是立在斐伊川岸边一位相扑大力士的墓碑。在那巨大的墓石上，赫然雕刻着几个大字："生之松菊介"。

不久，人力车来到了神门郡。穿过宽阔的浅濑川，眼前的风景也随之焕然一新。左边群山顶上，呈现出一片马鞍形的蓝色吊影。按外形推测，那里曾经是一座巨大的火山。据当地的百姓介绍，这座山有着许多名称，古时人们一度称它为"佐比壳山"，其中流传着一个神奇的故事。

远古时代，一位出云的大神，俯瞰出云国土，发出如此哀叹："八方出云之国，国土却是如此狭小。我要扩展疆土，将四方国土连成一片。"他遥望朝鲜半岛，发现了一块绝佳的土地。于是，他用一条粗大的绳索，将四个小岛一并拉到了出云国。最初拉过来的小岛称为"八百丹"，位于现在的杵筑。第二个拉过来的小岛称为"狭田国"，那里有个佐太神社，每年一次的各地众神齐聚杵筑之后，还会在此再一次聚会。第三个拉过来的小岛是"夜见国"，相当于今日的岛根县。第四个拉过来的小岛在今日的美保关，那里坐落着一座守护稻田、派送祈福的美保神社。

为了不让从海上拉过来的小岛漂走，出云国的大神用一条巨大的绳索，把它们牢牢地拴在了大山以及佐比壳山上。为此，这两座山上至今还留有当时拴绳索的痕迹，拴小岛的绳索，今日也化作了细长的"夜见海滨"以及"园之长滨"。

越过堀河，道路变得越发崎岖，一行人来到了北山脚下。夕阳西下，日暮将至，遍山的树木早已清晰可见。从此旅途开始进入一条坡道，昏暗之中人力车缓慢地行走在山路上。四下里出现了无数盏烛光闪耀的灯火，眼见着我们来到了众神之都——杵筑。

四

跨过一座大桥，穿过高大的鸟居牌坊，一行人沿着坡路继续前行。和江之岛一样，杵筑小镇入口处也有一座牌坊，只是并非青铜所制。通过店铺林立的大街，穿过鳞次栉比的檐廊，走进一道石狮把守的山门，来到了一排长长的土墙前。透过土墙顶上的灰瓦，隐约可以看到墙内的矮树，和一座耸立着高大牌坊的神社。但那却不是我要去的出云大社。出云大社位于小镇尽头，在郁郁葱葱的山脚之下。一路长途跋涉，我着实感到有些疲劳，肚子也开始感觉饥饿，无法就此继续前去拜访。于是，一行人在一家看似舒适的旅馆前停下了脚步。却不知，这里乃是杵筑小镇最奢侈的旅店。稍事休整后，一行人便在这里喝着小酒，用起了晚餐。据说盛酒的酒盅，乃是来自漂亮艺伎所赠的礼物。晚饭过后，天色已晚，更是无法造访宫司。我决定请晃代为写一封书信，说明第二天上午前去拜访，并与西田千太郎的引见信一起，送到了宫司的家中。

那之后，热情的旅店主人拎着一盏提灯，执意要为我们一行人引路，去参拜大社。

此时已是夜深人静，家家户户门窗紧闭，街道上一片漆黑。天上没有月亮，看不见一颗星星。如此夜晚，若不借助主人的提灯，简直是寸步难行。我们跟在主人身后，大约走了六个街区，拐过一个路口，眼前猛地出现了一座硕大的青铜制鸟居牌坊。这里便是大社的甬道入口。

五

黑暗之中，眼前的色彩和远近感早已消失。周围看上去更加开阔，树木也显得越发高大。在提灯的照射下，通向大社的甬道更是显得异常阴森，使人禁不住颤抖。这让我一时懊悔，心想何不在光天化日之下，待幻觉消散后再来参拜？两旁的参天古树夹着一条参拜甬道，在数座鸟居牌坊的引导下，径直伸向视线的尽头。悬挂在鸟居牌坊上那粗壮的注连绳，足以显示出大力神"天手力男命"的神威。抑或，酿成甬道如此凝重气氛的，莫过于甬道两侧浓荫蔽天的巨树。看上去，树龄均已超过千年之久。长满树疬的树干上枝叶繁茂，树冠挺直伸向寂静的夜空，其中一些粗大的树干上还系着绳索。那是所谓的神木。盘根错节的树根从四面八方伸向大地，在提灯的照射下，像是一条条蟒蛇蠢蠢欲动。

笔直的甬道总长不下五百米，中间需要跨过两座小桥，穿过两片镇守神灵的丛林。甬道两侧，空廓平展的土地均为大社所有。以往，外国人被严格禁止穿过中间的牌坊。沿甬道向前，不久便来到了一面高大的围墙前。这里看似寺庙的山门，实则大社的正门，由此可进入神社的内苑。两扇厚重的大门分别向两侧敞开，门口处人头攒动，进出大社的人群热闹非凡。

昏暗的寺院境内，淡黄色的火焰金光闪烁，好似一只只硕大的萤火虫在空中飞舞。那是参拜者手中的提灯。寺庙的左右两侧，隐约中仿佛立着两座巨大的木制建筑。我们的主人，带领一行人穿过宽阔的寺院，来到第二座神苑，在雄伟的神殿前停下了脚步。神殿的大门依旧敞开着。借助提灯的亮光，工匠艺人在上等材质的门楣上雕刻的二龙戏水浮雕清晰可见。向里望去，大殿左侧摆放着各种神道祭具。大殿的正面，是一间硕大的榻榻米房间。按照面积推测，这里本应是正殿，但同行的旅店主人介绍，这里只是朝圣者前来参拜的拜殿。如果在白天，从敞开着的大殿正门，可以看到正殿的内部，遗憾的是此时一片黑暗。按照规定，只有少数人被允许从拜殿进到正殿。

"一般人甚至不能进到神社院内，"晃解释道，"人们只能在离正殿很远的地方参拜。听，人们在面对正殿祈祷。"

黑暗之中，传来类似用手掌拍打水面，或是泼水的声音。那是一些人在叩击掌心以示膜拜。

"通常情况下，这里并非如此。"旅店主人说道，"今天来此参拜的人并不很多，明天将有一个重大的祭祀活动，届时场面会热闹非凡。"

一行人再次穿过鸟居牌坊，沿着古树参天的参拜甬道，准备一路返回。返回的路上，晃为我翻译了旅店主人讲述的关于圣蛇的故事。

"那条小蛇，"旅店主人说道，"人们称之为'龙蛇'，它是龙王派来，向人们宣告众神即将降临的使者。'龙蛇'到来之前，海上霎时间乌云翻滚，海浪滔天，电闪雷鸣。因为它是龙宫的使者，所以也被人们称为'小白蛇'。"

"那条'小白蛇'，它会自己来到神社吗？"

"不，它是被渔夫捉来的。不过，龙宫每年只派出一条蛇，所以也就只能捉到这一条。'小白蛇'被捉来后，被奉献到杵筑，或是佐太神社。因为每到'神在月'，齐聚在杵筑的众神也会在佐太神社举行第二次聚会。捉到'小白蛇'的渔夫，还会得到一草袋大米的奖赏。渔夫要想捉到'小白蛇'，就要付出一定的时间和艰辛。但据说能够捕获到那条'龙蛇'的渔夫，事后必有大福。"

"在杵筑，祭祀着许多神明吗？"我问道。

"是的。在杵筑，地位最高的神明是大国主神，人们通常称之为'大黑神'。其次是他的儿子，通常被称为'惠比寿神'。这两位神明平时形影不离，大黑神总是坐在米袋子上，一只手放在胸前握着一面太阳旗，另一只手举着一个招财进宝的万宝槌。惠比寿神则肩上扛着一根钓鱼竿，胸前抱着一条真鲷鱼。这两位神明都长着两只大富大贵的大耳朵，笑容可掬。"

六

一天的旅途着实感觉有些疲劳，为此我早早地就上了床，躺下后像是一根木头，酣然入睡，一夜无梦。第二天一大早，一阵沉重的撞击声，震动着耳边的木枕头，把我从昏睡中惊醒。那是屋外舂米的木槌声，预示着繁忙的一天已经开始。漂亮的旅馆女服务生打开雨窗板，顿时一缕阳光伴随着山里新鲜的空气涌入房间。女服务生将雨窗板收入廊下的窗套，取下茶色蚊帐，顺手端过来一只点着的火盆，以备我早起抽上一支香烟。打理停当后，她便一路小跑离开了房间，准备为我端上早餐。

不一会儿，女服务生再次来到我的房间，说是宫司的使者已经等候多时。那是太阳女神、天照大御神的后裔千家尊纪氏派来的使者。使者俨然一副年轻神官的模样，身穿一件日本和服便装，外着一条宽松的蓝色绸缎和服裙裤。他双手接过我敬上的一杯茶，说宫司正在神殿前随时等候我的光临。

这无疑是个好消息，但我们却无法立即出发。我们被告知，晃的服饰不适合进殿参拜。在尊贵的神明面前，所有人都必须身着和服裙裤，脚踏白色足袋，晃也不例外。幸运的是，晃向旅店主人借得一件裙裤，一行人整理好行装，便在使者的引导下，离开旅店向着神殿走去。

七

　　一行人再次穿过昨晚经过的青铜制大鸟居牌坊，行走在通向神殿的甬道上。让我感到惊讶的是，阳光下第一次见到的甬道，气势丝毫不减幽暗中的威严。我禁不住为甬道两侧的参天古树发出惊叹。眼前的景致竟是如此壮观，两侧茂密的树林和空阔的田野，给人留下了强烈的印象。成群结队的参拜者穿梭于林荫之间。如此宽阔的甬道，即使当地居民一齐蜂拥而至，也不至于造成甬道的堵塞。一行人来到神殿境院前的牌坊下，一位身着法衣的神官已经在那里等候。那是一位上了年纪的老者，脸上总是带着温暖的微笑。使者将我们引见之后，便消失在境院中。我们一行人跟随这位自称佐佐的老神官，来到了神殿内。

　　此时的神殿境内，已是一片人声鼎沸、热闹非凡。随着一行人临近拜殿，嘈杂声也越发清晰。那是参拜者叩击掌心顶礼膜拜的声音。进入一扇大门，只见昨晚朝圣大厅的拜殿内，早已聚集起数千名参拜者，只是看不到一个人进到正殿。所有人都驻足在神龙浮雕的正殿前，往设置在那里的功德箱内投掷香钱。人们通常只往里面塞些小钱，穷人更是只往里面投上一把稻米。人们在拜殿前击掌合十，站立，恭恭敬敬地朝着正殿方向行注目礼。每个人只在拜殿里停留片刻，并击掌四次。人们络绎不绝地来到正殿前，交替地做着相同的动作。击掌声汇成一股巨大的洪流，像瀑布倾泻而下，回荡在整个神殿上空。

　　一行人穿过参拜的人群，绕到拜殿后门，来到一条打着铁箍的宽阔台阶下。踏上台阶便是所谓的"八足门"，那里是通向正殿的必经之路。据说在此之前，未曾有西方人踏上过此台阶一步。身着法衣的神官们已经在台阶下面等候。他们个个身高五尺有余，身上披着一件金丝刺绣龙袍紫服，头上戴着一顶奇特的帽子。那宽松大方的装束，以及圣职者先天的庄严气质，不由得让人肃然起敬。

它让我联想起幼年时看到的一幅法国版画，上面画着一群亚述的占星先生。一行人走上前待要寒暄，神官们却只是两只眼睛望着我一动不动。我们走近台阶，全体神官同时对着我深深地鞠了一躬。我是有史以来第一个进入这座圣殿，有幸谒见那里的主人宫司的外国人。宫司作为太阳女神的后裔，在这偏僻的出云小镇，被虔诚的信徒们奉为"活着的神灵"。双方礼毕，神官们再次如同雕像般一动不动。

我脱下鞋，正待登上台阶，之前在正门迎接的那位老神官赶忙向我伸出手，示意我在升入正殿之前先要净手清心。这是一个古老的祭祀习俗。我伸出双手，神官用一支长把竹筲在上面泼了三下净水，然后递过一条蓝色的小毛巾。那条用于神灵的蓝色毛巾上，印染着奇妙的白色文字。随后一行人登上台阶，升入正殿。我感觉自己就像是个野人，竟然如此麻木不仁。

我们来到正殿，神官开始询问起我的身份。在杵筑，自从远古的神代，就有着严格的等级制度。对于来自不同社会等级的宾客，神社分别设有不同的接待形式及规格。我不知道晃在神官面前替我说了些什么好话，最终我的身份被设定为平民等级。我对日本这一刻板而复杂的文明礼仪原本一无所知。只是出于我的平民身份，却让我避免了一场精神上的尴尬。

八

我们走上台阶，穿过一条宽敞的走廊，来到一间空阔的殿堂。我跟在神官身后，迅速地浏览着端坐在殿堂两侧的三尊巨大神座。其中两尊神座，从头到脚覆盖着一张白色的帷幕。帷幕中央，醒目地标示出一个直径大约十厘米的黑色圆弧，中间点缀着一些金色的花纹。只有位于内侧的第三尊神座，面前的金丝锦缎帷幕被高高撩起。那里供奉着大社的主神——大国主神。摆放在四围的神具，看上去极其普通，且只能看到神座的外观，无法窥视到神座中的神体。神座前放着一个低矮的长台，上面摆放着一些奇怪的器物。长台的一侧朝向通道，另一侧朝向神座凹进的方向。在接近通道一侧，榻榻米上方端坐着一位满脸胡须的人物，看上去庄严肃穆。他头戴白色头罩，身披一件白色斗篷，俨然一副神官的模样。引路的神官示意我们坐下，并在那个人的面前鞠躬行礼。此人便是杵筑的宫司——千家尊纪氏。他是太阳女神的后裔，至今仍被视为神仙，受到万人尊崇。即使在私人宅邸，与千家尊纪氏交谈也必须屈膝正坐。按照日本的礼节，我伏地跪倒在千家氏的面前。千家氏也鞠躬还礼。那彬彬有礼的谦恭神态，让初次见面的紧张气氛顿时云消雾散。一同引路至此的神官端坐在宫司的左侧，其他跟随到正殿入口处的神官们，也都恭敬地守候在廊檐下。

九

千家尊纪氏看上去很年轻，显得十分精悍。他头戴一顶奇特的桂冠，一脸蓬松的卷毛胡须，身上洁白的法衣像雕塑一般翻滚着舒展在两侧，一副圣职者的神态，一动不动地端坐在我的面前。他矫健的身躯，让我联想起古老的日本画上昔日的王公贵族，以及英雄豪杰们的威武雄姿。仅此，便让我佩服得五体投地。与此同时，又让我浮想联翩。在这座古老的神社里，我似乎看到了民众对千家氏的无限崇敬，看到了千家氏手中绝对的宗教权威，以及自古以来继承了神圣血统的千家一族的高贵身份。所有这些，与其说让我感到敬畏，更引起了我内心的恐惧。千家氏那纹丝不动的坐姿，宛如一尊圣洁的神体。无疑，宫司的这一崇高形象，更源自他诸多神灵的祖先。不久，这庄严肃穆的气氛，被千家氏那浑厚爽朗的声音打破。他嘴里念念有词，用一双浓黑的大眼睛打量着我，脸上流露出慈祥的微笑。翻译向我转达了宫司热情洋溢的致辞，这让我感受到无上的荣光，与此同时我也表达了自己由衷的感谢。

晃翻译的宫司致辞内容如下：

"您是被容许升入大社正殿的第一位西方人。从前也有外国人来到过杵筑，但是被容许进入大社的人却寥寥无几，更是从未有人像您这样被容许升入大社正殿。以往，外国人只是凭借一时的兴趣来到杵筑。为此，他们甚至被谢绝在大社大门之外。此次，根据西田先生的介绍，得知您到访大社的目的非同一般，我很高兴能够在这里欢迎您的到来。"

我再一次表示由衷的感谢。之后，通过晃的翻译，两人开始了一段友好的交谈。

"位于杵筑的这座神社，是否比位于伊势的大神宫更加古老？"我问道。

"这里远比伊势神宫古老，"宫司回答道，"老实说，因为过于古老，以致无法确定准确的年代。之所以这么说，是因为这座神社原本是在远古的神代，遵照天照大御神的御诏所建。当时的正殿高达百米，看上去十分雄伟。据说，当时无论是横梁还是立柱，无不选用上等梓材，主梁更是采用长千寻（1寻约为1.8米）的桑木纤维棕绳捆绑。

"垂仁天皇时期，神社进行了首次重建。据说依照圣旨营造的这座神社，使用巨型铁圈，将粗大的梁木牢牢地稳固在了一起。从那时起，这座神社的建筑便被称为'铁圈建筑'。重建后的神殿虽然壮观，却只有五十米高，比起神社当初的建筑着实逊色了许多。

"第三次营造大社，始于齐明天皇时期。当时的神殿只修建了二十五米高，那之后神殿结构再也没有发生过改变。当时的设计图纸，包括内部结构一直被严格地保留至今。

"到此为止，大社总共进行过二十八次重建。按照惯例，大社每隔六十一年就要重建一次。然而出于战乱，一段时期甚至长达百年时间不曾进行过任何修复。大永四年，时为出云领主的尼子经久，将大社委付给了佛教僧侣，并且冒传统之大不韪，在附近修建了佛堂和佛塔。可是不久，毛利元就取代了尼子一族开始统治天下。他致力于大社的净化，并且重新恢复了一度被废除了的众多古代祭祀礼仪。"

"在此之前，大社的鼎盛时期，建造神殿所使用的木材是否出自出云的深山老林？"我问道。于是，带领我们来到神殿的佐佐老神官开口说道：

"据记载，天仁三年七月四日，有百根巨木从海上放漂到杵筑海边，在这里被打捞上岸。人们利用这些木材，于永久三年重建大社神殿，史上称之为'漂木造营'。此外，同样在天仁三年，一根约四十五米长的巨木，漂流到因幡国宫之下村的宇部大神社附近。村民们待要将其劈开，却发现一条巨蛇盘踞在木干上，让人无法靠近。为此，村民们向宇部神社祈求保佑，于是宇部大神现身神社，对村民们说道：'为重建出云大社，各国众神相继献上宫木。此次轮到我奉献，请利用此巨木，加紧营造大社。'说完，宇部大神便消失得无影无踪。根据这一传说以及文献记载，我们得知在营造杵筑大社的过程当中，自始至终得到了大神们的鼎力协助。"

"神在月期间，八百万众神都聚集在大社的哪一间神殿当中？"

"那是在垣墙外围的东西两侧，"佐佐神官回答道，"那里有两间长长的神殿，被称为'十九社'。顾名思义，那里有十九间旅社，每间旅社里均供奉着不同的神灵。人们相信，众神明就聚集在了这十九社当中。"

"一年当中，有多少朝圣者从全国各地到此参拜？"我问道。

"大约二十五万人。"宫司回答道，"据说，参拜人数会随着农业年景的好坏而变化，年景好时参拜人数也会有所增加。即使如此，每年参拜人数也不会少于二十万人。"

十

随后宫司和他的佐佐神官向我介绍了一些有趣的知识，其中包括大社城垣内各处的名称、神苑森林、所有殿堂及其供奉的神灵，以及正殿内立柱的名称。正殿内共有九根立柱，中心立柱被称作"心御柱"。大社境内从鸟居牌坊到小桥流水，均被赋予了神的称号。

佐佐神官还告诉我，与其他神社一样，大社总体坐西朝东，而大国主神的神座却是坐东朝西。位于大社内其他两座氏族神社同样坐西朝东，其间供奉着"出云国造"的远祖"天穗日命"及其第十七世嫡孙。这位第十七世嫡孙，便是聪慧的皇子、著名大力神野见宿祢的父亲。垂仁天皇时期，一位名叫当麻蹴速的猛士，面对世人夸下海口，声称自己无敌于天下。于是，天皇下令野见宿祢与蹴速决一胜负。野见宿祢一脚将对方踢翻在地，不久蹴速便毙命于角斗场上。这被认为是日本相扑的起源。时至今日，相扑大力士们仍将野见宿祢奉为相扑的始祖加以供奉。

除此之外，大社内还有一些供奉其他神灵的大殿，鉴于读者并非都对神道抱有兴趣，这里就不一一列举。据信，围绕大国主神传说当中的大部分神灵，均与大国主神一起源自于这片古老的土地。供奉这些神灵的大殿及其神座也都存在于此。其中就有将勾玉插入天照大御神的长发间生下的美丽公主多纪理比壳命；黄泉国国王须佐之男命的女儿，慕大国主神立誓成为其妻，并从黄泉国追赶而来的须势理比壳命；水户神的孙子，为众神聚集杵筑飨宴首次采集燧石取火，并制作泥土祭器的栉八玉神。此外还有那些与此类大神们有着千丝万缕的联系的八方众神。

十一

佐佐神官还给我讲述了这样一个故事。

传说德川家康的嫡孙，统治出云长达二百五十年的松平家第一代藩主直政侯来到出云国，便要参拜杵筑的大社，并且下令打开内殿大门拜见神体。无疑，这一无礼的请求立即遭到了两位国造①的联合反对。可是，直政侯对于国造们的劝阻非但不予理睬，反而大发雷霆，硬是强迫神官们打开了内殿的大门。大门敞开后，只见里面立着一只敞着九个洞穴的巨大鲍鱼贝，遮挡住众人的视线。即使如此，直政侯仍然执意探出身子要看个究竟。就在这时，巨大的鲍鱼贝猛然变成了一条十五米长的蟒蛇。据说，那蟒蛇在敞开的大门前黑乎乎地盘踞成一团，口里发出烈焰般刺耳的呼啸，令人毛骨悚然。见此情形，直政侯及其随从们吓得仓皇逃窜，哪里还顾得上拜见神体？从那以后，直政侯便屈服于杵筑神灵的威慑，开始虔诚地崇拜上了杵筑的大神。

十二

这时，宫司指着横在我和宫司之间那矮矮的长台，示意我观看上面的器物。长台上铺着一张白色绢布，上面摆放着一些奇怪的宝物。它们是数百年前重建大社时，从地下发掘出的古代铜镜、玛瑙和翡翠勾玉、中国制的翡翠古笛、将

---

① 国造是公元三世纪至七世纪期间日本倭王权（或称大和王权）设置的地方官，以建立对全国的统治。

军和天皇敬奉的名刀、古代工匠制作的盔甲以及一束像叉子一样锋利的双头箭。

我依次观看了宝物，逐一询问了它们的由来。随后，宫司站起身对我说道："现在我要点燃杵筑的神火，让你看看古代的燧臼和燧杵。"

我随宫司走下阶梯，再次经过拜殿，来到了院内一间丝毫不亚于拜殿的偌大房间内。令人惊讶的是，房间里摆放着一张漂亮的红木西式长桌，四周放着一圈同样是红木的西式客椅，似乎是特意为我这个西洋人准备的。我和晃分别受邀在长桌前坐定，宫司和神官们也都坐了下来。这时，一位侍者在我面前摆开了一张一米长的铜台，上面放着一个纯白色的长方形包裹。宫司打开包裹，露出了号称东方最古老的取火工具——燧臼和燧杵。所谓燧臼，实际上是一块敦实坚硬的白木板。木板近八十厘米长，上面排列着一些小孔，小孔沿木板一侧边缘贯通。燧杵同样以轻便的白木制作，约六十厘米长，如普通的铅笔一样粗细。将杵棒插入孔内，双手掌心快速搓动便可以钻出火来。

自古以来，人们就把这一传统发明归功于神明的恩赐。它也是处于摇篮期的人类对现代科学做出的重大贡献。正当我目不转睛地凝视着这一神奇的工具时，神官又拿来了一只轻巧的木箱。那木箱九十厘米长，五十厘米宽，两头高约十厘米，中间隆起像个大乌龟壳。像是方才的燧臼和燧杵，这东西同样以桧木制成，旁边还摆着两根细长的木棒。起初，我还以为那又是一种不同类型的燧臼和燧杵。没有人能够猜出它的真实用途。它的名字叫作"琴板"，是一种古老的原始乐器。用两根细长的木棒敲打木箱，便可以发出动人的声响。在宫司的示意下，两位神官将琴板移至榻榻米上，本人则坐在了琴板的两侧，用木棒交替着敲打起木箱的顶盖。随着神官优雅的动作，木箱内奇妙地发出阵阵单调的回声，一个唱起"昂、昂"，另一个则回答"嗡、嗡"。每当木棒落下，琴板便发出清晰却又呆板的声音，伴随着神官们"昂、昂""嗡、嗡"的吆喝声，在整个大殿上空回荡。

十三

我还听到了这样的事情。

大社每年都要收到新的燧臼和燧杵。这些火燧工具并非出自杵筑，而是来自出云的熊野。在熊野，燧臼和燧杵的制作方法，作为神代的传统被严格地保存了下来。据说燧具的制作方法，早在出云的首任国造任宫司时期，由天照大御神的弟弟、供奉在熊野大社的神明须佐之男命亲自传授。从那之后，杵筑大社的火燧工具就一直在出云的熊野制作。

现如今，向杵筑的宫司交接新燧臼燧杵的仪式，都是借"卯日祭"的祭典，在大庭的神魂神社举行。以往，作为十一月份传统祭典活动的"卯日祭"，明治维新以后开始逐渐失传，目前只有供奉着诸神与人类共同的生母伊邪那美命的大庭神魂神社，还忠实地保留着这一传统的祭典活动。

在一年一度的"卯日祭"上，国造携带着双层年糕来到大庭。在那里，他首先受到龟太夫的迎接。龟太夫，是负责在大庭将从熊野运来的火燧工具转交给杵筑宫司的下级神官。按照惯例，龟太夫要把自己装扮成丑角。为此，据说没有哪个神官愿意担任这一角色，不得不另雇他人充当。龟太夫的职责，是对国造献上的供品吹毛求疵。为此当地有个习俗，通常把爱挑毛病的人比喻成"龟太夫"。

只见龟太夫两眼紧紧地盯着年糕，随后便开始发起牢骚。"我看今年的年糕比去年小了不少哇！"于是，神官们不得不回答道："哪儿的话？今年的年糕又大又白。"紧接着，龟太夫又抱怨道："成色也比去年差了许多，表面看上去很粗糙。"面对龟太夫的无端指责，神官们不得不逐一加以说明。

这一仪式结束后，人们便争先恐后地购买起用于祭祀活动的杨桐枝，大批杨桐枝很快就被以高价抢购一空。因为人们相信，杨桐能够给人带来好运。

十四

国造来到大庭或者离开大庭的那一天，天空必定下起一场暴雨。公历十二月，乃是出云气候最不稳定的季节。只是人们普遍认为，国造的神性与龙神极其相似，并且时常会以暴风雨的形式表现出来。且不说这一想法有无依据，时至今日，当地百姓仍把季节性风暴称为"国造风暴"。与此同时，在出云，人们也会饶有兴趣地把冒雨赶路的远方客人戏称为"国造式的人物"。

十五

这时，只见宫司挥动了一下手臂，瞬时间大堂一隅响起了奇妙的音乐。那是大鼓和竹笛的声音。我回过头，看到三位乐手已经端坐在榻榻米上，旁边还有一位年轻的女子。宫司再次挥动手臂，那女子立刻站起身。只见她裸露双脚，一身雪白的装束，她就是侍奉天神的未婚女子——巫女。透过白衣下摆，偶尔窥见到里面暗红色的绢袴。她挪动着脚步，向大殿中央的案桌走去。案桌上摆放着一个神奇的道具——一根树枝，上面挂着一些铃铛。巫女双手举起树枝，翩翩起舞。那神秘的舞姿，令所有在场的人惊叹不已。巫女的一举手一投足，如诗画一般优雅。她的每一个动作，甚至无法用西方人所说的舞蹈语言表达。巫女像是围绕着一个圆圈，轻盈敏捷地漫步在半空之中。与此同时，那巫女又在以一定的节奏，挥舞着手中神奇的道具，发出悦耳的铃声。她面无表情，像是戴着一幅美丽的面具，又像是梦幻中的观音，看上去温文、典雅。她脚上雪白的足面，像大理石的仙女像一样光滑。纯白的衣衫、白净的肌肤和始终如一的表情相互交融，相得益彰。与其说是位巫女，那更像是一座活生生的少女雕像。在巫女翩翩起舞的同时，魔幻般的竹笛声时而抽泣，时而哀号，大鼓则像是在低声念诵着长篇咒文，发出阵阵轰鸣。

这就是人们所说的"巫女舞"。

十六

随后，我们应邀参观了大社的附属设施，其中包括宝库、书库和会所。这里的会所是一座双层建筑，面积很大，里面展示着土佐光起的绘画——《三十六歌仙图》。这张绘画历史长达千年之久，被完好无损地保存了下来。我们有幸阅览了大社发行的月刊杂志，其中刊登着有关神道的新闻事件，以及对古典教义的质疑解答。

参观完大社收藏的各种奇珍异宝，宫司邀请我们来到了位于神殿附近的宫司宅邸。在那里，他再一次向我们展示出稀世珍品：赖朝、秀吉、家康的书简，以及古代天皇、将军们的亲笔手书，各类古代珍贵文献多达数百余种。这些资料被完好地保存在一只杉木箱内。一旦发生火灾，用人们的首要职责，便是将这只木箱迅速地转移到安全地带。

回到私人宅邸，宫司换上了一套和式便服，却丝毫不亚于初次见面时那一身宽松的纯白祭服，看上去依旧十分威严。我从未遇到过待客如此真挚、谦恭、宽宏的主人。和宫司一样，身着和服的年轻神官们恭敬的态度同样让人敬佩。宫司举止端庄，轮廓鲜明，气质高雅，不同于一般的日本人。与其说是神官，宫司更像是一位武士。一个年轻人，却留着一片浓密的胡须，这在日本极为少见。

临别时，热情的宫司送给我一张纸符，上面绘着两幅杵筑主神的精美画像，和一些记录大社所藏历史文献的宝贵资料。

十七

结束在大社的参观，与宫司及众神官告别之后，在佐佐神官和一位祭司的陪同下，我们来到了位于小镇尽头入海口处的稻佐海滨。佐佐神官是一位出色的诗人，对神道的历史及传统颇有造诣。我们一同漫步在海滨，佐佐神官开始讲述起一段神话。

现如今，这片海滨是一个著名的海水浴场，其间坐落着几间舒适的酒店及茶馆。海滨的名字"稻佐"，源自一个神话故事。传说，天照大御神要将出云国让给自己的儿子"正胜吾胜胜速日天忍穗耳命"，问大国主神是否同意。据说"稻佐"的日语发音，在古文当中是"应允与否"的意思。《古事记》第一卷第三十二章有如下记载：

此二位尊神（鸟船神和建御雷之男神）降于出云国伊那佐海滨
（就是稻佐海滨），拔出手中长剑，倒插于浪花之上，自己则盘腿坐在剑尖上，问大国主神道："我们受天照大御神和高木神之命前来与你讲话。你所管辖的苇原中国，本应归天照大御神之子所支配，你的意向如何？"大国主神回答道："我无法回答，请询问我的儿子八重事代主神的意向如何。"……于是，建御雷之男神乃问大国主神道："你的儿子事代主神已然应允，你还有其他要问的儿子吗？"大国主神回答道："我还有个儿子，名曰建御名方神。"……正说着，建御名方神用手指擎着一块千人方可移动的巨石，从海上走了过来，嘴里说道："让我们来比比力气吧。"

在这片海滨附近，有一座名叫因佐的小神社，那里供奉着较量中获胜的建御雷之男神。附近的海面上，还可以看到建御名方神以手指擎起的巨石。那块巨石，当地人称为"千引巨石"。

那之后，我们和两位神官一起，在一个面向大海的小旅馆里共进晚餐。席间，围绕杵筑以及国造的话题，我再一次向两位神官讨教。

十八

长期以来，国造的宗教权威在这一众神之国根深蒂固，国造成为了出云国名副其实的精神领袖。现如今，国造的管辖范围被限制在杵筑地区，其正式称呼也从国造变为宫司。可到了偏远的乡村，虔诚的信徒们依旧视国造为神灵，忠实地保持着自神代以来传承下来的国造称呼。他们对国造崇拜之深，非长期生活在出云地区的人们所能够想象。即使在日本国内，能够受到如此尊崇的人，恐怕也只有那位联结"人类与太阳"的太阳女神的"天子"——帝王了。人们对于帝王的尊崇，与其说是对其个人的崇拜，更多地表现在超现实的精神寄托。之所以这么说，是因为"天子"作为看不见摸不着的神明，不可能进入人们的视线。民间甚至有一种说法，认为见到天子势必殒命。因为不可见，于是更加剧了其神秘感，以至让"帝王"带上了神话的色彩。至于出云的国造，则经常受到万人瞩目，频繁往来于民众之间，因而受到与帝王相当的尊崇。尽管国造极少行使权力，威望却丝毫不亚于出云国的大名。他力主与将军保持友好往来，其实力之雄厚可见一斑。有据为证，现任宫司的祖先，就曾大胆拒绝太阁秀吉的出兵请求，并且明确表示对方是平民出身，拒绝受命。为了此事，千家曾被剥夺大部分领地。即使如此，直至明治维新以前，国造的威望始终没有受到丝毫动摇。

有关此类逸事不胜枚举。这里仅介绍其中两则故事，以表明国造曾经受到的极端崇拜。

托杵筑大黑神的福，自以为成了富翁的男子，打算为国造献上一身朝服，以表达对国造的感激之情。

国造委婉拒绝了男子的好意，可虔诚的富翁却不死心，执意向裁缝店发出了请求。裁缝店缝制好朝服，向男子开出了账单。男子看到账单金额，惊讶得心脏几乎停止跳动。男子要求裁缝店老板解释如此高额巨款的理由，裁缝店老板回答道："为了给国造缝制这件朝服，我不得不推掉了其他客人的许多订货要求。为了维持生计，我只好请求您支付这笔款项。"

另一个故事，可以追溯到大约一百七十年以前。

松平家第五代藩主宣维时代，松江藩士杉原喜户次曾经作为武士驻扎在杵筑。此人深受国造宠爱，经常和国造一起博弈。一天傍晚，俩人正在对弈，猛然间杉原全身瘫痪动弹不得，嘴里说不出话来。一时间，所有人都急得不知所措。见此情形，国造说道："我知道其中的原因，那是因为杉原先生他抽烟。尽管我不喜欢抽烟，但我却不忍心阻止。神明知道我心中不悦，以此对杉原先生施以谴责，我这就为他治愈。"说着，国造念过一阵咒语，杉原立刻恢复了正常。

十九

我们迎着晨雾，离开了这片充满神奇色彩的土地，在一片寂静中重新踏上了旅途。放眼望去，一条条田埂像是插上白色羽毛的福箭，在丰收的稻田上穿梭而过。远处一座座翠绿的山峰，仿佛众神把小城紧紧环绕。我们在稻田之间径直穿行，不觉杵筑早已消失在远方。我依旧沉浸在睡梦之中。宽阔的甬道、悬挂着粗大注连绳的鸟居牌坊、仪表堂堂的宫司、面带微笑的佐佐神官、一身白色装束跳起巫女舞的巫女的倩影，那一幕幕情景浮现在我的眼前，难以忘怀。耳边不时响起信徒们虔诚的击掌声，那声音像倾泻的瀑布，久久回荡在半空。一想到我能够有幸获准进入古老殿堂，瞻仰古老神器，参见宗教礼仪，我就无法抑制内心的激动。那些殿堂、神器、仪礼从未在外国人面前公开展示，极具研究价值，以至让人类学家、进化论者翘首企足，望眼欲穿。

在我看来，参观杵筑的真实意义，不仅限于观览一座美妙的神社。来到杵筑，就是来到了神道的圣地。即使在十九世纪的今天，人们依旧可以从中感受到古代信仰跳动的脉搏。纵观神道悠久的历史，总览与现代文字相去甚远的《古事记》名篇，那沧海桑田，字里行间，仿佛记录着今天的故事。佛教，经过数个世纪的洗礼，正在发生着巨变，抑或正在逐渐衰退。或许有一天，佛教作为传入日本的外来宗教，终将难逃消失的厄运。与此相反，神道却是亘古不变，充满着活力。神道原本起源于这个国度，主宰着这里的一切。随着时间的推移，预计其影响范围将持续扩大。佛教有着庞大的教理、深刻的哲学、海洋一般广博的文化。神道既缺少哲理，也没有道德戒律，更缺乏抽象的理论。然而正是因为神道的无形，从而有效地抵挡住西方宗教思想的入侵，这在东方宗教中绝无仅有。神道毫不吝惜地接受了西方的科学思想。正因为如此，对于西方宗教来说，神道反而成为他们无法攻克的牙城。西方人无论做出怎样的努力，在像磁石一样具有神奇的吸引力，像空气一样无法轻易捕捉到手的神道面前，也只能是望洋兴叹。实际上，即使再优秀的学者，他们在"何谓神道"这一问题上也无法给出明确的答复。有人说神道只是单纯地崇拜祖先，还有人说那是与崇拜自然相结合的产物，更有人说神道根本无法被定义为宗教，甚至有一些无知的宣教士索性把神道说成是邪教。对神道做出明确解释之所以如此困难，是因为西方的东方学者们，往往仅仅依靠历史文献便草率地做出结论。他们过分依赖记录神道历史的《古事记》《日本纪》以及"祈祷文"，抑或是伟大的国学大师本居和平田的注释文本。但他们却很少知道，神道既不存在于书籍当中，也不存在于教义或者戒律之间。神道的真髓扎根于民众的心中，是民众信仰的崇高体现。这种信仰永恒不变，永不衰竭。古老的迷信传统，质朴的神话故事，神奇的巫术咒语的背后，蕴藏着日本民族的灵魂，它是这个民族强大的精神砥柱。日本人与生俱来的本能、先天的活力、感官的直觉同样来自这个民族的灵魂。想要获得神道的真髓，就必须探求这一民族之魂。日本人的审美观念、艺术才能、坚强意志、赤诚之心、崇高信仰无不倚赖于这一民族之魂。日本人将这一民族之魂世代相传，并且本能地将其融入自己的行动之中。

在讴歌自然、赞美人生这一点上，日本人的"神灵"与古希腊人的精神有着惊人的相似之处，这一点无人可以否认。我寄希望于自己对日本人的"神灵"能够有更多的理解。与此同时，我坚信终有一天，自己也能够对被称为"神道"的日本人的古老信仰，乃至其今日发挥的神奇作用提出自己更多的见解。

第九章　童子鬼魂的洞穴

一

据说，只要风力足以"吹动三根毛发"，去加贺的船只就会被禁止出海。

在这空空如也的山阴西海岸，几乎没有风平浪静的日子。西面的日本海附近，总有从朝鲜、中国或者西伯利亚不断刮来的西风或者西北风。为此，我访问加贺的计划不得不等待了长达数个月之久。

去加贺最短的路线，是从松江先乘人力车，或者徒步到达御津浦。这段路线号称是出云最险要的地段。距离不过十一二公里，乘人力车却需要两个半小时。离开松江，先是进入一片像湖面一样平坦的广阔平原。道路两旁是一块块宽广的稻田，远处被一座座森林覆盖的丘陵环绕，狭窄的小路上勉强只能通过一辆人力车。穿过这片绿色的旷野，爬上一座丘陵，随后下山再次进入一片群山环绕的原野。第二条丘陵道路更为陡峭。接下来穿过第三块平原，再一次翻越一座绿树成荫的峰顶。此次的高度足以称之为山岳，只能靠双脚徒步攀登。对于车夫来说，就算拉着空车，登上山顶也是一件极其艰难的事情。加上路面本身布满沙石，仿佛乱石滩涂，到了山顶车不散架简直就是奇迹。只是到了峰顶，俯瞰四周美景，一身疲劳顿时烟消云散。下了高山，第四块平原景象，也是最后一幅宽广平坦的田园风光展现在眼前。在这里，无论是山峦之间那开阔的绿野，还是被群山隔断的独特地形，无不显示出日本国土绚丽多姿的风采，让人刮目相看。在这第四块平原的峡谷尽头，同样可以看到一排蜿蜒起伏的丘陵。来到丘陵脚下，旅行者必须在此下车，徒步翻过一座小山。小山背后，是一望无际的大海。从此，即将开启一段艰难的旅程。穿过数座低矮的祠堂，以及高墙围绕的武士豪宅，沿着蓊郁的松林竹丛前行大约四百米，便踏上一条蜿蜒曲折的山路，眼前忽然出现一排石阶。石梯早已残缺不全，有些已经断裂，有些好歹稍加修复，更多的则是破旧不堪，任其荒芜。最令人感到惶恐不安的是，那石阶路极为险峻，并且就此一路通向御津浦小村庄。乡下人穿着草鞋不会打滑，上下石阶并不感到困难。可它在我这个洋人的脚下，一步一滑，每上下一阶石梯都十分困难。尽管有忠实的车夫协助，最终到达山脚时，依然让我感到茫然若失，很长时间还不知道自己已经来到了御津浦。

二

　　御津浦背靠群山，三面被悬崖环绕，是位于入海口的一个小村庄。悬崖峭壁之下，面对大海敞开着一条狭长的海滨，勉强使得小村庄得以落脚。这一带海岸线上，极少能够看到像样的海滩，附近村民被围困在峭壁与大海之间那一小块狭窄的土地上，显得拥挤不堪。不知为何，民宅看上去竟然像是用废旧船只建造的一样。周围狭长的通道或小路上，堆满了渔船的骨架和船板，家家户户门前竖立起高高的竹竿，上面晾晒着巨大的茶色渔网。入海口附近，停泊着各类大小船只，以至不跳上渔船便无法望见大海。村子里没有旅店。车夫寻找前往加贺浦渡船的空当，一位渔夫热情地邀请我到他家做客。

　　不过十分钟光景，那位渔夫家附近便黑压压地挤满了上百人。其中有裸露上身的成年人，也有全身裸露的孩子。为了争相看一眼我这个外国人，他们堵住街道，挡在房门口，甚至爬上窗户，遮住了房间的光线。年迈的房东无奈严厉呵斥，却丝毫也不起作用，人们的兴趣依旧不减。最后主人不得不关闭了所有纸拉窗，于是人们开始从拉窗底部的小孔轮流向屋内窥视。我居高临下，从拉窗上方的小孔向外张望，发现那些人热情好客，看上去龌龊不堪、愚昧无知、形象十分丑陋，却又显得憨厚老实，所有人都沉默不语。其中也不乏几张可爱的面孔，在其貌不扬的人群当中显得尤为突出。

最终，我的车夫顺利地安排好了渡船。我跟在车夫后面，身后紧随着一大群围观的人群，向海边走去。其他船只早已被拖开，为我们准备好了航道，渡船顺利启航。船上共有两名水手，一位上了年纪的男子在船尾，只在腰间系了一块兜裆布，另一位老妇人在船头，身穿一件和服，头上戴着一顶蘑菇似的大草帽。两人同时划桨摇橹，很难说哪一个体力强壮，技艺高强。船上的乘客则按照日本的习惯，端坐在船中央的坐垫上。坐垫旁摆放着一只火盆，里面盛着几块烧红的木炭，像是预备客人随时抽烟使用。

三

浩瀚的太空一片晴朗，东方吹来的阵阵微风，在海面上泛起道道波光。尽管如此，却足以"吹动三根毛发"，然而两位老船夫却丝毫没有显示出忧虑。这不禁让我怀疑那个有名的禁令，看起来不过是一句神话而已。清澈的海水让人心旷神怡。我抑制不住内心的冲动，在渡船驶出海口之前，便迫不及待地跳入水中，跟在渡船后面畅游起来。我再次回到船上时，恰好渡船绕过海角的右侧，这时小船开始出现颠簸。尽管阵阵微风拂煦，海面上却掀起了长长的波浪。渡船的左前方，开始显露出一片阴森的大地，小船向西离开海岸线驶入外海，进入一片漆黑的深海海域。

这里没有海滩，铁黑色的悬崖从海面上拔地而起。从崖顶到崖底，看不到一丝绿色的痕迹。连绵不绝的峭壁上，随处可见鬼怪一般突起的岩石、缝隙、裂痕，以及地震造成的崩塌。巨大的断裂带，显露出地壳变化的条纹，似乎预示着数个立方米的巨大岩石，或瞬间被抛向天空，或瞬间被沉入海底。在那奇形怪状的裂痕前方，巨大的岩块噩梦般的从漆黑的海底探出水面，迎送着过往的船只。今天的海风，像是在竭力屏住呼吸。即使如此，白色的海浪依旧冲向悬崖，将飞沫拍打在坚硬的石壁上。小船远离岸边，无法听到波涛拍打岩石发出的巨大轰鸣声，却可以清楚地看到浪花飞溅闪烁出的寒光，像是在对我清晰地讲述着"三根毛发"的故事。在这一带阴森的海面上，一旦狂风四起，再好的水手，再坚固的船只也难逃一劫。海风中四下里孤立无援，只好面对钢铁般的峭壁和咆哮的海浪仰天长叹。即使现在，海面上阵阵微风轻拂，巨浪依旧猛烈地拍打着船身，在船客的头顶上方飞溅起无数朵浪花。近两个小时的漫长航程，船舷旁始终是岩壁高耸，像是一张张恐怖的鬼脸，紧锁着眉头，露出一颗颗漆黑的獠牙，怒视着海上的渡船从它脚下艰难驶过。远处，浪涛依旧吐着白沫，一刻不停地拍打在断崖上，发出一道道耀眼的寒光。耳边，依旧只是阵阵呼啸的浪涛声，和那令人乏味的单调的摇橹声。

不久，眼前终于出现了一片海湾，那里是美丽的入江口。绿色的丘陵呈月牙形将海湾团团围住，丘陵背后一座座连绵的群山高高耸立。入江口的尽头，坐落着一座形同玩偶的小村庄。海面上漂浮着几艘渔船，那里便是加贺浦。

渡船并不在加贺浦靠岸，我们的目的地是潜户。渡船穿过宽阔的海湾，沿着陡峭的悬崖峭壁继续航行大约一公里，向着屹立在大海中的海岬驶去。渡船来到阎罗般恐怖的秃岩脚下，沿着岩礁一侧继续向前滑行。拐过一道弯，猛然间前方出现了一个奇妙的洞穴，拱形的洞口像是敞开着的大嘴迎面扑来。高大的洞口宽敞明亮，周围洒满了灿烂的阳光。地面上见不到岩床，取而代之的是一片湛蓝色的海水。小船缓缓地驶入洞内，船下方六米多深的海底岩礁清晰可见。海水仿佛空气般清澈，这里便是新潜户，亦即潜户岩洞，早在有文字记载数十万年之前就已经存在。

四

如此奇妙的海上岩洞，简直让人无法想象。海水冲刷着巨大的岩石，大海似乎也变成了伟大的建筑师，为它打造出龙骨，构筑起穹顶，增添无限光彩。入口处的拱形洞顶高出水面达六米，洞口宽约四点五米。圆形的洞顶乃至岩壁，经过亿万条海浪的冲刷，表面变得异常光滑。小船驶入洞穴，洞顶显得越发高大，水路也变得宽阔。这时，冷不防一股清泉从头顶上方洒下。这股净水，被称为新潜户的"手水钵"，或者"御手洗"。传说，心术不正的人进入洞穴，高高的拱形洞顶上方就会有一块巨石掉落。我总算安然无恙，经受住了这一严峻的考验！

小船继续前行，猛然间船妇从船底取出了一块石头，猛烈敲击着船首，引起阵阵回声。接下来的瞬间，一束强烈的阳光照进洞穴。光线沿小船左侧，从高大的拱形洞顶穿过一只小孔呈直角射入洞内。原本洞穴里看上去十分明亮。由于水面受到光线的反射，在发现拱形洞顶上的小孔之前，竟然让人产生一种错觉，似乎光线来自洞窟的海底世界。沿着巨大洞穴的拱门向外望去，数里之遥蔚蓝色大海的远方，岩壁之间一条波浪起伏的绿色海岸线依稀可见。渡船沿着来时的洞穴继续向前，行驶至通向潜户的第三个入口，进入神佛共存的秘境。原本这座岩洞同时受到神道和佛教的景仰，是双方共同朝拜的圣地。在这里，洞穴的高度和宽度同时达到极限，洞顶高达海拔十二米，岩壁与岩壁之间宽达九米。右手上方接近洞顶处，是一块突起的白岩，白岩上有一个小洞，小洞内缓缓流出一股乳白色的泉水。

　　传说这是地藏泉，是专供死去童子的鬼魂饮用的乳汁。那乳白色的泉水时而湍急，时而缓缓流淌，但总是昼夜不停地源源不绝。不时地，那些奶水不足的母亲也会来到这里，她们的祈祷总是会非常灵验。偶尔，奶水过多的母亲同样也会来到这里向地藏菩萨祈祷，希望把多余的奶水分给那些死去的孩子。于是，她们的祈祷也会得到应验，奶水不再白白地流淌。

　　如此这般，至少在出云，百姓们世世代代口耳相传。

　　洞穴内，各种声音混杂在一起，显得异常喧嚣。其中，有大浪拍打在洞窟上发出的撞击声；有潮水冲刷在岩壁上溅起的浪花声；有岩缝之间倾泻而下的流水声；还有海浪翻滚掀起的轰鸣声；更有一些不知从何而来的奇妙声响交织在一起，让渡船上的乘客无法正常交流。乍听起来，仿佛无影无形的岩洞居民齐聚一堂，洞穴里一片人声鼎沸，好不热闹。

　　渡船的下方，横贯海底的岩礁，仿佛透过一层玻璃幕墙清晰可见。这不由得再次让我想起，如果能够在这洞窟内挥臂畅游，任凭海水扑打在身上，必定是怡然自得，飘然若仙。正当我要跳入水中，同乘的所有人都异口同声地大声喊叫起来，意欲阻止我的行动。那样做必死无疑！半年前从这里跳下去的人无一生还！这可是圣水，是神明的圣地！紧接着，船妇老婆婆再一次抓起一块石头，更加猛烈地敲击起船头，仿佛在极力驱赶着我的邪念。当她看到那无端的恐吓依旧无法制止住我一时的冲动时，便赶忙凑到我的耳边，像是在对我发出诅咒，声嘶力竭地说道："有鲨鱼！"

鲨鱼！当我听到这个字眼儿时，原本打算在这各种声音交织的新潜户畅游一番的欲望，刹那间全都烟消云散。曾几何时，我也在热带地区生活过多年。

于是，渡船再一次开足马力，向着旧潜户方向全速驶去。

五

鲨鱼开始让我对那片奉若神明的海洋充满了恐惧。但更让我百思不得其解的是，那位老船妇为何如此迫不及待，却又不厌其烦地猛烈敲打起船头？很明显，那块石头是专门放在船上，用来提醒人们注意的。老婆婆的举动显得有些过分，却是不遗余力。这同样让我感到诡异，仿佛在一个漆黑的夜晚，独自一人行走在大街上，无数只鬼魂形影相随，不由得让人放声高唱。船头的老婆婆先是声称，敲打船头只是为了制造出奇怪的声响。可是，经过一番详细的询问，我发现了隐藏在其中的更多玄机。我还得知，当地的船老大，无论是船夫还是船妇，每当他们行船经过危险地带，或者被认为有亡灵出没的地方，他们都会一致地做出相同的举动。如果有人问，什么是亡灵？

那便是鬼魂！

六

渡船从神秘的洞穴按原路折返大约四百米，随后沿着一排漆黑的断崖，远处岩壁上那一条条垂直的裂罅径直驶去。在那个裂罅的前方，一块巨大的黑色岩石从海面上拔地而起，在大浪的拍打下吐出一道白沫。小船绕过巨岩，来到它的背后，进入一片阴影覆盖着的平静海域。那是一片断崖的裂痕形成的硕大阴影。不久，在一个意想不到的角落，另一座岩洞正朝着小船张开了大口。霎时间小船来不及躲闪，撞在了岩洞的石门栏上。那清脆的撞击声，像是敲起了寺庙里的金鼓铿锵作响，迅速传遍地狱般洞穴的每一个角落。我赶忙环视了一下四周，方知自己来到了何处。昏暗之中，我看见一尊青石地藏菩萨像，正在朝着我微笑。它的面前及四周，胡乱堆放着一些灰色的物体——一堆堆令人作呕的石磴。那情景，让人联想到荒郊野外的乱坟岗。斑驳的岩床，随着向洞穴深处延伸，渐渐地高出水面，最终消失在暗无天日的洞窟之中。倾斜的岩面上，堆满了成千上万块像是被砸得粉碎的墓石。待眼睛适应了周围昏暗的光线，我发现那似乎并不是什么墓穴，分明是经何人之手，积年累月用石块和瓦砾搭建起来的一座座小石塔。

"这些都是死去的童子鬼魂的杰作。"我的车夫带着怜悯的微笑低声说道。

一行人走下渡船，来到了岸边。按照建议，我脱下自己的鞋子，换上了事先为我准备的草鞋。前方岩石路面地滑潮湿，其他人则打起了赤脚。我一时感到困惑，不知道应当如何前行。这一带无数座小石塔充斥路面，根本没有落脚之地。

"这里有一条小路。"船妇一边说着，一边在前方引路。

一行人紧跟在船妇身后，穿过右侧洞穴与巨岩之间一条狭窄的缝隙，踏着石塔与石塔之间的空地，来到了一条弯曲的小径前。在此，我们依然被提请注意，不要碰倒童子的石塔，否则他们的鬼魂会痛哭不已。一行人放慢了脚步，小心翼翼地穿过石塔，来到了一片空地。这里，从洞顶坠落下来的岩块，夹杂着沙石铺满了整个岩床。沙石表面，童子赤脚经过时留下的长约八到十厘米的小脚印依稀可见。那是童子鬼魂的足迹。

据老婆婆说，如果时间早一点，可以看到更多的脚印。因为在夜间，洞顶上滴下来的水珠或露水打湿了地面上的泥沙，童子鬼魂的脚印就会留在上面。可是到了白天，暖风吹过，沙石和岩块就会变得干燥，小脚印也就随之消失。

我们只能看到三只脚印，却是格外清晰。其中一只朝向洞穴，另外两只朝向大海。除此之外，在洞穴内的岩架上和突起的岩石上，随处可见供童子使用的小草鞋。那是朝圣者为童子的鬼魂奉献的供品，以免他们的小脚被岩石划伤。可眼前所见到的，无一不是童子赤脚走过时留下的痕迹。

一行人继续前行，蹑手蹑脚地穿梭在石塔之间，来到了内窟的入口处，在一尊地藏菩萨石像前停下了脚步。那是一块用花岗岩雕刻而成的地藏菩萨的坐像。它一只手捧着神秘的宝珠，寓意普度世间一切众生；另一只手则紧握着锡杖，表示四处巡游。在地藏菩萨的坐像前，还竖立起一座小小的鸟居牌坊，和一对祭神驱邪的经幡（神道信仰中少见的谦逊）。很明显，这尊温顺的地藏菩萨并非天敌。在那位对童子鬼魂爱惜有加的地藏菩萨的脚下，神佛两种信仰彼此敬重，完美地结合在了一起。

说起脚，又让我注意到，这座洞穴前的地藏菩萨只有一只脚。地藏菩萨端坐着的石雕莲花宝座已经残缺不全，两枚巨大的莲花瓣早已不见了踪影。原本放在花瓣上的地藏菩萨的右脚也从脚踝骨处折断。传说，那似乎是海浪所为。海上飓风来袭，巨浪犹如鬼神一般冲进洞穴，将石塔击成碎片，把地藏石像冲倒在了岩石上。即便如此，飓风过后的当天夜晚，小石塔又会被重新恢复成原状。

"菩萨心中牵挂，鬼魂们含泪重新搭起石塔。"童子的鬼魂万分悲痛，他们垒起碎石，重新建起用来祈祷的石塔。

内窟昏黑的洞口附近，白骨色的岩石张开大嘴，像是在打着哈欠。走进这不祥的洞穴，脚下岩床呈下坡向前倾斜，径直通向深不见底的内窟。待眼睛适应洞窟黑暗的光线后，一大群更为壮观的石塔展现在我的眼前。在众多石塔云集的一个角落里，三尊地藏菩萨微笑着比肩而立。每一尊地藏菩萨的面前，都赫然竖立着一座鸟居牌坊。一行人正待就此向内窟驱步前行，不料我一时疏忽碰倒了一座石塔，紧接着又碰倒了另一座石塔。在那一瞬间，车夫也碰倒了第三座石塔。作为补偿，我们不得不在此搭建起六座石塔，即付出成倍的补偿。正当我们手忙脚乱地搭建着石塔时，船妇走了过来对大家说道，有两个渔民在洞穴里待了整整一宿，他们说自己什么也没有看见，却听到许多人的声音，聚集在里面低声谈论着什么。那情形，像是一大群童子在嘟嘟囔囔地发着牢骚。

七

据说只有到了夜晚，童子的鬼魂才会来到这里，在地藏菩萨的脚下堆积起碎石。另据说，每天晚上石头的位置都会有所改变。当我问到，童子的鬼魂为什么不在白天趁着没人发现时出来搭建石塔？得到的回答是："白天唯恐被太阳照射，因为死人最害怕的便是太阳的光线。"

我问道："为什么童子的鬼魂总是来自海上？"对此，我没有能够得到满意的答复。但在我看来，根据当地人奇特的想象力，水上世界与死者之间原本就存在着天然的联系。它能够唤起人们的好奇心，抑或是某种心理上的恐惧，这在其他国家也有相同的范例。这种传统的原始观念，至今仍然被人们保留着。例如，盂兰盆节过后的七月十六日，鬼魂们总是会乘着人们为其放的草船，跨越大海回到黄泉之国。无论是精灵船漂流过海，还是在河流湖泊中放灯为鬼魂们引路，抑或是失去了爱子的母亲将一百张画有地藏菩萨的符纸撒向水中，所有这些信仰的背后，都暗示出一个模糊的概念，即千条江河归大海，而大海则是通向冥府的必经之路。

今天所见到的一切——漆黑的岩洞、黑暗中搭建起来的无数座石塔、小鬼魂们留下的朦胧足迹、地藏菩萨那神秘的微笑，加上洞穴内接二连三肆意翻卷的巨浪，浪涛声嘶哑着最终变成赛河原上巨大亡灵的喃喃低语——所有这些情景，所有这些声音，都将在未来的某一时刻，在一个漆黑的夜晚，再一次重新出现在我的脑海当中。

不久，渡船穿过碧蓝色的入江海口，进入岩石密布的加贺浦海湾。

八

这里和御津浦一样，海边并排地停泊着各种大小渔船，船头一致朝向大海。渔船后面并列着另一排渔船，行人沿着海滩上渔船缝隙之间开出的一条小道，方可上岸到达一座沉寂、美丽、古朴的小渔村。刚刚上岸时，小渔村似乎还沉睡在午后的休闲之中，唯一清醒着的便是一只稳坐在船尾上的猫。它拖着一条长长的尾巴，按照当地的迷信说法，那是日本传说中的妖怪，是一只妖猫。要想找到村子里唯一的一家旅店并非易事。它没有挂招牌，街上的每一幢建筑都像是居民的宅院。这一带小渔村看上去很值得一游。所有建筑的外墙都涂着黄色的泥灰，在蓝天的衬托下显得格外醒目，就像是一座座精美的箱庭，使整个小渔村充满了惬意。

一行人好不容易来到了旅店，却无法入住。我们需要等待，主人或是正在午休，或是外出不在家。所有推拉门窗都大敞扬开着，一切都有待重新安排。看样子加贺浦从来没有过小偷。旅店坐落在一个小山坡上，从小渔村的主街（其他都是小路）登上两段石阶即可到达。街对面，并排相邻的是一座禅宗的寺庙和一所神社。

不久，一位天仙般袒露着前胸的年轻女子，以惊人的速度跑下街道，来到了旅店。急促之中，在经过我们的身边时，她也没有忘记微笑着向我们深深地鞠了一躬。这位小女子是旅店的女仆，名叫嘉代。嘉代，寓意着"吉祥岁月"。不多时，嘉代身着一件整洁的和服，再一次出现在门口，端庄地重新行过礼，将一行人迎进了旅店。我迫不及待地走进了房间。和式房间宽敞而整洁，一幅杵筑神道风情的轴画悬挂在壁龛的墙上。房间的一角，摆放着一个华丽的禅宗佛坛（佛坛的形式乃至供奉的牌位，皆因宗派的不同而各异）。猛然间，我奇妙地发觉房间的光线骤然暗淡了下来。环顾四周，我看到所有门窗和通道口都被一群默默无言、笑容可掬的村民遮掩得严严实实。他们是赶来观看我这个外国人的村民。我真的不敢相信，小小的加贺浦也会有如此众多的村民。

在日本，到了炎热的夏季，所有房屋都要敞开门窗通风。届时，窗户上的纸拉窗，以及夏季以外用来分隔室内空间的槅扇也都要被撤掉。地板和屋顶之间没有了墙壁，除了支撑房屋的骨架以外没有任何遮拦，室内各处一览无余。面对黑压压的人群，旅店主人皱起了眉头，他先是关闭了正面的门窗。于是围观的人二话不说，微笑着一齐来到了房屋的后面。紧接着主人又关闭了房屋的后门窗，只见人群又拥挤着来到了旅店的左右两侧。最后主人不得不关闭了所有推拉门窗，致使房间里热得像个蒸笼。这时，屋外的人群开始小声地发起牢骚。

面对围观群众，旅店主人再也无法忍耐，出来和他们理论了起来。（即使那些人心中不满，他们却从来不大吵大闹）。下面是主人说的一席话，有些地方我故意做了夸张。

"你们这些人，为何如此无礼？有什么可好奇的？"

"又不是在演戏！"

"又不是在变魔术！"

"又不是在表演相扑！"

"有什么好看的？"

"人家是我们的贵客！"

"接下来客人开始用餐，看人家吃饭不害羞吗？"

"客人离开时，可以来为客人送行！"

即使如此，围观的人群依旧笑眯眯地苦苦哀求。他们非常明智，知道旅店主人不可能轻易让步，于是便将目光转移到了女仆的身上。村民们的争辩，同样显得颇有情趣。

"大嫂！"

"嘉代小姐！"

"请您打开窗门，让我们看上一眼吧！"

"看一眼又不会少一块肉！"

"别挡着啦，让我们看上一眼吧！"

"快把窗户打开吧！"

至于我个人，情愿主人能够解除这种封闭状态。因为即使被那些善良的人们多看上两眼，既没有对我造成冒犯，也没有给我带来任何不便。可既然旅店主人感到为难，我也就不想过多干预，只是外面的人群丝毫没有退去的迹象。人们期待着和我见上一面，聚集的人群反倒是有增无减。屋后身儿有一扇高窗，纸窗格子上开了几个洞，我看到几个小身影爬了上去。不久，每一个纸洞里都传来了窥视的目光。

我靠近窗台，只见偷窥者悄悄地跳到地上，我忍不住"扑哧"一下笑出声来，随后便溜之大吉。但不久他们又卷土重来。如此热衷于围观的群众，简直让我哭笑不得。他们都是些男孩儿女孩儿，因为天气炎热大都半裸着身子，像是含苞待放的花蕾，显得那样地天真无邪。他们当中大多数看上去脸蛋儿十分可爱，只有少数人不惹人喜欢。我心里纳闷，村里的男人和老妇女们都去了哪里？老实说，这些人看上去不像是加贺浦的居民，倒像是来自赛河原的鬼魂。男孩子们看上去个个都像小地藏菩萨。

用餐时，出于好奇，我将一片梨子和一片萝卜插在了纸窗的小洞上。最初，外面的人似乎有些犹豫，只是在不住地憨笑。可是不久，只见一只小手悄悄地伸了过来，梨子也随之消失。紧接着，第二片梨子也被取走。看那情形，并非野蛮的强取豪夺，而是像幽灵一般轻盈地将梨子捕获。那之后，对方像是全然没有了顾忌，尽管一位老妇人大声喊叫着"那是妖术！"并以此发出恐吓，但却收效甚微。晚饭过后，纸门窗全部被打开，我们全都成为了好朋友。人们再次从四面八方赶来，静静地观察着我这个外来的客人。

在此之前，我从未见过两个村庄之间年轻人的相貌，像御津浦和加贺浦那样明显地不同。这两个村子的距离，乘船不足两个时辰。和西印度群岛的一些岛屿一样，在日本的偏远地区，即使是相邻的两个村庄，却哺育出各自独特的体貌特征。山这边，人们的相貌可能十分端庄；山那边，你可能会发觉，村民的相貌明显不讨人喜欢。不过在加贺浦，我见到了让整个日本都为之倾倒的、漂亮的青年男女。

"客人离开时，可以来为客人送行！"一行人离开村庄，来到了海边。整个加贺浦的百姓，包括未能有幸谋面的长老们也都赶来为我们送行。我们在一片木屐的踢踏声中来到了渡船旁。"看一眼又不会少一块肉！"年轻人在一片叫好声中，迅速地爬上停泊在海滩上的渔船，坐在船头及船舷两侧，向我投来好奇的目光。每个人脸上都面带微笑，顾不上相互间交谈，一味地保持着沉默。那情形，似乎让我不觉之中昏昏欲睡。与此同时，又让我感到那样的温柔、和谐、奇异，仿佛沉浸在梦幻之中。渡船在蔚蓝色的海面上航行，我不时地回过头张望，但见村民们依旧守候在围成半圆形的渔船旁，久久地凝视着前方。孩子们棕色的小腿垂挂在船头两侧，不停地摇摆着。天鹅绒般柔软的黑发下，遮盖着的一张张稚嫩的脸庞，在阳光的照射下一动不动。男孩子们的脸上，洋溢着地藏菩萨般喜悦的笑容。村民们黑亮的眼睛、灼热的目光，许久地遥望着那"看一眼又不会少一块肉"的异乡来客。眼前这一幕场景迅速地朝后退去，不久便浓缩成一幅精美的轴画。我眷恋不舍，希望能够将这一美景收入囊中，带回家挂在窗前，时而观望，以悦我心。接下来的瞬间，小船绕过一座岩礁，加贺浦也随之永远地从我的视线中消失。至此，一切都成为了过去。

或许越是令人难忘的事情，越是瞬间即逝。与分钟相比，我们更容易记住的是瞬间；与小时相比，我们更容易记住的是分钟；又有谁能够记得住一个整天？人的一生留在记忆当中的幸福时刻，不过是众多瞬间的集合。人世间又有什么东西比一次微笑更像彩云易散？可一旦逝去了的微笑，对她的记忆却是永远无法消失。抑或是，唤起那个记忆的无限思念，却是永远无法消失。

对某一个特定人物的微笑表示出怜悯，这在普通人的情感当中实属平常。然而对全体村民发出的微笑，亦即对具有抽象概念的微笑报以同等的温柔，那无疑则是一种特殊的感受。在我看来，只有在日本，在这个将国民的微笑永久地雕刻在石像上的国度，才能够有幸经历这一神奇的时刻。此时此刻，我显然已经将这一宝贵的经历据为己有。时至今日，我对加贺浦村民送来的微笑仍然记忆犹新。

与此同时，它让我想起了一段极为冷酷的佛教传说：一旦佛陀微笑，其辉煌灿烂的光芒将普照大千世界。但是随着佛陀的一句格言："那并非现实！那并非普世真理！"瞬时间灿烂的光芒骤然消失。

第十章　在美保关

美保关是个好地方，迎着朝阳放声唱，

大山里面风光好，微风拂面飘清香。

　　　　　　　——美保关之歌

一

　　美保关的神明不喜欢鸡蛋。它也不喜欢母鸡和小鸡，在所有活物当中它尤其不喜欢公鸡。所以美保关没有公鸡，没有母鸡，没有小鸡，也没有鸡蛋。在美保关，即使支付超出鸡蛋二十倍重量的银子，也买不到一只鸡蛋。

　　任何人都无法用小船、大船，抑或是汽船，将哪怕是一根鸡毛运送到美保关，更不用说鸡蛋了。事实上，甚至有人主张，如果你早上吃过鸡蛋，你必须等到第二天才能够去美保关。那是因为，美保关的大仙是海上船员们的守护神，掌控着海上的天气，如果有船只违反戒令，哪怕是将鸡蛋的气味带到寺庙当中，都要受到神仙的惩罚。

　　一次，一艘每日往返于松江与美保关之间的小汽船在驶向外海的途中遇到了意想不到的恶劣天气。船员们坚持认为，一定是有人把令事代主神不悦的东西偷偷地带上了船。所有乘客均遭到盘问，但都无果而终。这时船长意外地发现，一名看似地道的日本男人，叼着一支烟袋锅，冒着生命危险拼命地抽着旱烟叶。他手中的黄铜烟袋杆儿上，雕刻着一只正在打鸣的公鸡。毋庸置疑，烟

148

袋锅立刻被扔进了海里。这时，怒吼的大海开始平静，小船安全地驶入神圣的港口，在美保神社的大鸟居牌坊前抛锚停泊了下来。

二

为什么美保关的神明如此憎恶公鸡？为什么他要将公鸡从自己的领地驱逐出去？有关其中的原因众说纷纭，流传着各种说法，只是万变不离其宗。根据《古事记》一书记载，杵筑大神——大国主命之子事代主神，经常去美保海岬捕鱼捉鸟。出于其他原因，他经常在夜晚离开家中，但总是在黎明之前赶回。那时候，公鸡是事代主神最忠实的仆人，每到主人应当返回时，它就会勇敢地放声高叫。但是有一天早晨，公鸡疏忽职守没有履行责任，致使事代主神匆忙回到船上，丢失了双桨，无奈只得用手代替船桨，结果双手被恶鱼咬伤。

在通往美保关的路上，有一座美丽的小镇名叫安来，位于中海的潟湖之上。那里的人们大都虔诚地崇拜事代主神。可是，在安来却有大量的公鸡、母鸡和小鸡，那里的鸡蛋不论是个头还是质量都无与伦比。安来的百姓们断言，与其像美保关百姓那样不吃鸡蛋，不如多吃鸡蛋，那样可以更好地侍奉主神。因为只要吃掉一只鸡或者吞下一个鸡蛋，就是为事代主神消灭了一个敌人。

三

在晴朗的日子里，从松江乘船到美保关是一段迷人的旅行。从美丽的中海潟湖驶入外海，小船沿着出云漫长的海岸向左行驶。这一带海岸线地势高耸，一座座悬崖峭壁从海平面拔地而起，远处丘陵一排排绿色梯田直通山顶，看上去就像是绿色的金字塔。悬崖底部聚集着大量岩礁，礁石表面跌宕起伏，预示着古代火山爆发的巨大力量。右手侧，平静的蓝色伯耆海岸延绵数公里，宛如海市蜃楼。海滩像一条无尽的白色飘带，紧紧地缠绕在大海的岸边。远远望去，森林密布，山峦起伏，奇幻般的"大山"灵峰高耸入云，山顶上更是积满了皑皑的白雪。

我们在伯耆与出云之间，继续航行了大约一个小时。左侧错落有致的绿色海岸，山坳之间偶尔出现几座小村庄，右侧梦幻般的海岸线景色一如既往。伴随着一声长笛，船头猛然转向岩石脚下一个阴冷的海角，瞬间一个漂亮的海湾展现在眼前，小船随即向前方驶去。这时沿海岸出现一个扇贝形的缺口，但见一片半圆形的盆地，一泓清澈的海水，四周群山连绵，林海茫茫。在海湾一侧，一个古朴的日本小镇，那便是美保关。

美保关没有海滩，只有一个半圆形的石垣码头，码头上方是成排的房屋。丘陵之巅，密林深处几座神社的屋顶依稀可见。街道上每幢房屋的背后，都有石阶通向海边，那里停泊着各种船只。我们乘坐的蒸汽船便停靠在了美保神社前。神社前的一条青石路，沿着坡道径直通向海边。在此之前，早已有数条船在那里等候。沿着宽阔的石阶抬头望去，一座雄伟的鸟居牌坊矗立在眼前，巨大的石灯笼排列在两侧，两只雕刻的石狮子蹲坐在高台上，从近五米高的台阶上方俯瞰着脚下。紧接着，美保神社高大的外墙和寺院大门出现在眼前。随之而来的是拜殿廊檐，以及大殿屋顶那纵横交错的四梁八柱，透过绿树成荫的一缕阳光——展现在眼前。另有几艘漂亮的巨轮停泊在岸边，其中就包括两艘来自大阪的现代化深海船。一道石凿的防波堤显得十分浪漫，堤坝尽头立着一盏石灯笼。还有一座漂亮的拱桥，将堤坝与一个小岛连接在一起。我看见，岛上有一座水上之神——弁天女神的神社。

我不知道，自己是否有幸弄到一些鸡蛋。

四

我佯装不知，装作若无其事的样子，向岛屋旅馆漂亮的女招待提出了一个奇怪的问题，内心却感到备受谴责。

"请问，这里有鸡蛋吗？"

于是，对方像观音菩萨一样，微笑着回答道："是的，这里有一些少量的鸭蛋。"

实在让人惊喜！这里居然有蛋，而且是鸭蛋！

可是，这里没有鸭子。在这个深海环绕的小村镇，无法养殖鸭子，所有鸭蛋都是从境港运来的。

五

这是一座漂亮的小旅馆，楼上房间可以俯瞰大海。它坐落在半月形美保关的一端，美保神社则坐落在小镇的另一端，要想参拜神社，就需要穿过整个小镇，或者乘小船横渡港湾，整个小镇都非常值得一看。小镇被紧紧地夹在海湾与山脚之间，这里只有一条真正意义上的街道，而且非常狭窄，人可以从水边房子的二楼一下子跳到对面陆地一侧房子的二楼。小镇虽小，却随处可见西式阳棚、明亮的晒台和随风飘动的彩色窗帘，看上去宛如一幅美丽的图画。沿着这条主要街道，几条小巷斜着伸向水边，小巷末端筑起石阶，巷子里随处停泊着细长的小船，船头一律伸向船埠外缘，像是要急于冲出码头。我无法抵挡住那巨大的诱惑，在前去参观美保神社之前，从旅馆后门跳入三米多深清澈的海水，横穿海港，着实让自己清爽了一番。

在去美保神社的途中，我注意到在众多小店铺里，大都陈列着一些用竹子编成的篮子和器皿。精美的竹编制品，是美保关的特产，几乎每一位来到这里的游客，都会买一些小工艺品带回家。

美保神社的建筑与出云的普通神社相比，并没有更多吸引人的地方，其内部装饰也不值得详细描述。只有那条通向正殿的宽阔甬道，在大理石鸟居牌坊的衬托下，位于两头石狮和石灯笼之间显得尤为庄重。进入寺院内，同样没有什么引人注目的地方。其间摆放着一个巨大的青铜水缸，却是值得一看。它重达数吨，估计价值上千日元，来自信们的无偿捐赠。在位于大殿右侧的神社事务所里，保存着更多一般信徒供奉的物品，其中一套设计独特、色彩古朴的画卷映入了我的眼帘。它描绘的是借助事代主神的力量，遭遇巨浪的船只平安驶回港口的情景。它们来自船老大的捐赠。

与出云其他有名神社的护符相比，美保神社的护符并没有特殊之处，却很受信徒们的青睐。这些细长的白纸条，上面印着神的名字以及简短的誓约，一个只需两三文钱。人们把它买来系在竹竿上，插在附近的稻田里。美保神社出售的最奇怪的东西，莫过于一小包稻米种子。据说，只要你一面祈祷一面将这些稻种撒在地里，无论你想要什么，都会生长出来。如果你想要竹子、棉花、豆子、莲花、西瓜，或者任何东西，只要播下稻种并且满怀信心，愿望就一定能够实现。

六

对于我来说，比美保神社的护符更能够引起兴趣的，是位于神社后山顶峰的禅宗寺院——宝寿寺里面悬挂着的数百个璎珞。在一座佛坛前，摆放着三十三尊观音菩萨的雕像。那是大慈大悲的观音菩萨三十三种化身，她代表着日本少女甜蜜而纯真的理想。佛像前，雕刻着各种图案的天花板上，悬挂着许多色彩鲜艳的奇特物品，其中有用于辟邪的彩色绣球和绒线球，有用丝线或棉线编织的图案，有绣着燕子或其他飞鸟的荷包，有竹编的工艺品或针织的刺绣品。这些都是学校的女孩子们奉献给大慈大悲的母神——观音菩萨的供品。当女娃学会了女人的活计，如缝纫、纺线、编织或刺绣时，她们就会把自己的第一件成功之作带到宝寿寺，献给那位目光慈祥普度众生倾听信徒祈祷的观音菩萨。甚至幼儿园的小孩子，也会用他们花儿一样柔软的小手，剪出漂亮的剪纸，并且将他们的第一件作品带到神社。

七

美保关的白天异常冷清、寂静，偶尔才会听到孩子们的笑声，抑或是摇橹人的号子声。这里的船，是我在热带地区以外的海面上见到的最奇特的，像是驳船，需要十名水手才能够划动。船夫们赤身裸体，手里挥舞着丁字形船桨（可以想象为一个字母 T，下端加长形成桨叶）。每拉动一次船桨，船夫们就把脚蹬在船舷上，以加大划水的力度。每到停顿时，他们就会发出一种奇怪的呼叫声。那声音悲切、凄凉，不由得让我回想起在西印度水域听到的那些古老的西班牙克里奥尔人的船歌。

> 啊喇，吼啰，嗓诺，萨！
> 咿呀，吼，嗯，呀！
> 嘎！嘎！

船歌以一个长长的高音开始，随后每个音节依次降低声调，最终消失得几乎无法听到声音，接下来是重重的一阵摇橹声："嘎！嘎！"

但到了晚上，美保关便成为了西部日本最吵闹、最欢快的港口小镇之一。从半月形小镇的一端到另一端，宴会席上烛光摇曳，在水中形成一片倒影，整个空气也随着狂欢的声音在颤抖。街道上随处可以听到艺伎们敲起的小鼓声、姑娘们哀婉的吟唱声、三弦的弹奏声、伴随着舞蹈的拍手声，以及侠客们猜拳行令的哄笑声。所有这些不过是船老大们寻欢作乐时的噪声。诚然，世界各地水手们发泄欲望的形式各有不同，但本质上却是如出一辙。据我估计，每艘靠港美保关的大船，一个晚上在喝酒和艺伎身上的开销，至少在三百到五百日元以上。船员们还会向那尊憎恶鸡蛋的事代主神祈祷，但愿海上风平浪静，保佑船只平安无事地抵达美保关。可是，他们一旦来到美保关这个平静的港湾，奉献给神社的布施却是寥寥无几。与此相反，他们支付给艺伎和酒馆老板的钱却不计其数。即使如此，事代主神对此毫不介意，他甘愿受苦受难，只是鸡蛋的事情则需另当别论。

然而和我们自己的水兵相比，那些日本的船员们可算是相当温和了。他们善于自我约束，而且十分懂得礼貌。我曾经多次见到过他们赤身裸体地坐在宴会席上的情景。尽管天气炎热，可他们却十分讲究地使用着筷子，并且互相敬酒，举止和上流社会的人一样优雅。他们对待艺伎的态度同样十分友善。看着他们在马路对面的街上大吃大喝，是件非常愉快的事情。或许，他们的笑声听起来有些狂热，他们的手势也显得更加激烈，但他们却丝毫不失法度，更谈不上使用暴力。当那些漂亮的艺伎们开始表演起带有戏剧性的舞蹈时，所有人都变得沉默不语，像是十五尊精美的铜像，沿着墙边的席子一字排开。对于西方人来说，那种舞蹈似乎显得有些神秘，像是一种巫术的把戏，其实那只是用生动的语言和女性的微笑，向人们讲述着传说中的故事。随着酒意渐酣，气氛也开始活跃，相反他们却变得彬彬有礼，直到阵阵甜蜜的睡意袭来，便一个接着一个地微笑着离去。对于他们来说，没有什么比这更快乐、更温馨的事了。只是在日本，船夫常被认为是一个鲁莽的阶层。可是在这样的国家里，如果人们看到我们的那些暴徒，又会怎样想呢？

我在出云已经住了十四个月，从未听到有人大声发怒，也没见到有人激烈争吵。我从未见到过男人互相殴打，也没见到过女人被欺负，小孩子遭体罚。事实上，除了日本的开放港口之外，我从未见到过任何真正意义上的暴力行为。只是在一些开放的港口，较贫穷的阶层在与西方人的接触当中，似乎开始失去他们本来的传统礼仪，以致失去简单的追求快乐的本能。

八

昨晚，我似乎认识了旧式的日本船老大。今天，我将见识新一代的日本水兵。一个漂浮在海上的幽灵，让这个小小的海港渔村充满了兴奋——那是一艘帝国的战舰，人们纷纷走出家门驻足观看。所有停泊在小港里的船只一齐进发，满载着好奇的看客，驶向那钢铁的巨轮。那是一艘一流的巡洋舰，搭载着五百名水兵。

我坐上前面提到的那艘由十名壮汉挥动大桨方能勉强驱动的驳船，欣然前往。船上并非只有我一个人，而是挤满了男女老少各种年龄的船客，其间还有一些很少出海的妇女，以至于我几乎找不到自己的立足之地。就在小船即将起锚之时，一名舞女冒着生命危险跳进船舱，被我的雪茄烟烫伤了手臂。我感到十分愧疚，她却对我的不安报以会心的一笑。紧接着，船夫们开始唱起那令人忧伤的催眠曲：

啊喇，吼啰，嗓诺，萨！
咿呀，吼，嗯，呀！

嘎！嘎！

抵达巡洋舰近旁着实需要一些时间。远处，夏日的海面上静静地立着一个庞然大物。它一动不动，像是沉浸在睡梦之中，从它那强大的发动机叶片中稀稀拉拉地冒出一股青烟。船夫的那首催眠曲似乎带着某种古老的魔力，以至当我们的小船航行到巡洋舰附近时，所有人都感觉似乎来到了梦幻的世界。那的确是一种奇幻的景象。无数条小船在巨大的船体周围不停地颠簸着，成群身穿长袍马褂的男人、女人、孩子们沿着宽阔的舷梯一拥而上，爬进那巨大的船舱。人们像一群黄蜂，不停地发出嗡嗡的叫声。所有人都在低声议论着，尽情欢笑着，不时地发出阵阵惊叹。巨大的战舰宛如天神，向人们的头顶压来。所有人都像小孩子一样，对坚固的船身、装甲式的炮台、巨大的炮筒以及粗大的锚链表示出极大的兴趣。他们同样以极大的好奇心，许久地凝视着站在船边、面无表情地俯瞰着众人的数百名身穿白色制服的水兵。无疑那些水兵也是日本人，却被神秘地蒙上了一张陌生的面孔。似乎只有经验丰富的人士，才能够判断出那些坚强的海军陆战队员的国籍。如果不是看到那枚金色的帝国徽章，以及船尾闪闪发光的表意文字，很可能会以为自己看到的，是一艘由棕色皮肤的拉丁人操纵的西班牙或者意大利的战舰。

我无法登上战舰，金属舷梯被一条永无尽头的人体锁链占据着。他们是身穿蓝色和服的小学生、排着长队的白发老人和农民、渔夫甚至是舞女。还有那些无所畏惧的年轻母亲，她们紧紧地抓住绳索，身后还背着一个无知的娃娃。他们像苍蝇一样死钉在舷梯上。有人告诉他们，至少需要等待十五分钟。对此他们微微一笑，坚定地选择耐心等待。在这些人的后面，仍有一些小船搭载着数百名民众，怀着激动的心情翘首以待。可是，他们已经无缘再等待十五分钟，所有希望都被来自甲板上的一个洪亮的声音打破："时间已到，今日停止参观！"那艘巨大的怪物冒出一团蒸汽正准备起航，所有人都被禁止登上战舰。于是，从紧握绳索耐心等待的人群当中，从登上船头翘首以待的民众当中，发出了一声长长的哀叹："唉——"紧接着，人们操着出云方言大声责备道："当兵的在骗人！他们是骗子！骗子！"对此，水兵们似乎已经习以为常，依旧是面无表情。

小船继续在巡洋舰四周游弋，人们仍然舍不得离去。他们眼看着战舰上的观光客匆匆离开，沉重的锚链从水中徐徐升起，成群的水兵开始在船头船尾操纵起神秘的按钮。一名水手从船舷探出身子，不慎将白色水兵帽落入水中。于是，海面上便展开了一场打捞水兵帽的竞赛。另一名水手倚靠在炮台上，冲着同伴大声喊道："啊，怎么还有外国人？他来这里做什么？"一个同伴顺势回答道："或许是耶稣的传教士？"我的一身日本和服并没能遮掩住我的外国人嘴脸，但却能有效地避免我被指责为传教士。我似乎成了个谜。这时，有人大喊了一声："危险！"如果此时巡洋舰开始转头，势必造成人员落水、挤压或溺水身亡等无法挽救的灾难。所有小船都开始向四下散开。

我们那十名赤身裸体的壮汉，再一次弯腰拾起他们的丁字形船桨，重新开始唱起那令人忧伤的古老船歌。随着小船驶回码头，我的脑子里猛地产生了一个念头。我们争相前往观看的那个钢铁战舰，以及那些冰冷的机械虽然价值连城，却无一不是千百万最底层劳动者辛勤劳动的结晶。劳动者终日在没膝深的稻田里劳作，却吃不上自己种出的稻米。无疑，劳动者赖以生存的食物极其廉价，为了保护他们拥有的那一点点财产，却要制造出如此可怕的庞然大物——这无异于以毁灭为目的，运用数学原理创造出科学的怪兽。

眼前的美保关一片美好景象。远处群山环绕，碧瓦相连，美保关独在其中，显得那样的宁静、安闲。——古老的美保关，随处可见的石灯笼、石狮子，还有那憎恶鸡蛋的事代主神；——奇妙的美保关，除了学校之外一切依旧保持着中世纪的风貌；巨大的驳船、翘起的船头、耳边仿佛回响起令人忧伤的古老船歌！

啊喇，吼啰，噪诺，萨！
咿呀，吼，嗯，呀！
嘎！嘎！

我们再一次踏上了长满青苔的古老的石垣码头。从不足两里地远的清澈海

156

面，我们仿佛又重新回到了千年前的古镇。我转过身，再一次遥望着那片可怕的海域。看！那里已然是风平浪静。空荡荡的蓝天之下，只剩下一片湛蓝的海水。远处海角尽头，漂浮着一个白色的亮点——那是一条小船的白帆。海面上依旧平静如故。它走了！该是多么无声无息，时速高达十九海里。噢！事代主神，船上或许还装着鸡蛋！

第十一章　杵筑札记

一

杵筑，一八九一年七月二十日。

晃不再和我相伴而行，他去了神圣的佛教都市京都，编辑一本佛教杂志。没有了他，我感觉自己就像一个迷路的孩子，尽管他一再表示，他在出云对我没有太多用处，因为他对神道一无所知。

现在，我在杵筑有很多朋友陪伴。在这里我已经度过了大半个暑假，这座小城市到处都有我认识的学生和老师。杵筑不仅是山阴地区最神圣的地方，而且还是一个时尚的海滨浴场。稻佐湾的海滩是全日本最好的海水浴场之一，那里的海滨酒店宽敞、凉爽而舒适，有热水和冷水的淡水浴池，游泳后用来冲洗身上的盐渍再好不过。晴朗的日子里，眺望夏日一望无边的大海，美丽的景色令人心旷神怡。靠近海湾右侧，蜿蜒曲折的群山从陆地一直伸向大海，遮住了小镇，那便是杵筑海岬。海湾左侧是一道低矮的山梁，呈锯齿状，沿地平线一直延伸至海岸。在它的身后，一个巨大的蓝色幻影高耸入云，那便是白云下面的三瓶山。远处，是海天一色的日本海。晴朗的夜晚，那里的海面上可以看到一道火光。那是停泊在五六公里以外渔船上的松明火把。无数支火把连接成一片，肉眼看上去仿佛一条长长的火龙。

天神节的晚上，神社里的宫司邀请我和我的朋友去他家看一场"丰收舞蹈"。那是出云地区特有的舞蹈，在出云能够欣赏得到也是机会难得。因为，只有宫司下令才能够表演这种舞蹈。

二

和杵筑城的百姓一样，这位体格健壮的宫司本人也十分喜欢大海。但他从来不去海滨酒店，更不去公共浴场。在稻佐海滨的一座悬崖边上，有一个特殊的浴场供他单独使用。那里靠近一条狭窄的小路，路边长满了松柏，正面竖立着一座鸟居牌坊，上面系着注连绳。每到夏季，宫司每天都会来到这个小小的浴场，并由一名侍从陪同，为他准备衣物，铺上干净的垫子，宫司从海上回来后就在上面休息。宫司总是穿着浴袍下海。除了宫司本人和他的侍从之外，没有人能够接近这所小房子。从那里放眼望去，迷人的海湾景色一览无余。百姓对宫司的敬畏，使这个休息场所成为了圣地。时至今日，那些乡下人仍然全身心地崇拜着这位宫司。他们早已经不再像过去那样，相信只要沐浴着国造的视线，就必须直立不动，缄口莫言。可是当宫司从他们中间走过时，他们仍然跪拜在道路两侧，就像是见到了活神仙一样。

三

杵筑，七月二十三日。

每当我回忆起刚刚到达杵筑的那一天，眼前总会浮现出一个雪白的巫女形象。她像幽灵一样，面无表情，迈着优雅的舞步，悄悄地从我的眼前走过。

"巫女"，意思是"众神的宠儿"。

应我的请求，那位善良的宫司为我弄到了——准确地说，应该是为我拍摄到了一张巫女跳舞时的照片。她高举着神秘的铃铛，身穿绯红色裤裙，外面披着一件雪白的祭服，祭服的前摆一直垂落到脚下。

学识渊博的神官佐佐先生，向我介绍了一些有关"众神的宠儿"，以及"巫女神乐"的知识。所谓巫女神乐，就是巫女们所表演的舞蹈。

与日本其他主要神社，例如伊势神社的习俗不同，杵筑巫女的职位一直保留着世袭制。从前，杵筑城里有三十多户人家的女儿在大社里做巫女，如今只剩下两户人家，少女祭司的人数也不超过六位。照片中的那一位便是这里的主要巫女。在伊势或者其他地方，任何一位神官的女儿都可以成为巫女，只是在到适婚年龄后便不再担任这一职务。为此，除了杵筑以外，所有大神社的巫女都是十岁至十二岁的女孩子。但是在杵筑大社，巫女们都是十六岁到十九岁之间的漂亮女孩儿。有时甚至在结婚之后，如果受到欢迎她们仍然可以作为巫女继续侍奉神灵。学习"神乐"，其实并非一件高不可攀的事情。为了能够成为一名巫女，母亲或者姐姐都会教她们学习这种舞蹈。巫女平常住在家中，只有在节日的时候才去神社履行巫女的职责。她们不受任何约束，也不必许下任何誓言，不再是处女也不会受到惩罚。与此相反，她们的地位给了她们崇高的荣誉，同时也是家庭收入的来源之一。这种责任上的约束力，甚至超过了古代西方女祭司所许下的誓言。

像古希腊德尔菲①的女祭司一样，巫女在古代也是占卜女神———一位活生生的神谕者，当她被所侍奉的神灵附体时，她说出了未来的秘密。现如今在所有神社当中，巫女均不再担任女预言家、女祭司或者女占卜师的角色。只是仍有一些巫婆，她们自称可以与死者对话，预测未来。她们以巫女自居，秘密地从事占卜活动，如今这种行为受到法律的严格限制。

在日本，各大神社之间巫女神乐的舞蹈形式各不相同。在古老的杵筑，巫女神乐的舞蹈形式最原始，也最简单。自古以来，巫女神乐的目的就是取悦神灵。为此，自有信仰之初，保守主义宗教的巫女神乐，就一直保持着传统的步法。据《古事记》记载，这种舞蹈起源于日本古代神话中的女神天宇受卖命。天宇受卖命是日本最早的舞女，传说她用自己的欢歌笑语，将太阳女神从隐蔽的岩洞中引诱出来，从此大地重见光明。据说天宇受卖命在歌唱时，要用一把小草将一小串铃铛系在竹枝上。现如今，巫女们跳舞时手中挥舞的铃铛，仍然保留了古代竹枝的形状。

---

① 德尔菲是希腊的宗教圣地，古希腊人认为那里是地球的中心，有著名的阿波罗太阳神庙、雅典女神庙，一九八七年被列入世界遗产目录。

四

　　大社的背后是一个文库，其后有一座更为古老的建筑，被称为"巫女屋敷"，即巫女们的住所。从前，所有未婚女祭司都必须住在这里，她们受到远比现在严格的纪律约束。白天她们可以随意地去自己喜欢的地方，但是晚上她们必须在寺院大门关闭之前回到住所。寺院的住持担心，这些"众神的宠儿"会忘记自己的身份，进而屈尊成为冒险家的玩偶。这种担心并非毫无道理。因为一个巫女的天职，就是保持自己绝对的纯洁和美丽。事实上，就曾经有一位侍奉于大神社的美丽巫女，从高贵的天使沦落为俗人，给日本社会带来了一则浪漫的情话。后来，在日本的各大书店里都可以买到与其有关的廉价印刷品。

　　她的名字叫阿国，是杵筑一位名叫中村门五郎的女儿，她的后代至今仍然健在。在大神社里当巫女时，阿国爱上了一位名叫名古屋山三的浪人——一个绝望、英俊的流浪汉。名古屋山三除了一把剑之外一无所有。阿国偷偷地离开神社，和恋人一起私奔来到了京都，这一切都发生在距今三百年以前。

　　在去京都的路上，他们遇上了另一位浪人，我无法得知他的真实姓名。这位浪人曾经出现在故事当中，转眼之间便消失在了死亡之夜，并且永远地被人们遗忘。据简单记载，这位浪人乞求和他们一起旅行，结果迷上了美丽的巫女，激发起巫女恋人的嫉恨，于是发生了一场殊死搏斗，浪人最终死在了山三的手下。

　　此后，这对恋人继续赶路，最后顺利地到达了京都。我不知道，那之后美丽的阿国是否对自己的行为感到后悔。只是从她后来的身世可以看出，那位英俊的浪人渐渐失去了对她的激情，她那张漂亮的面孔也成为了一段永久的回忆。

　　后来，人们听说阿国在京都扮演了一个奇怪的角色。她的恋人始终一贫如洗，为了养活他，阿国被迫在四条河原表演巫女神乐。那里是鸭川干涸河床的一部分，也是执行酷刑的可怕场所。那时，阿国或许早已被人们当成了流浪女。可是，阿国非凡的美貌吸引了众多观众，演出获得了极大成功，山三的钱袋子也鼓了起来。当初，阿国在四条河原表演的，无非是现在杵筑巫女表演的那种身穿红裤裙、披着一件白祭服、双脚漫步轻云的舞蹈。

这对恋人随后出现在东京，当时叫作江户，成为了演员。传说，阿国是公认的创立了日本现代戏剧——风俗剧的第一人。在她之前，只有佛教僧侣创作的宗教戏剧。在恋人的指导下，山三也成为了一名出色的人气演员。他有很多弟子，其中就包括著名的猿若。猿若后来在江户创立了一家剧院，取名"猿若座"，位于猿若町，至今仍然得以保留。可是自阿国之后，到目前为止，日本的女性一直被排斥在舞台之外。像是古希腊人一样，她们的角色被男人或者男孩儿所占据。那些男人外表柔弱，演技娴熟，以至于最敏锐的观察家也无法察觉出他们的性别。

与阿国相比，名古屋山三较早便离开了人世。丈夫死后，阿国回到了自己的故乡——古老的杵筑。在那里，她剪掉美丽的头发，出家当了一名尼姑。阿国从艺长达半个多世纪，尤其擅长被称为"连歌"的诗歌表演，晚年她一直致力于传授这门艺术。凭借自己当演员时赚来的一笔微薄的财富，阿国在杵筑古城的中心建起了一座佛教寺庙，因在那里传授连歌，故取名"连歌寺"。阿国建造这所寺庙，为的是永远地祭奠一个男人的灵魂。这个男人因她的美貌而遭到毁灭，相反这个男人的微笑也一次次引起阿国内心的激荡，而所有这些山三又都有所不知。数个世纪以来，阿国的家族因她开创了日本剧坛而享有某种特权。直到维新之前，中村门五郎后裔的户主仍有权分享杵筑剧团的红利，并拥有"剧团老板"的称号。只是现如今，这个家族早已破落。

我去看了连歌寺，发现它已经不复存在。就在几年前，它还一直立在通向观音寺前的一排石阶下。那里是杵筑最大的观音寺庙。现如今，连歌寺只剩下一尊残缺不全的地藏像，不时地还会有人前来祈祷。寺庙庭院也已变成了一个菜园，人们利用古老的建筑材料，在寺院的旧址搭起了一个小农舍。一位农夫告诉我，包括挂轴和佛器在内，全都被送到了附近的一家寺庙里，在那里可以观赏到这些遗物。

五

在离连歌寺遗址不远的观音寺庙墓地内，立着一棵古怪的松树。这棵树的树干不是扎在地下，而是由四根巨大的树根支撑着，树干高高地挺立在其中，仿佛一只用四条腿行走的怪兽。通常，形状诡异的古树里面多被认为幽居着神仙，而这棵松树恰好就是最好的例证。松树四周筑起了一道篱笆墙，前面是一座小祠堂，周围竖起几座矮小的鸟居牌坊。不时地，可以看到一些穷苦百姓到此祈神保佑。祠堂前，除了杵筑人通常供奉的海草之外，我还发现了一些用稻草做的小马。为什么要摆放草马？很显然，这座小祠堂里供奉的是青面金刚，它是道路之神。人们来到这里祈祷马儿的健康，保佑它们免受疾病和死亡的困扰，以作为人们对美好希望的象征。但一般认为，兽医的角色并非青面金刚的本能，这棵古树的奇特形状似乎也暗示了这一说法。

六

杵筑，七月二十四日。

大社的第一道院内，紧靠大门左侧立着一座木制建筑，表面灰白的颜色让它显得尤其古老，看似一座神宫。紧闭着的大门木栅栏上，结扎着许多白色字条，上面书写着祈求神明保佑的话语。透过栅栏向里望去，黑暗之中却见不到任何象征神道的法器。那是一座马厩！一匹骏马立在马厩中央，两只眼睛直直地凝视着前方，一副稻草编织的日式马掌悬挂在马身后的墙上。那匹马一动不动，原来它是匹青铜马！

在我的再三请求下，那位学识渊博的神官佐佐先生，向我讲述了关于这匹马的神奇故事。

按照古代历法，每年的七月十一日，会迎来一个奇妙的节日，名曰"神幸祭"，俗称"逃身日"。这天，杵筑的大神会离开神社大殿，穿越镇上的所有街道，沿着海岸最终来到国造的宅邸。为此，这一天国造总是要离开自己的家，另寻安身之处。现如今，尽管国造已不需要再离开家，但他和他的家人仍要退居到同一间屋内，以便将更多的房屋腾出来供大神使用。为此，这一天仍被称作国造的"逃身日"。

大国主神穿过街道时，总是会有一位高级神官随身相伴。这位神官，古代称为"别火"。"别火"一词来源于"特别灶火"，原指"圣火"。为了保持对神明的纯洁，节日之前的一个星期内，号称"别火"的神官只能食用以圣火烹煮的饭食。"别火"一职采取世袭制，后来则演变成为了家族的姓氏。现如今，主持这一仪式的神官已经不再被称为"别火"。

直至今日，如果履行这一职责的"别火"在大街上遇到行人，他仍然会大声地呵斥："狗崽子，闪开路！"自古以来，普通百姓就相信，被神官这样训斥，早晚会变成一条狗。为此，在"逃身日"的当天，某一时刻后便没有人出现在大街上。即使现在，遇上"神幸祭"，依然很少有人离家外出。

伴随大神穿越整个小镇后，"别火"会在凌晨两三点钟，在海边举行一个神秘的仪式（这种仪式每年都会在同一时刻举行），只是除了作为神官的"别火"本人以外，任何人都不得到场。人们至今仍然相信，如果有谁不幸看到了这个仪式，就会立刻丧命，或者变成一只野兽。

这种仪式极其神圣，以至"别火"死后，方能够说出仪式的秘密。作为神官的"别火"，死后尸体被安放在神社密室的榻榻米上，所有门窗紧闭，只有"别火"的儿子留在尸体旁边。待夜间某个时刻，死者灵魂回到躯体内，神官抬起身子，在儿子耳边窃窃私语，并将秘密传授给儿子，随即再次倒下。

有人可能会问，这一切与青铜马又有何相干？

如此说来，倒也并无特殊关系，只是在"逃身日"那天，杵筑的大国主神总是会骑着这匹青铜马，穿越杵筑小镇的大街小巷。

七

在出云，夜间时常在镇上奔走的雕像，远不止青铜马一尊。此外至少有二十几种艺术神器，具有或者曾经具有类似的可怕倾向。据我所知，在杵筑神殿的入口上方，雕刻着一条翻滚着的巨龙，常在夜间爬上屋顶，直到被一位木匠用凿子割断了喉咙，才最终停止了夜间巡游。人们可以看到那条巨龙喉咙上被凿子凿过的痕迹。在松江雄伟的春日神社，有一雌一雄两只实物大小的铜鹿。在我看来，它们的头原本是分开铸造，之后被巧妙地安装在了躯干上。可一些热心的百姓告诉我，它们原本是两尊完整的铜像，后来为了让这两只铜鹿夜间保持安静，不得不砍掉了它们的鹿头。夜间遇到的此类怪事中，最令人感到郁闷的，莫过于松江月照寺境内的怪兽乌龟，那里同时也是松平家世代的祖坟。这一石雕巨像长约一丈七尺，头顶离地面高达六尺有余。在它那已经断裂的龟背上，立着一块近九尺高的石碑，上面的碑文早已模糊不清。按照出云人的说法，这只怪兽夜间四处乱窜，竟然企图跳进附近的莲花池游荡一番。传说，它的脖子就是因为图谋不轨而被砍断的。事实上，那东西怎么看也像是在地震中遭到了毁坏。

八

杵筑，七月二十五日。

今天是杵筑大社每年一度的"天神祭"。这是祭祀学问之神、书圣天满天神的节日。在杵筑，人们依照古老的习俗，每年都要举行一次"天神祭"。在日本的其他地区，这一节日或许早已被淡忘。人们在寺院周围搭建起临时商亭，悬挂起数百个白色长幡，上面刻印着书法范例。杵筑城里的每位小学生，都把自己的优秀作品拿来展出。作品只能用汉字书写，不可以使用日语的平假名或片假名，内容大多取自孔子或者孟子的篇章。

对我来说，展出的象形文字简直近乎完美，堪称奇迹，它们均出自年幼的少年之手。日语中的"书写"一词，同时意味着完美艺术的"描绘"。我曾经有幸观摩尝试教英国儿童书写日语汉字，指导那些孩子们的是一位日本的书法大师。英国儿童与同龄的日本小学生坐在同一张长凳上一起学习，英国孩子无论如何也不能像日本孩子那样写出一手好字。英国儿童内在的传统意识，导致教员无法教会他们使用毛笔写出工整的汉字。我觉得，日本的孩子也并非自己在写，他们的祖先驱动着他们手中的毛笔，引导他们写出各种文字。

在我看来，日本孩子们写的那些文字再好不过，但却远远未能赢得我的日本同事的赞赏。他本人是一位经验丰富的教师，"其中大部分作品非常糟糕"，他这样评论道。当我还在为他主观武断的批评感到困惑时，他却用手指着其中一幅小字书法作品补充道："只有这幅作品还算不错。"

"为什么？"我冒昧地问了一句，"这幅作品字很小，似乎并没有花费很大力气。"

"噢，这与字体大小无关，"他打断了我的话，"问题是间架结构是否合理。"

"可我还是不明白，为什么在我看来十分完美的作品，你却说非常糟糕？"

"你当然不可能理解，"他越发严厉地回答道，"你需要学习几年时间才能够理解，但即使如此——"

"但即使如此？"

"噢，即使如此，你也只能理解一半。"

从那以后，我决定不再对书法妄加评论。

九

今天这里举行"天神祭"，杵筑城里及周边地区所有人都聚集到了杵筑大社，把个宽阔的大社院内挤得水泄不通。人们不得不放慢脚步，沿着一条狭窄的堤坝，朝着人工湖中央小岛上的一座小寺庙走去。我第一次到访这座寺庙（杵筑大社非常之大，一次无法全部参观完），它的名字叫"天神宫"。正殿前，人们击掌合十的声音仿佛瀑布倾泻而下，成堆的碎钱、成斗的稻米被一把把地扔进放置在大殿前巨大的木箱内。幸运的是，像日本其他地区一样，这里的人们行动井然有序，使我得以从多个角度观察到更多东西。我在天神宫的功德箱内投入了一些小钱，随后便把注意力集中到了大殿外一排玩具店的展示台上。

在日本，几乎每个庙会上都会有大量的玩具出售。人们在寺院内临时搭建一条小街，以吸引更多的人驻足观看。每一个庙会都是孩子们的节日，每一位母亲都会在庙会上给孩子买一些玩具，即使再贫穷的母亲也能够买得起。这里的玩具价格从两厘到三四钱不等，超过五钱的玩具很少出现在这些小店铺中。尽管价格低廉，这些看似脆弱的玩具却充满了美感和丰富的想象力，对于了解和热爱日本的人来说，它们远比巴黎玩具制造商发明的昂贵玩具更有意思。只是对于英国孩子来说，这里的玩具大都会令他们迷惑不解。我们不妨拿来一些看看。

这里有一个小木槌，木槌把柄的末端镶着一个松软的小球，那是为婴儿吮吸用的。木槌的两头绘有神秘的太极图，像是两个巨大的逗号，相互结合形成一个完美的圆。你或许在罗威尔先生①《远东的灵魂》一书的扉页上见到过它。在你看来，或许那只是一个小小的木槌，没有任何意义。可是对于日本的小孩子来说，它却充满了丰富的想象。它是杵筑大神——大国主神，俗称大黑神——手中的铁锤。大黑神是财富之神，它铁锤一挥，便把财富带给了无数崇拜者。

或许这只小鼓，在你看来没有任何宗教意义；还有这只大鼓，它的每一面都印着三个像是逗号的太极符号。这在西方从未见过，它们是神道神社或者佛教寺庙中所使用的鼓的雏形。这张奇特的小桌子是一个小型的三宝台，上面供奉着献给神灵的供品。这顶有趣的帽子，是仿效神官的帽子制作的。这是一个玩具神龛，只有不足四寸高。这串系在木柄上的小铃铛，看上去像是西方的铜铃，它可是巫女们在众神面前跳舞时使用的神铃。这张胖乎乎面带微笑的脸蛋儿，额头上还点着两个小红点儿，那是黏土烧制的面具，是传说中天宇受卖命的形象，被称为"阿多福"，她用自己的欢歌笑语引诱太阳女神走出了黑暗的洞穴。这是一位小神官，穿着一身盛装，只要拉动他两只脚下的那根绳索，他就会拍拍小手，像是在向神灵祈祷。

这里还有许多其他玩具，它们对于外行的西方人来说显得神秘莫测，但对于日本孩子来说却让他们充满了欢乐。在远东的信仰当中，神灵不过是祖先的灵魂，他们既不冷酷也不阴险，佛陀和菩萨同样也都是人。幸运的是，西方传教士至今没有能够成功地教导日本人，让宗教成为一件可怕的事情。那些神明

---

① 帕西瓦尔·罗威尔（Percival Lowell）（1855—1916），美国业余天文学家，曾在日本待过一段时间，并出版了《远东的灵魂》一书。

永远都在微笑着，如果你看到有一尊佛像表情苦涩，例如不动明王，那么它也只是在故作姿态。只有死神阎魔王，看起来似乎有些令人惊骇。在日本人的心目当中，从来没有想到过宗教会令人生畏，不可被拿来戏耍。这里还有许多神灵及其圣徒的玩偶，它们是美丽的书圣"天满天神"、面带欢笑的"宇受卖"、像个开心学童的"福助"、来自不同宗教派别的"七福神"，还有"老寿星"，他是长寿之神，他的头长得很长，以至理发师要借助梯子才能够剃掉他头顶上的毛发。此外还有肚子像气球一样大腹便便的"布袋和尚"、怀里抱着条鲷鱼的渔民的守护神"惠比寿"，以及因坐禅而失去双腿的佛陀弟子"达摩"。

这里还有一些玩具，尽管它们没有任何宗教意义，外国人却很难猜测出它们的真实含义。比如这只小狸獾，它用两只前爪不停地敲打着自己的肚皮。据说狸獾能把肚子当成鼓，坊间的迷信传说赋予了它各种超自然的能力。关于这个玩具，还有一个美丽的传说，一个猎人因赦免了一只狸獾的性命，从而得到了一顿丰盛的音乐晚宴。这是一只野兔，它坐在木杵柄的一端，木杵水平地架在一个轴上。只要拉动一根细绳，木杵就会动起来，像是兔子在操纵着杵棒上下摆动。如果你在日本待上一个星期，你就会知道这是一根捣米的杵棒。通常人们用脚踩住一端，以使杵棒上下移动。可为什么会是兔子？因为兔子来自月亮，它被称为"捣米兔子"。晴朗的夜晚仰望星空，面对月亮你可以看到兔子在月亮上捣米的情景。

下面，让我们再来看一看，这里还有哪些物美价廉的好玩意儿。

"蜻蜓"。用两块小木片连接在一起构成 T 字，下半部分是一根小圆棒，大概和火柴棍一样粗，长度是火柴棍的两倍；上半部分是扁平的，并涂有彩色条纹。如果你善于观察，你会发现上半部分的扁片沿两侧构成一定的角度。将小圆棒夹在两只手掌中间迅速搓动，然后猛地松开手，瞬时间，这个奇怪的小玩具便会旋转着疾速飞向天空，慢慢地滑行至远方，至少用肉眼看上去像是一只蜻蜓在空中盘旋。现在，你会发现上面的彩色条纹开始派上了用场。当"蜻蜓"飞舞时，那些颜色看起来就像是真正的蜻蜓飞来飞去，甚至发出的声音也像是蜻蜓翅膀在嗡嗡地呼啸。这项有趣的发明，其原理与飞镖非常相似。一个真正的行家，甚至可以让他的"蜻蜓"在飞过一个宽敞的空间后再次回到自己的手中。

只是，不是所有的"蜻蜓"都制作得那么精确。我们很幸运！售价不过一钱的十分之一。

这里有个玩具，看起来像是用一根铁丝穿成的竹弓。铁丝被卷曲成弹簧形，上边有一对小鸟，悬挂在金属环上。当竹弓被垂直举起时，两只小鸟位于弹簧的顶端，因自身的重量旋转下降，像是在互相环绕着飞行，金属环滑过弹簧丝时发出的摩擦声，仿佛小鸟在叽叽喳喳地叫个不停。一只小鸟头朝上，另一只则尾巴朝上。待小鸟到达底部，倒转竹弓，小鸟就会重新开始盘旋飞行。售价两钱，因为铁丝的价格昂贵。

"猴子"。一只荣耀的毛绒猴，蓝色的脑袋，红色的身躯，怀里抱着一根竹竿。在它的脚下有一根竹坯弹簧，只要按动一下弹簧，它就会跳到竹竿顶上。售价八分之一钱。

另一只可敬的"猴子"，动作起来比较复杂，需要花一钱硬币。拉一下它的尾巴，它便双手交替着爬上一根金属丝。

"鸟笼"。一个金光闪闪的小笼子，里面有一只小鸟，还有几朵梅花。按一下笼子底部的边缘，一个小风管里就会发出鸟的啁啾声。售价一钱。

"杂技演员"。一个四肢灵活的小木人，双手吊在两根竹棍之间紧绷的绳子上，两根竹棍相互交叉形成剪刀状。按住竹棍末端，杂技演员就会把双腿搭在绳子上，坐在上边，并屈身向前翻起筋斗。售价六分之一钱。

"伐木工人"。一个日本劳动者的形象，腰里围着一块兜裆布，站在一块木板上，手里拿着一把长锯。拉一下他脚下的绳子，他就会拼命地锯起木头。请注意，他在锯木头时，是像日本的木匠那样拉锯，而不是像西方的木匠那样把锯朝外推。售价十分之一钱。

"智能板"，或者叫作"智能链"，这是一种由大约十二块方形木板组成的链条，用丝带连接在一起。将木板垂直摞起来与链条呈直角，翻转最底下的一块木板，其他木板则以奇妙的方式互相翻滚，并且不会散开。甚至成年人也可以开心地玩上半个小时。这是一个机械调节的神奇魔法。售价一钱。

"狐狸"。一个有趣的闭着眼睛的扁平纸面具，拉一下后面的纸滑板，它就会睁开眼睛，伸出一条长长的舌头。售价六分之一钱。

"哈巴狗"。这是一只小白狗，脖子上戴着项圈，像是在发出吼叫。按照佛教的理念，我认为这个玩具似乎有些不道德。因为只要你拍打它的头部，它就会痛得发出一声尖叫。售价一钱五厘，相当昂贵。

　　"相扑手"。一位崛起的小法师，永不言败的大力士。这个小玩具更加昂贵，因为它是陶土烧制的，而且颜色非常漂亮。这位大力士蹲在地上，无论你把他推向何方，他总是会重新直立起来。售价两钱。

　　"向陛下行礼的小男孩儿"。这是一位小学生，肩上背着一架手风琴，边拉边唱着日本的国歌——《君之代》。玩具底部有一个小风箱，拉动风箱，男孩儿的手臂就会随之动起来，像是在弹奏乐器，同时发出一阵尖细的声音。售价一钱五厘。

　　"磁铁"。和前面一样，这是一个颇现代化的玩具。在一个小木箱里，放着一块磁铁和一个用红木制作的陀螺，一根铁钉从陀螺中间穿过。用手指转动陀螺，然后将磁铁移至铁钉上方。这时陀螺被磁铁吸引，悬浮在空中旋转。售价一钱。

　　要想将那里的玩具全都看完，至少需要一个星期时间。这是一个纺车模型，造型绝对完美，只需五厘钱。这是一些小泥龟，把它们放进水中，它们会游来游去，售价为一厘两只。这是一盒玩具武士，金戈铁甲，只售九厘钱。这是一个风车，一只木头哨子前安装了一个纸风轮，只要吹响哨子，哨子里的风就会带动纸风轮急速旋转，售价三厘。这是一个四股的小折扇，平时放在扇套里，打开时形如一支美丽的花朵，售价一厘。

　　在我看来，众多玩具当中最迷人的，还是一个"小人偶"，或者叫作"小美女""小美人"。她的身子如同幻影，只在一根扁平的枝条上贴了一张纸和服，她的头饰无异于一件艺术品。她长着一张椭圆形脸蛋儿，有着一对明亮的大眼睛，显得有些害羞，梳着一头美丽的少女发，头发扎在一起像一片叶子向上卷曲着，看上去格外动人。从某种意义上说，这个玩具就是一个完美的头饰模特儿，它再现了日本少女和新娘的真实发型。只是在我看来，"小美女"的面部表情才是这个"小人偶"最具魅力的地方。她面带羞涩，楚楚动人，可爱得无法形容，让人联想到现实中的日本少女。整件玩偶用一张皱纹纸做成，上面巧妙地涂了些浪漫的色彩。在如此众多玩偶当中，没有哪一件重复。倘若你长期居住在日本，熟悉他们的生活，任何一件这样的"小人偶"，都会让你联想起自己曾经迷恋过的美丽面孔。只是这些小玩偶都是用来送给小女孩子的，售价五厘。

十

借此机会，我想讲述一些有关日本娃娃的事情，其中有些或许你从来没有听说过。它不是我刚才说过的那个"小人偶"，而是像两三岁孩子一样真人大小的漂亮娃娃。这些玩具娃娃虽然比我们西方的洋娃娃造价低廉，而且结构简单，可拿在日本女孩儿们的手里却变得非常有趣。这些娃娃穿着华丽，一对斜视的小眼睛，剃着光头，面带笑容，形象逼真，多么敏锐的眼睛也会被它们欺骗。在日本的开放港口，出售着一些表现日本人传统生活的照片，其中最多的是趴在母亲背上的婴儿，而这些婴儿大多是玩具娃娃。即使再精密的照相机，也无法泄露天机。如果你走近那些玩具娃娃，看到它被母亲操纵着，伸伸胖胖的小手，踢踢光着的小脚，转动一下头，你绝对不敢贸然打赌，说它就是一个玩具娃娃。即使有人告诉你那只是个玩具娃娃，可当你单独和它在一起时，你仍然会感到紧张，因为它给你带来的错觉，实在近乎完美。

现在，流行着一种信仰，认为有些人偶的确活在人间。

从前，这种信仰同样十分普遍。据说，有些人偶代表着神灵，受到人们的崇拜，它们的主人同样令人羡慕。主人把它们当作儿女对待，定时给它们喂养食物。它们有自己的床，有很多漂亮的衣裳，甚至还有自己的名字。如果是女孩儿，就取名"阿德"；如果是男孩儿，就取名"德太郎"。人们相信，如果怠慢了这些人偶，它们就会发怒，甚至哭泣；如果虐待了它们，全家人都会遭受厄运。不仅如此，人们还认为这些人偶具有超自然的非凡能力。

从前，松江城里的武士千石家里有一个人偶德太郎，在当地的名声不亚于鬼子母神，被朝夕供奉在家中，为的是祈求夫人早生贵子。没有孩子的夫妇常去他家借来这个娃娃，将它保留在家里，给它添置新衣，盛情款待一段时间后，再满怀感激地将它送回主人家。我敢说，所有虔诚祈祷的人，都如愿以偿地做了孩子的父母。有人传说"千石家的人偶可以显灵",有一次房子着了大火,德太郎自己从家中跑了出来。

有关人偶,日本人的想法似乎是这样的。新买来的人偶只是一个娃娃。可是如果它在一个家庭中保存多年,伴随一代又一代孩子们成长,被孩子们所喜爱,逐渐地它就获得了灵魂。我曾经问过一个漂亮的日本小女孩:"怎样才能让自己的娃娃说话?"

这个小女孩儿回答道:"如果你喜欢她,她就会跟你说话。"

勒南①认为,神是在不断地进化的。这个孩子发自内心的声音,不正反映出这一理念吗?

<h1 style="text-align:center">十一</h1>

可是,即使再心爱的娃娃,经过岁月的磨砺最终也会损坏。当一个人偶被认定已经死去时,它的残骸依旧受到人们的尊重。人们从不会将人偶的尸体无情地抛弃;它们不会像供奉在神社里的供品那样,最终被焚烧或者被扔进清流之中;它们也不会像尸体一样被埋进土里。你或许想象不到,它们最终都去了哪里。

它们最终被奉献给了"荒神"。那是一个神秘的神灵,一半属于佛教,另一半属于神道。古代佛教中的荒神,有着无数条手臂,而出云神道中的荒神,至少在我看来,并不代表着某种艺术形象。在几乎所有神道的神社或者佛教的寺院里,都种植着一种朴树。百姓们视其为圣树,认为荒神就住在里面,为此他们总是会对着朴树祈祷。通常,朴树前设有一个小神龛,竖立着一座鸟居牌坊。在祭祀荒神的神龛里,或者朴树下,抑或是树洞中,人们经常可以看到一些可怜的人偶残骸。在有生之年,很少有人愿意把自己的人偶奉献给荒神。如果你看到有人偶被放在荒神面前,那么几乎可以肯定,一定是哪位贫苦妇女刚刚去世,这是她少女时期的遗物,甚至可能是她的母亲、或者她母亲的母亲少女时

---

① 厄内斯特·勒南(Ernest Renan)(1823—1892),法国十九世纪著名的哲学家、历史学家和宗教学者,著有《基督教起源的历史》一书。

的纪念。

十二

现在，我们要去观看一场"丰收舞蹈"，它将于晚上八点正式开始。天上没有月亮，夜色一片漆黑，宫司家宽敞的庭园里却是灯火通明，近百盏灯笼一齐点亮，高悬在庭园中央。我和我的朋友被安排在凉亭中最佳的位置，面朝庭园坐下，宫司还为我们准备了美味的晚餐。

凉亭前早已聚集起数千人，其中有杵筑的年轻男人、附近的农民，有妇女、儿童，还有上百名年轻的姑娘。园子里人山人海，很难想象这里能够举行舞蹈晚会。在万盏灯火的照耀下，整个庭园鼓乐喧天，像是要迎来一场狂欢节的盛装表演。农民们有的穿着古老的蓑衣，有的头上扎着蓝毛巾，有的戴着一顶巨大的蘑菇帽，所有人都把蓝色和服的下摆紧紧地系在腰间。年轻的市民则不拘一格，他们乔装打扮，有的男扮女装，有的穿一身警察的帆布制服，有的则披着一件斗篷，像是墨西哥人身上的披肩。年轻的工人穿着工作时的便装，袒露着大腿赤膊上阵。姑娘们则衣着鲜艳，她们穿着红宝石般的和服，外带浓重的灰色、褐色和紫色和服，腰里束着精美的花纹腰带。其中最具品位的，当数上层社会少女们一身简洁优雅的黑白礼服。那是专为舞蹈而设计的，平时无法穿在身上。一些害羞的姑娘，将宽大的草帽边系在脸颊上，遮住了洁白的面孔。至于孩子们的"美味"服饰，则更是像飞蛾和蝴蝶一样变幻无穷，让我眼前一片迷茫，无法贸然评论。

熙熙攘攘的人群中间，一个巨大的米臼底朝天放在院子中央，只见一位穿着草履的农夫轻轻地跳上米臼，他头顶一把撑开的纸雨伞，站在了上面。无疑，此时老天并没有下雨。他是领唱者，全出云最著名的歌手。按照传统习俗，"丰收舞蹈"的领唱者在唱歌时，总是要在手上撑起一把雨伞。

突然间，刚刚来到凉亭前立足未稳的宫司一声令下，领唱者的声音像一只银色的小号，在众人一片欢笑声中嘹亮响起，领唱者开始唱起了"丰收节之歌"。那奇妙的嗓音，美妙的旋律，充满了颤音，也充满了甜蜜，低回婉转，在庭园四周久久回荡。领唱者站在高台上，一面唱着一面慢慢地转动起身子，手里始终撑着那把雨伞。他不停地从右向左旋转，每到两段歌词结尾处，便稍加停顿，于是人们开始大声地迎合着："呀、哈、托、呐咿！呀、哈、托、呐咿！"随着一阵歌声，人群迅速分离，形成两个巨大的舞圈，里一圈外一圈，其余的人则自动后退，给舞蹈队伍腾出空间。紧接着，这个由五百名舞蹈者组成的大型双轮舞圈，也开始从右向左慢慢地旋转起来。那轻盈的舞姿，优美的舞步，伴随着歌声浑然一体，整个舞蹈队伍以领唱者为轴心，形成了一个旋转着的巨大车轮。领唱者则站在高高的米臼上，手里撑着雨伞，慢慢地唱道：

> 一谢出云大社神灵，
>
> 二谢新潟色神，
>
> 三谢赞岐金比罗神，
>
> 四谢信浓善光寺神，
>
> 五谢一畑药师菩萨，
>
> 六谢六角堂地藏菩萨，
>
> 七谢七浦惠比寿神，
>
> 八谢八幡宫八幡大神，
>
> 九谢高野寺庙诸神灵，
>
> 十谢当地之氏神。

紧接着，全体舞蹈者一齐高唱：

> 呀、哈、托、呐咿！
>
> 呀、哈、托、呐咿！

这个不停旋转着的"丰收舞蹈"，与我去年在下市看到的盂兰盆舞完全不同，在我看来后者更像是"鬼舞"。"丰收舞蹈"轻盈优美，同样让人难以描述。舞蹈开始，每位舞者分别从左向右相互交替旋转半圈，同时略微弯曲双膝并举起

174

双手，像是擎起一件重物。接下来男舞者急促地抖动起上身，女舞者同样摇摆起腰肢，中间像是一汪清泉穿流而过，看上去妙不可言。与此同时，五百名舞蹈者伴随着悠扬的旋律转身、拍手、跺脚，动作整齐划一，与音乐完美地融合在一起，仿佛置身于同一个神经系统的制约之下。

要想掌握一首日本的民谣，或者一段日本的舞蹈简直比登天还难。原因就在于，那种民谣和舞蹈，源自日本传统的民族意识，这种意识与西方的审美观念截然不同，就像英语和汉语根本是两回事一样。这种祖传的旋律不可能引起西方人的共鸣，西方人也不可能对它有深刻的理解，更不可能立即产生与之相应的冲动。尽管如此，如果你长期居住在东方，熟悉那里的生活，同样可以感受到舞蹈的动作该有多么振奋，音乐的旋律该有多么扣人心弦。

我知道，这场舞蹈晚会开始于八点钟。领唱者已经不停地歌唱了很长时间，并且已经由第二位歌手接替。此时，这个巨大的舞圈看不出一丝松懈的迹象，依旧在不停地旋转着，并且随着夜色的加深还在继续扩大。现在，第二位领唱者也已经由第三位领唱者接替，而我本人的兴头更是有增无减。

"你知道现在是几点钟了吗？"我的朋友问道，同时看了一眼自己的手表。

"快要十一点了吧！"我回答道。

"十一点？差八分钟不到三点！看起来天亮之前，宫司没有多少时间睡觉了。"

第十二章　在日御碕

一

杵筑，一八九一年八月十日。

我的日本朋友劝我探访日御碕，那里从未有西方人到访过。日御碕有一座远近闻名的双栋式建筑的神社，名叫日御碕神社，供奉着天照大神和建速须佐之男命两位姐弟神。日御碕是一个小村庄，位于离出云约八公里以外的海岸上。从内地出发可经山路到达，但路途崎岖，颇费周折。如果是晴天，乘船去日御碕则异常舒适。为此我和一位朋友，乘一条舒适的渔船，由两位熟练的年轻渔民划桨，开始了日御碕之旅。

离开美丽的稻佐海湾，我们沿着海岸线向右行驶。这一带是陡峭的悬崖，放眼望去看不见一片沙滩。在我们的下方，清澈的海水随着深度的增加逐渐变得漆黑一团，幽深处不时地显露出参差不齐的岩石，捕捉着水深十五米以下的寒光。小船沿着悬崖脚下向前行驶，船舷边峭壁高达百米乃至数百米，呈铁灰色从海面上腾空而起。悬崖顶上几株稚嫩的松枝和绿色的小草，在海风中不停地摇曳。整个海岸怪石突兀，沟壑纵横，高低起伏，毫无规则可言。大量的岩石从悬崖边坠入海底，黑色的废墟延伸至水面，使得这一带海面显得异常阴森。小船时而在两座岩石间行驶，时而从迷宫般暗礁中蜿蜒穿过。舵手灵巧地变换着方向，小船左右迂回，像是胸有成竹，一路破浪前行。小船再次驶过一座岩石密布的小岛，棱柱形的礁石上面长满了厚厚的海草。当地渔民把这种奇形怪状的礁石称为"龟壳石"。传说，大国主神曾经来到这片海岸，为了显示他力大无比，将一块玄武岩高高举起，隔海扔到了对岸的三瓶山上。据说至今，三瓶山脚下仍然可以见到杵筑大神投来的巨石。

伴随着我们一路航行，海上的岩礁也开始变得越发坚硬、光滑，看上去十分恐怖。沉入海底的暗礁险滩，浮出水面的怪石奇岩，更是接连不断地从船边掠过，给航行带来极大风险。地层的龟裂，将裂痕从三十寻（约五十米）深的海底透过岩块一直伸向海面。突然，我们的小船朝着一座黑色的岩壁直冲而去，像是一把矢箭射入一道巨大的缝隙之间。那是一条高耸的地震裂带，两侧宛如峡谷之间垂直的峭壁。看！前方射来一道白光。那是大自然造就的海峡，是通往前方海湾的捷径。我们用十分钟时间穿过这道海峡，再次来到一片开阔的水域，日御碕就在眼前。那是一个半圆形的海岸，沿海湾聚集着一排排民宅，中间有一个缺口，缺口前方依旧立着一座鸟居牌坊。

我见过许多海湾，这里的海湾尤其奇特。不妨想象一个巨大的岩壁，被海水撕裂后又被凿成与海面齐平，在陆地上留下一个巨大的扇形沙滩。原有的岩壁残骸依旧立在沙滩上，形成一个高大的方形石塔，塔顶上挺立着几棵老树。离海岸近九百米远的海平面上，威严耸立着一座三十米高的小岛，那便是著名的"文岛"，或曰"经岛"。据说我们此次前去参拜的供奉着天照大神的神社，从前就坐落在那座小岛上。大自然以其惊人的力量，不仅开拓出日御碕海湾，还从这钢铁般坚硬的岸边岩石上，分离出了庞大的文岛。

渔船靠港，我们从日御碕港的右侧上了岸。这里依旧没有沙滩，靠近岸边的海水呈深黑色，上岸后便是一条陡峭的坡道。我们登上一座高台，一幅奇特的景象展现在我们面前。几百支竹架上，晾晒着无数只淡黄色的东西，形状有点像晾衣架。起初我并没有看清那是什么，走近后我才发现了其中的奥秘。原来是成千上万只乌贼鱼，在阳光下被晒成鱼干。我怎么也想象不到，这片水域里会有如此多的墨鱼。它们的大小几乎没有差别，一万只墨鱼当中的长度之差不会超过一两厘米。

二

日御碕的海港大门，是一座由白色花岗岩大理石筑成的大鸟居牌坊，看上去十分壮观。穿过牌坊，我们来到了小镇的主要街道。街道十分宽阔，长约一公里左右，之后便进入一条普通公路。沿公路上坡，前面是一座灌木丛生的小山，道路最终消失在绿荫中。走进小镇，沿街道右侧是一片灰色的木屋，门前搭着凉棚和阳台，并排一些商铺和渔民的两层小楼。在这些建筑物的前面，依旧是一排排竹架，上面晾晒着数百万条刚刚捕获的墨鱼。街道的另一侧是一道石墙，像是古代大名的城堡，上面是一排高耸的木制胸墙，胸墙上穿插着门栏。墙内屹立着酷似杵筑大社的巨型屋顶，背后是一座美丽的绿色山丘，这便是日御碕神社。但是想要进到神社里面，还要走相当一段距离，需要沿着公路绕到寺院的正门。正门位于腹地的另一端，门前是一排宽阔的花岗岩石阶。

日御碕宏伟的寺院，令人惊叹不已。其进深堪比杵筑大社，虽不如杵筑大社幅宽，但两侧石铺的回廊依然十分壮观。走进神社大门，一条宽阔的青石板路，直通神社尽头的大殿和社务所。这两座建筑庄严而典雅，顶部是由横梁组成的屋顶，大殿屋顶上方更是矗立着一座古朴的山墙。背靠大海，依山而立的这座日御碕神社，供奉着太阳之神——天照大神。寺院右侧另有一排宽阔的石阶，登上石阶进到另一座院内，那里有一组相同的拜殿和祠堂，只是规模较小，像是下面那些巨型建筑的缩小版。寺院内两座木制建筑看起来很新，里面供奉着天照大神的弟神——须佐之男命。

三

在我看来，建筑规模如此之庞大，维护成本如此之高昂的日御碕神社，却坐落在日本的一个偏僻荒芜的小渔村，这本身就是个奇迹。可以肯定，仅仅依靠当地渔民的捐献，甚至不足以支付一位神职人员的薪水。与杵筑不同，日御碕不是一个全天候可以到访的地方。我的朋友也同意这种看法，不过他告诉我，日御碕神社有三个主要资金来源。首先是政府的资助，其次每年都会从虔诚的商人那里得到巨额的捐款，最后从神社拥有的土地获得的收入也很可观。最近，这里似乎又要有一大笔支出，因为那两个较小的宫殿刚刚修缮完毕，美丽的梁柱还没有涂漆，甚至散发着香气的木屑还没有被完全清除。

在社务所，我们有幸见到了日御碕神社的宫司。那是一位英俊的壮年男子，长着一副只有在日本的贵族阶层才能够见到的雄鹰般的脸庞。他留着一撮浓密的黑胡须，尽管一身神官装束，看上去却像是一名退役军官。我们有幸得到宫司的许可，正式参拜神社大殿，并由一位神官引导着参观了整个神社。

我原以为像杵筑大社一样，在这里也能够见到一个充满古朴气息的神社。出乎我的意料，这个供奉着太阳女神的神殿却是如此辉煌，我开始怀疑自己是否真的置身于一座神道的寺庙当中。老实说，这里看不到任何纯粹神道的东西，那些神殿属于著名的两部神道时期的建筑。这一时期，佛教开始渗入日本的传统信仰当中，佛教与神道融合为一体，并吸收外来宗教的礼仪及其装饰艺术，最终确立了自己的建筑风格。我参拜过东京许多大的佛教神殿，却未曾见到过哪个神殿可以与日御碕神社相媲美。神殿精美的房间仿佛一座宝石箱，精心设计的四梁八柱涂着朱红和金色的油漆，祭坛上的雕刻装饰异彩纷呈，天花板上布满了巨龙祥云。毋庸置疑，那些业已归天的五百年前的装饰大师们极力追求的是色彩的协调，外表的融合，其中既没有奢侈，也没有炫耀，只有沉浸百年的光华。

这座神殿，四周被明亮的外廊包围，遮挡住下方的视线。漫步在廊道之中，可以欣赏到环绕在大殿墙壁上精美的雕刻群，它占据了门楣及屋檐下方的大部分空间。这些雕刻作品，在数个世纪的风雨飘摇中，虽然饱经西海岸恶劣天气的风霜，却依然风韵犹存。其中有透过雕刻的枝叶窥视下界的猴狲、白兔、信鸽和魔鬼，还有在暴风雨中翻滚着的巨龙。我仰望着这一幅幅作品，却被那独特的天鹅绒般华丽的木制屋檐所吸引。这个位于屋瓦下方的屋檐足有一尺多厚，我踮起脚便可以触摸到它的下沿。我感觉，实际触摸起来比看到的更加柔软。待我仔细观察，却发现这个巨大的屋顶并非实木建造，其中只有椽子是实在的木头，椽木所支撑的巨大屋顶，由无数张薄瓦一样的木板组成，这些木板相互叠加并黏合在一起，形成一个看似坚固的木块。据说这种复合木板，比起任何加工木料都更加耐久。经过长期风吹日晒，木板边缘看起来就像是一本翻旧的书卷，那天鹅绒般黄色的外表同样像是一本旧书。我禁不住用手捻了捻它的外缘，开始寻找起上面的书名和页码。

我们随后参观了那座较小的神社。正殿内同样是雕梁画栋、描金涂银，祭坛下方还悬挂着一幅画，绘着一群奇怪的狐狸，徜徉于山谷之间。只是由于年代太久，画面已经变得模糊，上面的颜色也已经脱落。正殿外面，同样有一组精美的雕刻，亦是出于神殿群雕的工匠之手。

据我所知，在这两座神社当中，只有正殿里的神龛依然古老，其余部分都曾经历过多次重建。较小的神社正殿建筑，除了神龛以外都刚刚经过重修，目前整修工作还没有完工，为此神像暂时不在神殿。神龛本身不会改变，只是在大殿重修后将其包含在其中。修复或者重建这些神龛并非易事，建造它们的传统工艺早已失传。幸运的是，它们的材料完好，漆面完美，历经数个世纪几乎很少受到侵蚀。

还有一个惊喜在等待着我，那就是宫司邀请我们，在他的私人宅邸共进晚餐。这种热情的款待更是令人高兴，因为在日御碕没有酒店，只有一个为朝圣者提供的小客栈。宫司在日御碕的祖传宅邸，占地面积堪比日御碕神社的寺院，捎带着还有一个大花园。像大多数贵族武士的老式住宅一样，这座宅邸只有一层，它的地板高架出地面，堪称一座山间别墅。每一间房屋都是那样的宽敞明亮，显得非常气派，其中还有一间铺着上百张榻榻米的房间。我们享用了一顿丰盛的家宴，配上香甜的米酒，其中有一道菜让我终生难忘。起初我还以为那是菠菜，后来才得知那原来是一道精心烹制的海草。那不是普通的海草，而是一种罕见的、像绿苔一样纤细的食用海草。

告别了盛情的主人，我们漫步登上一座小山，向村头走去。刚刚离开一排排墨鱼，道路两边又迎来了一片片草席，上面晾晒着一堆堆兰草植物。这座小村庄直通山顶，那里同样立着一座巨大的花岗岩鸟居牌坊。这座建筑十分笨重，很难想象它是如何被抬到山顶上来的，就像人们无法理解英国著名的巨石阵是如何被搭建起来的一样。穿过这座鸟居牌坊，道路开始坡形下展，一直延伸至位于海岬另一端的美丽海港——宇龙港。日御碕一如其名，它坐落在海岬朝阳一侧，由此构成一条形似巨龙的山脉，一直延伸到日本海。

四

日御碕神社宫司的家族，是出云的古老贵族之一，这个家族中的女人至今仍被赋予"公主"的称号。就像杵筑的宫司被称为"国造"一样，日御碕神社宫司古代的官称是"检校"，日御碕神社宫司家族与杵筑的宫司家族关系十分密切。

在日御碕检校的漫长历史当中，有一个既动人又可怕的传说，这一传说为封建时期的日御碕社会投下了一道特殊的阴影。

七代以前，出云的大名松平侯第一次正式隆重造访日御碕神社时，曾经受到检校的盛情款待。那时的盛筵，就是在我们今天有幸见到的那间铺着上百张榻榻米的房间里举行的。按照习俗，宫司的娇妻要用美酒佳肴亲自招待这位尊贵的客人。宫司的妻子长得异常美丽，不幸的是她的美貌迷住了这位大名。大名以王者的傲慢，要求这位妻子离开她的丈夫，成为自己的妻妾。宫司的妻子惊恐万分，但她不愧为武士的女儿，立刻勇敢地回答道，自己是一个充满爱心的妻子和母亲，与其就此抛弃丈夫和孩子，不如亲自结束自己的性命。听到这话，出云的大名一句话没说，闷闷不乐地离开了宫司家，却让这个家庭陷入了极度的悲痛和焦虑之中。众所周知，松平侯从来不会轻易放弃自己的想法，更没有人能够阻止他的行动。

事实证明，宫司家的焦虑并非多余。那位大名回到宅邸后，便开始策划除掉作为宫司的检校一家。不久，宫司突然以莫须有的罪名被强行与家人分开，并被流放到了隐岐岛上。后来，有人说宫司乘坐的船沉入了海底；也有人说宫司被送到隐岐，因痛苦和寒冷死在了岛上。但无论怎样，根据出云的古书记载，在公元一六六一年，"检校尊俊死于隐岐"。

得到检校死亡的消息，大名松平侯按捺不住内心的喜悦。话说松平侯欲求的对象，恰好是松江的武士、他的一位家臣神谷的女儿。神谷立即被召唤到大名的面前，大名松平侯对他说道："你女儿的丈夫已经死了，你的女儿再也没有理由不到我家来了，我命令你立刻就把她带来。"家臣俯下身子，向大名鞠了一躬，转身离去。

第二天，家臣又回到大名官邸，按照惯例依旧俯身在地，禀告自己遵照主人的旨意，已经将女儿带进宫中。

松平侯听后不觉大喜，命令其立刻把女儿带到自己的面前。家臣俯身跪拜，转身退下，不久重新返回，把一只桶放在了主人的面前。桶里面装着一个女人的头颅，那便是死去的检校年轻的妻子。家臣随后说道：

"这便是鄙人的女儿。"

年轻的妻子毅然决然选择了自尽，从而保全了神谷家族的名声不受侮辱。

自松平侯修建神社，为死者树碑立传，以平息内心的悔恨起，至今已历经了七代人的时光。松平侯一族因此而败落，现如今赫赫有名的大名家族与松平侯已不再是同一血统。松平侯曾经的城堡也被夷为废墟，城中杂草丛生，不时有蜥蜴或蝙蝠出没。相反，神谷家族却依然存在，虽不像封建时期那么富有，但在松江依旧享有很高的荣誉。历代日御碕神社的宫司们，仍然会从这一勇敢宗族的女儿当中挑选他们的新娘。

第十三章　殉情

一

有时，他们只是相互拥抱在一起，在特快列车到来之前，躺在两条坚硬的铁轨上。（在出云，他们不会这样做，因为那里还没有铁路）。有时，他们会为自己安排一个小小的宴会，再给父母或者好友写一封奇怪的书信，然后在米酒里掺进一些苦味的毒药，就此永远地安息。有时，他们会选择一种更为古老也更为神圣的方式——先用一柄剑杀死情人，然后再将剑刺入自己的咽喉。有时，他们会用女孩子的黑腰带，把两个人紧紧地捆绑在一起，面对面拥抱着跳进深深的江河湖海。当人们受尽亘古忧伤的折磨时，他们可以有很多方法回归冥土。对此，叔本华先生 [①] 曾经总结出一套奇特的理论。

可是，他们自己的理论则显得更为简单。

没有人比日本人更加珍惜生命，也没有人比日本人更加不怕死亡。对于未来的世界，他们毫无恐惧。他们后悔离开这个世界，只是因为在他们看来，这是一个美丽和幸福的世界。对于长期压迫西方人思想的未来之谜，他们却很少关心。我所说的那些年轻情侣，他们有一种奇怪的信仰，这种信仰为他们的未来揭开了神秘的面纱，他们带着彼此之间的信任走向黑暗。如果他们感到人生艰难并且无法忍受，他们认为那并非他人的错误，也并非这个世界不公平，而

---

① 亚瑟·叔本华（1788—1860），德国著名哲学家，哲学史上第一个公开反对理性主义哲学的人，并开创了非理性主义哲学的先河，也是唯意志论的创始人和主要代表之一。

是自身的过失，是因缘，是前世造孽的结果。如果他们今世无法结缘，他们会说，那是因为他们前世违背了婚姻的承诺，或者是彼此相残的结果。所有这些想法并非只是邪念。尽管佛教宣称自我残害是极端的罪孽，但他们依然相信，如果两个人一同死去，不久将会在另一个世界团聚。这种通过死亡获得重逢的观念，比对释迦牟尼的信仰要古老许多。只是如今，它又巧妙地利用了佛教的某种令人狂热的成分，一种神秘的光环，即相约在西方极乐世界的莲花池中。佛教主张生命的转世轮回，灵魂延续亿万年之后，获得永恒的智慧和无限的记忆，就像融入夏日蓝天中的一朵白云，进入涅槃的极乐世界。只是，那些自我烦恼的人们，他们从来不会想到涅槃。他们幻想中的最大愿望，是通过一次死亡的痛苦，实现爱情的结合。事实上，正如他们可怜的遗书中所表明的那样，他们每一个人的想法都不尽相同。有些人幻想着进入阿弥陀佛的极乐净土，有些人则只能在虚幻中看到未来世界。在那里，他们将获得重生，并且与相爱的人再次相逢，尽情享受青春的欢乐。事实上，多数人的想法极其模糊，像是沉浸在幻觉之中，只是为了在同一片阴影之下，苟且谋求一时的安宁。

　　他们总是祈求死后能够合葬在一起。通常，他们的这种要求会遭到父母或者监护人的拒绝。世人则以为这种拒绝过于残酷。人们相信，如果不把他们合葬在一处，死去的一对情侣将无法安息。相反，如果他们的请求得以实现，葬礼将变得极其完美。在提灯的引导下，两支送葬队伍分别来自两个家庭，会聚在寺院当中。在那里，僧人将诵读佛经，为两个灵魂超度，并且按照常规举行一场感人的送葬仪式。随后，主持仪式的祭司将面对死者的灵魂发表祭文。他满怀慈悲细说过失与罪孽，把受难者短暂的人生比喻为含苞待放的花朵。他谈到束缚他们灵魂的邪念，诵读佛陀的教诲。有时，他也会预言一对情侣幸福团聚的来生，用简短的话语召唤起大众的心声，使听者为之潸然泪下。接下来，两支送葬队伍将合在一起，向着墓地走去。墓地内，人们已经为殉情者做好了下葬的准备。在那里，两具棺木将被同时下葬，并排地安放在同一座墓穴当中。这时，山民①会将两具棺木的侧板移开，把两具棺材自然合拢，并且在团聚的死

---

① 指居住在山顶上洞光寺附近，专门从事清洗尸体，挖掘坟墓的特殊部落。

者上方堆起一层层泥土，形成一座坟墓。坟墓前面还要竖起一块墓碑，上面简短地刻下死者的事迹，抑或是一首小诗。

二

这些情侣们的自杀行为，在日本被称为"情死"或者"殉情"，意思是"为忠而死"，"为情而死"，"为爱而死"。对于女子来说，这类自杀行为常见于妓女阶层，偶尔也会出现在上层社会的年轻妇女当中。有一种宿命论的观点认为，如果同是卖身的姐妹中有一个人情死，势必引起连锁反应。无疑，这一信念本身更是导致殉情事件频频发生的祸根。

在日本（或许那些西方人的劣迹肆意蔓延的开放港口除外），那些生活极度贫困、为了家人不得不忍辱偷生的可怜的女孩子们，即使沦落风尘，却从来没有堕落到与她们处境相似的西方姐妹们的程度。许多人在经历了可怕的奴役之后，仍然保持着一种端庄的态度、细腻的情感和先天的谦逊。在这种情况之下，一切都显得那样的动人和不同寻常。

就在昨天，一宗殉情案，震惊了这座僻静的小镇。在名曰"滩町"的小街上，一位医生的仆人，清晨进入主人儿子的房间时，发现这个年轻人死在了自己的床上，怀里还抱着一个女孩儿的尸体。医生的儿子被父亲宣布断绝父子关系，只因为那个女孩儿是一名妓女。昨晚，他们被安葬，但是却没有被埋葬在一起。对于发生这种事情，父亲既愤怒又悲伤。

女孩儿的名字叫阿金，长得十分漂亮，而且性格异常温顺。人们传说，青楼的主人对阿金特别关照，这在那个名声不佳的行业当中实属罕见。父亲死后，阿金一家失去了生活的支柱。为了母亲和年幼的妹妹，阿金不得不卖身为奴。那一年阿金仅十七岁，她在这座青楼里待了不到一年，就遇上了那个年轻人，两个人一见钟情。从此，一个可怕的阴影便降临到他们的头上。因为，他们永远不可能成为夫妻。那时，这个年轻人虽然仍保有儿子的名分，但是却被废嫡立庶，由一位所谓"品行端正"的养子取而代之。这一对不幸的情侣，为了约会花去了他们所有的积蓄，阿金甚至变卖了自己的衣物。最终，在一个漆黑的夜晚，两个人私自在医生家相会，服毒自杀，永远地离开了人世。

我看到女孩儿的葬礼队伍，在一排提灯的引导下蜿蜒前行，仿佛一簇簇青白色的磷光，在通向寺庙的街道上闪烁。提灯后面，一支长长的女人队伍，戴着清一色的白头巾，穿着白长袍，系着白腰带，仿佛一队跌跌撞撞的鬼魂，默默地跟在其后。

那一个个惨白的身影，像是佛教绘画中阴曹地府里一队队无尽的幽灵，在一片黑暗之中，轻轻地掠过一条幽径，通向那一方冥土。

三

我的一位朋友、《山阴日报》的记者告诉我，该报将于明天全文报道这一悲惨事件。他还说，善良的人们已经用鲜花和芒草把坟墓装点一新。随后，他从一个日本的长信封里抽出一叠薄薄的信笺，上面写着一些漂亮的文字。我的朋友在我面前将信笺展开，接着说道："女孩儿把这封信托付给了青楼的主人。我们得到了这封信，准备将其中的内容公开。信写得很美，可惜我翻译不好，因为信是用女人的语气写的。女人的书信语言和男人的书信语言不同，她们有自己特殊的词汇和表达方式。例如，男人说'我'，根据不同场合，可以用'私''吾''余'，还可以用'仆'，而女人只能称自己为'妾'。这个女孩儿用词非常诚恳，我无法将那种柔情准确地翻译成其他文字，只能告诉你大致的内容。"

于是，我的朋友将这封书信的内容逐字逐句地翻译如下。

遗　　书

如您所知，自去年春天起，我就爱上了田代先生，而您也爱上了我。事到如今……无疑，前世前生早已为我们安排好了一切。虽然我们彼此相约，今生今世要成为夫妻，可现在，一切都已经破灭，时至今日，我只好踏上冥途。

尽管我十分愚蠢，也不能对您有所帮助，可您对我却像春天一样温暖，为了我那可怜的母亲和妹妹，您付出了太多的努力。您对我恩重如山，我对您的涌泉之恩却无以相报，您何不把我当成千古罪人予以憎恨！

尽管我也知道，我要做的事情是那样的愚蠢，但迫于现实和内心的压力，我还是选择面对死亡。请原谅我以往犯下的罪孽。虽然我已经去了阴间，但我依然不忘您的厚爱，九泉之下，必将竭尽全力，报效知遇之恩，并向您的家人致以由衷的感谢。让我再一次恳求您，不要生我的气。

要写的东西还很多，但我内心焦虑，我要走了，就此搁笔。三叩首！

阿金绝笔

"嗯，这是一封典型的殉情信，"沉默片刻后，我的朋友说道，他把一叠薄薄的信笺放回信封，"我想您一定会感兴趣。虽然天色已晚，我还是要去一趟墓地，看看那里究竟发生了什么，您愿意和我一起去吗？"

我们翻过一座长长的白桥，穿过寺庙前的林荫小道，向着妙兴寺古老的墓地走去。不觉之间，夜幕已经降临，淡淡的月亮悄悄地爬上了神社大殿的屋顶。

猛然间，远处传来了一个洪亮的声音，夜空下一个男子唱起了悦耳的民歌。那是一首充满奇特魅力的歌曲，像是模仿鸟儿在啼鸣，饱含着人间真情。只见一位欢快的工匠，边唱着歌边走在回家的路上。那每一个动人的音符，无不伴随着阵阵凉爽的清风，回荡在墓地的上空，可我却听不懂歌词的意思。

"他在唱些什么？"我问我的朋友。

"那是一首情歌，"他回答道，"向前走，一直向前，目标是那所房子。离它越近，就离她越近，她就在里面。"

第十四章　八重垣神社

一

　　八重垣神社位于出云国意宇郡的佐草村。按照习俗，所有恋爱中的年轻男女都要去那里朝拜。在佐草村的八重垣神社，供奉着建速须佐之男命和他的妻子稻田比壳，以及他的儿子佐草命。这三柱神是婚姻和爱情之神，它们让单身男女喜结连理，甚至从他们降生那一刻，便将两个人的命运紧紧相连。有人说，去八重垣神社朝拜无异于浪费时间，因为命运早已注定，甚至无法改变。且不知，在哪一个国度里，宗教行为与宗教教义又是完全一致的呢？学者和僧侣创造并且传播教义与教理，善良的民众则总是按照自己的意愿创造出神灵，而这恰恰又是迄今为止最完美的。鲁莽的男神建速须佐之男命，以其自身的经历向世人表明，命运与现实原本就没有任何天然的联系。建速须佐之男命曾经对美貌的稻田比壳公主一见钟情，对此，《古事记》中有如下记载：

　　　　故，所避追而，降出云国之肥上河上名鸟发地。此时，箸从其河流下，于是须佐之男命以为人有河上而。寻觅上往者，老夫与老女二人在而，童女置中而泣。而问赐之："汝等者谁？"故其老夫答言："仆者国神，大山上津见神之子焉。仆名谓足上名椎，妻名谓手上名椎，女名谓栉名田比壳。"亦问："汝哭由者何？"答白言："我之女者，自本在八稚女，是高志之八俣远吕智，每年来喫，今其可来时，故泣。"

而问："其形如何？"答白："彼目如赤加贺智而，身一有八头八尾，亦其身生萝及桧椙，其长度溪八谷峡八尾而，见其腹者，悉常血烂也。"而速须佐之男命，诏其老夫："是汝之女者，奉于吾哉？"答白："恐不觉御名。"而答诏："吾者天照大御神之伊吕势者也。故，今自天降坐也。"而足名椎手名椎神白："然坐者恐，立奉。"

而速须佐之男命，乃于汤津爪栉取成其童女而，刺御美豆良，告其足名椎手名椎神："汝等，酿八盐折之酒，亦作回垣，于其垣作八门，每门结八佐受岐，每其佐受岐置酒船而，每船盛其八盐折酒而待。"故，随告而如此设备待之时，其八俣远吕智，信如言来，乃每船垂入己头饮其酒，于是饮醉留伏寝。而速须佐之男命，拔其所御配之十拳剑，切散其蛇者，肥河变血而流。

故，是以其速须佐之男命，宫可造作之地，求出云国。兹大神，初作须贺宫之时，自其地云立腾，而作御歌，其歌曰：

"八云立，出云八重垣妻笼，造八重垣，八重垣乎。"

（摘自《古事记》上卷）

以上大意是：

建速须佐之男命被逐出天界，下凡来到出云国肥河一个叫作鸟发的地方。这时，只见一根筷子顺流而下，他想到一定有人住在河的上游，于是前去寻找，遇见一老翁和一老妇，还有一位姑娘在哭泣。建速须佐之男命问道："你们是什么人？"老翁回答说："我是本地的神，是山神大山津见的儿子，我的名字叫足名椎，我妻子名叫手名椎，女儿名叫稻田比壳。"建速须佐之男命接着问道："你们为何在此哭泣？"老翁回答道："我原本有八个女儿，高志地方的八俣大蛇，每年都来吃掉一个女儿，现在它又要来了，所以我们非常伤心。"建速须佐之男命又问道："那只八俣大蛇，长得什么样子？"老翁回答道："它的眼睛像酸浆果，有一个身子，八个脑袋，八条尾巴，而且身上长着苔藓，还有桧杉枝子。它的身长超过八道山谷和八座山丘，它的肚子总是鲜血淋淋，像是已经糜烂。"建速须佐之男命对老翁说道："如果这是你的女儿，你愿意把她许配给我吗？"老翁回答道："老朽诚惶诚恐，只是不知道您的尊姓大名。"建速须佐之男命答道："我是天照大御神的兄弟，刚从天上降下。"足名椎与手名椎二神说道："若果真如此，我们愿意把女儿许配于您。"

于是，建速须佐之男命立刻将姑娘变成了一把木梳，插在自己的发髻上，又吩咐足名椎、手名椎二神道："你们可以酿造一些高纯度的美酒，再建造一道篱笆，篱笆上设八道门，每道门边设一平台，在每个平台上放一只酒桶，每只酒桶里盛满高纯度的美酒，然后只要耐心等待。"二神按照吩咐做好一切准备，只等八俣大蛇到来。不久，八俣大蛇果真来了。它把八个脑袋伸到八只桶里，喝起了美酒，直到喝得酩酊大醉，躺下睡着了。这时，建速须佐之男命拔出身上佩带的十拳宝剑，将大蛇砍成几段，肥河顿时变成了一条血河。

那之后，建速须佐之男命想要在出云寻找一块地方建造宫殿。正当这位大神建造须贺宫的时候，八方升起了一片祥云。于是，建速须佐之男命唱起了一首歌，歌中唱道：

八云立，出云八重垣，造八重篱笆墙，与妻同乐，名曰八重垣！

相传，八重垣神社的名字就取自建速须佐之男命的这首和歌，它象征着神社的八道围墙。《古事记》的古典注释称，"出云"，即祥云腾空之地，其名称亦取自建速须佐之男命的和歌《八重垣》。

二

八重垣神社所在的佐草村，离松江以南不足四公里。可是要到达那里，需要经过一条崎岖的山路，这对于人力车来说无疑十分艰难。那里共有三条路线，其中最长最崎岖的路线，恰好又是一条最为有趣的路线。它需要翻山越岭，穿过一片竹林，走过一座原始森林，还需要在稻田和麦地，乃至蔺草和蔬菜园中蜿蜒前行，途中的景色总是美得出奇。一路上，可以观看到许多著名的神社，其中就包括供奉着神功皇后的老臣、尊贵的武内宿祢大臣的"武内神社"。现如今，武内神社已经成为人们祈祷健康长寿的场所。此外，还有出云五大神社之一的"大草宫"或曰"六所神社"，以及供奉着众神之母伊耶那岐命的"真名井神社。"在真名井神社，人们可以欣赏到日本开天辟地的鼻祖伊耶那岐命和伊邪那美命二柱神珍贵的画卷。除此以外，还有供奉着伊邪那美命的"大庭宫"，那是一座被誉为神的灵魂的"神魂神社"。

在神魂神社，每年都要为杵筑的国造隆重举行被称为"火继"的神火相传仪式。在那里，人们可以看到一些奇怪的东西。其中有一粒巨大的稻米，足有二点五厘米长，从远古的神代一直保存至今。当时的稻谷，据说长得像大树一样高，结出的稻米足以供奉神明。还有一口大铁锅，据当地的百姓说，杵筑的第一任国造就是乘着它从天而降的。还有一个巨大的石灯笼，它由许多块巨石组成，人们无法想象那些石头是如何保持平衡的。此外，还有一种被称为"大庭音石"的石头，敲击石头会发出铜钟般的声响。按照当地的传统，这些石头不能被搬运到很远的地方。据记载，古时有一位名叫松平的大名，曾经下令把其中一块石头运到他所在的松江城堡。结果石头变得异常沉重，上千人也没有能够将它搬过大桥，最终这块石头被抛弃在桥下，埋在土里，直至今日。

在大庭一带，随处可以见到很多鹡鸰鸟。这种鸟是伊邪那美命和伊耶那岐命二柱神的圣鸟，传说他们从鹡鸰鸟的身上首先学会了男女之间的恋爱之道。在大庭，即便是最贪婪的农夫，也不会伤害这些鸟。为此，鹡鸰鸟既不惧怕大庭的百姓，也不害怕稻田里的稻草人。

稻草人之神，乃是少彦名神。

三

通往佐草的道路，至少在旅程的最后一点五公里处，变得异常狭窄。虔诚的信徒们，每隔一尺左右便在地上铺上一块平坦的踏脚石，远远望去就像是一条由踏脚石铺成的青石板路。你不可能走在踏脚石之间，也不可能走在踏脚石一侧，只能走在踏脚石的上面，但你很快就会感觉到厌倦。这条踏脚石的青石板路有一个好处，能为你指明通往佐草的方向。这一点至关重要，因为在这条路上，至少有五十多条纵横交错的田间小路，令人十分困惑。当这些脚踏石顺利地引导你穿出竹林山谷的迷宫时，你会对当地百姓铺设的这条青石路报以由衷的感谢。沿着这条小路，密林之中可以看到一座座古老的神社，其间雕刻有稀奇古怪的蟠龙、狮首以及小河流水等图案。这些木雕均使用上等的榉木制作而成，如今早已变成了顽石的颜色，龙眼和狮眼也已被人盗走。据说那是用精良的水晶石制作而成，只因无人看守，且法律和神灵都已不如明治时期那么令人生畏。

佐草村是一片狭小的百姓聚居地，它位于丛林边上的八重垣神社前。踏脚石的青石路便消失在神社庭园的甬道上。穿过高大的原木牌坊和一座中国式的大门，面前是一棵棵苍劲的古树，并有一座座石碑立在其中。大门两侧各建有一座祠堂，坚固的木栅栏将祠堂两侧紧紧围绕。祠堂内，立着两尊身穿盔甲、手持长弓、背负箭囊、面目狰狞的雕像。他们是神灵的守护者和神社的门神，通称"随身"。除了杵筑以外，几乎所有位于出云的神社门前都有这种"随身"把守。它们或许起源于佛教，但它们均已具有了神道的历史和名称。据我所知，最初只有一座门神，它的名字叫作"丰栉岩间户命"。后来，或许是出于装饰的目的，它被一分为二，变成了两座门神，名字也被分成了两半。现如今，坐落在左边的门神被称为"丰岩间户命"，坐落在右边的同伴被称为"栉岩间户命"。

八重垣神社大门左手边竖立着一块石碑，上面刻着一首诗人朝云作的俳句，亦即由日语十七个音节组成的和歌："秋风瑟瑟，神之行幸，山间足迹。"同伴把这些文字翻译给我，大意是："枯叶秋风，高山圣地，神之所在。"

石碑附近有一座石灯笼和一头石狮子。此外另有一座石碑，那是一块巨大的五角形石板，上面用汉字雕刻着土地神的名字，它们是宇贺御魂命（这是稻荷神，主管谷物丰收）、天照大御神大己贵神垣安姬命和少彦名神（这是稻草人之神）。在宇贺御魂命的碑前，还竖立着一只狐狸的石雕像。

八重垣神社的殿堂及神社本身，比起附近大多数寺庙都要小，且因年代久远而显得古老、昏暗、沧桑。然而在出云的众多神社当中，八重垣神社仅次于杵筑，乃是这一带最著名的神社。大殿里供奉着建速须佐之男命和他的妻子稻田比壳，以及他的儿子佐草命。当地的小村庄便以"佐草"命名。大殿的左右两侧，分别坐落着一些规模较小的祠堂。相传其中一座祠堂内，居住着稻田比壳的父亲足名椎的神灵，另一座祠堂内居住着稻田比壳的母亲手名椎的神灵，还有一座祠堂内供奉着太阳女神。不过这些小祠堂并无明显特征，而主要大殿里则陈列着一些极其珍贵的物品。

在社殿大门饱经风雨的栅栏上，结扎着成百上千条柔软的白纸签。纸签上并未写着特殊的话语，却是代表着诸多祈祷者的心愿。事实上，没有哪一种祈祷比起爱的祝福更加炽热。此外，还有一些被切割成段的竹节，像是一个小小的竹筒，用一根小草绳成对地捆绑在一起悬挂在门栏上。竹筒里盛满了从远方带来奉献给神灵的海水。在栅栏上的白色纸签之间，间或混杂着一些女孩子的长发，那是爱情的无私奉献。或许还可以看到一些用来祭祀的海草，像是一条条长丝，晒得黑黑的，如不细看很难将它们与女孩子的长发区分开。在所有大门的木栅栏上，供品的下方或者供品之间密密麻麻地刻写着朝圣者的姓名。这时，我的同伴大声地朗读起一个熟悉的名字——晃！

如果有人希望根据神道信徒的证词来判断祈祷的效果，我可以断言，晃是颇值得信赖的一个。沿神社境内的院墙四周，插着一圈形状奇特的竹竿，上面贴着无数张小纸旗。每一张白色的纸旗都是一次胜利的标志，也是爱情结合的一次有力见证。你会发现，这种小旗子在出云所有大的神社里随处可见。在杵筑，这种小旗子更是如同漫天飞舞的雪片，数不胜数。

在出云大的神社里，你可以看到所有门前都立着一根柱子，上面系着一捆小竹竿。如果细数，你会发现竹竿的数目恰好是一千根。那是朝圣者立下的誓言，他们向神灵许愿，要来神社祈祷一千次。但实际做起来却并非容易，于是忙碌而虔诚的朝圣者与神灵达成妥协，他们迈出神社大门一步，然后又回到神社，总共一千次，用竹竿计数，一天之内便可达成许下的夙愿。

在进入八重垣神社背后那一片神圣的丛林之前，还有一样东西值得观看，那便是八重垣神社神圣而珍贵的山茶树。这棵山茶树生长在靠近神主家稻田里的一座土坡上，土坡周围是一面围墙。山茶树的四周围绕着一圈篱笆，前面还竖起一盏石灯笼。那是一棵千年古树，它有两个树冠，两根树干，两根树干从中间连接在一起。这一"连理之木"的独特外形，以及山茶树所具有的长寿品质，使它成为夫妻之间永恒爱情的象征，并获得月下老人的殊荣，受到年轻情侣们的热情追捧。

关于山茶树，自古以来就有一个奇怪的迷信说法。在当地的百姓看来，八重垣神社的这棵山茶树实属罕见，它没有同类树种普遍具有的鬼魅色彩。坊间传说，山茶树是妖精树，它会在夜间出来四处走动。据说在松江的一个武士庭园里，就有这么一棵山茶树，由于夜间过于频繁走动，以致不得不被主人砍掉。在主人砍树时，山茶树扭动着身子，痛苦地呻吟着，每砍一斧头都会从树干上流出鲜血。

四

在神主宽敞的宅邸里，可以买到八重垣神社珍贵的纸符，以及笼罩在迷雾之中的建速须佐之男命与新娘稻田比壳的神秘画像。画像上印有表示八重垣神社名称起源的和歌"八云立，出云八重垣"。这里的纸符品种繁多，其中最有趣的当数贴有"出云八重垣神社结缘御雏"标签的护身符。这张折叠起来的长方形纸片，上面印着汉字并刻有神社的印章，只等那些热恋中的情人前来购买。人们相信，拥有了这方纸符，必是有情人终成眷属。打开纸符，可以看到两个小得可怜的日本玩偶。他们是一对身着古装的美满夫妻，小丈夫从一只长袖中伸出双手，将娇小的妻子抱在胸前。若是买到这方纸符的人喜结良缘，他或者她必须将纸符送还给神社。如前所述，这种纸符意在确保男女双方结缘，对夫妻之间以后的发展不负任何责任。渴望永久爱情的人，则应购买另一种贴有"连理玉椿爱娇御祈祷御守"标签的纸符。这种纸符可以让爱情持之以恒，里面只包着一片前面提到过的"连理之木"的叶子。此外还有一些不起眼儿的纸符，有些用来激发情感，有些则用来祛病消灾，但都缺乏独特之处。

接下来，我们来到八重垣神社后院那一片神圣的树林，一睹它神秘的怪影。

五

这片密密麻麻的古老丛林遮天蔽日，猛地从阳光下进入它的阴影当中，眼前会变得一片漆黑。它由巨大的红杉和松柏组成，间或混杂着毛竹、山茶树以及神道中的神树杨桐。大片毛竹的群生遮住了头顶上的日头。在出云，几乎每一座神社的丛林里，树木之间都生长着一些毛竹。它那柔软的竹叶，高高地充盈着树梢上的每一片空间，遮挡住阳光的照射。即使看不到其他树木，密集的毛竹也足以让丛林变得一片昏暗。

随着眼睛逐渐适应外界的绿色光线，一条林间小路展现在眼前。那是一条完全由青苔覆盖着的、宛如天鹅绒般翠绿的小路。旧时，朝圣者在进入这片神圣的丛林之前，曾经被要求脱下他们脚上的鞋子。那时，对于终年劳作的人们来说，丛林中的天然地毯或许是大自然的恩惠。走进丛林，你或许可以观察到一个细节，所有树干上都包裹着一层厚厚的蔺席，有些高达六七尺，有些蔺席还被撕开了一个小洞。丛林当中，每一棵巨树都是神树。人们相信，这些巨树灵验非凡，在树干上包裹蔺席，是为了防止朝圣者剥去树皮。可是爱心抵挡不住虔诚，许多人仍然毫不犹豫地撕开席子以获取一块树皮。丛林中另一件怪事，便是粗壮的毛竹表面刻着的象形文字，那是女孩子的名字和男孩子的祝福。在植物的世界里，没有比在光滑的竹子表面刻上情人的名字更加明智的了。其中的文字，无论当初怎样轻描淡写地一划，随着竹子的生长都会变粗变大，而且永远不会消失。

那条长满青苔的小路，伴随着一条坡道，延伸至丛林中央的一座池塘旁边。这座池塘在出云地区远近闻名，池塘里栖息着成群的蝾螈，大约十三厘米长，肚皮呈朱红色。这一带丛林十分茂密，竹子上刻着的女孩名字也最多。人们相信，八重垣神社圣池里的蝾螈肉具有催情的效果。从前，人们将这种蝾螈肉烧干研成粉末，制成春药。有一首日本民谣流传至今，说的就是这件事情。

"借问蝾螈，哪里有春药？蝾螈用脚比画着，请付钱！"

池塘里的水清澈见底，几只蝾螈在水中游弋。通常，情侣们会叠一只小纸船，船上置一枚铜币，将纸船放入池中任其漂荡，然后观察纸船的去向。不久纸船被水浸湿，船里进了水，铜币的重量很快将纸船沉入池底。池水清澈透底，铜币清晰可见，这时如果蝾螈游过来触碰铜币，情侣们便相信他们的幸福得到了神灵的保佑。如果蝾螈没有触碰铜币，那便是不祥之兆。我注意到，有一只可怜的小船根本无法下沉，它漂荡到池塘的另一端，让人无法接近。那里的树干像一堵围墙立水边，垂落的树枝将小船挂在了水面上。或许将这条小船投入水中的那对情侣，早已伤心地潸然离去。

沿小路两旁的池塘附近，种植着一些山茶树，树枝被成双成对地用白色纸带捆绑在一起。那是一片带有预言性质的山茶树林，真心相爱的人必须能够把两条树枝弯在一起，用一只手的手指，将白色纸带紧紧地缠绕在两条树枝上。纸带上并没有写着任何文字，能够顺利做到的情侣便意味着好运。

尽管有蚊虫叮咬，竹子上的文字还是吸引着我驻足看了一个多时辰。其中多数女孩儿的名字为昵称，偶尔也可以见到真名真姓的男孩儿名字。奇怪的是，女孩儿的名字和男孩儿的名字从不会被并列地刻在一起。由此判断，日本的情侣，至少是出云的恋人，比起西方人显得更加神秘。热恋中的男青年，从不把自己的名字与情人的昵称刻在一起，更是很少写出自己的姓氏。如果写出姓氏，他就会面对神灵低声呼唤起情人的名字。如果他在竹子上刻上恋人的姓名，他也会顺便提及自己的存在和年龄，以代替自己的名字。以下便是一个感人的范例：

嫁给我吧，高田登纪！男，十八岁。

这位情人或许写下了女孩儿的全名，但据我所知，这种情况极为少见。其他恋人们则只写出他们情人的昵称，而表示尊敬的前缀"御"和表示正式的后缀"先生、小姐"，在亲密的情侣之间已经不见踪影。他们不再称对方为"御春小姐""御金小姐""御菊小姐""御竹小姐"，取而代之直呼对方为

"春""金""菊""竹"。无疑，女孩儿们从未想过要写下她们各自情人的名字。她们当中有许多艺名，也就是那些崇拜金猫的顽皮的艺伎们的自我称谓，如"乐荣""朝荣""若荣""爱吉""寿星""幸八""小花""玉吉""胜子""朝吉""花吉""胜吉""千代荣""千代鹤"等。爱上"朝荣"的人常常会诅咒自己的生辰；迷恋上"幸八"的人会遭遇三倍的不幸；爱惜"花吉"的人早晚祸从天降；身陷"千代荣"情网的人曾不止一次地选择去死。我还看到，一位自称二十三岁的男子，爱上了一位名叫"若草"的女子，她的名字意思是"春天的嫩草"。可怜的孩子，我不得不说你可能遇到不幸，因为比爱上"若草"更为糟糕的是，她很可能也爱上了你。之所以如此，那是因为，最终结果可能导致给你们的朋友留下一份最美的遗言，口中念着"一莲托生"，然后两人互相拥抱在一起服毒自尽，离开这个大千世界。否则，就要祈祷上帝，让你们尽快摆脱对方那迷人的诱惑。

不要去触摸她，让她长在田野里，那美丽的红花草！

这里有一位恋人，他在用英语祈祷。难道他以为神灵也懂英语吗？毫无疑问，那是一名学生，纯粹出于羞怯，他把自己内心的秘密刻在了这句外语当中。他做梦也没有想到，会有一个外国游客到此驻足观看。"I wish you, Haru！"（我爱你，春！）他无数次地仰天祈祷，每一次都省去了介词。他，在这座原始的森林当中，在这片古老的出云土地上，面对着古代的神灵，用英语无数次地祈祷。诚然，他那羞怯的爱，最终得到了神灵的宽容。不知是建速须佐之男命已经付出了极大的忍耐，还是佩戴在建速须佐之男命身上的那把十拳宝剑已经长满了铁锈。

第十五章　狐狸

一

当你在日本的乡间旅行时，在每一条昏暗的路旁、每一片古老的小树林中、每一座小山顶上、每一座村庄的郊外，随处可见一些小祠堂。在这些祠堂的前面或者两侧，都会端坐着一些石刻的狐狸雕像。通常，它们成双成对，面面相觑。它们大小不一，有时可能是十几只、几十只甚至是几百只。在大城市的神社寺院里，甚至可以看到成群的狐狸雕像，小到几十厘米的玩具狐狸，大到仅底座就有一人多高的巨型雕像。它们形状各异，排列成行，蹲坐在寺院的四周。众所周知，在这些神社或者祠堂里，供奉着掌管五谷丰登的"稻荷神仙"。在日本旅行久了你会发觉，每当回忆起曾经走过的地方，记忆当中总是少不了一对没有鼻子的石雕狐狸形象。我本人在回忆起日本旅行的经历时，狐狸的形象几乎成为了常客，它总是会率先浮现在我的脑海当中。

在东京都内或是首都郊区，有时甚至在墓地里，可以看到一些极端理想化的狐狸雕像，形象优雅得像一只猎犬。它们有着一对水晶石般灰绿色的细长眼睛，像是来自神话世界，给人带来强烈的印象。可是到了乡下，狐狸的雕像就并非如此高雅。特别是在出云，这种石雕显得尤为原始。在神灵世界，狐狸形象有着惊人的多样性。它们滑稽、古怪、怪诞甚至令人恐惧，多数情况下表面雕刻十分粗糙。即使如此，我依旧无法断言，它们会让人兴味索然。东海道地区雕刻家的作品，沿袭了传统艺术的轻柔典雅，以及装神弄鬼的古老观念。与此相反，土生土长的出云狐狸则没有那么优雅。它们显得有些粗野，却以各种神奇的姿态使作者个人的想象空间发挥得淋漓尽致。它们有着各自不同的情趣。它们变化多端，面庞冷漠，生性好奇，沉闷寡言，幽默诙谐抑或是冷语冰人；它们有的四处张望，有的闭目养神，有的两眼斜视，有的似在冷笑。它们有的暗中等待时机，有的竖起耳朵私下窃听；它们或是张着大嘴，或是紧咬牙关；它们在竭尽全力显示着自己无穷的魅力，包括那些被折断鼻子的狐狸在内，无一不在向人们发出内心的嘲笑。除此之外，这些守旧的乡村狐狸，还有着一些东京的同类狐仙无法表现的自然魅力。时间赋予了它们一件斑斑点点、却美丽柔和的外衣。它们端坐在高台上，倾听着数百年来人类的沧桑，不时地发出嘻嘻的窃笑。它们的背上覆盖着一层天鹅绒般的绿色苔藓，四肢和尾巴上挂着一片金丝银丝的黄斑。它们最常出没的地方，是遮天蔽日的林荫小路，夜幕之下黄莺在绿荫中歌唱；还有那四下无声的庙宇，那里有同样布满青苔的石灯笼和石狮子，像是一团蘑菇扎根于土壤之中。

我发现，不知为何，在那些石雕的狐狸当中十之有九鼻子都被折断。用那些残缺不全的出云石雕狐狸的碎鼻头，或许可以铺满松江的整条街道。我的一位朋友用一句简单却又带有暗示的话语，帮助我解开了这一谜团。他告诉我，"那是孩子们的杰作"。

二

众所周知，狐狸通常被冠以"稻荷"的名字，意思是"稻谷之神"。可是稻荷的本意，却是指"谷物之神"，即《古事记》中的宇贺御魂命。到了近代，此神的名字又被称为"御馔津神"，意思是"三狐之神"，以此表明它与狐狸的关系。事实上，将狐狸视为超自然存在的概念，在十世纪乃至十一世纪之前的日本似乎并不存在。现如今，狐狸的形象在各个大的神社里随处可见。但值得注意的是，在日本最古老的杵筑神社那广阔的寺院当中，却找不到一尊狐狸的雕像。只有在现代艺术，例如丰国等人的作品当中，稻荷才被描绘成为一个骑着白狐狸留着胡须的男人。

在日本，稻荷不仅被奉为"谷物之神"，还被赋予了更多的神灵形象。就像古希腊的赫耳墨斯、宙斯、雅典娜、波塞冬等诸神一样，它们在学者当中被看作是同一柱神灵，但在大众当中却代表着众多不同的神仙。稻荷因其不同的性质被赋予了不同的含义。例如，松江有一个神谷稻荷，它是治疗咳嗽和伤寒的神灵，这种疾病在出云极其普遍。供奉"神谷稻荷"的神社位于田町，其中的神灵被称为伤寒神，受到众人的尊崇。有人到此祈祷，治愈了感冒咳嗽，于是供奉上一些豆腐以示感谢。

在大庭，同样有一个远近闻名的特殊稻荷。在那座稻荷神社的墙壁上，挂着一只大箱子，里面装满了小泥狐狸。来此祈祷的朝圣者，可以将一只小泥狐狸放进袖子里带回家中。人们将小泥狐狸完好地保存在身边，直到本人的愿望得以实现，便将小泥狐狸重新送回神社，放到箱子里，如果可能还将布施些财物。

稻荷除了被称为疾病的"治愈之神"外，更是被日本人誉为"财富之神"，受到人们的广泛尊崇（或许是因为在古代日本，财富是以稻谷的容量"石"为单位计算的缘故）。正因为如此，稻荷狐狸的嘴里总是会衔着一把钥匙。由于稻荷同时也是"财富之神"，在日本的一些地区，它也成为了妓女阶层崇拜的对象。例如，在横滨的烟花巷里就有一座稻荷神社，非常值得一看。它与弁天神同在一座寺院内，其中的稻荷神社比起一般的神社要大得多。进入神社寺院，先要穿越过一连串鸟居牌坊。随着临近神社大门，牌坊的高度依次降低，前后牌坊之间的距离也渐渐缩短。在每一座牌坊的两旁，分别坐落着一对奇怪的狐狸，一只在右一只在左。第一对狐狸像猎狗一样大小，第二对比猎狗稍小，其余则随着牌坊高度的下降依次缩小。在神社前的木制台阶下，同样端坐着一对造型优雅的石雕狐狸。它们浑身呈暗灰色，脖子上系着一块红布。在每一层台阶的两端，也都各有一只白色的木雕狐狸。随着台阶的上升，台阶上的狐狸亦逐渐变小。在大殿入口的门槛前，则有两只更小的木雕狐狸，身高不足十厘米，依旧端坐在碧蓝色的石座上。这些木雕狐狸的尾巴上都涂着一层金色。朝大殿内望去，你会发现左边有一张长长的矮桌，上面摆放着成千上万只狐狸雕像。它们甚至比门口的那两只狐狸还要小，每只狐狸都拖着一条白色的长尾巴。这里没有稻荷的形象。事实上，此前我从未在稻荷神社里见到过稻荷的形象。大殿内的神坛上，只可以见到一些普通的神道标志。神坛前，正对着入口处竖立着一座蜡烛台，一根木棍支撑着一个玻璃窗框，里面倒插着一些钉子，用以固定蜡烛。

在这里，不时可以看到一些漂亮的女孩儿，嘴唇上涂着胭脂，身穿一件与众不同的古典式艳丽和服，来到神社的台阶下，把一枚硬币投入门前的功德箱内，嘴里喊着"拿支蜡烛来"。这时，立刻就会从里面走出一位老人，手里拿着一支点燃的蜡烛，将其插在蜡烛台的钉子上，然后自动退下。在人们的心中，这种神圣的蜡烛总是会伴随着默默的祈祷。这里除了妓女阶层之外，也有普通的香客前来稻荷神社祈祷。

狐狸脖子上系着的彩带，也是香客们供奉的物品。

三

在出云，石雕狐狸的数量似乎比任何地区都多。对于农民来说，狐狸不仅是稻谷之神，更是其他众多信仰的象征。事实上，在出云的下层社会，由于这种与纯粹的神道精神相左的"狐仙信仰"的普及，原本对于稻谷之神的信仰已经变得淡薄，甚至正在逐渐消失。人们对于作为神灵奴仆的狐仙的崇拜，似乎取代了对于神灵本身的崇拜。最初，狐狸本是稻荷的宠物，两者的关系就像乌龟与金比罗神，白鹿与春日大神明，老鼠与大黑神，鲷鱼与惠比寿神，白蛇与弁天神，蜈蚣与战神毗沙门一样。然而经过几个世纪的演变，狐狸早已篡夺了稻荷的神位。现如今，狐狸石像已经不再只是稻荷信仰中的摆设。通常，在每一座稻荷神社的背后，人们都会在距离地面约两尺来高的神社墙壁上，看到一个直径约二十厘米大小的圆洞。洞口设有一块滑板，可以随意打开。这个圆洞便是狐狸的洞穴，打开滑板往洞里看，可以看到一些豆腐或者狐狸喜欢吃的其他食物。你还会发现一些稻米，散落在洞口、洞边或者洞穴里的一块小木板上。不时地会有一些农民，站在洞口前，面对洞穴拍着双手虔诚祈祷，顺便吞下一两粒稻米。人们相信，这里的稻米可以防治疾病。这种洞穴中的狐狸是虚幻的，根本无法见到，农民们却把它称为"狐仙"予以崇拜。据说，如果它得以现身，那将是一只雪白色的狐狸。

有人说，世上存在着各种不同种类的狐狸精。也有人说，世上只有两种狐狸，一种是稻荷狐狸（被称为"狐仙"），另一种是野狐狸。更有人把狐狸分成高低两个等级，认为世上有四种高级狐狸，它们是白狐、黑狐、善狐和灵狐，并且声称它们都具有超自然的能力。还有人把狐狸分为三个种类，即野狐、人狐和稻荷狐，但一些人把野狐与人狐混淆在一起，另一些人则把稻荷狐与人狐混为一谈。人们无法澄清这些信仰的虚实，尤其在农民兄弟中间就更是如此。此外，不同地区的信仰也不尽相同。出云是一个迷信色彩颇为强烈的地区，我在那里住了一年又两个月，对于狐狸的迷信说法只得出了如下粗略的结论。

所有狐狸都具有超自然的能力。世上的确有善狐与恶狐之分，稻荷狐狸是善狐，而恶狐最惧怕稻荷狐狸。最恶毒的狐狸是人狐，它们有着恶魔般的秉性。人狐的个头恰似黄鼠狼，形状也略有相同，只有尾巴与普通狐狸一样。人狐总是形影无踪，只有被它附体的人才能够看到。它喜欢寄居在人们的家中，靠人供养，受人关照，同时也会给那个家庭带来繁荣。它不会让稻田里缺水，饭锅里少米。但如果得罪了它，它必定会给那个家庭带来灾祸，以致毁掉田里的庄稼。野狐也很坏，它有时也会附在人体上，但它是一个巫师，更喜欢用魔法欺骗人。它可以乔装打扮，变幻无穷，让人无法看到自己。狗总是能够看见它，所以它非常害怕狗。除此之外，如果它改头换面，将身影投入水中，水面上只能映衬出野狐的身影。农民见了野狐会把它杀掉，但杀了野狐会遭到其同类的报复，甚至有可能被野狐的鬼魂附体。如果一个人吃了野狐肉，他便不会再被狐狸施与魔法。野狐也会进到人家的房间里。实际上，大多数人家的房子里都有狐狸藏身，它们只是较小的人狐，偶尔也会有野狐和人狐同居在一个屋檐下。有人说，如果野狐活过一百岁，它的全身就会变成白色，从而升格为一只稻荷狐狸。

以上这些信仰难免自相矛盾。以下这些描述也可能出现更多的矛盾。要想对狐狸迷信做出完整的定义并非易事。那不仅由于信徒本身对这一问题的看法混乱，还由于造成这一信仰的因素过于复杂。对狐狸的迷信起源于中国，传到日本后又与神道的一路神明奇妙地融合在一起，随后又被佛教的"魔法"加以修改和扩张。就普通人而言，可以肯定地说，他们崇拜狐仙，主要是因为他们对狐狸抱有恐惧心理。当今社会，农民大众依然会对他们所惧怕的东西表示出极端的崇拜。

四

且不说古代文人墨客的笔下如何论述，有关狐狸的种类，以及稻荷狐狸与狐狸精之间的区别，坊间的传统观念是否比现代人的思维清晰，这一点颇让人感到怀疑。事实上，在奈良的东大寺，至今仍然保存着一份书简。那是秀吉写给稻荷大明神的一封书信。根据信中的内容判断，太阁秀吉时代，人们将稻荷狐狸与狐狸精完全视为同一种类。

致稻荷大明神殿下：

尊贵的殿下，我遗憾地告知，您所管辖的一只狐仙，对我的一位仆人施展了妖术，从而给本人及家人造成了极大的困扰。我要求您立即对此事进行调查，找出这一不端行为的原因，并将结果尽早告知本人。

若结果证实，那只狐仙的行为没有充分的理由，您就应当将其逮捕并绳之以法。关于此事的处理，如果您有半点犹豫，我将发号施令，将全日本的狐狸悉数赶尽杀绝。

有关事件详情，如果您希望得到更多细节，请及时通告吉田神主。

三月十七日 太阁画押

武士阶层对于稻荷的崇拜，必然导致一些地区在稻荷信仰与狐狸信仰之间出现差异。就出云的武士而言，稻荷之神显然是一位颇受欢迎的神灵。时至今日，在松江几乎所有士族官邸的宅院内，都可以见到一个稻荷大明神的小神龛，

203

旁边端坐着一尊石刻的狐狸雕像。按照下层社会人们的想象，所有武士家庭都豢养着狐狸，武士家庭的狐狸并不会引起人们的恐惧，它们被认为是"善狐"。在封建社会，人们对于人狐的迷信，似乎并没有给松江的武士家庭带来任何不良影响。在那之后，武士制度被废除，武士作为贵族的象征成为了士族社会的一员，一些武士家族开始与迷信色彩极其浓厚的商人或市民阶层通婚，也正是从那时起，武士阶层才开始成为了迷信的受害者。

当地的百姓认为，出云的大名松平公是这一带最大的狐狸拥有者。人们传说，松平家族曾经有人利用狐狸作为信使，并差遣它去东京（据信，狐狸可以在短短的几个小时内从横滨到达伦敦）。另据松江民间流传，有一只狐狸，掉进了江户附近的陷阱里，它的脖子上还系着出云大名当天早上写下的一封书信。在松江城内，有一座被称为"城山稻荷"的稻荷神社，里面摆放着成千上万尊石刻的狐狸雕像，被当地人视为松平公对狐狸忠诚的有力证据，而非对稻荷的忠诚。

现如今，在这个错综复杂的动物世界里，人们已经无法再对某一特定物种生长的属性进行严格区分，甚至不可能把狐狸的"灵气"与谷物之神（御馔津神）的"灵气"区分开来。百姓把它们含混地统称为稻荷，二者已经不可挽回地被融合在了一起。古代的神道神话，明确地描绘出"谷物之神"的精神实质，却对狐狸保持了沉默。而出云的农民，就像信仰天主教的欧洲农民一样，为自己创造出了狐仙神话。如果问及他们所祈祷的稻荷是邪恶之神还是善良之神，他们会告诉你稻荷是善良的，稻荷里的狐狸也是善良的。按照农民的说法，狐狸有白狐狸和黑狐狸之分，一个值得尊崇，一个应当挨杀。其中白狐狸是善狐，叫起来"吭、吭"；黑狐狸是恶狐，叫起来"咔、咔"。如果农民被狐狸附体，他们就会大声地极力宣称："我是稻荷，是苦苦修行的'山伏稻荷'！"

五

狐妖有三种恶习，导致出云百姓的恐惧。第一种施与魔法招摇撞骗，目的要么是报复，要么纯属恶作剧。第二种化装成家仆，寄居在某个家庭中，令左邻右舍胆战心惊。第三种也是最糟糕的一种，依附于人体内，占有他的身心，折磨他的灵魂以使他发疯。这种痛苦被称为"狐妖附体"。

为了欺骗人类，狐妖最喜欢化身为美女。偶尔为了愚弄异性，它也会变成一个年轻的男子。有关狐妖施展诡计欺骗他人的故事不胜枚举。据此事实，人们为那些勾引男人，从男人身上搜刮钱财的不道德的女人，也起了一个极具侮辱性的绰号"狐狸精"。

许多人宣称，狐狸从来不会真正变身成为人类，它们只是通过某种魔法，利用气功释放出迷人的瘴气用以掩人耳目，从而骗取人类的信任。

狐狸并非总是为了邪恶的目的才化装成女人。有关狐狸报恩的故事流传甚广，这里只讲其中之一，说的是一只漂亮的美女狐狸，嫁给了一个男人，为他生儿育女，权当是为了报答人类的恩德。可是就在一家人阖家团聚的时候，好日子却被孩子们的一些肉食动物的癖好所摧毁。如果只是为了达到某种邪恶的目的，化装成美女并非唯一的最佳手段。有些男人恰恰不为女人的妖术所撼动，狐狸也不会因伪装不成而束手无策，它变化多端的诡计堪比古希腊海神普罗特斯[①]。它可以让你看到、听到、想象到你所希望看到、听到或者想象到的一切。它能够让你看到时间和空间，回眸过去，揭示未来。它从来不会被西方思想的涌入所折服。君不见，就在几年前，它不就驱使着幽灵列车在东海道铁路线上一路狂奔，从而使得公司技术人员为之震惊吗？像是所有妖怪一样，狐狸更喜欢徘徊于无人之地。夜晚，它喜欢释放出鬼火，像是一缕烛光，在黑暗中时隐时现。为了保护自己不受狐狸诡计的伤害，你必须学会双手交叉，手指重叠形成一个菱形的小孔。只要你沿着指间空隙朝鬼火方向吹一口气，并且口念佛经，你就可以远远地熄灭巫女的鬼火。

狐狸招摇撞骗的诡计，不仅表现在夜间。光天化日之下，狐狸同样会施展魔法，引诱你误入歧途，或者制造出某种幻觉，比如让你想象一场大地震即将来临，借此耸人听闻。为此，一些守旧的农民只要看到神奇事件就谈虎色变，声称不敢相信自己的眼睛。一八八八年磐梯山大喷发，这座巨大的火山炸成了

---

① 普罗特斯是古希腊神话中的海神，它可以随意改变自己的形象，并且可以预言未来。

碎片，摧毁了近七十平方公里的土地，生林涂炭，河流改道，掩埋了无数座村庄，成百上千的百姓葬身山下。有意思的是，一个老农民目睹了整个灾难。他站在附近一座高山顶上，漫不经心地观望着，仿佛是在欣赏一场悲剧。他看见一股黑烟伴随着岩浆腾空升起，高达六千多米，在头顶上形成一个巨大的蘑菇云，铺天盖地遮住了太阳。随后，他感觉到一阵热乎乎的雨水从头顶上倾泻而下。紧接着，天空变得一片漆黑。他似乎感觉到脚下地动山摇，仿佛听到雷声震耳欲聋，像是整个世界将要崩溃。然而他却十分淡定，直到眼前的一切逐渐平息，他没有显示出半点儿恐惧。他始终认为自己的所见所闻，不过是一只狐狸故意制造出的幻觉。

六

被狐妖附体的人，其疯狂程度令人震惊。有时他们赤膊上阵，在大街上疯狂喊叫；有时他们躺在地上口吐白沫，像狐狸一样发出尖叫。在身子被附体的某些部位，皮肤下面可以看到一个活动的硬块，似乎有着独自的生命。用一根针刺激它，它立刻转移到其他部位。无论怎样用力按住，它也会从你的手下溜走。据说那些被狐妖附体的人，会说会写他们之前完全不懂的语言文字。他们只吃被认为是狐狸喜欢吃的豆腐、油炸食品和红豆米饭。他们的饭量极大，声称不是自己在吃，而是附体的狐狸肚子饿了。

被狐妖附体的受害者，经常会受到亲戚们的残酷虐待。他们被烟熏火燎、拳打脚踢，希望以此把附体的狐狸赶出体外。人们还会请来修行的和尚"法印"或"山伏"①，以协助驱赶妖魔。法印或山伏会与狐狸展开激烈的舌战，狐狸则通过所附人体之口极力狡辩。有关狐妖附体的邪恶行径会经过一番宗教的辩论，之后狐狸开始变得沉默，它通常会同意离开，条件是必须为它提供大量的豆腐或者其他食物，且提供的食物必须立即送到狐狸声称自己"为其奴仆"的某个稻荷神社当中。那些依附于人体的狐狸，无论是谁派来的，通常都宣称自己是

---

① "法印"和"山伏"都是在山里修行的和尚，可以替人降妖驱魔。

某位稻荷的仆人，偶尔也称自己是神仙。

被狐妖附体的人一旦得到解脱，就会感到浑身乏力，毫无知觉地倒在地上，长时间无法站立。据说曾经被狐妖附体的人，再不能吃豆腐、油炸食品、红豆米饭或者狐狸喜欢吃的其他食物。

七

据信，"人狐"平日无法见到，一旦它靠近平静的水面，水中就会映照出它的身影。为此，那些"拥有狐狸"的人常被提醒，尽可能远离河流或者池塘。

如前所述，狐狸通常把自己依附于人体之中。就像日本的仆人，他们总是要隶属于一个家庭。如果那个家庭的女儿出嫁，狐狸不仅会跟随新娘来到婆家，还会在所有与夫君有亲缘关系的家庭中繁衍它的同类。据说，每只狐狸都拥有一个七十五只狐狸的大家庭，数量不会超过也不会少于七十五只，它们需要有人供养。那些幽灵一样的狐狸，虽然吃得不多，但是拥有一个庞大的狐群，却是一笔极大的开销。狐狸的主人必须在固定的时间内给它们喂食，而且总是要让七十五只狐狸首先用餐。每当灶锅里的米饭煮熟，狐狸的主人就会掀开锅盖，大声敲打起锅边。于是，成群的狐狸便挤满了灶台。尽管狐狸们吃起饭来一声不响，看上去也是无影无形，可锅里的米饭却在慢慢减少。正因为如此，穷苦人家对狐狸可谓是望而生畏。

然而豢养狐狸的代价远比拥有狐狸的罪恶要小得多。狐狸没有固定的道德准则，它的所作所为证明自己是一个不值得信赖的仆人。它可以给某个家庭带来长期繁荣，它的七十五只看不见的家臣或许也会为此做出努力。可一旦那个家庭遭遇不幸，它们就会突然不辞而别，并且卷走那个家庭的所有贵重物品。狐狸送给主人的所有精美礼品，都是窃取他人的不义之财。为此，拥有狐狸不仅是极端不道德的行为，同时也会给公众安宁带来极大威胁。由于狐狸乃是妖精，且不具备人类的感知功能，人们很难对它采取一定的防御措施。它可以将夜间盗窃来的邻居家钱袋，摆放在自己家主人的门前。结果早上起来被邻居家发现，于是不可避免地便会引起一场争吵。

狐狸的另一个恶习，是把暗地里听来的话公之于众，从而无端制造出邻里之间的不和。例如，隶属于小林家的一只狐狸，听到主人说他私下里很讨厌邻居中山先生。于是，这位热心的仆人便跑到中山先生的家中，依附在中山先生的体内，对他百般折磨，并且对中山先生说道："我是小林家的仆人，你对我家主人做了诸多坏事，除非我家主人命令我离开，否则我会一直在此折磨你。"

最后，也是最糟糕的，狐狸可以肆意对家中成员大发雷霆。无疑，狐狸也可能成为你的好友，并让它所寄居的家庭变得富有。但是由于狐狸不属于人类，毕竟那只是一个妖精，也不具备人类的动机和情感，所以很难避免时常会引起它的不悦。它经常出乎意料，无缘无故地大发脾气，后果无法预测。狐狸本能地具有无限幻觉，它有着一副极其灵敏的耳朵，异常敏锐的嗅觉，通晓天地之灵气，扭转乾坤之魔法。它生性变化多端，即便不考虑它所具有的特殊魔力，本质上也是一个无所不能的恶魔。

八

出于以上这些原因，无疑还有其他更多的理由，人们普遍认为，应当避免接触与狐狸有关的人士。与拥有狐狸的家庭通婚，无法被一般人所接受。在出云，许多漂亮且有才华的女子找不到丈夫，只因为人们相信她的家里窝藏着狐狸。通常来说，出云女孩儿不愿意远离家乡嫁到外埠。无奈，拥有狐狸家庭的女儿，只好嫁到另一个拥有狐狸的家庭，或者找一个远离众神之国的丈夫。拥有狐狸的富裕家庭，按照上述方法打发女儿并没有太多困难。可是那些拥有狐狸的穷苦家庭，他们漂亮的女儿因为受到迷信思想的谴责，却无法找到婆家。并非没有人喜欢她，也并非没有人想娶她，那些公立学校毕业的年轻人，他们并不相信狐妖的存在。只是在广大的农村地区，人们甚至无法摆脱迷信思想的束缚。倘若反抗，其后果不仅要由丈夫承担，而且要由他的家庭，甚至与之相关的整个家族负责。无法想象，那将是怎样的后果！

在那些拥有狐狸的人们当中，有一些知道如何利用迷信思想从中获利。一般来说，乡下人不敢冒犯那些拥有狐狸的人士，唯恐他们差遣无形的仆人前来附体。那些拥有狐狸的人士，在他们所在的地区拥有巨大的权势。例如，在一个叫作米子的小镇上，住着一位有钱有势的居民。在那里，他的主张便是法律，他的意见没人胆敢反对。事实上，他便是那里的统治者，并且因此成为了富豪。所有这些只因为人们相信，他家里豢养着众多只狐狸。

相扑大力士号称自己不会被狐狸附体，为此他们既不在乎拥狐人士，也不在乎他们的狐朋狗友。人们相信，身体强壮的人不会受到狐妖的攻击，据说狐狸也惧怕他们三分。有一个被狐狸缠身的例子是这样说的："我本打算缠住你的兄弟，怎奈他过于强壮，我只好附在你的体内，因为我决心要报复你的家人。"

九

对狐狸的盲目崇拜不仅影响到人们的生活，同时还影响到财产的积蓄。受它影响的出云房地产价值高达几十万日元。

相传一户人家拥有一块土地，因被认为家中拥有狐狸，导致无法以正常的价格出售。人们不敢买那块土地，因为他们担心狐狸会毁灭新的业主。在山区，水稻梯田更是难以找到买主。这种稻田面临的最大困难，是使用上百种特殊设备对土地进行大面积灌溉。在某些季节，水变得奇缺，农民甚至会为水而战。人们担心在狐狸出没的地方，狐狸会把水从一块地吸引到另一块地；或者出于恶意，在堤坝上打个洞，从而毁坏稻田里的庄稼。

不乏一些精明人士，会巧妙地利用这一奇怪的信仰。松江有个绅士，是现代学派的一位农业专家。十五年前，他曾经准确预测有关狐狸的恐怖心理，并且在出云东部购置了一大片无人出价的土地。现如今，在这位农业专家的辛勤耕作下，庄稼生产获得了大丰收，与此同时土地价值也增长了六倍。如果现在将土地出售，他将赚得一大笔财富。他的成功，加上他曾经是政府官员的事实，有力地打破了世人的诅咒，人们不再相信他的土地上曾经有狐狸出没。然而农业生产的丰收，并没有使土地彻底摆脱迷信的困扰。这位农场主之所以具有驱赶狐妖的巨大能量，得益于他所处的官职。对于农民兄弟来说，"政府"这个词无疑就是他们的护身符。

出云最富有、事业最成功的农场主，神门郡茅野宫的和久利先生，身价超过十几万日元，当地百姓普遍认为他家里豢养着成群的狐狸。百姓们向我讲述了有关他的传奇故事。有人说，他原本是一个穷苦农民。一天，他在树林里遇见了一只白狐幼崽。他把白狐幼崽带回家，轻轻地抚摸着它的身子，拿来大量豆腐、红豆米饭和油炸食品这三种狐狸喜爱的食物供幼崽享用。从此，富贵便降临到了他的头上。另有人说，在他的家中有一片特殊的榻榻米草席，是专供狐狸们使用的客房。在那里，每月要为数百只"人狐"举行一次盛大的宴会。对于这些说法，和久利先生本人却始终只是付之一笑。他本是一位举止高雅的绅士，在崇尚科学的文人学士中间备受尊重。

十

"人狐"夜间敲你的房门，会发出沉闷的声响。如果你有丰富的经验，通过声音便可得知来者是一只狐狸，因为狐狸总是用尾巴敲门。当你打开门时，你会看到一个男人，抑或是一个漂亮的女人，它只能用只言片语跟你讲话，不过你还是能够理解它的意思。狐狸不可能说出完整的句子，它断断续续地说道："这……西……先生……家？"它是在问："这里是西田先生的家吗？"如果你是狐狸的朋友，来访者会送上一份小礼物，然后消失在黑暗之中。不管那礼物是什么，夜晚看起来总比白天大得多。狐狸的礼物只有部分是真实的。

一天夜里，松江的一位士族回家途中，在经过母衣町时看见一只狐狸，在一群猎狗的追赶下拼命地奔跑着。士族用雨伞赶走了猎狗，让狐狸得以逃生。第二天晚上，士族听到有人在敲自己家的门。他打开门，看见一位漂亮的姑娘站在门外。那姑娘对着士族说道："昨晚，如果不是您好心搭救，我早就死在了猎狗的手中。我不知道如何报答您是好，这是我的一点心意。"说着，姑娘把一个包裹放在士族脚下，怅然离去。士族打开包裹，看见里面包着两只漂亮的小鸭子，还有两枚银币。那形同叶状、又重又长的银币，每块价值十到十二美元，是当今古董收藏家梦寐以求的珍品。不大工夫，其中一枚银币在士族眼前变成了一片草地，另一枚银币则保持着原样。

一天晚上，松江的一名医生杉贞庵，被告知有一位孕妇临产，要去松江郊外白鹿山附近的孕妇家中。一位仆人手提一盏纸灯笼领路，纸灯笼上印着武士家徽。医生被带到一座气势雄伟的武士宅邸，在那里受到了武士的热情接待。产妇平安产下了一个可爱的男孩儿，武士家人用丰盛的晚宴款待医生，随后护送医生回到家中，并且送上了厚礼。第二天，按照日本的礼节，医生要去武士家回礼，但他却无论如何也找不到武士的那座宅院。事实上，白鹿山上除了树林之外一无所有。医生回到家，再次查看了武士付给他的金块。其中一块金子变成了一片草地，而其他金块则保持着原样。

十一

与稻荷狐仙有关的迷信，流传着这样一些传奇的故事。

几年前，松江有一家豆腐店，生意十分兴隆。所谓豆腐店，就是卖豆腐的商店。豆腐是用豆子制作的，形状很像鸡蛋布丁。在所有食物当中，狐狸最喜欢吃豆腐和荞麦面。传说曾经有一只狐狸，化装成一个衣着华丽的男人，来到乃木村湖畔一家有名的荞麦面馆"栗原屋"，吃了大量的荞麦面。可那位客人走后，他付的钱全都变成了碎木屑。

豆腐店的老板还有过一段不同的经历。一个衣衫褴褛的男人，每天晚上都要来到店里，买上一块豆腐，当下狼吞虎咽地吃掉，好像很久没吃过东西似的。最近几个星期，那个男人同样每晚来到店里，却是不再讲话。一天晚上，豆腐店老板从他那破旧的衣襟下，看见了一条粗大的白毛尾巴。这一光景引起了老板一阵奇妙的遐想。从那以后，豆腐店的老板便开始对这位神秘的客人殷勤招待，恭敬有加。就这样大约又过了一个月时间，这位神秘的客人终于开口说起话来，其内容大致如下：

> 我虽然看起来像一个人，但我却并不是人类，只是为了拜访您，我才化装成人的模样。我来自高町的稻荷神社，我看到您经常去那里参拜，希望对您的虔诚和善良有所报答。为此，我今晚特意来到这

里，为的是拯救您免受一场灾难。凭借我的灵感，我得知这条街明天将要有一场大火，街上所有房屋都将被彻底烧毁。我决定施展魔法，拯救您的豆腐店。为此，您必须打开仓库大门，让我进到里面，而且不能让别人看见。如果有人类的眼睛看见我，魔法将无法施展。

豆腐店老板千恩万谢，打开仓库大门，恭恭敬敬地邀请"稻荷先生"进到里面，并且下令所有家人和奴仆不得看守。老板的命令得到了严格遵守，仓库里所有财产以及家中一切贵重物品，一夜之间被轻而易举地洗劫一空。第二天早上，人们看到仓库里空空如也，可是街道上却并没有燃烧起大火。

还有一个真实的故事，讲的是松江的一位富商，轻易地沦为假稻荷诱饵的经过。那个假稻荷告诉这位富商，如果他夜晚放些钱在神社，作为他平生虔诚祈祷的回报，第二天早上他的钱可以翻倍。于是，这位店主拿了些小钱放到神社里，不到一夜之间这些钱果然翻了一番。随后，他又在神社里放了一笔大钱，这些钱同样翻了一倍。他甚至冒险在神社里放了几百美元，这些钱也都如数翻了番。最后，他从银行里取出了所有积蓄，一天夜晚将它们全部放在了神社的大殿前，从此再也没能见到它们返回。

十二

众多文学作品，无不围绕着"狐灵"这一亘古不变的主题，其中有些可以追溯到十一世纪。在古代传说、历史传奇、民间神话甚至现代小说当中，狐狸始终扮演着神奇的角色。有关狐狸的故事，有些非常美丽，有些则不尽悲伤，有些更是近乎恐怖。众多学者纷纷研究狐狸的历史现状，有关狐狸的故事更是在日本家喻户晓、妇孺皆知。例如，传说中的玉藻前，曾经是鸟羽天皇最宠爱的妃子，她的名字甚至被广为传诵，可最终证明那不过是一只长着九尾金毛的妖狐。在日本的狐狸文学当中，最有趣的部分当数戏剧，它以幽默的形式反映出大众的普遍信仰。以下，是日本滑稽小说作家十返舍一九所著《膝栗毛》当中的一个片段：

（喜多八和弥次郎从江户前往大阪。在距离赤坂不远的地方，喜多八先行一步前去探寻留宿的客栈，弥次郎则在后面慢步跟随，在路旁一间老妇人开的茶馆稍加歇息。）

老妇人：先生，请用茶。

弥次郎：多谢！请问，这里离下一个驿站赤坂还有多远？

老妇人：大约一里来地。我看您单身一人，今晚最好在此留宿，且不知途中有一只妖狐，专门迷惑路人。

弥次郎：竟然有这种事情？实在太可怕了。可我必须继续赶路，我的同伴先行一步，已经在前面等候。

（弥次郎付了茶钱，继续往前赶路。夜色渐浓，弥次郎只身一人走在路上，想起老妇人的话，不觉感到有些紧张。他走着走着，突然听到一只狐狸发出"吭、吭"的叫声。弥次郎浑身一阵战栗，不由得大声叫喊起来。）

弥次郎：你敢过来，我就杀了你！

（与此同时，同样被老妇人的话吓破了胆的喜多八，决定就此停下脚步等候弥次郎。黑暗中，他自言自语地说道："若不在此等候，必定会被妖狐欺骗。"猛然间，他听到弥次郎的声音，便大声呼喊。）

喜多八：喂！弥次郎！

弥次郎：噢！你在那里做什么？

喜多八：我本打算继续赶路，无奈心里害怕，决定停下来在此等候。

弥次郎：（想象狐狸为了欺骗自己化身喜多八）别以为你能骗得过我！

喜多八：你胡说些什么？我给你买了些好吃的年糕。

弥次郎：那都是些马粪，不能吃！

喜多八：你不必疑神疑鬼，我真的是喜多八。

弥次郎：（猛地冲到喜多八面前）我知道，你化身喜多八，前来欺骗我！

喜多八：你这是什么意思？你打算把我怎样？

弥次郎：我要杀了你！（弥次郎把喜多八推倒在地）

喜多八：噢！你把我弄得好痛，放开我！

弥次郎：如果你真的怕痛，就让我看看你的本来面目吧！（两个人扭打成一团）。

喜多八：你要干什么？你在用手摸什么？

弥次郎：我在摸你的尾巴。如果你不把尾巴露出来，我就要把它揪出来。（弥次郎取出一条毛巾，将喜多八的手反绑在身后，从后面驱赶着他继续前行。）

喜多八：请放开我！请先放开我！

（这时，两人来到了赤坂附近，弥次郎看见一只狗。他一边招呼着狗，一边把喜多八拖到狗的近旁。人们相信，狗能够看穿狐狸的伪装，可那只狗对喜多八毫不介意，弥次郎这才给喜多八松了绑，向他道歉，两个人不约而同地为先前的恐惧大笑了起来。）

十三

可是有一些狐仙，却令人感到十分愉快。

例如，松江有一个偏僻的小镇，陌生人来到这里就像是进入了一座迷宫。那里有一间当地的稻荷神社，人称"子供稻荷"（即"儿童稻荷"），规模不大却很有名气。最近，稻荷神社里又新添了一对石雕狐狸，它们涂着满嘴的金牙，一副特有的滑稽表情，显得十分可爱。它们被分别安放在大门的两侧，雄狐狸咧着嘴大笑，雌狐狸则紧闭着双唇，一副端庄的模样。在神社的寺院内，还可以看到众多没有鼻子、掉了头、断了尾巴的古老的小狐狸雕像，和两头巨大的石狮子。在石狮子的胸前，悬挂着朝圣者供奉的草鞋。人们用这种方式向石狮子祈祷，希望他们的脚疾能够得到治愈。此外，那里还有一座供奉着荒神的小祠堂，四周摆放着一些人偶娃娃的残骸。

与八重垣神社一样，在这座当地的稻荷神社格栅门窗上，同样系着无数张小纸片，把神社门窗点缀得一片洁白。每张纸片上都寄托着一份祈祷。不难看出，这里的祈祷方式显得格外特别。在神社大门的左右两侧乃至大门上方的墙壁上，张贴着一些奇怪的还愿图。图中的内容大多是孩子们坐在浴缸里的情景，抑或是孩子们剃光头的情景，还有一些是孩子们玩耍的场面。有关这些神奇图片的解释如下：

你或许知道，像成年人一样，日本小孩每天都必须洗热水澡。把男女幼儿的头发剃光，也是当地的一种习俗。尽管有着某种遗传，抑或是传统习俗，鉴于幼儿皮肤十分娇嫩，他们仍然觉得剃头刀和热水澡很难忍受。通常，日本人的洗澡水温度都很高（一般不低于四十三摄氏度），即使是成年的外国人也需要慢慢适应，尝试着欣赏它的卫生价值。此外，日本人的剃头刀比起我们的要差得很多，而且他们很少使用肥皂，如果不是技术熟练的老手，极容易伤害到皮肤。日本的父母对待孩子不是靠专横，而是靠爱抚和哄骗，他们极少强迫或者恐吓孩子。为此，如果洗澡或者剃头时孩子反抗，就会让父母感到十分为难。

如果孩子拒绝剃头或者洗澡，父母就不得不求助于当地的稻荷神社。稻荷大神会差遣一只狐仙逗孩子开心，使之适应新的生活秩序，并从中感觉到欢乐。如果孩子淘气或者生病，也要求助于这位稻荷大神。一旦祈祷如愿以偿，父母就要在神社内奉献上一些还愿物，就像贴在门栏上的图片，表示愿望已经得到满足。从图片的数量，以及神社香火不断的繁荣景象判断，子供稻荷无疑受到了人们的欢迎。在我到达神社的几分钟内，就有三位背着婴儿的年轻母亲来到神社祈祷，并且供奉上财物。我注意到，其中一个可爱的男孩并没有剃光头发，这显然是一个极端顽固的案例。

在参观完稻荷神社返回途中，一同参观的一位日本向导，对我讲述了这样一个故事。

他家隔壁邻居的儿子，一个七岁的男孩儿，一天早上出去玩耍，结果失踪了两天。最初，父母并没有感到不安，以为孩子只是去了亲戚家，在那里他经常一待就是一两天。可是到了第二天晚上，父母得知孩子并没有去亲戚家，于是四处寻找，但都无果而终。那个深夜，男孩儿家门外传来了一阵敲门声。母亲急忙打开房门，看见失踪两天的孩子正躺在地上酣睡，也不知道是谁敲的门。男孩儿醒来后笑着说道，在自己失踪的那天早上，遇见了一个和自己一样大的少年，长着一对漂亮的大眼睛。那个少年把自己带到大森林，在那里一起整整玩了两天两夜，玩的都是些神奇的游戏。最后，自己昏昏欲睡，那个少年把自己送回家了。自己并没有感觉到饥饿，那个少年答应"明天再来"。

可是，那个神秘的少年从此再也没有露面。附近也没有像他那样的孩子，人们猜测那是一只前来寻欢作乐的狐狸。只是被戏弄的男孩儿，却依旧苦苦等待着快乐的少年再次出现。

十四

大约三十年前，松江有一位名叫"鸢川"的前相扑大力士。他极其厌恶狐狸，捉住狐狸便毫不客气地将其杀死。人们普遍认为，由于他力大无比，所以不会被狐狸施与魔法。可是也有一些老人预言，他注定不得善终。这一预言果然成为了现实。

鸢川最终以一种奇妙的方式结束了自己的性命。鸢川非常喜欢恶作剧。一天，他扮装成一只天狗，长着一双翅膀、一双大爪子和一个长鼻子，来到乐山附近的一座神圣的小树林中，爬上一棵大树。不多时，附近善良的百姓便蜂拥而至，争先恐后地向他供奉祭品。见此情景，鸢川更是得意忘形，他接二连三地从一根树枝跳到另一根树枝，没承想一脚踩空，从树上掉到了地上，摔断了脖子。

十五

诚然，这些有关狐狸的奇怪信仰正在逐渐消亡。年复一年，越来越多的稻荷神社濒临崩溃，再也无法重建；月复一月，石刻的狐狸雕像变得越发稀少；日复一日，已经鲜有狐狸受害者被送进医院，接受会讲德语的日本医生以科学方法进行治疗。其中的原因，并不在于古老信仰日趋衰落。即使宗教信仰消失，迷信思想依旧长存。更何况面对西方传教士的布教活动，很多人依然宣称自己笃信魔鬼的存在。出现这种情况，完全是由于学校教育的结果。迷信思想的最大杀手是公立学校。在那里，现代科学的教育不会受到宗教派别或者偏见思潮的影响。在那里，即使最穷苦的孩子也能够接触到西方文明的智慧。在那里，没有一个十四岁的男孩儿或女孩儿不知道廷德尔、达尔文、赫胥黎①以及赫伯特·斯宾塞这些伟大的名字。那些恶作剧中折断狐仙鼻子的小手，也能够写出关于植物进化或出云地质的论文。在新一代研究成果所揭示的美好世界里，已然没有了狐仙的栖身之地。今天的有志少年，便是未来的魔法师和改革者。

---

① 托马斯·亨利·赫胥黎（Thomas Henry Huxley）（1825—1895），英国著名博物学家、教育家，达尔文进化论杰出的代表。

下卷

第一章　日本的庭园

一

我的家原本位于大桥川河畔，那里是一座二层小楼，像是一只精美的鸟笼，别有一番情趣。然而随着暑季的到来，我开始感觉到有些不适。屋顶低于附近河面上的蒸汽船室，房间里狭窄得几乎挂不起一张蚊帐。无奈，我把家搬到了城市北边，城堡废墟后的一条僻静的小巷里。那里望不到湖面上的美景，着实让我感到有些遗憾。我的新居是一座古宅，过去曾经是上层武士的寓所。它远离街道公路，前面是一条护城河，与城堡仅隔着一堵灰砖瓦顶的围墙。院门大得像是寺庙的山门，中间是一条宽阔的石板路。大门右侧院墙突起的地方设有一扇瞭望窗，外面装有防护栏，看上去活像一只大木笼。封建时期，带刀的家臣躲藏在木笼后，监视着过往的行人。木栅与木栅的间隔密集，路上的人很难发现躲在后面的人脸。进入院内，通向正房的道路两侧依旧是高墙耸立，来人只能看到房间入口，入口处总是白色拉门紧闭。像是其他武士宅院一样，这座寓所也是一水儿的平房，里面的房间竟有十四间之多，每个房间都是高高的天花板，宽敞明亮，显得十分华丽。这里既看不到湖面的美景，也没有其他迷人的景色。透过灰砖瓦顶的围墙，可以看到一部分古城堡及城堡山上那半壁松林。远方百米处是一片树林，遮挡住视线，不但掩盖了地平线，还笼罩了大片天空。与四周禁锢的环境相比，宅院里却是景色宜人。以房间为中心，三面环院，站在宽阔的廊檐下，周围庭园的景色一览无遗。竹林和灌木丛编织起的矮墙，将庭园分成三个部分，每个部分以敞开的拱门相连。那竹林和灌木丛，与其说是隔离墙，更像是一种装饰，为每一座庭园带来异样的情趣。

二

这里，首先来介绍一下日本庭园的基本知识。

说起日本的插花艺术，要想掌握其精髓，除了要有艺术灵感之外，还需要多年的探讨和实践。在泛泛了解日本插花艺术之后，你会发现西方有关赏花的理念是那样的俗不可耐。我的这一结论并非一时冲动，而是长期生活在日本内地，亲身体验百姓生活的结果。现如今，我终于体会到小小的插花所表现出的内在美。无疑，只有懂得插花艺术的人，才能够创作出完美的作品。它绝非简单地摆弄花草，而是需要修剪、构思、造型等一系列步骤，完成一幅作品至少需要一个时辰。正因为如此，在我看来，西方人对待花儿所表现出的态度，简直就是对花束的摧残，对色彩感觉的亵渎和野蛮的践踏。出于同一个道理，在对古老的日本庭园有了初步了解之后，每当我想起英国的豪华庭园，便想到那些人如何耗费巨资，违背自然规律，破坏自然和谐，并以此来炫耀他们手中掌握的巨大财富。

原本日本庭园并非花的世界，也不是为了栽种植物而设计的。在日本的庭园当中，十有八九看不到类似花坛的地方，有些竟然找不到一根绿色的枝叶。更有些特殊的庭园，根本就没有花草，完全由岩石、石子和沙粒组成。一般情况下，日本庭园，即所谓的山水庭园，并不需要一个固定的空间。有些庭园可以是一两英亩，有些庭园却只有十几英尺见方。还有一些极端的例子，它的庭园可以更小，小到勉强能够放入壁龛当中。这些可以放在一个诸如水果盘大小的容器当中的庭园，被称作"壶庭"或者"床庭"，它常见于园内只有房屋建筑，无法营造室外花园，即所谓"外庭"的家庭（这里之所以要提到"外庭"，是因为在一些日本较大的住宅里，楼上和楼下都设有室内花园，即所谓的"内庭"）。壶庭通常被安放在造型奇特的砖钵、浮雕的浅木箱或者其他看似别致的容器当中。我不知道如何用英语描述这些容器，其中设有小山、矮房、池塘、小溪，小溪上面架起拱桥，奇妙的枝叶代替小树，形状古怪的石子代替假山，有时还可以看到高悬的灯笼，或是可爱的鸟居。这种壶庭将日本的风景再现得栩栩如生。

另一个重要的事实是，为了对日本庭园有更深刻的理解，就必须知道，或者必须学会知道石头的妙处。这里所说的石头不是人工雕刻的，而是自然形成的。每一块石头都有灵性，其色彩和价值各异，如果对此没有一定的理解，就无从感受日本庭园的魅力。一个外国人，即使他具有非凡的审美能力，仍然需要磨炼对石头的感觉。在日本，人们的这种感觉与生俱来。如实感知大自然，这一点日本人比起西方人表现得尤其出色。西方人只有通过长期的观察，体会日本人如何挑选和利用石头，才能够真正理解石头的奥妙。生活在日本的内地，这种机会随处可见。当你行走在大街上时，已经无法回避对石头美学意识的观察和培养。在寺庙甬道，小巷路旁，镇宅林前，或是公园墓地里，都可以见到大小不同、形状各异的顽石。它们大都采自河床底部，被河水冲刷得十分光滑，有些刻着文字，此外并无特殊加工。它们被用来当作石碑、纪念碑，甚至是墓碑。比起那些精雕细刻的石像，石头显得更具有价值。在神社或者大宅院的门前，经常可以看到一块天然的影背石，通常被河水冲刷得失去了棱角，顶部呈圆弧形且略微凹陷，像是一只巨大的水盆。这些只是石头的一般用途，即使再贫穷的村落也不例外。如果你先天具有审美能力，迟早也会发现，自然的形成远比人工雕琢来得更加奇妙。假如你的足迹遍及整个日本，你就会习惯于阅读岩石表面的文字，甚至还会产生一种错觉，以为表意文字与岩石同在。你会在没有汉字的石碑上，不自觉地寻找起经文或者其他文字迹象。至此，你已经感受到了石头的魅力和它的真实存在。或许你也能够像日本人一样，从石头当中体会出情感的变化。日本是一个多火山的国家，石头能够给予人们更多的启迪。古人在描述出云凶神时曾经说道："岩石、立木、浪花也会开口说话。"自古以来，石头就无声地激发着大和民族丰富的想象力。

与那些相信自然会给人们带来启迪的国度一样，在日本，同样流传着许多关于石头的美好传说。一些地区还流传着有关圣石、怪石、妖石的佳话。镰仓八幡宫的姬石、那须的杀生石、江之岛的福石就属于这一类。前来参拜这些石头的人络绎不绝。传说有些石头富于情感。《古事记》中记载，大灯国师在讲解佛陀教诲时，面前的石头曾经对着他点头鞠躬；喝得酩酊大醉的应仁天皇，"在大阪的道路中央以御杖击打一块巨石，那巨石竟然溜之大吉"。

石头，因其精美而具有了价值。造型奇特的巨石，表面价值可达数百美元。巨石，由于它的独特外表，成为古老日本庭园设计时的主要支柱。宅院里屋檐下，经过严格筛选的石头，按照其摆放的目的，又被赋予了不同的名称。遗憾的是，有关日本庭园的民间习俗我知道得甚少。想要了解更多有关石头的知识以及日本庭园的哲学理念，建议阅读康德先生的随笔《日本的园林艺术》和他的佳作《日本的插花艺术》，以及莫尔斯先生《日本人之家》中有关日本庭园的精辟论述。

三

日本的园林艺术，并不期待虚构出实际生活中不存在的风景，也不希望描绘出完美无缺的理想世界。园林艺术的目的，在于忠实地反映自然的魅力，再现景物所表达的真实情感。为此，日本庭园在作为庭园的同时，又是一幅画卷，一首讴歌大自然的诗篇。自然风光的变化，给人们带来欢乐与庄严、冷酷与温情、力量与安宁。园艺家不懈的努力，更给人们带来希望，同时也是对人们灵魂的诉说。昔日伟大的园林艺术家，那些把园林艺术介绍到日本，并将这一技术发展到崇高境界的佛教高僧们，更是为此建立起一套理论，并将道德观念融入园林的构思当中。在他们看来，园林设计应当力图表现诸如贞节、信仰、虔诚、知足、宁静、夫妻和谐等一整套抽象概念。为此，他们在设计庭园时，首先要看主人的身份，是诗人还是武士，是哲学家还是僧人，并以此作为设计的依据。古老的园林艺术，将自然风情与人类情感完美地结合在了这一方小小的庭园之中。（遗憾的是，如今受到西方思潮的影响，这项技术已流于荒废）。

我不知道，在我家庭园的设计当中，究竟描绘出了怎样的人间情感，也没有人告诉我这一切。建造这个庭园的人，早已在数个世纪前就离开了人间。只是这里作为自然的诗篇，并非需要做更多的解释。庭园位于房屋正前方，面朝南，向西延伸，直至北面尽头，被一道奇特的篱笆墙隔开。园子里端坐着一块巨石，石头上长满了青苔，周围散落着几张石盘，石盘里积满了泉水。园子里的石灯笼，因年深日久而变绿。另有一尊城堡飞檐上的石鱼，俗称兽头瓦，像是魔幻中的海豚，鼻子朝地，尾巴翘向天空。远处是一座假山，一棵参天古树，一条长满绿草的坡道，上面覆盖着灌木丛，宛如岸边的堤坝。绿色的小山包，仿佛一座小岛。眼前这一片绿色天地，始于一片丝绸般柔软的黄沙，恰似一条小溪蜿蜒流淌。没有人忍心践踏沙面，因为它实在美得出奇，一颗沙粒的尘埃，也会让它面目全非。为了保持它的完美形象，需要有经验的园艺师经常维护。我家的园艺师，是一位开心的老人。他将一块块天然石板，按照不同的间隔搭在沙面上，像是溪水中间的踏脚石，以便人在上面自由行走。人在黄沙旁，像是来到了一条静静的小河边，令人感到幽静，却又不乏寂寞、忧伤。

没有什么东西可以让这一幻觉破灭，因为这里完全与世隔绝。高高的篱笆墙，挡住了通向道路和邻里的去路；浓密的参天大树和灌木丛，遮掩住隔壁武士宅院的屋脊；耀眼的黄沙表面，斑斑点点地洒满着树影，看上去那么悠闲；微风伴随着淡淡的花香，蜜蜂也在不停地忙碌。

四

佛教认为，世间一切众生，根据其有无欲望，均可分为"有情"众生，如人与动物，和"无情"众生，如石头与树木。可是据我所知，在园林哲学的记载当中并未提及这一区分。我感觉，这一区分显得极其便利。我的这个小庭院所承载的民间传承当中，同样包含着"有情"和"无情"两种众生。按照自然顺序，首先让我们看一看"无情"众生。这其中，要从距离宅邸玄关最近，连接庭院第一道大门的灌木丛开始说起。

多数古老的武士宅邸，在正门的玄关附近，都可以见到一株矮树，上面长着宽大的叶子。在出云，人们称这种树为"手柏"，我家玄关附近也有一棵手柏。我不晓得它的学名，也不知道它日本名字的来源。就像手铐，意思是将手捆绑在一起，手柏的意思，似乎是说它的叶子与手的形状相似。

古时候，根据大名的"参勤交替"制度，武士随藩主离开家去江户赴任，出发前要吃用手柏叶包起来的烤真鲷鱼。壮行宴会结束后，还要将包真鲷鱼的手柏叶挂在大门上，保佑藩士平安归来。有关手柏的这一让人见笑的迷信做法，不仅缘于叶子的形状，更是因为叶子摆动时的优雅姿态。每当风儿吹过，手柏树就会张开硕大的叶子，像日本人在招呼自己的朋友，掌心朝下，轻轻地上下挥舞。

日本庭园当中经常见到的另一种灌木，是南天竹。人们对于这种植物，同样有着特殊的信仰。人们相信，如果夜里做了噩梦，早上起来就要对着南天竹细细诉说，于是噩梦就不会成真。这种优雅的植物有两个种类，一种结红色果实，一种结白色果实，后者尤为稀少。我家庭园里种植着两种南天竹，常见的那种靠近阳台（或许是为了方便做梦人），另一种在院子中央，和矮树香橼栽在一起。品位高雅的香橼树，因其果实的形状，又被称为"佛手柑"。附近还有一种月桂树，其矛状的叶子如青铜般明亮。和手柏树一样，月桂树常见于武士的旧宅当中，日本人称之为"让叶树"。它被认为会给人带来好运，因为在新叶子长成之前，老叶子不会脱落。这预示着，儿子长大成人继承家业之前，父亲不会离开人世。让叶树象征着希望，每逢新年，出云人就会用让叶树的叶子与羊齿草一起编织成注连绳，悬挂在自家门前。

五

像矮小的灌木一样，有关巨大的树木，同样流传着美好的传说。如同石头一样，树木根据它在庭园当中所占据的位置，亦被赋予了不同的名称。如果说砂岩和巨石形成了庭园的平面主体，松树则以其青枝绿叶编织成的骨架，占据了整个庭园的空间。我家庭园里种植着五棵松树，经过长年的精心培育，现在已经是枝叶繁茂，美丽如画。园艺师的目标，是使松树枝叶最大限度地自然生长，以使其浓绿的针叶不失为日本镶嵌和描金艺术永久的主题。在这个象征主义的国度里，松树被赋予了特殊的含义。长青不老，让松树成为意志和活力的象征。人们相信，在那坚硬的针叶当中，充满了降妖除魔的强大力量。

院子里还有两棵樱花树。那是日本樱花，正如张伯伦教授所描述的那样，"西方任何一种花卉都无法与其媲美"。樱花的种类繁多，深受日本人的喜爱。我家庭园里的樱花，白里透红，开出粉红色的花朵。每到樱花盛开时节，花瓣就会像飘浮的云彩，从遥远的天边辞空而落，在夕阳的照耀下洒满枝头。这种比喻不是夸张，也并非我的独创。自古以来，面对大自然的造化，就有相同诗句描绘樱花的美景。从未见过樱花的读者，无法想象那一刻令人欣喜的场面。樱花树，在鲜花落去之前不会长出嫩叶。从上到下，春满枝头，没有一片绿叶，只有绽放的花朵，放眼望去仿佛一片花的海洋。樱花树下，纷纷扬扬的花瓣徐徐落下，大地像是铺上了一层粉红色的地毯。

　　上述这些均为人工栽培的樱花。也有在开花之前便长出绿叶的山樱，更有诗歌赞颂山樱的秀美。下面是伟大的神道作家、诗人本居宜长①的一首吟咏樱花的诗篇：

　　　　若问敷岛大和心，
　　　　朝阳之下映山樱。

　　无论是人工栽培还是野生山樱，日本的樱花都有着共同的象征。自古以来，武士钟爱樱花，并非只是因为其艳丽。她纯洁无瑕、清正廉洁、多情善感、高风亮节，代表着真正的武士情怀。古语说："花当如樱，人如武士。"

　　我家庭园的最西头，柔枝嫩叶，影影绰绰，直逼檐下，生长着一棵漂亮的梅花树。那是一株古树，与别人家一样，长在院子里是为了欣赏它那美景。早春二月盛开的梅花，毫不逊色于春天的樱花，同样沁人肺腑。每到樱花、梅花盛开季节，人们便放下手里的工作，走出家门，踏青赏花。在日本，梅花和樱花名气最大，但也并非只有这两种花卉。紫藤花、牵牛花、牡丹花也会在各自的季节盛开一时，争奇斗艳。那时，城里人便会前去观赏。在出云，尤以牡丹时节景色最为壮观。牡丹花的胜地，在中海潟湖的大根岛上，那里离松江乘船

---

　　①　本居宜长（1730—1801），日本江户时代的思想家、语言学家，日本复古国学的集大成者。

大约一个小时的路程。每逢五月，岛上被火红的牡丹花覆盖，甚至小学校也要停课一天，让孩子们尽情享受牡丹美景。

梅花和樱花，在妍丽方面难分伯仲。日本人将女人的秀美比喻成樱花，而非梅花；将女人的温柔比喻成梅花，而非樱花。一些西方作家断言，日本人从不用花草树木形容女人，这是一个极大的错误。日本人将女人的优雅比作杨柳，将少女的青春比作樱花，将女人的内心比作梅花，所有这些都是极好的例证。自古以来，诗人就有用尽世间一切美好赞誉女人的传统。有诗为证，看他们是如何用鲜花描绘女人优雅体态的：

> 立如芍药，坐如牡丹，行如山丹百合。

即使再卑微的乡下姑娘，父母也要为她取一个花草树木的名字，并且在前面加上表示美好的"御"字以示清香，如御松、御竹、御梅、御花、御稻等。至于说到那些艺伎、舞女的职业花名，就更是如此。这种以特定的花木为名的传统习俗，与其说源自树木本身的秀美，更是自古以来人们对象征吉祥的树木的尊崇。大量谚语、诗歌中委婉的表达方式足以证明，日本人在利用花草树木赞美女子方面，丝毫不逊色于西方人的审美意识。

六

树木，至少在日本具有灵魂，这对于见到过盛开的梅花和樱花的人来说，绝不是人为的幻觉。在出云乃至日本其他地区，这是一种普遍的信仰，它并非出自佛教的理念。从某种意义上说，比起将树木视为"人类造化"的西方正统观念，它更接近于宇宙的普遍真理。像西印度群岛一样，在日本，人们对于某些特定的树种有着特殊的信仰，它有效地防止了人们对珍贵树种的破坏。和其他热带地区一样，日本人同样有着自己的精灵树，其中尤以朴树（学名：Celtis Willdenowiana）和垂柳最具灵性。人们相信，这两种树可以释放出巨大的能量，自古以来它们就很少出现在日本的庭园当中。在出云，有"朴树三十六变"之说。字典里解释"三十六变"，即"变形""变貌""变态"。然而对于朴树的信仰，却显得十分奇特，无法用"三十六变"解释清楚。通常，树木本身不会改变形状，也不会改变场所，但树的精灵却可以从树上分离，变成各种化身，在附近走动。朴树最常见的化身，是年轻美貌的少女。树的精灵很少张口说话，也不会远离树身，遇到有人靠近，便立刻返回树干。据说，砍断柳树的古木或者朴树的幼苗，断口处就会流出鲜血。但无论是柳树还是朴树，幼苗时期都不会表现出超然的能力。一旦它们长大成材，就显得十分危险。

关于京都一个武士宅院里的柳树，有一段令人伤感的故事，不禁让我联想起古希腊的森林女神德律阿德斯①。围绕那棵柳树，流传着一个可怕的传说，为此宅院的主人便要将其砍掉。一位武士听到后劝其道："与其将树砍掉，不如卖给鄙人，我会把它移栽到自己的院子里。这棵柳树附有灵性，砍掉它未免过于残忍。"于是，那棵柳树被移栽到了武士家的宅院里，茁壮成长。柳树的精灵为了感谢武士置身养育之恩，变成一名美女，做了武士的妻子，很快又有了一个可爱的男孩儿。数年之后，当地的一位藩主下令将那棵柳树砍掉。得知消息后，武士妻子一阵伤心落泪，不得不对丈夫说出了实话。"我知道自己将不久于人世，但我们的孩子可以继续活在人间，你要永远守护着他，他是我唯一的安慰。"武士听了妻子的话十分惊讶，想尽办法将妻子留住，却是无力回天。妻子与丈夫分手后，便消失在大柳树下。无疑，武士曾苦苦哀求藩主不要砍掉那棵柳树，但藩主为了修建三十三间堂寺庙，最终还是砍掉了大柳树。就在柳树被砍倒的那一刻，巨大的木头瞬间变得沉重无比，三百名壮汉未能将其撼动。见此情形，武士的儿子折了一根柳条拿在手里，对着被砍倒的柳树说了一声"来吧"。只见柳树跟在儿子的后面，一路滚动着进了寺院当中。

说起朴树，人们都称它为妖树，但它却受到宗教礼仪的最高崇拜。因为人们相信，荒神的神灵就依附在古老的朴树上。人们在朴树前设立祠堂，里面摆放着古老的人偶娃娃，并且到此顶礼膜拜。

---

① 德律阿得斯（Dryades），古希腊神话中保护树木的女神。

七

位于北侧的第二座庭园是我的最爱。那里没有茂盛的大型草木，园子里铺着蓝色沙石，中间有一个小池塘。那是一座微型湖泊，四周种植着稀有植物，湖中心有一座小岛，岛上立着几座小山，生长着小人国里常见的桃树、松树和杜鹃花。其中多数树高不足七十厘米，却是些树龄超过百年的古木。尽管如此，按照设计师的意图，那里却很少给人以微型花园的感觉。从客厅的一角向庭园望去，湖面感觉触手可及，仿佛置身于湖心岛上，四周景色尽收眼底。曾经建造了这座庭园的古代园艺师，如今已长眠于月照寺杉树下达百年之久。他的设计十分巧妙，坐在榻榻米上向外望去，隐约通过岛上的一盏石灯笼，方能够察觉到这种错觉。石灯笼的大小暴露出景物的虚实，我觉得它并非建造庭园时就被放置在了那里。

池塘边缘，几乎与水面平行，摆放着几块平坦的大石头。人蹲在石头上，可以观察湖中的生物，欣赏湖中的水草。美丽的睡莲（学名：Nuphar Japonica），张开明亮的绿色叶盘，像是一片片浮萍漂浮在水面上。这里的莲花分为两种，一种开粉花，另一种开白花。池塘边更是长满了菖蒲，盛开着紫色的小花。除此之外，那里还生长着各类观赏植物、凤尾草及绿苔。毕竟这里是一座莲花池，莲花乃是它最大的魅力。从长出嫩叶到花开花落，莲花的生长过程，每一个阶段都令人充满了惊喜。特别是在雨天，观察荷叶更是饶有情趣。宛如酒杯一样硕大的叶片，冒着小雨在水面上不停地摇摆，等待着雨水充满叶片。雨水达到一定程度，荷叶便开始向下倾斜，伴随着一阵巨大的泼水声，将叶片中的雨水一股脑儿倾泻在池塘中，茎秆也随之再次挺直起来。雨中的荷叶，不仅成为雕刻家永远的主题，更是在镶嵌艺术中得到了完美的体现。宛如明珠一般在荷叶表面滑行的水珠，不论其动作还是颜色，均与水银别无二致。

八

第三座庭院面积最大，从池塘庭园的一侧，一直延伸到绿叶成荫的小山脚下，构成古老武士宅院的北面和东北面的边界。从前这一带是一片竹林，现在却是杂草丛生。位于庭园的东北角，有一口甘甜的水井，一排精心设计的竹筒将清凉的井水引到家中。庭园的西北角，乱草丛中坐落着一座小巧的石砌稻荷祠堂。祠堂前，立着两尊按比例缩小的狐仙石像。祠堂和石像均已破旧，到处长满了厚厚的绿苔。位于宅院东侧那一处宽阔的空间，有一片狭小的耕地，里面种满了菊花。耕地上架起了大棚，以防日光和雨水的侵袭。几根细细的竹竿，像纸窗格的障子，倾斜着支撑起木条编织的棚顶。有关日本的花卉栽培艺术，已经有众多论述，在此无须过多赘言。这里，我想讲述一个与菊花有关的故事。

在日本，有一个地方，认为种菊花是不吉利的事情。我很快就会告诉各位其中的原因。那个地方，就是播磨国的小城姬路。在姬路，至今保留着一座拥有三十多个望楼的古城堡。那里曾经是一位十五万六千石俸禄大名的居所。在那位重臣的宅邸里，有一位良家女仆，她的名字便与这里提到的菊花有关，叫作阿菊。阿菊在这个宅邸里，负责管理众多贵重的物品，其中就包括一副十张一套的名贵镶金瓷盘。一天，十张瓷盘中的一张突然失踪，再也无处寻觅。阿菊深感责任重大，为了证明自己的清白，于是投井自尽。从此，每到夜深人静，女仆的亡灵便回到人间，一边抽泣一边数着盘子。

一张、两张、三张、

四张、五张、六张、

七张、八张、九张……

数到这里，便听到一阵绝望的叫声。一阵痛哭之后，又是一个女子凄凉的声音，开始数起盘子：一张、两张、三张、四张、五张、六张、七张、八张、

230

九张……

阿菊的幽灵，依附在了一只奇妙的小虫子身上。那虫子的头上，隐约还可以看到披头散发的幽灵面孔。人们称那虫子为"阿菊虫"，只有在姬路才可以见到。阿菊的故事，被编成了戏剧，取名"播州阿菊皿屋敷"，至今还在许多大剧院里上演。故事的舞台原本在播州，可另有人说，那是东京的旧称江户的讹误，这里才是故事真正的舞台。可是按照姬路人的说法，姬路有一个地方叫作"五轩屋敷"，故事的舞台"皿屋敷"就在这一带。在五轩屋敷附近，因为阿菊的名字与菊花相同，至今种植菊花仍被认为是不吉利的事情。作为证据，据说这一带没有一个人种植菊花。

九

现在，再来说一说栖息在庭园里的"有情"众生，即有欲望的生物。

首先，这里有四种青蛙，其中三种青蛙栖息在莲花池中，另一种生活在树上。生活在树上的青蛙，个头很小，长着一身绿色的皮肤，叫起来像蝉一样清脆、嘹亮。国外也有类似的品种，其呱、呱的叫声预示着天要下雨，所以这种青蛙也被叫作雨蛙。栖息在池塘里的青蛙，它们分别是婆婆蛙、斑纹蛙和大王蛙，其中数婆婆蛙个头最大，长得最丑，浑身的颜色令人作呕。它的正式名称（婆婆蛙只是它体面的简称），同样令人感到不快。斑纹蛙不如前面一种那么丑陋，但也并非雅观。大王蛙的名字来源于一位著名的藩主，他曾经留下了辉煌的业绩。大王蛙全身红铜色，长得非常漂亮。

除了这四种青蛙以外，庭院里还栖息着一种瞪着大眼睛的粗鲁家伙，人们叫它蟾蜍，它每天都要进到房间索取食物，看上去并不害怕生人。我的家人觉得它是一位可以给自己带来好运的客人，因为它一口气可以把屋子里的蚊子全部吸进嘴里。园艺师们总是会十分小心地对待这种动物。传说，古代这种蟾蜍的精灵一口气吸进嘴里的不是虫子，而是人。

池塘里还栖息着许多小鱼和红肚皮的蝾螈，还有大量被称为水蜘蛛的甲虫。这种水甲虫一刻不停地在水面上浮游，且速度惊人，几乎看不清它的本来面貌。

如果有人兴奋时盲目地奔跑，他就被比喻成水甲虫。此外，庭园里还有一些背上长着黄色条纹的蜗牛。在日本，孩子们常会唱起一首歌谣，据说听到这首歌谣，蜗牛就会从坚硬的壳里露出触角。

蜗牛，蜗牛快出来！刮风啦，下雨啦，快把触角伸出来！

穷人家孩子常在寺庙的院子里玩耍，富人家孩子玩耍的地方则是自家的庭园。孩子们在院子里认识了奇妙的植物，接触到精彩的昆虫世界。同样是在这里，他们第一次听到有关花鸟的美丽传说和动人的民间故事。日本的家庭教育大多依赖母亲。在这里，孩子们很早就学会了如何善待小动物，这对他们的一生都将带来重大的影响。与世界上其他国家的儿童一样，日本的孩子也没能摆脱先天的残忍本性。只是在这个问题上，男孩儿和女孩儿很早便显示出性别上的巨大差异。女性的温柔，在幼年时期就明显地表现出来。日本的女孩儿，在和昆虫或小动物玩耍时很少伤害它们。在经过一段时间的尽兴之后，她们会将它放归自然。相比之下，男孩儿就没有那么温顺。在父母或监护人不在时，他们就会表现得十分残酷。这种事情一旦被发现，人们就会教育他们懂得耻辱，并且让他们聆听佛祖的教诲："今世作孽，来世必有报应。"

池塘的一处岩石缝隙间，栖息着一只小乌龟，那或许是前任主人留下的遗产。它很可爱，有时几个星期也不露面。神话中，人们把乌龟当作金比罗神的仆人。虔诚的渔民发现一只乌龟，就要在它的背上写上"金比罗神之仆"几个字，洒上一壶清酒，然后将其放生。传说，乌龟很喜欢喝清酒。

有人说，只有栖息在陆地上的乌龟，或称石龟才是金比罗神的仆人，而海龟则是海底龙王的仆人。传说海龟吐出一口气可以生成云雾，造就出华丽的宫殿。海龟，是古老民间故事《浦岛太郎》中的主角。俗话说"千年的王八，万年的龟"，在日本，艺术作品常常把乌龟描绘成为长寿的象征。日本本土的画家或雕刻家，总是喜欢在乌龟的背上画上一些奇怪的尾巴，看上去像是披了一件挡雨的蓑衣。为此，这种乌龟也被叫作"蓑龟"。那些生长在佛教圣地里的乌龟，其寿命惊人，经常拖着水草，大摇大摆地游荡在池塘中。据说所谓的"蓑龟神话"，便来源于古代艺术家对神龟形象的描述。

十

初夏时节，青蛙的数量剧增，到了夜晚更是喧闹无比。似乎受到了天敌的攻击，不过数周时间，夜晚的大合唱便趋于平息。蟒蛇的巨大家族，有些足有一米多长，偶尔也会侵入青蛙的领地。受害的青蛙，哀鸣不止，惊动了家人，于是女仆紧急出动，用竹竿竭力驱逐，赶走了蛇，救出了青蛙。蛇是出色的游泳能手，它们在庭园里任意出没，但只是在炎热的夏季才出来活动。没有人想要伤害或者杀死它们。在出云，人们认为杀死蛇是一件不吉利的事情。一位当地的百姓告诉我，"无缘无故杀死一条蛇，回到家打开米柜，里面就会钻出一具蛇头来"。

不过，被蛇吃掉的青蛙终归有限。厚颜无耻的老鹰和乌鸦，才是青蛙最难容忍的天敌。另有一只聪慧的鼬鼠，躲在仓库里，无论主人是否在身边，它总是会肆无忌惮地从池塘里抓住小鱼和青蛙。此外还有一只猫，总是会偷偷地侵入我的领地。它身材瘦小，是一只精明的盗贼，我曾多方努力，试图将其感化，但都无果而终。其中部分原因是那只猫品行恶劣，它天生长着一条长尾巴，因而有着"妖猫"的恶名。

在出云，小猫生下来尾巴都很长，但很少有长大以后还拖着一条长尾巴的。猫天生有一种灵性，为了抑制这种灵性，必须在幼崽时剪掉它的尾巴。无疑，无论有无尾巴，猫都是出色的魔法师，它可以让死尸跳舞。猫原本都是忘恩负义的白眼狼。日本的谚语说："养狗三日，知恩三年；养猫三年，知恩三天。"猫喜欢恶作剧，它扯坏草席，撕破窗纸，挠伤墙柱，常受到人们的诅咒。传说佛祖圆寂时，只有猫和毒蛇不曾流下眼泪。为此，只有这两种动物无法进入西方极乐世界。除此之外，还有更多原因，使得猫在出云并不受人们的欢迎，它不得不在户外，一生过着流浪的生活。

十一

过去几天里，至少有十几种蝴蝶曾经造访过莲花池畔。其中最常见的，是一种像雪片一样的白蝴蝶。据说它们是受到油菜花的诱惑，来到了庭园。少女们看见这种白蝴蝶，就会唱道：

> 蝴蝶，蝴蝶真美丽，落在菜花上，落到我手中。

然而最有趣的昆虫，还应当算是蝉。那些栖息在树上的日本蝉，堪称杰出的歌唱家，唱起歌来远比热带雨林中的蝉来得美妙。整个夏天，不同种类的蝉，不同的歌声，不停地歌唱着，从不会让人感到厌倦。这里似乎同时栖息着七个种类的蝉，我所熟悉的只有其中四种。在我家庭院的树上，最先开始鸣叫的那一种蝉，叫作"夏蝉"。这种蝉的叫声，像是日语中的单音节词"唧"，最初显得有些气喘吁吁，慢慢地声音开始渐强，像是从嘴里吐出一股蒸汽，发出刺耳的尖叫，然后再一次喘着粗气，最终消失在半空当中。夏蝉那"唧、唧"的叫声震耳欲聋，为此只要有两三只靠近窗前，我就不得不把它们撵走。幸运的是，夏蝉很快就被另一种叫作"鸣鸣"的蝉所取代。这种蝉同样是出色的歌唱家，它的名字来自于它那美妙的歌喉。据说，它的鸣叫"如同僧人诵经一般"。第一次听到它的叫声，你很难相信那是蝉在鸣叫。进入初秋，鸣鸣蝉又被一种漂亮的"夜蝉"所取代。这种夜蝉，长着一双绿色的翅膀，叫起来声音格外明亮，仿佛疾速敲打起铃铛，发出"铛、铛"的声响。最为奇妙的来访者还在后面，那便是"慈姑蝉"（即"寒蝉"）。在我看来，这种昆虫在蝉的世界无敌于天下，它的歌声宛如鸟儿在林间鸣啭，它的名字也像鸣鸣蝉一样，源自于一个拟声词。在出云，人们这样描绘慈姑蝉的叫声：

> 慈姑，慈姑，不畏寒，
> 慈姑，慈姑，不畏寒，

慈姑，慈姑，不畏寒，

不畏寒，

不畏寒，

不畏寒，

毫不畏寒。

  原本蝉并非庭园当中唯一的歌唱家。另有两种非凡的昆虫，也加入到了蝉的管弦乐队当中。首先是美丽的蚂蚱，它一身翠绿，有着一个奇怪的日本名字"佛面马"。这种昆虫的头很像马，故此得名。它似乎并不怕人，经常大大方方地进入房间里小憩，你很容易就可以将其捕捉到手。它可以连续不断地发出一种细小的声音，像是在重复日语的单词"君太"，于是也有人称这种蚂蚱为"君太"。另一种昆虫是蟋蟀的同族，它体形稍大，胆子却很小，根据它的叫声，人们把它叫作"吉斯"。

  琼，吉斯，

  琼，吉斯，

  琼，吉斯，

  琼……（无限重复）

  炎热晴朗的夏日，几只不同种类的蜻蜓飞舞在池塘上方。其中有我见到的最美丽的蜻蜓，它浑身闪烁着金属般的光泽，一副幽灵般纤细的身姿，实在是妙不可言。这种蜻蜓被称为"帝王蜻蜓"。另一种日本最大的蜻蜓，却很少见到，孩子们喜欢把它捉来当作宠物。据说，这种蜻蜓雄性多于雌性。我亲眼见到过，如果捉到一只雌蜻蜓，雄蜻蜓立刻就会被吸引过来。为此，男孩子会首先捉到一只雌蜻蜓，然后用一根细线把它拴在树上，嘴里唱起一支奇妙的小曲：

  汝等高丽国王，背离东方王后，岂不羞耻乎？

大意是：你这高丽国王，也是个男子汉，却远离东方王后，竟不知羞耻吗？（这首略带嘲讽的小曲，影射神功皇后出征朝鲜的故事。）听到这首小曲，雄蜻蜓一定会飞来，并最终成为孩子们的囊中之物。在出云，这首小曲的前六个字，又被改编为"汝等云上高丽，油坊水户"。人们称雄性蜻蜓为"云上"，称雌性蜻蜓为"水户"，其灵感便出于此。

十二

到了炎热的夜晚，大量不速之客不期而至，侵入房中。先是两个不同种类的蚊子，它们会不遗余力地让生活变得烦恼。它们非常聪明，从不靠近灯火半步，而大量好奇的无害之客，却情愿作死，不惜投火自焚。受害者最多的，是一种叫作"实盛"的虫子，它们像雨点儿般密集涌入。至少在出云，人们称它为"实盛"，这种虫子对水稻的生长危害极大。

"实盛"这个名字大名鼎鼎，它出自古代源氏家族的一名武将。传说，这位武将骑马打仗时，坐骑失蹄，他连人带马跌进稻田，被敌人生擒并斩首。武将的幽灵变成一条贪吃稻米的虫子，时至今日，出云百姓仍敬畏地称这种小虫子为"实盛君"。盛夏之夜，人们点起篝火，以此吸引稻田里的虫子。他们敲起锣鼓，吹起竹笛，唱着歌谣："实盛君，到这边来吧！"为了驱虫除害，神官还要用稻草扎起草马和草人骑手，将其焚烧，或者投入附近的河道当中。人们相信，这种仪式可以让稻田不受病虫的侵害。

这些小虫子，个头和颜色都与稻壳相似。有关它们的神奇传说，来自它们躯体和背上的那双翅膀，其形状就像身披盔甲的日本武士。

篝火引来的另一个最大的牺牲者，当数飞蛾。有些种类的飞蛾实属罕见，其中最令人惊讶的，是一种叫作"疟原虫蛾"的巨大飞蛾。有一种迷信说法，认为这种飞蛾进入房间，会让主人患上疟热病，疟原虫蛾也就因此得名。它的体重堪比一只大型蜂鸟，力量也毫不逊色。如果把它抓在手中，扑腾起来会让你不知所措。它飞起来带着一阵风，发出嗡嗡的声响。我曾经尝试测量过它的翅膀，翼展足有十三厘米长，但与其沉重的躯体相比较仍然显得十分渺小。它的翅膀色彩斑斓，有深褐色和银灰色等各种色调。

大多数夜间飞来的昆虫都知道避开灯火，其中最为出奇的当数螳螂，在出云被称为"刀螂"。螳螂身着一件绿色外衣，咬起人来十分恐怖，小孩子都惧它三分。它个头庞大，我所见到的螳螂，身长竟达十五厘米。夜间，它睁着一双油黑明亮的大眼睛，可到了白天，眼睛却和身子一样，变成了草绿色。螳螂显得异常聪慧，极具攻击性。我曾见到过一只螳螂，遭到一只强壮的青蛙攻击，却将其轻松赶跑。不过那只螳螂最终还是成为了池塘中其他青蛙的饵食。但这需要几只青蛙的合力，才能够制服这只怪物般的昆虫，直到螳螂被拖入水中战斗才算结束。

除此之外，其他常见的来访者，便是颜色各异的甲壳虫，和一种头上像是顶着个碗的小型蟑螂。传说，这种蟑螂爱吃人的眼睛，它是专为人类医治眼病的一畑先生（一畑药师如来）的宿敌。为此，杀死一只蟑螂，就是为一畑药师积了一份功德。美丽的萤火虫，总是会受到人们的欢迎。它们悄悄地飞进房间，找到一处黑暗的角落，像是微风中闪烁着的火花，慢慢地发出点点微光。人们相信，萤火虫最喜欢水，为此孩子们会唱起一首可爱的儿歌：

快来吧！萤火虫，这边有水！
那边的水苦，这边的水好甜！

与其他出没的小动物不同，可爱的灰色蜥蜴，会在夜晚趴在天花板上寻找猎物。有时，一只巨大的蜈蚣也会学着蜥蜴的样子出来觅食，但总是不能称心如意，却落得被一只大火钳夹住抛到屋外的下场。偶尔，还可以看到一只巨大的蜘蛛，它看上去人畜无害。如果被人捉住，它就会装死，直到确认平安无事，便伺机以惊人的速度逃窜。与狼蛛不同，这种蜘蛛的身上没有毛，被称为山蛛。我家庭园里常见的还有其他四种蜘蛛，它们是长臂蜘蛛、扁蜘蛛、土蜘蛛和扇门蜘蛛。多数蜘蛛被认为是不吉利的象征。尤其在夜间，人们见到蜘蛛就一定要把它杀死。因为到了夜晚，蜘蛛就成了妖精的化身。当人们警醒时，蜘蛛就会把身子缩成一团，一旦人们进入梦乡，它们就会原形毕露，让自己变得巨大无比。

十三

庭园背后的小山坡上有一片高高的丛林，那里是鸟类的乐园，栖息着野黄莺、猫头鹰、山鸠和许多乌鸦。还有一种稀奇古怪的飞鸟，到了夜里就会咕咕地发出奇怪的叫声。听到这种叫声，农民们就知道芒种季节即将来临。为此，人们称这种鸟为"芒种鸟"。它体形娇小，一身棕色的羽毛，且十分胆怯。据我所知，它是典型的夜行性飞禽。

偶然的机会，夜间还可以听到丛林中传来奇怪的声音，像是有人在悲伤地哭泣，发出"布谷、布谷"的叫声。这种鸟的名字和它的鸣叫声一样，人称"布谷鸟"。

关于这种鸟，还有一段恐怖的传奇。人们说它不属于这个世界，而是夜间来自黄泉的鬼魂。在冥府，它的栖息处位于阴间的金鸡山，所有鬼魂都要经过这道关口，去接受阎王的审判。布谷鸟每年一次，从金鸡山来到人间，时间是在农历的五月末。百姓们听到它的叫声，便口耳相传"金鸡山的田长来了，我们要播种了"。所谓"田长"，那是古代统领部落的长老。至于为何将布谷鸟称作金鸡山的田长，我不得而知。或许，因为它是来自冥土部落的鬼魂，在通往地狱的漫长途中，鬼魂们习惯在金鸡山歇息的缘故。

关于布谷鸟的叫声，有着各种不同的解释。有人说，布谷鸟并非真的在重复着自己的名字，而是在问："是否将佛像高高挂起？"更有一些人按照中国的典故，主张这种鸟鸣啼着，在催促人们"赶快回家"。这种说法不无道理，因为远离故土的人们，听到他乡布谷鸟的叫声，总会引起阵阵乡愁。

人们说，只有在夜晚，才能够听到布谷鸟的叫声，而且多在月圆之夜。布谷鸟总是会在荒山野岭，面对浩瀚的太空放声高唱。于是，就有诗人这样歌颂道：

夜空一声叫，疑是月儿鸣。侧耳细听音，却是布谷啼。

另有诗人这样写道：

耳闻布谷，登高远眺，晓风残月，空谷幽幽。

城里人或许一生都很难听到布谷鸟的叫声。关在笼子里的布谷鸟会无声无息地死去。自古以来，布谷鸟就是触发诗人灵感的源泉。为了能够听到布谷鸟稀奇的叫声，诗人从黄昏到黎明，晨露之中无望地等待着，却经常是乘兴而去，扫兴而归。有幸听到那鸟儿孤鸣的诗人，只因那啼声悲切，多将其比喻为临终前的哀鸣。

布谷啼血，恰似晓风残月鸣。

关于出云的猫头鹰，我愿引用我的日本学生的一篇作文。

猫头鹰是一种可恶的夜行性禽类，人们常用它来吓唬爱哭的孩子——再哭，夜猫子来了把你带走！因为猫头鹰叫起来，像是在说："喂，喂！我要来啦！"猫头鹰的另一种叫声，像是在说："打点儿糨糊吧，明天该洗衣服啦！"

女人们听到猫头鹰的叫声，就知道明天会是一个大晴天。猫头鹰"嘟嘟"地叫，预示着"男人必死"；猫头鹰"咕咕"地叫，预示着"男孩必死"。为此，人们称猫头鹰为不祥之鸟。乌鸦也憎恨猫头鹰，因为猫头鹰常被用来捕捉乌鸦。农民们将猫头鹰置于稻田内，于是乌鸦便赶来攻击猫头鹰，却落入农民们布下的天罗地网。这个故事告诫人们，憎恨之心，必将招致杀身之祸。

整日盘旋在城市上空的鸢，并不栖息在城市当中，它的老巢远在崇山峻岭。

鸢从早到晚都忙着捕鱼，或者在后花园偷猎食物。鸢可以猛地俯冲到庭院或者树丛里，它那不吉利的叫声"皮——哟啰，哟啰；皮——哟啰，哟啰"，不时地回荡在街道上空。无疑，鸢是鸟类中最蛮横的动物，甚至超过它的强盗同伴乌鸦。鸢可以从八公里高空俯冲而下，抓起鱼贩篮子里的鲷鱼，或者小孩子手上的油饼，不等对方捡起石子还击，便迅速地冲上云霄。为此，人们常用"被鸢抢走手中的油饼"，来形容大惊失色。除此之外，人们无法知道老鹰想要偷猎的究竟是何物。比如一天，邻居的女仆，头上扎着一串用染色米粒制成的小红珠子，向河边走去。这时，一只老鹰猛地飞了过来，落在女仆的头上，扯断珠链，吞下了珠子。还有一件有趣的事情，那就是把夜间捉来的野鼠和家鼠，放在水中溺死拿来喂老鹰。老鹰见到这些死老鼠，立刻就会从空中俯冲下来攫取猎物。有时乌鸦抢先一步得到了猎物，为了不被老鹰抢走，乌鸦必须迅速地飞回大森林。有一首儿歌这样唱道：

老鹰，老鹰跳个舞，别让乌鸦看见，明晚给你送老鼠！

其中"跳个舞"，是指老鹰展翅滑翔时的优美动作，亦被诗意般地比喻为舞女舒展双臂、挥动宽大的绫罗长袖翩翩起舞时的优雅身姿。

我家屋后的丛林里，聚集着大群乌鸦。它们的老巢位于古城堡的松林深处，站在我家房前可以与其遥遥相望。每到黄昏时分，乌鸦们便一齐飞回巢中，那场面十分壮观。人们形象地将其比喻为"一群人慌忙赶来救火"。面对回到老巢的乌鸦，孩子们的一首儿歌，给出了恰如其分的描述：

乌鸦，乌鸦快回家，
你家房子着火啦，
带点水，快去救火吧！
没有水，我给你，
水多了，喂孩子，
没孩子，就还给我！

日本有句谚语，叫作"鸦有反哺之义"，儒家学说似乎在乌鸦身上找到了美德。所谓"反哺"即"报答养育之恩"。传说小乌鸦长大以后，会抚养老乌鸦，以回报父母的养育之恩。另一个孝敬父母的范例，当数鸽子。俗话说，"鸽有三枝之礼"。传说，小鸽子总是会落在比老鸽子停留的位置矮三根树枝的下方，以表示对长辈的尊敬。

鸽子叫起来最为悦耳，而且略带哀愁。我几乎每天都可以听到从林子里传来的山鸠的叫声。有关山鸠的叫声，听了出云百姓的解释以后，似乎感觉的确如此。

咯咯，噗，噗——，咕咕，噗，噗——；
咯咯，噗，噗——，咕咕，噗，噗——；
咯咯……（戛然而止）

这些都是婴儿用语，"咯咯"日语是在召唤"爹爹"，"咕咕"日语是在召唤"妈妈"，而"噗，噗——"则是婴儿手指着母亲的怀抱在说话。

夏日里，山莺那婉转的歌喉，同样给人留下美好的回忆。似乎被我家笼子里黄莺的歌声所吸引，山莺也不时地飞到屋檐下。在这个地区，黄莺是一种常见的小鸟，附近树林和寺庙里到处可以见到它们的身影。整个夏天，所到之处，都可以听到它们悦耳的声音。不过同样是黄莺，价格却是天壤之别。有的一两块钱便可以买到，而那些训练有素、歌声美妙的宠物黄莺，一只售价可达上百日元。

我第一次听到有关这种纤细的小鸟神秘的传说，是在一个小村落的神社当中。在日本，人们用于盛殓死者尸体的棺材，与西方的完全不同。那是一个极小的方形木箱，死者以坐姿安放在其中。偌大一具成人尸体，如何能够放入这狭窄的空间？对于外国人来说，这简直就是个谜。尸体显然已经僵硬，将遗体移入棺木之中，即使对于专职的同心和尚，也本应是难乎其难。据说日莲宗的虔诚信徒们，声称自己死后尸体不会僵硬。他们同样断言，黄莺死后尸体也不会僵硬。因为他们相信，这种小鸟同属于日莲宗，它们的一生都在赞颂着《妙法莲华经》的经义。

十四

现如今，我已经深深地爱上了自己的寓所。每天从学校上课回来，我先要脱下教师制服，换上一身舒适的日本和服，蹲在树荫下的凉台上俯瞰着庭园。这种朴素的乐趣，是对五个小时授课辛劳的最好补偿。四周古老的院墙，墙顶上覆盖着残缺的瓦片，墙面长满了厚厚的青苔，似乎完全屏蔽了城市的喧嚣。耳边传来的，只有鸟儿的叽喳声、清脆的蝉鸣声和那懒洋洋的青蛙偶尔跳入水中溅起的水花声。不，那堵墙隔开的，绝不仅仅是外面的街道。墙外边，是伴随着电报、报纸和蒸汽船时代的到来而呻吟的日本。墙里边，弥漫着一派自然的平和与十六世纪的梦幻。空气中充满了古老的气息，朦胧之中给人带来阵阵清香。或许，这座宅院建成初期就曾居住在这里，且被描绘在古老画卷中的女人们的亡灵，依旧徘徊在庭园当中。夏日的阳光，伴随着幽灵般的爱抚，穿过人们神往的丛林，照射在形状怪异的灰石顶上。现如今，这座庭园早已失去了昔日的风光，并且已经成为人们永久的梦幻。那些被遗忘了的艺术结晶，已然无法重现。

在这座园院里，小动物们似乎早已不再惧怕它们的主人。歇息在荷叶上的青蛙，不会因为我的触摸而退缩；蜥蜴在距我一步之遥的前方沐浴着阳光；水蛇无所顾忌地从我的身影下穿过；胡蝉的乐队在我头顶的李子树上大声演奏着交响曲；螳螂旁若无人地趴在我的膝盖上；燕子和麻雀不但在我的房檐下筑巢，还肆无忌惮地进入我的房间，其中一只小燕子竟然把窝搭在了我浴室的天花板上。狡猾的鼬鼠在我的眼皮底下偷鱼，却丝毫没有感到良心的不安。山莺站在窗边的杉树枝上，大声地舒展着歌喉，试图与笼子里的宠物一比高低。就在这时，如往常一样，穿过金色的晚霞，从绿色的松林中传来了山鸠那略带哀愁、却又热情甜美的呼唤：

咯咯，噗，噗——，咕咕，噗，噗——；

咯咯，噗，噗——，咕咕，噗，噗——；

咯咯……

西方的鸽子不会这样鸣叫。那些第一次听到日本山鸠的叫声，却又不从内心里感到清新的人，便天生无缘生活在如此幸福的国度里。

然而无疑，所有这些古老的宅邸和庭园，终会在不久的将来永远地消失。眼下，一些远比我家庭园宽敞漂亮的院落，早已变成了稻田和竹林。据悉，一项长期搁置的铁路建设计划，将于十年之内得以实现。从此，古老的出云小镇将无限膨胀，并且最终成为一座平庸的都市。包括我家庭园在内的这片土地，也将被征用建设工场和作坊。不仅在出云，甚至整个日本，古老的神韵和往日的安宁，都将难逃消失的厄运。无常乃是事物的天命，日本社会尤其如此。变化者、被变化者都将被改变，直至再无变化的余地。惋惜、遗憾都将无济于事。创造出庭园奇迹，并且业已消失的艺术，乃是宗教的艺术，它的一句慰藉众生的经文，一语道破天机。

"草木、岩石，乃至天地万物，皆涅槃回归。"

第二章　家庭神龛

一

在日本，有关死者的宗教有两种形式，一种属于神道，另一种属于佛教。第一种是原始信仰，通常称为"祖先崇拜"。但在我看来，"祖先崇拜"这个词作为一种宗教似乎过于局限。因为神道不仅崇拜被认为是日本民族之父的古代神灵，同样崇拜被神化了的君主、英雄、诸侯以及显赫人物。例如，在相对较早的近代，出云的大名便开始作为神灵被加以神化。岛根的百姓至今仍在松平公的神社前虔诚祈祷。除此之外，就像古希腊和古罗马的信仰一样，神道又有着自己特定的元素，并掌管着宇宙生命的特殊神灵。为此，"祖先崇拜"虽然是神道的一个显著特征，却不能代表日本的国家宗教。"祖先崇拜"这一词语本身，也不可能完全描绘出神道对于死者的崇高信仰。在出云，这一信仰比起日本其他任何地方都更具有原始特征。

尽管我不是汉学家，但是可以肯定地说，作为日本的国家宗教，出云的古老神道虽然比佛教更植根于民众生活，然而西方世界对它却知之甚少。除了博学多识的张伯伦和萨托[1]等人的专著之外，在西方，除非本人是一名专家，否则不太可能读到有关神道的英文文章，对于神道的概念就更是不得而知。人们可

---

[1]　欧内斯特·马松·萨托（Ernest Mason Satow）（1843—1929），英国外交家，1862年至1883年以及1895年至1900年任英国驻日外交官，与威廉·乔治·阿斯顿、巴兹尔·霍尔·张伯伦三人被公认为是十九世纪最伟大的日本学学者。

以从上述专著当中，得到关于神道古老传统礼仪的有趣知识。但是，正如萨托先生也承认的那样，对于"神道的本质是什么"这一问题，却很难找到明确的答案。如何定义已知存在的神道中的六种共通元素？对此，受到时间、权限或时机的限制，外国学者还没有做出明确的验证。仅从这一宗教的现代表现形式来看，神道就显得十分复杂。为了弄楚清神道的进化过程，探知神道各种元素的起源，需要历史学家、语言学家和人类学家的通力合作，其中包括对有关原始的多神论和拜物教的研究，包括对存有疑点的传统神道起源的论证，以及对来自中国、韩国和其他地区哲学思想的解析。所有这些又都与佛教、道教和儒教的存在不可分割。所谓"纯神道的复活"，则是在政府的主导下，通过排除异己，尤其是消除佛教的影响，从而使神道回归古朴的原始状态。只是这一结果，就其公开的目的而言，导致了对宗教艺术瑰宝的破坏，并使得神道的起源之谜变得更加扑朔迷离。在以往十五个世纪的演变过程当中，神道经历了深刻的变化，如今已经无法通过一道法令对其进行改变。同样道理，学术界仅仅通过对历史和语言的分析，来界定它与民族伦理道德的关系，这种努力必然失败。就如同试图通过生命所激发出的身体元素，来界定生命的终极奥秘一样，那显然是行不通的。只有将学者的努力，与对不同阶层日本人思想情感的深入了解相结合，才能够真正理解神道的历史和现状。我认为，通过欧洲和日本学者的共同努力，这是完全可以实现的。

神道的真谛，或许蕴含在一首人们信奉的诗歌当中，存在于不同家庭对子女的教育当中，表现在祖先牌位前的忠孝节义当中。我在这一神道国家的国民中间寓居多年，自然了解他们的生活，习惯他们的礼仪习俗，对神道的深刻含义也有一定的理解。具有了这些经验，至少可以宣称有权表达自己对神道的看法。

二

明治时期那些远见卓识的为政者，实施了一整套"废佛毁释"的运动，废除佛教用以强化神道。他们认为，这样做可以为本民族的信仰注入新的力量，并使之与自己国家的政策相一致。那些外来的信仰，尽管更加具有艺术魅力，却很难扎根于日本的土壤。相比之下，日本民族固有的信仰，无不显示出巨大的生命力。佛教虽然在十三世纪前从中国传入日本，但已经日渐衰落。而比它古老一千多年的神道，在漫长的变迁当中汲取了更多的养分。神道的折中理念就像种族的天才，吸收并且消化了各种形式的外国思想，极大地充实了自己的物质表现，强化了自己的伦理道德。正如从前吸收婆罗门教①古代诸神一样，佛教也曾试图吸收神道的神灵。这当中，神道看上去似乎有所屈服，但实际上只是在借助对手的力量。神道之所以具有如此神奇的生命力，是因为它在漫长的发展过程中，从尚无文字记载的远古年代开始，就已经成为了心灵的宗教，并且一直延续至今。无论其教义或传统的起源如何，它的伦理精神已经同这个优秀民族的情感深深地联系在了一起。正因为如此，特别是在出云，试图建立一个佛教式神道的结果，是导致了一个神道式佛教的形成。

神道具有足以抵御外来宗教侵袭的强大生命力。它代表着位于传统、崇拜或者仪礼之上的巨大力量。神道可以在完全不丧失内力的情况下顽强地生存。无疑，大众教育的普及和现代科学的传播，也会导致古老的神道观念发生改变甚至被遗弃，但神道的伦理道德却与世长存。那是因为，神道的更高境界，象征着勇气、礼仪、荣耀和忠诚。神道精神是忠孝的精神，是坚守义务的精神，是为了原则慷慨献身的精神。它表现出孩子般的驯服，以及女人般的温柔。与此同时，它又是一种保守主义的体现，是对抛弃传统价值，渴望吸收更多外来思想的国家倾向的有效抑制。它是一种宗教，却遗传性地转化为道德的冲动，又进一步变形为道德的本能。它涵盖了这个民族情感生活的全部内容，是日本民族的灵魂。

孩子先天地降生于神道之中，家庭教育和学校培养只给了他以外在的表现能力。他们不会播下新的种子，而是加快了作为祖先遗传的伦理意识的传播。如同日本的婴儿先天继承了使用毛笔的能力一样，他们同样承继了与西方截然不同的伦理情感，这是西方儿童永远也无法获得的。如果让一个十四岁至十六岁的学生说出他们由衷的愿望，倘若他们对提问者充分信赖，或许十有八九的

---

① 婆罗门教，印度古代宗教之一，起源于古印度，是印度国教印度教的古代形式。

学生会回答："为天皇陛下而死。"这种愿望发自他们的内心，与所谓立志殉教的理想一样纯洁。我不知道，像是在东京这样的大城市，新的不可知论，以及在学生中间迅速蔓延的十九世纪的思潮，是否会使这种忠诚有所削弱。只是在这个国家里，孩提时代的欢乐依然显得那么自然。它同时也是非理性的，不像西方忠贞的情感那样，来源于知识的成熟或者坚定的信念。日本的年轻人，从来不问自己为什么。自我牺牲的品德乃是他们十足的动力。这种忘我的忠诚，是国民生活的一个组成部分。它融化在人们的血液之中，就像蚂蚁在冲动之下可以为它们那小小的共和国去死，蜜蜂在无意之中可以对女王表示忠诚，这就是所谓的神道。

为了忠孝，为了长者，为了荣誉奉献自己的生命，似乎是近代以来这个种族区别于其他种族的特征之一，同时也是这个种族自独立以来始终如一的民族性格。早在封建社会确立之前，"有尊严的自尽"就已经成了一种庄严的仪式。不仅武士，甚至妇女和小孩儿亦是如此。为君主献身，即使死得毫无意义，仍被视为是一种神圣的义务。对此，曾经的《古事记》中不乏各种实例，其中之一可谓是令人印象深刻。

（目弱王年仅七岁，刺死杀父的凶手，逃到了都夫良意美大臣家中。）彼时大长谷王兴军，围都夫良意美之家。尔兴军待战，射出之矢，如苇来散。尔都夫良意美，自参出，解所佩兵而，八度拜白者："先日所问赐之女子，诃良比卖者侍。亦副五处之屯宅以献。灭奴意富美者，虽竭力战，更无可胜。然，恃己入坐于随家之王子者，死而不弃。"如此白而，亦取其兵，还入以战。尔力穷矢尽，白其王子："仆者手悉伤，矢亦尽，今不得战。如何？"其王子答诏："然者更无可为。今杀吾。"故以刀刺杀其王子，乃切己颈以死也。（选自《古事记》原文）

以上大意为："当时，大长谷王兴军，围困了都夫良意美的家。都夫良意美亦兴军应战，射出的弓箭密如芦苇。都夫良意美亲自走出，解下佩带的兵器，数次跪拜后说道：'日前，承蒙赐教，小女诃良比卖愿为效劳，且奉献五所屯宅作为献礼。现如今，溅奴意富美竭尽全力苦战，却无法取胜，只因宁死不愿舍弃躲入寒舍的王子。'说着，都夫良再次拿起兵器，继续奋战。无奈力竭矢尽，遂转而对王子说道：'我已千疮百孔，弓箭竭尽，无心恋战，意下如何？'王子回答道：'既然如此，倒是无力回天，请立即将我杀死。'于是，都夫良一刀刺死王子，自己也抹脖自尽。"

同样的例子在日本近代史中不胜枚举，其中不乏一些典型事例让人们至今记忆犹新。死亡作为一种神圣的职责，绝非只是为了他人。在某些特殊场合，良心使然，为了个人信念而死，也不失为一种责任。当别无其他选择时，一些人会将自己的崇高信念写在诀别信里，然后结束自己的性命，以引起人们的关注，证明自己的忠诚。就在去年，东京还发生过类似的事件，一名年轻的陆军中尉大原武义，在西德寺公墓剖腹自杀，留下一封书信，说明这一行为的动机，希望以此提起民众的警觉，认清俄国在北太平洋势力的增长对日本独立造成的威胁。同年五月，还发生了一起更为感人的事件。一位年轻的女子畠山勇子，以一种高尚、纯洁的忠诚心，在有人企图刺杀到访的俄国皇太子未遂之后，为了替日本天皇、日本国民道歉赎罪，平息俄国人的怒气，从东京来到京都，在京都府厅前割喉自尽，被日本人誉为"烈女"。

三

近代神道，就其外在的形式而言，的确很难看透其本质。但是，通过分析它与外来信仰相互交融的复杂结构，仍然可以清晰地辨认出它最初的基本特征。在它的某些原始礼仪当中，在它的古老经文、标识和祈祷当中，在它的神社悠久历史当中，甚至在它贫穷的崇拜者众多天真的思想当中，无不体现出一种最为古老的崇拜形式——即对死者的虔诚，赫伯特·斯宾塞[①]把它称之为"一切宗教的根源"。事实上，一些伟大的学者或神学家也曾做出相同的描述。神道的神

---

① 赫伯特·斯宾塞（Herbert Spencer）（1820—1903），英国哲学家、社会学家、教育家，社会达尔文主义之父。

灵乃是亡灵，所有逝去的人都将成为神灵。伟大的评论家平田笃胤[1]在《灵能真柱》中这样说道："生命虽逝，灵魂犹存，它存在于身边不可见的世界。它们是性格不同、感化度各异的神灵。它们镇守于神社寺庙之间，多数存在于墓地之中，犹如尚存的生命，守护着它们的君主、父母、妻室。"岂止如此，它们甚至掌控着人类的行动乃至生命。平田还说过："每个人的行为都是神灵的旨意。"一位同样著名的纯神道教义的倡导者本居先生曾经写道："一个人所需要的一切道德观念，均被神灵植入他的心中，就像饿了要吃饭，渴了要喝水一样，最终成为了他的本能。这种直觉的教义无须摩西十诫[2]，更没有固定的道德准则，人类的良知被认为是唯一必要的指导原则。尽管天下一切行为都是'神之所为'，但每个人的内心都具有辨别正义冲动与不义冲动的能力，具有区分被善神感化与被恶神感化的力量。没有什么道德的导师比内心的心灵更加可靠。"本居先生还说："聆悉得之无道，真知源自神灵。"平田亦写道："要想践行真德，就要学会敬畏无形，于是便不会行恶。向主宰无形的神发誓，培养根植于内心的良知，便永远不会偏离正道。"如何才能够获得这种精神上的自我修养？这位伟大的评论家几乎以同样简明扼要的语言陈述道："敬重祖先乃是一切美德的源泉，履行这一义务的人不会不敬神，也不会不孝顺父母。这样的人必忠于君主，宽待朋友，善待妻女。"

这些古老的信仰，与十九世纪的观念究竟相去多远？无疑，我们无法面对它们相视而笑。原始人的信仰与心理学家全新的知识，可能会在同一个终极真理的节点上，以奇特的和谐方式不期而遇。一个孩子的天真思想，可能会无数次地重复斯宾塞或者叔本华的重要结论。我们的祖先，不就是我们真正意义的神灵吗？我们的每一个言行，不正是寓居在我们内心深处的死者的所为吗？我们的情绪与冲动，我们的能力与不足，我们的无畏与胆怯，难道不都是由那些业已消失的无数生命所引导的吗？我们从他们那里得到了所有神秘的生命馈赠。我们是否仍然认为自己是那样的无限复杂呢？我们称为"自我"的东西，到底

---

① 平田笃胤（1776—1843），日本江户时代后期的国学家、思想家、理论家，复古神道的领袖。

② 摩西十诫，传说是上帝（耶和华）亲自传达给犹太人首领摩西的十条规定，是耶和华对犹太人的告诫。

是"我"还是"他们"？我们的光荣与耻辱，除了那些看不见的死者所为又能是什么？我们的良知，除了继承无数死者的善良与丑恶又能是什么？我们在尊重当今那些宣扬人类神性的强大精神信仰的同时，依旧无法轻率地排斥所谓"一切逝者均成为神灵"的神道思想。

四

无疑，根据赫伯特·斯宾塞阐述的宗教进化的一般规律，像所有祖先崇拜的信仰一样，神道的祖先崇拜也是从葬礼仪式中发展起来的。我们有理由相信，神道早期的崇拜形式，可能是从一个更为古老的家族崇拜中演变过来的。这和菲斯泰尔·德·库朗热[①]在其名著《古代城市》一书中所展示的"希腊人和罗马人的宗教公共制度源于灶旁信仰"这一叙述相一致。实际上，用于表示同一神道教区的神社和神明的"氏神"，原本只是用来表示"家庭之神"，后来逐渐扩大为"家族之神"或者"宗族之神"。一些神道专家试图使用不同的方式来解释这个词。欧内斯特·萨托则引用平田的话，称这个词只限于共同的祖先或祖先们，以及同一教区那些受到民众尊崇的人。无疑，这是平田时代乃至更早之前对这个词的准确解释。这个词的语源似乎表明，它最初起源于"家庭崇拜"，进而演化成为现代宗教信仰的一整套完美体系。

就像希腊人和拉丁人的家庭礼拜始终伴随着社会宗教的发展而存在一样，神道的家庭崇拜，同样伴随着无数教区民众对于各自"氏神"的地方信仰，伴随着各个教区民众对于本地区神社的大众信仰，伴随着各地民众对于伊势和杵筑等著名大社的民族信仰，延绵千年存续至今。无疑，今天每个家庭祭祀活动中所使用的众多物品，无不来自异域或者起源于现代。但是，其简单的仪式和质朴的诗歌却保留了古老的神魂。对于研究日本人生活的学者来说，神道中最有趣的一面，更来自这种家庭的祭祀活动。而这种家庭内部的祭祀活动，就像古代西方的家庭礼拜一样，又总是以双重的形式存在于世间。

---

① 菲斯泰尔·德·库朗热（Fustel de Coulanges）（1830—1889），法国历史学家。

五

在几乎每一个出云的家庭当中，都设有一座神龛。通常，神龛上面放置一座小神社（也叫作"小神宫"），里面设有各类牌匾，上面刻着神明的名字（其中至少有一座牌匾是邻近教区神社提供的）。除此之外，还有各种护符、纸符或经文，上面写着崇拜者希望得到某个神灵保佑的福语。如果神龛上没有设神宫，牌匾或护符就要按照一定的顺序摆放，最神圣的一尊摆放在中间的位置。神龛上很少能够见到雕像，原始神道按照犹太教或伊斯兰教的教规，严格限制神像的出现。那些神道的神体均出自于相对近代，特别是两部神道时期，它们被认为起源于佛教。如果有雕像出现，那很可能是近些年在杵筑制作的大国主神和事代主神的一副小型双人雕像，对此我在前一篇有关杵筑大社的文章中有所提及。神道的画轴，同样源自于近代，远比神道雕像更为常见，通常描绘一个《古事记》中记载的事件。画轴通常占据了壁龛的半面墙壁，被悬挂在设有神龛的同一座房间内，但却很少出现在较为开化的知识阶层的家庭当中。通常，神龛上只摆放一座简单的神宫，包括一些护符，很少看到有镜子和祭神驱邪的纸幡。有时，人们会在一条注连绳上系上一些纸幡，将其悬挂在神龛的上方，或者神龛内神宫前的方框架上。注连绳和纸幡是神道的象征，而纸符和护符则是较为现代的产物。除了家庭神龛之外，在出云，几乎每一户人家房门的正上方也都悬挂着一条注连绳。通常，这种注连绳只是一根细细的稻草绳。但在杵筑大社神道宫司住所的门前，注连绳的重量与规模大得令人震惊。来到出云的旅行者，无不被随处可见的稻草绳所吸引，它甚至出现在稻田的四周。然而只有在新年、神武天皇即位纪念日和天皇诞辰日等重大节日，才能够看到这种神圣象征的盛大展示。每到那时，延绵数公里的街道上，都会悬挂起一条像渡船缆绳一样粗壮的注连绳。

六

松江的一个最大特色，是众多出售神龛的商店。实际上，这些商店在古老的出云城也并非少见，只是与其他大城市相比，松江的神龛商店显得尤其特殊。那里有从不到一钱一座的玩具神龛，到为富人家庭准备的价值十几日元一座的大型神龛，各类神龛足有一百多个种类。除了这类家庭神龛之外，偶尔还可以见到一些体积巨大的神龛，它们由珍贵木料制作而成，表面镀金涂漆，价值从三百日元到一千五百日元不等。这些非家庭使用的神龛，是为重大节日专门制作的，只提供给那些富商享用。这种神龛每年两次，只在神道的重大节日里才会出现在众人面前。它们伴随着"哟咿呀萨！哟咿呀萨"的奇怪号子声，被人们抬着列队行走在大街上。通常，每个神社也都拥有自己的一座神龛，届时也会伴随着大量的吆喝声和鼓点声一齐出现在大街上。大多数家庭神龛是结构简单的廉价物品。花上两日元就可以买到一座精美的神龛，而普通家庭中见到的小神龛通常只需不到半日元。那些造型复杂、价格昂贵的家庭神龛违背纯粹的神道精神。真正的神龛应当使用一尘不染的白色桧柏木制作，不用钉子，自然拼接而成。我在店铺里见到过的大多数神龛，只是用米糊将各个部位粘接在一起，制作者的精湛技艺足以使它得到保证。纯粹的神道精神，要求神龛内不得镀金或者镶有任何装饰。那些富贵人家美丽的小神宫，或许会因其精美的结构和奢侈的装潢令人钦佩，而劳动人民或车夫家中的、价值十至十三钱不等的白木神龛，着实体现出原始宗教的质朴精神。

七

神龛通常被固定在距离地面两米多高的地方，上面摆放着神宫和其他一些神道的祭祀物品。一般来说，神龛的位置不宜高于伸手够不到的地方。在天花板较高的房间里，神龛的位置自然也就较高，这时就需要借助一只木箱或者其他工具，踩在上面往神宫里摆放祭品。这种神龛原本不是房间结构的一部分，而是在房间的角落里搭建起的一座平台。有时它被悬挂在带槽的横梁上，凭借一扇纸拉门将它与其他房间隔开。神龛表面偶尔也会被涂上油漆，多数神龛则保持了原木的本色，并且根据上面神宫的规模，以及被放置的护符等祭祀物品数量的多少，制作成大小不同的比例。在一些家庭，尤其是在客栈老板和小商人的家里，神龛被制作得足够庞大，用来供奉不同神道的神宫，以及那些被认为掌管财富和商业繁荣的神灵。贫民家庭的神龛，总是会被设置在面朝大街的房间里。松江的店主通常会在他们的店铺里竖立起一座神龛，这样路人或顾客一眼就能够知道房子的主人信奉哪路神灵。关于神龛的设置有很多规矩，它可以朝南或者朝东，但是不能朝西，绝对不能朝北或者西北。一种解释认为，那是中国的哲学思想对神道的影响。根据这一思想，南方或东方令人与男性，西方或北方令人与女性产生某种联想。关于这个问题的一般观点是，由于死者被埋葬时总是头朝北，所以把神宫放在朝北的地方是极端错误的。与死亡有关的一切都是不洁净的。只是有关朝西的规定并没有得到严格的遵守。现实当中，出云的大多数神龛面朝南或者面朝东。通常，在只有一套房间的贫困家庭，是没有办法选择的。在中产阶级家庭，有一条原则是，不得将神龛设置在客房或者厨房里。在士族家庭的豪宅里，神龛的位置通常是一个较小的私密空间。人们对于神龛必须表示出绝对的尊重。例如，不能把脚对着神龛睡觉，甚至不能躺在神龛前休息。在宗教不洁的状态下，例如触碰过尸体，参加过佛教葬礼，甚至在给亲人服丧期间，均不得在神龛前祈祷，甚至不能在神龛前站立。如果家里有人下葬，则五十天之内必须用纯白色的纸遮挡住神龛的视线，甚至系在房门上用来祈祷的护符也必须用白纸盖住。服丧期间，家里的火被认为是不洁净的。服丧期结束后，要把火盆和厨房里的灰烬全部倒掉，再用火石点燃新的火种。葬礼不是公认的不洁净的唯一来源。神道作为一种纯洁和净化的宗教，有着广泛的重申教命的意义。在某些时期，妇女甚至不允许在神宫前祈祷，更不能供奉祭品，触摸神器，点燃神灯。

八

神龛上的神宫前，除了其他祭祀物品之外，首先要摆放两个形状奇特的小罐子，用来供奉清酒；两个小花瓶，用来盛放圣木杨桐枝和鲜花；还有一盏小油灯，形状像一个小碟子，一根灯芯漂浮在菜籽油中。严格地说，除了花瓶以外，像是《古事记》中一些章节所描述的那样，所有器皿都应当以没有上釉的红色陶土制作而成。在出云的神道祭典上，祭神饮酒时使用的酒杯，至今仍然是浅圆形的红色素烧陶器。近些年来，用黄铜或青铜制作的精美神龛器皿，甚至是金属花瓶已经成为一种时尚。在穷人中间，尤其是在较为偏远的农村地区，古老的器具仍然被广泛使用。那里的灯具只是一个简单的茶碟，或者是一只红色黏土烧制的瓦罐。花瓶通常只是一个竹筒，制作方法很简单，只需把一段竹子从竹节下方和竹节上面十余厘米处切割开来即可。

黄铜油灯的制作，比起成本只有一厘钱的素烧陶器要复杂得多。一盏黄铜油灯至少需要二十五钱。它由两个部分组成，下面部分形状像一只浅而宽阔的酒杯，中间有一根粗轴，里外层都镶着边。上面部分同样是一个浅宽的铜杯，里面盛着灯油，铜杯恰好与内边相吻合。这种油灯通常配有一个扁平的铜环，铜环中间设有一根铜杆，与铜环表面形成直角，用来移动灯芯，使其经常保持在所需的位置。垂直的铜杆足够长，可以防止手指接触到灯油。

在任何一种普通的神龛上，都能见到一件奇怪的东西，那便是被称为"神酒德利"的酒壶塞子。这些酒壶塞子可以是黄铜制作的，也可以是细木条经过特殊粘接加工制作的。准确地说，这个东西虽说叫塞子，却并不是真正的酒壶塞，它的顶部根本不能塞住壶口，只是挂在壶口下方，像一片树叶随意摆动。我觉得很难了解到它的历史。它有着多种造型，其中最精细的当数黄铜造型。所有形状似乎都暗示着，这只酒壶塞子起源于佛教。或许它的形状源自一个佛教符号，像一颗神秘的宝石，闪烁着淡淡的光芒（像是火焰的游戏），预示着所奉献的美酒如此清香，奉献美酒的人心亦是如此纯洁。

并非所有家庭每晚都要点亮这盏小油灯。一些家庭过于贫困，甚至支付不起这微不足道的油钱。但每逢初一、十五和每月的二十八号，人们总是要点燃圣火。因为那是神道的法定节日，必须以祭品供奉神灵。那一天，同一神社教区的氏子要一齐出动，参拜他们的氏神。那些日子里，家家户户都要在"神酒德利"的酒壶里盛满清酒以祭祀神灵，在神龛的花瓶里插上圣木杨桐枝、松柏枝和鲜花。新年的第一天，神龛上更是要以杨桐枝、蕨草和松枝装饰一新，家家门口还要系上注连绳，摆放上巨大的双层年糕，以作为奉献神灵的祭品。

九

家庭神龛里只敬奉神道中的古老神灵。家族祖先或者家庭中的逝者，要么在一个单独的房间（被称为"灵堂"）里祭拜，要么按照佛教习俗在佛堂或者佛坛前祭拜。

在出云的大多数家庭里，佛教的家庭祭祀与神道的家庭祭祀并存。是在灵堂中祭拜，还是在佛坛前祭拜，完全取决于不同家庭的宗教传统。在出云，特别是在杵筑，一些家庭不信奉任何形式的佛教。还有极少数家庭属于真宗或者日莲宗，他们也不信奉神道。但无论是神道还是佛教，对死者的家庭祭祀活动却始终存在。佛教家庭中死者（亡灵）的牌位，不会摆放在特殊的房间或者神社里，而是与佛像和佛图一起摆放在家庭佛龛中。这种情况，至少在按照佛教仪式，而并非神道仪式举行家庭祭祀活动时尤其如此。有关佛坛和佛堂的形式，佛像、佛图、护符的描述，以及在佛堂前的祈祷方式，按照佛教的十五个不同宗派各有不同，要想说清楚这一话题，甚至可以写出一本厚厚的论著。佛教的家庭佛龛种类繁多，其规模、价格乃至富丽程度也千差万别。至于真宗的佛坛，尽管我对它毫无兴趣，其设计和匠心更是臻于完美。一个贫困家庭的佛坛可能仅值几钱日元，一位富有的佛教信徒可以在京都买下一座价值数千日元的佛龛。

尽管家庭佛龛的形式及其内容性质有很大差异，但祭祀祖先的牌位却大致相同。有些牌位形状精巧，却昂贵稀少，还有一些形状单一，但却经济质朴，这种牌位在出云乃至整个山阴地区都十分普遍。牌位的大小各有不同，男人的牌位比女人的牌位要大些，且带有一个冠冕，这是女人的牌位所没有的，而孩子的牌位总是做得很小。一座成年男子的牌位平均高度一尺有余，厚度约三厘米。它有一个华丽的冠冕，上面印有"神秘宝石"的标记，通常装饰有云状图案，底座是白云托起的莲花。一般情况牌位上都涂着厚厚的黑色油漆，上面用金字写着死者的戒名，如"贤梦自证信士"等赞美逝者美德的文字。穷苦人家买不起如此华丽的牌位，就用一块白木做成牌位，用黑体字在上面写上死者的戒名，更多的则是将戒名写在一张白纸上，用米糊贴在牌位上。有时逝者在世时的名字被刻在牌位的背面，这种牌位随着世代相传而积累，于是家庭中总是会保存着大量的祖先牌位。

一个美丽而动人的风俗，尽管早已不像以往那样盛行，在出云，或许在整个日本依然保留着。据我所知，这种风俗只限于有教养的阶层。丈夫去世后，如果妻子决意不再嫁人，她就会竖起两座牌位。其中一座牌位上用金字写着死者的戒名，另一座牌位上写下未亡人的戒名，后者戒名的第一个字是红色的，其他字则是金色的。这两座牌位均被放置在家庭的佛堂内，另外制作两座写有相同文字的更大的牌位，供奉在教区的檀那寺内。依照规矩，未亡人的牌位前不能放置茶碗。孤独的深红色文字，象征着妻子对死者的庄严承诺。从此以后在亲朋好友中间，妻子便失去了自己的姓名，并以戒名的一个部分自称。例如，自称"俊德院"，这实际上是妻子未来死后一个更长更为响亮的戒名"俊德院殿情誉贞操大姐"的缩写。被人以戒名称呼，是对死去丈夫的敬重，同时也表现了妻子忠贞不渝的高尚情操。男人在失去挚爱的妻子后也会立下相同的誓言，在他的牌位上也会留下一个深红色的文字，牌位不仅摆放在家庭佛龛里，还要供奉在教区的寺庙当中。与寡妇不同的是，鳏夫不会像妻子那样被人以戒名称呼。

佛教家庭早晨起来履行的第一件宗教仪式，就是在死者的牌位前供奉上一杯用第一壶开水冲泡的热茶，意寓"请佛用茶"。除此之外，每天还要供奉煮熟的米饭，在花瓶里插上鲜花，在牌位前敬上一炷线香。在牌位前敬香，这在神道中是被禁用的。到了晚上，或者在某些特定的节日里，佛堂上都要点起蜡烛和一盏小油灯，被称为"凛灯"。这种油灯的形状与神社的明灯有所不同。此后，逐月每逢死者祭日，还要在牌位前供上斋食，被称为"精进料理"。神道祭祀祖先，是从每年新年的第一天持续到第三天。佛教祭拜祖先，则是在每年一次的盂兰盆节期间，时间从七月的十三号持续到十六号。这是佛教的灵魂盛宴，届时，佛堂内奇光异彩，人们用食物和鲜花供奉神灵，所有房间都装饰一新，以迎接祖先灵魂的到来。

神道和佛教一样，也有它自己的牌位，只是设计制作、取材用料都十分简单。牌位仅用一块普通的白色木片制成，通常也只有二十几厘米高。这些牌位要与供奉神灵的家庭神龛分开，要么放在一个特制的神龛上，要么简单地放在一个叫作"神灵架"的小架子上。祖先和家族死者的神灵架被安放在灵堂或者灵舍内，如同其他房间里的神龛一样，被放置在一个较高的地方。有时，人们不为死者另立牌位，只将死者的姓名直接书写在灵架的木栏上。神道教徒没有戒名，死后依旧沿用生前的名字，唯一不同的是要在姓名后面加上"圣灵"二字。按照神道的规矩，逐月每逢死者祭日，要向亡灵供奉鱼酒和其他食物，并且伴随特别的祈祷。祭祀亡灵也要有特殊的神灯和鲜花，虽不比祭祀神灵气势宏伟，整个仪式也还肃穆、庄严。

无论是神道还是佛教，在死者的牌位前祈祷时，都有其固定的宗教仪式。神道教徒，先要双手合十，击掌三至四下，口中唱诵"祈神消灾"。佛教信徒在为死者祈祷之前，按照规矩先要低声念诵"南无妙法莲华经"或"南无阿弥陀佛"，或者其他一些赞美佛陀之词。无论是神道教徒还是佛教教徒，祈祷时都很少大声喧哗，他们要么低声细语，要么在心中默诵。

十

夜幕降临，在出云的千家万户，神灵和祖先的明灯就会被一位忠实的仆人，或者家庭中的某位成员点燃。按照神道的传统规定，灯油只能使用纯植物油，通常人们使用菜籽油。但在贫穷的阶层当中，人们明显倾向于使用一种小型的煤油灯，用以代替古老的神器。按照严格的教规，这是一种极端错误的行为，甚至用火柴燃灯也都属于异端。因为火柴不总是使用纯净的物质制作，而神灯只能用纯净的火种点燃，那是蕴含在万物之中最神圣的自然之火。为此，在所有正统神道家庭的壁橱里，总是放着一只小盒子，里面装着古代用来点燃圣火的器具，其中包括火石、火镰、用干苔制成的火绒和一些用来引火的松木片。在火石上夹上一些火绒，一边吹气一边敲击火镰，直至冒出火焰。再用这星星之火点燃松木片，祖先和神灵的明灯也就随之点燃。如果神龛或神宫里同时供奉着数个不同的护符，代表着不同的神灵，那么就要为每一位神灵分别点亮一盏明灯。如果家中设有佛堂，其中的蜡烛和明灯也应同时点燃。

这种用燧石火镰取火点灯的风俗，很有可能会被下一代人所废除。尽管如此，在出云，特别是在乡村地区，目前为止这一习俗依旧完好地保留着。甚至在那些安全火柴完全取代正统器具的地方，正统观念依然会在火柴的选择上有所表现。当地的火柴制造商成功地说服了民众，致使外国火柴无法被当地人所接受。在他们看来，外国火柴当中含有从动物尸体的骨头中提取的磷，用这种邪恶的火种点燃神灯，是对神明的亵渎。在日本其他地方，火柴制造商甚至会在火柴盒上印上这样的字样："西京佛教本院适用"。无奈出云的神道情结实在过于强烈，任何类似的声明都不能使当地人为之所动。事实上，向真宗禅寺推荐火柴本身，就足以让当地的神道教徒对其产生偏见。为此，要想将安全火柴成功引入神灵之地，还有待考虑出万全之策。目前，出云的火柴盒上均印有这样的文字："纯净，适合于点燃神灯及佛灯！"

在日本，难以避免的最大危险就是火灾。按照传统规则，如果房子着起大火，首先需要拯救的便是家神和祖宗的牌位。甚至有人说，如果这些东西得到保存，其他一切贵重物品都将完好无损；相反如果这些东西受到损失，家中所有物品都将荡然无存。

十一

据我所知，出云人常说的"灵舍"和"灵堂"，或是指用来供奉神道牌位（通常以樱桃木制成）的小神宫，或是指用来放置牌位、摆放祭品的房间的一部分空间。但凡能够负担起那些祭品的人，都会将它们放在一张白木桌上。桌子形状又高又窄，与在神社以及公共葬礼上摆放祭品的供桌大致相同。

神道的家庭祭祀，祈祷祖先神灵的最佳形式不是高声呐喊。在口述"祈神消灾"等神道的固定套语之后，祈祷者只在心中暗自默诵："我们遥远的祖先、我们历代的祖宗、我们家族的亲人，我们家园的缔造者，我们在此向你们表达由衷的感激之情！"

在佛教的家庭祭祀中，人们将家族中业已成佛的逝者，按照早年去世的亡魂，和新近离世的亡灵区分开来，将后者称之为"新佛"，即"新近去世的亡灵"。人们不会要求那些新佛给予自己超自然的恩惠。尽管人们将其称为"佛"，但刚刚离世的亡灵还未能达到成佛的境界，它们只是处在通往成佛的漫长道路上，或许自身还需要扶助，更无法帮助他人。事实上，那些虔诚的信徒，对于新近去世的亡灵常常表示出深切的忧虑。尤其当一个孩子死去时，情况就更是如此。因为人们知道，婴儿的灵魂是脆弱的，总会面临更多的危险。为此，母亲总是会像对待自己活着的儿女一样，面对中途夭折的亡灵，对他们提出建议、告诫抑或是善意的命令。在出云，人们面对亡灵所说的话，与其说是祈祷，更像是恳求，或者是告慰。例如：

愿早日成佛！

不要迷茫！

也无须留恋！

祈祷者从来不大声疾呼。真宗的信徒则更像是按照西方宗教的理念为新一代亡灵祈祷："阿弥陀佛，请收下这个亡魂吧！"

毫无疑问，"祖先崇拜"尽管在中国和日本被佛教所接受，但它却并非起源于佛教。不必说，佛教从不提倡自杀。可是在日本，对逝者亡灵处境的忧虑，往往会导致自杀。尽管他们接受了佛教的教义，却依旧坚守着自己的原始习俗。那些仆人相信，通过自己的死，或许可以给男女主人的灵魂带去告慰，并对他们有所帮助。在故事集《保元物语》当中，一位仆人在他年轻的主人死后不得不说："在冥界的死天山、三途川，又有谁会照顾他平安渡过？如果他害怕，他还会哭着喊我的名字吗？与其在此悲伤度日，还不如死了陪他而去。"

在佛教的家庭祭祀当中，人们在佛像面前祈祷时，面对早先去世的亡魂和新近离世的亡灵，所使用的语言内容有很大不同。以下是一些具体实例，人们总是会不假思索地说道：

闔家平安！

健康长寿！

生意兴隆！（商人之间的祝福语）

子孙长享！

怨敌退散！

祛病消灾！

其中一些祝福的话语，在神道教徒当中亦被广泛使用。而那些古老的武士们，至今仍在无休止地重复着其种族的特别祈祷：

天下太平！

武运长久！

荣耀长存！

无疑，除了这些无声的套语之外，任何发自内心的祈祷，无论是祝福还是感激，都可以重复。这种祈祷存在于人们的日常生活当中，准确地说亦存在于人们的内心深处。以下例子，是一位出云的母亲，为了她患病的孩子在向祖先的神灵祈祷："定是祖上积了阴德，让我的孩子得以大病痊愈，我在此表示衷心的感谢！"

其中的"积阴德"，意思是"积德于阴间"，原词表现出一种幽灵之美，无论是意译还是直译都无法将其完美地再现。

十二

　　如此这般，在这个远东民族的家庭祭祀当中，死者由于爱而变成了神，而这种以人为神的理念，转过来又让人们预知自己的未来，并以此慰藉老人的忧愁。在日本，人死后从未像我们那样被轻易地忘却。凭借着单纯的信仰，他们依然活在他们所爱戴的人们中间，他们在家庭中的地位始终保持着神圣。即将辞世的年老的族长知道，爱他的人会日夜守候在家中的神龛前，为他低声祈祷；忠诚的心会在痛苦时向他祈求，也会在欢乐时向他祝福；温柔的手会将水果、鲜花以及他生前喜爱的食物摆放在他的牌位前；还会在自己灵前的一只小杯子里倒上一些香茶或者琥珀色的米酒。如今，这片土地正在发生着神奇的变化。古老的习俗正在消失，古老的信仰正在消亡，今天的理念不再被下一代人所接受。然而幸运的是，对于发生的这一切，身在古老、纯朴、美丽的出云城中，年老的族长却一无所知。他梦想着，就像曾经对待自己的父亲那样，同样为了自己，一盏小小的油灯将世代点亮。他在朦胧的梦幻中，看到尚未出生的子子孙孙，正在自己的灵前拍打着小手向他祈祷；正在那块写着他不曾被遗忘的名字、满是尘土的小小牌位前，向他表示出敬意。

第三章　日本女人的头发

一

　　家里小女儿一头秀发如云，看她梳理头发，简直就是一道奇妙的景观。她每三天梳理一次头发，每次梳理的花费是四钱，按照规定耗时一个小时。实际上，每次梳理都需要将近两个小时。美发师先要派来女学徒，为她清洗头发，喷香水，并且使用至少五种不同类型的梳子将头发梳理通顺。头发被清理干净之后，就此至少维持三天，有时甚至是四天，保持着一种与西方人的概念截然不同的洁净。早上清扫房间时，要用一块手帕或是一条蓝色毛巾将头发盖住。奇怪的日式木枕头支撑的不是头部而是脖子，从而使女人睡觉时不至于弄乱奇妙的发型。

　　学徒完成了她的工作之后，美发师本人来到现场，开始打造发型。为了完成这项任务，她除了使用各种不同寻常的梳子之外，还要使用金丝和彩绳缠绕的细环、精美的彩色丝线、别致的钢丝弹簧，以及一个奇特的网状的东西，把头发编织成形后加以固定。

　　美发师还要带着一把剃刀，她要将女人的脸颊、耳朵、眉毛、下巴，甚至鼻子表面刮得干干净净！这些地方有什么好刮的？那桃子表面天鹅绒般细腻的绒毛，是人类皮肤上柔软的汗毛，可日本人却要把它全部刮掉。不过，剃刀还有另一用途。所有日本少女的头顶上，都有一个剃得干净的小圆点，直径约两厘米左右，那便是少女的标志。它被从前额梳过系在脑后的一束毛发遮挡了起来。女婴的头发要全部剃光，女孩儿到了四五岁时开始留发，只是头顶依然要剃光。剃光的部分逐年缩小，最后缩小到一个小圆点，而这个小圆点也会在结婚后逐渐消失。这时，女人的头发开始梳理成一种更为复杂的发型。

二

至少在西方人的眼里，大多数日本女性的那一头乌黑直发，不太可能成为时尚的发型艺术。但美发师的高超技艺，很容易使它适应各种审美的奇想。事实上，他们既没有发卷，也没有卷发用的火钳。即使如此，日本女人的头发却被塑造成极其美妙的形状：螺旋形、喷射形、旋转形、旋涡形、叶面形，每一种形状都仿佛中国的书法大师在挥毫泼墨，环环相扣，彼此相连。日本美发师的技艺远远超出巴黎发型师的想象。自从这个民族的神话时代起，日本人的聪明才智就在发明和改进女性发型上投入了极大力量，以至世界上任何一个国家都无法像日本女人那样，具有如此众多的美丽发型。数个世纪以来，日本女人的发型也经历了许多变化，时而设计得异常复杂，时而又变得非常简洁。就像我们在古籍图册中所见到的那样，曾经优雅的风俗，让日本女人黑色的长发在腰际间自由垂下。古籍图册中记录的每一种发型，都有着其独特的魅力。印度、中国、马来亚、朝鲜的审美观来到这个神明的国度，无不被更为优越的本土观念吸收转化。佛教对日本的艺术和思想产生了深刻的影响，同时也影响着女人发型的形成，因为女神总是会以完美的头发造型出现在人们的面前。对此，只要看看观音菩萨和弁天女神的发式，以及大寺院天花板上那些在太空飞舞的天女们长长的秀发便可一目了然。

三

现代发型的独特之处，在于彰显头发的魅力。它仿佛为女人戴上了一顶精美的光环，令年轻的面庞所拥有的甜美气质得到充分的展示。在那个迷人的黑色光环的背后，是一组由优雅的环形发丝编织而成的迷宫，你无法看清楚哪里是开端，哪里是结尾，只有美发师知道其中的奥秘。整个发型由一把奇特的装饰梳子固定，上面插着一根雕刻精美的长簪，长簪以金、银、珍珠、透明的龟甲或漆木制作而成。

四

出云的发型师至少可以为顾客提供十四种不同的发型。无疑，这种艺术在京都以及日本东部一些大城市得到了更好的发展。发型师们受托挨家挨户上门服务，定期定时走访她们的客户。在松江，七八岁小女孩儿的发型通常是"烟草盆"型，或者是简单的"刘海儿发"。所谓烟草盆发型，是将头发剪成大约十厘米，前额略微剪短，头顶上方稍长，以便在那里扎成一个发结，其形状犹如日本装烟草的小盆。女孩儿长到可以上女子走读学校的年龄时，就要将头发梳理成漂亮而简洁的"鬘下地"式，或者梳理成新型却又丑陋的、半外国式的"束发"发型，这似乎已经成为寄宿学校的常规时尚。对于穷人家的女孩儿来说，甚至对于大多数中产阶级家庭的女孩儿来说，她们在公立学校学习的时间相当短暂，通常在结婚前几年就停止了学业。在日本，女孩儿很早就要出嫁，少女最早在十四五岁时，就已经为自己梳理好了精致的成年发型。从十二岁到十四岁，女孩的头发要梳理成"思月"型，随后又变成美丽的"女郎髷"，这种风格有多种形式，或多或少有些复杂。若干年后，女郎髷又变成"新蝴蝶"，或者变成"岛田髻"亦称"高顶髻"。新蝴蝶发型很常见，适合不同年龄的女性，被认为并非十分高雅。岛田髻发型精致而高雅，适合身份高贵的女子，因此也就相对稀少。艺伎或者花魁则更多地选择高顶髻，其发型看上去外观高大，这与它的名字又不谋而合。十八岁至二十岁之间的少女要将发型改为"天神返"，二十岁至二十四岁之间的女子要改为"三轮髷"，就是将头发卷成三个发圈。还有一种与此相似但更为复杂的发型，叫作"三轮崩"，这是二十五岁至二十八岁年轻女子常用的发型。在这个年龄之前，女人发型的每一次变化都倾向于更加精细和复杂，但是过了二十八岁以后，日本妇女不再被视为年轻，这时只有一种发型供她们选择，那便是"掼髷"或称"贝髷"，这是老年妇女梳的一种简单而又丑陋的发型。

到了结婚年龄，女子的发型和以往任何时候都有所不同。新娘的发型最为漂亮，最为精致，价格也最为昂贵，日语称之为"花嫁"，其造型和它的名称一样优美，甚至可以作为一种艺术欣赏。成婚之后，为人之妻，女人就要梳一种叫作"籴三"的发型，或者梳一种叫作"丸髷"别名"胜山"的发型。籴三看上去并非高雅，是穷人常用的发型。丸髷或胜山则显得高尚许多。从前武士阶层的妇女有两种特殊的发型，少女要梳"银杏返"，婚后女子要梳"片外髷"，它们都是江户时代的发型。至今，在松江仍然可以见到有人梳着片外髷。

五

在出云，美发行业尤为技艺精湛的，是一位叫作阿琴的家庭美发师。她身材矮小，年龄在三十岁左右，至今仍然颇具人气。阿琴脖颈上有三道美丽的条纹，美学家称之为"维纳斯项链"。这是一种罕见的女人标志，可就是因为这个标志，曾经几乎毁灭了阿琴的一生。故事的经过非常离奇。

职业生涯的初期，阿琴遇到了一个竞争对手，一位技术高超却品行恶劣的发型师，名叫阿寻。阿寻逐渐失去了她所有尊贵的客户，身材矮小的阿琴则成为了一名颇受欢迎的美发师。对此，年长的阿寻对阿琴充满了忌恨，编造出一个有关阿琴的古怪故事。这个故事在出云的古老迷信沃土上迅速扎根，并且变得越发扑朔迷离。狡猾的阿寻看到阿琴脖子上三道细细的条纹，便心生邪念，声称阿琴是一个"辘轳首"。

何谓"辘轳首"？"首"表示脖子或者头。"辘轳首"意思是说头能够像辘轳一样滚动、潜行、溜走、逃窜。拥有一颗"辘轳首"，就像拥有一颗可以脱离身体的脑袋，在夜间独自徘徊。

阿琴结过两次婚，她的第二段婚姻非常幸福。但第一任丈夫给阿琴带来了不少麻烦，他最后和一个不中用的女人跑了，从那以后便失去了联系。为此，阿寻便借着男人失踪，从此再也无从查证，编造出了一段噩梦般的故事。阿寻谎称，阿琴的丈夫之所以抛弃了阿琴，是因为一天晚上他醒来时，看到自己年轻的妻子从枕头上抬起头，脖子像一条大白蛇伸得老长，而身子却一动不动。他看见妻子的头被不断伸长的脖子支撑着，进入远处的一个房间，喝光了油灯里的灯油，然后又慢慢地回到了枕头上，脖子也随之缩了回来。阿寻说："这让男人感到极端恐怖，于是他立刻起身，从家中逃了出来。"

一个故事引出另一个故事，有关阿琴的各种神奇谣言迅速传开。另一个故事说，有一位警察深夜看到一个没有身子的女人头，趴在花园围墙上啃食着树上的果实。他知道那是个辘轳首，便用手里的剑捅了捅她。只见那个辘轳首像一只蝙蝠迅速地缩了回去，可警察还是认出了美发师的面孔。"噢，这可是千真万确！"第二天早上，阿寻说道，"如果你不相信，就告诉阿琴你想见她，她不会出来见你，因为她的脸肿得老高。"阿寻说得不错，因为阿琴当时害牙疼病，这一事实又助长了谣言的泛滥。这个故事甚至被刊登在当地的报纸上，许多人对此信以为真。于是，阿寻又说道："我没说错吧！瞧，报纸都登出来了！"

一群好奇的人聚集在阿琴的小屋前，给阿琴的生活带来了巨大的压力。阿琴的丈夫不得不守候在她的身旁，唯恐她自寻短见。幸运的是，阿琴和一位县知事的家人交往甚好，她曾在那里做过多年美发师。县知事听说了这件奇怪的事情，以自己的名义公开刊文予以谴责。松江人民把他们的老武士知事敬重为神，对他说出的话深信不疑，看到他写的文章不禁自觉惭愧，一致谴责骗子的谎言。由于得到了大家的同情，不久，这位小美发师的生意变得越发红火。

在出云等一些地方，古代极不寻常的信仰至今仍然得以保留，并以各种形式加以表现，美国人称之为"即兴表演"。那些没有经验的外国人，永远也无法想象日本的即兴表演会是怎样一番情景。在某些重要的节日里，人们用草席和竹竿，在寺庙的庭院里搭建起临时舞台，表演者突然出现在众人面前，给人们以惊喜，随后又迅速地消失得无影无踪。魔鬼的骷髅、妖怪的爪子、羊羔般大的老鼠，这些是我所见到过的最不寻常的表演。妖怪的爪子是极其精致的鲨鱼牙齿，魔鬼的骷髅原本是一只大猩猩的骨架，只是在头上巧妙地加上了一只犄角。我后来发现，那只神奇的老鼠原来是一只驯服的袋鼠。让我完全无法理解的是辘轳首表演，一个年轻的女人，脖子伸出两尺多长，表演时还要做出各种可怕的鬼脸。

六

此外，还有一些关于女人头发的奇怪而又古老的迷信传说。

墨杜萨[1]的神话，在日本民间传说中有着许多相似的故事。其中的主人公是一个长得漂亮的女孩儿，她的头发到了夜晚会变成一条蛇。后来人们发现，她要么是一条龙，要么是龙的女儿。在古代，人们相信所有年轻女子的头发，在某种条件之下，例如长期受到压抑，或者被人嫉妒，都有可能变成一条蛇。

古代日本，许多有钱人家的男人，都把他们的妾与他们的正妻置于同一个屋檐下。尽管严苛的夫权制度会让妻妾们白天和睦相处，但是到了夜晚，她们暗藏在心中的怨恨就会通过她们的头发显露出来。这时，每个人长长的黑发都会伸展出来，发出嗞嗞的声响，试图吞噬对方的头发。睡梦之中，甚至镜子也会相互冲撞。因为古语说得好："镜子是女人的灵魂。"有一个著名的传说，说的是一位名叫加藤左卫门重氏的人，半夜里看到妻子的头发和妾的头发变成毒蛇，互相扭打在一起，发出嗞嗞的厮咬声。加藤左卫门为此深感悲痛，因为他知道，所有这些仇恨都是自己的过错。他因此剃光头发，住在高野山上一座佛教寺院里，取法名"刈萱"，终身出家当了和尚。

七

女人死后要将头发结扎在一起，被称为"结束发"，这有点像简易的岛田髻，却不戴任何发饰。结束发的做法是将头发结扎成一束，就像一捆稻米。服丧期间的妇女也要梳这种发型。

鬼魂的形象总是蓬头垢面，一头长发遮挡住面孔。垂柳的枝条总是会令人伤感，因此人们相信鬼魂最喜欢柳树。据说到了深夜，鬼魂们就会在柳树下发出悲恸的哀号，并且把她们黝黑的头发与蓬乱的柳树枝条纠结在一起。

---

① 墨杜萨（Medusa），古希腊神话传说中的蛇发女妖，戈耳工三姐妹之一。

传说，圆山应举是日本第一位描绘鬼魂的画家。幕府的将军曾经邀请他到官邸作画，说道："请画一幅鬼魂的画像。"圆山答应了将军的请求，却为如何能够圆满地履约而感到困惑。几天以后，他听说自己的一位姑母得了重病，便前去探望。他看到姑母形容憔悴，像是已经死去多时。他正襟危坐在病床旁边，这时一个可怕的灵感从天而降。他立刻用笔画下了病人那毫无血色的面孔和一头蓬乱的长发。依据这张仓促记录下来的素描，圆山画出了一幅鬼魂的画像，这大大超出了将军的想象。那之后，圆山一跃成为了日本著名的鬼魂画家。

日本的鬼魂总是显得变幻无常，而且出奇地威武高大。它们上半身轮廓清晰，下半身则完全消失。正如日本人所说，"鬼魂是没有脚的"。它的外表像是一阵风，只能出现在距离地面一定高度的位置上。在艺术家的想象当中，它不断地摇摆、伸缩、游弋，像是一团随风飘动的蒸汽。偶尔，在画册中也可以看到幽灵般的女人形象。她们貌似生活中的女人，却是真正的魔鬼。她们是狐狸精，抑或是其他妖怪。她们有着一双特殊的眼神和一副魑魅的性格，看上去令人难以置信。

日本的小孩儿和其他所有国家的小孩儿一样，同样乐于享受恐惧带来的快感。有许多游戏，可以供他们分享这种刺激，其中就包括"做鬼脸"和"闹鬼游戏"。保姆或者大姐姐们把头发散开，用头发遮住脸庞，呻吟着做出各种奇怪的动作，从后面追赶着小孩儿，以此模仿画册中魔鬼的形象。

八

头发，是日本女人艳丽的装饰。女人失去了头发，比失去任何财产都要痛心。从前，男人为了显示其男子汉的气概，面对失去贞操的妻子，不是将其杀掉，而是把她的头发剃光后赶出家门，以此作为报复。只有崇高的信仰和忠贞的爱情，才能促使女人甘愿奉献出她的全部头发。在出云众多的神社里，作为供品的一部分，不时也可以看到一两绺又长又粗的头发，悬挂在神社的大殿前。

什么样的信仰能够让女人做出如此牺牲？对此，看过京都雄伟的本愿寺里悬挂着的、用女人的头发编织的缆绳，方能够有所领会。爱情的力量，尽管不会轻易表现，却比信仰更加强大。按照古老的习俗，丈夫去世后，妻子要剪下一些头发，放在丈夫的棺木当中，并与丈夫一起埋葬。头发的数量不限，多数情况下只是一小绺，不会影响女人发型的美观。但是如果下决心永远忠于亡夫，她就会放弃一切。她会亲手剪掉全部头发，把象征着青春和美貌的一头黑发放在死者的膝盖上，从此不再留发。

第四章　一位英语教师的日记

一

一八九〇年九月二日　松江

在出云，我分别与松江的普通中学和师范学校签订了合同，担任英语教师，任期一年。

松江普通中学，是一座宽敞的、欧式风格的二层木制建筑，表面涂着深灰蓝色。这里大约容纳三百名走读学生。学校位于一个大型广场的一角，两侧靠近运河，另外两侧是僻静的街道。这里与松江古城近在咫尺。

师范学校面积较大，坐落在大型广场的另一端，校舍显得格外醒目，外面涂着雪片似的白漆，建筑顶端是一座圆塔。师范学校仅一百五十名学生，且全部都是寄宿生。

后来我得知，这里除了两所学校之外，还有一些其他的教育机构。

今天是我来到学校的第一天。当地的一名英语教师、西田千太郎先生带我参观了学校，把我介绍给了校长和未来的同事，向我讲解了课程安排及教科书，并且为我的办公桌配备了所有必要的文具。正式授课之前，我还要去见一见地方知事笼手田安定先生。正是由于此人秘书的推荐，我才得以顺利地签订了聘用合同。西田先生带我来到了位于街道另一侧的县政大厅，那是一座颇具异国风情的大厦。

我们来到县厅，登上宽阔的楼梯，进入了一间铺着西式地毯的宽敞房间。

房间里摆放着一只大沙发，墙上敞着一扇向外凸出的窗户。一位老者端坐在圆桌的正前方，六个男人分别立在两侧。所有人都身着日本式和服正装、华丽的丝绸裙裤，披着一件带有家徽的外褂。对方豪华而庄严的盛装，不禁令我为自己平庸的西服装束感到羞涩。他们是县厅的公职人员和教师，端坐在正中央的是县知事。知事站起身，和我打着招呼，向我伸出一只巨大的手掌。我凝视着他的眼睛，感觉一下子被他的神情所吸引。他长着一副孩子般清晰而直率的面庞，充满宁静的力量和宽厚的仁慈，好似菩萨一般沉稳。与此相对，站在知事一旁的官员们，看上去则显得有些矮小。第一眼见到知事，感觉他似乎来自不同的人种。我正在好奇，心想往日的日本豪杰是否都是同一个模样，这时知事招手示意我坐下，并且开始用淳厚的低音向我的向导询问起什么。那声音流畅、深沉，富有魅力，这更让我加深了对其表面印象的好感。这时，一位侍者端上了茶水。

"知事请问，"西田翻译道，"您是否了解出云的历史？"

我回答说，曾经阅读过张伯伦教授翻译的《古事记》，对日本这一古老地区略知一二。紧接着，对方相互间便是一阵日语对话。西田先生告诉知事，我来日本为的是研究日本古老的宗教习俗；并且告诉知事，我对神道和出云的传统颇感兴趣。于是，知事建议我去参观杵筑的出云大社、八重垣神社以及熊野大社等著名的神社，随后接着问道：

"请问这位先生，您是否知道，在神社前击掌拜神的起源？"

我回答不知道，于是知事解释说，这在《古事记》的《注释传》一书当中有所记述。

"《古事记传》第十四卷第三十二章节中，记述了八重事代主神击掌拜神的故事。"

对于知事的耐心指教，我表示了由衷的感谢。沉默了片刻，又是一阵热情的握手，主人亲切地与我告别，我便随西田先生一起返回了学校。

二

我刚刚结束了在中学的三个小时授课。教日本学生学习英语，比我想象的要愉快许多。西田先生在每个班级，事先均为我做好了充分的准备。尽管我完全不懂日语，但在教学中却没有感到任何的障碍。那些年轻人，即使不能完全听懂我在说些什么，却可以看懂我用粉笔在黑板上书写的内容。他们大多从小就开始跟随日本老师学习英语。所有学生看上去都是那么诚恳，而且富有耐心。按照旧的习俗，老师走进教室，全体同学要起立，鞠躬。老师也要还礼，然后开始点名。

西田先生无疑是位热心肠的人。他总是替我想得非常周到，却又总是抱歉没能帮我做得更好。不必说，我将面临诸多挑战。比如，面对学生名簿，我甚至读不出它们的发音，必须花很长时间记住每一个孩子的名字。尽管为了外籍教师的方便，他们的名字分别用英文书写，并且张贴在教室的门口，但熟悉他们还是花费了数周时间。开始时，都是西田先生带我走进教室。西田先生还向我指示穿过走廊通向师范学校的通道，并且把我介绍给师范学校的中山先生，他是我在师范学校的向导。

在师范学校，我每周仅被安排担任四个小时的课程。即使如此，学校仍然为我配备了一张漂亮的书桌，走进办公室的瞬间便让我感受到大家庭的温暖。中山先生在把我介绍给未来的学生之前，先带我参观了学校一些有趣的设施。这种介绍新人的经历，既让我感到愉快，又让我感到新奇。沿着走廊，我被领进了一间墙壁被粉刷一新的宽敞的大教室，里面坐满了身穿深蓝色制服的年轻人。每一位学生的面前，均摆放着一张三角支撑的单腿小课桌。教室的一端是老师的讲坛，上面放着一张讲台和一把椅子。我走到讲台前，一声英语口令"Stand up"，所有学生像是上了弹簧一样立刻站了起来。"Bow down！"同样一声口令，像是发自一位身穿制服佩戴袖标的年轻学生，全体同学应声向我鞠了一躬。我也还了礼，大家坐下，紧接着开始上课。

在师范学校，每节课之前，老师都要接受学生们这一军队式的行礼。只是通常使用日语发令，只有我担任的课程要使用英语。

三

一八九〇年九月二十二日

这所师范学校是公立学校，学生要经过考试，确认品行端正，并经内部推荐方可被录取，而且人数极为有限。学生不必支付学费和住宿费，甚至书本费、学习用品和校服也全都由国家负担。国家培养他们，作为回报，毕业后五年之内，他们必须作为教师为国家效力。然而作为师范生被学校录取，却并非意味着确保毕业。学生每年要通过三四次资格考试，达不到平均分数，无论品行多么端正，学习态度多么认真，也要被劝退学。因为这关系到国家的教育大计，容不得半点仁慈。为此，学生需要具备极高的天赋，以及为实现这一天赋所必需的严格标准。

学校对学生的训练如同军校一样严格。正因为如此，按照法律规定，师范学校毕业的学生可以免服一年兵役，因为毕业的同时他们就已经成为了一名合格的战士。学生的个人品行同样受到极大重视，为此专门设置了评判标准。入学时，无论曾经多么娇生惯养，临近毕业前也必须改头换面。男子汉气质的灌输并非助长暴力，而是培养独立自主和自我控制的能力。学生讲话时被要求两眼正视老师，字句清晰，声音洪亮。学生在课堂内的行为举止，部分依赖于教室设备本身。狭窄的课桌无法支撑胳膊，无靠背的座椅让学生不得不挺直腰板。学生必须随时保持着装整洁，任何场合遇见老师，都要立正，脚跟并拢，挺直身子，行举手礼，而且必须做到动作迅速敏捷，庄重大方，看上去妙不可言。

课堂上，学生们的表现简直到了无可挑剔的地步。没有人暗地里窃窃私语，未经容许任何人也不会将目光脱离开书本。当老师叫到一个学生的名字时，他会立即站起身大声答"到"。那声音铿锵有力，与其他同学的肃静表情形成鲜明对照，初次体验着实让我大吃一惊。

师范学校的女子部，约有五十名年轻女子在那里接受教师的培训。那是一座独立的、双层四边形楼房建筑。室内宽敞明亮，空气清新，连同附近的花园一起，构成一个完全独立的空间，从街道上很难感觉到它的存在。在这里，女孩子们不仅受到西方先进科学的良好教育，同时也受到日本传统文化的艺术熏陶，其中包括刺绣、装潢、绘画以及插花。这里同时还教授西方传统绘画，不只女子部，整个师范学校都设有这门课程，只是在传授西方绘画技巧的同时，夹杂了一些日本的绘画手法。这种混合的教学方法，必定会对未来的艺术创作产生不可估量的影响。在我看来，日本学生的平均绘画天赋，与西方国家的学生相比至少高出一筹。这个国家的民族精神，原本蕴含在艺术当中。他们很小的时候，就开始学习临摹汉字这一难度极高的书法艺术，以至西方人做梦也没有想到，早在绘画大师讲解透视绘画之前，他们的手指和感官就已经得到了一流的训练。

附属于师范学校、同样由一条长廊与普通中学相连接的，是一所颇具规模的小学，那里活跃着一大群少年儿童。在那里担任教师的，是即将从师范学校毕业的男女学生。在即将走上国家规定的服务岗位之前，他们要在这里进行实习。从教育的观点看，对于富有同情心的外国人来说，没有什么比这里的初等教育更让人感动的了。我走进第一间教室，里面坐着一些男孩儿女孩儿，他们有的手里还抱着娃娃，看上去尤其可爱。他们伏在课桌前，铺开一张炭一样黑的草纸，用一支毛笔和一瓶墨汁，像是在尽力把草纸涂得更黑。他们是在学习汉字和日文假名的运笔。在练习完一个笔画的运笔之前，决不允许进入下一个笔画，更不要说将不同笔画的运笔组合成汉字。像这样，孩子们在完成第一节课之前，白纸早已在他们稚嫩的笔下变得一片漆黑。即使如此，他们仍然会在同一张草纸上继续书写，因为浸湿的墨迹比起干燥的墨迹看上去更黑，很容易辨认。

在隔壁教室里，我看到另一个年幼的少儿班，孩子们在学习如何使用剪刀。日本的剪刀，两边连接在一起呈 U 字形，远比西洋剪刀难以驾驭。孩子们正在学习裁剪各种模型、特殊的形状和一些简单的图案。其中最多的是花朵，偶尔也可以看到一些表意的文字符号。在另一间房间里，一群孩子正在学习唱歌。老师用粉笔在黑板上写上音符"哆、来、咪"，并且用手风琴为孩子们伴奏。孩子们刚刚学唱了日本的国歌《君之代》，和两首用日语演唱的苏格兰民歌。其中一首，唤起了我许多美好的回忆，让我想起了《友谊地久天长》。

这所小学校没有学生制服，所有学生都身着日本服装。男孩子们穿着深蓝色的和服，女孩子们则穿着各种颜色的长裙，像是一只只蝴蝶在飞舞。除此以外，女孩子们还套着一件天蓝色的裙裤，看上去温暖舒适。

课间十分钟的休息时间，孩子们会尽情地玩耍。男孩子们玩踩鬼影、捉迷藏或者其他有趣的游戏。他们大声笑着、跳着、高喊着、追赶着、模仿相扑，却从不像西方孩子那样争吵打闹。至于说女孩子们，则有她们自己的玩法。她们围成一个圆圈，在一起唱歌、踢球、做游戏。她们的歌声是那样委婉动听：

> 我们一起做游戏，
> 舀起一瓢地藏水，
> 快快浇在松叶上，
> 快快回来！快回来！

我看到，教这些孩子们的年轻男女教师，是那样真挚且富有耐心。看到玩耍的孩子弄脏了衣服，他们就会把他叫到身边，像大哥哥大姐姐一样，为他细心地掸去灰尘，整理好衣服。

除了给小学生上课之外，为将来的专业做准备，师范学校的女学生还要在附近的幼儿园参加实习。那是一所欢快、明亮的幼儿园。宽敞的房间里充满了阳光，架子上摆满了设计独到的、用于教学的玩具。

迄今为止，我曾在一些颇具规模的日本学校，经历过两年多的教学体验。在这期间，我从来没有见到过学生之间发生争吵，也没有看到过学生打架。截至现在，我的学生已经多达八百人左右。

四

一八九〇年十月一日

尽管如此，我对师范学校的了解却是微乎其微。严格地说，我并不属于师范学校的教员，我的大部分工作是在普通中学任教，只有少部分时间被借调到师范学校。我只能在教室里见到师范学校的学生，因为他们被禁止外出，不准到城里老师的家中拜访。为此，我无法奢望像普通中学那样，与师范学校的学生建立起密切的关系。普通中学的学生已然开始称我为"老师"，而非"先生"，似乎把我当成了大哥。（我很讨厌"主人"这个词。在日本，教师完全没有必要摆出一副主人的架势。）除此之外，与师范学校宽敞明亮的教员室相比较，我更喜欢普通中学那略带零乱、清寒的办公室。因为，这里让我感觉像是回到了家，并且西田先生的办公桌就在我的旁边。

这边的墙面上挂着一些地图，上面写满了日语。几张大图表，从进化论的角度描绘出动物的变迁。一个硕大的相框，里面整齐地挂满了涂着黑漆的小木牌，看上去就像是一块表面平整的黑板。小木牌上用白色字迹书写着，准确地说应当是涂抹着每一位教师的姓名、学科、班级以及授课时间。这个相框的巧妙之处就在于，只需简单变换小木牌的位置，整个课程安排便可一目了然。由于全部内容均用汉字和日文假名书写，为此这个广告牌除了意图及目的之外，对我来说简直就是个迷宫。我只认得自己的名字，和一些简单的数字符号。

所有教师的办公桌上均摆放着一只涂着蓝白彩釉的炭火盆，灰烬上可以看到几块灼热的木炭。每到课余时间，老师们便叼起了各自的铜、铁或者银质的日本小烟袋。木炭火盆和一杯热茶，对于课后疲劳的身心均不失为一种极好的安慰。

西田先生和其他两位老师对英语很在行，有时我们课间会在一起聊聊天，但多数时候大家都保持沉默。一节课下来累得疲惫不堪，多数人宁愿安静地抽袋烟。这时，教员室里唯一能够听到的，只有墙上挂钟的嘀嗒声，和烟斗敲打在火盆边缘发出的尖锐撞击声。

五

一八九〇年十月十五日

今天，我观看了岛根县一年一度的中学生运动会。运动会在古城堡前二之

276

丸巨大的广场上举行。前一天，人们在此拉起了一个圆形的跑道，设置了比赛跨栏，为观众及来宾准备了数千张木椅，并为迎接县知事搭起了临时的帐篷，日落之前一切准备就绪。会场就像是一个巨大的马戏剧院，里面有木板搭成的阶梯座席，知事所在的帐篷前摆满了花环和锦旗，看上去十分华丽。方圆四十公里内村镇的所有中学生齐聚在这里，场面极其壮观。多达六千人的男女学生参加比赛。会场上坐满了远道而来的学生家长和教师，广场内外被前来围观的群众挤得水泄不通。更有一些人登上高大的围墙，居高临下俯瞰会场。据推算，大约三分之一的松江市民到场观看比赛。

比赛开始和结束均以一支发号枪为令，四种竞技项目在广场的不同场地同时进行。广场格外宽敞，足够容纳一个师团。比赛项目的优胜者，将由县知事亲自颁发奖品。

所有学校均派出了各年级中优秀的选手参加比赛。赛跑项目的冠军，是我校五班的阪根同学。他以近乎四十米之差遥遥领先于其他选手，最先到达终点。阪根同学是我校的运动健将，实力超群，而且品学兼优。看到他怀里抱着一大摞图书奖品归来，我打心眼儿里为他高兴。阪根同学还赢得了击剑比赛的第一名。那是一种以击碎系在对方左臂上的小瓷碟为胜的比赛项目。阪根同学同时还在高年级跳远比赛中获得优胜。

运动会上，数百名选手赢得了不同项目的比赛，获得了数百个奖品。其中有一个项目，两个运动员一组，一方的左脚绑在另一方的右脚上共同参加比赛。还有一个更滑稽的项目，运动员除了跑步之外，还要完成匍匐、攀登、撑竿、跳跃等各种动作，以测试他们的综合能力。也有一些专门为小女孩儿设置的比赛项目。像蝴蝶一样，穿着各种颜色的长裙，外面套着蓝色裙裤的女孩子们，一边跑一边要从散落在草地上的绒球当中拣出三个不同颜色的绒球。除此之外，还有专为女孩子们准备的夺旗比赛和板羽球赛。

接下来是拔河比赛，场面甚为壮观，绳子两端分别集聚起近百名参加比赛的学生。然而当天最为精彩的场面，莫过于哑铃体操。六千名男女学生五百人一行排列整齐，随着分散在数个小木台上的体育教师的一声口令，六千双手臂一齐上下挥舞，六千双踏着草屐的脚同时前后移动，六千个嗓音发出相同的声音，全体运动员一齐做起了哑铃体操，"一、二——三、四——五、六——七、八"。

最后一个项目尤其奇特，美其名曰"攻城大战"。人们在竹子编成的骨架上贴上白纸，建起一座约五米高的城堡，分别竖立在运动场的两侧。城堡中置一容器，里面盛有易燃液体。如果容器被打翻，整个城堡立刻燃烧起熊熊大火。男孩儿们分成两队，分别将木球投向对方城堡。木球砸在城堡上，城堡立刻变得千疮百孔，很快就会燃烧起大火并被火焰吞噬。无疑，最先起火的城堡败阵。

比赛从早上八点开始，到下午五点结束。随着一声号令，近万名师生齐声唱起庄严的国歌《君之代》。最后，全体高呼三声"天皇皇后陛下万岁"，至此运动会圆满结束。

日本人欢呼时，不像西方人那样大声喊叫甚至是怒吼。他们总是在歌唱，每发出一个音符，都像是开始演唱一首大合唱的序曲，"啊——啊——啊——啊！"

六

让我感到惊讶的是，诸如植物学、地质学等学科，在这个偏远古老的日本乡间，竟然像普通学科一样，同样成为学校的基础课程之一。学生们使用先进的显微镜，观察植物的细胞以及蔬菜的组织结构，并将它们与化学变化结合在一起进行分析。指导教师定期带领学生来到田间地头，结合地里的植物实例，讲述课堂上的书本知识。有关农业知识，学校特地请来毕业于著名的札幌农业学校的教师前来指导，并且购置了专门的农场，以供学校教学和学生的实践活动。关于地质学课程，学生们要到山川湖泊、岸边悬崖进行实地考察，以对课堂学到的知识做适当的补充。在那里，学生们可以实际观察到地层的变化，以及岩石表面留下的历史痕迹。有关宍道湖盆地以及松江近郊的地貌情况，则是根据著名的赫胥黎科学教育的思想，引导学生从事地质方面的研究。关于博物学方面的课程，同样使用先进的优化组合方法，借助显微镜进行教学。如此先进的教育，必将带来惊人的成果。我所知道的一名学生，年仅十六周岁，自愿为东京的大学教授采集了两百多种海洋植物，并且进行分类。另有一名十七岁的学生，不依靠任何参考书籍，为我编制出一套松江地区全部蝴蝶标本的学科目录。经核实，几乎没有发现任何错误或遗漏。

七

明治二十三年十月十三日，天皇陛下通过文部大臣，对所有帝国公立学校赐下了诏敕。为此，全国各校师生必须全体聚集，聆听天皇陛下有关教育的敕语。

上午八时，我校全体教师学生聚集在大礼堂，等候县知事的莅临。县知事将辗转于各校之间，为师生们恭读敕语。

不久，县知事在县市官员的陪同下来到了会场。全体师生起立，向知事行礼，唱国歌。

礼毕，知事走上讲坛，取出诏敕。那是一份用汉字和日文片假名书写的书卷，用一块丝绸紧紧裹住。知事缓缓地解开绸布，取出卷册，恭敬地将其举过头顶，随后将书卷展开，再一次举过头顶，停顿片刻。之后，知事开始用他那浑厚、清晰的声音，按照古老习俗逐字逐句、抑扬顿挫地宣读起敕语。那声音宛如诵诗一般优雅。

朕以为，吾帝国之创造者及皇室祖先，为国家奠定了伟大且永恒之基业，并以天道慈悲，建立了皇国之权威。

尔等臣民历经数代，忠贞不渝，和谐一致，以皇国利益为重，树立起皇国教育之根基。

尔等臣民应始终如一，孝敬父母，兄弟相爱，夫妻和谐，以诚相待。尔等臣民应严于律己，宽以待人，勤于治学，追求理想，磨砺才智，培养道德，促进公益，维护宪章，遵守国法。一旦国家需要，尔等臣民理应挺身而出，出以公心，维护与天地共存共荣之皇权君威。

此举，非但体现尔等臣民对朕之效忠，且有助于维护尔等臣民祖先之荣誉。

此乃吾帝国创始者之遗训，本应得到尔等臣民鼎力支持。之所以如此，皆因古往今来，此乃引导臣民治理国家，亲善邻国之普遍真理。

朕衷心希望尔等臣民同心同德，忠实履行先辈之神圣教诲，以达成吾辈之共同目标。

宣读完毕，县知事和校长随即就诏敕的深远意义予以说明，并告诫全体师生牢记敕语，身体力行，履行诏敕指示。

宣读仪式结束后，为了让学生们更好地领会诏敕内容，学校决定停课放假一天。

八

现代日本教育制度，极大限度地发挥其温和、善良的特征。教师就是教师，他不是英语概念当中的统治者。对于学生来说，教师只是其年高的兄长。教师不会将自己的意志强加于学生。他不会训斥学生，很少批评学生，更不会体罚学生。日本的教师从不殴打学生，如果发生此种行为，会被立即勒令辞职。教师也不可能失去理智，大发雷霆，否则会在学生乃至同事当中无地自容。事实上，在日本的学校里，原本就不存在惩罚制度。偶尔，一些特别调皮的学生也会在课余时间被留在教室里。即使如此轻微的惩罚，也并非由教师擅自决定，而是报告校长后由校方出面实施。其目的并非单纯剥夺学生的休息时间，而是在于警示他人引以为戒。多数情况下，通过在众人面前强制反省，足以防止类似错误的重复出现。那种强迫成绩差的学生学习，动辄让其抄写四五百行生字的情况根本无法想象。在这种体制下，一旦出现体罚，学生自己也不可能保持沉默。对于日本的教育当局来说，在没有惩罚制度的情况下，对于那些屡教不改的学生，唯一办法只有劝其退学。但此种案例却是极其罕见。

有时，我从学校回家，抄近道穿过城堡广场，路上经常可以看到这样的情形。三十来个小男孩儿，穿着和服和草鞋，光着头，在一位英俊的年轻教师引导下，一边列队行走一边唱着歌。年轻教师同样穿着一身和服，走在队列的前面，高声领唱着。孩子们则一边走一边唱，并用脚板打着拍子。教师唱一句，孩子们跟着唱一句；然后教师唱下一句，孩子们重复下一句。如果有谁唱错，就要从头重唱。

那首歌，是歌唱日本伟大爱国英雄的歌曲——《楠木正成[①]之歌》。

九

我说过，如果教师对学生过于严厉，学生不可能保持沉默。这一事实，在英美人听来似乎有些奇怪。在日本，不存在汤姆·布朗[②]所经历过的那种学校。日本的公立学校，与德·亚米契斯[③]在《爱的教育》一书当中描述的意大利的学校极其相似。换句话说，在西方学校，人们认为必须建立起严格的组织纪律；与此相反，日本的学生却主张高度的独立，享有充分的自由。在西方，通常是教师开除学生的学籍。在日本，则经常是学生开除教师的公职。每一所公立学校，都是一个热情而充满生机的小共和国，校长和教师不过是总统和内阁成员的关系。他们经东京的文部省推荐，由地方政府任命。但在现实当中，教师的资质要由学生做出评价，并以此维持教师的地位。一旦某位教师被认为缺乏资质，随时可能爆发革命，以致被从学校中驱逐。据说经常可以听到有关学生滥用权利的逸闻，但那不过是持有偏见的西方人主张严加管制的无稽之谈。（这让我想起位于横滨的一家英文报纸，它主张在学校引入鞭笞制度。）根据我的观察，正如人们基于广泛经验建立起的共识那样，多数情况下学生反对教师，学

[①] 楠木正成（1294—1336），是日本镰仓幕府末期到南北朝时期著名的武将，在推翻镰仓幕府、中兴皇权中起了重要作用。

[②] 汤姆·布朗，小说《汤姆·布朗的学校生活》中的主人公，作者是英国小说家、传记作家、社会改革家托马斯·休斯（Thomas Hilghes）（1822—1896），书中描写了英国学校学生争吵、打闹、爱情和学习的生活。

[③] 德·亚米契斯（1846—1908），意大利作家，《爱的教育》是他创作的一部描写学校生活的长篇日记体小说。

生一方是占理的。很少有人听说学生侮辱教师，扰乱课堂秩序。他们只是拒绝到校上课，直至不受欢迎的教师离开学校。这种场合，学生的个人情感常被置于次要位置，它很少成为学生们要求替换教师的理由。即使教师态度不够耐心，甚至引起学生的误解，但只要学生认定那位教师具有一定的才智并且秉公办事，他们仍然会服从教师的指导，并且对他表示出敬意。对于教师的能力以及偶发的偏袒倾向，学生们往往表现得极其敏感。另外，教师单纯地和蔼可亲，却无法满足学生对知识的诉求和技术的渴望，也会被要求替换。我所知道的一个案例，在附近的一所公立学校，学生们要求解雇一名化学老师。他们在表达不满时，坦率地提出了如下请求："我们喜欢那位老师，他对我们非常友好，他已经尽了最大的努力。可是，那位老师的知识水平不能满足我们求知的欲望，他无法回答我们提出的问题，甚至不能解释他在课堂上所做的实验结果。这一点，我们的前任老师却做得非常出色。我们强烈要求更换老师。"调查结果证实，学生们说的完全正确。那位年轻教师刚刚大学毕业，被推荐来到这里，可是他对所教授的学科却没有完善的知识储备，并且缺乏教学经验。在日本，教育者的成功不取决于文凭的高低，而是决定于他的实践知识，以及深入浅出的表达能力。

十

一八九〇年十一月三日

今天是天皇陛下的诞辰日，亦即日本的公共假日。上午没有课，早上八点整，为了纪念天皇陛下的诞辰，全体师生准时聚集在普通中学的大礼堂。

讲坛上摆放着一张长桌，桌子上铺着一条素色的绸缎。长桌上方，镶金的相框当中，并排悬挂着日本国天皇及皇后的巨幅肖像。讲坛的壁龛里，装饰着彩旗和无数花环。

不久，县知事穿着一件佩戴金丝带的礼服来到了会场，那样子看上去像是法国的大将军。紧随其后的，是松江市长、军事指挥官、警察署长以及所有地方官员。一行人庄重地走上讲坛，按左右两侧分别落座。这时，学校的管风琴里突然奏响了美丽庄严的国歌。全体与会人员，共同唱起了集几代人的尊崇为一身的、神圣而古老的乐曲。

> 我皇御统传千代
> 一直传到八千代
> 直到小石变巨岩
> 直到巨岩长青苔

唱完国歌，知事迈着庄重的步伐，从讲坛右侧走到中央两皇陛下的肖像前，面对陛下深深地鞠了一躬。随后向着讲台迈出三步，停顿片刻，再次深深地鞠了一躬。然后再次迈出三步，仍旧深深地鞠了一躬。紧接着向后倒退六步，再次鞠躬后，知事回到了自己座席上。

那之后，教师们六个人一组，同样行过优雅的鞠躬礼。待全体人员在天皇陛下肖像前礼毕，知事登上讲台，面对全体同学，就年轻人对于天皇、对于国家、对于教师的职责做了简短却又极富感染力的发言。最后全体再一次高唱国歌，随即解散，各自享受余暇。

十一

一八九一年三月一日

大多数普通中学的学生，为全日制学生（法国人称之为走读生）。他们早上来到学校，中午回家吃午饭，午后一点钟再次返回学校，完成下午简短的课程。来自城里的学生在市内有家，但来自边远地区的学生就无法回家。学校为他们提供住宿，设有专职教师对他们进行全面的道德管理。无疑，如果他们有足够的能力，他们可以自由选择其他住宿设施（但必须是风纪健全的地方），抑或是寄宿在某个家庭，但却很少有人做出这种选择。

我不知道，世界上还有哪个国家像日本那样，教育经费如此低廉，而教育水平却如此高超，制度如此完善。听了出云学生用于教育上的经费开支，足以使读者感到惊讶，它远远低于西方国家学生的平均水准。相当于二十美元的费用，足够一个学生一年的食宿开销。包括学费在内的学习费用，每月不足七美元。房租加上一日丰富的三餐，一个月也只有一元八角五钱日元，还不到一块半美元。如果无钱支付，学生可以不必穿着学校的统一制服。只是到了高年级，近乎所有人都穿上了制服。一套便宜的学生制服，包括帽子、皮鞋只有不过三块半日元。不穿皮鞋的学生，在校期间要脱掉喧闹的木屐，换上轻便的草鞋。

十二

人们很难想象，支付如此低廉的生活费或者学费，便能够轻易地获得诸如在普通中学得到的完美的智力教育。因为在人类的经济活动当中，往往需要为此支付更多的费用，并且必须严格收取。

要想理解其中的道理，首先就要知道，一个吃着米饭和豆腐的出云学生所要获得的现代知识，是被奢侈的肉食而强化的大脑所发现、发展乃至高度概括出来的。全国性的食品匮乏，给人们带来了残酷的现实。日本的教育家必须致力于解决这些问题，才能够更好地吸收我们强加给他们的现代文明。正如赫伯特·斯宾塞先生所指出的那样，人类获得能量的多寡，无论是肉体上的还是精神上的，均以食物的营养为基础。历史证明，食物充足的族群更具有活力，并且占据统治地位。人类的大脑将主宰民族的未来。大脑既是力量的源泉，同样需要胃部的滋养。撼动世界的思维，从来不是靠面包和水形成的。它是由牛排、羊肉、火腿、鸡蛋、猪肉和布丁创造出来，同时受到剧烈的葡萄酒、强烈的麦芽酒和浓烈的咖啡刺激。科学告诉我们，处于成长期的青少年，与成年人相比需要更多的养分。他们需要大量的营养，以补充脑力劳动所带来的消耗。

在日本的学校体制下，学生的身体为了学习所承受的负担究竟有多重？无疑，与欧美国家学校体制下的学生相比，日本学生的负担在同一年龄时期要重出许多。仅仅学会日本文字的三种写法，或者用一个不恰当的比喻，简单地说要想记住日本文字那张巨大的字母表，就需要整整七年时间。他们必须学习文学，以及语言的两种形式——书面语和口语。与此同时，他们还必须学习本国历史和道德修养。除了这些东方的知识之外，他们的课程还包括外国历史、地理、算术、天文、物理、几何、生物、农业、化学、绘画以及数学。更糟糕的是，他们还要学习英语。对于日本人来说，其中的困难是不熟悉本土语言结构的人所无法想象的。英语和日语是两个截然不同的语种。最简单的日文句子也无法通过逐字的翻译，或者思维的转换完整地翻译成英文。日本的学生，必须依靠摄取那种让英国孩子无法忍受的食物来学会这些知识。寒冷的冬天，只穿着一件薄棉袄，教室里没有炉火，只有火盆里几块烧尽了的木炭发出微弱的光。在这种条件下，即使那些顺利地完成帝国赋予他们的全部教育课程的学生，其坚持不懈的努力结果，也无法与西方国家的学生取得的成绩相媲美，否则只能是奇迹。无疑，情况会趋于好转，但在目前的情况下，新的压力给年轻人的身体乃至头脑造成的破坏，往往只能迫使他们选择放弃。但他们绝不是庸才，他们是学校里的佼佼者，班级的领头羊。

十三

在财政允许的条件下，学校为学生提供各种运动和娱乐的机会，以保证他们健康愉快地完成学业。尽管学习课程繁重，但时间还不算长，每天五小时当中有一个小时用于军事训练。政府提供训练用的武器，学生们对这种真刀真枪的表演表现出浓厚的兴趣。学校附近有一个很好的运动场，配备有秋千、双杠和木马。学校设置两名专职体操教练。还有帆船，只要天气条件允许，学生们便可以在美丽的湖面上自由地划行。此外还有一所击剑学校，由县知事亲自指导。知事身体已经发福，但据说当年还是一名优秀的击剑手。知事教授的是传统的击剑法，要求双手挥剑，通常不做刺杀，而是用力重劈。所用竹剑以四根长竹片制成，用皮绳捆绑在一起，像是加长的古罗马的束棒。选手头戴面具，身穿防护服，以防头部和身体受到重击。这种击剑要求极高的敏捷性，拼刺起来看上去比西方的剑术更加激烈。另一种较为健康的运动是徒步远足，跨越秀美山川，这需要有特殊的休假。学生在他们喜爱的教师带领下，列队行军来到郊外，有时还要有勤杂人员为他们烧火煮饭。他们徒步旅行至一百五十公里乃至两百公里之外，然后徒步返回。因为路途遥远，所以只允许体格强壮的学生参加。他们赤着双脚，踏着一双真正的草鞋，显得十分灵活自如，从不会打起水泡，也不会磨出老茧。他们像战士一样在户外野餐，晚上就睡在寺庙里。

对于那些不善于从事强体力运动的学生来说，最好的去处便是学校逐年扩大的图书馆。那里有学生自行编辑出版的校刊，并设有学生会，就同学们关心的话题定期举办讨论会。

十四

一八九一年四月四日

三、四、五年级的学生每周完成一篇英语作文，由我为他们选择一些简单的话题，话题要求与日本有关。鉴于日本学生学习英语时的巨大困难，一些学生能够完整地用英语表达自己的思想，着实使我感到惊讶。另一个让我感到意外的是，他们的作文从不用来表达个人的观点，而是代表了民族的情感，具有一种强大的凝聚力。让我感到诧异的是，在日本学生的作文当中，看不出任何个性化的标志，甚至二十篇英语作文的笔迹，都像是出自同一个家族之手。其中鲜有例外，以至无法撼动这铁一般的事实。这里有一篇极其出色的作文，出自班里才子之笔，我只修改了几点不符合习惯用法的地方。

月亮——月亮，对于忧伤的人是凄凉，对于幸福的人是欢乐。月亮，让漂泊在外的人想到家，勾引起他们的思乡之情。是故，后醍醐天皇遭逆臣放逐，行至隐岐，面对大海，仰天长叹："月亮为何如此无情！"

美丽的夜晚，仰望星空，月亮萦绕在心头，我们浮想联翩。

我们的心，应该像月光一样明亮、宁静。

诗人常把月亮比作日本的铜镜。其实，满月时它的形状的确如此。

优雅之人，赏月自娱，他们寻觅水边，搭起帐篷，朦胧月夜，吟诗作画。

欣赏月亮的最佳地点是月濑梅林,加之姨舍山。

月亮照亮丑恶,也照亮善良;照亮高山,也照亮低谷;那美丽的月光,既不属于你,也不属于我,它属于所有的人。

看见月亮常想起一句话"月圆则缺,月晦则明"。它向我们展示出一个真理,盛极必衰,物极必反。

不了解日本教育的人或许会认为,以上作文表现出了某种崭新的思想,但事实却并非如此。我发现,有关相同的话题,在其他三十篇作文当中也有同样的比喻。事实上,在同一主题下,即使文章本身并非因此而失去价值,许多学生所表达的感情却极为相似。一般来说,日本学生在想象力方面很少具有独到之处。他们的思想早在数百年以前就已形成,其中一部分来自中国,另一部分源自本土。自幼年时期,他们就被训练以优秀艺术家的眼光去看待和感受自然;用快速的笔法在白纸上涂上颜色,描绘出寒冷的早晨、热情的午后、秋日的黄昏等不同的情感。少年时代,人们更是教育他们,要继承古代文学当中美的思想和比喻手法。每一个日本少年都知道,富士山在蓝天的衬托下,像一面半打开的白色扇面,倒挂在半空中;每一个日本少年都知道,盛开的樱花像夏日里粉红的云彩,挂满了古树枝头;每一个日本少年都知道,古人用树叶落在雪地上,比喻在宣纸上挥毫泼墨。每一个日本少年都听说过往日的旧诗篇,它形象地将猫咪在雪地上留下的脚印比喻成绽放的梅花;将雪地上的漆木屐印比喻成大写的"二"字。所有这些,均出自古人留下的美好诗篇,人们很难创作出更加美妙的词句。作文中表现的艺术魅力,最多只是将这些古老的思想准确地记述,并与现实巧妙地结合。

同样,学生经常被教导,学会在一切有生命和无生命的事物当中寻找到寓意深刻的启迪。我曾经尝试用一百个有关日本的话题让学生们写作,结果发现只要是他们身边的事物,便不愁写不出文章。如果我提议以"萤火虫"为题做一篇文章,他们立刻就会同意我的建议,并为我写下一个中国学生的故事。那个学生因贫困无钱买油点灯,于是捉来一些萤火虫,把它们放在纸灯笼里,用萤火虫的灯光取亮夜读，最终成就了学业。当我提议以"青蛙"为题写作时，他们又为我写下了有关书法名家小野道风的传奇故事。一天，小野道风看到一只青蛙，以坚韧不拔的毅力爬上柳树捕捉昆虫，便从中悟出了学习书法的真谛。下面，我将引用几篇颇受启发的作文，其中我仅纠正了一些常见的错误，依然保留了原文的特征。

牡丹——看上去又大又美，但其气味却不适宜人间。这让我们联想到，在人类社会，仅凭外在的美，无法真正打动人心。盲目被外观所吸引，终将使自己陷入可怕的厄运。欣赏牡丹的最佳地点，是中海湖上的大根岛。牡丹盛开的季节，岛内一片红花似火。

龙——腾云驾雾，骤然带起一阵飓风。龙落在地上，就会变成石头或者其他物体；它舞动身躯，招来一片乌云遮日。龙的身体，由各种动物的不同部位组成。它有一双猛虎的眼睛，一对麋鹿的犄角，一条鳄鱼的躯体，一双雄鹰的铁爪，此外还有两个大象的鼻子。人们从中得到了启迪。我们要像龙一样，博采众长，以弥补自身的不足。

关于龙的随笔结尾处，附带着一张给老师的便条，上面写道："我不相信有龙，可世上却流传着诸多有关龙的故事和奇特的图画。"

蚊子——仲夏的夜晚，耳边常听到一个细小的声音，接着便有一个小东西，飞过来叮咬我们的身体。我们叫它"蚊子"，英语叫作"mosquitoes"。我觉得，被蚊子叮咬是件好事。因为当我们打起瞌睡时，如果蚊子叮咬我们的身体，同时发出细小的声音，我们就会清醒过来，以便继续学习。

接下来是一位十六岁的少年写的一篇文章，内容很有特色，只是对所叙述的问题一知半解，写的是一个自己不熟悉的话题。

欧洲和日本的习俗——欧洲人喜欢穿紧身的衣服，在家里也穿着鞋子。日本人喜欢穿宽松的衣服，除外出活动之外基本上不穿鞋子。

让我们感到非常不解的是，在欧洲，比起父母，妻子更爱丈夫。在日本，妻子疼爱父母胜过关爱丈夫。

经常可以看到欧洲男人和妻子并肩走在路上，而日本的男人除了八幡祭祀节以外，甚至拒绝和妻子在一起走路。

日本的女人像仆人一样伺候男人，欧洲的女人则像主人一样受到尊敬。我认为这两种现象都不是好的习俗。

我觉得，接待欧洲女士是一件很麻烦的事情。我不知道，她们为什么会受到欧洲男人如此敬重。

有关外国的话题，在教室里同样经常引起人们的议论，而且颇让人受到启发。

"老师，我听说在欧洲，如果自己和父亲、妻子同时落入大海，这时只有自己会游泳，那么丈夫会首先救出他的妻子，这是真的吗？"

"的确是那样。"我回答道。

"可为什么呢？"

"其中理由之一，是欧洲人认为先要救助弱者，特别是女人和小孩儿，这是作为男人的义务。"

"欧洲人认为，妻子比自己的父母更重要吗？"

"并不完全是那样，但基本如此。"

"老师，按照我们的想法，那是非常不道德的事情。"

"老师，欧洲女人怎样带着孩子出门？"

"她们把孩子抱在怀里。"

"抱在怀里不是很累吗？女人抱着孩子能走多远？"

"身体强壮的女人可以走很远。"

"可是，怀里抱着孩子，手里就拿不了东西啦！"

"是拿不了东西。"

"那么，这样抱孩子就不是好的方法。"

十五

一八九一年五月一日

我喜爱的学生们，经常在下午来我家拜访。来到后，他们总是先递上名片。待主人请他们进屋，他们便在门口脱下鞋子，进到我的小书斋，行过跪拜礼，大家便在榻榻米上席地而坐。我的这间榻榻米地面，和日本其他家庭的一样柔软。女佣立刻拿来坐垫，并且端上茶水和点心。

要想像日本人一样端坐在榻榻米上，需要经过一段时间的训练。西方人当中总会有人不习惯这种坐姿。要想学会这种坐姿，先要会穿日本的和服。一旦习惯了这种坐姿，你就会发现，那是所有坐姿当中最自然、最舒适的姿势。无论是吃饭，还是读书、抽烟、会客，你都会主动采取这种姿势。如果用西方的钢笔写字，我不主张采取这种姿势。西方的写字方法，需要将手腕平放在桌面上。但如果用日本的毛笔写字，这种姿势再好不过，因为此时不需要用手腕支撑，全靠肘关节的运动。经过一年多的训练，我已经彻底习惯了日本式坐姿。老实说，现在让我坐在椅子上，会让我感觉非常烦琐。

经过一段寒暄之后，各自在座垫上坐稳，暂时陷入沉默，由我开始讲话。他们当中有些人能说很多英语。我尽量使用简单的单词，避免使用成语，一字一句清楚地说出，他们大都能够明白我的意思。遇到不懂的单词，我们就翻开《英日词典》，其中用假名和汉字标明了日文的意思。

通常，我的年轻客人们会坐很久，但他们从来不会感觉到寂寞。学生们的谈话乃至思维异常单纯、直率。他们不是来向我讨教英语，他们知道，课外时间和老师谈论学习是不公平的。他们会尽量谈论一些让我感兴趣的事情。有时他们也会陷入沉默，大家暂时沉浸在美好的思考当中。他们来访的目的是出于对我的同情，希望与我共度一段宁静的时光。他们是天使，为我带来真诚的祝福。我们像朋友一样，在一起感到无比欣慰。有时他们也会窥视我的书房，还会带来一些书画——一些奇特的书画供我欣赏。那些祖传的稀世珍品，令我羡慕不已。他们很喜欢欣赏我的花园，兴趣超过我本人，还经常送一些鲜花给我。他们从不会惹麻烦，也不会无礼，更不会表示出好奇，以致喋喋不休。他们的举止十分得体，就像他们的毛发和皮肤的颜色一样使人感到自然，甚至让法国人相形见绌。他们同样很热心，总是希望给我带来惊喜，这似乎成了他们的一大乐趣。为此，他们常为我带来各种奇珍异宝。

在他们为我展示的众多奇特物品当中，最能引起我兴趣的，便是一幅阿弥陀佛的轴画。那是一幅巨型轴画，是他们特意从一位僧人那里借来的。佛像呈站立姿势，一只手指着上方，像是在对众人说教。只见那佛像头顶光环，光芒四射，全身发出金色佛光。佛像的脚下像是一个黑色的旋涡，卷起一阵浓重的阴云。单从色彩和构图来看，作品已经堪称奇迹。然而它真正的奇妙之处，还不在于色彩和构图。慧眼识珠，仔细察看不难发现，画中的阴影和乌云，竟是无数个细小的汉字组成的两篇神秘经文。一篇名曰"观无量寿经"，另一篇名曰"阿弥陀经"，分别用"比跳蚤四肢还要纤细的文字书写"。佛像中法衣较粗的线条，则是由真宗的名称、重复数千遍的"南无阿弥陀佛"文字构成。这不禁使人联想到，很久以前，在一座昏暗的寺庙里，一位虔诚的信徒，饱受孤独，孜孜不倦地闻思修行。

一天，我的一位学生说服他的父亲，将一尊绝世的孔子像请到了我家。传说，这尊孔子像出自中国的明朝末年，据说那是第一次离开家供人参拜。以往，如果有人想参拜此尊像，需要专程来到主人家中。那是一尊非常精致的铜像。一位微笑着的老人，留着一撮胡须，手指向上，嘴唇略张，像是在问礼。老人穿着一双古老的中国式长靴，飘逸的长袍上点缀着神秘的凤凰鸟。尊像上肉眼难以辨别的细节变化，足以展示出中国工匠高超的技艺。那每一颗牙齿、每一根毛发，无不经过一番精雕细琢。

我的另一位学生带我去了他的亲戚家，让我看到一只木雕的猫，据说出自著名的左甚五郎①之手。那是一只蹲伏着的猫，两眼注视着前方，形象生动逼真，以至一只活猫见到它都要"弓起背，摆出一副搏斗的架势"。

---

① 左甚五郎，日本江户时代传说中的神奇建筑雕刻家，自幼擅长雕刻，却被人砍去了右手，但甚五郎没有放弃，经过努力终于学会了用左手雕刻，故人称左甚五郎。

十六

时至今日，松江仍不乏老艺术家能够雕刻出精湛的木雕作品，我对此深信不疑。其中就包括受人尊重的长老荒川重之助先生。此人在天保年间，为出云的大名创作了不少奇珍异宝。经学校好友介绍，我得以结识此人。一天傍晚，荒川先生衣袖里揣着一件颇为珍贵的宝物，来到了我家。那是一个雕刻的人偶娃娃，上面涂着鲜艳的色彩。娃娃只有头没有身子，身子部分是一件小和服，紧紧地系在脖子上。荒川先生用手摆弄起人偶娃娃，娃娃立刻变得活灵活现。娃娃的背面像是一位老人，脸庞却是一个顽皮的孩童。它没有前额，也不像是有什么思想。可无论从哪个方向看，娃娃的样子都很滑稽，令人忍俊不禁。它像是一个先天的活宝，英语称之为"快乐的老顽童"，天真无邪，无忧无虑。这件作品并非原创，是荒川先生根据一件遗物创作出的仿造品。这时，荒川先生从另一只衣袖里取出了一个褪了色的画轴，上面记载着原创作品的历史，一个朋友为我将其翻译成了英文。这段历史，为古代日本人质朴的生活及思维方式提供了可靠的依据。

这件人偶娃娃，乃是距今两百六十年前，京都的一位著名的能面制作大师，为后水尾天皇所做。后水尾天皇每晚就寝前，总要将其摆放在枕边倍加珍爱，并为其写了如下诗篇：

> 遇事勿多虑，
> 多虑必思愁。
> 无事能愁我，
> 我自不忧愁。

后水尾天皇驾崩后，人偶娃娃传给了近卫太子，据说至今仍被其后代完好地保存着。

大约一百零七年前，当时的皇太后，谥号盛化门院，从近卫公处借到人偶娃娃，命人照此再做了一个，一直保存在身边，视如珍宝。

皇太后驾崩后，人偶娃娃被赠予了一位宫女，却未记载其姓名。之后，这位宫女不知为何削发为尼，取法号信行院。

一位认识信行院的、名叫近藤充博院法桥的人，有幸得到了这个人偶娃娃。

在写这篇记事时，我患了一场重病，疑是忧虑所致。我的朋友近藤充博院法桥来到我家，说"有一件宝物能够治愈你的疾病"。于是，他便回家取来这只人偶娃娃，放在我的枕边。看见那个人偶娃娃，我顿时笑逐颜开。

那以后，我有幸结识了信行院的尼姑，曾经亲自前去拜访，写下了人偶娃娃的历史，还作诗一首。

（日期为九十年前，没有签名）

十七

一八九一年六月一日

我发现在一些年轻学子当中，对于世间的信仰开始表现出某种怀疑的态度。科学思想的普及，迅速地摧毁着传统信仰的根基。尽管如此，诸如护符或者符纸之类的迷信物品，依然在受教育程度较低的农民当中根深蒂固。佛教的象征，例如佛像、佛骨、佛教仪式等，早已不再让学生们产生动摇。他们已经不再像外国人那样，对宗教传说、宗教文化感兴趣。他们当中十有八九，甚至开始对世上的信仰标志感到羞愧。可是在内心深处，佛教思想依旧扎根于他们的灵魂之中。就整体而言，现代化教育非但没有能够使佛教一元化的思想趋于淡薄，相反却使它更加强化。学校教育对低级佛教思想的影响，同时波及对神道的尊崇。学生当中多数人是忠实的神道追随者。他们不是某一神灵的信徒，只是对高尚的神道所表现出的忠孝礼义、尊师重道、缅怀先辈忠实坚守。神道的教诲远远超出了对宗教的信仰。

当我第一次站在杵筑雄伟的神社面前时，作为享有特权的第一个西方人，我的敬畏之心油然而生。"那是祭拜一个民族祖先的地方，是一个民族对自己历史敬重的象征。"如此看来，我也要对这个民族的祖先报以敬意。

293

或许那些受过教育、具有普遍信条的明治时期的优秀学生们，和我一样亦有过相同的感受。无论他们是否认真思考，对于他们来说，神道都意味着家庭伦理、忠贞精神已经变得如此根深蒂固。在责任的感召下，生命本身已经变得毫无价值，甚至被沦为履行职责的工具。只是这个东方民族，很少主动追究其深远的道德根源。不妨设想，诸如我们这样的西方民族，对于音乐的感知已经发展到极高的程度，以至当孩子们的小手刚刚具有敲打键盘的能力和弹力时，便迫不及待地要求他们弹奏出更为复杂的乐曲。相比之下，在出云，那些与生俱来的宗教，其本来的职责究竟意味着什么，答案不言而喻。

　　在西方，人们突然摆脱迷信的束缚之后，紧跟着一种具有破坏性的、怀疑一切的大众思潮迅速袭来。然而这种情绪在我的学生当中却找不到任何痕迹。它在日本的其他地区，特别是在东京的大学生之间却有所表现。其中一个大学生，在听到寺庙里洪亮的钟声时，便对着我的一位朋友大声叫喊道："世界已经进入到十九世纪，而我们却依然要听到这种声音，这岂不是莫大的耻辱？"

　　借此机会，我愿意告诉那些好奇的旅行者，在接受了新式教育的日本绅士面前传授佛教思想，就像我们在那些超越信条和宗教形式、一味追求知识的西方人面前宣讲基督教一样，同样不可能引起他们的共鸣。无疑，那些日本的学者，很愿意帮助外国人研究他们自己的宗教乃至民间习俗。但是他们绝非单纯地，情愿以此满足那些"环球旅行家"一时的好奇。我还要告诉那些渴望了解日本普通民众宗教信仰的外国人，一定要从民众自身汲取更多的养分，而并非仅仅依赖受过教育的知识阶层。

十八

　　每个班级里都有两三个我喜欢的学生。我不愿意说出谁是我的最爱，因为他们每个人都有着各自不同的优点。可是，我仍然想要写出他们的名字。因为他们的相貌深深地刻印在我的脑海之中，他们是石原、大谷正信、小豆泽、横木和志田。

　　石原，出身于士族家庭，性格稳重，在年级当中具有很强的实力。与其他人相比，石原略显粗鲁，很少顾及他人，却是相当正直，深受大家的喜爱。他心直口快，从不掩饰自己的观点，有时甚至令人尴尬。例如，他可以当着大家的面，毫不顾忌地指责老师的解释含混不清，要求老师重新说明。他不止一次地批评我，每一次都被证明他占理。我们相处得十分融洽，他经常给我送来一些鲜花。

一天，他手持两枝梅花来到我家，对我说道：

"老师，天皇陛下生日那天，我看到您在陛下的画像前鞠躬。我觉得，您和原先的英语老师完全不一样。"

"怎么不一样？"

"原先的那位英语老师，说我们不开化。"

"为什么？"

"那位英语老师，只拜祭自家的上帝。在他看来，只有卑贱、愚昧的野人才什么都相信。"

"他是哪国人？"

"他是一位基督教牧师，来自英国。"

"既然是英国人，就要尊敬女王陛下。如果他不摘下帽子，连英国领事馆也别想进去。"

"我不知道他在英国做什么工作，但他的确是那样说的。在我看来，我们应该尊敬天皇陛下，这是我们的职责，我们为此感到荣幸。能够为天皇陛下奉献出自己的生命，是我们最大的幸福。可是他却说我们不开化，是愚昧的野人，您怎样认为呢？"

"听我说，石原君！我觉得他才是野人。他是一个真正的卑贱、愚昧、野蛮，而且抱有偏见的人。我认为，你们尊敬天皇，遵守天皇的法律，在天皇需要的时候随时准备为日本献出自己的热血，这是你们崇高的社会义务。你们可以不必相信其他信仰，但是你们必须信奉自己祖先的神灵，信奉自己国家的宗教，这同样是你们的义务。对于那些满嘴污言秽语的人，无论他是谁，为了国家，为了天皇陛下，你们都有责任对他表示出愤慨。"

正信很少来我家，但只要来就总是一个人。他身材瘦小，像个女孩子，长得十分英俊。他有些保守，看上去格外庄重，举止高雅。他平时态度严谨，不苟言笑，我从未听到过他放声大笑。他的学习成绩在全班第一，却从未见过他拼命学习。他喜欢采集植物标本，并将其分类，把大部分闲暇时间奉献给了对植物学的研究。像家庭中其他男人一样，他同时也是一位音乐家，可以演奏各种乐器，有些在西方闻所未闻。其中包括用大理石或象牙制作的横笛，还有音色优美的竹笛和中国的高音乐器笙。笙是一种吹奏乐器，由十七根长短不同的竹管，固定在一个银框里制作而成。正信首先向我介绍了寺庙音乐中常用的大鼓、小鼓、笛子、管子和一种像纺锤一样细长的、被称为羯鼓的乐器。在重大佛教典礼上，正信和他的父兄们作为寺院的乐师，演奏起叫作《皇麞》和《拔头》的奇妙乐曲。这些音乐，最初在西方人听来没有任何意义。可是听多了，却离奇地感觉到一种神秘的色彩。每当正信来到我家，他总是会邀请我去参加某个佛教或者神道的庆典活动，因为他知道我对此感兴趣。

小豆泽与正信截然不同，他们毫无相似之处，以至让人感觉他们不属于同一个人种。小豆泽身材魁梧，一身铮铮铁骨，看上去憨厚持重，脸庞活像个北美的印第安人。他的家境并不充裕，除了买些课外读物作为娱乐之外，就不再有其他兴趣。甚至买书的钱，也要靠自己课余时间打工挣得。他是个十足的书呆子，天生爱好钻研，喜欢收集古代文献，是附近的寺町和其他街道上二手市场的常客，那里常有些旧手稿或者印刷品被当作废纸出售。他博览群书，经常借来一些大部头的书籍阅读，然后完好无损地归还。遇到重要的部分，他就将其抄录在笔记本上。但最让他感兴趣的还是哲学，以及阅读世界各国哲学家的生平。他阅读过各种西方哲学史概要，和一些有关近代哲学的书籍，其中包括翻译成日文的斯宾塞的《第一原理》。我也曾向他介绍刘易斯[1]和约翰·费斯克[2]，尽管用英语阅读哲学书籍很吃力，但他还是欣然接受。幸运的是他年轻力壮，神经像钢丝一样坚韧，不必担心因为学习累坏身体。他还是一个坚强的禁欲主义者。按照日本的习惯，通常客人到来时，主人要摆上一些糕点和茶水。我总是会提前做好准备，买来一些同学们喜欢的、杵筑最好的糕点。但只有小

---

[1] 乔治·亨利·刘易斯（George Henry Lewes）(1817—1878)，英国作家，评论家，哲学家。
[2] 约翰·费斯克（John Fiske）(1842—1901)，美国历史学家、哲学家。

豆泽拒绝品尝糕点和各种甜食。他会说："我在家里年龄最小，必须尽快学会自我谋生，准备尝试更多的艰苦。如果现在让自己喜欢上了这些可口的食物，以后的生活就会为难。"小豆泽对人文学颇有研究，他天生善于观察，能够用一种奇特的方式了解到松江每一个人的历史。他曾经拿来一份旧杂志，证明校长十四年前在一次公开讲演中说的话，与校长现在的观点截然相反。我就此询问过校长，校长笑着说道："这一定又是小豆泽！可他是对的，那时我还年轻。"我感到奇怪，小豆泽是否也曾有过年轻的时候？

小豆泽的好友横木很少来我家，他总是一个人在家刻苦读书。他的学习成绩在班级里（三年级）总是第一名，小豆泽是第四名。关于他俩最初相识的经过，小豆泽这样说道："横木刚来时我看着他，发现他很少说话，走路很快，总是注视着每个人的眼睛。我觉得这个人很有个性，我喜欢有个性的人。"小豆泽说的完全正确。在温和的外表之下，横木有着一种强烈的个性。他是一位木匠的儿子，他的父母无力供他读中学，只因小学时成绩优秀，横木得到了一位富商的赏识，主动提出为他提供学费。现如今他是学校的高才生。他长着一副温和的面孔，细长的眼睛，笑起来非常可爱。课堂上他经常提出一些奇怪的问题，有时想法很新颖，让我一时无法回答，可他却总是锲而不舍，不弄个水落石出决不罢休。只要认为是正确的，横木从不会顾及他人。有一次，全班同学拒绝上一位新来的物理教师的课，只有横木不肯加入到大家的行列之中。在他看来，即使新来的老师不能让大家满意，可又没有其他教师立刻代替，况且尽管那位老师没有经验，但他已经付出了努力，我们没有理由让他感到失望。小豆泽最终也站到了横木的一边，结果只有两个学生坚持上课。两个星期之后，其他同学才渐渐认识到横木的意见更加理智。还有一次，一位基督教的传教士，试图利用卑劣的手段强迫人们改变信仰。横木勇敢地来到那位传教士的家中，对他的行为道德提出质疑，有效地阻止了其思想的传播。同学们对他的聪明智慧表示赞扬，他却说："那不是我聪明，与缺乏道义的事情做斗争不需要聪明，只需要认识到道义上的正确与否。"有关横木的回答，至少小豆泽是这样为我翻译的。

另一位常来我家的学生是志田。他是一个精神脆弱的少年，骨子里却充满了艺术的细胞。他擅长绘画，家里有一套集日本名家绘画的古老画册。最近一次来我家，他为我带来了一些珍贵的作品，上面画着仙女和幽灵。每当我看到他那漂亮苍白的脸蛋儿和他那纤细的手指，就禁不住使我内心恐惧，唯恐他会变成一只小鬼儿。

我已经两个多月没能见到他本人了。他病得很厉害，医生禁止他和别人交谈，他得了严重的肺炎。小豆泽曾经前去医院看望，并且带回了病中少年写下的一封信的英文译文。那封信就贴在少年病床前的墙上。

　　神，我灵魂的神，您主宰着我。如您所知，我现在已经无法支配自己。但愿，您能让我尽快康复。请不要让我说得太多，就让我一切遵从医嘱。

明治二十四年十一月九日
致神灵　病中的志田

十九

一八九一年九月四日

结束了漫长的暑假，迎来了新的学年。新学期开始，便发生了一些奇怪的事情。我的学子当中竟然有人不幸离世；一些学生毕业后永远离开了松江；有几位教师离开了学校，取而代之又来了一些新人；除此之外，还来了一位新的校长。

善良的知事也离开了松江，被调到西北地区寒冷的新潟。他是荣升了！他已经在出云当了七年知事。所有人都很喜欢他，特别是学生，把他当作再生父母。全城的百姓都聚集在河边为他送行。在他前去乘船所经过的沿途街道、大桥、码头，甚至房屋顶上，拥挤的人群争相赶来，希望能够见到他最后一面。成千上万的人流下了眼泪。在汽船离开码头的那一瞬间，人群中发出了一阵"呜、呜"的声音。本以为那是有人在呼叫，细听起来却是松江市民在哭泣。哭得那么凄切，我宁愿永远不要再听到那种声音。

新入学的学生姓名及面孔，对我来说是那样新奇。不必说在那个早晨，当我走进一年级 A 班教室的那一瞬间，第一天走上这所中学讲坛时的那种感受，再一次清晰地回到了我的记忆当中。

当你走进日本学校的教室，目光掠过那一排排年轻的面孔时，你会感到一种说不出的喜悦。在未经世事的西方人眼中，这里的所有人都是同样的陌生，以至让你感到一阵难以抑制的兴奋。他们不具有任何让你能够留下强烈印象的特征。与我们西方人相比，他们的脸庞就好像是一幅半途而废的素描画，轮廓是那样模糊，既不好斗也不害羞，既无怨恨也不深情，既不好奇也不冷漠。尽管他们已经步入青年，面孔仍然像个孩子，带着满脸的稚气，和无法形容的坦诚。他们当中有些人面孔平淡，有些人面孔迷人，更有一些人略带女性的娇柔。所有人看起来都异常地平和，除了安详和彬彬有礼之外，显示不出任何内心的怜爱和憎恶，宛如佛像一般平静。但是很快你就会发现，所有这些平淡无奇的场面都将不复存在。随着双方了解的不断加深，每个人的脸上都会表现出不同的个性特征。尽管如此，最初的印象却依旧难以消失。经历过一番波折之后，你会看到日本人是如何神奇般地向你展示出内心的变化。你马上还会明白，想要打开他们的心扉，需要付出怎样不懈的努力。记得在当初的印象当中，我也曾感受到大和民族灵魂深处那毫无个性的善意和瑕疵。客居他乡的西方人，或许也可以借此得到一丝心灵上的安慰，以释放精神上的压力，从令人窒息的气氛中得到解脱，并得以重新回到那淡薄，却又清新、自由的空气之中。

二十

奇人傅立叶，不是写下了"文明人"的恐怖面孔吗？无论是谁，只要他了解到在这个远东的国度里第一眼见到西方人面孔时的那种感受，他似乎就发现了人相学的理论依据。我们在西方得到的有关相面术的知识，例如俊美、风趣、个性等，与在中国或者日本所产生的印象完全不同。西方人像熟悉 ABC 一样熟悉我们自己的面部表情，在东方人面前却并不为人认知。他们感受到的并非某一个体的特征，而是整个民族的共性。凹陷的眼窝、凸起的前额、老鹰一样的鼻梁、呆板的下颌，所有这些进攻性极强的特征，从进化论的意义上说，在性情温和的民族看来显得尤为突出。那就好比是一只被驯服了的家畜，猛地发现一只食肉动物，直觉地感受到巨大的威胁。对于西方人来说，日本人圆滑的面孔、消瘦的身材、矮小的个子，看上去就像是个孩子。在横滨，一位西方商人的日本仆人至今被称为"Boy"。对于日本人来说，第一次见到披着红头发、喝得醉醺醺的西方水手，就像遇见了魔鬼、类人猿、海上怪兽。中国人至今仍把西方人称作"洋鬼子"。外国人高大、强壮和凶猛的体魄，让日本人的感受变得越发强烈。婴儿在大街上见到洋人，被吓得哇哇大哭。位于偏远山区的日本孩子，见到欧美人更是被吓破了胆。

一位松江妇女，向我讲述了一段儿时发生的有趣的故事。"在我还是一个小女孩儿的时候，一位大名雇用了一个洋人来教军事。我的父亲和众多武士前去迎接那位洋人。很多百姓在道路两旁列队观看。在那之前，从未有外国人来到过出云，我们一家人也赶来观看。当时还没有蒸汽船，那位洋人乘着一只小船来到了出云。只见他高大的身材，走起路来健步如飞。他的脸型和日本人完全不同，孩子们见了他被吓得哭了起来。我的弟弟也大声哭着，把脸藏进了母亲的怀抱。母亲大声训斥道：'这个洋人是个好人，他来这里是为了服侍殿下，你这样大哭实在有失礼节。'可是弟弟依然哭个不停。我却没有害怕，两只眼睛紧盯着那个洋人的脸庞，于是那个洋人笑着走了过来。他留着一脸长长的胡须，看上去十分古怪，却又显得有些滑稽。他在我面前停下脚步，微笑着把一件东西放在我的手中，用一双大手摸了摸我的脸蛋儿，又说了些什么，然后走开了。这时我才想起来，看了看手里的东西，那是一个漂亮的眼镜。如果把一只苍蝇放在下面，苍蝇顿时变得硕大无比。我觉得这个眼镜真是神奇，至今仍然保留在家中。"说完，这位妇女从房间柜子里取出一样东西，放在我的面前。原来那是一个精致的袖珍显微镜。

这个故事的主人公，是一位法国军官。随着封建制度的废除，他的使命也自然结束。可是有关他的佳话，至今在松江广为流传。老人们还记得有关这位法国军官的一个顺口溜，说起来不过是人们模仿他讲话时的一些无稽之谈。

　　唐人吃语，黄金万两，咚锵咚锵。

秃头和尚，当了新兵，OK、OK，快来算账。

德利酒壶，半两清酒，喝、喝、喝个欢畅。

二十一

志田再也没能重返学校。他长眠于洞光寺古老墓地的大杉树下。在志田的追悼会上，横木在死去的好友灵前，宣读了一篇饱含深情的祭文。

横木本人同样忍受着病魔的困扰，我从内心为他担忧。据医生说，他是因为学习过度患上了脑部疾病，即使一时恢复，仍须卧床静养。有人说横木身强力壮，且年纪轻轻的不必过虑。同样年富力强的阪根，上个月大出血，如今已经恢复健康。我相信横木也能尽快恢复。小豆泽每天前去探望，并且为我带来最新消息。

但是，横木的病情始终未能好转。他年轻的生命，不知哪个神秘的机关出现了断裂。他经常神志不清，多数时间昏迷不醒。他的父母以及亲戚朋友日夜守候在他的身旁，对他表示出无微不至的照料。其间，不时有人问横木"有什么希望？"一天夜晚，横木这样回答道：

"噢，我想去学校，想要看一看学校。"

人们感觉横木的大脑还没有完全受到破坏，于是回答道：

"现在已经是夜深人静，外面伸手不见五指，阵阵寒风刺骨。"

"不，我看见了星星，想要看一看学校。"

人们千方百计地劝阻，结果无济于事。眼见着生命奄奄一息的少年，只是一味地执意发出坚定的请求。

"想要看一看学校，现在就去。"

人们在隔壁房间低声商量了一番。他们打开衣柜，从里面取出一件厚棉衣。身强力壮的护工房市，提着一盏灯笼走了进来，愣头愣脑地说道：

"富先生，我背着小主人去学校，没多少路，我背着小主人去。"

人们用厚厚的棉衣小心翼翼地将少年裹好，像孩子一样把少年扶到房市的背上，由护工背着穿过寒冷的街道，父亲在一旁挑着灯笼，一行人迅速离开了医院。翻过一座小桥，前面就是学校。

巨大的灰色校舍，夜色中看上去一片漆黑。可是在横木的眼中，校舍大楼却是清晰可见。他看见了自己教室的窗户，看见了校舍的楼梯口。四年来，每天早上他都要在那里脱下木屐，换上没有声音的草履。他还看见了供员工休息的小屋，看见了小塔楼里悬挂着的大钟，在星光的照映下闪闪发亮。

横木用微弱的声音说道：

"现在，我又可以回想起过去了。我曾经忘记了那一切，我患了重病。现在，我又想起了那一切。啊，房市，你太好了！我很高兴，又看到了学校。"

随后，一行人再次穿过漫长的街道，急速地回到了医院。

二十二

一八九一年十一月二十六日

横木将于明天晚间，被安葬在他的好友志田的墓旁。

穷人家死了人，朋友和左邻右舍都会赶来帮忙。临终前，要通知远方的亲戚，做一些必要的准备。一旦确认人已经咽气，就要赶快去寺庙请来僧人。

传说，即使没有使者前来报信，僧人也知道施主家三更半夜死了人。因为死者的灵魂会在第一时间赶来敲开寺庙的大门。得知消息后，僧人会迅速爬起身，穿上袈裟。待使者前来报信，僧人便告诉使者："我已经得知消息，做好了准备。"

在此期间，尸体被抬到家中的佛龛前，放在地板上。死者头下不放枕头，一把不带鞘的剑横放在死者的四肢上，用来驱赶恶魔。佛龛的门户敞开着，祖先的牌位前要点上蜡烛，烧上香。亲戚朋友都要依次送香。正因为如此，除葬礼之外，无论多么珍贵的线香，拿来送人都是一件不吉利的事情。

人们用白纸遮挡住神龛。服丧期间，所有张贴在门前的符纸也要用白纸盖住。在此期间，家中所有人都不可去神社，不可向神仙祈祷，不可穿过鸟居牌坊。

尸体与停放尸体的房门之间竖立起一扇屏风，屏风上贴着一张白纸，纸上写着死者的戒名。如果死者年纪尚轻，就要将屏风倒立；如果死者是老者，就没有必要如此。

亲戚朋友要守候在死者一旁祈祷。其间摆放一只装有千颗豆粒的箱子，细数着人们千万遍的祈祷。人们相信，这样可以帮助灵魂走过艰难的旅途，顺利地到达天堂世界。

僧人到来，为死者诵经，随后准备送葬。人们用温水清洗尸体后，为他穿上白色的和服。死者穿的和服，开口是向左敞开的。为此，任何情况下人们的和服向左敞开，都被认为是一件不吉利的事情。

尸体被放入一个像轿子一样的、木制的四方形棺柩当中。这时，亲戚们各自取下一些毛发和指甲，与尸体一起放入棺木中，代表他们的血液。除此之外还要在棺柩中放入六厘钱，为等待在阴间六道十字路口的地藏菩萨们享用。

送葬队伍开始从家里出发。僧人摇着铃铛在前面引路，男童手捧新亡灵的灵位紧随其后。走在队伍前列的，是死者的男性亲朋好友。他们中间有人手举小白旗，似乎象征着军旗骑士；也有人手持鲜花；所有人都提着一盏纸灯笼。在出云，成年死者要在夜晚下葬，只有小孩儿才在白天下葬。接下来是棺柩，被一群社会底层的人像轿子一样扛在肩上，他们的工作是帮助挖掘墓穴并下葬。最后是女性送葬的行列。

送葬的人群从上到下穿着一身白衣，头上像幽灵一样扎着一条白头巾，手里的提灯像鬼火一样闪动着磷光。我从未见到过出云送葬队伍那令人触目惊心的场面。奇怪的是，这样的景象见过一次，就会时常出现在梦中。

人们将棺木停放在寺庙前的石板地上。在这里，伴随着哀乐人们再次为死者诵经。随后，尸体围着寺院绕场一周，一齐朝着墓地方向走去。到了墓地，人们不会立即将尸体下葬，而是要等到二十四小时过后，以防死者在墓地里死而复活。

在出云，人们通常不使用火葬。这一点与众多其他习俗一样，足以显示出神道思想对人们观念所造成的影响。

二十三

在这里，我最后一次看到了横木。他从头到脚一身白色装束，躺在灵床上，腰里系着一根白色腰带，从此踏上通往阴间的陌路。他微闭着双眼，面带笑容，仿佛是在听我讲述难解的英语词句，看上去那样平静、安详。只是在我看来，那微笑越发显得甜蜜，像是猛地悟出了一个神奇的答案，让人感到欣慰。那微笑，随着洞光寺缭绕的清香，直扑金光灿烂的佛面。

二十四

一八九一年十二月二十三日

在横木的追悼会上，人们像是鸣起致哀的礼炮，敲响了洞光寺的大梵钟。青铜器发出的阵阵轰鸣，穿过街道的屋顶，回荡在绿树丛中，在湖面上掀起波浪，最终消失在远山之间。

古老的追悼仪式，充满了对逝者的哀思。这一美好的形式，很久以前就被日本的佛教界广泛采纳。它源自古老的中国，同时也是一项昂贵的仪式。横木的家境甚是贫寒，所有费用均由学生教师自愿无偿捐助。来自出云各个禅宗寺院的僧侣云集在洞光寺；几乎所有松江市中学的教师学生都来到了大寺院的正殿，坐在祭坛的左右两旁；另有上千名嘉宾将木屐草履脱在宽阔的台阶上，跪坐在草席之间。

正面玄关前，面对高大的寺庙，新设置了一座佛坛。敞开着的佛门内，供奉着故人的牌位，从中释放出耀眼的金光。佛坛前的平台上方，供放着香炉、供果、糕点、大米和花环。佛坛两侧高大的花瓶里，工工整整地插满了盛开的鲜花。正面佛像前摆放着一只巨大的蜡烛台，里面燃起一支明烛；黄铜的烛台被打磨得锃亮，上下缠绕着两只巨龙。同样一缕缕青烟，从佛说中的神鹿台、神龟台以及一心不乱的仙鹤台中徐徐升起。正前方佛坛深处，巨大的佛面面带微笑，夕阳之下显得异常安详。

在佛坛和佛像之间摆放着一张小桌，众僧侣们相对跪坐成两排。他们一水儿的秃头，身着朱红色法衣，金黄色袈裟，显得格外庄严肃穆。

钟声消失，开始施饿鬼之法会，给落入饿鬼世界的亡灵提供食物。那是一场音乐的法会，伴随着一阵突如其来的琅琅撞击声，僧侣们开始了如歌如泣的诵经。撞击声来自木鱼，那是一只涂着漆镶着金箔的木鱼头，又像是理想中的海豚头，发出有板有眼的击鸣。诵经内容为《妙法莲华经观世音菩萨普门品》，其中饱含了众人无尽的祈祷。

真观清净观　广大智慧观　悲观及慈观　常愿常瞻仰

无垢清净光　慧日破诸暗　能伏灾风火　普明照世间

领诵者字句清晰、嗓音洪亮、抑扬顿挫，众僧侣喃喃低语，声音深沉，浑然一体。整个法会诵经场面此起彼伏，天衣无缝。

不久，清脆的木鱼声消失，动人心魂的诵经也随之结束。追悼会主祭，即各著名寺院的高僧依次走到灵前，双手合十默默地点上一炷清香，端庄地插入一只精巧的青铜香炉内。每位高僧各诵读一段经文，经文的第一个字与故人戒名中的文字谐音。于是，按照灵前牌位文字的顺序诵咏出来的经文，便成为了一首圣洁的"离合诗"，名曰"香语"。

随后，高僧们各自回到自己的座位。沉寂片刻之后，便开始朗读祭文。这是一种向逝者遗体告别的仪式，首先由各班推荐的学生代表朗读。他们依次站起身，走上高高的祭坛，在佛像前行礼，然后从怀中取出祭文，以一种特有的悲调开始朗读。遇上汉文文体，更是声情并茂，朗朗悦耳。祭文中寄托着生者对逝人的无限深情、殷切嘱托与沉痛哀悼。最后一位走上祭坛的，是一位来自师范学校的少女，她的声音像鸟儿一样婉转动听。朗读完祭文，他们便把文稿端放在祭坛前的小桌上，面对佛像再次行礼，随后走下祭坛。

紧接着，由教师朗读祭文。只见一位老者，走到祭坛前的小桌旁。他是一位教师，一位著名的诗人，深受大家的尊敬。他是汉文教师片山老先生。学生们对他敬之如父，当他开口读到"已故岛根县普通中学四年级学生"时，全场一片鸦雀无声。

维明治二十四年十二月二十三日

岛根县普通中学教师 片山尚炯

值此灵场追福之际，甚感焄蒿凄怆，谨于已故岛根县普通中学四年级学生横木富三郎君之灵前，宣读此祭文。本人片山尚炯，承乏本校教谕前后五年其间，不乏诸多优秀学生，却鲜有如君坚韧不拔，勤奋好学，审问慎思，兢兢业业之辈，且严守校规，服膺师训，行为敏捷。

如此之学子，实不可复得。古人曰，冀北之马虽多，无良马。如是说，本校无良驹也。

君既去，予无望，不胜哀叹。

予闻，君弱冠十七有九，正值专修学业之年华，前途无量。而今学成不及十之六七，却面壁疾病英年早逝。予亦闻，其病为脑部急剧受损，皆因平日苦学，以致中途毙踣，甚为怜惜，感叹不已。以君之才华，倘若享尽天年，必敏于行，得立于世间，树立基业，光宗耀祖。

予，曾见君于教场举手发问，低头笔记，或雄壮活泼，提枪驰骋。其音容尚存，而今次相见，不觉长叹。噫！上天为何如此无情，夺去英才，却留尚炯残衰无为，进取无能之身！

予与君，因学校之缘，不过师生而已，然情义之深，堪比东海。尚炯亦有一子，行年二十四岁，远在相州横滨，本不如豚犬，于君无法比拟，亦在老父胸间，梦寐难忘。何况峻拔之才，君之慈父慈母，兄弟姐妹遭此不幸，内心悲感交加，以至泪如雨下，哽咽难言，呜呼哀哉！

如今英灵已逝，然其勉于学敏于行之品德，却成为本校学生永恒之不朽楷模。值此教师学友不胜感怀追思之际，谨以清酌庶羞之奠，祭于学子之墓下，伏惟尚飨。

随后，那凄厉的抽泣声，伴随着木鱼声再次响起而被淹没。一位高僧开始以其洪亮的声音诵咏起庄严的《涅槃经》。那是跨越生死之海，超度彼岸之凯歌。在那洪亮的声音以及木鱼的衬托之下，数以百计的沉闷诵经回声，仿佛翻腾的大海，掀起阵阵波涛，回荡在整个寺院上空。

诸行无常，是生灭法，生灭灭已，寂灭为乐。

第五章　两个奇特的节日

一

日本节日的象征性标志，让第一次见到它的外国人感到迷惑不解。它形式多样，种类繁多，与西方的节日装饰风格迥异。日本人的节日，大都建立在某种信仰和传统的基础之上，其中所蕴含的意义妇孺皆知，但是对于外国人来说却无法想象。要想了解日本普通百姓的生活情感，就必须了解其中常见的几种节日符号及其象征的意义。尤其对于研究日本艺术的学者来说，这种知识不可或缺。离开这些知识，不仅无法感受到日本人匠心的无穷魅力，很多情况下，甚至对设计本身也会感到大惑不解。数百年来，节日的标志被日本人当成了各种优雅的装饰手段，它不仅表现在金属制品、陶器、红黑漆器等家居用品上，甚至还出现在黄铜烟管以及烟袋荷包等小巧的物品之中。可以断言，在日本，绝大多数生活装饰的设计中都包含着某种特殊的意义。其中寓意最为明显的，莫过于西方古董商人熟知的描写动植物生态的绘画作品，只是其中所蕴含的伦理道德并不为他们所知。举一最常见的例子，廉价旅馆的纸拉门上，艺术家毛笔一挥，便勾勒出一只龙虾、几根松枝、一只乌龟、一对仙鹤、一片竹叶。当人们游遍日本各地，观赏到二十几处近乎相同的风情之后，却很少有外国游客会想到，为什么要用如此简单的设计？它们之所以成为传统，仅仅是因为在日本，那其中所包含的意义被所有平民百姓所熟知，而这种意义却丝毫不被西方人所察觉。

有关这一主题，甚至可以写一部百科全书。只可惜我对它知之甚少，不足以归纳出一篇论文。尽管如此，我仍然希望尝试将日本各地流传至今的两个特殊节日的习俗向各位做一展示。

二

首先是正月新年，庆祝活动持续三天。在古老的松江，至今仍然保留着传统的过年习俗，其中一些在其他地区已经消失或者正在消失。在松江，人们过年更是别具特色。街道被装点一新，所有商店都关门停业。自神话时代便成为神道象征的注连绳首尾相接，点缀在家家户户的门前。沿街道左右两侧放眼望去，延绵数里的注连绳宛如两条粗壮的长龙，上面悬挂的注连装饰——一张白色纸幡夹着稻草穗迎风招展。街道上，每家每户都悬挂起白底大红圆盘的日本国旗，象征着太阳升起的地方。"太阳旗"与高悬在街道及甬道两旁的纸灯笼遥相辉映，各家各户玄关前点缀的"门松"，更为节日的街道平添了绿色的生机。

所谓门松，并非仅以松枝编结，它由嫩绿的松枝，加上梅花枝和三根竹子组合而成。松、竹、梅结合在一起，象征着生命的某种特殊意义。古时的门松仅以松枝制作，自应永年间起加入了竹子，后来又加入了梅花枝。

松树具有多重的象征意义，其中被人广为赞颂的，是它那坚韧不拔的崇高品格。其他植物有花开花谢，松树却是四季常青。人们以此激励自己，在危难时刻始终保持勇气和力量。正如我在其他章节中所说，松树同样是人老志坚的标志。

西方人很难理解竹子所蕴含的真正意义。一个日语单词，一语道破"竹子"象征的谜团。日语汉字当中的"节"有两种意思，一个是"竹节"，另一个是"贞节"，代表着"道德"和"忠诚"。竹子又被认为是吉祥的象征。"节"字常常被用做日本女孩儿的名字，就像英国女孩儿叫"费思"（Faith）、"费德莉亚"（Fidelia）或是"康斯坦斯"（Constance）一样。

梅花树的象征意义，我在《日本的庭园》一文中曾经有所提及，但它作为门松的材料却不是一成不变的。它有时被神道中神圣的植物杨桐取代，有时则仅由松树和竹子组成门松。

新年里使用的每一样装饰物品都是那样的奇特，其象征意义又都是那样的不可思议。其中象征意义最为复杂的，莫过于人们常见的注连绳。有关注连绳的起源，可以追溯到日本神治时代的太阳女神躲入天岩洞的神话。这里无须赘述，据《古事记》记载，天照大神被引诱出天岩洞，待要返回时却被众神拉起绳纲拦住了去路，这便是有关注连绳的最早传说。注连绳无论粗细如何，都必须向左卷曲。日本的古代哲学思想认为，"左"代表着"纯洁"与"幸运"。同样是古老的传统观念，时至今日那些无知的西方人依旧认为人的心脏在左侧。另一个需要关注的节日标志，是装饰在注连绳上的稻草穗，它按照一定的间隔垂挂在注连绳上。根据标志所处的位置不同，稻草穗的根数亦有所不同。从最少三根算起，最初的稻草穗为三根，第二束为五根，第三束为七根，第四束又变成三根，第五束为五根，第六束为七根，以此贯穿整个注连绳。与稻草穗相互交叉垂挂在注连绳上的纸幡，同样起源于太阳女神躲入天岩洞的神话。在古代，纸幡同时用来表示奉献给诸神的布料祭品，现如今这一习俗早已失传。

除了纸幡之外，注连绳上还有许多让人无法想象的装饰，它们分别有着重要的象征意义，其中包括羊齿草、苦橙、让叶树和一小捆木炭。

羊齿草（日语又称"诸向"或"里白"），象征着人们期待子孙后代繁衍不息。羊齿草枝繁叶茂，同时也预示着人丁兴旺，阖家团圆。

苦橙，日语中称为 DaiDai，与汉字的"代代"谐音，寓意"世代相传"。这种水果同时象征着吉利祥和，万事如意。

那么木炭又是怎么一回事呢？木炭象征着"繁荣昌盛，亘古不变"。这种比喻似乎有些奇怪，正如木炭的颜色无法改变一样，人们总是希望自己所爱的人永远幸福。有关让叶树所代表的意义，我在前面章节中曾经做过叙述，这里不再重复。

除了在房门外悬挂注连绳以外，每间房屋的佛龛前也要悬挂注连绳或者注连装饰。在房屋的后门，以及楼梯的入口上方（如果有二楼），还要悬挂"注连圈"。这是一种很小的注连花环，上面装饰着羊齿草、纸幡和让叶树的叶子。

节日中最隆重的家庭装饰，还要数神龛。正月新年，家家户户都要在神龛前供奉上一块巨大的双层年糕，并用插花、小注连绳和杨桐枝将神龛装饰一新，摆上一串纸钱、一些蔓菁、白萝卜、一条巨大的鲷鱼、墨鱼干、神马藻和一条海带。海带，日语中与"快乐"谐音，象征着"幸福与欢乐"。此外，神龛前还要摆上一株用年糕片和稻草编制的小花，人称"年糕花"。

为诸神供奉祭品的小方台，在日本称作"三方"。在出云，几乎每户富裕家庭里都可以见到这种家庭用的三方。只是与神社里的三方相比，家庭三方要小了许多。新年之际，主人要在三方上摆满苦橙、大米、年糕、当地产的沙丁鱼、糯米糕、黑豆、干栗子和一只巨大的龙虾。客人到来，先要在三方前恭敬地行跪拜礼，以示祝福，愿三方上的供品所象征的好运都能够降临到主人的家中，同时也是对主人家神灵的敬重。黑豆象征着身体健康，它与表示"强壮"的日语单词异字同音。至于为什么要摆上一只龙虾，这里有一个奇怪的说法。龙虾身子弯曲，人上了年纪也会弯腰驼背。用龙虾象征上了年纪的老人，极具艺术性地祝福老人健康长寿，在岁月的重压下，一直活到像龙虾一样无法直起腰来。干栗子象征着成功，它的第一个字与日语的"胜利"谐音，预示着"战胜"或者"征服"。

有关新年祝福的吉祥寓意，至少还有上百种传统习俗，如果逐一介绍，甚至可以写一本书。以上提到的这些，只是随意都可以感受得到的一些常见例子。

三

我要讲述的另一个节日，是春分。根据日本古代的历法，这是新的一年开始，它预示着冬天已经过去，春天即将来临。按照张伯伦教授的说法，那是一个"不确定日期的盛宴"。春分，通常以举行"驱魔辟邪"的特殊仪式而广为人知。春分之日，夜幕降临，驱魔师挨家挨户行走在大街上，挥舞着锡杖，发出奇妙的叫喊"鬼出去，福进来"。人们只要付上很少几个钱，便可以把驱魔师请到家中，进行简单的驱魔仪式。所谓驱魔仪式，不过是念一段佛经，挥动两下锡杖，然后在房间的四面八方撒上一些白豆。不知为何魔鬼不喜欢白豆，见到此物便会望风而逃。待赶走了魔鬼，主人便将撒在地上的豆子重新收集保存。按照习俗，等到第一声春雷响过，主人便将豆子取出，煮熟吃下。为什么会是这样？我也不得而知。有关魔鬼讨厌白豆的说法，我亦没有找到足够的依据。因为我也不喜欢白豆，在这一点上我很同情魔鬼。

魔鬼被赶走后，主人要在每个房间门口放置一个护符，以防它们再次回来。护符由一根像烤串一样的竹扦、一片冬青叶和一条干沙丁鱼头制作而成。将冬青叶穿在竹扦中间，把沙丁鱼头固定在竹扦一端的裂缝中，另一段插在门上方的木板缝里。没有人知道魔鬼为什么会害怕冬青叶和沙丁鱼头，有关这些奇特习俗的起源，似乎早已被人们忘记。即使那些上流社会的家庭仍然保留着这些习俗，他们也并不相信有关春分的迷信说法，就像今天的英国人不再相信寄生植物或者常春藤具有魔力一样。

这种古老而欢快的驱魔仪式，一直以来成为了日本艺术家灵感的源泉。只有了解了这些传统思想和习俗，外国人才能够欣赏到日本艺术的美妙之处。这种艺术极具吸引力。出于猎奇，有时外国人也会花钱欣赏，但是就其内涵而言，除非他非常了解日本人的生活，否则那将永远是个谜。前几天，一位朋友送给我一个芳香的皮卡夹。皮卡夹的一面印着一个浮雕的鬼脸。透过鬼脸打呵欠的大嘴，在内层的丝绸衬里上可以看到一个幸运的"阿多福"女神圆圆的笑脸。这种东西原本就很稀奇，而且制作十分精致。然而它的真正价值，却是它所具有的创意设计，它象征着新年的良好祝愿，"鬼在外，福在内"。

四

前面曾经提到过第一声春雷吃豆子的习俗，为此我想借此机会说一说至今仍在百姓当中流行的有关打雷的迷信传说。

雷暴来临，人们会挂起巨大的棕色蚊帐，妇女儿童，乃至全家人都会躲在蚊帐下面，静静地等待雷鸣闪电划过天空。自古以来人们就相信，人置于蚊帐之中便不会被闪电击中，因为雷兽不可能穿透蚊帐。前几天，一位老农来我家卖菜，他告诉我，他和他的家人打雷时蹲在蚊帐里，看到闪电在房间对面阳台的柱子上上下窜动，在木头上疯狂抓挠，却因为蚊帐无法进入房间。他的房子被一道闪电严重击毁，但他认为那是雷兽的爪子所为。

人们说，打雷时雷兽会从一棵树跳到另一棵树上。为此，雷鸣电闪时站在树下会非常危险，说不定雷兽就会落到你的头上，踩在你的肩膀上。据说雷兽最喜欢吃人的肚脐，为此打雷时要紧紧捂住自己的肚子，如果可能最好趴在地上。雷鸣时线香总是会最先被焚烧掉，因为雷兽讨厌线香的气味。树木被雷电击中，这被认为是雷兽爪子撕裂留下的痕迹。附近百姓会将树皮收集起来加以保存。据说，遭雷击的木屑对于医治牙痛有特殊的疗效。

坊间流传着许多关于雷兽被抓、被关进笼子里的故事。据说有一次，雷兽掉进井里，缠在井绳上被活活生擒。老一辈出云人都记得，雷兽曾经落入松江的天满宫内，被关在铜制的笼子里，人们只要付上一个硬币就可以观看到雷兽的形象。它的样子像一只獾，晴天时会安静地睡在笼子里，遇上天空打雷，它就变得异常兴奋不安，像是获得了巨大的能量，眼睛里闪烁出耀眼的光芒。

五

有一种恶魔，它既不惧怕白豆，也不像一般魔鬼那样能够被轻易地驱逐，那就是穷神。

在出云，人们都知道，有一种家庭中常见的神器，可以有效地赶走穷神。

在日本，妇女煮饭前要用一种实用而又简单的工具，点燃炉灶中的木炭。这种工具叫作"吹火筒"，它是一根约九十厘米长，直径五厘米的竹筒。朝向炭火的一端有一个小孔，煮饭时妇女将另一端贴近嘴边用力吹气，几分钟便可以将炭火点燃。

久而久之，吹火筒一端会被炭火烧焦、开裂，这时就要制作一根新的吹火筒，旧吹火筒则用来当作驱赶穷神的神器。在吹火筒里放入一枚铜币，口念咒语，将吹火筒连同硬币一起顺着大门扔到大街上，或者投入附近的河中。如此这般，不知为何，穷神便被赶出了门外，并且永远无法返回。

也许有人会问，穷神既看不见又摸不着，人们是如何察觉到它的行踪的呢？

在英国，有一种夜间发出奇怪的嘀嗒声的蛀虫，它在日本的同类被叫作"穷虫"。据说它是穷神的仆人，房间里的嘀嗒声，预示着这种不受欢迎的穷神的存在。

六

春分节期间，另一个值得一提的活动是买人偶。人们在白纸上，只需几剪刀便可以巧妙地裁剪出男人、女人和小孩儿的形象。男女性别则通过衣袖和腰带形状的变化来表示。这种人偶在神社的寺院里均有出售。人们按照家庭成员的人数，将其买回家分发给各人，神官则在每张人偶上为其注明性别和年龄。人们将自己的人偶拿在手中，贴在胸前，默默祈祷。第二天，再将人偶带回神社送还给神主。神主同样为其祈祷一番，随后便将人偶放进圣火中焚烧。人们通过这种形式，保佑全家人一年当中无病无灾。

第六章　日本海沿岸之旅

一

这一天是农历的七月十五号，我在伯耆。

煞白的公路沿着低矮的断崖蜿蜒在海岸线上，这便是日本海沿岸的景象。左手边，是一片狭长的满是乱石的大地，抑或是一堆堆隆起的沙丘。远处是翻卷着蓝色波涛一望无际的日本海。瀛海彼岸苍白的地平线上，在同一片天空的覆盖下横亘着朝鲜半岛。不时地，穿过断崖间迸裂的缝隙，飞溅的浪花迎面扑来。右手边，是另一片海洋，一片无声的绿色海洋。它径直伸向苍松蔽日的山丘，山丘的背后则是一座云雾缥缈的高峰。那里是一片宽广的稻田，但见那绿油油的稻穗，在同样来自朝鲜，并在海面上泛起蓝色波涛的阵风的吹拂下，像一阵阵无声的浪涛，翻卷着层层绿色的稻浪。

近一个星期，晴空高照，万里无云。即使如此，连日里海面上却是波涛四起。而今，汹涌的海浪撼动着整个大地。据说，农历七月十三、十四、十五日盂兰盆节期间，海上总是会出现狂风巨浪。到了七月十六日，海面上开始放流"精灵船"，于是便没有人胆敢下海，更无法租借到船只，所有渔民都宁愿待在家中。七月十六日，整个日本海成为了死者漂洋过海，回归黄泉之国的必经之路。这一天的日本海，也被称作"佛海"。七月十六日夜晚，无论是海上风平浪静，还是狂风巨浪，宽阔的海面上都可以见到鬼魂微弱的灯光，闪耀着通向大海的尽头。与此同时，还可以听到远处死者在喃喃低语，仿佛城市上空传来隆隆喧嚣，那声音让人难以分辨。

二

即使如此，总有一些船只无法及时靠岸回到码头。不得已十六日夜晚，他们只好在海上度过。于是，成群的死者便开始涌向船帮，伸出长长的手臂，低声呼叫着："木桶，给我木桶！快给我木桶！"对于死者鬼魂的请求，绝不可断然拒绝，只是在放下木桶之前切不可忘记拆下桶底。如果将桶底一起投入水中，等待全体船员的必将是一场灾难。鬼魂们立刻会用木桶盛上海水，并将木船沉入海底。

可是在"佛海"期间，死者的鬼魂还不是唯一无形的恐吓。更强大的力量则来自"魔鬼"和"河童"。

对于洗海水浴的人来说，最大的威胁莫过于河童。传说河童长着一副丑陋的面孔，被称为"水中猿人"。它常常把人拖入海底，吞食他们的五脏六腑。

是的，它只吃人的内脏。

被河童裹挟走的死者尸体，不久会被海浪冲回到岸边。只要不被海浪拍打在岩石上，或者没有被鱼鳖再一次蚕食，死者身上通常都看不到伤痕。他们的尸体很轻，像丝瓜瓤一样中间空虚。

三

我们乘车继续前行。不久，伴随着左手边泛起的阵阵波涛，以及右手边卷起的层层绿浪，不觉大海已经从眼前消失，人力车驶入了一片幽灵出没的灰色墓地。墓地很大，车夫们奋力奔跑，整整花了一刻钟时间，方才穿出这片石碑林立的墓穴群。见到墓地，总是预示着村庄也就近在眼前。只是与如此广大的一片墓地相比，村庄却显得惊人的狭小。延绵数公里的海岸线上，在昏暗的防风松林的遮拦下，零零星星地散落着几间茅草屋，似乎让人感觉，超出茅草屋居民成百上千倍的死者，静静地长眠在这片无边的墓地之中。无数座墓碑，作为见证，记录着前辈们曾经付出的无穷代价。千千万万块碑石，在长达数百年的时间里，忠实地守护在墓穴旁，饱受来自海岸线上沙丘的洗礼，早已失去了本来面目。石碑上的文字也已经模糊不清。偶尔来到这块墓地，仿佛让人感觉，自从大地诞生的那一时刻起，生活在这里的人们，最终无一遗漏地又都重归这片海风吹袭的大地。

伴随着盂兰盆节的到来，墓地里新建的墓穴前，又都摆上了崭新的白色盆灯笼。今晚，如同小镇美丽的夜景，墓地里也将是一派万家灯火的景象。但也有数不清的墓穴，无法被灯笼点亮。它们是一些古老的墓穴，或者后继无人，或者子孙已经离开，以至于他们的名字也被人们遗忘。没有人召唤他们的鬼魂回家，也没有人表示出对他们的怀念，他们已经变得无足轻重。有关他们的一切，似乎都已经成为了过去。

四

这一带散落着许多小渔村，渔村里还保留着一些渔民破旧的茅草屋，而它们的主人却因遇上海难，成为了不归之人。村民们在墓地附近为溺水身亡的渔夫修建了坟墓，里面埋葬着故人的遗物。

那究竟是些什么遗物？

日本关西地区的百姓，总是会珍惜地保存着一样东西，而其他地区的人总是会不假思索地将其抛弃。那便是新生婴儿的脐带。它被小心翼翼地一层层包裹起来，外面写上父母和婴儿的名字，甚至出生日期和时间，并且完好地保存在家中的福袋里。如果是女儿，出嫁时会将其随身带到婆家；如果是儿子，则由父母认真保管。本人不幸去世，脐带会和死者一起埋葬；如果本人客死他乡或是葬身大海，脐带会代替死者下葬。

五

在这偏僻的小渔村，对于在海上遇难的鬼魂，人们有着自己独特的信仰。

与在坟墓前悬挂白色盆灯笼的温和信仰相比较，这却不失为一种古老的原始信仰。渔民们相信，在海上溺水身亡的人，不可能就此踏上冥土。既然无法回归冥界，就只能永远随波逐流，在大海中苦苦挣扎，在浪潮的驱赶下拼命地追赶船只。他们挥动着一双白色的手臂，敲打着岸边的基石，伴随着潮汐拼命地拽住游泳者的双脚。为此，只要说起水鬼，渔民们便谈虎色变，并尽可能回避。

为了规避风险，渔民们习惯地在船上豢养一只猫。

据说猫具有驱鬼避邪的巨大能量。我不曾听人讲起过猫为何如此神奇，又是如何驱鬼避邪的。但我知道，猫可以掌控人的灵魂。据说猫爬过死者的尸体，尸体会骤然挺立，死去的鬼魂也可以复活。在众多种类的猫中，尤以三色猫最为稀奇，被海上的渔夫视为珍宝。只是三色猫极不容易寻求到手，为此只好用其他种类的猫代替。几乎每一条商船上都带着一只猫，商船进港时，可以看到猫从船边的小窗口向外张望，有时也会端坐在船室巨大的舵轮旁。无疑，那也仅限于海上风平浪静，船员安然无恙之时。

六

在盂兰盆节期间，渔民们的这些原始信仰，并没有影响到美好的佛教仪式正常举行。节日过后的七月十六日，这一带所有渔村都会一齐放流"精灵船"。与日本其他地方相比，这一地区沿岸的精灵船制作得既精致又豪华。同样是在骨架上编织一些稻草，这里制作的精灵船细致入微，看上去十分精巧，其中有的竟长达一米左右。白纸糊成的风帆上写有死者的戒名，船舱内备有一个小容器，容器里盛满淡水，并设有一个上香台。船舷上插着一面纸旗，旗帜上用梵语标有神秘的卍字符。

有关精灵船的形式、放流时间乃至放流方法，日本各地彼此各不相同。多数地区，无论死者埋葬在什么地方，总是要在家乡由家人为他们放流精灵船。有些地区只在夜间放流精灵船，并且在船上点起灯笼。一些海港渔村，人们为盂兰盆节制作特殊的灯笼，以代替放流精灵船。

在出云及西海岸的一些地方，人们只为海上的遇难者放流精灵船，而且是在早上进行。遇难者死后十年之间，每年一次为死者放流精灵船，到了第十一个年头便不再举行这种仪式。我在稻佐见到的精灵船，制作得十分精致，想必也花去了穷苦渔家不少积蓄。据制作精灵船的工匠说，通常遇难者的亲属们会一起凑钱，为此每年的盂兰盆节，前来订购的人们络绎不绝。

七

在一个名叫"上市"的沉睡的小村庄，我不由得停下了脚步。听说那里有一棵著名的"神木"，位于临近公路的一座小山包的丛林当中。走进丛林，感觉似乎来到了一座微型的峡谷。峡谷的三面被低矮的悬崖环绕，其间生长着无数棵树龄均在百年以上的巨松。盘根错节的老树根，弯曲着伸出悬崖表面；树冠交织在一起，形成了一个昏暗的绿色拱廊。其中的一棵老树，诡异地长出三根粗壮的树根，每一根树根都被长长的白纸和朝圣者供奉的海藻紧紧缠绕，白纸上写着他们许下的心愿。这棵古树并无任何神奇的传说，只是因为树根奇怪的形状，引起了人们对它的特殊兴趣。人们在它前面竖起一座牌坊，还赋予它一篇古板、单调的供养文。我不想在此翻译供养文的内容，尽管我知道那些人类学者或者民俗学家一定会对它表示出浓厚的兴趣。在日本，人们对于树木的崇拜，特别是对于树神的崇拜，可以追溯到远古时期。它来源于原始社会普遍流行的崇拜男根的习俗。实际上早在数十年前，日本政府就曾经下令对这一陋习加以限制。在这座松柏丛生的峡谷对面，端坐着一块奇形怪状的巨石，上面整齐地摆放着朝圣者供奉的"还愿物"，同样显得古板、单调。那是一对用稻草编制的男女娃娃，互相依靠着立在巨石上。稻草娃娃的做工十分幼稚、笨拙，却让人一眼便可以分辨出男女。制作者用几根稻草模仿女人的头发，并且在男人头上结扎了一个代表封建时代的"月代头"。由此猜测，这份还愿物必定是按照古代传统制作的仿古作品。

这件奇妙的还愿物，有着它自己的故事。相传一对相爱的男女，由于男人的放纵不得不劳燕分飞。经查，皆因男人受到了另一位女郎的诱惑。于是，被男人抛弃的女人便来到古树前，祈求神仙保佑，浪子回头。最终，天遂人愿，两人重归于好。为此，女人亲手制作了这对奇异的双人娃娃，供奉在古老的神树前，以表达她的虔诚之心及感恩情怀。

八

我们在到达一个叫作"浜村"的美丽的小村庄时，夜幕已经降临。这里是我们在海边村落逗留的最后一宿，明天将离开海边向内陆进发。我们住宿的旅馆，规模虽小，却十分整洁、舒适。旅馆紧靠温泉胜地，足以享受一番天然的"温泉风吕"。海边村庄出现地下温泉实属罕见，由此为村上所有人家的浴室提供热水。

旅馆老板为我们准备了最好的房间。我驻足在玄关前，久久地欣赏着摆放在长凳上，等待明日放流的一条精灵船。那似乎是条刚刚制作完成的精灵船，四周地面上还散落着剪下来的稻草，纸帆上也没有写明死者的戒名。令人惊讶的是，这条精灵船竟属于一位贫穷的寡妇和她的儿子，据说两个人都在这家旅馆供事。

我期待着能够在浜村看到盂兰盆舞会，但结果却令人失望。警察禁止这一带村民举行舞会。对于霍乱的恐惧，导致了更加严格的卫生管制。浜村的百姓接到命令，除了温泉水之外，禁止饮用其他生水，并且禁止使用生水做饭、洗衣。

一位身材矮小的中年妇女，操着一副明亮的嗓音招呼我们用晚餐。按照二十年前的时尚，这位妇女的牙齿被涂得漆黑，眉毛也剃得光秃秃的，表示自己是已婚妇女。她长得一副白净的脸庞，不难看出年轻时也曾是位大美人。她在此从事女仆工作，却与旅馆主人有着亲戚关系，受到特殊的待遇。据本人介绍，方才的精灵船就是为她丈夫和弟弟准备的。两个人同是这座渔村的渔民，八年前在离家不远的海面上遭遇海难，从此踏上了不归之途。这附近的街坊没有人能写一手好字，待明天一早便请寺庙里的和尚来到旅店，为死者在船帆上写上戒名。

按照规矩我也随了个份子，包了一些碎钱递到了女人手中，并且通过同伴打听起女人的身世。这位女仆，嫁给了一位比自己年长许多的男人，和自己十八岁的弟弟生活在一起。他们有一条不错的小渔船，和一块不大的耕地，本人还是个织布能手，三个人过着幸福的日子。到了夏天，渔民们经常会连夜出海捕鱼。浩浩荡荡的渔船，排成一条三四公里长的船队，行驶在夜幕之中。渔火映照在海面上，仿佛一排流星闪烁，场面十分壮观。遇上恶劣天气，便不会有渔船出海。但有些季节天气变化多端，不等渔船撑帆返航，便是一阵惊涛骇浪。那位女仆的丈夫和弟弟最后一次出海的那个夜晚，海面上像寺庙里的池塘一样平静。然而就在黎明前，海上刮起了台风，接下来她所讲述的事件始末，令人感到一种难以诉说的凄凉。用我们那毫无情意的英语，很难忠实地再现女人内心的悲伤。

"其他船只都顺利地返回了港口。我的丈夫和弟弟去了更深的远海，无法及时赶回。大家翘首以待，遥望着大海，急切地盼望着。时间一分一秒地过去，海浪越来越高，风也越刮越大。为了躲避海浪，其他渔船纷纷进港靠了岸。就在这时，人们隐约看到丈夫的船只，迅速地向着港口驶来。所有人都喜出望外，我也看到了自家的渔船，甚至还看见了丈夫和弟弟惊恐的脸庞。也就是在那一瞬间，一个巨浪猛地从船的侧面袭来，打翻了渔船。不久渔船开始下沉，很快便沉入了海底。就在海浪翻起的那一刻，我看见丈夫和弟弟挣扎着往岸边游来。巨浪像一座座小山，将丈夫和弟弟高高地托出水面，又深深地沉入海底。每一次看到他们浮出水面，都可以听到他们在大声地呼叫'救命呀！救命呀'。大海的力量令人恐惧，身强力壮的男人尚且无能为力，更何况我是个女人。不久，弟弟便不见了踪影。我的丈夫虽然上了年纪，却力大无比，顽强地与海浪进行着搏斗。眼看着丈夫就要游到岸边，我见他一脸恐惧，不停地呼喊着'救命'，却无法伸出援助之手。最后，丈夫也消失在了大海之中。就在丈夫下沉之前，我还清楚地看到了他的面孔。

"那之后很长一段时间，每当夜深人静，丈夫的脸庞总是会浮现在我的眼前，让我泪流不止，彻夜难眠。我曾经对着菩萨祈祷，让我尽快忘掉过去的一幕。现如今，那早已成为了过去，可是每当重新提起那段往事，又会引起我无限的悲伤。那时，我的儿子还在母亲的怀里。"

女仆一边叙述一边不住地抽泣着。只见她猛地低下头，用衣袖擦了擦泪水，对自己如此动情表示惭愧，脸上露出一缕微笑，嘴里还不住地请求大家原谅。这是日本人独特的礼节。老实说，那一缕微笑，比起她的故事更让我受到感动。就在这时，我的日本随从巧妙地变换了一个话题，开始谈论起有关此次旅行的见闻，并且介绍说我对这一带海边的民俗风情和古老传说很感兴趣。于是，随着大家对出云所见所闻的一番热议，女仆的情绪也变得欢快起来。

女仆询问，接下来我们要去哪里。我的随从回答，如此信步前行，或许终点会是鸟取。

"啊！要去鸟取吗？那里有一个古老的传说，《鸟取布团》的故事，先生听说过吗？"

老实说，"先生"并没有听说过那个故事，于是便急于想要知道。接下来将要介绍的，就是经过翻译之口，我所听到的有关那个故事的全部内容。

九

很久以前，在鸟取的小镇上有一个小旅店。这天，小旅店迎来了第一位住店客人，一位行脚商人。旅店的主人满腔热忱地接待了这位房客。因为是新近开张，主人说什么也要为自己的旅店争得一个良好的声誉，只是由于本钱有限，家具用品只能从旧货商店筹集。尽管如此，旅店仍然布置得干净利索，看上去十分舒适。到了晚上，行脚商人享受了一顿美餐，酒足饭饱后便钻进主人早已准备好的热被窝，躺下来开始睡觉。

说到这里我想打断一下，说一说日本的床。在日本，所有家庭白天都见不到床。除非家里有病人，否则你走遍房间的任何角落，都无法找到一张床。实际上，那里根本就不存在西方人所说的床。日本人所说的床，既没有床架，也没有弹簧、床垫、床单和毛毯。他们所谓的床，只是一套塞满棉花的寝具，在日本称作"布团"。一些布团铺在榻榻米上，另一些布团则用来盖在身上。富人可以铺五六张布团，想盖几张就盖几张布团；穷人则只能靠两三张布团御寒。无疑布团的质量，从仆人用的棉布团，到有钱人家的丝绸布团，亦是千差万别。

有些布团比西方家庭铺在壁炉前的地毯大不了多少，并且很薄；而那些大的布团则宽六尺，长近一丈。除此之外，还有一种像和服一样宽袖子的棉衣，在日本叫作"夜服"，冬天穿在身上十分舒适。所有这些物品，白天都会被叠好放进壁柜里，外面用推拉门遮住。推拉门上贴着不透明的窗纸，通常上面还绘有精美的图案。此外日本人还发明了奇怪的木枕头，为的是在睡觉时保持发型不乱。

关于枕头，同样有着它神圣的典故。我并不知道这一传说的起源，以及相关信仰的准确说法。我只知道，用脚触碰枕头是一件极其无礼的事情。如果不小心用脚踢到枕头，为了赎罪，就要用双手将枕头举过头顶，嘴里念着"敬请原谅"，然后恭敬地将它放回原处。

通常，人们喝了热乎乎的清酒，就会马上醺然入睡。特别是在寒冷的冬季，躺在暖烘烘的热被窝里，就更是如此。那一次，旅店客人迷迷糊糊地刚刚睡着，却被房间里两个孩子吵吵闹闹的说话声惊醒。两个孩子在不停地互相询问着同一个问题："哥哥，你冷吗？""噢，你冷吗？"房间里进来素不相识的孩子，无疑会给客人带来烦恼，可那位房客却并没有因此而感到惊讶。之所以这样，那是因为日本的旅店，房间与房间之间没有门，只隔着一张纸槅扇。在房客看来，孩子们或许是在黑暗之中走错了房间。他轻轻地和孩子们打了个招呼，于是两个孩子一时间安静了下来。过了一会儿，一个稚嫩、温和、哀怨的声音，趴在他的耳边再一次说道："哥哥，你冷吗？"紧接着，另一个稚嫩的声音轻声回答道："噢，你冷吗？"

客人坐起身，点上一根蜡烛，环视了一下房间的四周。房间里并无他人，四下里纸槅扇和推拉门紧闭着。客人打开壁柜，里面空空如也。客人感到有些奇怪，点着蜡烛钻进了被窝里。这时，那声音又一次响起，紧贴在房客的枕边，像是在对他诉说：

"哥哥，你冷吗？"

"噢，你冷吗？"

这时，房客开始感到一阵寒战。那并非因为夜间寒冷。一次又一次地听到同一个声音，他开始越发感到恐惧。那声音分明来自"布团"！是盖在身上的棉被在大声地讲话。

房客匆忙收拾起随身携带的行李，跑下楼，唤醒旅店主人，向他说明了事情的原委。旅店主人听了之后十分生气，他对客人说道："怎么可能有这种事情？为了让客人满意，我尽了自己的最大努力。或许，是因为您喝多了酒，做起了噩梦？"可房客说什么也不肯罢休，执意付了房费，离开旅店另找其他住处去了。

　　第二天晚上，另一位房客前来投宿。临近半夜，旅店主人再一次被房客叫醒，诉说了同样的经历。奇怪的是，这位客人根本没有喝酒。主人开始怀疑，难道是这些人出于嫉妒，存心要搞垮自己的生意？他猛地坐起身，冲着房客说道："为了让你们在这里住得舒适，我竭尽全力，可你们却故意装神弄鬼，是何用心？我一家人的生活全靠这个小旅店，请你们不要再继续无中生有，胡说些不着边际的鬼话了！"听旅店主人这么一说，房客不由得火冒三丈，冲着主人破口大骂了一通，气冲冲地离开了旅店。

　　客人走后，旅店主人也觉得有些蹊跷。他走上楼，来到那个空房间，里里外外地查看了一番布团。不一会儿，他也听到了一个奇怪的声音，才知道客人说的全都是实话。他发觉，其中一床被子里面似乎有人在说话，而其他被褥却是鸦雀无声。旅店主人把那床棉被拿到自己的房间，当晚盖在身上睡起了觉。只听棉被里说道："哥哥，你冷吗？""噢，你冷吗？"那声音一直持续到天明，旅店主人也一宿未能合眼。

　　第二天一大早，旅店主人便起身，来到了出售棉被的旧货商店，想要寻找旧棉被的主人。商店主人对此毫不知情，那床旧棉被是他从一家小商店买来的，而那家店主又是从另一个远在村边的更小的旧货商那里买来的。旅店主人逐一打听起旧棉被的出处。

　　最后，旅店主人终于找到了旧棉被的主人。它原本属于一个穷户人家，而那户人家又是从租给自己房子的、邻近部落里的房东那里买来的。下面就是有关这床旧棉被的故事。

　　那个穷户人家曾经住过的一间小房子，月租金只有六十钱，但是对于这户穷人来说却是一笔不小的开支。父亲每月只能赚得两三块钱，母亲卧床不起无法做工，还有一个六岁和一个八岁的男孩儿。更为糟糕的是，这个穷户人家来自外埠，在鸟取举目无亲。

一年冬天，父亲病倒在床上，一个星期后便去世了。不久，体弱多病的母亲也相继去世，剩下了两个无依无靠的兄弟。因为没有收入，只得靠变卖手头一些不值钱的东西勉强度日。

两个兄弟先是卖掉了死去父母的衣物，随后又卖掉了自己的衣物。紧接着，床上的棉被、仅有的一点儿家具什物和一些零零碎碎的物品也都被一个个卖掉。两个兄弟每天卖一点儿，最后只剩下了一床棉被。他们没有饭吃，更无法交得起房租。

大寒来临，这是一年当中最寒冷的季节。那一天，外面堆起了厚厚的积雪，兄弟俩无法走出家门，只好依偎在仅剩的一床棉被里，颤抖着身子，用一颗童心彼此安慰道："哥哥，你冷吗？""噢，你冷吗？"

房间里没有火，也没有可以取暖的东西。周围一片黑暗，凛冽的寒风呼啸着从门窗缝隙吹进房间。

咆哮的北风让两个兄弟感到恐惧，可更让他们害怕的却是房东，因为房东不时地会来向他们讨要房租。房东是个冷酷无情的家伙，长着一副凶恶的面孔。看见屋子里再也没有什么值钱的东西，他便把两个孩子赶到雪地里，抢走了棉被，在房门上扣了一把大锁。

这时，两个兄弟身上只穿着一件单薄的和服，他们的所有衣物都拿去换了食物。尤其可怜的是，他们已经无家可归。附近有一座寺庙，寺庙里供奉着观音菩萨，可厚厚的积雪挡住了两个兄弟的去路。见房东走远，两个兄弟又悄悄地躲到了屋后。不久，严寒之中困意开始袭扰两个兄弟，他们互相依偎着渐渐地进入了梦乡。睡梦之中，上帝来到了两个兄弟身边，把一条崭新的棉被盖在了他们身上。那是一条幽灵般纯白色的棉被，两个兄弟再也不会感觉到严寒。他们永远地长眠在了雪地里。一天，人们发现了熟睡的两个兄弟，并且在千手观音庙附近的一座墓地里，为他们搭建起一张崭新的床铺。

听完这个故事，旅店主人便将那个布团施舍给了寺庙里的住持，并且为两个小鬼魂烧香念佛，祈祷他们早日成佛。从那以后，布团里便再也听不到说话的声音了。

十

一个传说使人联想起另一个传说。今晚我听到了许多稀奇古怪的故事。其中最令人念念不忘的，便是我的随从猛然间想起的一段发生在出云的逸事。

从前，在出云的一个叫作"持田之浦"的小村庄里，居住着一位农夫。这位农夫十分贫穷，以至不敢养活孩子。每次妻子生了小孩儿，他就将婴儿扔到河里，并对妻子谎称是死胎。被他扔掉的有男婴，也有女婴。这位农夫总是在夜晚来到河边，再将婴儿扔到河里。就这样，总共有六名婴儿被他残害致死。

年复一年，渐渐地这位农夫的日子过得好了起来。他买了土地，还积攒了一些钱财。就在这时，妻子为他生下了第七个孩子，一个男婴。

于是，这位农夫说道："我们终于可以养得起孩子了。等到我们上了年纪，也可以有个孩子陪伴在我们身边。看这孩子长得多么可爱！我说，我们就把他抚养成人吧！"

就这样，孩子一天天长大。这位生性固执的农夫，也察觉到了自己内心的变化。他奇怪地发现，自己越来越疼爱这个儿子。

一个夏天的夜晚，农夫抱着儿子来到花园。这时，孩子已经出生有五个月了。

那天晚上夜色迷人，圆圆的月亮高悬在夜空，农夫不由自主地大声叫了起来："啊，今晚的景色多么美好！"

这时，农夫怀里的婴儿抬起头，望着父亲的脸，用大人的口吻对父亲说道："父亲，您最后一次把我扔到河里的那个夜晚，不是也和今晚一样美丽，月亮也一样圆吗？"说完，儿子和他的同龄婴儿一样，闭上嘴不再说话。

最终，这位农夫出家当了和尚。

十一

晚饭后洗过澡，因天气炎热无法入睡，我一个人独自散步来到了村外的墓地。那是横贯沙丘的一片狭长的墓地。说是沙丘，其实是一座巨大的沙土山，表面薄薄地覆盖着一层泥土。坍塌的斜面上露出远古潮汐的痕迹，似乎在向人们诉说着岁月的沧桑。

我踏着没膝的黄沙，来到了墓地。闷热的月夜，海面上吹来阵阵疾风。墓地中散落着盂兰盆节的灯笼，其中多数已经被海风吹灭，只有少数灯笼依然闪烁着乳白色的光芒。无数只宫殿般的漂亮的小木箱，象征性地表现出门窗的轮廓，上面贴着白色的窗纸。天色已晚，前来扫墓的人群早已离去。这里白天也曾是人来人往，各类祭奠活动相继举行。竹筒里插满了鲜花绿叶，水盆中盛满了阏伽水，墓碑也被清洗一新。在墓地深处的一个角落里，静静地立着一块墓碑。我看到，墓碑前供放着一张漂亮的漆器托盘，精美的碗碟里盛满了美味佳肴，旁边摆放着一双崭新的筷子和一个小茶杯，里面的饭菜还冒着热气。想必那一定是位富有爱心的妇女精心摆放的供品，女人那小巧玲珑的草履印记，还清晰地留在一旁的小路上。

十二

在爱尔兰有这样一种说法，夜间做梦，醒来时只要不拼命挠头，任何梦都可以回忆起来。但如果忘记了这条忠告，美梦就永远无法再现，就像被风儿吹散的烟圈，再也无法重圆。

事实上，一千个梦中有九百九十九个梦无可挽回地从记忆中消失。偶尔也会有一些奇怪的梦，比如旅途中遇到的一些奇闻，由于受到强烈的刺激，确有其事似的停留在人们的记忆当中。

基于这一原理，我将在浜村逗留期间，从睡梦中得到的一些见闻匆忙记录如下。

那似乎是在一座寺庙的院内。一个铺满青石的大广场上，洒满了一片淡淡的阳光。我的眼前是一个女人，她既不年轻也不衰老，一个人端坐在一个灰色石柱的巨大台座上。因为只能看到女人的脸，所以无法知道支撑台座的是什么东西。一时间，我似乎觉得在什么地方见到过那个女人。是的，她来自出云。接下来，我感觉那个女人有些古怪，她的嘴唇在颤抖，两只眼睛紧闭着。我目不转睛地注视着她的一举一动。

于是，那个女人从遥远的过去，像是穿越漫长岁月的时光，哀婉地唱起一首悲歌。听着那歌声，我朦朦胧胧地想起了凯尔特的摇篮曲。女人一边唱，一边用手松开长长的黑发。只见那长发卷起阵阵旋涡，散落在青石板上。就在这时，女人的长发由黑色猛然变成了蓝色。那蓝天一样的长发，在阳光的照耀下，伴随着一道道蓝色的海浪，翻滚起朵朵浪花。随着海浪渐渐远去，女人也消失得无影无踪，我的眼前只剩下一片茫茫的大海。远处天际之巅，大海尽头无声的浪花，缓缓地闪烁着灿烂的星光。

我从梦中醒来，黑暗之中耳边传来大海的呼啸。那是现实中佛海发出的呼啸，是死者漂洋过海重归黄泉之国时发出的呼叫。

第七章　日本舞伎的故事

　　没有什么比日本人宴会的开始更安静的了。除了当地人之外，任何人都无法从宴会开始时的场面，想象到宴会结尾时的喧闹。

　　身着和服的客人们入席，悄然无声，没有人讲话，各自跪坐在自己的坐垫上。侍女们将整套漆器餐具摆放在客人面前的席子上，她们赤着脚，走起路来依旧悄然无声。好长一段时间，眼前只有面带微笑的侍女们穿梭的情景，仿佛置身于梦幻之中。你也无法听到外面的声音，因为宴会厅通常被宽敞的庭园与远处的街道隔开。不久，主人或宴会主持者会用一句高雅的客套话打破寂静："今日在此略备薄酒，不成敬意，请大家开始用餐！"于是，所有人都默默地深鞠一躬，然后拿起筷子，开始用餐。人们巧妙地使用着筷子，依旧是悄无声息。侍女们一声不响地把温好的清酒倒进每一位客人的杯中。等到上过几道菜，几杯清酒下肚之后，人们的舌头终于开始有所松动。

　　随着一阵笑声，一群年轻姑娘突然走进宴会大厅。她们按照惯例，俯下身子向客人打着招呼，穿行在宾客之间，开始向客人斟酒。那优雅的姿态让一般女子无法企及。她们年轻美貌，身着华丽的丝绸和服，系着一条女王似的腰带，头上插着奇花、玉簪、发夹以及奇特的金银首饰。她们毫无拘束地与客人攀谈着，像老相识一样说起俏皮话，还不时地发出一声声尖叫。她们是宴会专门请来的舞伎。

　　紧接着，一阵三弦声响起，舞伎们退到宴会大厅的一侧，那里留有足够大的空间，可以容纳更多的客人。只见几把三弦，和一位少女演奏起小鼓，在一位年龄难测的女人的指挥下组成一支小乐队，其他人或是单人或是成双成对地表演起舞蹈。舞蹈看上去十分快活，两个姑娘的舞步巧妙地融合在一处，那高超的技巧绝非一日之功。可是在我看来，那更像是一种表演，而非西方人所说的舞蹈。伴随着衣袖和扇子的上下挥舞，舞伎们不断地变换着眼神和面部表情，给人以十足的东方之甜美、机敏乃至细致入微。舞伎们有时也会表演一些更具性感的舞蹈，但是一般情况下，尤其在那些优雅的观众面前，她们更多地表演日本古老的美丽传说，比如被海神之女爱上的渔夫浦岛的故事，间或还吟诵一些中国的古诗词，用优美的语言表达人间美好的情感。舞伎们总是会把热乎乎淡黄色的清酒斟入客人的杯中，注入客人的血脉。于是，客人们仿佛吸吮了鸦片，感到周身麻木，昏昏欲睡。每到那时，平凡的世界开始变得奇妙，舞伎们更是宛若天仙，眼前的一切也都变得异常甜美。

开始时宴会总是异常寂静，慢慢地在欢乐之中变得一片喧嚣。人们开始离开自己的座席，仨一群俩一伙地聚集在一起。舞伎们有说有笑地穿梭于客人之间，不断地往客人杯里斟满清酒。推杯换盏之中，男人们开始唱起古老的武士歌曲和中国的古诗词，有些人还扭动起身子。一位舞伎把和服下摆卷过膝盖，于是三弦弹奏出急速的旋律："金比罗保佑，风雨同舟！"随着音乐响起，舞伎开始跳起轻快的八字舞。一位年轻人手持酒壶酒杯，也跟着走起了八字。两个人偶尔在一条直线上迎面相遇，走错舞步的一方必定要被罚喝一杯清酒。音乐节奏越发加快，舞者也不得不随着音乐加快脚步，最终舞伎获胜。宴会大厅的另一端，一位客人和一位舞伎在猜拳行令。他们相对而坐，拍着手，一边吆喝一边伸出拳头，摆弄着手指不时地发出声声哀鸣。三弦琴则在一旁演奏助兴。

哥俩好啊，全来到哇，满堂彩呀！

与舞伎猜拳必须保持头脑清醒，眼疾手快，而且要经常练习。猜拳的种类繁多，舞伎们从小掌握了各种猜拳的技巧，她们很少失败，即使输了也完全是出于礼节。最常见的猜拳手势是庄家、狐狸和一杆猎枪。如果舞伎出枪，对方客人就要伴随着音乐立即做出庄家的手势。按照规矩不可以用猎枪打自己的庄家。这时，见对方出了庄家，舞伎又会以狐狸相应，因为狐狸可以欺骗人，预示着客人败阵。反过来见舞伎做出狐狸的手势，客人就要拿出猎枪，以示杀死狐狸。客人必须始终盯着舞伎那对明亮的眼睛和细嫩的小手。舞伎长得非常漂亮，如果你稍微走神，就会被她迷住。宴会上，尽管表面气氛融洽，但客人对待舞伎要始终保持严格的礼节。无论客人喝了多少酒，却从来看不到他们对女孩子无礼。他们永远不会忘记，那些舞伎只是作为交际出现在宴会上，终归是可望而不可即。外国游客来到日本，经常对舞伎或者侍女表现得过于亲近。对此，尽管她们以礼相待，内心却是极其厌恶，同时这也被当地人视为一种极端粗俗的行为。

如此这般，欢乐的气氛变得越发高涨。然而伴随午夜的临近，客人们开始一个个地悄悄离去。喧闹声随之逐渐消失，音乐也停了下来。舞伎们把最后一位客人送出大门，伴随着一阵"撒哟那啦"的笑声，她们也终于可以坐下来，在空荡的大厅里慢慢地享用自己的晚餐。

这便是所谓舞伎的生活。她们神秘的背后又是怎样？她们的想法，她们的情感，她们的身世又是怎样？离开了宴席上那灿烂的灯光，远离笼罩在身上那清酒的层层迷雾，她们的真实生活又是怎样？每当听到她们带着嘲弄的口吻，唱起那首古老而甜蜜的诗歌时，舞伎们看上去又是那样的无奈。

"是抱着你睡觉，还是要那五千石俸禄？五千石俸禄算什么，今晚情愿与你同眠！"

或许，我们可以相信她充满激情的诺言："你死后，我不会把你埋葬，我要把你烧成灰，掺在酒里一饮而尽。"

一位朋友告诉我："这首歌出自大阪的一位名叫阿镰的舞伎。去年，她从葬礼上拾回了恋人的骨灰，掺在清酒里当着众人的面在宴会上一饮而尽。"当着众人的面！啊，真是太浪漫了！

在一群舞伎居住的房间里，壁龛上总是摆放着一座古怪的雕像。那雕像或是黏土做的，也可能是金子做的，但多数是瓷器做的。舞伎们将它供奉在那里，拿来甜食、米饼和清酒祭祀，在它前面烧上一炷香，还要点上一盏小油灯。那是一只直立的猫，它伸出一只爪子，像是在对人发出召唤。它的名字叫作"招财猫"，它是舞伎们的氏神，给她们带来好运，为她们带来财富，深受餐厅业主的眷顾。了解舞伎内心世界的人们断言，这尊雕像便是舞伎们的真实写照。她外表顽皮、美丽、温柔、年轻、婀娜多姿、充满激情，内心却残酷得像一团燃烧的火焰。

尤其糟糕的是，有人这样评价舞伎，说她们暗地里被穷神附体，狐狸婆是她们的姐妹。她们残害青春，荡尽财富，破坏家庭；她们玩弄男人的感情，利益是她们放荡的根源；她们把财富建立在男人的坟墓之上；她们是十足的伪君子，是危险的阴谋家，是贪婪的小人，是无情的荡妇。我不认为这些说法完全属实，但有一点却是千真万确。就像众多小猫一样，舞伎在职业上也是一种食肉动物。既然世上有许多可爱的小猫，那么也必定存在着诸多可爱的舞伎。

舞伎不过是顺应了愚蠢的人类对于爱情的渴望。这种渴望既充满了青春和欢乐，又不带任何责任或遗憾。为此，舞伎除了学会猜拳行令之外，还被教导学会玩弄人心。根据宇宙永恒的法则，在这个不幸的世界上，人们可以不受约束地玩弄各种游戏，但只有三种把戏除外，它们是生命、爱情和死亡。这三种把戏被牢牢地掌控在神的手里，任何人随意玩弄这三种把戏必定招致灾祸。除了猜拳行令或者琴棋书画等游戏之外，和舞伎玩弄任何更为惊险的把戏，都会让众神感到不快。

女孩儿的职业生涯始于奴婢。根据一份合同，主人从贫苦的劳动家庭收买下漂亮的女孩儿，她要为主人服务十八年、二十年乃至二十五年时间。主人为她提供食宿、衣装，她在那里和其他舞伎们一起受到训练，在严格的管教下度过童年。她被教以礼仪、风姿、文明用语，还要习练舞蹈，背诵诗歌词赋。此外，她还必须学会穿衣打扮，学习各种娱乐游戏，以适应各类宴会及婚礼的场面。总之，她身上所具有的一切天赋都会得到精心的培育。最后，她还必须学会弹奏一种乐器。首先是小鼓，这种东西如不经过大量练习根本无法演奏。她还必须学会用贝壳或者象牙拨子弹奏三弦。她在八九岁时开始参加宴会，主要是当鼓手。这时，她已经成为了一个迷人的小姑娘。她知道在敲击两下小鼓之后，如何手持酒壶一滴不漏地为客人斟满一杯清酒。

从此，对她的训练会更加严格。她的声音或许已经很委婉，但是缺乏足够的力量。寒冬腊月，她必须爬上屋顶，在那里练习唱歌，弹拨乐器，直到手指流血，嗓子喊哑。结果，她患上了严重的感冒。在经过一段时间嗓音沙哑之后，她开始变声，声音变得强劲有力。这时，她已经准备好在客人面前登台表演。

取得正式资格后，她通常会在十二三岁时首次露面。如果长得漂亮、技术娴熟，会有很多客人向她提出邀请，而她的出场费则以每小时二十到二十五钱计算。这时，收买她的主人在她身上投入的培训时间、费用和努力第一次得到了回报。然而主人却并非如此慷慨大方。很长一段时间，她所挣到的钱必须如数交到主人手中。她依旧是一无所有，甚至连身上穿的衣服都是主人的。

到了十七八岁的时候，她开始在技艺上小有名气。她已经经历过数百场盛宴，结识了她所在城市的所有大人物，了解到他们的性格背景。她的工作主要在夜间，自从成为一名舞伎之后，她就很少见到日出。她学会了喝酒却又不失理智，七八个小时不进餐也不会让她感到不适。她有许多情人，在某种程度上，她可以随心所欲地面对她喜欢的任何人微笑。她受到过良好的教育，深知如何运用个人魅力获得更多的利益。她希望有一天能够遇到一位大人物愿意替自己赎身，使她恢复自由。无疑在那之后，那个人一定会在佛经中发现更为精辟的教诲，告诉他爱情有多么愚蠢，人际关系又是多么无常。

有关舞伎个人经历的述说，在此暂且告一段落。那之后，除非她英年早逝，否则不难想象，接下来的故事并非令人愉快。如果她半路夭折，她的同伴会为她举行一个葬礼，有关她的回忆也将伴随着各种仪式永远封存。

有时，夜晚漫步在日本的街头，你或许可以听到悦耳的音乐声。阵阵三弦乐曲，随着舞伎们高亢的歌声，透过佛教寺庙的大门回荡在耳边。你或许因此而感到迷惑不解。深深的寺院里挤满了前来聆听的人群。你好奇地推开人群走上寺庙的台阶，看到两位舞伎坐在正殿的榻榻米上，一边弹着三弦一边唱歌，另一位舞伎在一张小桌前翩翩起舞。桌子上立着一个牌位，牌位前点着一盏油灯，青铜香炉里烧着一炷香。按照习俗，每逢祭日人们还要为死者供上一些水果点心。我后来得知，桌子上牌位中写的是一名舞伎的戒名。死去的女孩儿同伴们，在祭日里聚集在寺庙当中，用歌舞为她的灵魂超度。但凡此时，任何人都可以自愿参加葬礼。

古代的艺伎并不像今天的舞伎，她们中的一些人被称作"白拍子"，其内心世界并非毫无情意。她们长得非常漂亮，头上戴着一顶满是金饰的奇形怪状的帽子，穿着华丽的服装，在大名宅邸里挥剑起舞。其中一个有关她们的老故事，我认为很值得一提。

一

从前有一个习俗，至今依然得以保留。年轻画家要徒步穿越日本各地，绘制风景名胜，研究佛教艺术，其中多数寺庙位于景致独特的深山密林之中。正是由于有了这样的传统，才给后人留下了颇有价值的珍贵画卷，如今这些作品已经变得稀少。这个事实足以说明，只有日本的画家，才能够描绘出日本的绚丽风光。当你熟悉了他们诠释自然的手法之后，你会发现在同一个领域，外国画家的作品竟如此平淡无奇。外国的画家，将他们所看到的一切如实地展示在你的眼前，却不会给你带来更多的东西。日本的画家在描绘自然的同时，寄希望于传递内心的感受。他们的作品极具表现力，这在西方的绘画作品当中极其少见。西方的画家将作品描绘得细致入微，以满足人们的灵感。与此相反，他们的东方兄弟要么抑制细节，要么将细节理想化。远处云遮雾罩，近处依旧是烟雾缭绕。凭借感觉，留在人们心目中的是美妙的奇幻。它超越人们的想象，给人以振奋，激发起无尽的渴望。与此同时，它又以一种看似神奇的方式，传递出作品的时间和地点。他们与其说是在描绘现实，更像是在勾引起人们的回忆，如不是亲眼见到，无法感受它巨大的力量。那是一种非个性化的艺术，人物形象很少局限于个人。农民的好奇、少女的羞涩、女郎的妩媚、武士的自我、孩子的天真、老人的温存，无不体现出一个阶级的特征。广泛的社会基础是艺术创作的源泉，画室里很难孵化出真正的艺术作品。

多年以前，一位年轻的绘画学子翻山越岭，步行从京都前往江户。那时的道路并不通畅，而且崎岖不平，长途旅行更是异常艰难。有句谚语说得好："爱孩子，就要让他出去旅行。"今天，这片土地依旧如故。那里同样是松柏成荫，同样是茅草屋的村庄，同样是层叠的梯田，同样点缀着一顶顶黄色草帽，农民们依然在稻田里劳作。公路上，地藏菩萨的塑像依旧立在一旁，面对前来朝拜的巡礼者微笑。夏日里，同样可以看到棕色皮肤的孩子们在小溪里玩耍，所有河流都向着太阳发出欢笑。

当年的那位年轻学子并非"娇子"，他有过多次旅行的经历，习惯于吃苦耐劳、风餐露宿，并且学会了如何利用艰苦环境。只是在一次旅行中，他遇到了麻烦。一天傍晚，太阳已经落山，这时他发觉自己来到了一片荒郊野地。那里前不着村后不着店，既没有食物，也没有住处。他试图抄小路去一个小村庄，结果迷失了方向。

那个夜晚，天空没有月亮，松林的阴影笼罩着大地，周围一片漆黑。他独自行走在密林丛中，此时四下里渺无人迹，只有风吹树叶沙沙作响，成群的昆虫发出嗡嗡的鸣叫。他跌跌撞撞地向前走着，希望能够看见一条河，沿着河岸或许可以找到人家。结果，一条小溪挡住了他的去路。可那是一条湍急的激流，直冲悬崖之间的峡谷。他不得不原路返回，决定爬上附近的山顶，从那里或许可以眺望到人家。可到了山顶，却发现四周群山环绕。

他几乎陷入绝望，决定就此露宿山中。这时，他突然发现远处山坡上，隐约传来一缕微弱的黄光，那里显然住着一户人家。他朝着灯光方向走去，很快就看见了一座茅草屋，那是一间农舍。黑暗之中，微弱的黄光依旧透过紧闭的风门，穿过缝隙射出门外。他急忙走上前，敲了敲风门。

二

学子敲了几下门，叫了几声，听到里面有动静。这时，一个女人的声音问道："有什么事情吗？"正所谓"未见其人，先闻其声"，那个女人操着一口优雅的标准京都语调，听起来格外甜美，这让学子大吃一惊。他赶忙回答道："我是一名学生，在山中迷了路，如果可能，希望就此投宿，讨点儿食物。如果不能，也请指点到达最近村庄的道路，我将感激不尽。"并且补充说可以为此支付所需费用。听了学子的话，女人又问了几个问题，当得知学子翻山越岭一路走来时，女人感到十分惊讶。学子的回答显然打消了女人的顾虑，于是她隔着风门对学子说道："我马上开门，今晚你很难到达附近村庄，这条路沿途十分危险。"

不大一会儿工夫，风门被打开，一个女人提着一只纸灯笼出现在面前。女人将纸灯笼的亮光照射在陌生人的脸上，却将自己的身影隐蔽在黑暗之中。她一言不发，仔细打量了对方一番，随后简短地说道："等一等，我去打水。"女人拿来一个脸盆，放在门口的台阶上，递给客人一条毛巾。学子脱下草鞋，洗过脚，拂去旅途的烟尘，随后被领进一间整洁的房子里。这间房子似乎占据了整个茅草屋，除此之外后面还有一个木板间，像是厨房。女人递过一张棉垫，学子跪坐在上边，面前还放了一只火盆。

　　这时，学子方有机会仔细看一看女主人的面庞。他被女主人的气质和美貌惊呆了。女主人似乎比自己大三四岁，但依然青春美丽。无疑，那不是农家子女。女主人以同样甜美的声音对学子说道："我单身一人，不可能请外人留宿。但是我觉得，你一个人夜间赶路会很危险。附近也有几户民宅，可三更半夜的，没人领路你无法找到。所以，我决定留你在此到天明。这里虽然简陋，但也可以有一床被褥遮挡风寒。我想你一定是饿了，这里有一些素食，如不介意就请享用。"

　　饥肠辘辘的学子，听了女主人的一番话十分高兴。年轻的女主人点起了一堆火，默默地做好了几道小菜，一份炖菜、一份油炸豆腐、一碗葫芦干和一碗黄米饭。女主人一面道歉，一面迅速地将饭菜摆在了客人面前。可是在学子用餐时，她却一言不发，那拘谨的态度让学子感到有些尴尬。学子贸然提出一些问题，女主人也只是点点头，或者随便敷衍两句，于是学子也就不再继续追问。

　　学子注意到，这所房子随处打扫得非常干净，盛饭的餐具也十分洁净，房间里少有的几件便宜家具也摆放得异常整洁。衣橱和碗柜的拉门上贴着白纸，上面写着精美的汉字，内容均为诗人或艺术家喜爱的题材。其中包括春花、山海、夏雨、星空、秋月、河水和秋风。房间一角低矮的祭坛上立着一座佛龛，佛龛的漆门敞开着，里面竖起一个牌位，两旁供奉着野花，中间点着一盏油灯。佛龛上方，悬挂着一幅背负光环、功德无量的观音菩萨像。

　　见学子用过餐，年轻的女主人开口说道："这里条件简陋，且只有一张纸蚊帐，被褥和蚊帐都是我使用过的。今晚我另有事情要做，不能睡觉，请就此歇息，招待不周，请多包涵！"

学子这时才明白，由于未知的原因，那女主人独自一人生活。出于善意，她把仅有的一床被褥让给了自己。对于这种过分的慷慨，学子坚持予以拒绝，并表示自己随便找个地方都可以睡下，也不在乎蚊子。可女主人却以大姐姐的口吻命令学子，必须按照她说的去做。事实上，她的确有事情，希望学子不要打扰。女主人将学子视为绅士，希望他听从自己的安排。对此，学子无法再做推辞，因为只有一间房间。女主人在榻榻米上铺好被褥，取来一个木枕头，支起纸蚊帐，又在被褥旁边竖起了一张大屏风，然后向学子道过晚安，语气中带着命令的口吻。学子唯命是从，不再违抗，同样希望自己不再给女主人带来麻烦。

三

这位年轻的学子，对于女主人舍己为人的精神依旧深感愧疚，只是躺在被窝里感觉到一阵轻松，加上长途旅行的疲劳，没等头在木枕头上落稳，就早早地把一切都忘在了梦中。

没过多久，学子被一阵奇怪的声音惊醒了过来。那声音似乎是脚步声，却又不像是有人在走动。像是有人双脚迅速地踏着地面，显得有些兴奋。学子猛然想到有强盗入室，可自己又没带什么值钱的东西，因此也并不害怕，只是内心里替那位好心的女主人感到担忧。纸蚊帐的两侧分别有一小块褐色的方网，像是一扇小窗户。学子试图透过其中一扇网窗向外张望，可是高大的屏风挡住了视线。他欲大声喊叫，但又一想，万一遇到危险，在弄清楚事实之前，岂不是先暴露了自己？那让学子感到不安的声音还在继续，而且越来越神秘。学子做好最坏的打算，必要时不惜冒着生命危险，也要保护好年轻的女主人。他迅速穿上外衣，悄悄钻出蚊帐，蹑手蹑脚地爬到屏风下，往里窥视。眼前的情景让学子大吃一惊。

在灯光明亮的佛龛前，年轻的女主人一身华丽的衣装，正在独自跳起舞蹈。学子认出女主人穿的是白拍子们常穿的舞蹈服装，但比起以往见到过的白拍子舞服都要华丽。在服装的衬托下，孤寂之中女主人越发显得气质超然。但是在学子看来，更美妙的莫过于女主人那动人的舞姿。刹那之间，学子感到一种钻心的刺痛。百姓们有关狐妖的传说，在他的脑海里瞬间闪过。可是当他看到眼前的佛龛佛像时，他的幻想又迅速消失，他为自己的愚蠢感到羞愧。与此同时，他意识到自己正在偷看女主人不希望自己看到的场面。作为客人，他本应立即回到屏风后面，可是眼前的情形令他入了神。他觉得，自己从未见到过如此美妙的舞蹈，禁不住又惊又喜，以至被女主人的舞姿所迷惑。猛然间，女主人停下了舞步，喘着粗气，解开腰带，转过身待要脱掉上衣。这时，女主人的目光猛地与学子的目光相遇，这让女主人大吃一惊。

学子立刻向女主人道歉，表示自己突然被一阵轻快的脚步声吵醒，又因深更半夜，女主人独自一人，这让他感到不安。随后他又承认，自己为所见到的景象感到惊讶，并且被女主人那优雅的舞姿深深吸引。"我请求您，"学子继续说道，"原谅我的好奇心，因为我很想知道您的身世，很想知道您是如何成为一名出色的舞蹈家的。我见过西京①所有舞伎，却从未见过像您这样出色的舞者。看到您的舞姿，我便忘掉了一切。"

女主人起初显得有些生气，可没等学子说完，表情开始变得温和。她笑了笑，坐下来对学子说道："不，我不生你的气，只是感到有些遗憾。你看到我一个人跳舞，一定以为我是在发疯，现在我就告诉你其中的原因。"

接下来，女主人讲述了自己的故事。学子记得，小的时候曾经听到过她的名字。她是京都的宠儿，其艺名在白拍子当中饶有名气。可是正当她的名声与美貌达到顶峰时，她却突然从公众视线中消失，没人知道她去了哪里，也不知道其中的缘故。她和一个爱着她的年轻人离开了京都，远离了财富与鸿运。他很穷，两个人在乡下过着简单而快活的生活。他们在山上建起了一所小房子，在那里相伴多年。那个年轻人很是崇拜她，最大的乐趣就是看她跳舞。每到夜晚，年轻人总是会弹奏起自己喜爱的乐曲，女主人则为他跳舞。可是，在一个漫长的寒冬，年轻人患上了重病。尽管女主人精心照料，年轻人还是离开了人世。从那时起，女主人便独自一人生活在深山老林，深陷对年轻人的怀念之中，

---

① 西京，日本佛教圣都——京都的别称。

用各种方法表达着对年轻人的思念。她像往常一样，每晚都要在年轻人的牌位前摆上供品，跳舞取悦年轻人。结果就有了这位学子前面所看到的那一幕。女主人继续说道，吵醒远途而来的客人，是一件十分不礼貌的事情。本以为客人早已熟睡，便试着轻轻地跳起了舞蹈，却不知妨碍了客人休息，只好祈求客人宽恕。

待一切陈述完毕之后，女主人沏了一壶茶，两个人喝了一阵，女主人请求学子继续入睡。于是，学子不得不带着几分歉意，向女主人告辞，再次回到了纸蚊帐中。

学子睡得很香，醒来时太阳已经升得老高。起床后，学子发现女主人已经为自己准备好了一顿和前一天晚上同样简单的早餐。学子感到有些饥饿，又唯恐女主人为自己破费，只好随便点了点饥，便准备告辞。临行前，学子提出向女主人支付食宿费，女主人却无论如何也不肯接受。女主人说道："我所做的一切都不值几个钱，我这样做只是出于好心，原谅我照顾不周，请忘记在此遭受的困苦，只要记住一个穷苦女人的善意。"

学子极力说服女主人收下钱款，可最终他却发现，这样做只能给女主人带来更大的痛苦。于是，学子再三谢过后，便告辞女主人准备离开茅草屋，心中却充满了遗憾。女主人的美貌和温柔深深地打动了学子的心，让他许久不忍离去。女主人为学子指点了道路，远远地目送他下了山，直到学子的背影从视线中消失。大约一个小时之后，学子来到了一条大路上，这时他突然感到一阵懊悔，想起忘记告诉女主人自己的名字。学子犹豫了片刻，转而自言自语地说道："那又有什么？反正自己永远都是个穷人。"随后便继续赶路。

四

时过境迁，世异时移，画家学子已经变得苍老，却是声名鹊起。大名们被他的作品所吸引，争相为他资助钱财，于是他开始变得富有，在京都拥有了自己宽阔的宅邸。各地的年轻艺术家们纷纷入其门下，和他一起生活，为他效劳，并接受他的指导。他的名声也随之传遍各地。

一天，一位老妇人来到他家，要面见大师。弟子们见老妇人衣衫褴褛，相貌凄惨，把她当成了乞丐，对待她颇无礼。对此，老妇人只回答说："我要见到大师，当面陈述来意。"弟子们以为她是个疯女人，便欺骗她说："大师不在西京，且不知何时归来。"

可是老妇人却不肯罢休，再三前来拜访，每次又都受到弟子们的欺骗，或称"大师今天有恙"，或称"大师今日繁忙"，"来了许多客人，无暇相见"。尽管如此，老妇人依旧每天总会在同一时间来到大师家，而且手里还总是夹着一个破包裹。无奈，弟子们只得决定禀报大师，说道："门外有一老妇人，看似乞丐，已经来过五十多次，说是要面见大师，却不肯说明来意，执意要当面陈述。我们曾经试图劝阻，可她像是在发疯，怎么也不肯离去，无奈只得向您禀报。"

大师当即厉声问道："为什么不早点儿禀报？"于是，他亲自来到门外，想起当年自己也曾贫穷，便对那老妇人十分和蔼，询问是否需要施舍。

老妇人回答，她不需要钱财，也不要食物，只求大师为自己作一幅画像。大师感到不解，便请老妇人进了屋。老妇人走进房间，跪在地上，解开随身携带的包裹。只见包裹里包着一身华丽的丝绸衣衫，上面用金丝银线刺绣着奇特的图案。由于年代已久，衣衫看上去已经破旧，表面也已褪色。但是无疑，那曾经是一件极其珍贵的服装，一套白拍子的舞服。

老妇人把衣衫一件件展开，慢慢地用颤抖的双手在地上铺平。这时，大师的脑海里猛地闪过一个念头，他显得有些激动，眼前突然一亮。伴随着恍惚的记忆，大师仿佛又回到了那座孤独的茅草屋。在那里，他受到了意外的款待，一间为他准备的小房间、纸蚊帐、佛龛前燃烧着的油灯、深夜里独自跳起舞蹈的奇异女人。让老妇人惊恐不安的是，眼前这位深受大名宠爱的男子，竟然在自己面前深深地鞠了一躬，说道："请恕我无礼，一时竟忘记了您的尊容。自从那次见面之后，已经过去了四十多个春秋，曾经在您家中受到的热情招待，让我至今记忆犹新。您把仅有的一床被褥让给了我，我欣赏到了您的舞姿，您把您的故事讲给我听，您曾经是一名白拍子舞者，那一切我还都铭记在心中。"

听大师这么一说，老妇人既惊讶又困惑，一时无法对答。因为年事已高，又受过许多痛苦，她的记忆也开始衰退。大师耐心地讲述，细心描述起当年的茅草屋，让她逐渐回忆起往事。随后，老妇人激动地流着热泪说道："这一定是上天的恩赐，引导我来到了这里，只是当年大师光临寒舍时，我也还不是这个样子，大师能够记得我，全托菩萨保佑。"

接下来，老妇人向大师讲述了自己的故事。几度星霜之后，因为贫穷，她不得不变卖了那间茅草屋。自从上了年纪，她只身一人重新回到了这座城市。那时，她的名字早已被人们遗忘。失去了家园，给老妇人带来巨大的痛苦，但更令她伤心的是，随着身体的衰老，再也无法在佛龛前跳舞，以慰藉心中的亡灵。老妇人希望大师能够为自己作一幅画像，身穿舞服翩翩起舞，这样她就可以把它悬挂在佛龛前。为此，老妇人曾经虔诚地向观音菩萨祈祷。后来得知画家成为了有名的大师，于是她慕名而来，只为给故人求得一幅精美的作品。为此，老妇人还特地带来了舞服。

大师微笑着细听老妇人讲完，然后答道："我非常乐意为您作画，只是今天另有一件事情不容耽搁，如果明天您能够来到这里，我一定会竭尽全力满足您的愿望。"

听了大师的话，老妇人接着说道："还有一件事情，我始终放心不下。我身无分文，除了这身白拍子舞服之外，无力为您支付报酬。这件舞服也曾价格不菲，现在却是毫无价值。不过，我还是希望您能够把它收下，因为它已经变得十分珍奇。如今已经没有了白拍子，舞伎们也不再穿这种舞服了。"

大师赶忙回答道："区区小事，何足挂齿？我很高兴有机会为您效劳，以偿还从前欠下的那一小笔旧债，明天我就按照您的吩咐为您作画。"

老妇人再三俯伏叩首，连声感谢，随后说道："请大师原谅，我还有句话要说。我不希望您把我画成现在这个样子，只想让您把我描绘得年轻，就像您曾经见到过的那样。"

大师立即答道："我记得很清楚，那时您非常漂亮。"

老妇人满脸皱纹，高兴得容光焕发，在大师面前接连鞠躬表示感谢，并且大声说道："我终日祈祷，愿望就要成真了！既然大师还记得我，就请您为我作画，画您曾经见到过的年轻时的我，而不是现在这副苍老的模样。年轻时的我，也曾让大师为之赞叹。噢，大师，让我重归年轻吧！让我在逝去的灵魂面前看起来依旧美丽！我请求您，他也会看到大师的杰作，原谅我再也无法为他跳舞。"

为了让老妇人放心，大师再一次对她说道："明天来吧，我会竭尽全力为您作画。我会把所看到的一切完美地展现在画面当中，为您描绘出一幅年轻美貌的白拍子形象。我会像对待富人的请求那样，认真地为您画像。请不必多说，明天在此恭候您的到来！"

五

第二天，年迈的白拍子舞者如约而至。大师在一张柔软的白色丝绸上为她画了一幅画像。只是在大师弟子们的眼睛里，那并非一张舞者真实的画像，而是对舞者年轻时的追忆。她有着一双飞鸟般明亮的眼睛，翠竹般柔软的腰肢，身穿一件金丝银线织成的丝绸长衫，仿佛仙人一般婀娜妩媚。在大师神奇的笔下，消逝的优雅得以再现，凋零的花枝再次绽放。画像完成后，大师在上面盖上了一方印章，将其裱糊在一张绸缎布上，安装好一根杉木画轴，以象牙做坠儿，系上一条丝绳做挂带，最后把画像放进一只白木盒中，交到了白拍子舞者的手中。大师又拿出一些钱款，希望老妇人收下，老妇人却执意不肯领受。"不，"老妇人含泪说道："我什么也不需要，只希望得到这幅画像。我曾经为此无数次地祈祷，如今我的愿望已经实现。今生今世，我不会再有任何诉求，就此一帆风顺，佛道往生，死而无憾。只是我还有一个想法。我身无分文，只剩下这套舞服，却也值不得几个钱。我愿意将它奉献给大师，以感谢您的善举，并祈祷您一生幸福。"

"不，"大师微笑着说道："我并没有做什么！至于这套白拍子舞服，如果能让您高兴，我会欣然笑纳。它将让我永远记住在您家中度过的那个美好夜晚。您为我做出牺牲，却不让我为您付出报酬。为了那份好意，我一直觉得对您有所亏欠。现在我请求您，告诉我您的住所，以便让我看到这幅画像悬挂的地方。"大师心里暗自拿定主意，决心帮助这位年迈的舞者摆脱贫困。

老妇人却自觉卑贱，借口家境贫寒，不肯说出住所。她再三向大师道谢，带着珍贵的画像，眼睛里饱含着激动的泪水，告别了大师。

大师赶忙吩咐一名弟子："暗地里跟在老妇人背后，查明她的住所，前来禀报于我。"于是，一名弟子便悄悄地跟在了老妇人的后面。

过了很久，那位弟子终于赶了回来。他满脸苦笑，一副满不在乎的样子，对着大师说道："大师，我跟着那个女人出了城，来到了一条干枯的河床上，就是那个靠近处决罪犯的地方。在那里，我看见一间乞丐住的茅草屋，老妇人就住在那里。大师，那个地方又脏又臭，附近一片荒凉。"

"无论如何，"大师说道，"你明天必须带我去那个又脏又臭的地方。只要我活着，就不能再让老妇人缺衣少食，受苦受难。"

见弟子们满脸疑惑，大师向他们讲述了白拍子的故事。至此，弟子们无不对那老妇人表示出深切的同情。

六

第二天一早，太阳升起后不到一个时辰，大师和弟子们便走出城，来到了干枯的河床边，那里是流浪者聚集的地方。

他们来到一座茅草屋前，只见一扇雨窗门紧闭着。大师敲了敲门，里面没有回音。大师发现雨窗门并没有上锁，便轻轻地把门推开，隔着门缝叫了几声。里面依旧没有回答，于是大师试着走进了房间。就在那一瞬间，一段少年时的记忆，伴随着眼前这一幕情景，又重新浮现在大师的脑海之中。很久以前，旅行途中疲惫不堪的自己，独自站在山间那孤寂的茅草屋前，也曾叩响那紧闭的风门。

大师一个人轻轻地走进茅草屋，看见一个女人只身躺在榻榻米上，身上盖着一床破旧的棉被，像是已经安然入睡。在一个简陋的木架上，大师看到了四十年前的那座佛龛，还有一个牌位。像是当年那样，一盏小小的油灯依旧照耀着牌位上的戒名。佛龛上方不见了头顶光环的观音菩萨像，取而代之在面对佛坛的墙壁上，端庄地悬挂着大师赠送的精美画像。画像下方是一枚"一言观音"的护身符，上面写道：此观音菩萨只为祈祷者还愿一回，多次祈祷无效。

凄凉的茅草屋内只剩下几件女人巡礼时的衣物、一根乞讨用的拐杖和一只破碗，除此之外一无所有。

大师无暇顾及这些，他不停地大声呼唤着女人的名字，欲将沉睡中的女子唤醒，给她带来惊喜。

急切之中，大师发现女人早已离开人世。他许久地凝视着女人的面孔，一种奇妙的感觉油然而生。他看到女人的面孔不再苍老。一阵甜蜜的微风吹过，仿佛青春的幽灵又重新回到了女人的身边。在一位伟大的幽灵大师的抚摸下，悲伤的线条开始变得柔和，年轮的皱纹也奇迹般地变得异常平滑。

第八章　从伯耆到隐岐

一

我决定去一趟隐岐。

甚至连一位传教士都没有到过隐岐，它的海岸也从未映入过西方人的眼帘，除非在那些罕见的情况下，战争人员乘着他们的汽船在日本海游弋。单凭这一点，就有足够的理由去一趟那里。况且日本人自己似乎对于隐岐也是一无所知，这更为我提供了充分的依据。除了遥远的琉球群岛，那里居住着一个有着不同语言的种族之外，日本最不为人所知的地方，或许就是隐岐了。由于它和出云同属于一个地区，所以岛根县的每一位新任知事就职后都要走访一次隐岐，而该县的警察署长偶尔也会去那里视察。松江及其他城市的一些商家，每年也会派一些商人去隐岐进行贸易。此外，内陆与隐岐的贸易频繁，多数利用小型帆船往来于两地之间。这种官方和商业交流的性质，与日本历史上中世纪相比，并没有使得外界对隐岐有更多的了解。在西海岸的普通民众当中，至今流传着许多关于隐岐的神奇故事。就像那些"女护岛"的神话故事一样，这些故事在众多东方民族的想象文学当中占据了很大的比重。这些古老的传说显示，隐岐人的道德观念极为奇妙。最顽固的苦行僧一旦来到这里，也无法对世俗的欢乐保持无动于衷。不管他们来时有多么富有，因为受到女人的诱惑，离开时也会变得两手空空。我有丰富的经验，游历过无数异国他乡，因此我确信，所有这些奇妙的故事除了表明隐岐是一个未知世界之外，没有任何意义。我甚至认为，按照西部地区普通人的道德水准判断，隐岐人的道德平均水平，甚至比我所在地区无知识阶层要高出许多。

以后的事实证明，我的这一观点完全正确。

关于隐岐，很长一段时间，除了我已经知道的，即那里是古代篡位的武士流放后醍醐、后鸟羽两位天皇的地方之外，在我所熟知的日本朋友当中，没有人能够为我提供更多有益的知识。出乎意料的是，我遇到了一位朋友——一位从前的同事，他不但去过隐岐，而且近期还要去那里洽谈生意。我们说好一起前往。他对隐岐的描述，与那些从未到过那里的人截然不同。他对我说，隐岐人几乎和出云人一样文明，他们拥有美丽的街道和良好的公立学校，他们非常单纯，诚实得令人难以置信，对陌生人非常友好。他们唯一引以为自豪的是，自从日本人来到这片土地，或者用更加浪漫的话说，自从神话时代起，他们就一直保持着民族血统。他们都是神道的信徒，信奉出云大社教，佛教则是通过个人的慷慨捐助得以保留。那里有非常舒适的旅店，住在那里会觉得很自在。

他还送给我一本关于隐岐的小书，是供隐岐学校使用的，我从中摘录了以下基本事实。

二

隐岐国，由位于日本海中的两个群岛组成，距离出云海岸大约六十公里。较近的群岛被称为"岛前"，其中包括三个紧紧靠在一起的岛屿：知夫里岛（曾经被称为东岛）、西岛、中岛和其他一些小岛。比这三个岛屿都大的主岛，被称为"岛后"，它连同一些无人居住的小岛一起，构成另一个群岛。这里有时也被称为隐岐，但更多的时候隐岐则是指整个群岛。

行政上，隐岐被分为四个郡。知夫里岛和西岛组成知夫里郡，中岛加上一个小岛组成海士郡，岛后一分为二组成稳地郡和周吉郡。

几乎所有的岛上都是山地，只有很少一部分土地可用来耕作。岛民的主要收入来源于渔业，这里的人们自古以来一直从事渔业。

在冬季的数个月里，隐岐与西海岸之间的海面上，小型船只航行非常危险。

那期间，这些岛屿与大陆之间几乎断绝联系，只有一艘客船从伯耆的境港驶向隐岐。从境港到隐岐的主要港口西乡的直线距离大约六十公里，客船在到达隐岐之前，途中还要停靠其他岛屿。

隐岐有许多小镇，或者说是小村庄，其中四十五个村镇属于岛后。这些村镇几乎都坐落在海边，主要街道上有大型公立学校。据称岛上人口为30196人，但没有列出城镇和乡村的人口数量。

三

从出云的松江到伯耆的境港，坐汽船只需两个小时。境港是岛根县的主要海港，是一座脏乱不堪、充满臭气的小镇，仅仅作为港口存在。这里没有工业，几乎没有商店，只有一座规模较小、并不引人注目的神社。其中的主要建筑是仓库、海员的娱乐设施和几家大型肮脏的旅馆。旅馆里总是挤满了等待乘船去大阪、马关、浜田、新潟和其他各地的旅客。这一带海岸上从来没有准点航行的汽船。在船主看来，准点航行似乎与他们的企业经营毫无关系。为此客人通常需要等待很长时间，甚至远远超出他们的预期，这乐坏了旅店的老板。

由于地处出云高地和伯耆低洼海岸之间的狭长地带，境港港口看上去十分美丽。它完全不受海风的影响，深度足以容纳除了大型轮船以外的所有船只。船只可以停泊在靠近人家的附近，港口总是挤满了从大小渔船到最新建造的蒸汽驳船等各类船只。

我和我的朋友有幸在最好的旅馆，订到了内宅的榻榻米房间。在日本的所有建筑当中，内宅房间都是最好的。在境港，这样的房间还有一个额外的优势，那就是可以俯瞰繁忙的码头和整个明亮的海湾。远处出云的山脉，在海湾外的天空中泛起巨大的绿色波浪。这里还有许多有趣的景象值得欣赏。各式各样的汽船和帆船排成两三列，停泊在旅馆前；赤身裸体的码头工人，以他们独特的方式装卸着货物。他们是从伯耆或出云招募来的最强壮的农民，都是些真正的硬汉。每当他们挪动着身体，棕色脊背上的肌肉便会荡起一道波纹。几个十五六岁的男孩儿在一旁帮忙，他们是学徒工，显然正在学习技术。他们的体格还不够强壮，承受不住沉重的货物。我注意到，几乎所有人的小腿肚上都绑着一条蓝色布带，用以防止静脉血管破裂。他们一边劳动一边唱着劳动号子，其中有一段交替的呼叫，货舱里的人唱着"拉呀，拉呀，使劲儿拉呀"，货舱外面的人在提起重物时，也都即兴地做出回应：

拉呀，拉呀！

小女子呀！（意思是一个小包裹）

嘿呦，嘿呦！

是她爹呀，是她爹呀！（意思是一个大包裹）

拉呀，拉呀！

没多重啊，没多重啊！

嘿呦，嘿呦！

去松江啊，去松江啊！（意思是去松江的货物）

拉呀，拉呀！

去米子喽！（意思是去米子的货物）

这支劳动号子表现出码头工人轻松愉快的劳动气氛，而另一支号子则完全不同，反映着码头工人的艰辛，就如同一副副重担和一只只铁桶压在人们的肩上。

嘿——吼！

嘿——吼！

嘿——吼！

嘿——吼！

嘿、嘿——吼，嘿、嘿——吼！

通常由三个人抬起一个重物。先是喊着号子"嘿——吼"弯腰蹲下；随后第二声号子三人一齐抓住重物；第三声号子表示准备完毕；第四声号子响起，重物离开地面，最后伴随着"嘿、嘿——吼，嘿、嘿——吼"的长音，重物被放置在一个粗壮的臂膀上。

只见码头工人中间一个赤身裸体、活蹦乱跳的小男孩儿，操着一副女低音歌唱家似的嗓音，在一片喧闹声中欢快地唱着歌，引起了旅店客人们的注意。其中一位年轻的女士，来到二楼阳台，大声喊道："那男孩儿的声音是红色的。"引起大家一阵大笑。我觉得这一观察很有表现力。关于深红色和喇叭的声音，曾经有过一段著名的论述①。在人们对光和声音的本质知之甚少的时代，这一话题曾经引起人们极大的兴趣。

汽船于当日下午到达隐岐。但汽船无法靠近码头，我只能通过望远镜看到它的船尾，上面用描金的英文字母写着"隐岐——西乡"。还没等我看清楚它有多大，一艘来自长崎的巨大黑色汽船，就滑行着停靠在码头的一边，遮住了我的视线。

日落之前，我一直在阳台上看着码头工人装卸货物，听着小男孩儿用"红色声音"唱歌，直到工人们完工离开。其他船只开始驶离码头，我看见长崎的汽船停靠在码头上，就停泊在旅馆二层的阳台下。船长和船员们似乎并不着急做事，他们围坐在前甲板上，点起灯笼，摆上了一桌丰盛的晚宴。他们招来艺伎，让她们上船共进晚餐。艺伎们弹起三弦，唱着歌，和水手们一起猜拳行令，宴会一直持续到深夜。尽管喝了大量的清酒，却没有出现任何粗暴的场面。清酒最容易令人昏昏欲睡。到了午夜，甲板上只剩下三个人。其中一人没有喝酒，只是一味地吃起来没完。幸运的是，一个卖年糕的小贩，提着一箱年糕上了船。那是一种用米粉制作的、加入了本地产砂糖的米粉糕。那个饿汉买下了小贩所有的年糕，还责怪他没有多带些来。尽管如此，他还是主动提出和其他水手分享。于是，第一个被请吃年糕的人这样回答道：

"我说，年糕嘛，在这个世界上是最无用的东西。这辈子，只要有酒，就什么都不要了。"

---

① 著名英国哲学家、思想家、政治家约翰·洛克（John Locke）（1632—1704）在他的代表作《人类理解论》第三卷第四章第十一节中有这样一段话："他的朋友问他，究竟什么是深红？那个盲人回答说，深红色就像是喇叭的声音！"

另一个被请吃年糕的人这样说道："对于我来说，人生在世，女人是最好的东西。什么年糕啦，清酒啦，一概没有意义。"

当所有年糕都被吃光后，那个饿汉转过身对卖年糕的小贩说道："噢，卖年糕的！在我看来，女人和清酒才是最没有用的东西。在这个悲惨的世界上，没有比年糕更好的东西了。"

四

一大早，我们就接到通知，开往隐岐西乡的汽船将于八点准时出发，最好提前备好船票。按照日本人的规矩，旅馆的当班帮我们拿好行李，为我们买了船票。船票是头等舱，每人八十钱。我们匆匆用过早餐，旅馆的小船已经在窗下等候。

根据以往的经验，穿西装在岛根的汽船上会有诸多不便。为此，我换上了一身和服，还穿上了一双草鞋。船夫在大小船只拥挤不堪的水面上疾速划行。当小船驶出港湾时，远处的洋面上，我看到了正在等待我们的"蒸汽"。"蒸汽"在日语中是汽船的意思。那时在我的脑子里，这一词语还没有让我感觉到任何不吉利的意味。

那艘汽船虽说是个矮胖子，看上去却只有港口拖船那么长。除此之外，它与宍道湖上的小人国汽船非常相似。为此，尽管只是百里多远的短途旅行，却依然让我感到心中不安。不过仅从船只的外表观察，无法发现船舱内部的奥秘。我们登上汽船，经过一个小方孔，爬进了船舱的右舷。我立刻发现，自己被夹在了一条船顶厚重的通道上。通道有一点三米高，六十厘米宽。乘客们被压得喘不过气来，有人还要试图把九十厘米宽的行李倾斜着拉进通道，结果弄得进退两难。在我身后，蒸汽机正通过船舱格栅把潮湿的热气注入这地狱般的通道。我不得不用后脑勺顶住天花板，耐心地等待着，直到所有行李和旅客拥挤着穿过通道。随后，我来到一间舱门口，踏着一堆草鞋和木屐，跌跌撞撞地爬进了头等舱。客舱里很漂亮，有一套木制家具和一面擦得锃亮的镜子，周围摆放着一圈十二三厘米宽的长凳。客舱中央约有两米来高，这样的高度原本足够舒适，可沿着天花板却伸出数根抛光的铜棒，各类小件行李，包括两只蟋蟀笼子被小心翼翼地挂在了上边。船舱里更是人满为患。无疑，每个人都躺在地板上，所有人都尽量挺直身子，由此产生的热浪令人难以忍受。那些从出云等地乘船下海做生意的人，他们从来不会站立在船上，而是按照传统的习俗，耐着性子蹲坐在其中。这一带穿梭于沿海或湖面上的汽船，正是为了满足这一姿势而设计建造的。我看到船舱左舷有一扇敞开的小门，于是蹑手蹑脚地越过躺在地上的人群——其中不乏一艺伎漂亮的大腿——来到了另一条通道的舷门前。这里同样是一排厚重的船顶，上面摆满了蠕动着的鳗鱼篮子。这里并没有出口，于是我又顺着原路，迈过人们的大腿，尝试着回到了右舷门前。就在这段短短的几分钟内，一半通道又被那装满了不开心小鸡的笼子所充斥。我也顾不上那令人伤感的小鸡的咯咯叫声，径直穿过鸡笼，成功地找到了一条通向甲板的通道。我来到甲板上，这里除了放着一大捆绳子外，大部分地方被一堆西瓜占领。我挪开西瓜，沐浴着阳光，坐在了甲板上。这里并不舒服，但我想万一发生灾难，这里或许还有一条生路。我相信，即使是上帝，也不能给下面的人以任何帮助。拥挤中我和同伴走失，我却没有勇气去找他。向前望去，我看到二等舱屋顶上方挤满了三等舱的乘客，他们围坐在一个炭火盆旁，要想从中间穿过简直是难上加难。但是要想后退，就要误杀鳗鱼或者小鸡，我只好呆呆地坐在了西瓜堆上。

伴随着一声震耳欲聋的尖叫声，汽船开始起航。不久，烟囱里冒出的烟灰，像雨点一样落在了我的身上。因为所谓的头等舱位于船尾，那也是无可奈何。随后又冒出煤渣，与烟灰混合在一起，偶尔还夹杂着烧得通红的煤炭。我忍受着煤炭的灼热，依然端坐在西瓜堆上，心里琢磨着如何改变自己的位置，却又不至于伤害到小鸡。我绝望地躲到"喷火口"的下风处，这时，我才第一次体会到被称为"蒸汽"的日本汽船的独到之处。我一直坐在上面的东西开始四处翻滚，想要用手抓住的东西开始瞬间脱落，一齐朝着舷外方向滑去。那些看似被固定住的东西都在蠢蠢欲动，存在着极大的隐患。按照西方人的观点，本应活动的东西却被固定起来，像是一座小山不可撼动。传说中的怪兽，欲加害于人，布下天罗地网，将魔爪伸向四面八方，似乎说的正是这条所谓的"蒸汽"

汽船。原打算自认倒霉，却是祸不单行，可怕的小船开始剧烈晃动，西瓜顺着甲板满地翻滚。我得出结论，这艘"蒸汽"定是经魔鬼之手设计建造而成的。

我对朋友诉说了苦衷。出乎我的意料，他不仅回到了我的身边，还叫来了船上的小哥，在我和西瓜堆的上方搭起了一个遮阳棚，以防煤渣和阳光的辐射。

"哦，不！"他用责备的语气回答道，"这条船是在兵库设计和建造的，本来可能会更糟糕……""对不起，"我打断了他的话，"我完全不同意你的说法。"

"好吧！你自己看看，"他坚持说道，"它的船体是上等钢材，发动机非常出色，可以在五个小时内跑完一百六十公里路。虽说它乘坐起来不太舒适，但跑起来很轻快，也很结实。"

"如果天气恶劣，我宁愿待在小木船里。"我争辩道。

"可是遇到恶劣天气，小木船绝不会出海，即使要变天小木船也会待在港口，有时一待就是一个月，它从不在海上冒险。"

我无法确认他说的话，但我很快就忘记了所有不适，甚至是坐在西瓜堆上的不悦。随着汽船沿着出云海岸滑出港湾，驶向宽阔的日本海，视野逐渐变得开阔，眼前出现一派风和日丽的景象。碧蓝色的天空万里无云，金属般光滑的海面上风平浪静。此时如果汽船有一丝晃动，那无疑便是客舱超载所致。船舷左侧，出云的群山迅速掠过，翠绿的山脚下形成一个个神秘的小海湾，其间隐约可以看到一座座小渔村。船舷右侧，数公里外伯耆海岸上，光秃秃的地平线海天相连，闪闪发光的白色沙滩，伴随着一条淡蓝色的飘带消失在远方。在它的背后，巨型金字塔般的山峰凌空拔起，朦胧之中时隐时现——那便是"大山"的灵峰。

我的同伴碰了碰我的胳膊，提醒我注意左舷前方山顶上的一组松树，微笑着朗诵起了一首和歌。我这才意识到我们的船开得有多快，因为我认出了美保关那著名的四棵松树，它们生长在事代主神神殿上方多风的山顶上。从前那里有五棵松树，其中一棵被暴风雨连根拔起，一位出云的和歌诗人为余下的四棵松树写了一首和歌，我的朋友为我即兴朗诵：

美保关有五棵松，

一棵倒下剩四棵。

从此不会再倒下，

　夫妻相拥"夫妻松"。

诗人将夫妻比作青松，希望以此寄托人们的心愿，祝天下夫妻一生相伴，永不分离。在美保关的商店里，我看到一套漂亮的酒壶和酒杯，上面描绘着四棵松树，并且用蜘蛛大小的金字，写着"美保关有五棵松"的和歌诗句。在那些漂亮的商店里，还出售当地一些有趣的纪念品。有画着美保关神社图案的陶瓷器；有烟荷包上使用的金属扣环，上面刻着事代主神正在将一条巨大的鲷鱼装入一只小篮子里；还有一些有趣的彩釉土陶面具，代表着天神的笑脸。那尊天神便是惠比寿，即事代主神，他是诚实的劳动者，是渔民的守护神。他虽不像父亲杵筑大神那么爱笑，但也是一位快乐之神。据说"每当人们开怀大笑，大神也会喜出望外"。

我们的蒸汽船经过一座海岬，那里是《古事记》中记载的美保岬，美保海湾就在眼前。海湾中间有一座小岛，岛上有一座弁天神社。沿海边是一排新月形的古雅建筑，建筑的支架沉入水中。远处还有一座远近闻名的神社大鸟居牌坊，和一对花岗岩的唐狮子。几位旅客不约而同地站起身，面对牌坊双手合十，击掌祈祷。

见此情景，我对朋友说道："舷梯处有五十多个盛满小鸡的篮子，那些人是在向事代主神祈祷，希望这条船不要发生灾难。"

"你说错了，"朋友回答道，"他们是在祈求好运。人们常说：'一般人祈祷发财致富，神灵听了只会付之一笑。'说起美保关的大神，还有一段故事。从前有个好吃懒做的人来到美保关，祈求荣华富贵。就在那天夜晚，他梦见了大神，冲着他哈哈大笑。大神脱下一只草屐，让他仔细查看。只见那草屐由沉重的黄铜制作，鞋底磨出了一个大洞。随后大神说道：'你想发财，却不愿为之劳碌。我虽是神，却从不懒惰。看！我的鞋是铜的，却因劳碌行走，以至磨穿了鞋底。'"

五

美丽的美保海湾位于两个海岬之间，一个是美保岬，另一个是地藏崎，当地人风趣地称之为"地藏鼻"。海浪袭来时，地藏鼻是这一带海岸最危险的地方之一，也是小船从隐岐返航时的最大威胁。平日里即使风和日丽，那里也总是海浪滔天。但当我们的汽船经过这片崎岖的海岬时，海面上却是意外地风平浪静。面对平静的大海，我感到一阵焦虑，它让我联想起热带风暴来临前，海面上那异常宁静的可怕景象。这时，我的朋友对我说道：

"这种情况可能会持续数周。从六月到七月初，海面上总是会异常平静。在盂兰盆节到来之前，这里通常不会发生危险。可就在上周，美保关却突然刮起了一阵狂风，有人说那是神明在发怒。"

"是因为鸡蛋吗？"我惊讶地问道。

"不，是因为'件'。"

"什么是'件'？"

"你从来没有听说过'件'吗？那是传说中人面牛身的妖怪，它是由一头母牛生出来的，天生擅长预言，并且总是百分之一百的准确。在日本的书信和文件当中，甚至习惯使用'如件所示'的谚语，来形容事物绝对不会出错。"

"可是，美保关的神明为什么会对'件'如此大发脾气呢？"

"有人说，那都是因为'件'的标本的缘故。我没有见到过，所以不知道标本是如何制作的。一些杂耍艺人从大阪来到境港，他们带来了老虎和一些珍奇的动物，其中就包括'件'的动物标本。他们把这些东西装在'出云号'上，想要带进美保关。汽船驶入港口时，突然刮起了一阵狂风。神社的神官说，那是因为有人把动物的死尸和骨头等不干不净的东西带进了美保关，招致神明大发雷霆。杂耍艺人甚至没有被允许登陆，就此乘坐'出云'号汽船返回了境港。那些人一离开，顿时雨过天晴，风平浪静，以至有人说神官的话千真万确。"

六

很显然，大气中的水分比我想象的要多得多。在晴朗的日子里，从隐岐可以清楚地眺望到大山，可我们刚刚经过地藏鼻，那座巨大的山峰就被一团雾气笼罩，与地平线的颜色融汇在一处，几分钟后，它就像幽灵一样消失在了九霄云外。这种大自然的变化着实令人惊讶，其间只有山峰从视线中消失，而那些遮住了山峰的面纱却将地平线与天空紧紧相连。

与此同时，"隐岐——西乡"号汽船，在离开海岸线到达航线最远点后，开始穿越日本海沿直线疾速行驶。出云城外绿色的山峰逐渐远去，变成了淡蓝色。朦胧之中，美保海湾波光粼粼的伯耆海岸渐渐融化在遥远的地平线上。此时不得不承认，我对这艘小汽船的性能开始有了新的认识。它疾速地行驶着，几乎没有发出任何声响。它有时也会上下晃动，缓慢地左右摇摆，但它那奇妙的小发动机却运转得十分顺畅。放眼望去，海面上像是涂了一层油，显得十分平静。水面下方，一股看不见的波涛，像是大洋的脉搏暗自涌动。不久伯耆也开始从视线中淡出，出云的山峦从淡蓝色变成了灰色，又变成了白色，进而越发接近无色透明，最终消失在天边。只有蓝天和碧海，被一条白色的地平线紧紧相连。

我如同只身漂泊在大海之中，感到一阵孤独，不禁打了个冷战。这时一位老水手见我们空闲，便走到西瓜堆旁，主动和我们搭讪。他向我们谈起了有关"亡灵之海"和"七月十六日不宜出海"的传说。他告诉我们，即使那些大船，也不会在盂兰盆节期间出海，更没有船员敢于冒险。他对这个古老传说深信不疑，一脸认真地讲述了以下一段故事。

"那是我第一次出海，那时我还很年轻。我们从北海道乘船出发，在海上长时间逆风航行。那是在出海后第十六天的夜晚，我们当时就在这片海面上作业。

"黑暗之中，冷不防从我们后面驶来一条大船。它全身白色，直到离我们很近时才引起了我们的注意。奇怪的是，我们竟然不知道它从何而来。它离我们很近，甚至可以听到船上的声音。它似乎开得很快，船身高耸在我们的上方，但并没有继续向我们靠近。我们向它大声喊话，却没有人回答。我们仔细看了看它的内部，结果所有人都惊呆了，因为它根本不是一条真正的大船。这时，只见海面上狂风骤起，巨浪滔天。我们的船只急速倾斜并且开始下沉，而那条大船却是纹丝不动。就在我们不知所措时，它却突然消失得无影无踪，仿佛从未出现在海面上一样。

"那是我第一次在海上经历恐惧。四年前，我遇到了一件更奇怪的事情。我们乘坐一条小船去隐岐，海风耽搁了我们的时间，我们滞留在海上，同样到了第十六天。那天一大早，天空一片乌云，中午时分，海面上黑压压的依旧十分恐怖。突然，我看到一艘汽船在我们航道上飞速驶过。它离我们很近，以至能够听到它轰隆的马达声，可甲板上却见不到一个人。它一直跟在我们后面并且保持一定距离。我们调转船头试图摆脱它的跟踪，它也转过头来继续跟在我们后面。就在我们一筹莫展时，它却不翼而飞，像是一团泡影，完全不知了去向。我们无法知道它是何时离开，又去了哪里。更让人百思不得其解的是，它船虽离开，马达声却依然在耳边轰鸣——'轰隆、轰隆！'

"这是我的亲身经历。我知道，和我一样的其他水手，他们经历得更多。有时还不止一条大船，它们会轮番跟在你的后面，一条船消失，另一条船会紧跟而上。但只要它们出现在你的后面，你就永远不必害怕。如果你看到一艘那样的船在你前面逆风行驶，那就是大难临头！这意味着船上的所有人都将溺水身亡。"

七

汽船上空，一片空漠无际的苍穹笼罩，近一个时辰竟看不见一丝斑纹。不久，汽船正前方的地平线上，隐约开始出现几片灰色的暗影。那暗影逐渐伸长，像是一片阴云。那的确是乌云遮日。渐渐地在它的下方，蓝色的条纹与白色的阴云形成鲜明的对比，逐渐形成一条山脉。它不断升高，颜色也变得越发鲜明。云雾之中，一座主峰脱颖而出，高出其他山脉三倍。那便是位于西岛的隐岐灵山——烧火山。

据朋友说，烧火山有许多神奇的传说。山顶上立着一座古老的神殿，名曰

"烧火神社"，供奉着"权现大神"。据说十二月的第三十一个夜晚，会有三道鬼火从海上升起，降临到神殿，进入神殿前的石灯中，烧起一团明火。这三道火光并非同时从海上升起，而是分别出现，一个接一个地降临到山顶。人们乘船出海，去看灯火从海面上升起，但唯有心地善良的人才能够看到灯火，心存邪念、利欲熏心的人只能徒劳往返。

我们继续向前航行。这时，汽船前方海面上，突然出现了一些奇怪的小船。它们看上去像是渔船，长长的船身轻盈自如，每条船上都挂着一张黄色的四角风帆，显得十分亮丽。我情不自禁地对同伴喊道："看那些船帆有多么漂亮！"同伴笑着告诉我，那是用旧榻榻米草席制作的。我用望远镜仔细察看，发现果然如他所说，都是些稻草编织的席子。即使如此，湛蓝色的海面上点缀着淡黄色的风帆，却是别有一番情趣。

那风帆像一只只黄色的蝴蝶，从我们的船舷边飞驰而过。随后，大海又重新恢复了平静。这时沿汽船左舷，渐渐出现了一座蓝色的峭壁，顶部是暗绿色，下面则是深红色。那是一块巨大的岩礁，表面有暗淡的斑纹，岩礁四周依旧是一片湛蓝。汽船靠近它时，斑纹呈现出暗黑色，那里是一个布满阴影的巨大裂痕。这时，蓝色峭壁开始变成深绿色，峭壁脚下的深红色也开始变成暗灰色。汽船沿巨大岩礁的右侧穿行而过，这里原本是一座无人居住的孤岛，名曰"波嘉岛"。接下来的瞬间，汽船穿过知夫里岛和中岛两座高耸的岛屿，在隐岐群岛之间全速行驶。

八

人的第一印象是那样的不可思议。高大的绿树，寂静的山峦从汽船两侧疾驶而过，在夏日的雾气中变换着色彩。远处蓝色的悬崖、陡峭的山峰、崎岖的海角更是形成奇异的自然景观。那里没有一丝生命的迹象。在苍白的秃岩之上，群山倾斜着高高耸立，山顶上覆盖着低矮的植被。周围听不到任何声音，只有汽船发动机"嘭、嘭"的轰鸣声，仿佛艺伎们轻轻地敲起小鼓。这种荒凉与寂寞一直持续了数公里。眼前唯有山巅那一排排倾倒的树木，似乎预示着曾经有人涉足此地。猛然间，汽船左侧的山间峡谷里出现了一座灰色的小村庄。汽船尖叫着停了下来，汽笛声在山谷之间回荡。

这座小村庄，便是位于知夫里岛的知夫里村（中岛则位于船舷右侧）。显然，那里不过是个小渔村。最先映入眼帘的，是一个未经打磨的石砌码头，它像一堵墙从水中竖起。透过码头上的几棵大树，可以看到一座神社前立着的鸟居牌坊和十几间民宅。民宅层层叠叠坐落在小山坡上，屋顶挨着屋顶。在那之上，荒凉之中散落着一排排梯田，仅此而已。汽船靠近码头，卸下一些邮件，随后继续往前航行。

由此向前，景色变得越发奇特。两侧海岸线同时倒退，陆地开始升高，汽船穿过一片由三座高耸的岛屿环绕的内海。起初，我们的汽船似乎被云雾缭绕的小山挡住了去路。当它越来越近时，小山变得越发翠绿，小山一侧像是一座山门被突然打开，远方几十种由天鹅绒般蓝色构成的绝妙色彩奇幻般地交织在一起，眼前更是延绵数里的奇峰、峭壁、海岬，自是别有一番洞天。淡淡的薄雾使天空变得缥缈，崎岖的山岩仿佛也披上了一层面纱。

总的来说，日本中、西部的景色有别于其他地区，显得异常独特。偶尔，外国人或许可以发现岛上的某个风景，抑或是迷雾中的海岸，能够激发起他对以往旅行的回忆。这种似是而非的幻觉来去匆匆，转眼之间一切又变得那么陌生。他或许意识到，以往的记忆大多基于某种形式，而非源于色彩。无疑，颜色会令人赏心悦目，但那不是青山，也不是大地。广阔的田野，宽广的稻田，或许能够提供一些温暖的绿色，但这里大自然整体的色调是昏暗的，茂密的森林一片阴沉，杂草的颜色更是暗淡无光。这里不存在诸如热带地区翠绿，与浓重的植被相比，绽放的花朵反倒显得更加鲜艳。除了公园、花园或者耕地之外，这些岛屿上的青绿色调尤其缺乏温暖和柔情，没有一个地方能够像英国的草坪那样拥有一片美丽的绿洲。

但是在这些东方的山水中间，依旧是妙趣横生。它有着精灵般非凡的自然造化，雾气让远近距离变得诡异。它运用百种色调的蓝和灰，沐浴着远处的山峰；把裸露的悬崖变成紫水晶；用妖魔的面纱遮住黄玉色的晨光，抹去地平线，让正午更加灿烂；用金色的烟雾弥漫傍晚，把海面映照得古铜一般通明；用幽灵般紫色和绿色的珍珠包裹起夕阳。现如今，日本老一代艺术家创作的神奇画卷已日趋陈腐。为此，人们正试图利用手中的色彩修复昔日的辉煌。他们的努力已经在画面的背景描绘上取得了神奇的效果。只是有关画面的前景描绘，对于不了解日本农业的外国人来说依然是个谜。在那些古老的画卷当中，你可以看到充满激情的橙黄色田野、淡紫色的平原、深红色的树木和雪白色的丛林。你也许会惊讶："为什么竟然如此荒谬！"如果你了解日本，你会大声疾呼："那实在是美得出奇！"因为你知道，那些橙黄色的田野里开满了油菜花，淡紫色的平原上长满了紫云英，而雪白色和深红色的树木也并非遐想，它们是代表这个国家的梅花和樱花开放时的真实写照。只是，这种色彩斑斓的奢华景象，只能在特定的季节得以呈现。一年当中的大部分时间里，内陆景观的前景在色彩上依旧显得十分暗淡。

大自然的迷雾创造了背景的魔力。即使没有这些迷雾，日本的自然风光仍然具有一种神奇的、野性的、幽暗的美。其中的奥秘，就在那群山连绵、层峦叠嶂、山崖突兀之中。没有哪两座山峰彼此相似，每座山峰都有它奇特之处。当山峰达到一定高度时，柔软的线条就变得极其少见，更多地表现出棱角分明，形成表面不规则的美。

无疑，这种奇怪的性质，最先激发出日本人对装饰中不规则现象的独特意识，让他们掌握了特殊的创作奥秘，从而使得日本人的艺术有别于其他任何艺术。正如张伯伦教授所说，这给予了日本人以特殊的使命，即如何将这一奥秘传授给西方。任何一个曾经感受过日本古老装潢艺术之美的西方人都会发现，在那之后，他们便很难在西方相应的艺术中找到乐趣。他们从此认识到，不规则乃是大自然的最大魅力，它同样贯穿于人类的生活和工作之中。有关这一话题甚至可以撰写一部颇有价值的论著。

九

我们从知夫里村向西，乘汽船来到了西岛的浦乡港。随着汽船驶近西岛，壮观的烧火山开始映入眼帘。从远处看，它的轮廓轻柔、俊秀，但随着蓝色雾障的逐渐消失，它的外表又变得粗糙、锋利。高低起伏的巨大山体上，覆盖着一层昏暗的绿色植被，像是披上了一件破烂的青衣，随处裸露出原始状态的岩石峭壁。夕阳照射在山顶那不规则的棱线上，一块山岩背负着残阳，仿佛一只巨大的灰色骷髅伏地而起。在烧火山脚下，面对中岛海岸，耸立着一座金字塔似的岩石山，名曰"文觉山"，它高达数十米，表面覆盖着稀疏的灌木。在荒凉的岩石山顶上，更直立着一座小神龛。

烧火山，意思是燃烧着火焰的灵山，它与古代火山爆发时的灵火传说有关。而文觉山则说的是高僧文觉上人。据说，文觉上人逃到隐岐，为了苦行赎罪，长期独自一人住在这岩石山顶之上。文觉上人是否真的到过隐岐我不得而知，对此有些历史记录持相反意见。但有一点是肯定的，数百年来，这座小山始终以"上人"冠名。

以下，是有关文觉上人的一段传说。

数个世纪前，在京都，有一个守卫宫廷北门的武士，他的名字叫作远藤盛远。他看上了一位高贵武士的妻子，名叫袈裟御前。远藤的要求遭到了袈裟的拒绝，于是他发誓，除非袈裟同意自己提出的一项计划，否则就要毁掉武士的家庭。远藤计划在某一个夜晚，潜入武士的房间，杀死袈裟的丈夫，然后娶她为妻。

无奈，袈裟假装同意，并想出了一个计策，以保全自己的贞操。她让丈夫暂时离开京都，并写了一封信给远藤，告诉他于某天夜晚来家中约会。那天夜晚，袈裟穿上丈夫的衣服，把自己打扮成男人的样子，躺在丈夫的位置上，假装睡觉。

夜深人静，远藤悄悄溜进武士的房间，一刀把熟睡着的人头砍了下来。随后，他抓住头发，将人头举起，却发现那竟是被自己所迫的女人的头颅。

远藤为此后悔不已，急忙来到附近的一座寺庙，倾诉自己的罪行，百般忏悔，并剪掉头发，出家当了和尚，取名"文觉"。多年之后，他修行达到大彻大悟的境界，以至百姓依然向他祷告，他的名字也被人们所尊崇。

时至今日，在东京的浅草，在通往大观音庙的一条崎岖小巷里，人们总能看到一些精美的木制雕像。那些雕像尽管有些古老，看上去却是栩栩如生。它们都是日本古代传说中的人物，其中也有远藤的身影。他站立着，右手握着一把血腥的武士军刀，左手提着一颗漂亮的女人头颅。人们很快就会忘记那个女人的面孔，因为她仅仅是漂亮而已，但人们不会忘记远藤的面孔，因为他代表着赤裸裸的地狱。

十

浦乡是一个奇妙的小镇，坐落在陡峭的半圆形小山脚下一处狭小的地面上，面积堪比美保关。这里比美保关更加原始，更加缺乏色彩。小镇居民的房屋，密集地排列在悬崖与海岸线之间的一条夹缝里，其中的街道，确切地说是小巷，窄得就像是船舱的通道。汽船抛锚靠岸，我一下子被一个奇怪的景象所吸引。放眼望去，小镇居民的屋顶上方，陡峭的小山坡上有一座墓地，数不尽的白色飘带迎风招展。仔细看去，我发现墓地里到处是灰色的墓碑和佛像，每一座坟头上都插着一根竹竿，竹竿上挑着一条神奇的白色纸带。通过望远镜，可以看到纸带上写着的佛教经典"南无妙法莲华经""南无阿弥陀佛""南无大慈大悲观世音菩萨"和其他一些经文。经询问我了解到，按照浦乡的习俗，每逢盂兰盆节前的一个月，各家各户都要在自己家祖宗的坟头上竖起一面白色横幅和其他一些装饰性、象征性的物品，以示祭奠。

海水中到处可见赤身裸体的游泳者，他们大声呼叫着表示欢迎。一群赤背的渔民，划着轻快的小船，冲过来迎接客船和货物的到来。我第一次有机会近距离观察隐岐岛民的身体，那些男人和男孩儿健壮的体魄给我留下了极深的印象。这里的成年人，似乎比出云海岸的男人个头更高、更有力量。从他们划着船桨露出的棕色脊背可以看出，他们从事着繁重的体力劳动，多数人肌肉发达，这在整个日本也极其少见。

汽船预计在浦乡停留一个小时，我们有足够的时间上岸，在一家漂亮的旅馆就餐。那是一家十分干净的餐馆，价格比境港高出许多，但也只有七钱。餐馆老板拒绝接受我给他的全部小费，只留下了不到一半，将其余的钱小心翼翼地塞进了我的和服衣袖。

十一

离开浦乡，我们去了中岛的菱浦。汽船穿梭在岛屿之间，所到之处尽是一派美景。这条水道刚好够宽，可以让人产生一种错觉，仿佛一条大河在千姿百态的大山之间静静地流淌。连绵的山峰衬托着悠长的美景，云雾在海面上绽放出蓝色的霞光。灰里透红的悬崖峭壁，从海底深处拔地而起，倾斜着将它的身影清晰地倒映在明静的海面上。直到汽船抵达菱浦，地平线才重新出现。即使如此，也只能穿过两侧高耸的海岬窥视，就像是从河口眺望远方。

菱浦远比浦乡美丽，可人口却少得多。它更像是一座繁荣的农业小镇，而并非渔村。这座小镇，坐落在沿低矮山丘形成的入海口边缘的狭长地带。从这里向这个多山的小岛内陆进发，地势逐渐升高，在那里形成大面积的耕地。其间散落着民宅，许多房屋被一座座花园隔开。靠近海边的现代建筑，看上去十分精巧。浦乡拥有隐岐群岛中最好的旅馆。这里有两座新的寺庙，一座是禅宗的佛教寺庙，另一座是出云大社教的神社。两座寺庙均为个人捐资修建，一位是富商寡妇，她是旅店的老板，修建了一座佛教寺庙；另一位是当地最大的富豪，捐资修建了一座神社。就其形式来说，那座神社是我见到过的最漂亮的神社之一。

十二

岛后，是隐岐群岛中的主岛，有时也被直呼为"隐岐岛"。它位于岛前群岛东北方向十二三公里处的一片深海海域。汽船从浦乡径直驶向岛后，穿过中岛和西岛之间狭窄而神奇的海峡，进入一片开阔的海面。海峡两岸陡峭的悬崖，仿佛一座座坚固的堡垒，烽火相连。入海口处，从海底冒出三块巨大的岩石，仿佛受到了惊天动地的震撼，原本一块巨石分裂成三座破碎的石塔，各自矗立在大海之中。我们穿过西岛的最后一座海岬，这时汽船左舷前方地平线上，出现了一块奇形怪状的岩石，那是一块巨大的赤色裸岩，当地人称之为

"乌帽子岩"。

汽船驶入波涛汹涌的大海，这时又一个形状诡异的庞然大物从海底冒出，呈现在我们的面前。只见一个巨大的岩洞，轮廓分明，棱角锋利，横卧在地平线上。一个巨大的黑洞，像一只愤怒的大眼睛从中穿梭而过，成群的蝙蝠在它四周盘旋。再往前看，两块弯弯的巨石，尖尖的岩顶神奇般地连接在一起，仿佛螃蟹高高翘起的两把大钳子。在它的旁边，还有一块较小的黑色岩礁，远远地像是孤舟扬帆。更远处是两座小岛，它们是海风呼啸、人迹罕至的无人岛松岛，和从海面上拔地而起的一块巨大红岩大森岛。这些礁石岩穴，似乎有着一种神奇的力量，每当我们的汽船从它们旁边驶过，便不由得发出剧烈的颤抖。我在大森岛那恐怖的悬崖峭壁下，惊人地发现了一片奇妙的色彩。在斜阳的照射下，明亮的岩石映彻在海面上，形成蓝黑色的涟漪，反射出一道道古铜色的光芒。在我看来，那里就像是一片闪耀着金属光泽的紫红墨水的海洋。

遇上天气晴朗，从岛前可以清楚地看到岛后的悬崖峭壁。即使是在阴霾的日子里，穿过那蓝色的雾障，依然可以领略到峭壁上白色的条纹。山岩的上方，是一座巨大的山峰，名曰大满寺山。在它的脚下，有一座保佑伯耆船员海上平安的寺庙——大满寺。原本岛后就是一个多山的岛屿。

悬崖很快又变成了浅绿色。我们沿着悬崖向东，大约行驶了半个时辰，汽船绕过一座小山，眼前不由得豁然开朗。这里是一个偌大的海湾，海水一直延伸至陆地，四周小山环绕，海面上散落着大小船只。穿过眼前那桅杆林立的海面，在一座新月形的山岩脚下，一排排灰色的屋顶展现在人们的面前。那里是西乡镇。不久，汽船停靠在了一个石头堆砌的码头上。在那里，我们暂时告别了"隐岐——西乡"号汽船。

十三

来到西乡镇，我不觉感到一阵惊讶。本以为西乡只是一个大渔村，但我发现她在各方面都超过了境港。她更加漂亮，更具现代化。她有一条很长的街道，那里有很多商店，有完善的公共设施，总的来说她是一座繁华的商业集镇。这里的建筑多为宽敞的二层住宅，看上去十分明亮。房间里的木制梁柱均未涂漆，保持着原木的本色。屋顶上的蓝色瓦片显得十分鲜艳。据说，这座小镇不久前遭遇了一场大火，根据一项重建计划，小镇的面貌焕然一新。

西乡镇看起来比实际规模要大。全镇大约有一千栋房屋，在日本西部任何小镇，这个数字都意味着至少有居民五千人，但这在西乡则意味着更多。镇里有三条主要街道，分别是西街、中街和东街，被交叉路口和纵横交错的小巷隔开。西乡之所以看起来大，另一个原因是它那拐弯抹角的街道，沿海岸线呈不规则状态延伸，以至让人感觉走不到尽头。西乡的地理位置虽然优越，却十分特殊。它位于八尾川入海口的两岸，沿着蜿蜒曲折的海岸线，向海湾内陆地区不断扩展。这里的街道虽不很宽阔，但在蜿蜒曲折的小巷里行走，却足够消磨半日的时光。

除了被八尾川一分为二之外，小镇上水路纵横，桥梁密布。小镇背后的小山上，矗立着几座大型建筑，它们是一所公立学校，可以容纳三百名学生；一座漂亮的佛教寺庙（崭新的庙宇），由一位富商捐资兴建；一所医院，除了规模可观，还因其独特的日本建筑风格享誉隐岐，甚至整个岛根县；以及一所监狱和几座小巧玲珑的花园。

至于港口的规模，那里一个夏天可以停泊三百多艘船只。一些人发牢骚，尤其是那些至今仍在使用木锚的人抱怨那里的海水太深，可开军舰的人却不这么说。

十四

走遍整个西日本，我从未感到过像在西乡那样舒畅。我和我的朋友，是我们入住旅店仅有的客人。我们住在一间宽敞明亮的房间里，一面俯瞰着小镇繁华的街道，另一面则是旅店花园外八尾川的秀丽风光。清爽的海风昼夜不停地从房间吹过。按照日本的习俗，每逢炎热季节，旅店都为客人准备了精美的扇子，可此时它们却派不上用场。这里的饭菜惊人地可口，而且品种繁多。有人告诉我，如果需要，可以点西餐，那里有炸土豆、煎牛排和烤鸡。我没有采纳他们的建议，因为旅行时我为自己规定只吃日本餐，以免招惹麻烦。可是在西乡，能够享受到在其他任何五千人的小镇都得不到的服务，仍不失为一个巨大的惊喜。只是从浪漫的角度来说，这一发现又不能不令人感到失望。在我看来，我来到了日本最原始的地区，想象自己已经远离现代化社会，如果此时端出炸土豆配牛排，会让我的幻想瞬间破灭。甚至后来发现这里既没有报纸也没有电报，那也没有能够给我带来任何的安慰。

还有一件事情，同样令兴头十足的我感到了几分失落。那便是无处不在的、可怕的、浓重的刺鼻气味。它来自用作肥料的、腐烂的鱼内脏。成吨的乌贼鱼内脏散落在八尾川以外的农田里，腐烂的臭气伴随着海风吹进每一户人家。盛夏之际，家家户户都点上了熏香，却无济于事。在小镇待上三四天，你会感觉自己已经习惯了那里的气味，可如果离开那里几个小时，回来时你会惊讶地发现，原本麻木的鼻子又迅速地恢复了本来的功能。

十五

到达西乡的第二天早上，一位年轻的医生找到我，邀请我到他家里吃饭。他坦率地解释说，我是第一个来到西乡的外国人，能够有机会见到我，他和他的家人感到十分荣幸。他生就彬彬有礼，让我克服了心理上的障碍，我决定满足这位陌生人的好奇心。在他漂亮的家里，我不仅受到了热情的款待，而且还收到了一大堆礼物。我试图谢绝，结果多数又不得不收下。但有一样东西，我宁愿顶着冒犯对方的危险，无论如何也不能接受。那是一块精美的马蹄石（我将在后面详细叙述）。我坚持不肯接受，因为我知道这东西不仅昂贵，而且极其罕见。主人终于做了让步，却又悄悄把两块较小的石头送到了旅馆。按照日本人的礼节，我无法将其退还给主人。离开西乡之前，我还得到了这位先生许多意想不到的恩惠。

在那之后，西乡公立学校的一位教师也来拜访过我。他听说我对隐岐十分感兴趣，便随身带来两张亲手绘制的岛屿地图和一本有关西乡的小册子。作为礼物，他还为我亲自制作了隐岐蝴蝶和昆虫的标本画册。在我看来，只有在日本，即使素不相识，人们也会对一个外国人展示出如此多的善意。

第三位到访者，是来拜会我的朋友。他做出的一个举动，让我至今感到内疚。我们三人坐在一起抽烟，他从腰里抽出一对漂亮的烟袋和烟盒，打开烟盒取出一只银色的烟斗，装上烟丝开始抽烟。烟盒是用黑珊瑚制作的，雕刻得非常精致，用一条三色丝带与烟袋连接在一起，丝带上还穿着一颗透明的玛瑙珠子。他见我好奇地望着烟盒，于是从袖子里取出一把小刀，不容我解释，便割断丝带将烟盒递给了我。我见他割断那神奇的丝带，就像是割断了他的一根神经。事情到了这种地步，我便很难拒绝他的这份厚礼。作为回报，我也回送了一份礼物。自从有了那次经历，在隐岐逗留期间，我再也不敢对着主人的物品表示出任何兴趣。

十六

日本每一个地区都有自己独特的方言，而隐岐作为一个孤立的藩属国，不难预料其方言尤其特殊。在西乡，人们同时使用大量的出云方言。那里的百姓，生活习俗与出云的乡下人极为相似。实际上，西乡人当中夹杂着许多出云人，大部分商品交易被外乡人垄断。那里的女人并不像出云女人那样迷人，我看到的几个漂亮的女孩儿，后来都被证实是外乡人。

可是只有在这样的地区，人们才能够对一个民族的体貌特征做出准确的评价。隐岐人，是我以往观察到的众多渔村中最健壮的岛民。我惊讶地发现，这里随处可见体格健壮的男人和精力充沛的女人。无疑，强壮的体魄离不开健康的环境和坚持不懈的运动，但更离不开营养丰富的廉价食物。事实上，隐岐是一个非常宜居的地方。其他沿海地区生存艰难的人，只要有机会在隐岐找到工作，即使报酬较低，他们也情愿移居到此。人们经常可以看到一个壮观的景象，只要天气晴朗，大批渔船总是会在日落前几个小时，成群结队地一齐出海。人们说，那些强健的操桨手，其中很多还是女子，驾船在海上疾驶如飞，这种技巧只有经过几代人不懈的努力才能够最终获得。另一个令人惊讶的事实，是那里船只的数量。一天夜晚，我清楚地看到，海面上总共有三百零五支火炬，每一支火炬代表着一艘船。我知道，在附近四十五个沿海渔村中，也会出现相同的景象。事实上，大部分岛民的夏日夜晚是在海上度过的。在鱼汛期间，夜晚乘坐高速汽船从出云到滨田，总会遇到意外的光景。在近两百公里内的海平面上，人们燃起一团团火炬，把热火朝天的劳动景象映照得通明。

面对隐岐这片贫瘠的土地，这里的人们不但从不气馁，反而锐气倍增。只是这里的马牛牲畜看上去个头矮小，似乎已经退化。我看到这里的母牛不如出云的牛犊大，这里的牛犊也只有出云的山羊大。这里的马，确切说是矮马，属于特殊的品种，它让隐岐人引以为自豪。这种马个头虽小，却十分强壮。有人说隐岐也有高头大马，可我从来没有见到过，也不知道是否都是些引进的品种。第一次看到隐岐的矮马，让我感到十分好奇。隐岐岛民称佐佐木高纲骑的马，就是隐岐品种的矮马。在日本的故事里，佐佐木高纲战马的知名度[1]，不亚于库罗格鲁民谣中的凯拉特马。传说，这种马曾经从隐岐涉水游到美保关。

十七

在日本，几乎每一座城镇和乡村，都有它自己的特产及名胜。一个地区的特产，既可以是天然的，也可以是人工的。一个地区的名胜，便是它的观光美景，无论出于宗教的原因，还是出于传统或者历史的原因，都是值得欣赏的地方。寺庙花园，古树奇石，无一不成为名胜。同样，任何可以欣赏到美景的地方，抑或是可以让人感到迷恋的地方，如春天盛开的樱花、仲夏之夜萤火虫闪烁的光、秋天火红的枫叶，甚至中国诗人描绘的水中弯弯的月光，人们称她为"金龙"，也都可以成为该地区的名胜。

与日御崎一样，隐岐最著名的特产，便是墨鱼干。这是一种在中国和日本都很受欢迎的食材。在隐岐、日御崎和美保关，墨鱼又被称为乌贼鱼（一种棕褐色的软体动物）。在美保关，人们捕获的墨鱼是白色的，平均长度为三十八厘米。隐岐和日御崎的墨鱼长度则很少超过三十厘米，而且身上带有红斑。美保

---

① 佐佐木高纲，近江人，镰仓前期武将，在出征讨伐时，得到一匹好马名曰"生食"，成为了一则佳话。

关和日御崎的渔业鲜为人知，而隐岐的渔业在日本无人不晓，在朝鲜和中国也颇有名气。在这些岛屿上，只有很小部分土地可以耕种。人们只有通过对海洋的辛勤耕耘才能够变得富有，得以在岛上养活三万生灵。大量墨鱼从这里被运往中国，据说中国人是隐岐最好的客户，如果供应中断，后果将不堪设想。尽管这里的捕鱼作业已经持续了数千年，但它似乎永远也取之不尽。成百吨的墨鱼被捕获、腌制，并准备源源不断地运往中国。成百上千亩的土地上堆满了墨鱼的内脏和残渣，以充当肥料。一位警察向我讲述了有关渔业的一些奇谈怪事。在西乡的东北海岸，一个渔夫一晚上捕获两千余条墨鱼并非罕见。几网上来，数百公斤的重量压得渔船左右摇摆，不得不在拉网时倍加小心。除了墨鱼之外，这片海域还聚集着另一种乌贼鱼，向人们提供着不同食材——那便是可怕的章鱼。在中村渔场附近，有时可以捕获到重达五六十公斤一只的章鱼。我欣慰地得知，到目前为止，并没有什么人被这种怪物伤害的记录。

隐岐的另一个特产更是鲜为人知，那便是漂亮的黑宝石——马蹄石。这种石头仅存在于岛后，而且从未被大规模发现。其重量好比燧石，样子也像燧石，表面抛光后如玛瑙一样明亮。它表面没有纹理或斑点，看上去永远乌黑发亮。人们用马蹄石制作成砚台、酒杯、宝盒、花台、雕像座等艺术制品，甚至制作成珠宝首饰，以替代来自出云汤街的玛瑙。这些艺术品，即使在产地也相当昂贵。关于马蹄石的来源，还有一个奇怪的传说。它之所以被称为"马蹄石"，是因为它的表面黝黑，自然状态下呈半月形，周围有弯曲的线条，看上去就像是一只马蹄。传说，马蹄石由一匹神马踩踏而成，那匹神马便是源氏的勇士、佐佐木高纲的坐骑。那是一匹母马，她的一匹小马驹掉进了岛后的一汪深水池中溺水而亡。她看见自己的身影倒映在池中，便跳进水中，却没有看到她的小马驹。她在水中寻找了很长时间，最终徒劳而返。她的执着感动了水下的岩石，她所到之处，蹄下的岩石立刻变成了坚硬的马蹄石。

同样与马蹄石相媲美的，是隐岐的另一种名特产，俗称"海松"的黑珊瑚状海洋矿石。人们用它制作成烟斗、笔筒或者其他小件物品。它表面抛光后，像是涂了一层黑漆，用这种海松制作的物品，因稀少而显得格外珍贵。

还有一种特产，珍珠贝制品，在隐岐十分廉价。鲍鱼贝壳，俗称"海耳"，在这一带西部海域个头大得惊人。这种鲍鱼贝壳经过打磨切割，可以制作成精美的盘子、碗碟、酒杯和其他器皿。它的表面呈彩虹色，像是闪耀着五颜六色的霞光。

十八

根据松江出版的一本小书，隐岐国的名胜分布在四个主要岛屿中的三个岛屿上，只有知夫里岛上没有特别吸引人的地方。自古以来，岛后的魅力就有位于都万目的无颐地藏寺庙、位于油井村的坛镜瀑布、位于下西村玉若酢神社前的雪松，以及名为津井池的湖泊，据说那里曾经发现马蹄石。在中岛的海士村，有被流放的后鸟羽天皇的陵墓，还有古代长者助九郎的故居，他的遗物至今仍然保存在那里。在西岛的别府，有一座祭祀被流放的后醍醐天皇的神社；在烧火山的山顶，有一座供奉着权现大神的神社；据说如果天气晴朗，从那里可以眺望整个群岛的美景。

尽管知夫里岛上很少有名胜，可那个贫瘠的知夫里小村，却是"隐岐"号汽船前往西乡的必经之地，从而使得这一小岛成为群岛中最有趣的舞台。

距今五百六十年前，被流放的后醍醐天皇成功地躲过了看守，从西岛逃到了知夫里。在这座小村庄，棕色皮肤的渔夫们发誓愿意为天皇效劳，甚至不惜牺牲个人的性命。当时，渔夫们正在往船上装载"干鱼"，就是他们的后代至今仍在源源不断地运往出云和伯耆的那些墨鱼干。天皇许诺，如果将他成功带到伯耆或者出云，他绝不会忘记渔夫们的恩德。于是，渔夫们让天皇乘上了一条小船。

就在渔船出港不久，后面的船只便追赶了上来。渔夫们请天皇躺在船上，在他的玉体上面堆满了干鱼。追赶的官人登上渔船，搜查了一番，却没人愿意触碰那些臭气熏天的墨鱼干。官人挨个盘问知夫里的渔夫，渔夫们故意为天皇的敌人编造出一些虚假的线索。

于是，托墨鱼干的福，善良的天皇得以摆脱了被放逐的厄运。

十九

我预感到，在探访名胜的道路上会遇到诸多困难。老实说，整个隐岐群岛没有一条平坦的大道，有的只是崎岖的山路。这里没有人力车，只有一辆由一位西乡医生带来的私人专车，而且只能在小镇上使用。除了那位医生有一抬私人轿子之外，没有一抬轿子。据当地百姓说，这里的道路凹凸不平，且路途艰险，尤其是在炎热的夏季，外出旅行更是令人生畏。根据我在出云西部的一次类似的野外经历得知，骑马旅行也非易事。当时为了观看一座瀑布，翻山越岭，跨过沟壑，走过河滩，骑在马背上颠沛流离，实则得不偿失。我放弃了去坛镜瀑布的想法，如果可能，决定去看一看无颐地藏。

我第一次听说无颐地藏是在松江。当时我正患牙痛病，那种疼痛仿佛深至数百公里。极端的痛苦完全打乱了我对时间和空间的概念，一位极富同情心的朋友对我说：

"害牙疼病就要向无颐地藏菩萨祈祷。无颐地藏在隐岐，远在出云的人也会向它祈祷。待牙疼治愈后，那里的人们会去宍道湖，或者去河边、海边，乃至一条小溪，向水中投入十二只梨子，一只梨子代表一个月。人们相信，流水可以把这些梨子冲向大海彼岸的隐岐。

"说起无颐地藏，那意思是'没有下巴的地藏'。传说，他生前罹患牙疼病，痛得他扯掉了下巴，从此一命呜呼，死后成为了一位菩萨。隐岐人为这位菩萨竖起了一座没有下巴的雕像，所有害牙疼病的人都向隐岐的地藏菩萨祈祷。"

这个故事引起了我极大的兴趣。尽管缺乏必要的勇气，对尘世后果又漠不关心，但我还是希望自己能够像无颐地藏那样果敢。这个故事传递出人们对牙痛病的理解，表示出人们对牙痛病患者的同情，令我多少感到了一些安慰。

可是我却没有去拜访无颐地藏，听说无颐地藏早已不复存在。一天晚上，一些朋友给我带来了这个消息。他们是松江的士族，一位年轻的警官和他的妻子，现在定居隐岐。他们天不亮就出发，横穿小岛赶来看我，沿途穿越了三十二道急流险滩。他的妻子只有十九岁，娇小美丽，长途跋涉后却没有显示出半点疲惫。

我所了解的有关地藏的情况是这样的。无颐地藏，原本是"颐治地藏"，意思是"治疗牙病的地藏"，后被百姓讹传。雕像所在的寺庙，连同雕像早已被烧毁，只剩下雕像下半身的一小块碎片，被一位上了年纪的妇人虔诚地保存了下来。因为佛教已不再是国教，隐岐国的佛教设施遭到了彻底摧毁，重建寺庙几乎变得不可能。不久，都万目的百姓在寺庙旧址搭建起一座小神社，前面还竖起了一座鸟居牌坊，人们仍在那里向无颐地藏祈祷。

最后，这个奇怪的故事让我联想起童子鬼魂的保护神、地藏菩萨前的小牌坊。正如古老的佛教在日本其他地区吸收了神道诸神一样，在这个日本西部的偏僻海岛上，神道同样也将佛教诸神化为了己有。

二十

我们去了津井池，还去了玉若酢神社，因为这两个地方可以乘船前往。结果，津井池让人大失所望。那里的道路修建在沿海岸线的悬崖峭壁上，只有在风平浪静时方可前去观赏。那里的海水异常清澈，肉眼可以看到水下极深处的物体。汽船沿着陡峭的海岸线大约行驶了一个时辰，我们来到了一座小港湾。眼前是一个圆锥形的海滨，五颜六色的鹅卵石铺满了整个海滩，形成一道长长的石垒。海潮涌来，海浪拍打在石垒的外沿，发出阵阵噼噼啪啪的声响。徒步跨越摇摇欲坠的石垒，令人感到不安。穿过石垒，步行向前大约不到二十米，便来到了山林环绕的津井池湖畔。津井池，不过是个偌大的淡水湖，方圆约五十米，并未让人感到特别的神奇。水下见不到岩石，只有泥土和小石子。湖水不过半人多深，说这里可以淹死一匹小马驹，令人难以置信。我欲下水游到对岸，顺便试一试水深，不料一出口便招致船工们一致谴责。池塘是神灵的圣地，由无形的怪兽把守，擅自闯入非但不敬，而且极其危险。我不得不尊重当地的习俗，借口询问在什么地方发现了马蹄石。对方伸出一只手，指了指西边的小山。这个回答与传说不符。那里是一片荒山野岭，方圆数十里没有人家，更看不到人类劳作的痕迹。

在日本旅行，游客对所到之处期待过高并非明智。多数景点能否引起兴趣，完全取决于个人想象力的发挥，而这种想象力则来自对这个国家历史的了解。数百年来，山丘、岩石、古树之所以成为百姓们崇拜的对象，不过是由于当地一个神奇的传说。破旧的铁壶、斑驳的铜镜、生锈的刀剑、红陶的碎片，吸引着一代又一代朝圣者前来膜拜。在我参观过的小寺庙里，寺庙的宝物不过是些装满小石头的托盘。第一次看到那些小石头，我还以为佛主在潜心研究地质学或者矿物学，每块石头上还都用日文做着标记。经验证明，即使作为邻近岩石的标本，那些石头本身也毫无价值。然而佛主和僧人们讲述起石头的故事却是津津有味。事实上，那些小石头就像是一串粗糙的念珠，被僧人们用来诵读佛教无尽的传说。

有了津井池的经验，我几乎不再对下西村抱有任何期待，但这次我却错了。下西村是一座美丽的渔村，离西乡乘船不到一个小时的航程。小船沿着狂暴而壮丽的海岸航行，眼前是一座奇形怪状的平顶山——城山，山顶上曾经矗立着一座坚固的古城堡。现如今，那里只留下一个小神社，四周是一片茂密的松柏。从下西村到玉若酢神社，穿过稻田和菜地之间的崎岖小路，步行只需二十分钟时间。玉若酢神社，被神木团团簇拥，远处群山起伏，周围景色迷人，令人印象深刻。据说，这个建筑曾经是一座佛教寺庙，现在是隐岐最大的神社。神社门前，立着一棵远近闻名的雪松。之所以有名，并非因为它高大，而是因为它粗壮的树干。它高出地面不足两米，树围竟达十三四米。它把自己的名字赋予了这块圣地，隐岐的百姓几乎很少提及玉若酢神社，他们只称这里为"大雪松"。

传说，这棵树是八百多年前一位尼姑所栽。据说用这棵树做成的筷子吃饭永远不会牙疼，而且还可以长寿。

二十一

西岛的别府，是一座风景如画的小渔村。它坐落在半月形山脚下的海湾边上，由一条长长的街道构成，街道两旁是一排茅草屋。那里有一座神社，供奉着后醍醐天皇的神灵。别府百姓简单质朴的礼仪，健康向上的精神，即使在隐岐也实属难能可贵。别府有一家专门为外乡人准备的客栈，店里以热水代替茶水，以干果代替点心，用小米取代米饭。其中，茶叶的匮乏比起大米短缺更加意味深长。正如他们健康的体魄所显示的那样，别府人不会因缺乏营养而受到困惑，那里盛产大量的蔬菜。男人出海打鱼，妇女和小孩儿便在家中的菜园里种植蔬菜。此外还有丰富的鱼类。那里没有寺庙，只有一座供奉氏神的宗祠。

供奉后醍醐天皇的神社，坐落在海湾一侧名为"黑木山"的小山顶上。那里长满了参天的松柏，且山高路险，庆幸的是我穿了一双草鞋，这样脚下就不会打滑。登上山顶，我发现那里与其说是神社，不如说是间小木屋。它只有一米来高，因年代久远表面一层漆黑。附近灌木丛中，另有一座神宫遗址，看上去更加古老。神龛前摆放着两座未经雕琢、没有任何铭文的巨石。我试着向神龛内部张望，只见里面放着一面破旧的铜镜、一根竹竿上挑着一幅拉满蜘蛛网的纸幡、一对供神的陶器和一厘钱，除此之外并无任何新奇之处。站在山顶上，穿过松柏之间的缝隙，透过一道蓝光可以看见远处的群山和一条宽阔的海岸线，不禁让人感到一丝欣慰。

这座简陋的神宫，原本是为了纪念那位善良的天皇，他曾经隐居在隐岐的百姓中间。据说，在鸟取县米子附近一个名叫五千石的小村庄里，村民们自愿捐款，正在修建一座高大的墓穴，以纪念追随父王流亡孤岛而英年早逝的公主琼子内亲王。在琼子内亲王永眠的地方，有一棵栗子树，向人们讲述着这样一个故事：

公主病重，想要吃栗子。村民们取来嫩栗子，公主接过一粒，只咬了一口，便扔在了地上。于是，这粒种子生根发芽，长成了一棵大树。后来人们发现，那棵栗子树结出的栗子果上都有一个小牙印。为此日本人相信，树木也会表达忠诚。传说，那棵栗子树是在用无声的语言，表达着自己近乎愚昧的忠诚。后人将那棵栗子树称为"齿形栗树"。

二十二

早在到访隐岐之前，我就听说在这个小群岛上，盗窃这种犯罪行为并不为人所知。那里的人们从来无须把东西锁起来。遇上天气晴朗，人们睡觉的时候房门总是对着大街大敞扬开。

经调查，我惊讶地发现上述说法在很大程度上是可信的。至少在岛前群岛上，至今没有发现过窃贼，甚至从来没有出现过犯罪。十名警察，足以管理岛前岛后共计三万零一百九十六位岛民。每一名警察负责管辖若干个小村庄，定期对其进行巡视。警察不在期间，那里从来不会有人趁机犯罪，警察的主要工作仅限于执行卫生条例和编写报告。很少有人被警察逮捕，因为那里的人们从不吵架。

到目前为止，人们仅在岛后发现过小偷，为此只在隐岐的一部分地区，人们才会对小偷采取些防范措施。从前那里没有监狱，也从未听说过盗窃案件。岛后人至今宣称，岛上因犯罪被逮捕的少数人并不是隐岐人，他们是来自内陆的外乡人。毫无疑问，在西乡港变得如此重要之前，隐岐岛上鲜有盗窃行为。随着帝国蒸汽交通的发展，日本西部的贸易得到迅速扩大，西乡港在商业上得到了更多利益，新的环境也导致当地道德水准每况愈下。

尽管如此，在西乡，触犯法律的行为依旧屈指可数。西乡有一所监狱，我在那里时，看到监狱里还有犯人。据监狱的狱警说，那里的犯人只是轻微犯罪，例如赌博（日本法律禁止任何形式的赌博）。严重触犯法律的罪犯不会在隐岐受到惩罚，而是被送往位于松江的大监狱当中。

时至今日，岛前的三座岛屿上依然保持着良好的声誉。在人们的记忆当中，那里没有小偷，没有争吵，没有斗殴，更没有发生过令人伤心的事件。尽管土地贫瘠，人们却过着安定舒适的生活。丰富廉价的食物，让人们得以保持原始的质朴。

二十三

在外国人的眼中，即使是出云人的住宅，也没有任何防御盗贼的能力。在帝国的东部城市，人们普遍使用围杆护栏，但在出云却很少见到这种装置，即便使用也无法起到防护的作用。房屋的外墙和篱笆，只能当作屏风或者装饰界栏，任何人都可以轻易地翻墙而过。只需怀揣一把小刀，任何人都可以割开门窗破门而入。日本房屋的雨窗，是一种用软木制作的滑动屏风，只可用来障眼，根本不堪一击。多数出云人家的大门上，甚至没有一把经得住用力拉开的门锁。实际上，日本人自己也意识到，他们的木制榻板对付盗贼完全无济于事，但凡有支付能力的家庭，都会建起一座（在日本人看来）能够防火防盗的库房。它有厚厚的土墙，一扇狭窄而笨重的大门，用一把巨大的挂锁锁住，在靠近屋顶处开一扇朝天的小铁窗。库房外墙粉刷成白色，看上去十分整洁。库房内部阴暗潮湿，无法住人，只能用于保存贵重物品。想要从库房里偷走物品并非易事。

在出云，除非家里有一只很好的看门狗，否则入室盗窃堪称轻而易举。盗贼知道，行窃时唯一的困难，是在入室之后可能遇到的一些麻烦。鉴于此，盗贼通常随身携带一把匕首。

即使如此，盗贼仍然不希望自己因使用匕首而陷入杀人偿命的困境。为了避免不愉快的事件发生，他寄希望于求助妖术。

盗贼进到院子里，环顾四周，寻找一只木盆。找到木盆后，他先在院子一角做出一副鬼脸，然后把木盆翻过来，底朝天盖在那个地方。在他看来，这会让房间里的主人陷入昏睡状态，以便他神不知鬼不觉地入室行窃，且不至于被主人发现。

在出云，所有家庭主妇都知道如何破解盗贼的妖术。到了晚上，睡觉前细心的妻子会在厨房地板上放一把菜刀，上面盖上一个铜盆，再在盆底儿上倒着放上一只草鞋。在她看来，穿草鞋走路悄然无声，主妇们相信利用这个魔法，会让盗贼的妖术失灵。即使盗贼偷偷摸摸地钻进房间，他也无法将家里的财物盗出家门。实际上，只要不是疏忽，家庭主妇们都会在关闭雨窗门之前，将木盆拿到房间里。

如果疏忽大意，即使采取了（妻子所说的）预防措施，一家人入睡之后仍然有可能被盗。为此，第二天早上，就要及时寻找到盗贼的脚印，并且在每一个脚印上点上一把艾草。这样，盗贼跑不了多远就会感到脚痛，从而被警察迅速捕获。

二十四

在隐岐，我第一次听到有关疟疾（即间歇性发热）病因的迷信传说。某些季节，这种疾病会在某些地区流行。我后来得知，在出云乃至山阴地区，自古以来就流传着一种奇怪的信仰。那是一个极端的例子，人们用佛教解释这一神秘的疾病。

传说，疟疾是由饿死鬼引起的。严格地说，饿死鬼是印度佛教的标志之一，指的是那些在饥渴的苦界饿鬼道上受到惩罚的鬼魂。在日本的佛教当中，饿鬼这个词则指那些被人遗忘、无人祭奠的孤魂野鬼。

饥寒交迫的鬼魂，渴望来到阳间，进入活人的体内，寻求一丝温暖和滋养。饿鬼原本体寒，被饿鬼侵入体内的人，会感到极度的寒冷并且浑身颤抖。寒冷过后，随着饿鬼体温回暖，反过来又会感到酷热。托主人的福，待饿鬼体温上升并汲取一定营养之后，它也会暂时离开，受害者暂时停止发烧。但过了一天，就在同一时刻，饿鬼又会回来，受害者必须再次忍受寒冷和酷热，直到鬼魂再次回暖，并满足它的饥渴。有些饿鬼每天都要探望它的病人，有些则隔天探望，甚至间隔时间更长。简单地说，任何形式的间歇性发热，其发作都可以用饿鬼的出现做出解释，而发作间隔的时间，则被视为饿鬼暂时离开。

二十五

围绕"佛陀"（包括"露天佛陀"和"饿鬼佛陀"等复合词中的"佛陀"），也有一些奇怪的说法。

佛陀即菩萨修行正果的化身。

在日本，佛陀同时象征着死者的灵魂。因为人们相信，在走完光辉的人生里程之后，人要么进入佛陀之路，要么涅槃成佛。

佛陀，同时也是"死人"的委婉说法。日语"摆出一副佛爷相"，意思是"面目狰狞"，看上去一副死人相。

"小佛爷"，通常是指映入人们眼帘的一张温柔的面孔，而并非《法华经》中的释尊佛。他同时也是生活在我们每个人心中的一尊小佛陀——即灵魂。

罗塞蒂①在诗中说道："我凝视着你的双眼，从你眼睛的阴影当中，我看到你的心灵。"东方人的思维与此恰恰相反，日本人的情侣会说："我凝视着你的双眼，从你眼睛的影子里，我看到自己的佛陀。"

如此奇妙的信仰，心灵学理论又是如何解释的呢？我想或许可以这样理解：灵魂，在自己的体内，但却永远无法看到，就像巫术师的一面镜子，映照在他人的眼睛里，反射在自己的身上。你凝视着恋人的双眼，想要看到她的灵魂，但却徒劳无益。透过那双眼睛，你只能看到自己灵魂的影子。在那之后，便是通向无限遥远的神秘世界。

事实不正是如此吗？正如叔本华在他精辟的论述中所说，自我是意识的盲点，它就像视觉神经在眼睛里的黑点。我们只能从他人身上看到自己，只有通过他人，我们才能朦胧地猜测到自己是谁。我们在深深地爱着他人的同时，不是也深深地爱着自己吗？我们的人格，我们的个性，不是在宇宙世界中无数次地发出震荡吗？我们不是处在同一个未知的终极世界吗？我们不是曾经拥有过同一个无法想象的过去吗？我们不是同时拥有着同一个永恒的未来吗？

二十六

像在出云一样，在隐岐，公立学校也在逐渐铲除古老的迷信观念。甚至新一代的渔民也在嘲笑他们父辈所追随的信仰。我曾通过翻译向一位聪明的年轻

---

① 但丁·加百利·罗塞蒂（Dante Gabriel Rossetti）(1828—1882年)，十九世纪英国画家、诗人，拉斐尔前派画家的重要代表，该诗句摘自罗塞蒂的作品《三重影》。

水手询问有关烧火山灵火的事情，他轻蔑的回答让我感到惊讶："哦，那时我们是野人，所以相信那些事情，但现在我们已经变得非常开化！"

尽管如此，那位年轻人却似乎显得有些超前。在他所在的村子里，崇拜狐狸的现象依然盛行，这在出云已经极为少见。那个小村庄的历史很特别，自古以来，那里就被称为是狐仙的聚居地。人们普遍认为，那里的村民家中都寄居着狐狸，对此村里人自己也不予否认。他们像狐狸一样同吃同住，彼此通婚，却从不感到困惑。邻近村里的百姓对他们万分恐惧，对他们提出的要求，无论是否合理均百依百顺。为此，狐仙村变得异常繁荣。就在大约二十年前，一位从出云来的外乡人开始在他们中间定居。他精力充沛，聪明伶俐，且拥有一大笔资金。他购买土地，从事各种精明的投资活动，短期内迅速成为了当地的一名富商。于是，他修建了一座漂亮的神社，并且把它捐献给了这座小村庄。可是，他要想成为受到当地百姓欢迎的人，有一个最大的障碍，那就是他不是一名拥狐者。他甚至公开表示自己厌恶狐狸。他的这一表现极大地威胁到狐仙村内部的和谐。尤其是他让自己的孩子娶了外乡人，从而在拥狐者中间建立起一个非狐仙的部落。

很长一段时间，村里的拥狐者们一直试图迫使这位外乡人同样拥有狐狸。在一个漆黑的夜晚，一群黑影从他家门前闪过，其中一个喃喃自语道："你们走吧！从今往后，我就要住在这里了！"随后，楼上传来一阵推拉门声，只听愤怒的房主说道："讨厌的家伙，快滚开！"于是，黑影们便一哄而散。

二十七

菱浦没有墨鱼，因此也就没有难闻的气味，我在这里比在隐岐任何地方都心情舒畅。无论怎样，我对菱浦的兴趣远远超过西乡。在这座美丽的小镇，生活显得尤为原始，古老的家庭手工业依然存在，而伴随着机器的引进，这些在出云其他地区早已消失。看着那些玫瑰色的姑娘们缝制棉布丝绸和服，令人感到愉快。工作繁忙时，她们也会互相协作。所有这些古朴典雅的生活都是开放的，任游人们自由观看，我也很喜欢欣赏。我还有一个兴趣，喜欢去海湾游泳，总是会有小船随时准备把我带到那个绝妙的地方。到了夜晚，凉爽的海风吹过，站在屋檐下，可以看到浪花拍打在码头上，远处海面上闪烁着道道粼光，耳边不时传来隐岐母亲催眠的歌声。那是世界上最古老的摇篮曲之一，歌中唱道：

> 睡吧，睡吧，
> 妈妈的小宝贝！
> 为什么山里的小兔子，
> 耳朵那么长？
> 因为在妈妈的肚子里，
> 吃了枇杷叶，还有竹子叶，
> 所以小兔子的耳朵，
> 总是那么长。

这首摇篮曲异常甜美，委婉动人，听起来和出云以及日本其他地区的摇篮曲完全不同。

一天早晨，我租了一条船要去别府，正待离开旅店时，房东老太拽住我的胳膊，大声说道："等一会儿，出门遇上葬礼，多不吉利！"我向街头望去，看见一列队伍正沿着海边走来。那是一个神道仪式的葬礼，人们在为一个孩子送葬。年轻人走在前面，手里举着神道的象征，一面小白旗和一些神木杨桐的枝条。孩子的母亲紧跟在棺木后面，那是一位年轻的农妇，她大声哭泣着，用她那蓝色的粗布长袖擦拭着泪水。见此情形，站在一旁的房东老太喃喃地说道："她很难过，但她还很年轻，或许孩子还会回来的。"房东老太是一位虔诚的佛教徒，在她看来，那位神道葬礼上的母亲，必定和自己有着相同的信仰，

二十八

在佛教当中，有一些奇妙而美好的慰藉，而这在西方人的信仰当中是不存在的。

如果年轻的母亲失去了她的第一个孩子，至少可以在第一个夜晚，祈祷孩子回到自己的身边。那不是在梦中，而是轮回转世，孩子的化身重现人间。母亲在祈祷的同时，在小尸体的手上写下她可爱的孩子名字的第一个字母。

过了几个月之后，她又当上了母亲。她急切地期待看到婴儿那花瓣一样娇嫩的小手。看！在婴儿柔软的小手掌上，与自己写下的字母相同，清楚地看到一个漂亮的玫瑰色胎记。一个转世回归的灵魂用往日的目光，透过新生儿的双眼注视着年轻的母亲。

二十九

说起死亡的话题，就不得不提到一个既原始又感人的习俗。它既存在于隐岐，也存在于出云，那就是人死后应当立即呼唤他的名字。人们相信，这种呼唤会被转瞬即逝的灵魂听到，而灵魂可能会因此而被召回。如果是母亲去世，就要由孩子发出呼唤，其中最小的孩子要最先叫起（因为母亲最疼爱他），然后是丈夫和其他亲友依次向她哭诉。

还有一个习俗，就是大声呼叫昏倒在地或是失去知觉的人的名字。这个习俗的背后，包含着一种奇特的信仰。

据说，那些因痛苦或者悲伤而昏厥的人，因此而濒临死亡的边缘，他们总是会有相同的经历。一位曾经经历过死亡的人，在回答我有关信仰的问题时，对我这样说道：“我感觉，自己仿佛突然间来到了另一个世界。我很快乐，想到要去一座遥远的寺庙，只是觉得有些疲倦。我来到寺庙庭院的门前，看见了里面的寺庙。它非常大，非常美丽。我走进大门，穿过庭院，进入寺庙。这时，突然在我身后远远地听到朋友在呼唤我的名字，那声音极其真切。这时，如果我转过身，立刻就会清醒过来。如果我想要继续活下去，至少那时还有机会。可是，一个对生活感到厌倦的人，不会去倾听那些声音，而是继续走向庙堂。没有人知道会发生什么事情，因为进入庙堂的人，从此便不再回归人间。”

“这就是为什么人们会对着昏倒在地的人的耳朵，大声呼叫他的名字的真正原因。”

"据说所有死去的人，在踏上冥途之前，先要去长野县信浓国的佛教寺庙——善光寺参拜。有人说，每当那座寺庙的和尚开始念经，总能够看见众多灵魂，聚集在正殿聆听和尚讲道，他们头上都缠着一块白布。昏厥的人临死前所见到的，或许正是那座善光寺，但我不敢确定。"

三十

为了参观流放至此的后鸟羽天皇的陵墓，我乘船从菱浦来到了中岛的海士村。沿途的景色十分美丽，比起第一次穿越群岛时轮廓清晰了许多。水面的岩礁上，聚集着成群的海鸥和鸬鹚，小船离它们只有一桨之隔，它们却完全没有注意到我们的到来。这一带似乎从未有过猎人到访。来到人类不曾涉足的日本偏远地区旅行，目睹无畏的野生禽类，乃是此次旅行最迷人的感受之一。早期来到日本的欧洲和美国的狩猎者，以消灭各地的所谓"猎物"，肆意破坏生命为己乐。他们几乎没有遇到任何困难，也没有为此感到过内疚。今天，年轻的日本人也在模仿他们的做法，任意猎杀鸟类却没有受到严格的法律限制。幸运的是，政府开始出面干涉某些不道德的狩猎恶习。去年，一些人注意到燕子在家中筑巢的习性，便出大价钱欲收购数千羽燕子的皮毛，他们贴出的广告异常残酷。警方立即接到通知，发出通牒制止了一场大规模的猎杀。

海士村是一座小村庄，坐落在一片狭窄的平原上，稻田从海边一直延伸至低矮的山丘。从登陆点到达海士村距离不到一里来地，途经一段狭长的小路，绕过村外的一座小山，山上长满了松树。山顶上有一座漂亮的神社，规模虽小，却建造得十分精美。一条用石阶铺成的石板路直通神殿。

神殿前立着一对石狮子和一对石灯笼，神殿内摆放着常见的祭祀物品——一幅纸幡和一撮女人的头发。我看到，在供奉的祭品当中，有一件奇怪的东西未曾在出云见到过。那是一只用竹子制作的小水桶，备有一条完好的井绳和一根竹竿。船夫说百姓敬天祈雨，就会把这些供品带到神社。这里的神明，叫作诹访大神明。

据说，后鸟羽天皇曾经就住在邻近的村庄、那位长者助九郎的宅邸里。传说诹访大明神是那里的土地神。助九郎的宅邸保留至今，属于长者的后裔所有，如今他们已经变得非常贫穷。我试图征得主人同意，参观被流放的天皇使用过的茶碗，以及这个家族保存至今的、天皇逗留期间使用过的其他遗物，但由于家中有病人，我未能如愿以偿。为此，我只参观了主人家的庭园，那里有一座著名的池塘，堪称一处名胜。

这座池塘名叫助九郎池塘。据说七百年来，那座池塘里不曾传出青蛙的叫声。

传说，一天夜里，后鸟羽天皇被池塘里青蛙的叫声吵得无法入睡。他走出房门，来到池塘旁，命令众青蛙："住嘴！"从此，数个世纪以来，这里一直保持着沉寂。

那时池塘边有一棵大松树，大风之夜沙沙作响，干扰天皇安眠。天皇对着松树说道："肃静！"从那以后，即使是暴风雨天，也从未听到那棵树再次发出沙沙的声音。

现如今，那棵大松树已经不复存在，只剩下几块木桩和碎片，被隐岐老人视为遗物珍惜地保存起来。其中之一，我在西乡的一位医生家中的客厅里有幸拜见。有关那位医生，我曾在其他章节里有所提及。

后鸟羽天皇的陵墓位于一座小山坡上，距离村子步行大约十分钟路程。表面看上去，它远不如位于松江城月照寺古老的庭园里、松平家哪怕是最小的坟冢雄伟。或许这也是隐岐这个贫瘠的小国所能提供的最好墓地。这里并非这座陵墓的原址，它在明治六年根据天皇敕令迁移至此。一道高耸的围墙，确切地说是一排漆成黑色的粗木桩，围绕着一块约四十五六米长，十五六米宽的三段低矮平台。墓地内高大的松柏，浓荫蔽日。最高一层平台的中央是一座陵墓，那里平放着一块巨大的灰色岩板。一条铺着石板的小路，从大门直通坟冢，每一段平台上都以三四节石阶相连。在这扇每年只对朝圣者开放一次的大门内，有一座正对着陵墓的鸟居牌坊。最高一层平台的前面，立着一对石灯笼。所有陈设都如此简陋，但却让人铭感于心。知了的尖叫声，和那奇怪的小虫发出的叮当声打破了小山村的宁静。那小虫名叫"金钟儿"，叫起来仿佛巫女跳起神舞时手中摇动的铃铛，发出叮当、叮当的声响。

三十一

我第二次到访菱浦，在那里逗留了将近八天，但在浦乡只逗留了三天。浦乡被认为是一个不大令人愉快的地方，这并非由于那里的气味比西乡更加浓烈，而是因为我下面将要提到的其他一些原因。

在西乡港，同时停泊着数艘外国军舰，经常看到英国和俄罗斯的海军军官出现在大街上。他们个个人高马大、满头金发、体格强壮。在隐岐人看来，所有来自西方的外国人都有着同样的身材，相同的肤色。我是第一个在这里逗留的外国人，而且一住就是两个星期。我个子矮小，皮肤发黑，和日本人一样穿着一身和服，并不引起普通民众的注意。在他们看来，我不过是一个来自某个偏远地区的、长相古怪的日本人。在菱浦，这种印象也曾流行一时。即便在人们得知我是个外国人以后，他们也并没有给我带来任何困扰。他们已经习惯于看到我在街上散步，或者在海湾游泳。可是在浦乡，情况却大不相同。我第一次从那里登陆，穿着一身和服，戴着一顶出云的大帽子，遮住了半个脸，成功地避开了人们的视线。在我动身前往西乡之后，人们才恍然大悟，发现一个外国人，竟然在他们不知情的情况下，有史以来头一次来到岛前，甚至还到了浦乡。因为我发现，我第二次到访浦乡引起了巨大轰动。同样经历，除了在加贺浦，我从未有过体验。

没等我入住旅馆，街道就被一大群人堵得水泄不通，人们争相看上我一眼。不幸的是，那家旅馆位于街角处，很快就被人从两边包围了起来。我被领到二楼里间的一处榻榻米房间。不等我坐稳，人们便开始悄悄地爬上楼，把草履都脱在了台阶下。他们彬彬有礼，没有人擅自进入我的房间。有几个人把头伸进门缝，冲我点点头，微微一笑，张望一会儿便退了回去，以便给后面的人让路。用人好不容易才把午饭送进了我的房间。这时我才发现，街对面二楼榻榻米房间同样挤满了看热闹的人群。甚至东面、北面、南面的屋顶上，凡是能够看到我的地方，也都挤满了男人和小孩儿。一些男孩儿还爬上了窗外走廊狭窄的屋檐（我无法想象他们是怎么爬上去的），房间三面拉门的门缝里无一不伸进一张张人们的笑脸。结果，瓦片脱落，男孩儿从屋顶上掉了下来，幸好没有受伤。奇怪的是，这场绝妙的体操表演，场上却是死一般寂静。如果不是亲眼见到，还以为街道上空无一人。

旅店老板开始大声呵斥起来。但发现呵斥无用，便叫来了警察。警察请求我原谅，因为这里的人从未见过外国人，并问我是否希望将人群驱散。他本可以这样做，而且只是举手之劳。可这一幕让我觉得有趣，我请求警察不要将他们驱离，只是告诉孩子们不要爬到雨篷上，因为有些已经破损。警察对孩子们低声说了些什么。警察的话似乎很起作用，我离开浦乡之前，再也没有人爬上雨篷。日本警察从来不多说一句话，但说出的话总是很有效果。

公众的好奇心持续三天不减，如果我不离开浦乡，还可能持续得更久。每次外出，我的身后总会有成群的木屐，像是海浪拍打在卵石上，发出呱嗒呱嗒的声响。除此之外，依旧是一片寂静，没有人多说一句话。我无法断定，人们是否已经全神贯注，从而导致精神紧张而无法开口。但即使被强烈的好奇心驱使，他们却没有显示出半点粗鲁。除了未经许可聚集在门外之外，他们并没有表示出任何无礼。如此温文尔雅的举止，让我无法向他们发出无端指责。即使如此，三天的经历依然让人感到疲惫。尽管天气炎热，我却不得不在晚上关好门窗，以免睡觉时被人窥视。至于财物，我丝毫也不担心，因为岛上从来没有发生过盗窃事件。只是周围那永无休止的沉默，终于变得不仅仅是尴尬，即使天真无邪，依然令人生畏。它让我觉得自己像个幽灵，被一群无声的人们簇拥着，走向未知的冥途。

三十二

日本人的生活，几乎没有任何私密可言。西方人所谓的隐私，在日本人中间几乎不予存在。唯一将人与人之间生活分割开的，便是一张壁纸。那是一扇只能用来障人眼目的推拉门，白天既不上锁也没有门闩。遇上天气晴朗，房间的正面，甚至侧面都会被敞开，整个房间完全暴露在大气、阳光和公众的视线当中。即使是富人的家庭，白天也不会关闭大门。在旅馆，甚至在普通家庭，没有人会在进入你的房间之前敲门。那里除了纸拉门或者纸槅扇，根本没有可以用来敲打的门，否则只好捅破壁纸。在这个纸墙和阳光的世界里，没有人感到害怕，或者为男女同伴之间的事情感到羞耻。从某种意义上说，人们所做的一切都是公开的。你的个人习惯、你的癖好（如果你有的话）、你的缺点、你的好恶、你的爱憎都为他人所知。恶习与美德均无法隐藏，也没有地方可以隐藏。这种情况从古老的年代一直延续至今。至少对于数百万普通百姓来说，从来就没有不被人关注的生活。在日本，只有将一切活动都置于众目睽睽之下，才能够过上幸福安逸的生活。这意味着，那里存在着一种西方所没有的特殊的道德条件。日本人性格的非凡魅力，体现在普通百姓纯真的善良，和他们本能的礼仪。他们天生与相互攻击、嘲笑、讽刺、挖苦无缘。对此，只有亲身经历过日本生活的人才能够完全理解。没有人试图通过贬低他人来展示自己的个性，也没有人试图使自己显得高人一筹，任何这种企图都是徒劳的。在这里，个人的弱点众人皆知，无法掩饰和隐藏，故作姿态只能被看作是一种轻微的精神错乱。

三十三

昔日的松江武士，有些至今仍住在隐岐群岛。随着武士制度被废除，少数精明人士带着碰碰运气的念头，来到了这块风俗依旧、地价低廉的小群岛上。其中不乏有人成功，但这要归功于岛上百姓的诚实和淳朴。在日本其他地区，武士经商极少成功，他们不得不与经验丰富的商人竞争。经过失败，武士学会了从事各种卑微的职业，从而获得了生存的能力。

在隐岐，除了封建元老之外，还有一些贵族的后裔，他们是一群杰出的善男信女，在帝国这个偏远的贫困地区，勇敢地面对着全新的生活。曾经受人三拜九叩的贵族儿女们，学会了在稻田里插秧；那些封建时代有望身居国家要职的年轻人，早已成为深受隐岐平民信赖的仆人。其中有些人当上了警官，自诩是人们眼中的幸运儿。

毫无疑问，基督教的刺刀出于神圣的利益动机，在日本强制推行文明变革，使其免于陷入社会瓦解导致的更大危机，从而拯救了整个日本帝国。只是这一切变化来得过于猛烈。仅凭剥夺英国地主乡绅财产所带来的结果，并不能让人们准确地认识到，类似的剥夺对于日本武士究竟意味着什么。那是因为，老的武士阶级只懂得礼仪之道，以及战争艺术。

说到这里，不禁让我想起最后一次在出云乐山神社祭祀大典上的一场奇特的行进表演。

三十四

乐山本是一座小村庄，因出产色泽光亮的陶器和拥有一座小神社而闻名。小村庄坐落在一片林木茂密的山脚下，距离松江约一里来地，沿途是一片广阔的稻田。乐山神社供奉的神明，是家康的嫡孙、松江大名的祖先直政。

松平家的一些人，长眠于松江城月照寺那片古老而神奇的佛教寺院当中，由神龟和石狮把守。而他们漫长家系的元祖直政，则被供奉在乐山神社，出云百姓至今仍在那里的神宫前击掌合十，乞求神的慈悲和保佑。

从前，每逢一年一度的乐山神社祭祀大典，人们总是习惯把直政的神殿从乐山神社抬到松江城堡。人们排着庄严的队伍，抬着直政的神殿，来到城堡中心那座古老的家族神社。那里供奉着御城内稻荷大明神和楠松平稻荷大明神。长满青苔的院落当中，松柏绿荫蔽日，石狮狐仙把守。人们同时在两座神殿前，按照神道仪式完成祭奠后，便再次列队将神殿抬回乐山。这个一年一度的出行仪式，被称为"御幸"或者"渡御"，即"渡御列队"前往祖先故居，拜见列祖列宗。

但是革命改变了一切。大名被废除，城堡变得荒芜，武士阶级被剥夺了领地，直政公的神殿三十多年时间里，再也没有"御幸"列队出行至松平家。

可就在前不久，松江的一些长老们提议，重新恢复"乐山祭奠"的古老习俗，其中就包括"御幸"仪式。

直政公的神殿被放置在一条披挂帷幕的渡船上，经河流和水道，被运送到古代松原大街的东端。那是一条林荫大道，古代大名每年赴江户"参勤"出征并返回时均需经过此地。摇橹行船的人都是年迈的武士,他们年轻时曾经为出云最后的大名、出羽国郡守松平的御座操桨。他们身穿古代的封建服装,嘴里唱着古老的船歌。自从最后一次唱起这首船歌,早已过了整整一代人的时光,他们中间一些人的牙齿已是残缺不全,无法准确发音。所有人都上了年纪,他们上气不接下气地努力摆动着船桨,把渡船划到了指定的地点。

紧接着,神殿被抬到松原道旁的一处地点。那里古代是一间漂亮的茶舍,大名每次从幕府回来时都要在此歇息,并接受忠实的臣民列队迎接。现如今茶舍已不复存在,但按照古老的习俗,神殿及护卫人员依然要在野花和松柏丛中等候。就在这时,前方出现了一幅神奇的景象。

只见一列长队,出现在坟墓丛中。那是迎接殿下神灵的仪仗队。他们仿佛一群鬼魂,有的身穿盔甲,头顶面具,腰里挎着武士军刀;有的头顶发髻像是持枪的仆人;有的穿着一身裙裤像是家臣;有的肩上扛着一个大行李箱。然而他们却不是鬼魂,他们是松江年迈的武士,曾经为松江的最后一位大名持枪效力。他们中间有在世的公卿,有可敬的家臣,分别按照自己的官职顺序排列,由远及近向着城中走来。尽管已是风烛残年,他们却依旧昂首挺胸,行走在神殿的前边。

这场古装游行究竟给外国人留下了怎样的印象,我不得而知。但至少对我来说,它让我懂得了封建的历史,看到了被遗忘的古老习俗,目睹了武士的游行队伍,实属意义重大。今天,所有年迈的武士都一贫如洗。他们高大的宅邸早已消失,他们美丽的家园变成了稻田,他们的祖传珍宝被古董商无情地廉价收购,又在开放港口以高价转售给外国人。但即使面临贫困和屈辱,他们仍然将那些不再有实用价值、本可以换取可观现金的遗物执着地保留在身边。即使在困难的条件下,生活物资极度匮乏,他们也没有屈服于诱惑,以至放弃手中的盔甲和刀剑。

岸边、街道、檐下甚至蓝瓦的屋顶上都挤满了观看的人群。游行队伍经过时,四下里一片寂静。年轻人沉默不语,惊奇地注视着眼前的场景,感受着这一难得的机会。在可以预见的未来,这些终将成为历史,并只能在书中或舞台上见到。老人们则默默地哭泣着,回忆起他们青春的年华。

正如古代一位思想家所言："一切都不过是瞬间，无论是记忆本身，还是被记忆的过去。"

三十五

返航途中，我再一次坐在了"隐岐——西乡"号汽船的甲板上。幸运的是，这次没有了西瓜的困扰。我许久地凝视着隐岐岛荒凉的海岸，直到它化为一道白线，消失在大海的尽头。我试图问自己，为何心情如此忧郁？无疑，其中部分原因，是由于离开了那里善良的人们，他们的热情让我流连忘返。另一个原因，便是我对那片古老的土地，以及那里的风光、景物的留恋。岛屿之间云遮雾障的蓝色海峡；隐蔽在海湾之间暗灰色的小渔村；原始小镇的狭窄街道上妖精国一般奇异的精灵；朝夕相望的高山峡谷绚丽多姿的风采；通向神殿那长满青苔的弯曲小路；有着一长串奇怪名字的神明；供奉着天地之间各路神灵的神社；还有那远方地平线上像蝴蝶一样漫天飞舞的黄色风帆。然而在我看来，这种忧伤更多地出自一种特殊的感受，它浸透着各种思念，使之相互交融，宛如清晨的大地朝霞满天，又让人仿佛置身于大自然的怀抱之中。这里比起我曾经到过的任何热带北部地区，都远离西方生活中可怕的大机器世界。坦率地说，尽管有墨鱼出没，但我还是爱上了隐岐。那是因为，比起日本的任何地方，这里都能够使人真切地感受到脱离现代文明的压力所带来的巨大欢喜。至少在岛前，超越人类生存所涉及的一切人工领域，使人完全沉浸在自我认知的欢乐之中。

第九章　关于灵魂

金十郎，一位留着像象牙球一样闪闪发亮的光头的老园艺师，总是坐在我书房外的木板间里，靠在专为他准备的炭火盆旁边默默地抽着烟袋。他一边抽着烟，不时地还会训斥几句为他帮忙的男孩儿。我不知道那个男孩儿在做些什么，只是听到金十郎一直在要求他，要表现得像一个拥有多个灵魂的动物。金十郎的这些话引起了我的兴趣，于是我走出书房，坐在了金十郎的身旁。

"哦，金十郎，"我说道，"我不知道自己拥有一个灵魂，还是拥有更多个灵魂，但是我很想知道，你究竟拥有多少个灵魂。"

"我嘛，比较自私，只有四个灵魂。"金十郎蛮有自信地回答道。

"四个？"我追问道，内心充满了疑惑。

"四个。"金十郎重复道，"但我认为那个男孩儿只有一个灵魂，因为他太缺乏耐心了。"

"那么，你是怎么知道自己有四个灵魂的呢？"我又问道。

"世上有许多聪明的人，"金十郎一边回答，一边磕了磕烟斗里的烟灰。"聪明人知道这些事情，有一本古书详细地做了论述。根据人的年龄、生辰、星座，可以占卦出他灵魂的数目。从前的老人们知道这些，现在的年轻人学习了西方的东西，他们不再相信这些。"

"告诉我，金十郎，还有没有比你拥有更多个灵魂的人？"

"当然，有些人拥有五个、六个、七个、八个灵魂，可上帝不允许人拥有九个以上的灵魂。"

（我对于这个貌似普遍的说法将信将疑。我想起来，在这个世界的另一端有一个女人，她拥有世世代代更多的灵魂，并且知道如何灵活运用这些个灵魂。她随意变换着自己的灵魂，就像其他女人一天要换好几件衣服一样。伊丽莎白女王衣柜里衣服的数量，和这个奇怪人物的灵魂数量相比较，也只能是小巫见大巫。为此，她总是会以不同的面貌出现，思想和声音也会随着不同的灵魂而改变。她时而看似来自南方，露出一双棕色的眼睛；时而又看似来自北方，眼睛变成灰色。她有时像是生活在十三世纪，有时又像是生活在十八世纪。人们见到她无不怀疑自己的感官，总是希望索取她的照片进行比较，试图找出事实的真相。因为她美丽动人，摄影师们争相为她拍照。但人们很快就会发现，她从来就不以同一个面孔出现，这让人们感到困惑。那些崇拜她的男人也不敢贸然爱她，因为他们感到荒谬，她有着太多的灵魂。人们读了我写的下述这些文字，一定会觉得我说的话千真万确。）

"金十郎！在这个众神之国，你的话或许的确是真的。可在此之外，也有那样的国家，他们的神是由金子打造的。在那些国家里，事情没有顺序，那里的人们饱受灵魂的困扰。之所以如此，是因为那里有些人只有半个灵魂，有些人甚至没有灵魂，而另一些人却是灵魂多得不堪重负。那些灵魂找不到适当的滋养，又没有用武之地，令它们的主人徒遭困苦……也就是说，那些西方的灵魂……但是请告诉我，拥有一个或两个以上的灵魂，究竟有何用途？"

"施主，如果人们拥有的灵魂数量和性质都趋于相同，那么所有人都将是一个心灵。可现实是，人与人之间的思维千差万别，这种不同恰恰反映出他们之间灵魂数量和性质的差异。"

"拥有许多灵魂比拥有一两个好，是这样吗？"

"是的。"

"那么，只有一个灵魂的人是否不完美？"

"非常不完美。"

"可一个非常不完美的人可能有一个完美的祖先，不是吗？"

"的确是这样。"

"就是说，一个现在只拥有一个灵魂的人，他的祖先可能拥有九个灵魂，是吗？"

"是的。"

"那么，祖先所拥有的、而后代却没有的那八个灵魂又变成了什么呢？"

"噢，那是神的事，只有神才能决定我们每个人所拥有的灵魂数量，尊贵的人就多一点儿，毫无价值的人就少一点儿。"

"这么说，灵魂并不是从父母那里遗传来的啦？"

"不！最古老的灵魂，它们的年限是无穷无尽的。"

"请问，人能否把他的灵魂相互分离？例如，一个灵魂在京都，一个灵魂在东京，另一个灵魂在松江，而且是同时存在。"

"不能，它们总是会在一起。"

"怎样在一起？难道像一只小漆盒那样，一个套着一个吗？"

"不！这种事情只有神才知道。"

"那么，灵魂不会分离啦？"

"有时它们也会分离，但如果一个人的灵魂被分离，那个人就会发疯。所说的疯子，就是失去了一个灵魂的人。"

"人死了，灵魂会怎样呢？"

"它们仍然会在一起……人死了以后，他的灵魂会爬上屋顶，它们会在那里待上四十九天。"

"在屋顶的什么地方？"

"它们待在屋脊的大梁上。"

"能看得见吗？"

"不能，灵魂就如同空气一样在屋脊上来回飘动，宛如阵阵微风。"

"它们为什么不在屋脊上待五十天，而是四十九天呢？"

"灵魂离开人的时间是七个礼拜，七个礼拜就是四十九天，但我不知道为什么会是这样。"

我知道，日本有一个古老的信仰，说人死了以后，灵魂会在屋顶上徘徊一段时间。因为很多日本戏剧中都提到过这一情节，其中就包括戏剧《加贺见山》，观后令人悲伤。但我以前从未听说过有三重、四重，或者在此之上更加多重的灵魂。为此，我曾经询问过金十郎，希望了解他所信仰的依据，但却是徒劳无功。因为，那是他的祖辈遗留下来的信仰。

像大多数出云人一样，金十郎既是一个佛教徒，也是一个神道信者。前者属于禅宗，后者出自出云大社。可是在我看来，金十郎的论调似乎不属于任何一方。佛教并不提倡复杂的多灵魂论，一般人也根本无法接触到古老的神道书籍。这些书中提到的教义，有些与金十郎的说法极其相似，可金十郎却从未见到过这些书籍。按照书中的说法，凡人皆有两个灵魂，一个是执着的"荒魂"，另一个是宽容的"和魂"。除此之外，我们每个人都被大祸津日神的灵魂，以及与此相对的大直毘神的灵魂附体。这些并不完全是金十郎的思想，但金十郎曾经说过灵魂可以分离，这让我想起了平田的一句话，他是这样说的："一个人的灵魂可以脱离他的肉体，重现他的外表，在他不知情的情况下消灭可恨的对手。"我就此询问金十郎，可金十郎说他从来没有听说过什么荒魂和和魂，但他对我讲述了下面一段故事：

"施主，如果妻子发现自己的男人爱上了另一个女人，这时，那个暗中的女人就会患上一种不治之症。那是因为，妻子的一个灵魂愤怒之下进入那个女人的体内，欲将其置于死地。这时，妻子也会因为灵魂从身体游离而患病，或者一时失去理智。

"还有一件更神奇的事情，我们日本人知道，但你们这些来自西方的人可能有所不知。依靠神的力量，出于正义的目的，有时灵魂可能暂时脱离人的身体，并被要求说出他隐藏在内心的想法。但这不会对身体造成任何伤害，奇迹就是这样出现的：

"一个男子爱上了一个漂亮的女孩儿，他可以娶她，但他不知道女儿孩是否也爱他。于是他来到神社，找到神主，述说了自己的疑虑，请求神明帮助解决。神主不问男子姓甚名谁，只问了他的年龄和生辰八字，记录在册以备神明知晓，并且告诉男子七天后再来。

"在这七天当中，神主每日向神明祷告，以破解男子的疑虑。每天早上，神主必用净水沐浴全身，每餐只吃圣火烧煮的食物。到了第八天，那个男子又来到了神社，神主领他来到了一间内室。

"仪式开始，人们面对神灵祈祷，然后默默地等待。这时，只见斋戒沐浴的神主，猛然之间浑身剧烈颤抖，像是在发高烧打摆子。凭借着神的力量，那个被疑虑的女孩的灵魂，瞬时间进入了神主的体内，一切看上去都是如此恐怖。女孩并不知道发生了什么，因为那时无论她身在何处，都只陷入沉睡之中。她的灵魂被召入神主的体内，这时女孩儿口中只会讲实话，并将心中所想全部说出。此时，神主并非在用自己的声音讲话，而是用女孩儿灵魂的声音在述说。她可以毫不隐讳地说出'我爱他'或是'我恨他'，而且全部都是女孩儿本人的口吻。如果她恨他，她会说出恨他的理由，如果回答是爱，则无须赘言。至此，神主停止了颤抖，因为灵魂已经离他而去。神主就此仆倒在地，好似死人一般，许久不得站立。"

"告诉我，金十郎！"听完这段神奇的故事之后，我张口问道，"你自己是否遇见过一个灵魂，曾经被神的力量驱离，并被植入神主的体内？"

"是的，我自己就经历过类似事情。"

我保持沉默，等待着对方的答复。老人磕了磕手中的烟斗，将其放在炭火盆旁，双手合十，许久凝视着眼前的荷花，随后微笑着开口说道：

"施主，我很早就结了婚，很多年都没有孩子。后来妻子为我生了一个儿子，自己却归天成了佛。可儿子活了下来，长大成人，生得一副彪悍的身材。大革命来临，儿子加入了天皇所领导的军队，最后死于九州南方的一场大战之中。我很爱自己的儿子，当我听到他为天皇战死沙场时，高兴地流出了热泪。作为武士的儿子，为天皇而死乃是无上的荣光。人们把我的儿子埋葬在了远离家乡的九州，在熊本附近的一座小山上。那是一座有名的城市，有一座著名的古城堡，我曾经去那里给儿子扫墓。我儿子的名字被镌刻在纪念碑上，竖立在"二之丸庭院"内。那是出云人民为了纪念为效忠天皇英勇牺牲的勇士们而建立的一座丰碑。当我看到自己儿子的名字时，不由得内心感到无比自豪。我呼唤着儿子的名字，仿佛他又回到了我身边。我们并排行走在巨大的松柏树下……但那都是另一回事。

"我为失去妻子而感到痛心。我们在一起生活多年，夫妻二人从未拌过嘴。妻子去世我也没有打算再结婚。可是过了两年，父母提出希望家里有个女儿，并且向我表达了他们的愿望，说有一个漂亮的女孩儿，虽然家境贫穷，却十分善良。那户人家是我的同族，女儿是他们唯一的依靠。她用丝绸和棉布缝制衣衫，获取少量的收入。她长得一脸清秀且十分贤惠，只是家中多有不幸，父母希望我娶了她，以助她家一臂之力，只因那时我家还有一些稻米收获。我一向顺从父母的要求，对父母的安排百依百顺。于是父母找来了媒人，开始为我准备婚礼。

"我曾经两次在她父母家见到过那个女孩儿。第一次见到她，觉得自己很幸运，因为她既年轻又漂亮。可第二次见到她，我发现她一直在哭，并且总是试图避开我的视线。我感到心情沉重，心想她并不喜欢我，一定是被人强迫。我决定去问神明，于是我推迟了婚期，去了位于材木町的柳稻荷神社。

"只见神主开始浑身颤抖，女孩儿的灵魂进入神主体内并且开始讲话，她对我说：'我内心恨你，你的面孔让我恶心，因为我爱着另一个人，这门亲事是被强迫的。可虽然我恨你，但我还是要嫁给你，因为父母年事已高，加上家境贫寒，我一个人已是无能为力，繁重的劳动压得我喘不过气来。只是尽管我努力孝敬公婆，却永远也无法给你家带来欢乐。因为我憎恨你的心无法改变，听到你的声音就让我厌恶，看到你就让我想到去死。'

"得知事实真相，我把这件事告诉了父母，并且给那个女孩儿写了一封信，请求原谅我无意中给她带来的伤害。我装作因病卧床不起，这样解除婚约就不会引起外界的议论。我们还给那家人送了一份礼物，女孩儿非常高兴。因为这样一来，她就可以嫁给她所喜爱的那个年轻人。那以后，父母也没有要求我再婚，他们先后离世，我一直独自生活。……噢，施主，看那个男孩儿有多么顽皮！"

原来趁着我们在聊天，金十郎的一个年轻助手用一根竹竿和一条细绳做成了一根钓鱼竿，把从老人的烟荷包里偷来的烟丝捻成团系在了绳子的一头，以此作为诱饵在荷塘里钓起了鱼。一只青蛙吞下了烟丝，此刻正被高悬在鹅卵石的上方，旋转着身子，绝望之中拼命地蹬着四条小腿。"梶君！"老园艺师喊道。

男孩儿笑着扔下鱼竿，满不在乎地跑了过来。青蛙吐出嘴里的烟丝，扑通一声跳进了池塘。显然，梶君并不惧怕责骂。

"我说你积点儿德！"老人摇晃着象牙球似的光头说道，"哦，梶君，我担心你来世会遭到报应！这烟丝是给青蛙吃的吗？施主，我说这孩子只有一个灵魂，一点儿也不冤枉他吧！"

第十章　妖怪与幽灵

一

《法华经》中记载，有一位佛陀"现身妖怪，向那些被妖怪皈依的人说法"。在同一部经文中，世尊曾经向佛陀许愿："若说法者独居空闲旷野，我将广遣鬼神听其说法。"这一许愿实则骇人听闻，却又因世尊同时答应也将派遣菩萨同行而得到缓和。但我若成为圣者，就不会独居旷野，因为我见过日本的妖怪，而且并不喜欢它们。

昨晚，金十郎带我去见了那些妖怪。它们来到镇上，是要参加当地土地神的一个祭祀活动，晚上还有一些稀奇古怪的表演。天一黑，我们就动身去了神社，金十郎还提了一盏绘有我家家徽的纸灯笼。

一大早下起了鹅毛大雪，可到了晚上，夜色一片宁静，空气像钻石一样清澈透明。我们踏在雪地上，脚下发出悦耳的嘎吱声。我忽然想起一个问题，便张口问道："金十郎，有雪神吗？"

"我说不好，"金十郎回答道，"有很多神我也不知道，没有人知道所有神的名字，但我知道有雪女。"

"什么是雪女？"

"她一身白色，出现在雪地里，不时地露出一张白脸。她从不伤害人，只是会让人感到害怕。白天她抬起头，吓唬那些独自赶路的人。到了晚上，她有时也会站起身来，她的个子比树还高，四处张望一会儿，然后又消失在大雪纷飞之中。"

"她长得什么样子？"

"白白的，一张巨大的、孤独的脸庞。"

（金十郎用了"孤独"一词，但我认为他是想说"奇怪"。）

"你见过她吗，金十郎？"

"施主，我从没见过她。可是我父亲告诉我，当他还是个孩子的时候，一次，他穿过雪地到邻居家找小朋友玩耍，路上看到一张白色的大脸从雪地里冒了出来，孤零零地四处张望。他吓得哭着跑回了家。家人出来看时，只见一片白雪。于是便知道，他一定是遇见了雪女。"

"最近有人见过雪女吗，金十郎？"

"是的，在一年当中最寒冷的大寒季节，那些到薮村朝拜的人，有时会见到雪女。"

"金十郎，薮村里有什么？"

"那里有薮村神社，那是一座有名的古老神社，供奉着薮村天王，就是伤寒之神。它坐落在一座山顶上，从松江过去大约九里多路。薮村神社的祭祀活动，是在每年的二月十日和十一日举行。在那些日子里，可以观看到许多稀奇古怪的表演。患了重感冒的人，向薮村神社的神灵祈祷，以求得治愈，并发誓要在祭祀活动当天光着身子去神社朝拜。"

"光着身子？"

"是的，朝圣者只穿一双草鞋，男人腰里围着一块布兜，女人身上围着一条围裙。尽管雪很深，许多善男信女还是赤身裸体地穿过雪地来到神社。男人们身上带着一串驱邪幡和一把裸剑，女人们则带着一面金属镜子，以此作为朝拜的供品。神主在神社迎接他们，为他们举行神奇的仪式。按照古老的传统，神主装扮成病人，躺在床上呻吟，并且喝下按照中药配方煎制的汤药。"

"会不会有人因寒冷而死于伤寒，金十郎？"

"不会，出云百姓很能吃苦。而且，他们跑得很快，到了神社浑身大汗。回来的时候，他们会穿上厚厚的和服。但有时在路上，他们也会遇见雪女。"

二

通往神社的街道两旁，点亮着一排排纸灯笼，上面印着神社的徽章。宽敞的神社庭院，摇身变成了一座集镇。这里有商铺和摊贩，还搭起了一个临时的戏台。虽说天气寒冷，却是人山人海，热闹非凡。几乎所有祭祀活动的表演都集中在了这里，另有一些出乎寻常的表演让人期待。美中不足的是，大家熟悉的腰里缠着活蛇的耍蛇少女今晚无缘登台，或许是因为冬天对于蛇来说过于严酷。有算命的、杂耍的，有演杂技的、跳舞的，有个男人在表演沙画，还有一只来自澳大利亚的鸸鹋，和一对来自琉球群岛的巨大蝙蝠，做出各种可爱的动作。我拜过神明，买了几件非同寻常的玩具，便和金十郎一起去寻找妖怪。在今天这个特殊场合，妖怪被圈在了一间出租给表演大师的固定建筑内。

入口处的招牌上，写着"活人偶"几个大字，这在某种程度上表示出表演的内容。"活人偶"与西方的"蜡像"有点相似，但日本人用便宜的材料同样制作出逼真的效果。我们买了两张木制门票，每张一钱，走了进去，穿过一块幕帐，来到一条长廊前。长廊两侧是两排幔亭，准确地说是铺着席子的隔间，大小就像一间小卧室。每个空间都装饰着与主题相对应的背景，排列着一组真人大小的人像。紧邻入口处的一间幔亭里，摆放着两尊弹奏三弦的男人肖像，和两尊舞伎的女人肖像。在我看来，那无疑都是些人偶，直到金十郎为我翻译了眼前一块招牌上的说明，我才得知其中一尊是一个活人。我们定睛仔细观察，试图发现其中一个是否在眨眼，或者身体有所颤动，却没有看出任何破绽。突然，一位乐师放声大笑起来。他摇了摇头，弹着三弦开始唱起了歌。所有人都被蒙在了鼓里。

其余二十四组群像，大多讲述著名的民间传说和神话故事，分别以其独特的方式给人留下了深刻的印象。主题包括武士传奇、孝道传记、佛教奇闻以及历代天皇的佳话，其中所有故事情节，无不震撼着每一个日本人的心灵。其间也有描绘残酷场面的恐怖内容，例如其中一幅场景，女人的头颅被利剑斩断，横躺在血泊之中。可是在紧接着的另一间小屋里，女人却奇迹般地死而复生，她来到日莲宗的禅寺祈福还愿，又巧遇杀害自己的屠夫，于是出现了女人帮助屠夫皈依佛祖的场面。即使如此，恐怖给人带来的不快，却并没有因此而得到消除。

长廊尽头挂着一块黑幕，里面不时传出几声刺耳的尖叫。黑幕上挂着一块牌子，上面写道：任何人能够穿越秘境而不被惊吓，都将得到一份奖品。

"施主，"金十郎说道，"妖怪就在其中。"

我们掀开黑幕，发现自己来到了树篱之间的一条小路上，树篱背后是几座坟墓，附近是一个墓地。这里灌木成林，杂草丛生，有卒塔婆也有墓碑，效果相当逼真。加之屋顶极高，巧妙的灯光布置让一切变得模糊不清，给人一种置身夜幕下的感觉。凛冽的寒风更加剧了周围的昏暗。这里到处是一派阴森的景象，所有人偶都显得高大无比。它们有些在暗处伺机等待，有些则徘徊在墓地之间。在我们的面前，右手边树篱上方，背对我们坐着一个和尚。

"那是山中法师吗？"我问金十郎。

"不是，"金十郎回答道，"看它有多么高大，我想那一定是只獶子精。"

獶子精是一只装扮成僧侣的獶，专门在夜晚诱惑路上的行人，并将其投入地狱。我们走上前，抬头看了看它的脸，那就像是一场噩梦。

"果然是只獶子精，"金十郎说道，"施主，您有何感受？"

我二话没说，赶忙向后退了两步。只见那个巨大的怪兽猛地翻过树篱，呻吟着向我扑来，紧接着又退了回去，晃动着身子发出吱吱的声响。原来它是被一条看不见的绳索操纵着。

"金十郎，这东西实在令人可怕。……依我看，奖品就不必领取了。"

我们会心一笑，继续向前，参观下一个表演，"三只眼的和尚"。他也会在夜间走出来，寻找放松警惕的人。他有一张菩萨般温柔的脸庞，面带微笑，但是在头顶上长着一只可怕的眼睛，这第三只眼睛只有当他不怀好意时才显露出来。这一回，三只眼的和尚扑向了金十郎，吓得他出了一身冷汗，就像獶子精吓唬我一样。

紧接着，我们见到了山姥。山姥捉到小孩儿，喂养一段时间后，便贪婪地将其吞吃掉。山姥的脸上没有嘴，嘴巴长在头顶上方的头发下。山姥无暇顾及我们，因为她的手里抓着一个可怜的男孩儿，正准备把他吃掉。为了烘托气氛，小男孩儿被装扮得十分可爱。

接下来，我看到一个女人的幽灵，远远地在墓地上空徘徊。因为距离遥远，这让我感到几分安心。女人没有眼睛，长长的头发散落在肩膀上，白色的和服像一缕轻烟缭绕。我想起一个学生在作文中对鬼的描述："幽灵最大的特点是没有脚。"接下来的瞬间，我再一次被吓得跳了起来。我看到那东西，不声不响猛地从空中向我扑来。

接下来的墓地之旅，不外乎是一连串相似内容的重复再现。可是，女人们的尖叫声和人们的阵阵欢笑声，让这一切变得十分有趣。人们久久不肯离去，只是为了看到那些让自己失魂落魄的鬼把戏，是如何再一次吓得其他游客胆战心惊。

三

离开鬼屋，我们来到了一个露天小剧场，观看两个女孩儿跳舞。她们跳了一阵，其中一个女孩儿拿出一把剑，割下另一个女孩儿的头，放在了桌子上。这时，被割下的头却开始唱起了歌。这一切表演得天衣无缝，只是我的大脑还被妖怪纠缠，我问金十郎：

"金十郎，我们看了那么多妖怪人偶，这里的人们真的相信有妖怪存在吗？"

"当然不信！"金十郎回答道，"至少城里人不会相信，也许乡下人信。我们相信佛陀，相信古代的神灵。许多人相信，人死了以后冤魂会来报应，或者来洗刷污名。但这并不是说，古代人相信的一切，我们都一概继承了下来……施主。"我们随后去了另一间鬼屋。

"如果施主愿意，花上一钱硬币可以去地狱走走……"金十郎说道。

"那好，金十郎！"我回答道，"何不花上两钱硬币，我们一起去地狱转一转？"

四

我们穿过幕帘，走进一个大房间，从里面传出奇妙的咔咔声和吱吱声。只见房间三面环绕着一排齐胸高的架子，宽阔的架子上聚集了一大群人偶，那奇妙的声音便是从驱动人偶的滑轮上发出的。这里的人偶并非真人，而是一些小小的活动人偶，他们代表着阴间的各种人物。

我看到的第一个人物，便是夺衣婆，她是三途河畔上的老妇人，守候在此为的是把死者鬼魂的衣衫扒下来挂在身后的一棵树上。她高高的个子，翻动着绿色的眼珠，长着一嘴长长的獠牙。在她面前，一群矮小的白色鬼魂，像蝴蝶一样浑身颤抖。众鬼之间，伫立着地狱之王阎魔大王，他满脸凶相，默默地垂着头。在他的右手边，一只三脚架上，见证人嗅鼻和视目的两个人头像滑轮一样不停地旋转着。

五

我们走出地狱，来到了一座更大、更阴冷的房间里，观看一场魔术幻灯表演。日本人的魔术幻灯，在表演细节上总是妙趣横生。他们将西方的发明完美地融入东方的趣味之中，他们的天赋在这里发挥得淋漓尽致。日本的幻灯表演极具戏剧性，台词来自画外之音，登场人物和背景则表现为幻灯影像。为此，它特别适合表现各种妖魔鬼怪、奇闻逸事，其中幽灵形象是最受欢迎的主题。由于播放厅里阴冷刺骨，我们只看完了一场表演，以下是剧情梗概：

第一幕——一个美丽的农家姑娘和她年迈的母亲，一同坐在家中。母亲浑身颤抖，痛苦不堪。从母亲狂乱的话语中人们得知，她的女儿将要被当作祭品，送到山里一个偏僻的寺庙里，为那里的神灵祭祀。那是一个恶神，它每年都要向一户农民的茅草屋顶射出一支箭，表示它要吃掉一个女孩儿。如果中箭的农户不立即把女孩儿送到，它就要毁掉庄稼，杀死牲畜。母亲哭喊着，扯着满头灰白的头发退场。女孩儿也低着头一脸无奈，顺从地退场。

第二幕——路边客栈前，樱花盛开。脚夫们抬着一只形如花轿的大箱子上场，箱子里面像是坐着女孩。箱子落地，脚夫们走进客栈用餐，并且对饶舌的房东叙述经过。佩带长短双刀的日本武士上场，询问箱子里面装的是什么。房东重复叙述脚夫们讲的故事。武士听后甚是愤怒，表示神主都是善良的，不会吞吃女孩，而那个自称神灵的家伙必是鬼神，应当予以斩除。他命令打开箱子，送女孩回家，自己却钻进箱子里，指示脚夫们冒着危险迅速将箱子抬到寺庙。

第三幕——脚夫上场。夜幕之下，脚夫们穿过一片森林来到寺庙。惊恐不安的脚夫，在寺庙前放下箱子迅速离开。脚夫退场。黑暗之中只剩下一只箱子。画面中出现一只戴着白色面具的妖怪。它浑身煞白，痛苦地呻吟着，不时地发出恐怖的呐喊。箱子依然一动不动。妖怪撩开面罩，露出了本来面目——原来那是一只骷髅，眼睛里喷射出磷光。（观众席上发出"啊"的一声惊叹。）妖怪伸出一只像猿猴一样带着尖指甲的大爪子。（观众席上再次发出"啊"的一声惊叹。）妖怪走近箱子，用手摸了摸，随后打开箱盖。英勇的武士瞬间腾空跃起，与妖怪展开殊死搏斗。霎时间战鼓声四起，英勇的武士以柔制刚，将妖怪打翻在地，踏上一只脚，一刀砍下了它的头颅。只见妖怪的头迅速膨胀，变得比房子还大，试图咬住武士的脖子。武士连砍数刀，妖怪的头向后一转，喷出一条火舌，消失在远方。全剧结束，全体退场。

六

武士与妖怪激战的场面，让金十郎联想起一个奇妙的传说。幻灯表演一结束，他就开始津津有味地讲述了起来。通常，在观看完一场激战之后，再可怕的故事也会变得平淡无奇。可是金十郎的故事总是显得异常新奇，任何时候都能够令人着迷。尽管天气寒冷，我还是听得入了神。

很久以前，在这片土地到处还是狐狸精和妖怪出没的年代，有一位武士的女儿，随父母一起来到了京城。武士的女儿长得非常美丽，所有见到她的男人无不为之倾倒。成百上千的年轻武士渴望娶她为妻，并把他们的愿望告诉了她的父母。那时的日本，女儿的婚事一切都要由父母决定。但是凡事都有例外，这个女孩儿就是一个例子。女孩儿的父母宣布，他们打算让女儿自己选择夫君，所有想要迎娶自己女儿的男人，都可以自由地向她求爱。

许多达官显贵、百万富豪一齐拥到女孩儿家，竭尽所能地向女孩儿倾诉衷肠。他们有的向女孩赠送礼物，有的试图用温情打动女孩的芳心，有的写诗赞美女孩的美貌，有的在女孩儿面前海誓山盟。对于每一位求婚者，女孩儿都没有予以拒绝，而是分别提出了各种奇怪的条件，以确认他们的爱是否坚贞。她同时要求每个人以武士的名义发誓，决不向其他人泄露条件的内容。对此，所有人都表示同意。

可是在听到女孩儿提出的条件之后，即使最坚定的求婚者，也都突然停止了对女孩儿的追求，似乎所有人都被什么东西吓破了胆。事实上，不少人甚至逃离了这座京城，任何人都无法劝说他们留下。没有人暗示过其中的原因。为此，那些不明真相的人甚至暗地里怀疑，那个漂亮的女孩儿要么是一只狐狸精，要么是一个妖怪。

就在所有求婚者纷纷放弃请求时，来了一位武士。他身无分文，只有腰上佩带的一把刀。他性格刚毅，为人正直，和蔼可亲，女孩儿似乎很看重他，提出同样奇怪的条件予以确认。随后，女孩儿要求武士改日晚间再来会面。

几天以后，一个夜晚武士如约前来会面。女孩儿单独迎接武士，亲自为武士准备了晚餐以示款待，并且告诉武士，希望能够在晚些时候和他一起出去走一走。武士欣然答应了女孩儿的请求，询问她想去什么地方。女孩儿没有回答武士提出的问题，一下子变得沉默寡言，举止怪异。过了一会儿，女孩儿留下武士一人，转身离开了房间。

午夜过后，女孩儿再次回到了房间。她像一个幽灵，身着白衣，一句话不说，示意要武士跟在自己的后面。这时，全城人都已经入睡，他们却匆匆离开家行走在大街上。那是一个朦胧之夜，在这样的夜晚，鬼魂总是会四处游荡。女孩儿飞快地在前面领路，引来阵阵鸡飞狗跳。她走出京城，来到一处密林遮蔽的小山坡下，那里是一片古老的墓地。黑暗之中，只见一个白影钻进了墓地。武士惊诧不已，跟在女孩儿身后，手中紧紧握住刀柄。待两眼适应了黑暗，他看到了这一切。

女孩儿在一座崭新的坟墓前停下了脚步，示意武士等候。掘墓工具就放在一旁，女孩儿抓起一把铁锹，开始疯狂地挖了起来，那速度和力量都显得异常出奇。不久，砰的一声，铁锹碰到了棺材盖，露出了一口崭新的白木棺材。女孩儿掀开棺盖，里面停放着一具小孩儿的尸体。女孩儿像魔鬼开始吃棺材里面的尸体。接着，女孩儿又大声跟武士说："如果你爱我，就跟我一起吃。"

武士丝毫没有犹豫，蹲在坟墓前也开始吃，嘴里还不住地说道："太好吃了，再来一块吧！"原来那小孩儿的胳膊是用西京出产的上等糕点制作而成。

女孩儿听后非常高兴，大声喊道："在所有勇敢的求婚者当中，只有你没有退缩。我想拥有一个无所畏惧的丈夫，我敬佩你，我要嫁给你，你才是真正的人中豪杰。"

七

"噢，金十郎，"回来的路上，我开口说道，"我听很多人讲过关于死人复活的故事，也从书本上读到过有关传闻。记得你曾经说过，时至今日仍然有许多人，他们相信死者可以复活。但不论是书上说的，还是我所听到的，大家都认为死而复活不是一件值得庆幸的事情。死者因为怨恨、嫉妒抑或是悲伤而无法立地成佛，冤魂才会再次回到这个世界。可是，有没有不是出于恶意而死后重生的呢？据我所知，并没有这方面的记录。通常所说的怪谈，它们都有一个共同的特点，正如我们今晚看到的那样，无不充满了恐怖、邪恶，其中没有半点儿善良、真实可言。"

我的一席话，似乎引起了金十郎无限遐想。于是，按照我的意愿，他开始向我讲述了下面的故事。

很久以前，在大名被人遗忘的那个年代，在这座古老的城市里住着一个年轻人和一个姑娘，他们彼此相爱。他们的名字早已不为人知，可他们的故事却流传至今。因为是邻居，他们从小订婚，孩提时也曾一起玩耍。随着年龄的增长，两个人的关系变得更加亲密。

年轻人尚未成年，他的父母就过早离世。他得以侍奉一位地位显赫且富有的武士家族，皆因那位武士是他家的世交。他为人彬彬有礼，做事聪明伶俐，且武艺高强，很快便得到了主人的赏识。年轻人则希望很快就能够求得一官半职，早日和女友成亲。不承想这时东北地区爆发战事，年轻人突然被征召，不得不跟随主人奔赴战场。出征之前，他再次见到姑娘，并在女孩父母面前发誓，答应只要自己还活着，从那天起一年之内，一定回来娶姑娘为妻。

那时，邮政事业并不发达，年轻人走了很久，却没有任何消息。姑娘日夜盼望，不觉面色苍白，日渐憔悴。有一次，姑娘终于从一位大名的使者那里得到了年轻人的一些消息。另有一次，一位使者还给姑娘捎来了一封书信。可那以后，便是杳无音信。姑娘度日如年，焦急地等待着。一年时间过去了，年轻人还是没有回来。

寒来暑往，时光流逝，年轻人始终没能归来。姑娘以为他死在了战场上，绝望之中，罹患重病，不久也死在了病床上。人们为她下了葬，年迈的父母因失去唯一的女儿而悲痛不已，不愿继续住在这个寂寞的地方。他们决定变卖家产，按照日莲宗的巡礼法，走遍全国各地，巡游千座寺庙，开始一次漫长的朝圣之旅。那需要数年时间才能完成。他们卖掉了房子和所有家具什物，将祖宗的灵位和一些不可变卖的圣物，以及女儿的牌位，按照远离故土时的古代习俗，安放在了家族的宗祠当中。那家原属日莲宗，宗祠便是妙高寺。

老两口离开家仅四天，和女儿订下婚约的年轻人便回到了镇上。得到武士的许可，他打算回来履行自己的诺言。一路上因各地战火不断，道路和关隘被军队把守，路上耽搁了许多时间。他历经艰险回到镇上，却听说姑娘已经不在人世，悲痛之余得了大病，徘徊于生死之间，一连数日不省人事。

当他稍事清醒后，所有痛苦又都涌上心头。他后悔自己没能战死沙场，决定在未婚妻的坟墓前剖腹自尽。他趁没人注意，拿起一把刀，来到了姑娘的坟前。妙高寺墓地里四下无人，周围一片孤寂。年轻人跪倒在姑娘的坟墓前，泪流满面，双手合十，低声对着姑娘诉说衷肠，并表示自己随后就到。就在这时，年轻人猛然听到一个亲切的声音，那是姑娘在呼喊着自己的名字。与此同时，他感觉自己的手被那姑娘的手紧紧握住。他转过身，看见姑娘微笑着跪在自己的身旁。她依旧那么美丽，只是脸色有些苍白。这突如其来的事情，让年轻人惊喜万分，却又将信将疑，一时说不出话来。这时只听姑娘说道："不要怀疑，真的是我，我没有死，那完全是个误会。人们都以为我死了，把我埋了，可他们过早地把我下葬。父母也以为我死了，他们离开家四处朝拜。可是你看，我并没有死。这不是幽灵，我还活着，请不要怀疑！我看到了你的一颗忠心，我没有白白地等待。我们应当立刻离开这里，去一个无人知晓的地方，那样就不会被人打扰。因为所有人都以为我已经死了。"

于是，两个人悄悄地离开小镇，去了甲斐国的身延村。那里有一座著名的日莲宗寺庙，姑娘说："我知道父母在朝圣途中一定会来身延村，如果我们在此落脚，他们就能找到我们，我们还会在一起。"两个人来到身延村，姑娘说："我们开一家小店吧！"不久，在通往寺庙的宽阔道路旁，又多了一家店铺，专门出售儿童糕点和儿童玩具，并向朝圣者提供食物。就这样，他们在一起生活了两年，买卖兴隆，而且还生了一个儿子。

儿子一岁零两个月的时候，妻子的父母朝圣途中来到身延村，顺便在小店购买食物。他们见到女儿的未婚夫，禁不住失声痛哭，连连询问事情的原委。年轻人把父母请进屋，跪倒在他们面前，一席话让两位老人大为震惊。年轻人说道："实话说，你们的女儿并没有死，她现在是我的妻子，我们还有一个儿子。妻子就在里面陪着儿子睡觉，请你们立刻进去，她已经等候多时，盼望和二老再次相见。"

就在年轻人忙着准备隆重接待父母的到来时，父母却悄悄地进到了里间，母亲在先走到了床前。

只见孩子正睡得香甜，却不见孩子的妈妈。她似乎离开不远，枕头还是热乎的。他们等了很久，随后开始四处寻找，却始终没能看到女儿露面。

这时，母亲在母子二人盖着的被褥下，发现了多年前亲手安放在妙高寺的女儿的牌位，于是才恍然大悟。

金十郎讲解完毕，见我沉默不语，若有所思，于是开口说道："施主，您是否觉得这个故事很荒唐？"

"不，金十郎，这个故事让我很受启发。"

第十一章　日本人的微笑

一

那些主要通过小说或者浪漫史获取世界知识奇闻的人，仍然模糊地认为东方文化较之西方文化更为严肃。相反，那些从更高角度观察社会的人会发现，当今世界西方文化比起东方文化更加严肃。在这些人看来，那种严肃，或是与其相反的概念，不过是一种时尚。事实上，与其他所有问题一样，人类对此并没有一个明确的界限，我们很难为这个问题做出准确的界定。科学地说，我们只能将事物作一个大致对比，得出一个笼统的概念。至于其背后复杂的原因，我们根本无法做出明确的结论。尽管如此，我们仍然可以通过对比，从英国人和日本人身上发现一些有趣的现象。

英国人是一个严肃的民族。这一观念已经是普遍的常识。英国人不仅是表面的严肃，而是渗透到民族骨子里的严肃。与此相反，日本人却显得十分随意。无疑，与甚至是古板的英国人相比，日本人无论是在表面还是在内心都显得不够认真。即使与世界上其他不够严肃的民族相比较，日本人依然显得很随意。正因为如此，反倒让日本人看上去非常幸福，似乎他们是文明世界中最幸福的民族。像我们这个西方国家中的古板民族，很少能够感觉到快乐。事实上，我们并不知道自己有多么严肃。如果我们得知，在不断加重的工业化社会种种压力之下，我们正在变得越发严肃，必定会令我们感觉到不寒而栗。长期生活在不够严肃的人种当中，反而让我对自己的本性有了清晰的了解。我之所以对此确信无疑，是因为我在日本内地生活将近三年之后，再次回到通商口岸的神户，重新过上了几天英国式的生活。我又一次听到了纯正的英语，那种内心的激动让我始料未及，然而这种感情也仅仅持续了短暂的瞬间。我之所以回到那里，是需要采购一些必要的物品。与我同行的，是一位日本朋友。对他来说，那里的生活可算是耳目一新。这位日本朋友问了我一个非常有趣的问题，"为什么外国人的脸上永远看不见笑容？你对他们总是笑脸相迎，可那些外国人却从来不笑，这是为什么？"

事实上，我已经彻底融入了日本人的生活当中，远离了西洋社会。朋友的质疑，让我第一次感觉到自己的举止原来是那样的古怪。这同时也让我看到，两个不同民族要想做到相互理解该有多么不易。双方总是会以各自的方式，去理解对方的表情乃至心情，结果往往导致严重的误解。如果说日本人因为英国人的严肃而感到迷茫，同样地英国人也会因为日本人的轻率而感到困惑。日本人会说外国人"绷着脸"，外国人也会强烈鄙视"日本人的微笑"，怀疑对方的诚意，更有人相信那是一种虚伪的表现。只有极少数观察敏锐的人，觉得"日本人的微笑"是个值得探究的谜团。我有一位最要好的朋友，家住在横滨，他的大半生都在东洋各地的通商口岸度过，是一位真正值得尊敬的人。在我出发去日本内地之前，他对我说过这样一段话。

"我知道你要去研究日本人的生活，也许你可以帮助我找到一些答案。我完全无法理解日本人脸上的微笑。听我对你讲述一段亲身经历。一天，我在横滨骑马正要下山，看见一辆没有搭载乘客的人力车，正沿着弯道逆行迎面向上驶来。当时我已经来不及停下，但也并没有感觉到特别危险，所以也就没有勒住马缰绳，只是用日语冲着车夫大喊，要他回到自己的一侧。车夫并没有理会，他把人力车停在了弯道较低处的墙边，将车辕横在了道路中央。当时下坡速度很快，马来不及躲闪，接下来的瞬间，人力车的一根车辕刺中了马的肩部，车夫却是毫发无损。我看到自己的马鲜血直流，顿时气不打一处来，顺手用马鞭柄朝车夫的头上打去。车夫只是盯着我，微笑着冲我鞠了一个躬。那'微笑'的面孔，至今仍然浮现在我的眼前。也就在那时，我感觉自己像是挨了对方当头一棒。对方的微笑让我不知所措，一时的怒气顿时烟消云散。要知道，那是一种很有礼貌的微笑。但那微笑究竟意味着什么？见我如此大发雷霆，对方却只是微微一笑，这到底是为什么？我简直无法理解。"

那时，我也不知道这究竟意味着什么。后来我才渐渐地明白了，那神秘的微笑当中所包含的意义。日本人甚至可以面对死亡嫣然一笑。事实的确如此。这时的微笑与其他场合并无两样，其中既没有挑战，也没有虚伪。我们无法将这种微笑解释为西方人所说的内心软弱，甚至将其与自暴自弃混为一谈。日本人的微笑，是经过长期耕耘形成的一种复杂的礼仪表现，亦是一种无声的语言。如同西方人试图通过观察面部表情来解释日本人的微笑一样，他们同样试图利用中国的象形文字与生活中常见的物体形状是否相像来理解汉字，结果总是徒劳无益。

第一印象往往来自于本能，科学证明它具有极高的可信度。从日本人的微笑中得到的第一印象亦是如此，通常与实际相差无几。初到日本的外国人，总会对日本人脸上浮现出的幸福微笑有所察觉，而他们得到的第一印象，多数情况下也是非常愉快的。最初，日本人的微笑总是显得很有魅力。不久外国人就会发现，尽管情况发生异常，例如出现了伤痛、耻辱或者失望，日本人的脸上依旧表现出相同的微笑。于是，外国人开始对日本人的表情产生了怀疑。有时，由于明显不合时宜，日本人的微笑甚至会激怒西方人。实际上，外国人与其当地用人之间的摩擦，往往也出自于这种不明不白的微笑。按照英国人的传统习俗，一个合格的用人必须始终保持严肃，他们无法忍受日本仆人的那种微笑。现如今，越来越多的日本人开始了解到西方人的这种怪癖，知道那些说着英语的外国人不喜欢仆人面带微笑，甚至觉得那是对主人的侮辱。为此，那些在通商口岸做工的日本人，不再像以往那样笑容可掬，人人变得面无表情。

说到这里，让我想起了一位家住横滨的普通英国妇人，在谈论起她的日籍女佣时，讲过的一段奇妙的故事。"前几天，我家的日籍女佣像是遇到了什么好事，微笑着来到我身边，告诉我她的丈夫已经去世，因为参加葬礼需要请假回家。我当即答应了她的请求。他们似乎将她丈夫的遗体送去火化了。那天晚上她回到我家，怀里抱着一个坛子，里面放着骨灰（我看到坛子里面有一颗牙齿）。她一边用手指着坛子一边对我说'这是我的丈夫。'说着居然还笑出声，有谁见过如此冷酷无情的家伙？"

我无法说服这位讲故事的英国妇人，只是那位女佣的举止并非无情，反倒看起来颇有些烈女气质，或许也可以给出一个感人肺腑的解释。即使不是凡夫俗子，这种情况下，西方人仍然有可能被事物的表面所蒙蔽。更何况居住在通商口岸的外国人，大都是些没有教养的庸人，从未想过睁开眼睛看一看外面的世界，除非他们原本就怀有敌意，故意挑剔。而我的那位讲述车夫故事的横滨朋友则完全不同，他清楚地认识到仅凭表面现象做出判断的危险。

<h2 align="center">二</h2>

有关对日本人微笑的误解，曾不止一次地引发不愉快事件。曾经在横滨经商的英国人 T 先生便是其中一例。T 先生不知为何目的（我想多半是作为私人日语教师），雇用了一位出色的年迈武士。这位武士依照旧时的习俗，头上扎着发髻，腰里挎着大小两把武士军刀。即使在今天，也很难说英国人和日本人做到了彼此之间相互理解，而那个年代相互交流就更是一件困难的事情。最初，受雇于外国人的日本人，只是遵照受雇于日本大户人家的做法行事。结果，彼此之间的误解导致诸多冷酷以及虐待的横行。西方人终于发现，用对待西印度群岛黑人的态度对待日本人，是一件非常危险的事情。一些外国人因此遭到杀害，这反而导致道德规范的建立。

话说回来，那位 T 先生似乎对这位年迈的武士非常满意。可是，他无论如何也无法理解武士的东方礼节，以及武士弯腰鞠躬的举止，更不知道武士为何不时地还要送上一些对于 T 先生来说毫无意义的小礼物。一天，武士来到 T 先生的面前，似乎有事相求。（记得那天正赶上除夕之夜，这里且不说原因，只是那天所有人都需要一些钱。）武士来的目的，正是打算以所持两把武士军刀中的长刀作为抵押，向 T 先生提出借一笔钱。那是一把精美的武士战刀，作为商人的 T 先生立刻就看出了它的昂贵价值，并且毫不犹豫地借给了武士一笔钱。几个星期之后，年迈的武士还了钱，顺利地赎回了自己的长刀。

事到如今，已经没有人记得，是什么原因导致那件不愉快的事情发生。或许 T 先生感到了极度的焦虑？一天，T 先生开始对年迈的武士大发雷霆。对于 T 先生的满腔气愤，武士则始终报以微笑，并不时地弯腰鞠躬，表示出极大的忍耐。这反倒更加激起了 T 先生的愤怒，他开始用肮脏的语言破口大骂，可老人依旧只是一味地鞠躬，微笑。无奈之下，T 先生勒令老人立刻离开这个家。尽管如此，老人仍然只是微笑。至此，T 先生完全失去了控制，抬手殴打了武士。就在那时，T 先生感到了一阵恐惧。他看到老人猛地从刀鞘里抽出长刀，在自己的头顶上挥舞了几下。这时的老人，看上去像是一个年轻的武士，只要他双手举刀轻轻一抖，锋利的刀刃立刻就可以将对方的首级取下。令 T 先生没想到的是，接下来的瞬间，年迈的武士一个熟练的掉头，将长刀收进了刀鞘，转过身扬长而去。

T 先生感到十分惊讶，坐在椅子上陷入了沉思。他想到了老人以往的好处，回忆起老人对自己诸多的善意，自己并没有对老人提出要求，老人也从不求回报。他还想起了老人送来的那些珍贵的礼物，以及老人那无与伦比的诚实品德。T 先生开始感到惭愧。尽管如此，他还是尽量安慰着自己："不，问题还是出现在对方，他知道我在发火，就不应该再嘲笑我。"事实上，T 先生已经暗自决定，遇到机会要好好地向老人道歉。

遗憾的是，T 先生已经没有了机会。就在那天晚上，老人按照传统的武士礼仪，剖腹自尽了。他留下一封字迹工整的遗书，说明自己自杀的理由。作为一名武士，受到非礼待遇，却不能反抗，实为奇耻大辱，已然无法忍受。老人的确受到了非礼待遇。如果情况允许，他会奋起反抗，但这次的事情却异常特殊。按照武士的道德规范，老人无法利用曾经作为抵押品的长刀，伤害曾经借给自己钱的那个男人。既然无法挥刀斩首，那么老人能够选择的，也只有挺身自尽这一条路了。

为了缓解这个故事给人们带来的不快，读者或许可以想象，那之后 T 先生对自己的言行进行了反省，毅然承担起照料老人遗属的义务。但是读者或许很难想象，T 先生最终能否领悟到，为什么老人的微笑会引起自己如此大发雷霆，以致最终酿成悲剧？

三

要想理解日本人的微笑，就必须深入日本普通民众的生活当中，仅从西洋化的上层社会，无法得到任何有益的启迪。种族差异所代表的深刻含义，随着高等教育的发展，越来越展现在人们的日常生活当中。可是这种影响非但没有形成社会共识，反而越发加剧了东西方之间的差距。某些外国观察家甚至宣称，高等教育将某种潜在的动能无限扩大，为一般平民带来了罕见的唯物主义。我不能完全同意这种观点，却又无法予以否认。原因在于，在日本，越是接受了高等教育，心理上反而越远离西方观念。在新的教育体制下，日本人的性格变得越发冷漠，至少在西方人看来，显得更加不透明。在情感上，与日本的数学家相比，日本的儿童离我们更加亲近，与日本的政客相比，日本的农民离我们更加亲近。在现代化的上层日本人与西方思想家之间，完全不存在有识之士理性的交流。取而代之的，是日本人超然的冷漠和彬彬有礼。那些在其他国度里足以激发起相互之间情感的力量，在这里却成为了某种压抑。在国外，我们习惯于将感情的变化与心理的表现联系在一起，在日本，这种法则却成了灾难。在普通学校任教的外籍教师，随着学生年级的升迁，会觉得自己越来越远离他们。在各类高等院校，这种感觉会更加强烈，以致在学生临近毕业的前夕，师生之间甚至变成陌路生人。从某种意义上说，或许这是一种生理的反应，需要更加科学的解释。要想解释这一谜题，就需要了解日本人祖先的思维习性。只有了解了自然的起源，才能够做到充分的理解，只是这种自然的起源却不能够轻易地被人了解。更有一些观察家认为，日本的高等教育尚未达到西方水平，未能起到促进情感发育的作用；其教育重点不够明确，甚至出现偏离，以致牺牲了受教育者性格的形成。这一理论存在着不合理的假设，即性格的形成依赖于后天的教育。很明显，这一说法忽视了一个事实，即，最好的结果取决于能否为人类与生俱来的天性提供发展机会，而非依赖于某个特定的教育体制本身。

这个问题的实质，是对人类性格形成的判断。然而无论未来高等教育如何发展，都无法改变大自然赋予人类的先天特性。目前，高等教育正在使日本人的道德观念趋于衰退，在我看来，这种衰退无法避免。理由很简单，那就是在目前的环境下，日本人的礼节以及心理承受能力均达到了满负荷状态。日本国民的美德，如责任心、忍耐力、自我牺牲精神等，自古以来就体现在诸如社会、道德乃至宗教思想等各个方面。而现如今，在高等教育的制度规范下，它们却被集中在了同一个目标之下，即满足学校提出的各种要求。为了实现这一目标，日本的学生就必须付出西方学生极少面对，甚至无法想象的努力。日本人的美德，曾经让老一代人受到世人的尊重，同时造就了新一代日本人遵守纪律、不屈不挠、充满雄心壮志的伟大性格。但同样是这一美德，又使得日本人在精神上用力过度，从而导致心理乃至道德承受能力的衰退。这个民族已经开始进入高度的精神紧张时期。无论是有意或是无意，迫于一时的需要，日本人都正在努力扩展一项巨大的工程，以使其智力发展超越当今世界的最高水准。这同时意味着，日本人必须迫使自己的神经系统全面发达。为了迅速地在几代人之间完成这一理想的素质转变，日本人还必须尝试生理上的变化，并需要为此付出巨大的成本。换句话说，日本人正在做着前所未有的尝试，随着环境的变化，他们还将为此做出更多的努力。幸运的是，日本政府的教育政策，得到了甚至是最贫困阶层的热情支持。全体国民总动员，投入到了学习知识的热潮之中，其热情之高涨，非此篇短文可以叙述得清楚。这里仅举其中一例，足以令读者深受感动。一八九一年大地震之后不久，岐阜和爱知等地城市的受灾儿童，面对周围难以名状的悲惨情景，在一片废墟当中，冒着严寒，忍受着饥饿，无处栖身，却以倒塌房屋的破碎瓦砾当作石板，以石灰代替粉笔，不顾脚下余震频发，坚持继续着他们小小的学业。

事实上，目前情况下，高等教育并没有给日本带来可喜的成果。旧体制下的日本人，谦恭有礼、正直无私、温文儒雅，这些优点并非过奖。新一代的日本人，这些美德早已荡然无存。人们所见到的，不过是一些只会嘲弄旧时风情的一代年轻人。他们并不懂得如何提升自己，以使自己摆脱盲目的效仿，抑或是思维肤浅的质疑。本应从他们的父辈那里继承下来的崇高品德，究竟去了哪里？难道这些美德只是单纯地转化成了努力，而那些过度的努力只是用来消磨日本人的性格，以至让他们失去应有的力量与均衡吗？

要想在情感乃至情感表达方面寻找到西方与远东民族之间存在着的明显差异，同样必须把视线集中在不断变化的普通民众的现实生活当中。只有在面对生存和友爱甚至是死亡时，依然能够保持微笑的那些温情、善良、可爱的人，才有可能通过日常的生活琐事体会到人心相通的无限乐趣。也正是基于这种理解和同情，西方人才能够得到日本人微笑的真正奥秘。

日本的儿童从出生便得益于微笑的优美环境，并且在其后的家庭教育当中不断得到培养。那就好比是院子里的一棵小树，在主人的精心培育下茁壮成长。人们告诉下一代，微笑就好比是点头鞠躬，又像是两手平放施以厚礼。微笑就像是对长辈行礼之后，为了表达内心的喜悦而深呼吸，并从嘴里发出轻微的感叹。微笑就像是一个精美的礼仪，乃是众多古老的传统礼节之一。很明显，人们并不鼓励放声大笑。相反，微笑适用于所有愉快的场合，无论面对长辈或同辈均是如此。甚至在伤感的时候，微笑依然适用。微笑乃是日本人的一种崇高教养。对于对方来说，最美的表情莫过于微笑。在父母、亲友、师长、朋友，以及所有对自己表达出善意的人们面前显示出最美的表情，乃是人际交往中的基本常识。与此同时，面对大千世界，永远保持旺盛的精力，始终给人以明快的印象，乃是人类生活的基本准则。即使内心崩溃，却依然勇敢地面带微笑，乃是每个人必须承担的社会义务。相反，终日愁眉苦脸，满脸忧愁，乃是对他人最大的无礼。那样会让善良的人感到焦虑，让他们的内心为之痛苦。更愚蠢的是，那样给不怀好意的人以可乘之机，使他们产生邪念。从小养成微笑的习惯，使之成为义务，进而成为本能。即使生活在社会底层的农民，他们仍然相信，将个人的悲伤、痛苦乃至烦恼表现在脸上，非但没有任何意义，相反只能引起别人的轻蔑。与其他国家一样，在日本，尽管悲伤时也会伴随泪水，但是在长者或客人面前无节制地号啕大哭，却是举止无礼的表现。纵然是目不识丁的农妇，在人面前痛哭之后说出的第一句话，也是求得他人的谅解："请原谅我自私，竟然做出如此粗鲁之事。"通常认为，日本人崇尚微笑的理由，不仅限于道德观念，它在某种程度上还与美学不无联系，似乎与古希腊艺术中抑制苦恼的表现手法一脉相通。可是在我看来，与美学观点相比，终究还是道德观念占据上风。

上述微笑礼仪，同时派生出另一种礼仪。日本人经常会因为遵守这种礼仪，导致外国人对其感性认知的严重误解。所谓另一种礼仪，即按照日本人的习俗，在发生不幸事件时，不幸事件的事主总是要面带微笑讲述发生的事情。事情越是重大，微笑的作用就越显得突出。当所叙述的事情有可能引起对方不快时，微笑则变成了略带伤感的苦笑。中年丧子的母亲，在葬礼上会痛哭流涕。如果她在洋人家做女佣，她就会面带微笑，对主人诉说自己丧子之痛。亲人离世，在将此事告知他人时何以面带笑容，对此我曾经百思不得其解。诚然，这笑声中承载着巨大的自我克制，是最崇高的礼节。它同时意味着："或许您也感到这是一件极其不幸的事情，但是请您不必为此区区小事而挂念于心，请原谅我也是不得已才向您告知。"打开日本人"微笑之谜"的钥匙，在于读懂日本人的礼仪表达方式。因过失而被解雇的仆人，可以跪倒在地上微笑着祈求原谅。这时的微笑既不是冷酷，也并非桀骜不驯，而是意味着："我情愿接受您的惩罚，我深知自己犯下了严重的错误，我为此感到忏悔，但我仍然希望能够得到您的宽恕。"稍大一些的年轻男女，不会像孩子一样泪眼汪汪。面对自己的过失受到惩罚，他们的脸上也会露出微笑。这同样意味着："我的内心没有任何不满，我的罪过本应受到更加严厉的惩罚。"我的那位家住横滨的朋友用马鞭抽打车夫时，车夫脸上露出的微笑亦是如此。车夫的微笑顿时让他没了脾气，对此我的那位朋友一定也有同感。车夫似乎是在说："都是我不好，你应该发脾气，我应当受到谴责，我不会怪罪你的。"

可是，即使身份卑微的穷苦日本人，在遇到不公正的待遇时，他们也不会忍气吞声。日本人善良、温顺的个性，来自他们根深蒂固的道德观念。蓄意戏弄日本人的外国人，会发现自己因此而犯下严重的错误。日本人不是可以轻易调戏的民族。曾经就有一些外国人，因为自己过激的行为而白白地葬送了性命。

即使如此，或许依然无法解释前面提及的日本女仆事件。关于这一事件，在我看来，那位英国妇人要么故意对我隐瞒了事实，要么自己疏忽了事情的某些关键。故事的前半部分相当明确，在向主人告知丈夫去世时，按照上述日本人的礼节，年轻的女仆脸上始终面带微笑。然而令人难以置信的是，她竟然打开坛子，在主人面前展示里面的骨灰。既然女仆明晓事理，在向主人告知丈夫的死讯时能够面带微笑，那么她就有足够的能力，不使自己犯下如此低级的错误。除非主人要求，或者自己想象主人会提出要求，否则女仆不可能打开骨灰坛子，更不可能让外人看到里面的骨灰。相反，女仆在向主人显示骨灰时，甚至发出略带伤感的笑声，这一点倒是不难想象。在不得不履行义务，或者被迫必须提及痛苦时，必然伴随着这种笑声。我个人以为，也许当时女仆不得不满足女主人无穷的好奇心，她的微笑或是笑声恰恰表明了这一点。"请不要因为我的区区小事，使您高贵的情感受到惊吓。请原谅我的冒失，尽管得到了您的许可，但我还是要为自己冒失地提及个人的悲伤而感到歉意。"

四

日本式的微笑，绝不能被想象成为一种永恒的灵魂面具。像是其他各种行为举止一样，不同的社会阶层有着自己不同的礼仪规范。一般而言，老一辈武士在任何场合都不面带笑容。他们对上级或亲人必须保持情感内敛，对下级或晚辈则显得谨慎威严。神道中神官的高尚尊严，可谓是有目共睹。数个世纪以来，政府官员态度的彬彬有礼，亦反映出儒教准则的周密严谨。自古以来，贵族阶级更须谨言慎行。阶级的尊贵越是向上，就越是遥不可及。至于可怕的天子，更是普通人所无法抬头正视。只是在私下生活当中，即使再高贵的人，其言行举止依旧蔼然可亲。直至今日，除了那些热衷于现代化的人之外，贵族、法官、高僧、大臣、军人等，他们在公务之余回到家中，也会重归古老而充满魅力的传统习俗。

为会话平添色彩的微笑，不过是众多礼仪当中的一环。那其中所表达出的情感，却让人无法估量。如果你有幸结识一位有教养的日本朋友，而且他是一位真正传统意义上的日本人，从未受到过任何新思潮或者西方意识的教化，你会通过他，看到高度升华的大和民族独特的社交方式。你会发现，他通常不会谈及私事。即使被问到，他也会婉转回避。但是谈到有关对方的事情，他会力求详细地了解你的想法、意见，乃至于你的日常琐事，并且对你显示出极大的兴趣。你还会发现，有关你的事情，他会牢牢地记在脑子里。然而对于这种善意的好奇，他也会设定出严格的界限。他不会碰触你的底线，让你感到不快甚至是痛苦。即使他察觉到你的弱点，甚至是缺憾，他也会装作视而不见。他不会在你面前赞扬你，更不会嘲笑或者批评你。事实上，你会发现他从不批评人，只会就行为结果稍加评论。作为私人顾问，他不会对不赞成的计划表示反对，而是谨慎小心地提出自己的方案。他会对你说："或许这样做对您更有利……"当不得不言及他人时，他也会以极其隐晦的方式，引经据典列举事实，描绘出一幅美丽的图画。此时，他所叙述的事件总是会激发起你的极大兴趣，使你产生良好的印象。这种婉转表达意图的方式，本质上来自儒家思想。《礼记》上说"直而勿有"，意思是说，不言之凿凿，不把公正据为己有。通过与传统的日本人交往，你会发现要想了解他们的思想，就需要更多的汉典知识。即使你不具备这些知识，你仍然可以发现，对方不但是在为他人着想，更是在有意识地克制自己。世界上没有哪个民族，比日本人更懂得幸福生活的秘诀。没有哪个民族，能够像日本人那样广泛地理解一个真理，即个人的乐趣依赖于周围人们的幸福，更取决于对自身无私奉献和忍耐精神的培养。正因为如此，日本人从不纵容讽刺挖苦之类的愚蠢行为。我几乎可以断言，在高尚的社会生活当中，这些现象均不存在。个人的缺陷不会成为嘲笑或者责备的对象，怪癖的言行不会受到谴责，意外的过失更不会成为取笑的把柄。

传统的儒家保守思想使得这一理论体系变得僵硬，在某种程度上限制了个性的发展。尽管如此，如果这一理论体系能够得到社会的广泛理解，并且随着知识的拓展能够获得自由的科学认知，那么无疑，人们同样可以创造出一个更加公正道德的美好社会。然而事实是，它的运作似乎并不利于人类的创新，而是形成了一个抑制人们想象力的所谓平庸社会。正因为如此，居住在日本内地的外国人，甚至会时常想起对于欢乐和烦恼更容易表示出理解的西方生活，并对那其中存在的强烈的不平等表示出依恋。但是，这种依恋也只在转瞬之间。知识的欠缺，早已通过社会所拥有的迷人魅力得到了充分的补偿。毫无疑问，只要对日本社会稍有理解便可以得知，日本人仍然是这个世界上最容易相处的民族。

五

文章至此，不由得让我回想起在京都的一个夜晚。我穿过一条人头攒动、灯火通明的街道，转到一个僻静的地方，不觉来到了一座寺庙下，只见一尊地藏菩萨的石像立在眼前。我早已记不得那条街道的名字，只记得那地藏菩萨的容貌，像是寺庙里的小僧，一位可爱的少年。那微笑的表情栩栩如生，又是如此神圣。正当我全神贯注地凝视着地藏菩萨时，不觉一个十几岁的男孩儿跑到我的身边，在石像前合拢起小手，默默地低下头祈祷。像是刚刚与同伴分手，童颜上还挂着一丝玩耍时兴奋的红光。男孩儿不经意的微笑，竟与地藏菩萨的表情奇迹般地吻合，仿佛就是一对孪生兄弟。这又不禁使我想到："这铜像或者石像的微笑绝非简单的模仿，而是佛像雕刻家用来象征这个民族微笑的绝佳体现。"

事情已然过去了很久，可那时的印象至今仍然萦绕在我的脑海之中。无疑，佛教艺术的起源远离日本本土。佛教经典当中有这样的记述，"千千为敌，一夫胜之；未若自胜，为战中上"（一人能胜百万敌人，未来雄杰；不如战胜自我，这种战胜自我的战斗方为上乘之韬略），"虽曰尊天，神魔梵释，皆莫能胜，自胜之人"（即使天为至尊，再加上伟大的神魔梵释诸神，这些伟大的力量都不能战胜那战胜自我的人）。（均出自《法句经》）。诸如此类佛教经典不胜枚举，即使不能说它代表了日本国民的魅力性格，却也如实地表现出形成日本民族道德倾向的一个侧面。东方人所期盼的境界，乃是至高无上的安宁。正因为如此，最大限度地克己慎言，成为了他们崇高的理念。尽管受到新思潮的影响，日本人的思想也在表面出现动荡，或许早晚还要动摇其根基，但是与西方思想相比较，日本人的思想依旧保持着固有的平静。日本人对于我们关心的极端抽象问题，即使抱有兴趣却也极少关注。他们并不像我们期待的那样，对我们所关心的问题表示出理解。曾经有一位日本学者对我说："你们不应当对宗教思想漠不关心！"这位学者接着说道："不过那似乎也是理所当然，就如同我们不愿意整日自寻烦恼一样。佛教哲学高深莫测，远比西方神学博大精深，我们曾经为此做出了不懈的探讨。即使如此我们依然发现，那其中仍有诸多内涵有待发掘。我们已经航行到了思想所至的极限，却发现彼岸依旧遥不可及。相比之下，你们却像个小孩儿，千百年来一直在小溪中玩耍，对大海一无所知。现如今，你们通过其他途径到达了彼岸，展现在你们眼前的是一个渺茫的世界。你们已经无路航行，因为你们面临的是一片无边无际的人生沙漠。"

日本人能否像数个世纪之前吸收中国文明那样吸收西方文明，却又保持自己固有的思维方式？有一个明显的事实让人充满了希望。那就是，日本人对于西方物质文明的渴望，并没有波及西方的道德观念。东方的思想家既没有错误地将技术的进步与伦理的进步混为一谈，也没有忽视让我们引以为自豪的西方文明在道德层面上的缺陷。有关西方文明，一位日本作家曾经写下了他的想法，其中的观点值得更多的读者广泛阅读。

一国之治乱，非从天降，亦非从地涌。一国之人心乱则乱，人心治则治。其人心治乱之机，公心与私心之别矣。以私心动，则乱，以公心行，则治。所谓私心，私欲私情也。此私欲私情之心，即为私心，居家则必乱家，居乡则必乱乡，居国则必乱国。所谓公心，秉公仗义也。此秉公仗义之心，即为公心，居家则利家，居乡则利乡，居国则利国。夫人为家，必有思家之心。夫人为国，必有思国之心。以思其家之心，从其家之事，以思其国之心，从其国之事，此乃公义也。故此，以家事从国事，则为公心，以国事从家事，则为不义，是为私心。动以私心，以国事欲利己家，此谓弃义也……

盖私欲私情之心，人生来有之。纵其欲，恣其情，动其才略，乃禽兽之雄也。故贤人出世，为人师表，扶义正理，遏制私心，以立公心……所谓西洋之文明开化，历经数百年变化沧桑，时至今日已然进退维谷，聊以维持秩序者也。而其秩序者，绝非大义名分之裁决，尤此之流俗，所至之处，皆因人之欲望所变迁。是此，人欲强，则国兴。故慕彼之人，闻其则悦，遂生效心，此乃势之所趋也。至于膳食、衣服、宫室者，自古以来，上下皆欲，华美极致，以成骄风，但见垂涎。况且西洋之流俗，且不论其道理如何，唯有人欲之盛，若无执意遂行之心，事必难成。至于引发争乱，则大可不必顾虑。岂止勿虑，争乱尤为西洋之辉煌历史，造就今日这番田地。……吾等皇国创建本国历史之时，理应效仿西洋文明开化之经验，不知崇尚西洋文明者，可否有此觉悟乎？……

夫姑且不论西洋流俗，基于东洋古老传统，以一国人民之幸福为目的，一视同仁，治理国政，乃是执政者崇高职责。绝非倚强凌弱，以智愚人。……纵观当今吾国之现况，多数国民为自食其力者，虽竭尽全力，各务生业，生产常不足其生活所用。都鄙之平均，壮士一日得二十钱亦为难事，有何余裕求得衣服宫室之美，并功名显赫之誉乎？顾此等百姓，有何罪过，终不能进入西洋文明开化之行列耶？……或曰，此乃缺少人欲之故。然绝非如此。虽有人欲，应天时有限，应地利有限，应人义有限，应吾之力亦有限。以其有限之力，汲汲营营，从事生产，将其善美，供富贵者所望，以其丑恶，为己之生计。殊不知，天地之间哪有不劳而获者乎？为一人之大欲，驱千百人之劳作，亦无法满足其欲望。借他人之力，尽享文明开化之欢乐，反忘其恩，置之度外，可谓分外之举。由此可见，西洋之文明开化，不过纵大欲者恣意欢乐之法，并非有益于一般民众。彼大欲者竞相增长其大欲，若未能满足，则言生于此世无益，不得已而忍之。……西洋之流俗扰乱吾等皇国之本，实则荒谬之举，此乃有目者共睹，有耳者共闻也。尤思其长远，不觉令人惊恐不已。其学问宗教，多以应人欲为其宗旨，故极易合人意，尤以自由平等之说，灭绝伦理，破坏礼仪……

欲得纯粹之自由，乃至单纯之平等，实则难事。究其终结，不得不重归权利义务之争，众人竞相期望权力，少有义务，以致健讼不休。原本以此自由平等之说，变革国家机体，建立国家法律，破除尊卑之分，一国人民得其平等，或可得之。然绝非平均其财产，以获贫富之平等也。唯美利坚国……独以黄金资力多寡，区分上下贵贱，若

420

引起权力之争，自然多数资力匮乏之人民，毕生无法伸张自身之权力。反之，资力雄厚者却欲主张自由，无视仁爱，以权为盾，摒弃义务，欺凌弱小。故自由平等之结果，必然损害我蔼然皇国之良好风俗，致使人情刻薄，此乃多数贫民之灾厄也……

故此西洋之流俗，乍闻之，投其任情恣性之所，思其道理恰是如此。此乃原本以人欲之私，误以为自然之法，巧妙构出种种议论，结果必然偏离目标，以致伤害自他，无一达到最初之目的者。……彼西洋各国，由斯理势，争名夺利，经历种种势力关系之变化，方至今日，其后愈加推行此种流俗。今日稍得势力平衡，姑且确立秩序之所，日后如遇不平，为求平衡，必将再次变化。遇小不平则小变，遇大不平则大变。今日之无势者，焉知他日不成大势？今日之大势者，焉知他日不失其势？故知此势之不平，常隐伏于平衡之所。一治一乱，绝无平等和平到来之期，其平等和平之日，即西洋各国悉数灭亡，人种灭绝之时①。

诚然，凭借着这种知觉，日本人可以有效地规避某些威胁自己的社会风险。然而伴随着国民道德的丢失，不可避免地也会给社会带来变化。当被无情地卷入一场巨大的产业竞争，并且面对的对手并非基于利他主义理念的国家时，日本人最终不得不改变自己的思维，以换取美好的物质享受。目前，日本人的国民性格已经开始趋于恶化，并且将继续恶化。但我们永远不要忘记，古老的日本，尽管在物质生活上较十九世纪恶劣许多，在道德水准上却无可非议。日本人为自己建立起一整套合理的道德标准，并且最终使之成为本能。他们在一定范围内，让西方思想家所构想的最幸福、最高尚的社会基础得以实现。他们在各个复杂的社会阶层当中，建立起一整套公私兼顾的道德观念，并且予以实践，这让所有西方社会望尘莫及。甚至他们的道德缺陷，也只是过分强调了所有文明宗教一致崇尚的美德，即，为了家庭，为了社会，为了民族的自我牺牲。这

---

① 均引自明治时期的军人、政治家鸟尾小弥太所著《时事谈》第一篇《先忧论》，明治辛卯年（1891）。

一点，在帕西瓦尔·罗威尔所著《远东之灵魂》一书当中，即已被称为缺陷。有关书中阐述的精辟观点，如果对于远东地区没有一个基本了解，便很难做出正确的评价。

日本人在社会道德方面取得的成就，主要体现在相互之间的协调，这让西方人相形见绌。接下来日本人需要做的事情是，牢记业已被他们所接受的那位伟大哲学家的教诲，即，"极端的个性化必须与紧密的相互依赖完美地结合在一起"。此外还有一句格言，看似相互矛盾，"进步的法则同时趋于彻底的分离与彻底的结合"。

终有一天，就像我们回忆起古希腊文明那样，日本人也将再次回忆起那个被年轻人所鄙视的过去。他们会因忘记过去的简单欢乐而感到遗憾，为失去生活中单纯的喜悦，为失去对大自然原本崇高的爱情，为失去表现自然的古老艺术而感到遗憾。他们将再次感受到，世界曾经是那样的绚丽、美好。他们也会感到悲哀，哀思那些不复存在的传统精神和自我牺牲，哀思那些古老的礼仪、古老的信仰以及古老的诗篇。他们还会感到惊讶，并且因此而再次遗憾。最让他们感到惊讶的是，他们发现古代众神脸上的微笑，竟然与自己的笑容如此相似。

第十二章 告别

一

我正准备做一次长途旅行。我已经辞去了教师的职务，只等护照批准下来后便可立即出发。

曾经熟悉的面孔已经逐渐消失，对这片土地的眷恋也开始变得淡薄。就在半年以前，事情还完全不同。即使如此，我的身心似乎已经深深地陷入这座古老而美丽的城市当中。为此，我很难想象，自己将从此一去不复返。或者有一天，我还会重新回到位于绿树成荫的北堀镇那座令人怀念的旧宅。我试图努力地这样说服着自己。可是根据以往的经验，我清楚地知道，人们在永远离别故土之前，往往会陷入无尽的迷茫之中。

老实说在这片众神云集的土地上，一切都显得无常；这里的冬天是那样严酷；加之我有幸收到了来自遥远的南国九州一所公立学校的邀请，听说那个地方很少下雪——这便是事情的全部真相。在这里，我常年忍受着疾患的折磨，对于温暖气候的期待，促使我做出了这一重大的决定。

尽管如此，在那即将离别的日子里，却充满了意外的惊喜。就我个人而言，能够如期履行完自己的义务，已经是最大的满足。然而我却意外地受到了大家的感谢，得到了众多的赞赏，这越发让我感到内心的不安。两校教师联合送来了饯行的礼物，那是一对一米来高的上等花瓶，表面绘有粉红色的螃蟹在海滨徘徊，附近斜坡上一棵大树垂下几枝花朵，鸟儿寄居在高高的枝头。那是古代封建时期出自乐山瓷窑的作品，在出云乃是极其珍贵的礼物。在那只精美的花瓶上，还附有一份名单，用汉字记录下三十二位赠予者的姓名，其中还包括来自师范学校的三名女教师。

普通中学的学生们也送来了纪念品。作为在松江的永久回忆，二百五十一名学生集体送来了离别的礼物，一把大名时期的武士战刀。朱漆刀鞘的四周乃至整个刀柄上，以出云神道为主题，雕刻着一只火眼金睛的银灰色狮子。学校校长将这一稀世珍品亲自送到了我的家中，并邀请我一起来到了学校的大礼堂。按照传统习俗，全校师生将在那里为我送行。

我为此来到了学校，以下就当时的情形做一个大致的介绍。

二

致尊敬的老师：

您是迄今为止我们遇到的最优秀、最慈祥的老师。对于您的耐心指教，我们表示由衷的感谢。我们当中的每一个人，都曾经由衷地希望和您在一起至少学习生活三个年头。当得知您即将去九州赴任的消息时，我们所有人都心如刀绞。我们曾经请示校长，希望能够把您留住，但我们知道那似乎已经是不可能的事情。在此即将分别之际，我们不知道用何种语言表达心中的遗憾。作为临别纪念，我们准备了一把日本战刀，聊表我们的感激之心，希望您笑纳。我们将永远牢记您的教诲，并衷心祝福您健康，幸福！

岛根县普通中学学生代表 大谷正信

亲爱的同学们：

非常感谢送给我如此珍贵的离别礼物———只银灰色的狮子在刀鞘上飞舞，在摇曳的刀穗之间跳跃。当我看到这件精美的武士战刀时，简直不知道该用何种语言表达我内心的激动。那时，在我的脑海里猛地闪过一句古老的日本谚语："刀乃武士之魂。"我深知，这份珍贵的礼物，乃是全体同学之灵魂的象征。在英国，同样流传着一些有关战刀的经典格言。著名的英国诗人把名刀赞誉为"信任"和"忠诚"的标志,把挚友比喻为"钢铁般得以信赖的伙伴"。古时,"钢"便意味着锋刀利刃。正因为如此,武士才把自身的名誉,甚至是生命寄托于钢刀之上。我决意,将这一至高无上的礼物,作为我们之间信赖的象征,永远保存在身边。我从各位那里学习到了宽容、慈爱和忠诚。我衷心地希望,各位能够将此美德铭刻在心,永志不忘。我相信,这一珍贵的礼物同样也是那美好品质的象征。

我知道,这份礼物不仅代表着我们师生之间的忠贞友情,同时也代表着社会赋予我们的崇高责任。各位在作文当中曾经写到,励志要为天皇陛下报效终生。我相信,这份礼物同样是各位崇高意志的体现。那是一种神圣的理念,也许你们还不能完全明白其中的含义。待你们长大之后,一定会对此有更加深刻的理解。当今世界正在发生着巨大的变革。伴随着人生的成长,或许有些祖辈的思想很难被你们所接受。但是我相信,你们永远都不可能失去对传统信仰的追求。不论日本社会发生怎样的变化,也不论你们的思想如何改变,希望你们永远坚持这一理念,就像神坛上点亮的一盏明灯,让它照亮你们每个人的心灵。

或许,你们都能够实现自己的理想。或许你们当中一些人将应征入伍,有些人还可以当上士官。为了守卫日本的海疆,或许你们当中一些人还将进入海军学校。为了天皇和你们的国家,或许你还要贡献出自己的生命。可是,你们当中的大多数人,注定要走上一条与此截然不同的道路。只要国家不面临重大危机,你们就没有必要付出无谓的牺牲。我相信,日本不可能走到如此地步。为此,你们还必须树立起另一个目标。这一目标同样远大,它不是为了祖国英勇地牺牲,而是为了国家骄傲地生活。遵循你们祖先贤明的教诲,日本政府为各位修建了美丽的学校,并以较低的费用提供了科学时代良好的教育,让其他国家望尘莫及。所有这些,无不体现出国家对各位殷切的期待,希望通过你们的努力,把祖国建设得更加富强。今后,无论各位从事何种职业,只要能够尽忠职守,就同样能够像陆海军将士殉职沙场那样,为国家和天皇贡献出自己的力量。

值此临别之时,我的心情与各位一样,同样充满了惆怅。越是感受到各位的一片真情,就越是激发起我对这个国家的热爱。虽然我将离开松江,但是我们仍然有机会相见。或许，在不久的暑假，我们又可以再次重逢。或许，在我即将赴任的公立学校，你们依然可以成为我的学生。能够在松江与各位相识，让我的人生变得更加充实，我将永远把你们怀念。最后，让我对各位的珍贵礼物再一次表示衷心的感谢。再见！

三

在学校的大礼堂里，师范学校的师生为我举行了告别宴会。根据合同，我在这里每周只有不足六个小时的授课时间，一年之中和同学们也只有短暂的接触。可是，同学们却对我这样一个外籍教师如此敬重，这让我从内心里由衷地感激。对于我的日本学生，我还有许多东西需要了解。整个宴会充满了热情欢乐的气氛，各个班的班级委员用英文先后朗读了事先准备好的告别词。他们引用中国的典故，结合日本的诗歌，在我的记忆当中留下了深刻的印象。随后，全体同学为我演唱了他们的校歌，并在宴会结束时，齐声高唱日文版的《友谊地久天长》。宴会结束后，全体师生列队送我到家，在我家门前，大家齐声高呼"万岁""再见"，并约定临行的当天在码头为我送行。

四

但是，我却没能有幸与同学们再次重逢。他们分别去了遥远的他乡，其中一些人已经到了另一个世界。师范学校的送别会仅仅过去四天时间，一场巨大的灾难挡住了命运之门，学生们接到命令被紧急疏散到各地。

两天前的一个晚上，据说从国外驶来的一条渡轮将霍乱传到了日本，病毒随即在全市范围内迅速蔓延。师范学校也没能幸免于难。事发不久，就有几位学生和教师因感染病毒而丧失了性命，至今仍有一些人徘徊于生死之间，更多的人则被疏散到玉造村著名的温泉乡暂避一时。可是，那里同样发现了霍乱患者，于是人们又迅速地返回了各自的家中。学校并没有出现恐慌，人们严格地遵守着社会风纪，教师学生各自履行着自己神圣的职责。宽大的校舍被医疗当局严密控制，消毒工作一刻不停地有序展开。学校里只剩下恢复期的患者，以及无所畏惧的武士齐藤熊太郎校长。他像一名英雄的船长，在巨轮即将沉入海底之前，保卫着所有船员安全撤离。危难时刻，校长坚守岗位，守护着病危的学生，确保消毒工作顺利进行。紧急关头，为了保证大家安全转移，校长亲自承担起所有工作。在看到两名学生转危为安时，他的脸上露出了幸福的微笑。

有关昨晚不幸遇难的学生，人们向我讲述了这样的故事。那位学生临终之前，看到校长不顾劝阻走到自己的床边，嘱咐自己安心养病。于是他竭尽全力举起右手，向勇敢的校长敬了一个礼，便永远地离开了人世。

五

最终我的护照得到了批准，我不得不立即出发。

由于发生了霍乱事件，我曾经任教的中学以及附近的小学校暂时关闭。处于非常时期，被病毒污染的码头岸边，受清晨冷空气的影响，极易对学生们造成危害。为此，我谢绝了同学们的好意，未能同意他们在此集结为我送行。可是，我的担心却被付之一笑。前一天的傍晚，校长已经对全体班级委员下达了集结的通知。第二天清早日出一个小时后，大约二百名学生及老师聚集在了我家门口。他们陪伴着我，一同来到了长长的白色桥墩下的汽船码头。从此，我们开始踏上新的征程。

更多的同学早已在码头等候。除了学生之外，我的同事、好友甚至学生家长，以及一些曾经的相识都一同聚集到了码头。其中有些人或许得到过我的一些帮助，更多的人则曾经给予了我特殊的关照，而我却未能有机会予以回报。他们曾经为我付出过辛劳，有的人只是我前往购物的商店店主。那一张张看似熟悉的面孔，微笑着向我打着招呼。市长委托秘书宣读了热情洋溢的告别词。师范学校的校长特意上前与我握手告别。师范学校的学生大都返乡回家，只有一些老师前来为我送行。遗憾的是，其中见不到我的好友西田的身影。他患有严重的咯血病，已经两个月卧床不起。他委托父亲，送来了在病床上写下的送别信和精美的纪念品。

面对那些热情的人群，我忍不住自问："如果在其他国家，在同一时期，从事相同的工作，是否也能够享受到如此温暖的待遇？"在这里，所有人都对我表示出极大的热情。不曾有任何人，即使是在不经意的情况下，对我表示出丝毫的不逊。作为教师，我曾经拥有五百余名学生，却从未有人让我动过一次干戈。如此这种体验，或许只有在日本才有可能经历。

停泊在码头上的蒸汽船向乘客鸣起了长笛。我与众人一一握手告别。其中最坚定有力的大手，当属勇敢善良的师范学校的校长。我迈步登上了汽船。普通中学的校长、两校的数名教师以及一位可爱的学生代表紧随其后，他们将陪伴我乘船到下一个码头。在那里，蒸汽船将绕过一座高山径直驶向广岛。

那是一个轻雾弥漫的早晨。初冬的晨雾送来阵阵浓浓的寒意。我站在狭窄的甲板上，最后眺望了一眼大桥川上那令人陶醉的景色。长长的白色大桥、波光粼粼的河水、岸边古老的建筑、河面上漂浮着的风帆，以及远处连绵起伏的群山……

这片神奇的土地，像是被寓居在那里的众神灵施了魔法，绽放出精灵般绚丽的色彩。时隐时现的群山顶峰，不时地泛起阵阵薄雾，像是飘浮在空中的轻纱，笼罩着这片神奇的大地。天空和大地融为一体，梦幻与现实相互交融，在宇宙之间遥相辉映，让人难以分辨。所有这一切，又仿佛是一座转瞬即逝的海市蜃楼，正欲永远地淡出我的视线。

小小蒸汽船再一次拉响了汽笛，砰砰砰地吐出黑烟，倒退着滑向河中央，缓缓地驶离长长的白色大桥。"啊，啊！"随着灰色的码头渐渐离去，制服行列中传来了阵阵叹息声。全体同学一齐挥动起学生帽，帽子上的铜校徽在阳光的照耀下熠熠生辉。我爬上甲板上一间小船室的屋顶，同样挥动起帽子，用英语大声地高喊着"再见，再见"。这时，岸边一齐报以"万岁，万岁"的呼声。不久，那呼声渐渐地变得微弱，汽船驶出河口，绕过长满青松的海岬，驶向蓝色的湖心。眼前的面孔、耳边的声音、岸边的码头，还有那座长长的白色大桥即将成为美好的回忆。

我转过身，随着蒸汽船静静地驶入湖心，极目远眺。我看到，屹立在苍松覆盖的山顶上的古城堡，渐渐消失在迷雾之中；我曾经居住过的美丽的花园寓所，和那一排排青砖白瓦的校舍屋顶，慢慢地从我的视野中离去；岸边的堤坝、远处的青山、晨雾笼罩下的大山那幽灵般的身影也都渐行渐远；淡绿色变成了浅蓝色，浅蓝色又变为暗灰色，最终汇入遥远的天边。

离别之际，触景生情，曾经的美好记忆一齐涌上心头，让我久久不能平静。我的眼前重新浮现出无数张微笑的面庞。寄托着无限的祝福，迎送我早出晚归的人们的笑脸；傍晚准时守候在家门口，等待我归来的爱犬；莲花盛开，斑鸠啼叫的庭院；穿过杉树林，回荡在半空中的寺庙钟声；孩子们一边玩耍一边大声唱起的童谣；午后洒满阳光的喧闹街道；节日里高悬在空中的一排排宫灯；夏日夜晚摇曳在湖水中的明月；大桥对岸遥拜出云旭日的击掌声；迎着清风踏在大桥上的欢快的木屐声；更有那无数个甜美的往事，在我心中留下了无限的惆怅。我像是猛地从睡梦中惊醒，只见暗灰色的山峰正待隐藏起她那神圣的臂膀，小小蒸汽船开始全速驶向远方，早已把众神之国远远地抛在了身后。

拉夫卡迪奥·赫恩（小泉八云）年谱

　　一八五〇年　六月二十七日出生于希腊伊奥尼亚群岛中的莱夫卡斯岛，取名帕特里奥·拉夫卡迪奥·赫恩（Patricio Lafcadio Hearn），父亲是爱尔兰人，母亲是希腊人。

　　一八五一年　一岁，父亲单身赴西印度群岛任职，赫恩与母亲罗莎在莱夫卡斯岛生活。

　　一八五二年　二岁，随母亲一起移居父亲的家乡爱尔兰的都柏林。

　　一八五四年　四岁，父亲出征克里米亚战场，八月弟弟詹姆斯出生，母亲将小赫恩寄养在姑母家，独自返回希腊。

　　一八五七年　七岁，父母离婚。

　　一八六三年　十三岁，九月赫恩进入位于英国东北部达勒姆市郊外的圣卡斯帕特神学院伍绍学校（St.Cuthbert's College，Ushaw）学习。

　　一八六六年　十六岁，在一次游戏中被飞来的绳结误伤左眼，以致失明。同年，父亲在苏伊士死于印度黑热病。

　　一八六七年　十七岁，十月因姑母破产，赫恩被迫离开伍绍天主教会学校。

　　一八六九年　十九岁，只身来到美国打工，辗转从事过各种职业。

　　一八七四年　二十四岁，在《辛辛那提探寻者报》（*The Cincinnati Enquirer*）报馆担任新闻记者。

　　一八七五年　二十五岁，与一名有黑人血统的女子阿莱西娅·福莱同居，因此被《辛辛那提探寻者报》报馆辞退。

　　一八七七年　二十七岁，离开辛辛那提前往新奥尔良。

一八七八年　二十八岁，在一家小报《每日事件报》（Daily Item）报馆担任新闻记者。

一八八一年　三十一岁，在《民主时报》（Times Democrat）报馆任法文与西班牙文翻译，并为报馆撰写文艺评论。

一八八二年　三十二岁，自费出版在辛辛那提时期翻译的戈蒂耶（Theophile Gautier）的作品《克利奥帕特拉的一夜及其他》。

一八八四年　三十四岁，出版处女作《奇异文学落叶》。

一八八七年　三十七岁，出版第二本作品《中国灵怪故事》。被哈帕杂志社（Harper's Magazine）所雇，作为记者被派往西印度群岛，在那里度过了两年时间。

一八九〇年　四十岁，作为哈帕出版公司特约撰稿人前往日本，经语言学家、《古事记》的英译者张伯伦推荐，在岛根县松江市普通中学及师范学校任英语教师，从此开始了在日本的写作生活。十二月经教导主任西田千太郎介绍，与当地一位出身武士家庭的英语教师小泉节子结婚。

一八九一年　四十一岁，十一月转入熊本第五高等中学任职。

一八九二年　四十二岁，在《大西洋月刊》（the Atlantic）连载《陌生日本的一瞥》。

一八九三年　四十三岁，十一月长子一雄出生。

一八九四年　四十四岁，赫恩有关日本的第一部作品《陌生日本的一瞥》全二卷出版。十一月随着在熊本的合同到期，转为一家位于神户的英文报纸《神户纪事报》（Kobe Chronicle）的新闻评论员，并移居神户。

一八九五年　四十五岁，二月因眼疾辞职，九月出版作品《来自东方》。

一八九六年　四十六岁，二月入籍日本，取名小泉八云，三月出版作品《心》。同年与夫人一起离开神户来到东京，九月同样经好友张伯伦推荐，开始在东京帝国大学担任英文讲师。

一八九七年　四十七岁，二月次子阿严出生，九月出版作品《佛国的落穗》。

一八九八年　四十八岁，十二月出版作品《异国风物及回想》。

一八九九年　四十九岁，九月出版作品《灵的日本》。

一九〇〇年　五十岁，十二月出版作品《阴影》，同月三子阿清出生。

一九〇一年　五十一岁，十月出版作品《日本杂记》。

一九〇二年　五十二岁，三月移居东京西大久保新居。同月在东京出版作品《日本神话故事》，十月出版作品《骨董》。

一九〇三年　五十三岁，一月突然接到东京帝国大学文学部主任井上哲次郎的解雇通知。九月女儿寿寿子出生。

一九〇四年　五十四岁，三月接到早稻田大学文学部的聘任，讲授英国文学史。四月出版作品《怪谈》。九月二十六日晚因心脏病发作去世。十月出版作品《日本：一个解释的尝试》。